21.7.2018

[signature]

Pori. Stockholm. Reykjavik. Drei unbekannte Ertrunkene in Küstengewässern in drei verschiedenen Ländern. Jeder von ihnen hat in seiner Tasche offensichtlich die Papiere einer anderen Person.
Haben die Fälle untereinander einen Zusammenhang? Wurden die Männer ertränkt? Ist unter dem skandinavischen Himmel ein Serienmörder am Werk?
Und schliesslich: Was hat es eigentlich mit dem «Dreifingrigen» auf sich, der in einer Villa ausserhalb von Prag lebt?
Die Ermittlerinnen Annmari Akselsson der Stockholmer Kriminalpolizei und Paula Korhonen aus Tampere erhalten Unterstützung durch den Fahnder Kalle Nordin von der NORDSA, aber die Indizien sind dünn gesät. Und dann verschwindet in Reykjavik auch noch der bekannteste Millionär Islands spurlos …
«Die Ertrunkenen» ist ein vielschichtiger Krimi/Thriller. Er spielt vor dem Hintergrund der aktuellen Flüchtlingsthematik und zeigt Chancen und Gefahren einer globalisierten Welt auf.

«Betrachtet man als Massstab für einen gelungenen Krimi die Fähigkeit des Autors, den Leser zum Weiterlesen zu motivieren, ihn gar von den ersten Zeilen an zu fesseln, so ist Melentjeffs Debüt als überdurchschnittlich stark zu bezeichnen.» Kauppalehti

Jaakko Melentjeff (*1965) ist als Sozialarbeiter bei der Stadt Tampere in der Psychiatrischen Poliklinik tätig. Er fährt das ganze Jahr mit dem Fahrrad von seinem Wohnort Ylöjärvi zur Arbeit und ist ein leidenschaftlicher Schachspieler. Der vorliegende Krimi ist sein Erstlingswerk. Die Originalausgabe erschien 2017 beim Atena Verlag in Jyväskylä.

Jaakko Melentjeff

DIE ERTRUN KENEN

Kriminalroman

Aus dem Finnischen von
Beat Hüppin

Mit freundlicher Unterstützung von

**Kanton Schwyz
Kulturförderung
SWISSLOS**

1. Auflage September 2018
Veröffentlicht bei Antium Verlag KLG, CH-8855 Wangen SZ

Die finnische Originalausgabe erschien 2017 unter dem Titel
«Hukkuneet» bei Atena Kustannus Oy, Jyväskylä.
© Jaakko Melentjeff
© der deutschen Übersetzung:
Antium Verlag KLG, CH-8855 Wangen SZ
Lektorat: Rahel Schmidig
Satz und Gestaltung: Ladina Poik
Umschlagfoto: www.vastavalo.net (Fotograf: Jari Hakala)
Druck: Erni Druck und Media AG, CH-8722 Kaltbrunn
Printed in Switzerland
ISBN 978-3-907132-00-5
www.antiumverlag.ch
info@antiumverlag.ch

1.

Furcht. Komplette Finsternis. Zur Panik angewachsene Hilflosigkeit. Sie vermag sich nicht in Bewegung zu setzen, weder ihre Beine noch ihre Arme. Sie versucht, um Hilfe zu rufen, kriegt aber keinen Laut heraus. Mit jedem Atemzug strömt das Wasser in ihren Mund und füllt die Hohlräume ihres Körpers aus.

Farah wacht mit dem Gefühl des Erstickens auf, schnellt im Bett zu einer halb sitzenden Position hoch und schnappt begierig nach Luft. Sie versucht zu verstehen, dass sie hier ist, weit weg vom Wasser. Das Herz schlägt heftig in ihrem entblössten Brustkorb. Allmählich legt sich die Panik, und die Furcht flaut ab, bis Farah begriffen hat, wo und was sie ist.

Am Wochenende verbrachten Haris und sie in Helsinki noch ihren gemeinsamen fünfundzwanzigsten Geburtstag. Sie atmet tiefer und ruhiger. Nur keine Aufregung. Alles ist gut. Alles *sollte* gut sein.

Farah sitzt ohne Hast in ihrem vom Mondschein erhellten Bett. Sie gewöhnt sich an die Dunkelheit und daran, dass sie nach ihrem Alptraum wieder unversehrt ist, geradezu unberührt. Sie streicht über ihre Haut und macht sich Vorwürfe, weil sie keine Lust gehabt hat, ihre Körperhaare zu rasieren.

Farah und Haris haben eine Wohnung zwei Geschosse über einer Buchhandlung gemietet. Die Mitternacht im September ist kühl. Farah steht auf, wickelt sich in ein Bettlaken und schleicht barfuss zur Tür, um zu horchen. Ihr

Bruder schläft in seinem Bett zur Seite gedreht und zieht die Luft tief und kräftig in seine Lungenflügel. Haris schläft immer tief. Seine Haare sind kräftig, lockig und schwarz.

Schöner Haris, mein Zwillingsbruder.

In Gedanken versunken blickt sie über Haris' Bett zum Fenster, unter dem ein Kanal zur Moldau führt.

2.

Das Meer bespülte die Küste mit schaumbedeckten Wellen. Sie brachen sich in regelmässigen Abständen an den Felsen, rhythmisch und pausenlos. Das Geräusch der sich brechenden Wellen war in weiter Entfernung zu hören, lange bevor in der Dunkelheit das Ufer erkennbar wurde. In dieser Nacht schien der Mond nicht. Der Oktoberwind, der sich über dem Meer abgekühlt hatte, erfüllte die Dunkelheit.

Es war ein Bewohner eines Sommerhäuschens am Meer, der den Leichnam fand, nachdem er sich wegen des zunehmenden Windes entschlossen hatte, die Befestigung seines Motorbootes am Landesteg zu überprüfen. Die Leiche war an den Strand gespült worden, fast bis zum Bootsrumpf, wo sie als Stossdämpfer hätte dienen können. Sie war mit den Schultern zwischen den Felsen steckengeblieben, und das zum Meer zurückströmende Wasser versuchte, sie zurück in ihr salziges Grab zu schleppen. Der Rentner, der die Meldung erstattete, hatte sich klug verhalten, indem er zuerst sicherstellte, dass die Leiche zwischen den Felsen steckenblieb. Er hatte aus einem abgebrochenen Kiefernast ein Querholz hergestellt und dieses unter den Schultern hindurchgestossen, ohne den Leichnam zu verletzen. Der Leichnam in seiner Totenstarre konnte dadurch kaum mehr ins Meer zurückgleiten. Darauf war der Mann in sein Häuschen zurückgekehrt und hatte den Notruf gewählt.

Ein Patrouillenfahrzeug traf innert weniger als einer Stunde am Ort ein, es war frei gewesen und von Eurajoki unterwegs in die Richtung von Luvia. Verglichen mit der Schlichtung eines Familienstreits beim letzten Einsatz war es eine geradezu friedliche Aufgabe, auf eine Leiche in den Felsen an der Küste aufzupassen. Eine Polizeibeamtin nahm das Ufer und das Gelände in der Nähe des Leichnams in Augenschein, für den Fall, dass sich etwas Auffälliges zeigte. Auf dem Namensschild ihres Overalls stand «Meirola». Ihr Kollege unterhielt sich mit dem Mann, der die Leiche gefunden hatte, aber sie sprachen schon vom Angeln. Der Mann hatte bereits alles erzählt, was er wusste.

Der Pikettdienst des kriminaltechnischen Dienstes hatte sich aus Pori auf den Weg gemacht.

Während sie noch warteten, untersuchte die Beamtin die Leiche im Lichtkegel des hellen Polizeischeinwerfers. Der Mann war vermutlich in mittlerem Alter, kahlköpfig und von rundlicher Figur. Gerade geschnittene Hosen, ein Wollpullover und Segelschuhe. Die wertvolle Armbanduhr war stehengeblieben. War sie stehengeblieben, bevor der Mann gestorben war, oder erst später? Nur die Uhr hätte darüber Auskunft geben können, oder der Mann, aber sie waren beide verstummt.

Vermutlich hatte der Leichnam lange im Meer getrieben. Er war aufgequollen, aufgebläht, und begann schon zu verfaulen. Hatte ihn die Bildung von Gasen aus der Tiefe des Meeres an die Oberfläche getrieben? Das Gesicht hatte sich dunkel verfärbt, und die Haut war mosaikartig aufgebrochen. Die Kopfhaut schälte sich in Fetzen vom Schädel ab. Der Leichnam glich eher einer Figur aus einem Horrorfilm, die man aus ihrem Grab geholt hatte, als einem Menschen. Die Patrouille hatte noch einmal sichergestellt, dass die Leiche nicht wieder im Meer verschwinden würde. Die erfahrenen Beamten waren vorsichtig genug, den Toten nur zu berühren, soweit es zwingend notwendig war. So hatten sie noch nicht einmal die Hosentaschen des Mannes untersucht. Wenn dort eine Brieftasche zum Vorschein käme, würde sich die Identität der Leiche sofort aufklären. Doch wenn der Todesfall mit einem Verbrechen zusammenhing, würden die Spurensicherer nicht glücklich darüber sein, dass man die Leiche berührt hatte. Wahrscheinlich wurde dieser Verstorbene schon lange vermisst, aber jetzt war Eile nicht am Platz. Die Todesursache würde bestimmt zur rechten Zeit aufgeklärt werden. Das Wichtigste war vorderhand, dass man den Vermissten überhaupt gefunden hatte.

3.

In der Zentrale der Kriminalpolizei von Tampere begann Oberkorporalin Paula Korhonen ihren Arbeitstag mit einem Morgenkaffee. Gleichzeitig las sie ihre E-Mails. Der Gerichtsmediziner wollte sie im Universitätsspital treffen. Paula Korhonen lebte im Stadtteil Amuri hinter der Bibliothek «Metso» in einem Mehrfamilienhaus. Von ihrem Schlafzimmerfenster aus sah man zum breiten Oberteil des Aussichtsturms Näsinneula, des Wahrzeichens von Tampere, aber nicht zum See. Die dreiundfünfzigjährige Paula Korhonen stand mit ihrer Figur auf Kriegsfuss und legte ihren Arbeitsweg von einer vollen Stunde unabhängig vom Wetter zu Fuss zurück. Bei der Arbeit selbst benützte sie für die Einsätze ein Auto. Auf ihrem Smartphone hatte sie die MyFitnessPal-App installiert, mit der sie auf praktische Weise ihren täglichen Kalorienverbrauch verfolgen konnte. In ihrer Handtasche lag der Schlüssel zu einem Spind in einem Fitnesszentrum im Hämeenpuisto, aber sie besuchte es nur unregelmässig.

Sie holte sich jeden Tag einen Take-Away-Kaffee in der Markthalle an der Hallituskatu, die an ihrem Arbeitsweg lag. Schon bevor die Markthalle am Morgen offiziell öffnete, gingen Warenlieferanten, Paula Korhonen und andere vertraute Besucher durch ihre alten hölzernen Tore. Der türkische Cafébesitzer Ateş bediente sie gerne vor der Öffnung des Cafés. Das Lächeln des zweiundsechzigjährigen Ateş war jeden einzelnen Morgen gleich breit mit seinen reinweissen Zahnreihen. Mitunter leistete Paula Korhonen dem Cafébesitzer Ateş für die Zeit einer Tasse Kaffee Gesellschaft. Ateş verlangte von ihr der Form halber einen Euro für den ersten Kaffee, hingegen für den zweiten Kaffee, den sie anschliessend mitnahm, wollte er nie etwas.

Die aus Härmä stammende Paula Korhonen war bald nach dem Gymnasium auf die Polizeischule gekommen. Die schlechten Jobaussichten bei der Polizei führten sie zu einer Handelsschule und für mehrere Jahre in den kaufmännischen Bereich. Bei ihrer letzten Stelle war sie als Sekretärin im Import-/Exportsektor tätig gewesen. Dann aber zog sie ihre Leidenschaft zurück zur Arbeit bei der Polizei. Bei der Kriminalpolizei hatte sie nun schon einige Jahre gearbeitet und war zum Oberkorporal aufgestiegen. Sie war von mittlerer Grösse, färbte ihre Haare und kleidete sich einfach. Sie benahm sich korrekt und hielt die Arbeitskollegen in einer angemessenen Distanz. Selbst die zudringlichsten männlichen Kollegen begriffen, dass man mit dieser Frau nicht spielte. Paula Korhonen war nie in einer festen Beziehung gewesen, vertrieb aber ihre Einsamkeit gelegentlich über ein Datingportal. Das war die Tragik ihrer Existenz.

«Paula, hast du einen Augenblick Zeit?», unterbrach sie die Kommissarin Kati Laine. Im Büro ihrer dreissigjährigen Chefin setzte sich Paula Korhonen auf einen Holzstuhl. Das Büro ihrer Chefin war klein, und seine zentralen Einrichtungsbestandteile waren ein Pult, drei Stühle, ein grosser Registerschrank und die Fensterjalousien. Auf dem Pult befanden sich eine Kaffeetasse mit dem Logo der Kriminalpolizei, ein Schlüsselbund, ein Computer, eine Tastatur, die Maus und ein Bildschirm.

Nichts Weibliches.

Die Kommissarin Kati Laine gab Paula den neuesten Lagebericht in der Untersuchung eines Todesfalls, der an die

Kriminalpolizei überwiesen worden war. Südlich von Pori war am Meer ein Toter gefunden worden, bei dem es sich gemäss seinen Papieren um Martti A. Lehtinen handelte. In Frage kamen hier nur ausserordentliche Todesumstände, und der Fall war bald von der örtlichen Polizeibehörde zur zentralen Kriminalpolizei überwiesen worden. Die überlastete Abteilung Westfinnland reichte ihn sofort nach Tampere weiter. Als Kati Laine den Fall auf ihren Schreibtisch kriegte, setzte sie sofort Paula Korhonen darauf an.

«Der Rapport kam in der Morgenpost. Der Verstorbene hinterliess einen ganzen Wust an Unternehmen und eine Schutthalde voller persönlicher Gegenstände», erläuterte Kati Laine.

Paula Korhonen hörte zu und las gleichzeitig im Rapport der örtlichen Polizeibehörde.

«Er war vor dreissig Jahren Liebling der Regenbogenpresse», fuhr Laine fort. Sie stützte sich gegen die Rückenlehne des Stuhls, die Finger beider Hände im Nacken verschränkt.

«Nach der Rezession machte Lehtinen mit seiner Handelskette fette Gewinne. Er wusste seinen Prominentenstatus auszunutzen. Das war die Zeit nach dem Niedergang des Reiseveranstalters ‹Keihäsmatkat› und vor der TV-Show ‹Tuurin Kyläkauppias›, also grob gesagt zwischen den 1970er- und 2000er-Jahren.»

Paula Korhonen nickte. Laines Informationen waren umfassend.

«Martti A. Lehtinen war die Sensationsmiss seiner Zeit.»

Kati Laine blickte über die Augen ihrer Mitarbeiterin hinweg auf deren Haare, die viel dichter waren als ihre eigenen.

Paula Korhonen lehnte sich nach vorne und hob das grossformatige Foto vom Pult ihrer Chefin auf. Sie musterte den Toten mit schiefgelegtem Kopf. Das Gesicht des im Meer aufgequollenen Mannes spaltete und schälte sich.

«Nach einer Miss sieht er aber nicht gerade aus.»

Kati Laine blickte Paula Korhonen in die Augen und spitzte die Lippen. Der rote Lippenstift vergrösserte ihren Mund.

Paula spürte, dass sie in einen schwierigen Konflikt geraten war. Die Sache mit Martti A. Lehtinen war, in Kati Laines Worten, «supereilig», und aus Eile resultierte in der Regel nichts Gutes. Nach der Auffindung des Leichnams hatte der Gerichtsmediziner seine Untersuchung vorgenommen und die Proben mit höchster Dringlichkeit ins Labor gesandt. Den Medien gegenüber war der Tote, der in der Region von Pori gefunden worden war, in der ersten Pressemitteilung noch als unbekannt bezeichnet worden. Der Fund des Leichnams von Martti A. Lehtinen konnte jederzeit in den unseligen Zirkel der Zeitungen hineingeraten, was nicht wünschenswert war. Die Möglichkeit eines Gewaltverbrechens musste zuvor ausgeschlossen werden können. Andernfalls würde ihnen der Täter sogleich entschlüpfen.

«Angehörige?», fragte Paula Korhonen.

«Sie waren die ganze Woche nicht erreichbar, aber heute konnten wir den Kontakt zu ihnen herstellen. Mutter und Tochter. Waren wohl auf irgendeiner Elefantensafari. Sie haben ihren Urlaub unterbrochen und fliegen so schnell wie möglich nach Hause.»

«Man hat sie noch nicht einvernommen?»

«Natürlich nicht. Das macht man nicht am Telefon. Sie sind erschüttert.»

Die Angehörigen würden ins Universitätsspital von Tampere kommen müssen, um die Leiche zu identifizieren.

Paula Korhonen hörte von Kati Laine, dass der

Gerichtsmediziner die Laborergebnisse an diesem Morgen bekommen hatte. Die Resultate des DNA-Tests würde man später noch verwerten können. Paula bestätigte, dass sie schon eine E-Mail bekommen und mit dem Gerichtsmediziner einen Termin vereinbart hatte.

Ihre Chefin war zufrieden.

In der halbleeren Cafeteria des Universitätsspitals von Tampere genoss Paula ein Mittagessen, welches aus einem Salat bestand. Sie gab die Kalorien des Menus in die MyFitness-Pal-App ein und stöberte gleichzeitig auf dem Smartphone durch verschiedene Nachrichtenportale. Der am Meer gefundene Tote war noch nicht in die Schlagzeilen geraten.

Gut so.

Einige Augenblicke später sass sie im untersten Stockwerk des Krankenhauses im Büro des graubärtigen Gerichtsmediziners. Der Mann war bekannt als der «Oberarzt vom Untergeschoss». Gemäss der forensischen Untersuchung der Todesursache war der Verstorbene schon seit drei bis vier Wochen tot.

«Wie du siehst, hat er seinen Bart seit längerer Zeit nicht mehr rasiert. Erinnert an einen Tippelbruder oder einen Waldmenschen.»

Paula Korhonen wunderte sich, warum die Angehörigen Martti A. Lehtinen nicht als vermisst gemeldet hatten. Oder hatten diese gar mit dem Tod des Mannes zu tun?

Was die Leiche betraf, an dieser fanden sich keine äusserlichen Verletzungen, die auf die Möglichkeit eines Gewaltverbrechens hingedeutet hätten. In seinen Erläuterungen verwendete der Arzt ein Vokabular, das Paula Korhonen nicht beherrschte. Sie bat den Arzt, sich verständlich auszudrücken. Immer dasselbe.

«Die Todesursache war ein Herzstillstand. Genauer gesagt, das Herz stellte seine Funktion aufgrund von Sauerstoffmangel ein. Der Sauerstoffmangel wiederum kam vom Ersticken, infolgedessen das Gewebe keinen Sauerstoff mehr aufnehmen konnte, woraufhin der Mann bewusstlos wurde. Der Herzstillstand folgte auf den Verlust des Bewusstseins.»

«Er ertrank aber doch?»

«Technisch gesehen ja, auch wenn in den Bronchien und der Lunge der Leiche keine Flüssigkeit gefunden wurde. Es handelt sich hier um ein sogenanntes ‹trockenes Ertrinken›, wie es durchschnittlich in ein bis zwei von zehn Ertrinkungsfällen vorkommt. Die typische Ausgangslage ist die, dass die ins Wasser geratene Person Wasser schluckt und der Kehlkopf dadurch zugedrückt wird. Dies hat zur Folge, dass keine Flüssigkeit in die Luftröhre gelangt, aber eben auch kein Sauerstoff. Der Sauerstoffmangel führt zum Ersticken. Bei einem normalen Ertrinken jedoch behindert die in die Lunge geratene Flüssigkeit die Sauerstoffaufnahme, woraus die zum Tod führende Asphyxie resultiert.»

«Asphyxie?»

«Atmungsstörung. Im Süsswasser bewirkt die Flüssigkeit, die aus der Lunge in den Blutkreislauf gelangt, eine Wasservergiftung, woraus die Zerstörung der roten Blutkörperchen resultiert. Ihr Inhalt gelangt ins Blut. Die Zerstörung der roten Blutkörperchen wiederum kommt von der Osmose. Kurz gesagt bricht das Wasser in die Zellen ein. Die Kaliumionen und das Hämoglobin in den roten Blutkörperchen beeinträchtigen die Funktion des Herzens. Im Salzwasser wiederum erfolgt aufgrund des Salzgehaltes des Wassers kein osmotischer Übergang. Man kann sagen, dass ein im Meer Ertrinkender meistens durch Ersticken stirbt. So oder so, sowohl im Süsswasser als auch im Salzwasser verliert ein Ertrinkender zuerst das Bewusstsein, und dann steht das Herz still, nachdem die Sauerstoffzufuhr sich reduziert hat.»

«Danke. Ich konnte bestens folgen.»

Der Gerichtsmediziner lächelte.

«Das Resultat der Obduktion lässt also ein Gewaltverbrechen ausschliessen?», hakte Paula Korhonen nach.

«Das würde ich nicht behaupten. Ein Ertrinken ist immer ein Ertrinken, auch das trockene Ertrinken. Die Bestimmung der Todesursache ist nicht das Problem, aber der Verlauf der Geschehnisse, die zum Tod geführt haben, ist eine andere Geschichte. Es ist beinahe unmöglich zu entscheiden, ob das Ertrinken von einem Unglück, einem Selbstmord oder Mord herrührt. Die Leiche sieht immer gleich aus, ob der Mensch nun ins Wasser gesprungen oder gestürzt ist – oder gestürzt wurde. Hier bei uns sieht sie immer gleich aus. Schon die Beurteilung, ob der Tote ertrunken ist oder nicht, beinhaltet eine schwierige Diagnostik, die oft im Ausschlussverfahren erfolgt. Nicht die Obduktion, sondern die übrigen Umstände sind oft wichtiger. Wenn an der Leiche keine Verletzungsspuren oder Hinweise auf einen natürlichen Tod sichtbar sind und sie im Wasser gefunden wurde, können wir als Gerichtsmediziner davon ausgehen, dass die Person ertrunken ist. Das Problem ist, dass es bei der Obduktion nur wenige pathologische Befunde gibt, die unzweifelhaft beweisen können, dass der Tote wirklich durch Ertrinken starb.»

«Willst du mich jetzt irgendwie aufs Glatteis führen? Ich verstehe das nicht.»

«Ich versuche zu sagen, dass, selbst wenn die Lunge des Toten voller Wasser ist, diese Tatsache nicht zwingend auf einen Ertrinkungstod deutet. Die Lunge kann sich passiv innert weniger Stunden mit Wasser füllen. Auch darauf gestützt kann man nicht bestätigen, ob ein Toter ertrunken ist oder ob er infolge einer anderen Ursache starb. Ein Herzinfarkt und eine Überdosis Drogen können ein Lungenödem verursachen, Flüssigkeitsansammlungen in der Lunge. Wenn der Tote nach einem Herzinfarkt oder einer Überdosis mit dem Leben davongekommen und danach ins Wasser gestürzt ist, sieht der Tod nach einem Ertrinken aus. Aus diesem Grund muss man immer vollständige toxikologische Tests vornehmen, damit man die Todesursache des Ertrinkens bestätigen oder ausschliessen kann.»

«Du willst mir etwas Entscheidendes mitteilen. Fahr also fort!»

«Wir wissen, dass in der Lunge des Toten kein Wasser gefunden wurde. Er wurde aufgequollen im Meer gefunden, mehrere Wochen nach seinem Tod. Wenn ein Mensch am Leben ist, wenn er ins Wasser gerät, kämpft er gegen das Untertauchen und versucht zu atmen. Das verursacht Druckschäden in den Hohlräumen und der Lunge. Ich darf annehmen, dass es in einem solchen Fall Anzeichen für Blutfluss in den Hohlräumen und Atemwegen gibt, ebenso Überreste des Wassers, das der Tote geschluckt hat, als er versuchte, Luft in seine Lunge zu ziehen. Solche Anzeichen würden natürlich bestätigen, dass er am Leben war, als er ins Wasser geriet. Manchmal findet man an einem Leichnam etwas, an dem er sich festzuhalten versuchte, als er unter Wasser um sein Leben kämpfte. Gras oder Erde unter den Fingernägeln sind gute Indizien. Auch das Knochenmark kann die Todesursache eines Toten verraten. Im Knochenmark können sich zum Beispiel winzige Diatomeen befinden – auch bekannt unter dem Trivialnamen Kieselalgen, wenn dir das lieber ist. Das sind einzellige Organismen, von denen es im Salz- und Süsswasser nur so wimmelt. In ihren Zellwänden befindet sich Siliziumoxid, und sie sind gegen Zerfall recht widerstandsfähig. Wenn das Herz eines ins Wasser Geratenen noch schlägt, geraten Diatomeen mit dem geschluckten Wasser in die Lunge, von dort in den Blutkreislauf und in den ganzen Körper. Am Ende haben sie die Tendenz, sich im Knochenmark anzureichern.»

Der Gerichtsmediziner fuhr nicht fort.

«Du möchtest wohl, dass ich frage, ob es im Knochenmark Diatomeen gab.»

Der Gerichtsmediziner lächelte zufrieden: «Wir nahmen eine mikroskopische Untersuchung vor, und die Resultate sind eingetroffen. Es wurden keine Diatomeen gefunden. Ich darf annehmen, dass der Tote schon tot war, als er ins Wasser geriet, aber nur annehmen. Wie du gehört hast, setzte ich den Todeszeitpunkt auf vor drei bis vier Wochen. Nun, wir haben auch den Chlorittest nach Gettler vorgenommen. Wir nahmen Blutproben aus beiden Herzkammern und untersuchten den Chloritgehalt. Der Chloritgehalt des Bluts war in den Proben, die aus der rechten Herzkammer entnommen worden waren, eindeutig höher.»

«Was bedeutet das?»

«Der physiologische Prozess ist kompliziert zu erklären. Vereinfacht bedeutet das, dass der Tote, wenn der Chloritgehalt des Bluts in der rechten Herzkammer höher ist als in der linken, in Süsswasser ertrunken ist. Aber der Befund ist unlogisch, denn in der Lunge des Toten gab es keine Anzeichen von Wasser – weder Salz- noch Süsswasser. Und man darf nicht vergessen, dass er im Meer gefunden wurde. Der höhere Chloritgehalt ist aber dennoch ein Fakt.»

«Arto, ich brauche jetzt die Zahl am Ende dieses Kassenbons, die Zahl unter dem Summenstrich. Starb der Tote im Meer oder schon vorher?»

Der Gerichtsmediziner richtete sich auf seinem Sattelstuhl zu seiner vollen Grösse auf: «Die Fakten, von denen ich berichtet habe, geben Anlass zu einer starken Annahme, aber doch nicht hundertprozentig. Ich glaube, dass der Tote gestorben ist, nachdem er in Süsswasser geraten ist. Es gibt keine Anzeichen dafür, dass er im Wasser um sein Leben gekämpft hat. Das kann ich nicht erklären. Der eindeutig höhere Chloritgehalt in der rechten Herzkammer ist jedoch eine Tatsache. Andererseits findet sich am Toten auch nichts, das darauf hindeuten würde, dass er wochenlang im Meer umhergetrieben ist. Nicht einmal der geringste Fund von Meerespflanzen oder Lebewesen. Ganz so, als ob er sich in einer Flaschenpost befunden hätte.»

«Du vertraust offensichtlich stark auf den Befund des höheren Chloritgehalts in der rechten Herzkammer. Wenn wir das mal ausser Acht lassen: Könnte er nicht doch auf natürliche Weise im Meerwasser ertrunken sein?»

«Im Prinzip ist es möglich, dass jemand ihn in Süsswasser gestossen hat und er dann im Meerwasser gefunden wurde», antwortete der Gerichtsmediziner. «Und auch dafür spielt es keine Rolle, ob er schon tot war oder nicht.»

Paula Korhonen unterbrach die Stille mit einem Kraftwort, was sonst nie geschah.

Der Gerichtsmediziner erläuterte noch einige Details, die mit der Obduktion zusammenhingen. Die ersten Testresultate sollten nach dem Wochenende eintreffen.

Paula Korhonen wollte nicht den Motor anlassen und zum Polizeigebäude zurückkehren, um der Kommissarin Kati Laine die Erläuterungen des Gerichtsmediziners wiederzugeben. Aus der ganzen Geschichte drohte etwas anderes zu werden, als sie erwartet hatte. Martti A. Lehtinen war vor Wochen gestorben, und niemand hatte ihn vermisst. Die Frau und die Tochter des Verstorbenen waren in der Welt umhergereist. Sie sass im Auto auf dem Parkplatz des

Universitätsspitals und starrte ein junges Paar an, das gemeinsam einen Kinderwagen stiess. Der Mann im Kapuzenpulli schnitt für das Kind Grimassen. Paula bemerkte dies nicht, als sie gleichsam durch sie hindurchblickte.

Warum konnten die Menschen nicht auf einfachere Weise ertrinken?

4.

Die Metrozüge, die am frühen Freitagabend verkehrten, waren die vollsten der ganzen Woche. Eine Menschenmasse wollte für das Wochenende fort aus der Stadt, und andere kamen stattdessen ins Zentrum. Der Strom der Reisenden im Grossraum von Stockholm mit über zwei Millionen Einwohnern bewegte sich in alle Himmelsrichtungen und zu allen Tageszeiten, pausen- und endlos. An Wochenenden verkehrten die *tunnelbana*-Züge, wie man sie im Schwedischen nannte, die ganze Nacht hindurch, was es allen einfacher machte – mit Ausnahme derer, die sich um die öffentliche Ordnung zu kümmern hatten.

Kurz vor sieben Uhr abends kam die achtundzwanzigjährige Annmari Akselsson bei der Metrostation Liljeholmen an. Sie trug einen figurbetonten, schwarz und grau gestreiften Wollpullover mit Kapuze, eine schwarze Lederjacke, die bis zur Taille reichte, Sportleggins und einen grossen Röhrenschal aus Wolle. Dank der Unterstützung ihrer Nike-High-Heels-Turnschuhe wuchs ihre Erscheinung auf eine Grösse von über hundertsiebzig Zentimeter. Annmari besass natürliche blonde, halblange Haare, dunkle Brauen, eine schmale Aristokratennase und volle Lippen. Sie gehörte zu der glücklichen Minderheit, die es nicht nötig hatte, sich zu schminken. Wenn sie den Menschen mehr Aufmerksamkeit geschenkt hätte, wären ihr überall die verstohlenen Blicke von Männern wie auch Frauen aufgefallen. Nach einigen Minuten stieg Annmari mit den anderen Menschen zusammen in einen Metrozug, der in nordöstlicher Richtung weiterfuhr, in den Stadtkern Stockholms. Der dritte Waggon war voll. Die meisten der jungen Migranten, die mitfuhren, kamen von weiter weg, aus Skärholmen. Die übrigen Leute, die von dort kamen, erkannte man zum Beispiel an den riesigen Ikea-Plastiktaschen. Die rote Linie endete beim Hafen Ropsten, in der Nähe des Terminals der Silja-Line, weshalb bei den letzten Stationen oft finnische Schiffstouristen zustiegen.

In Slussen stieg eine gesprächige, alkoholisierte Gruppe von drei Finnen in Annmari Akselssons Waggon. Derjenige von ihnen, der am meisten in Fahrt war, befand sich im Übergangsbereich zwischen einem leichten Schwips und einem ernsthaften Rausch. Als die Metro sich wieder in Bewegung setzte, gab er sich den in der Nähe sitzenden Passagieren als Geburtstagskind, das seinen vierzigsten Geburtstag feierte, zu erkennen, und dies auf Finnisch, Schwedisch und Englisch. Die etwas weniger betrunkenen Reisekumpanen des Geburtstagskinds blieben im Hintergrund. Aus der Gruppe der Jugendlichen aus Skärholmen kam der Kommentar «verdammter Bilbo» geflogen, aber der Festbruder beachtete es nicht. Er bewegte sich durch den Waggon, indem er die Reisenden anquatschte, ohne zu fragen, ob überhaupt jemand sich mit ihm unterhalten wolle. Annmari stand im Gang und starrte aus dem Fenster. Der Mann bemerkte sie und blieb in Atemdistanz neben ihr stehen. Annmari hatte beschlossen, sich nicht darum zu scheren. Der lächelnde Mann schloss die Augen und schob sich noch näher an Annmaris Gesicht: «You can kiss me now.»

Einige Passagiere waren amüsiert. Annmari Akselssons Hand fuhr aus ihrer Tasche hervor. Sie hob ihren Dienstausweis von der Kriminalpolizei beinahe bis zur Visage des Mannes: «Küss das hier!»

Am Montag um sieben Uhr morgens war ein dicklicher, kleiner achtundfünfzigjähriger Mann mit dem Rad im regnerischen Kungsholmen unterwegs. Wenig später schloss er das Mountainbike mit drei Schlössern im Innenhof der Polizeizentrale ab. Der Oberkommissar der Kriminalpolizei, Håkan Holmström, nahm den Fahrradhelm erst im Mannschaftsraum vom Kopf. Nach einer warmen Dusche zog er einen tadellosen dunklen Dreiteiler an und stieg einige Geschosse bis zu seinem Büro hoch. Die langjährige Abteilungssekretärin Camilla kam zur selben Zeit zur Arbeit.

«Guten Morgen, Cam. Wie geht es uns denn heute?»

Camilla lächelte geschmeichelt zurück, wie jeden anderen Morgen.

Håkan Holmström leitete bei der Kriminalpolizei die Abteilung, die die anspruchsvollsten Kriminaluntersuchungen der Stadt zur Erledigung bekam. Das rührte zu einem grossen Teil daher, dass Håkan Holmström bei der Kriminalpolizei eine lange, verdienstvolle Karriere hingelegt hatte. Er hatte sein Team selbständig zusammenstellen dürfen. Die Fluktuation in Holmströms Team war gering, was sich unter anderem durch seine aussergewöhnlichen Führungsqualitäten erklärte. Er verstand es, seine Leute als Individuen und als Team zu führen. Holmström und seine Mitarbeiter kamen bei der Arbeit in der Regel gut miteinander aus, obwohl der Druck, der von den Vorgesetztenstellen oberhalb von Holmström herrührte, und andere Umgebungsfaktoren gelegentlich Herausforderungen stellten.

Wenn regelrechte Probleme auftraten, kehrte Holmström einfach seine härtere Seite heraus – es war unmöglich, sich über den Oberkommissar einfach hinwegzusetzen. Ein früherer Vorgesetzter hatte bei Vermittlungsversuchen denn auch etwas frustriert festgestellt, dass in Holmströms Team offenbar nur Holmströms Gesetze zu gelten schienen.

Im Pausenraum wurde Holmström von Edison begrüsst, einem langjährigen Ermittler des Teams. Der Rockstar Edison und der Oberkommissar Holmström in seinem Anzug mit Weste hätten unterschiedlicher nicht aussehen können. Håkan Holmström erinnerte Edison an das bevorstehende Morgenpalaver und liess ihn dann seine Unterhaltung mit einigen Kollegen fortsetzen.

Annmari Akselsson startete den Computer in ihrem Büro und nahm mit Wasser aus einer Flasche eine Schmerztablette ein. Sie war mit dem falschen Fuss aufgestanden. Während der Computer startete, hätte sie noch gut Zeit gehabt, um Kaffee zu holen, aber sie wollte mit niemandem sprechen. Am Vorabend war sie erst nach Mitternacht nach Hause gekommen, als Anton schon im Schlafzimmer schlief. Annmari blieb nur noch das Sofa im Wohnzimmer, denn sie teilten das Bett nicht mehr. Der, der früher aufstehen musste, um zur Arbeit zu gehen, schlief im Allgemeinen auf dem Sofa. Diese Anordnung galt so lange, bis Anton eine Wohnung fände. Inzwischen hatte Annmari den Verdacht, dass Anton seine Schichten beim Rettungsdienst absichtlich so organisierte, dass sie meist das Sofa abkriegte.

Anton hatte versprochen, bei der Wohnungssuche aktiv zu sein. Das war der einzige Grund, weshalb Annmari die sich hinziehende Situation tolerierte.

Und dann war da noch Rihanna. Anton hatte dem zweijährigen Labrador diesen idiotischen Namen gegeben, aber der Hund war süss. Im Nachhinein hatte Annmari sich überlegt, dass ihre Alarmglocken schon bei der Namensgebung des Hundes hätten läuten müssen. Anton war in einer ärgerlichen Weise auf sich selbst fixiert und unreif. Ein hundertneunzig Zentimeter langer Muskelprotz, Rettungssanitäter und vollkommener Idiot. So einem sollte es verboten sein, Haustiere und Frauen zu haben.

Kurz darauf erschien Edison in der offenen Tür, eine Kaffeetasse in der Hand.

«Morgen. Was läuft denn in der Morgensendung? Anton wacht …», Edison blickte flüchtig auf die Uhr, «… *jetzt* auf.»

«Edison, rat mal, ob ich Lust habe, dir zu sagen, du sollest dir ein eigenes Leben zulegen? Du kennst Antons Morgenroutinen besser als deine eigenen.»

«Schon gut», meinte Edison, indem er sich auf einen Klappstuhl schwang. Annmari öffnete das Internet.

Annmari Akselssons Beziehung zu Anton hatte vor einem vollen Jahr begonnen. Sie wollte in der jetzigen Situation nicht mehr darüber nachdenken, was sie damals dazu bewogen hatte, sich für Anton zu erwärmen. Die Beziehung war vorbei, es fehlten nur noch die Rücklichter an Antons Umzugswagen. Annmari würde Rihanna vermissen, natürlich.

Von Anfang an hatte es Annmari interessiert, was der Hund trieb, wenn sie nicht da waren. Annmari hatte in der Wohnung Webcams installiert, wollte aber Anton nicht davon erzählen. Als Rihannas Lieblingsplatz entpuppte sich das nicht gemachte Doppelbett. Es war kein erhebender Anblick, wie der Hund auf Annmaris Kopfkissen sass und mit der Zunge sein Hinterteil sauber leckte. Danach machte Annmari das Bett immer, bevor sie zur Arbeit ging. Anton tat das leider nicht.

Die Idee, den Hund zu beobachten, stammte nicht von Annmari. Ihr Cousin, der in Göteborg lebte, hatte zwei grosse Neufundländer, die er von der Arbeit aus über Webcams beobachtete. Der Cousin hatte die Webcams auf seiner Homepage verlinkt, und Annmari schaute dort ab und zu vorbei, um die Hunde zu sehen. Es war ihr besonderes Vergnügen, das Familienleben ihres Cousins zu beobachten, wenn die Webcams aus Versehen eingeschaltet geblieben waren. An einem Abend zur Zeit der Fernsehnachrichten sass er gemäss der Webcam im anderen Zimmer am Computer, und seine Frau lag im Schlafzimmer unter der Decke. Sie sah fern und ass ein Sandwich. Annmari konnte der Versuchung nicht widerstehen, ihrem Cousin eine SMS zu schicken: «Darf Therese im Bett Krümel machen?»

Nach diesem Vorfall blieben die Webcams abends ausgeschaltet.

Später begann Annmari mit Anton auszugehen. Nach den gemeinsamen Nächten musste immer häufiger Annmari auf Rihanna aufpassen, wenn Anton fort musste. Ausserdem war Anton gerade kurz davor, seine Mietwohnung zu verlieren. Dann zog Anton mit dem Hund vorübergehend zu ihr. Aus diesem «vorübergehend» waren mehrere Monate geworden, und die Beziehung ging in die Brüche, aber davor hatte Annmari, wie gesagt, noch unauffällige mit dem Internet verbundene Kameras in der Wohnung installiert. Die Kamera verfügten auch über Mikrofone. Annmari hatte die ehrliche Absicht gehabt, sicherzustellen, dass sie nicht ein gemeinsames Leben mit einem Mann plante, den sie in Wirklichkeit nicht kannte. Die Beziehung zerbrach zwar nicht wegen der Kameras, aber tatsächlich beschleunigten sie Annmaris Beschluss, Anton loszuwerden.

Edison und Annmari schauten zu, wie der nackte Anton in der Küche von Annmaris Wohnung den Kaffeekocher befüllte. Rihanna tauchte im Bild kurz auf. Als nächstes steuerte Anton das Klo an, stellte sich dort breitbeinig mit dem Rücken zur Kamera hin und pisste lange. Das hasste Annmari jedes Mal: Anton hatte versprochen, im Sitzen zu pissen, damit es keine Spritzer gab. Hinter Edison und Annmari erschienen zwei Kollegen, die auch von Anton wussten.

«Aus dieser Höhe braucht man gar nicht erst zu versuchen,

irgendwohin zu treffen.»

«Warum setzt er sich denn nicht?»

Das Quartett verfolgte mit aufmerksamen Augen dank der Vermittlung durch die Kamera hinter Antons Rücken, wie dieser sorgfältig die letzten Tropfen abschüttelte.

«Widerlich.»

«Ein unglaublicher Typ.»

Der Klodeckel blieb selbstverständlich oben. Das weckte beim Publikum neuen Ärger.

«Heute hat er immerhin ins Klo getroffen», erbarmte sich wenigstens Edison.

«Die Zähne, Anton, die Zähne!»

Anton benutzte die Zahnbürste und lehnte sich mit dem anderen Arm gegen den Rand des Waschbeckens, den Blick in den Spiegel gerichtet.

Annmari schloss den Browser gegen den Protest ihrer Kollegen.

«Das genügt», sagte Annmari zu ihnen.

Die Kollegen und Edison verliessen widerwillig Annmaris Büro. Anton, die Kollegen, alles ärgerte Annmari. Auch dieses Spionieren würde man beenden müssen. Anton hatte versprochen, seine Wohnungssuche zu beschleunigen, aber nichts deutete darauf hin.

Als die anderen gegangen waren, öffnete Annmari den Browser von neuem und verfolgte Rihannas und Antons Morgenverrichtungen noch eine Zeitlang.

Annmari traf rasch eine Entscheidung und rief Anton an. Sie verfolgte im Browser, wie Anton sein Handy aus dem Wäschehaufen neben dem Bett hervorgrub.

«Anton, wir müssen reden.»

«Jetzt? Ich sollte schon fort sein.»

«Du scheinst aber nicht in Eile zu sein. Zieh dich an. Beginn am besten gleich mit den Boxershorts.»

«Du machst wohl einen Scherz?»

«Nein, das ist mein voller Ernst. Das halbe Polizeigebäude beobachtet dich, wie du Kaffee kochst und wie du deine Morgenpisse verspritzt, wie es gerade kommt.»

Anton begriff, was Annmari meinte, und äusserte sämtliche Kraftwörter, die sich in seinem Wortschatz befanden. Er bedrohte sie mit einer Strafanzeige. Auf dem Bildschirm sah man, wie Antons Blick hastig nach den Webcams suchte. Annmari hatte sie gut versteckt. Anton stieg mit einem Bein in die Boxershorts und sprang auf dem anderen auf und ab.

«Beruhige dich, Anton. Denk daran, dass du nicht offiziell dort wohnst. Deine Post wird an ein Postfach gesandt. Du solltest eigentlich nicht in meiner Wohnung schlafen. Auch nicht meine Kaffeemaschine benutzen. Ich darf in meiner Wohnung so viele Webcams haben, wie ich will, das geht dich nichts an. Ich will, dass du heute noch umziehst. *Heute*, verstehst du?»

Am anderen Ende der Leitung war es still. Annmari wartete darauf, dass Anton begriff, was sie gesagt hatte.

«Annmari, ich habe keine Wohnung. Vereinbaren wir betreffend der Webcams …»

«Nein, vereinbaren wir nicht. Du kannst zu deiner Freundin ziehen. Heute noch.»

«Woher …»

«Was dachtest du denn?»

Annmari hatte keine Lust, sich die erneute Flut von Fluchwörtern anzuhören, die Anton diesmal mit noch lauterer Stimme von sich gab. Sie hielt ihr Handy weiter von ihrem Kopf weg.

«Anton, halt mich nicht für dumm. Du bist der letzte Mensch, um jemanden des Betrugs zu beschuldigen. Du ziehst heute noch um.»

Anton fuhr noch eine Zeitlang fort, gab aber am Ende ein wenig nach: «Annmari, ich kann Rihanna nicht dorthin mitnehmen.»

«Solange du nur deine Kleider heute wegbringst. Rihanna kann vorläufig bei mir bleiben, aber nur vorläufig.»

Sie vereinbarten schliesslich, dass Anton mit Rihanna wie zuvor Gassi ging und vorläufig den Schlüssel zur Wohnung behalten durfte. Anton versprach einmal mehr hoch und heilig, den Hund so bald als möglich fortzuschaffen.

Nach dem Gespräch war Annmari Akselsson erleichtert.

Das hätte man schon vor langer Zeit tun müssen.

5.

Die Angehörigen von Martti A. Lehtinen sollten heute vorbeikommen, um die Leiche zu identifizieren.

Paula Korhonen von der Kriminalpolizei fuhr mit überhöhter Geschwindigkeit zum Universitätsspital von Tampere. Sie hatte ihre Mutter den ganzen Tag wegen verschiedener Besorgungen umherfahren müssen. Nun jedoch fand sie beinahe schon zu leicht einen Parkplatz und lief im Eilschritt ins Krankenhaus.

Auf dem Flur wurde Paula bereits vom Gerichtsmediziner erwartet. Auch die Witwe und die Tochter des Verstorbenen waren vor Ort. Martti A. Lehtinen ruhte hinter der Tür auf einem rostfreien Metallbett. Paula wusste, dass die Tochter die Unternehmungen ihres Vaters über die jeweiligen Verwaltungsräte leitete. Sowohl die Mutter als auch die Tochter lebten in Helsinki, und zwar im vornehmen Stadtteil Eira, nur wenige Blocks voneinander entfernt.

Alle gaben einander die Hand, und Paula kondolierte den Angehörigen.

«Sind Sie bereit?», fragte der Gerichtsmediziner, und die Witwe nickte. Die Tochter folgte der Mutter und dem Gerichtsmediziner mit ausdruckslosem Gesicht.

Paula Korhonen beneidete die Angehörigen des Verstorbenen nicht. Martti A. Lehtinen war zwar bis auf den Kopf zugedeckt, und auch der Kopf war wohl auf irgendwelche Weise retuschiert worden, aber er sah trotz allem schrecklich aus. Den Bart hätte man auch noch wegrasieren sollen. Die Witwe brach bereits bei der Tür in Weinen aus, obschon sie das Gesicht ihres Mannes noch nicht einmal gesehen hatte. Paula überlegte, warum man die Angehörigen auf diese Weise quälen musste. Konnte man die Identifikation nicht auf menschlichere Weise durchführen? Allerdings hatte Paula es selbst nicht geschafft, Martti A. Lehtinens aufgequollenes Gesicht zu identifizieren, als sie es mit Fotos verglichen hatte. Eine bissige Bemerkung der Tochter an die Adresse des Gerichtsmediziners riss Paula aus ihren Überlegungen.

«Wie kann das sein?», fuhr die Tochter bestürzt fort.

Paula hätte Lust gehabt, den Angehörigen die Gegenfrage zu stellen, wie es möglich war, dass sie über zwei Monate lang keinerlei Kontakt zu ihrem Ehemann und Vater aufgenommen hatten.

Die Witwe blickte in das bärtige Gesicht des Leichnams und weinte. Der Gerichtsmediziner ergriff ihr Handgelenk und musste schliesslich beide Arme um die Witwe legen. Diese brach nun gänzlich zusammen und schluchzte, wobei sie ihre Nase gegen den Arbeitskittel des Gerichtsmediziners drückte. Die Tochter stand mit verschränkten Armen auf der anderen Seite der Metallpritsche, ohne ihren Blick vom Leichnam zu wenden. Ohne um Erlaubnis zu bitten, entfernte die Tochter die Decke bis zu den Knöcheln des Leichnams.

«Wie Sie sehen, ist er nicht mein Vater.»

Der Gerichtsmediziner blickte über den Kopf von Martti A. Lehtinens Ehefrau auf Paula Korhonen und begriff überhaupt nichts mehr.

Zehn Minuten später sass die gesamte Gruppe im Büro des Gerichtsmediziners. Lehtinens Frau war immer noch von der Rolle, aber ihr herzzerreissendes Weinen hatte sich gelegt. Die Tochter hatte ihren Vater bereits angerufen, aber die Handyverbindung war unterbrochen. Die Angehörigen hatten seit dem Erhalt der Todesnachricht natürlich nicht mehr versucht, Martti A. Lehtinen zu erreichen.

Die ganze Sache war mit einem Mal auf den Kopf gestellt worden. Paula Korhonen hatte die örtliche Polizei zu Lehtinens Sommerhäuschen in Pielavesi bestellt. Sie war nahezu sicher, dass man den Mann nicht in seinem Sommerhäuschen finden würde, jedenfalls nicht lebend. Martti A. Lehtinens Brieftasche und die wertvolle Armbanduhr waren in Pori im Besitz eines anderen Verstorbenen gefunden worden. Da musste etwas Schwerwiegendes vorgefallen sein. Eine potentielle Untersuchung eines Gewaltverbrechens lag in Form des unbekannten Leichnams auf der Metallpritsche, und bald konnten sie einen zweiten ähnlichen Leichnam kriegen.

Auf dem Flur beendete die Tochter soeben ihr Gespräch mit dem Anwalt der Familie und kehrte zu den anderen zurück.

Während sie auf die Tochter gewartet hatte, hatte die Witwe Paula Korhonen Genaueres über den Streit erzählt, nach dem sie und die Tochter über zwei Monate lang keinen Kontakt zu Martti A. Lehtinen aufgenommen hatten. Der Mann verbrachte ohnehin die meiste Zeit in seinem Häuschen in Pielavesi. Sie besassen eine zweite, grössere Villa in Südfinnland, aber Lehtinen fühlte sich in einfacheren Umständen durchaus wohl.

«Er wurde in den letzten Jahren immer gereizter und misstrauischer», erklärte die Witwe.

Paula Korhonen konnte den Lauf der Ereignisse im Moment nicht beeinflussen. Sie hatte keine Ahnung, was als nächstes geschehen würde oder was sie tun sollte. Weder vom Gerichtsmediziner noch von ihr selbst war während der Voruntersuchung jemals ernsthaft in Erwägung gezogen worden, dass der gefundene Mann jemand anders sein sollte als Martti A. Lehtinen, wie es die Papiere in seiner Tasche nahelegten. Die vage Ähnlichkeit war ausreichend gewesen. Auch der Bart hatte sie in die Irre geführt.

Was für ein Durcheinander.

«Was sollen wir jetzt tun?», fragte der Gerichtsmediziner Paula Korhonen.

«Sie fragen, was Sie jetzt tun sollen? *Sie* fragen, was *Sie* jetzt tun sollen?», bohrte die Tochter nach. «Wie ist das möglich?»

Lehtinens Ehefrau und die Tochter erwarteten von Paula eine Antwort, wie auch der Gerichtsmediziner. Und wahrscheinlich auch der Anwalt der Familie.

Paula Korhonen versuchte, Blickkontakt mit Frau Lehtinen aufzunehmen. Sie wollte diese auf keinen Fall noch mehr belasten. Eine bessere Antwort gab es nicht.

«Die Sachen meines Vaters. Ich will sie sehen», bat die Tochter.

«Natürlich», antwortete Paula Korhonen.

Der Gerichtsmediziner telefonierte kurz, und bald darauf brachte ein Assistent die beim Leichnam gefundenen persönlichen Gegenstände. Die Kleider steckten in total verschmutztem Zustand in luftdicht verschlossenen transparenten Beuteln. Lehtinens Frau wurde erneut erschüttert, als sie die persönlichen Gegenstände ihres Mannes erkannte. Aus der Brieftasche war der Inhalt entfernt worden: Führerausweis, Kreditkarten, irgendein Papierfetzen, Geldscheine und Münzen. Diese Dinge befanden sich in einem anderen transparenten Beutel, wie auch die Armbanduhr.

«Ich habe die Uhr meinem Vater vor zwei Jahren zu Weihnachten geschenkt. Auf ihrer Rückseite sind sein Vorname und das Datum eingraviert. Ich habe die Kaufinformationen aufbewahrt. Eine Raymond Weil Maestro. Ich will sie zurück. Ich erbe sie ja ohnehin.»

Die Mutter brach in Weinen aus. Auch die Tochter musste ihre Tränen zurückhalten und bot der Mutter ein Taschentuch an.

«Das heisst, sofern man Vater nicht lebend findet», ergänzte die Tochter gedämpft.

«Was …», stammelte die Mutter, «was ist mit Martti passiert?»

6.

Im Besprechungsraum des Polizeigebäudes versammelten sich Leute zu einem Palaver. Nach den Erläuterungen von Paula Korhonen hatte die Kommissarin Kati Laine angeordnet, dass die Voruntersuchung von nun an als Untersuchung eines Gewaltverbrechens an dem unbekannten Toten weitergeführt werden sollte. Dies, obwohl die genaue Tötungsart nicht bekannt war. Die Möglichkeit eines Unglücks war komplett ausgeschlossen. Die zweite Aufgabe bestand darin, Lehtinen aufzufinden.

«Der Unternehmer Martti A. Lehtinen, der sich aufs Altenteil zurückgezogen hatte, verliess seine Wohnung in Eira vor über zwei Monaten. Gemäss seiner Ehefrau und der Tochter hatte es an jenem Samstag Streit gegeben. Er packte seinen Reisekoffer und fuhr mit dem Auto weg. Dabei sahen die Angehörigen ihn zum letzten Mal. Am selben Tag rief die Ehefrau ihn an, und Lehtinen sagte, er sei unterwegs zu seinem Häuschen in Pielavesi. Das Gespräch endete wieder im Streit. Als bei der Leiche ausserhalb von Pori Lehtinens Armbanduhr und die Brieftasche gefunden wurden, wurden die Angehörigen benachrichtigt, die im Ausland auf Reisen waren. Sie unterbrachen ihren Urlaub und flogen nach Hause, um die Leiche zu identifizieren. Bei der Identifikation wurde klar, dass es sich bei dem Toten nicht um Lehtinen handelte. Wir versuchten gemeinsam mit den Angehörigen, Martti A. Lehtinen zu erreichen – vergeblich. Wir beauftragten die örtliche Polizei, das Sommerhäuschen in Pielavesi zu durchsuchen, aber es war leer. Die

Kleider und Lehtinens Sachen schienen grösstenteils noch im Häuschen zu sein, aber der Mann und das Auto fehlen nach wie vor. Unsere örtliche Einheit durchsucht das Sommerhäuschen gegenwärtig vom Fussboden bis zum Dach, wie auch das ganze Gebiet. Schon auf den ersten Blick scheint es klar, dass Lehtinen das Sommerhäuschen verlassen hat. Der Reisekoffer, die Zahnbürste und das Rasierzeug fehlen.»

Die Anwesenden hörten still mit verschränkten Armen zu.

«In diesem Augenblick sieht es so aus, dass Lehtinen vermisst wird. Wir haben den Verdacht, dass er Opfer eines Gewaltverbrechens geworden ist.»

«Der Täter?»

«Der Täter könnte der Tote sein, den man ausserhalb von Pori gefunden hat. Er hatte Gegenstände bei sich, die Martti A. Lehtinen gehörten. Das wäre nur logisch. In diesem Fall müssten wir auch das ihn betreffende Gewaltverbrechen untersuchen. Es wurde offiziell bestätigt, dass der Tote, den man ausserhalb von Pori aus dem Meer geholt hat, ertrunken ist, aber gemäss dem Gerichtsmediziner ertrank er wahrscheinlich in Süsswasser. Es ist möglich, dass beide Gewaltverbrechen von derselben Person begangen worden sind – oder von denselben Personen. Wie gesagt, es besteht im Augenblick ein starker Verdacht auf zwei Gewaltverbrechen. Wir haben einen Toten und eine zweite Person, die vermisst wird.»

Im Besprechungszimmer blieb es still.

«Paula, die Kreditkarten und das Telefon?»

«Die Zugangsdaten zu den Kreditkarten und dem Telefon wurden angefordert.»

Paula fuhr fort: «Martti A. Lehtinen gab vor drei Jahren alle Aufgaben ab, die mit seinen Unternehmen zusammenhingen. Die Tochter übernahm die Geschäftsleitung. Lehtinen konzentrierte sich seither vor allem auf das Landleben in seinem Häuschen in Pielavesi. Die Ehefrau und die Tochter sind inzwischen einvernommen worden. Sie bekräftigten, dass ihre Paarbeziehung schon seit Jahren erkaltet war. Der letzte Streit mit seiner Ehefrau ereignete sich vor über zwei Monaten. Der Mann packte seinen Reisekoffer und ging. Die Ehefrau und die Tochter versicherten sich später bei Nachbarn des Sommerhäuschens, dass Lehtinen sich wirklich in Pielavesi aufhielt. Danach liessen sie ihn in Ruhe. Gemäss der Tochter konnte die Funkstille zwischen ihren Eltern schon mal bis zu einem halben Jahr andauern.»

«Herrjemine.»

«Was Erwachsene so treiben.»

Paula Korhonen sandte über ihre Gleitsichtgläser hinweg einen warnenden Blick an die Kommentatoren und fuhr fort: «Ich kehre nochmals zu den Firmen zurück. Die Tochter leitet sämtliche Unternehmenstätigkeiten. Der Vater spielt darin überhaupt keine Rolle mehr.»

«Wie steht es mit dem Beitrag der Tochter zur Kommunikation innerhalb der Familie?», fragte ein anderer.

«Dieselbe Funkstille. In Verbindung mit dem letzten Streit des Ehepaars brach auch die Beziehung zwischen der Tochter und dem Vater entzwei. Gemäss der Ehefrau war der Mann in den letzten Jahren unberechenbar, jähzornig und unversöhnlich. In einem Nebensatz stellte die Tochter ihren Vater als paranoid dar.»

«Alzheimer?»

Paula Korhonen schaute den Dummschwätzer an. Der Trottel wusste nicht, was er redete. Einfach typisch Aki.

«Die Tochter wollte nicht weiter über ihre Beziehung zum Vater Auskunft geben.»

Paulas Blick kreiste im Besprechungsraum umher. Das Team mit sechs Kollegen war chronisch überlastet. Kommissarin Laine hatte ihr die Untersuchung im Fall Martti A. Lehtinen schon aufgehalst. Von den Anwesenden wollte sich also kaum jemand an einer Untersuchung beteiligen, die mit einem derartigen Blinde-Kuh-Spiel eröffnet wurde. Die gesamte Situation mutete surreal an, und auch sämtliche existierenden Spuren waren wenigstens mehrere Wochen alt. Und was, wenn sich herausstellte, dass der Ertrunkene von Pori doch eines natürlichen Todes gestorben war? Vielleicht hatte er Martti A. Lehtinens Brieftasche und die Armbanduhr davor gestohlen. Vielleicht hatte er auch dessen Auto, das ebenfalls verschwunden war, gestohlen. Vielleicht lag auch Lehtinen nicht von einem Gewaltverbrechen, sondern von einem natürlichen Tod heimgesucht irgendwo im Gelände zwischen Jyväskylä und Pielavesi.

Oder vielleicht lag Millionen-Martti auch gerade im Liegestuhl am Sandstrand der Copacabana und wartete auf die Eröffnungszeremonie der Olympischen Sommerspiele.

Kommissarin Kati Laine betonte, dass man die Ergebnisse des DNA-Tests des Toten von Pori angefordert hatte. Auch eine DNA-Probe, die man aus dem Haus des Vermissten gewonnen hatte, würde man analysieren lassen. Sie konnten nur hoffen, dass diese Tests später von Nutzen sein würden.

«Paula koordiniert die Suche nach Lehtinen. Wir können vorläufig noch annehmen, dass er genauso gut lebendig wie tot sein kann.»

Das Palaver war zu Ende.

«Aki?»

Der Angesprochene kehrte mit fragendem Gesichtsausdruck vom Flur zu Paula Korhonen zurück. Im Besprechungszimmer war ausser ihnen noch Kati Laine, die im Hintergrund eine SMS tippte.

«Ist jemand aus deinem Umfeld an Alzheimer erkrankt?»

«Nein, wieso?»

«Oder hast du ein abgeschlossenes Staatsexamen in Medizin?»

Der Mann fluchte schnaubend und ging.

«Teil nicht so vorschnell Diagnosen aus!», hob Korhonen ihre Stimme gegen den Rücken des Mannes an.

Laine warf einen Blick auf Paula: «Du scheinst hier nicht allzu viele Freunde zu haben.»

«Ich bin auch nicht hier, um Freundschaften zu knüpfen.»

In ihrem Büro machte sich Paula daran, die Teile eines Puzzlespiels auszubreiten, unter denen zwei zentrale Teile waren: der unbekannte Tote, der bei Pori im Meer gefunden worden war, und Martti A. Lehtinen, der sich vor über zwei Monaten nach Pielavesi zurückgezogen hatte. An der Längsseite von Paulas Büro hing ein grosses Whiteboard an der Wand. Sie hatte es selbst angeschafft. In die Mitte des Whiteboards schrieb sie «Millionen-Martti». Daneben schrieb sie «Toter». Darum herum ordnete sie Schlüsselwörter an wie «Am Leben?», «Mord?», «Motiv?» und «Tathergang?».

Dann erhielt Paula einen Anruf des Gerichtsmediziners. Die Ergebnisse des DNA-Tests des Toten waren erstaunlich schnell eingetroffen. Der Tote war ein schätzungsweise sechzigjähriger Mann, zu dem es im Register mit den Merkmalen von über hunderttausend mutmasslichen oder verurteilten Verbrechern keine Übereinstimmung gegeben hatte. Deswegen konnte man natürlich noch nicht ausschliessen, dass der Tote von Pori in ein Verbrechen verwickelt gewesen war.

Als nächstes stand die Untersuchung durch den Gerichtszahnarzt an. In der vom Gerichtsmediziner geschätzten Altersklasse gab es leider gegenwärtig keine passende vermisste Person, mit Ausnahme von Martti A. Lehtinen. Zweifellos hätte man jetzt für einen wenigstens vor drei bis vier Wochen als vermisst gemeldeten sechzigjährigen Mann Verwendung gehabt. Wenn man dann die Informationen über erfolgte Zahnbehandlungen beim Vermissten mit den Untersuchungsergebnissen des Gerichtszahnarztes abglich, wäre die Identitätsfrage in einem Augenblick geklärt. Danach hätte man immerhin etwas, auf dessen Basis man weiterfahren konnte. Etwas, auf dessen Basis man die Verbindung zwischen den beim Toten gefundenen Ausweispapieren und Lehtinen weiterverfolgen konnte.

Es hätte aber gewiss nicht geschadet, wenn man Martti A. Lehtinen und sein Auto gefunden hätte.

Später am Nachmittag verliess Paula Korhonen das Polizeigebäude. Der eine oder andere Kollege arbeitete noch weiter, aber in Kommissarin Laines Büro brannte kein Licht mehr. Bei der Eingangstür wäre Paula beinahe mit Aki zusammengestossen, doch sie schauten einander nicht an und grüssten sich nicht. Der Bruch zwischen ihnen würde doch wohl nicht dauerhaft sein?

Paula Korhonen ging auf dem Nachhauseweg dieselbe Strecke wie am Morgen, über die Fussgängerbrücke zum Laukontori und hinauf zur Hallituskatu. Sie machte einen Abstecher in die Markthalle. Nachmittags durchquerte sie diese gewöhnlich auf jener Seite der Geschäfte, an der es keine Cafés gab. Sie verliess die Markthalle auf der Seite der Hämeenkatu und sah beim Pfeiler des Tordurchgangs von hinten eine bettelnde Rumänin. Paula hatte die Frau den Sommer hindurch auf der anderen Seite der Strasse gesehen. Die Frau mochte ungefähr in Paulas Alter sein. Sie sass heute in eine Filzdecke gewickelt, den Blick auf der Höhe der Knie der Passanten zur Hämeenkatu gerichtet. Paula

Korhonen hielt in ihrer Faust eine Zwei-Euro-Münze für die Frau bereit. Sie näherte sich der Bettlerin von links hinten und liess die Münze rasch in den Kaffeebecher aus Pappe fallen, der am Boden stand. Sie schaute die Frau nicht an, hörte jedoch, wie sie sich bedankte, bevor sie in der Menschenmenge auf der Strasse verschwand. Wie am Tag zuvor. Wie vorgestern. Jeden Werktag. Seit letztem März. In den Sommerferien. An Wochenenden. Paula konnte keinen einzigen Tag aus der Stadt fortgehen, so merkwürdig das klang.

Sie schaute kurz zu Hause vorbei, nahm das Auto und fuhr ans andere Ende der Stadt, zu ihren Eltern. Ihre Mutter hatte heute zu ihr gesagt, sie «erwarte sie so sehr», obwohl Paula sie erst gestern zum letzten Mal besucht hatte und sie heute den Tag hindurch für Besorgungen umhergefahren hatte, obwohl es ein Arbeitstag war. Auch an diesem Abend blieb sie für mehrere Stunden dort. Ihr Vater hatte offenbar einen schlechteren Tag und beteiligte sich nicht am Gespräch, hätte es auch kaum gekonnt. Sie schauten alle drei gemeinsam die Abendnachrichten. Sie sass neben ihrem Vater auf dem Sofa und streichelte seine abgenutzten Hände. Seine Augen wollten einfach nicht offen bleiben. Nach den Nachrichten wurde der Fernseher ausgeschaltet, und das betagte Ehepaar wollte zu Bett gehen. Paula küsste ihren Vater auf dem Flur.

Die Haustür wurde zugeschlagen, doch sie hörte durch die Tür noch die Worte, die ihr Vater an ihre Mutter richtete: «Wer war denn das?»

Zuhause in Amuri schaute Paula Korhonen noch die Zehn-Uhr-Nachrichten und die Wettervorhersage. Sie schenkte sich ein Glas Weisswein ein und verbrachte eine Stunde auf einem Datingportal. Beim Blättern durch die Profile konnte leicht die ganze Nacht vergehen und tat es bisweilen auch. Auf ihrem Profil hatte sie seit dem Vortag ungefähr zehn Besucher gehabt, aber keine einzige persönliche Nachricht. Nachrichten und Date-Angebote trafen am häufigsten von Freitagabend bis Sonntagmorgen ein. Unter der Woche war es ruhiger, aber andererseits waren die Männer, die unter der Woche Kontakt aufgenommen hatten, jedenfalls was ihren Verstand anging, interessantere Kandidaten für ein Treffen gewesen. Vorletzte Woche war im Postfach eine Nachricht von einem «Kühnen Krieger» eingetroffen, der im südlichen Ostbottnien lebte. Auf dem Profilbild des Mannes erkannte man hauptsächlich einen alten Zetor-Traktor und weniger den «Kühnen Krieger», der auf dem Fahrersitz Platz genommen hatte. Der «Kühne Krieger» trug einen Tarnanzug und eine passende Mütze auf dem Kopf. War das Humor oder mangelndes Stilbewusstsein? Gemäss seinem Profil ging der «Kühne Krieger», der sich nach einer festen Beziehung sehnte, gerne ins Theater und machte Jagd auf Niederwild.

Das zweite Glas Weisswein wurde gerade leer. Warum eigentlich nicht? Seit dem letzten Date waren drei Monate vergangen – aber um sich von dieser Katastrophe zu erholen, waren auch tatsächlich drei Monate nötig gewesen. Sie beschloss, sich mit dem «Kühnen Krieger» zu verabreden.

7.

Farah wurde vom Sonnenlicht geweckt, das aus der Richtung des Flusses durch das Fenster von Haris' Zimmer in die Wohnung drang. Farah streckte sich aus, um das Handy vom Nachttisch zu nehmen. Es war schon beinahe neun, und auf dem Handy befand sich eine Nachricht von Haris: «Bin beim Frühstück, am gewohnten Ort.»

Farah stiess die Decke zur Seite und streckte sich müde. Auf dem Nachttisch lag auch eine Haarbürste. Sie richtete sich im Bett auf und bürstete ihre Haare in langen Zügen. Gleichzeitig blickte sie sich um und erinnerte sich schon wieder an alle Details der Wohnung. Sie hatten Glück gehabt, dass sie sie hatten mieten können. Letztendlich war es nahezu ein Zufall gewesen, aber ohne die Kontakte von Haris' Freund hätte der Zufall ihnen niemals diese wunderbare Wohnung zuspielen können.

Farah blickte in Haris' Zimmer. Ihr Bruder hatte sorgfältig sein Bett gemacht. Obwohl sie Zwillinge waren, hatten sie recht unterschiedliche Gewohnheiten. Farah liess das Bett, wie es war, schloss Schubladen nicht und konnte mit Leichtigkeit tagelang in denselben Kleidern rumlaufen. Haris konnte die ersten beiden Dinge nicht ausstehen und machte Farah immer wieder auf das dritte aufmerksam. Farah ihrerseits konnte Haris' Genauigkeit nicht immer gleich gut ausstehen. Aber sie hatten gelernt, mit ihren Gewohnheiten umzugehen. Farah untersuchte niemals etwas, was Haris gehörte, berührte die Sachen sogar nur im äussersten

Notfall, mit einer Ausnahme: Haris' Notizbuch. *Der Dichter Haris.* Farah suchte es mit ihrem Blick. Haris musste es ins Café mitgenommen haben.

Zehn Minuten später öffnete Farah eine schwere Tür mit Buchendekor. Es gab zwei Türen, und sie besassen merkwürdige Spiegel. Sie wandte sich sofort nach links, an der Buchhandlung vorbei, und ging weiter der *U lužického semináře* entlang zum westlichen Ende der Karlsbrücke, von wo man auch zur Burg aufsteigen konnte und weiter zum Kloster.

Sie erkannte Haris etwas weiter weg, im Strassencafé. Er hatte die Nase in ein Buch gesteckt. An den Nachbartischen sassen nur einzelne Personen, die wie Touristen aussahen. Touristen waren auch Haris und sie: der Hautfarbe nach zu schliessen irgendwoher, wo es warm war, aber nach dem Pass finnische Staatsbürger.

«Du hast in der Nacht wieder Alpträume gehabt», sagte Haris gleich, als Farah sich ihrem Bruder gegenüber setzte. Farah blickte Haris kraftlos an. Danach senkte dieser den Blick wieder zu seinem Buch, und Farah gab ihre Bestellung auf. Das Strassencafé lag in Blickdistanz zur Karlsbrücke. Die Brücke und die zu ihr führende Strasse waren gestossen voll von Menschen, obwohl es Oktober war und die übelste Touristenzeit eindeutig vorüber war.

«Weisst du, was ich gerade jetzt am meisten vermisse?», fragte Farah.

Haris hob den Blick vom Buch zurück zu seiner Schwester.

«Finnisches Roggenbrot», lächelte Farah.

Ihr Bruder vertiefte sich erneut in sein Buch, aber Farah lächelte immer noch und betrachtete den spitzbärtigen Haris, als der Kellner ihr Frühstück brachte.

Später schlossen sie sich dem Gedränge auf der

Karlsbrücke an und liessen sich im Menschenstrom mittreiben, auf die Altstadt zu. Die Brücke war eine eigene kleine Welt: Touristen aus allen Kontinenten, unbewegliche Bettler mit ihren Hunden, Statuen, Strassenmusiker, Händler, Kunstmaler, asiatische Selfiesticks, Flussschiffe und die gewaltige historische Panoramalandschaft.

«Es lohnt sich zu beachten, wo hier Finnisch gesprochen wird», sagte Haris, indem er Farah am Ellbogen berührte. Er deutete auf ein Paar mittleren Alters, das sich lautstark unterhielt. Die Frau wollte sich unbedingt anstellen, um das Relief des Heiligen Johannes Nepomuk zu betrachten. Die Menschen berührten das Relief, was Glück bringen sollte. Der Mann schien ungeduldig, fügte sich aber schliesslich.

«Da braucht man tatsächlich Glück, wenn man das Relief nach Tausenden von anderen Leuten berührt hat. Nicht alle nehmen ihre Handhygiene gleich ernst», stellte Haris fest.

Die Zwillinge wollten neben der Brücke ans Flussufer. Am Metallgeländer hingen Hunderte von Liebesschlössern. Haris lehnte sich mit dem Rücken zum Fluss gegen das Geländer. Jenseits des Flusses auf dem Hügel oberhalb der roten Ziegeldächer thronte die mächtige Burg und noch höher der Vitusdom. Farah trat neben ihn, wollte jedoch den Fluss und die Brücke sehen. Sie blickten eine Zeitlang in die verschiedenen Richtungen, genau wie irgendwelche Touristen. Farah hatte vor der Reise in einem Reiseblog auf dem Internet gelesen, die Karlsbrücke sei hässlich und der Autor könne nicht begreifen, was die Menschen in ihr sähen. Farah war anderer Meinung.

«Es ist Zeit loszulegen», sagte Haris zu Farah. Die Asiaten, die zu ihrer Rechten und Linken fotografierten, konnten sie nicht hören.

«Ich hatte die Hoffnung schon aufgegeben, die Villa jemals zu finden.»

«Wir werden sie uns heute ansehen. Wir müssen uns ein Fahrzeug besorgen, mit dem wir flüssig vorwärtskommen, und am besten unbemerkt. Die Villa wird uns auf seine Spur bringen. Danach werden wir seine täglichen Routinen auskundschaften und unser Vorhaben umsetzen.»

«Die Mietdauer der Wohnung lässt sich nicht verlängern.»

«Die Zeit reicht bestimmt. Dies ist die Endstation», ergänzte Haris entschlossen.

Farah nickte vertrauensvoll, aber sie fürchtete sich davor, dass sie nicht erfolgreich sein könnten.

8.

Ausserhalb des Stadtgebiets beschleunigte der Kriminalkommissar Magnus Thor seinen SUV im Rahmen der erlaubten Höchstgeschwindigkeit. Er fuhr in die Richtung
des Leuchtturms von Seltjarnarnes. Es gab nahezu keinen
Verkehr, aber Magnus Thor hatte es nicht eilig, zur Küste
zu gelangen. Die Leiche würde nicht auf einmal von dort
verschwinden. Er hatte bereits die Information bekommen,
dass es sich bei dem Toten gemäss den Ausweispapieren,
die in seiner Tasche gefunden worden waren, um den dreiunddreissigjährigen Syrer Malek Ayman handelte. Die Polizeipatrouille, die es zum Leuchtturm geschafft hatte, hatte
mitgeteilt, dass der Tote um die Hälfte älter und wesentlich
skandinavischer aussah, als es die Ausweispapiere weisma-
chen wollten. Von hinten näherte sich ein Personenwagen
in ordentlichem Tempo und scherte im nächsten Moment
auch schon aus, um Magnus Thors Kia Sportage zu überholen. Die Gerichtsmedizinerin Gudlaug Haugsdottir warf
beim Überholen einen Blick auf Magnus Thor und lächelte
ihm kameradschaftlich zu. Thor hatte das Lächeln noch
nicht erwidern können, als Gudlaug schon vor ihm auf
seine Spur wechselte.

Magnus Thor winkte, aber unweigerlich zu spät.

Er startete über die Bluetooth-Verbindung einen Anruf
nach Hause. María, die neuerdings aufs Gymnasium ging,
antwortete munter.

«Es ist halb zehn. Bist du allein zu Hause?»

«Ja.»

«Hat Lára es geschafft, aufzustehen?»

«Opa hat sie aus dem Bett in die Küche getragen. Willst du nicht lieber Oma und Opa fragen?»

«Ich hätte gern deine objektive Meinung.»

«Naja, Oma hat ihr zu essen gegeben und sie für die Schule angezogen.»

«Oma und Opa kommen nach dem Mittag zurück. Kommst du nach der Schule nach Hause?»

«Ich gehe direkt zum Training. Davor erledige ich in der Bibliothek die Hausaufgaben.»

«Denk an den Proviant für die Zwischenmahlzeiten. Hast du Geld? Hol dir aus der Dose im Eckschrank in der Küche welches.»

«Es nervt, wenn Oma immer so viel Proviant macht. Ich möchte das lieber selber machen. Vater, ich bin sechzehn.»

«Oma wiederum will vielleicht nicht verstehen, dass du auch selber zurechtkommst. Siehst du, du bist erst sechzehn.»

«Ha, ha, ha.»

«Ich versuche, mit Oma zu reden. Einen guten Schultag. Darf ich das noch zu dir sagen?»

«Ich liebe dich, Vater. Einen guten Rest des Lebens und tschüssi!»

Weing später erblickte Magnus Thor den weissen Leuchtturm von Grótta an der Spitze der Halbinsel Seltjarnarnes. Von einer kleinen Nadel, die sich vom Horizont abhob, wuchs er langsam zu seiner vollen Höhe. Thor stellte den Wagen am Ende der Strasse neben dem Wagen der Gerichtsmedizinerin ab. Er fuhr so nah heran, dass es Gudlaug nicht möglich war, die Tür auf der Fahrerseite zu öffnen, ohne Magnus Thor zu bitten, etwas weiter weg zu fahren. Die rauchenden Männer vom Rettungsdienst lachten über Thors Umtriebe.

Er stieg aus und nahm seine Windjacke vom Rücksitz. Die Temperatur betrug plus drei Grad, aber der vom Meer her wehende Wind fühlte sich auf der Haut kälter an. Er zog sich eine rote Pudelmütze aus Wolle über den Kopf. Zum Leuchtturm brauchte man über einen steinernen Damm zu gehen, was jetzt, bei Ebbe, mit trockenen Füssen möglich war. Wenn die Flut kam, wurde der Leuchtturm zu einer Insel. Magnus Thor überquerte die Landenge rasch und ging in wenigen Schritten Entfernung am Leuchtturm vorbei. Er sah weiter entfernt am Ufer Gudlaug, einige uniformierte Polizeibeamte und eine Gruppe von hinzugestossenen Gaffern. Die Männer vom Rettungsdienst schritten weit hinter Magnus Thor mit einer Tragbahre über den Steindamm. Er grüsste die um die Leiche versammelten Personen beiläufig. Jede einzelne von ihnen war ihm längst vertraut.

«Aus Syrien, ja?»

Thor richtete diese Worte an niemand Besonderen. Gudlaug kniete auf einer kleinen Decke neben der Leiche, um sie zu untersuchen. Von Gudlaug sah man nur den Rücken, die heruntergezogene Kapuze ihrer halblangen wattierten Jacke und ihren blonden Pferdeschwanz.

Thor sah sofort, dass der Tote bestenfalls einmal eine Touristenreise in den Nahen Osten unternommen hatte. Mehr Syrisches war an ihm beim besten Willen nicht zu erkennen. Der Mann lag auf dem Rücken am Ufer und sein Gesicht war in schlechtem Zustand. Auch wenn man dies nicht beachtete, war leicht zu erkennen, dass der Mann gut und gerne fünfzig Jahre alt sein musste, wahrscheinlich sogar über sechzig. Ein Polizeibeamter reichte Magnus Thor die Brieftasche, die bei der Leiche gefunden worden war. Im Banknotenfach befanden sich zweihundert Euro in bar. Er nahm den Führerschein und den Personalausweis hervor. Auf dem Bild war der dreiunddreissigjährige Malek Ayman zu sehen. Der Syrer war schwarzhaarig, der Tote jedoch hatte schütteres, graues Haar.

«Hast du bemerkt, dass Malek Aymans braune Augen auf seinem Schwimmausflug nach Island blaugrau geworden sind?»

Gudlaug beendete ihre Verrichtungen an der Leiche, sank mit den Gummistiefeln an ihren Füssen zu einem kleinen Haufen zusammen und holte tief Luft, während sie sich wieder aufrichtete. Sie drehte ihren Kopf nur ein wenig zu Magnus Thor, ohne Blickkontakt aufzunehmen.

«Magnus, wenn du vielleicht nicht immer versuchen würdest, so schrecklich witzig zu sein. Versuchen wir doch, das hier abzuschliessen, bevor die Flut kommt, sonst kannst du mit deinem syrischen Kumpel auf den Schultern von hier fortschwimmen.»

Die Polizeibeamten grinsten, und Magnus Thor hob zum Zeichen der Kapitulation die Arme zum Himmel, aber das bemerkte Gudlaug nicht, die ihre Arbeit wieder aufgenommen hatte. Magnus Thor blickte auf das von den Wellen sanft bewegte Meer. Sie hatten noch einige Stunden Zeit, bevor das Meer sich wieder heben würde. Er kauerte sich neben Gudlaug hin, um den Toten zu betrachten.

Woher bist du gekommen? Was ist dir zugestossen? Du bist nicht Malek, nein, bestimmt nicht. Warum hast du Malek Aymans Papiere in deiner Tasche?

An seiner Halskette baumelte ein silberner Halbmond.

«Willst du jetzt schon irgendetwas sagen?», fragte Magnus Thor bei Gudlaug nach. Gudlaug richtete ihren Blick diesmal vollends auf Thor.

«Er lag einige Zeit im Wasser, mutmasslich zwei Wochen. Ich finde keine äusserlichen Anzeichen, die darauf hinweisen, wie er gestorben oder ins Wasser geraten ist.

Erst die Obduktion wird zeigen, ob er ertrunken ist oder ob es eine andere Todesursache gibt.»

«Danke, Gudlaug.»

Magnus Thor stand auf und bemerkte gleichzeitig, dass sein Mitarbeiter im Laufschritt ankam. Jon, der einen halben Kopf kleiner war als Thor, war ein hervorragender Ermittler. Magnus Thor sprach ihn an: «Jon, der Tote hatte eine Brieftasche mit Malek Aymans Ausweispapieren auf sich. Nimm das und kläre alles ab, was du zu ihm sofort herausfinden kannst. Du hast doch im Auto eine Internetverbindung?»

Jon bejahte, nahm die von Magnus angebotene Brieftasche des Toten und trabte zurück zum Auto.

«Weisst du, Magnus, manchmal habe ich das Gefühl …»

Gudlaug drehte sich auch diesmal nicht zu Thor um.

«Dass was?»

«Dass du das mit Jon absichtlich machst. Magnus, wie wäre es, wenn du mal selber traben würdest?»

Gudlaugs Bemerkung amüsierte Magnus Thor nicht, ganz im Gegenteil. Gudlaug schien einen noch kritischeren Tag als sonst zu haben. Die Frau war zwei Jahre älter als er und alleinerziehende Mutter von zwei pubertierenden Mädchen. Sie hatten eine lange und gute Beziehung als Arbeitskollegen gehabt. Dann starb Veronika, und alles änderte sich. Er konnte nicht mehr mit Gudlaug reden, und für ihn fühlte es sich so an, als ob Gudlaug nicht mehr mit ihm redete. Das war immerhin schon zwei Jahre her, also Veronikas Tod.

Magnus Thor war also Witwer und alleinerziehender Vater von vier Töchtern. Abgesehen von Veronikas hilfsbereiten Eltern war Magnus nicht sicher, ob überhaupt jemand mit ihm zurechtkam. Er war umgekehrt auch nicht sicher, ob er mit anderen Menschen zurechtkam. Nach Veronikas

Tod war die Rückkehr an den Arbeitsplatz schwierig gewesen. Alle wollten Anteil nehmen, aber niemand wusste sich ihm zu nähern. Magnus Thor war sicher, dass die Hälfte des Personals der Polizeistation im letzten Augenblick auf der Toilette vor dem Spiegel geübt hatte, um möglichst natürlich zum Ausdruck zu bringen, wie leid es ihnen tat. Und sie konnten natürlich nicht wissen, dass man ihnen diese Hilflosigkeit ansah. Diese ganze Trösterei machte die Einsamkeit unerträglich, aber er wurde damit fertig, einen Arbeitstag nach dem anderen.

Magnus Thor kickte einen runden Stein in passender Grösse ins Wasser.

Jon kehrte fünfzehn Minuten später mit den Informationen über Malek Ayman zurück. Jon hatte aus dem Auto ausserdem mehr Kleidung mitgenommen, um nicht zu frieren.

«Er ist syrischer Staatsbürger und Eigentümer zweier Firmen», begann Jon sofort. «Beide Firmen haben eine Geschäftsstelle in Stockholm unter derselben Adresse. Irgendein Import-Export-Geschäft in der Textilbranche, Handel zwischen Syrien und Schweden.»

«In Schweden?»

«Ja. Malek Ayman ist nicht als vermisst gemeldet.»

«Hat er einen Eintrag im Strafregister?»

«In Schweden? Nein. Auch nicht in Island, und nach unseren Informationen hat er sich nie in Island aufgehalten.»

«Ayman dürfte also nicht in Island sein. Gut. Und ganz bestimmt dürfte er nicht hier gefunden werden, nachdem er zwei Wochen im Meer getrieben ist», stellte Thor mehr zu sich selbst fest.

Die Gerichtsmedizinerin Gudlaug richtete sich aus ihrer knienden Stellung auf, um zu Jon und Magnus zu kommen. Der Wind blies eine Haarsträhne in Jons Augen. Gudlaug musste zu den beiden Männern etwas von schräg unten hochsehen, zu Magnus Thor mehr.

«Hoffentlich wird uns die Obduktion die Todesursache aufzeigen. Von Auge besehen deutet nichts darauf hin, dass er ertrunken wäre», sagte Gudlaug. Sie holte aus der tiefen Tasche ihrer Jacke eine Flasche mit einem Erfrischungsgetränk hervor und trank einen grossen Schluck.

«Da haben wir wohl einen schwierigen Auftrag gekriegt», sagte Jon.

«Schwierig? Wir haben einen Toten am Ufer beim Leuchtturm von Grótta, der zwei Wochen lang im Meer umhergetrieben wurde. Er müsste eher auf eine sachgemässe Art und Weise mit dem Pass in der Hand am Flughafen von Reykjavik ankommen, wie etwa für eine Geschäftsreise. Selbst in diesem Zustand sieht er anstelle eines arabischstämmigen Mannes in den Dreissigern unzweifelhaft nach einem sechzigjährigen Skandinavier aus. Zu allem anderen ist Ayman offenbar niemals in Island gewesen. Die Geschäftsstellen seiner zwei Firmen befinden sich in Schweden, und zumindest bis jetzt hat ihn niemand als vermisst gemeldet. Die Todesursache ist vorläufig noch nicht bestätigt, das heisst, wir können nur mutmassen, ob es hier um ein Gewaltverbrechen oder eher um eine natürliche Todesursache geht. Stimmt, Jon, wir haben wohl einen schwierigen Auftrag gekriegt.»

«Ich führe die Obduktion so bald als möglich durch. Wir benötigen auch eine Untersuchung durch den Gerichtszahnarzt. Ich entnehme dem Toten eine DNA-Probe. Danach können wir nur noch die Hände falten und warten, bis jemand eine zu diesem Mann passende Person als vermisst meldet», ergänzte Gudlaug.

«Ich glaube, dass wir da einen Gebetszirkel brauchen — einen weiten Gebetszirkel.»

Gudlaug packte ihren Koffer, und die Männer vom Rettungsdienst machten sich daran, den Leichnam auf die Tragbahre zu legen. Eine Polizeipatrouille leistete den Männern vom Rettungsdienst Gesellschaft, während die zweite Patrouille die Küste nach möglichen Funden, die mit dem Toten zusammenhingen, absuchte. Magnus Thor und Jon gingen über den Steindamm zurück.

«Was kommt als nächstes?», fragte Jon.

«Bis zur Lösung dieses Falls kann viel Zeit ins Land gehen. In diesem Augenblick haben wir nur den unbekannten, offensichtlich skandinavischen Toten und Malek Aymans Ausweispapiere. Verdammt, das habe ich ganz vergessen. Was war noch in der Brieftasche?»

Jon blickte seinen Vorgesetzten angestrengt an.

«Die Spitzendetektive der isländischen Polizei in voller Fahrt», sagte Magnus. «Wenn du willst, dass die Ermittlungen abgeschlossen werden können, musst du am Ball bleiben.»

Beide mussten lachen.

Beim Leuchtturm ging Gudlaug mit ihrem Koffer zurück zu den Autos, wobei ihr Magnus Thor und Jon entgegenkamen, die ihrerseits zum Leuchtturm zurückkehrten. Gudlaug wunderte sich, weshalb die Männer grinsten wie kleine Jungs. Ewige Kinder. Gudlaug ging mit dem obligatorischen Blick zum Gruss an ihnen vorbei.

Am Ufer wurde klar, dass niemand die Brieftasche des Toten bei sich hatte. In den Taschen des Toten war sie natürlich auch nicht mehr. Jon und Magnus Thor waren ratlos.

«Ich zog die warme Jacke an, als du mich zum Auto geschickt hast, um die Informationen über Ayman einzuholen. Die Brieftasche muss in der Tasche der anderen Jacke geblieben sein.»

Die Männer kehrten rasch zu den Autos zurück. Gudlaug wartete mit verärgerter Miene auf sie. Magnus Thor erinnerte sich erst jetzt an seinen Einfall: Die Autos, die dicht nebeneinander parkiert waren.

«Magnus, was soll ich dazu noch sagen?»

«Sag lieber nichts. Meine Fähigkeit, Distanzen zu schätzen, hat versagt.»

«Sprechen wir jetzt von deinen Einparkkünsten oder was?»

Magnus Thor bemühte sich, aber er konnte Gudlaugs Miene nicht deuten. War das Gespräch noch im unbedenklichen Bereich oder drohte schon eine dauerhafte Verstimmung?

«Ich entschädige dich dafür mit einem Mittagessen.»

«Mit einem Mittagessen? Lass lieber eine Kinokarte springen», schnaubte Gudlaug. «*Eine* Kinokarte.»

«Eine unnötige Ergänzung, Gudlaug. Und ich meinte natürlich einen Mahlzeitencoupon.»

Magnus Thor zog sich weiter zurück und setzte sich hinter das Lenkrad. Gudlaug fuhr in Richtung Stadt, ohne sich zu verabschieden.

Welche Unvernunft ihn wohl dazu getrieben hatte, dies zu tun? Er wollte doch in Gudlaugs Augen nicht wie ein Halbwüchsiger aussehen. Dann dachte er wieder an Malek Ayman, die Brieftasche und Jon. Jon stieg aus seinem Wagen und schwenkte die Brieftasche triumphierend.

«Gib her», bat Thor.

Die Brieftasche war ganz offensichtlich schon in leerem Zustand wertvoll. Magnus Thor hatte ihren Inhalt schon zuvor am Ufer grob überblickt, bevor er sie Jon gegeben hatte. In der Brieftasche befanden sich nebst den Euroscheinen in einem Seitenfach einige schwedische Kronen, in einem weiteren Seitenfach etwa hundert US-Dollar. Zwei Kreditkarten und einige Quittungen gaben auch nicht viel mehr Informationen preis. Die Quittungen stammten aus

Belgien, Kopenhagen und Stockholm und waren einige Wochen alt.

«Irgendetwas muss aus der Brieftasche entfernt worden sein», meinte Magnus Thor. «Ihr Inhalt ist zu sauber, geradezu klinisch sauber. Ich wäre nicht überrascht, wenn noch eine dritte Person mit dem Toten und Malek Ayman in Verbindung stünde. Fahren wir zurück in die Stadt. Du kannst damit beginnen, Aymans Hintergrund zu erkunden. Ich nehme mit der Kriminalpolizei in Schweden Kontakt auf.»

Einen Augenblick später fuhr Magnus Thor durch Reykjaviks Zentrum zum Polizeigebäude. Er gelangte zu einer Kreuzung, die gerade von einer Gruppe von kleinen Schülern in Zweierkolonne überquert wurde. Zwei Erwachsene führten sie über die Strasse. Thor rollte langsam heran, um vor dem Zebrastreifen zum Stillstand zu kommen. Er erkannte seine jüngste Tochter Lára. Das Mädchen bemerkte ihn nicht, sondern unterhielt sich mit dem Mädchen zu ihrer Rechten. Magnus Thor lächelte. Lára hatte von seinen Töchtern am meisten Temperament. Ihre Pubertät würde ein Alptraum werden, wenn es so weiterging.

Meine liebe Tochter Lára.

Im Polizeigebäude erledigte Thor zuerst die unabdingbaren Papierarbeiten im Zusammenhang mit dem Toten vom Leuchtturm auf Grótta. Daraufhin klärte er ab, an welche Stelle innerhalb der schwedischen Polizei er sich wenden sollte. Ein syrischer Unternehmer der Textilbranche, der zwei Firmen mit Geschäftsstellen in Stockholm besass. Er würde auch auf die eine oder andere Weise Kontakt zu den syrischen Behörden aufnehmen müssen. Neben diesen Abklärungen durfte er noch SMS-Nachrichten mit seinen beiden mittleren Töchtern austauschen,

Schiedsrichterangelegenheiten. Die Meinungsverschiedenheit rührte noch vom gestrigen Abend her, aber das Nachspiel, das mit den Haushaltsarbeiten zusammenhing, ging weiter und weiter.

Die Kontaktaufnahme mit Schweden führte über die Kriminalpolizei in Stockholm. Magnus Thor sprach tadelloses Schwedisch, was das Telefongespräch mit Oberkommissar Håkan Holmström wesentlich erleichterte. Sie einigten sich über die Vorgehensweise, und Holmström versprach, in Stockholm sogleich die Arbeit aufzunehmen.

«Jon, gibt es Neues?», fragte Magnus Thor, indem er vom Flur in Jons Büro spähte.

«Von Malek Ayman? Ich bin noch zu nichts anderem gekommen, als Google zu bemühen. Das hat allerdings keinen weiteren Aufschluss über ihn oder seine Unternehmenstätigkeiten gebracht. Man sollte eine offizielle Vermisstmeldung aufgeben und von den syrischen Behörden Informationen anfordern.»

«Kannst du das tun? Prima.»

«Magnus, ich habe die aktuellen Vermisstmeldungen aus Island durchgesehen. Nur für den Fall, dass wir vielleicht Glück haben. Aber es war nichts. Zu dieser Zeit im Herbst sind einige pubertierende Schulmädchen und -jungen abgehauen, aber mit den Merkmalen übereinstimmende erwachsene Leute werden nicht vermisst. Ich dachte, man sollte zur Sicherheit auch Nachforschungen über Vermisstmeldungen in den anderen skandinavischen Ländern anstellen.»

Magnus Thor zeigte seinem Untergebenen «Daumen hoch» und ein schmales Lächeln. Gleichzeitig meldete sich sein Handy. Am anderen Ende war die Gerichtsmedizinerin. Sie hatte sich den Nachmittag freigeschaufelt und wollte sofort mit der Obduktion des Toten vom Leuchtturm auf Grótta beginnen.

Nach einer halben Stunde kam Magnus Thor gerade zur rechten Zeit in die Pathologie des Krankenhauses. Die Leiche lag nackt auf einem Metallgestell. Gudlaug traf nach dem Präparator noch die letzten Vorbereitungen für die Obduktion.

«Die Schutzkleidung, Magnus, die Schutzkleidung.»

Magnus Thor machte rechtsumkehrt und entfernte sich, um die benötigte Schutzkleidung anzuziehen. Als er zurückkehrte, war er sachgerecht ausgerüstet. Der Schaft der Gummistiefel war hinten ausgeschnitten.

«Gudlaug, ich weiss, dass du eine tatkräftige Fr..., ich meine, Gerichtsmedizinerin bist, aber willst du wirklich ins Guinnessbuch der Rekorde kommen? Hättest du doch die Obduktion gleich am Meer durchgeführt, so wärst du noch schneller gewesen.»

Gudlaug lachte warmherzig über Thors Bemerkung und machte sich an die Arbeit.

Sie erklärte alles, und Thor brauchte nur zuzuhören und ihren Handgriffen zuzusehen. Auf Magnus Thor machte es jedes Mal grossen Eindruck, wie Gudlaug an den Leichen arbeitete, obwohl sie an ihnen unangenehm aussehende Dinge vornehmen musste.

Während die Obduktion voranging, bestätigte Gudlaug, dass der Tote ungefähr zwei Wochen lang im Wasser gelegen hatte und ungefähr gleich lang tot gewesen sein musste. Die Todesursache war ein sogenanntes trockenes Ertrinken.

Gudlaug schilderte den Prozess, der typischerweise zu einem trockenen Ertrinken führte. Magnus Thors Arbeitsspeicher füllte sich allmählich, es gab viel zu viel aufzunehmen.

Nach der Obduktion sass Magnus Thor still in Gudlaugs Büro. Sie erklärte ihm, dass der Tote eines natürlichen

Todes gestorben sein konnte, dass es sich aber genauso gut um ein Gewaltverbrechen handeln konnte.

Gudlaug schaute ihn ernst an: «Du hast eine schwierige Untersuchung vor dir, wenn die Identität des Toten nicht geklärt werden kann oder der Syrer nicht auftaucht, tot oder lebendig.»

Magnus Thor konnte dazu nichts sagen. Gudlaug wartete.

«Danke, Gudlaug.»

Thor erhob sich, und Gudlaug begleitete ihn aus der Abteilung des Krankenhauses. Bei der Tür suchte Gudlaug Blickkontakt zu Magnus.

«Magnus, wir beide wissen, was es bedeutet, alleinerziehend zu sein. Ich habe zwei pubertierende Töchter, du hast vier Mädchen. Wie alt waren sie doch noch gleich?»

«Lára ist sieben und geht in die zweite Klasse, Björk ist zwölf, Maela dreizehn, und María ist soeben sechzehn geworden.»

«Meine ältere Tochter Anna geht mit Maela zur Schule. Isla ist in Björks Parallelklasse.»

«Ist Reykjavik ein derart kleines Dorf?»

«Magnus, wir wohnen im selben Stadtteil.»

«Hör, Gudlaug, es tut mir leid. Ich kannte Eidur ein wenig. Wir besuchten dasselbe Fitnesscenter.»

«Es braucht dir nicht leid zu tun. Ich wusste ja gar nicht, dass ihr euch vom Fitnesscenter kanntet.»

«Na, er wohnte praktisch dort, und ich gehe jedes Jahr vor den obligatorischen Fitnesstests des Arbeitgebers einige Male hin. Wie viel Zeit ist jetzt seit eurer Trennung vergangen?»

«Acht Monate.»

Gudlaug öffnete die Eingangstür für Magnus.

«Man hat einfach keine Energie und Zeit für Freunde, nicht einmal für sich selbst. Nach den Spätnachrichten sinkt man bloss noch ins Bett und bemüht sich, am anderen Morgen wieder die Kraft zum Aufstehen zu finden.»

Magnus Thor nickte zustimmend, antwortete aber nichts.

Draussen wehte der Wind inzwischen stärker und die Temperatur war gesunken. Nur einmal war Magnus Thor einsamer als jetzt aus diesem Krankenhaus gekommen.

9.

Annmari Akselsson klopfte an die Tür des Büros von Oberkommissar Holmström. Aus dem Büro erklang die laute Aufforderung einzutreten. Annmari setzte sich an Håkan Holmströms Pult ihm gegenüber. Seine Untergebenen nannten Holmström «Opa», aber niemals so, dass er es hören konnte.

Håkan Holmström zog seinen Blick vom Bildschirm des Computers ab und richtete ihn auf Annmari. Einige Sekunden lang starrte er ihr über seine Lesebrille hinweg in die Augen.

«Womit bist du im Augenblick beschäftigt?»

Annmari lachte innerlich, traute sich aber nicht, dies Holmström zu zeigen. Opa war mitunter beinahe schon lustig.

«In diesem Augenblick? Ich stecke wohl die Einbruchsserie bei Tierkliniken in ein Paket, damit wir sie der Drogeneinheit abgeben können. Unser Anteil ist abgeschlossen, es fehlt nur noch der Rapport.»

«Was war das nochmals für eine Geschichte?»

«Die Ketamin-Diebstähle.»

Für einige Momente tauschten sie Gedanken über die von Annmari untersuchte Diebstahlserie aus. Gewöhnlich untersuchten die örtlichen Polizeibehörden solche Fälle, aber in diesem Fall hatte es schon von Beginn weg danach ausgesehen, dass die Diebstähle zu einer landesweit organisierten Verbrechenswelle gehörten. Annmari hatte als Hauptermittlerin fungiert. Ketamin gehörte nicht zu den Modesubstanzen auf dem Drogenmarkt, es wurde aber durchaus damit gehandelt. Der Konsum dieser Substanz bewirkte Halluzinationen, das Gefühl einer tiefen inneren Zufriedenheit und ausserkörperliche Erfahrungen. Als Gegengewicht konnte Ketamin bei den Konsumenten eine lange Liste von Nebenwirkungen aller Art auslösen, Übelkeit, Bedrücktheit, Alpträume, Psychosen und Erfahrungen von Todesangst. Es konnte auch das zentrale Nervensystem und die Nieren schädigen sowie das Gedächtnis schwächen.

«Es ist doch einfach schrecklich, dass irgendeine kriminelle Bande das Zeug verkauft. Rebellierende Pubertierende verschlingen alles, womit auf der Strasse gedealt wird, wenn es auch nur ein wenig an Marshmallows erinnert. Am liebsten möchte man jeden Strassendealer erschiessen.»

Håkan Holmström nickte. Er hatte alles gesehen, und zwar über eine viel längere Zeitspanne als Annmari Akselsson, schon seit der zweiten Hälfte der 1970er-Jahre.

«Annmari, ich schlage vor, dass du diese Untersuchung möglichst bald aus den Händen gibst. Ich habe für dich eine andere Verwendung.»

Holmström nahm von einem hohen Papierstapel auf seinem Pult das Dossier, das ganz zuoberst ruhte, und streckte es Annmari entgegen.

Sie öffnete das Dossier: «Malek Ayman, Syrien. Dreiunddreissigjähriger Basarhändler.»

«Ein fahrender Händler, hat sich was mit Basar.»

Håkan Holmström legte die Lesebrille auf sein Pult und rieb seine Augen rasch.

«Ayman hat Geschäftsstellen von zwei Firmen der Textilbranche hier in Stockholm. Der Hauptsitz liegt in Aleppo, sofern nach den Bombardierungen überhaupt noch etwas davon übrig ist. In den letzten Jahren ist er eifrig zwischen Aleppo und Stockholm hin und her gereist. Im Dossier findest du genauere Informationen. Du solltest dir die Adresse in Stockholm etwas genauer ansehen. Ich habe rasch auf den Stadtplan geguckt, und es scheint nicht gerade im gefragtesten Geschäftsviertel der Stadt zu sein.»

«Also richtige Unternehmen», sagte Annmari überrascht und las im Dossier.

«Ich will, dass du Edison mitnimmst.»

Annmari billigte es, dass Holmström sie schützen wollte, aber das hier mochte sie nicht. Opa *wollte* von seinen Mitarbeitern in der Regel nichts. Håkan Holmström genoss den Respekt seiner Mitarbeiter und befand sich in einer Position, in der er nur um etwas zu *bitten* brauchte. Etwas zu wollen, war dagegen etwas Unbedingtes. Darüber wurde nicht diskutiert, auch jetzt nicht. Das Problem war, dass Annmari ahnte, dass Holmström sie mehr schützte als die anderen, obwohl sie wahrhaftig nicht die erste weibliche Mitarbeiterin in Holmströms Laufbahn war. Was hatte sie getan, dass Opa sich ihr gegenüber so verhielt? Sie hätte dankbar sein können, aber es fühlte sich für Annmari nicht danach an. Sie war immer allein zurechtgekommen.

Håkan Holmström starrte seine Mitarbeiterin immer noch mit eisigem Blick an, aber diesmal über die imaginäre Lesebrille hinweg, die sich in Wirklichkeit auf dem Tisch befand.

«Ist gut, ich nehme Edison mit», willigte Annmari ein.

«Prima», sandte Holmström gleich hinterher und wurde wieder lebhaft.

Eine Stunde später sass Annmari Akselsson im Dienstwagen, der von Edison gelenkt wurde. Der Nieselregen wirkte zermürbend. Sie hatten seit ihrer Abfahrt von Kungsholmen kein Wort mehr miteinander gewechselt.

«Hör mal.»

«Ja?»

Edison brauchte darauf zu warten, was Annmari auf dem Herzen hatte, und wechselte im dichten Verkehr gleichzeitig auf die linke Spur. Er hob die Handfläche zum Dank auf die Höhe des Innenspiegels.

«Wie pflegst du deine argentinischen Haare? Sie sind bestimmt zehn Zentimeter länger als meine. Wäschst du sie häufig? Was für ein Shampoo verwendest du? Hast du sie noch nie in einer Tür eingeklemmt, zum Beispiel in der Autotür?»

«Argentinische Haare? Soll das irgendetwas Rassistisches sein?»

Edison blickte zweimal rasch auf seine Arbeitspartnerin und versuchte gleichzeitig den Verkehr im Auge zu behalten.

«Wir haben nun zwei Jahre zusammen gearbeitet. Habe ich richtig gezählt? Und jetzt fragst du mich nach meiner Haarpflegeroutine. Haben wir alles andere schon besprochen?»

Sie lachten einander zu, wobei ihr Blick auf das Heck des vor ihnen fahrenden Wagens geheftet war.

«Sag mir lieber mal, wohin wir eigentlich fahren. Zur Kleiderfabrik von Malek Ayman, klar, aber die Hintergrundinformationen.»

«Hintergrundinformationen gibt es momentan erst wenige», antwortete Annmari.

«Na, dann kannst du mir ja gut alles erzählen, bevor wir am Ziel sind.»

Annmari berichtete Edison zuerst von den Geschehnissen in Island. Dort war ein unbekannter, nach einem

Skandinavier aussehender Toter gefunden worden, der Aymans Ausweispapiere auf sich trug. Obwohl Annmari den Auftrag erst heute von Holmström gekriegt hatte, hatte sie es schon geschafft, eine schnelle Abklärung bei den Behörden vorzunehmen. Gemäss dieser hatte Ayman keinen Strafregistereintrag in Schweden oder in einer anderen Ecke der Welt. Der reinste Unschuldsengel aus der Textilbranche. Der Umstand, dass diese Ausweispapiere bei einem hellhäutigen Toten in Island gefunden worden waren, war aussergewöhnlich. Niemand hatte Malek Ayman in Syrien oder in Schweden vermisst. Über seine Familie oder Verwandten lagen keinerlei Informationen vor. Wer kümmerte sich um die Firmen des verschwundenen Unternehmensleiters, wenn der Mann selbst nach Unbekannt abgereist war? Die Kontaktdaten zu Aymans Geschäftsstelle in Stockholm waren wohl vorhanden, nur antwortete dort niemand.

Sie fanden die richtige Strasse im Westen Stockholms. Das Viertel war voller Lagergebäude, an deren Seite sich einige heruntergekommene Bürogebäude befanden. Edison und Annmari fanden auch die exakte Adresse, konnten aber nicht glauben, dass sie hier richtig waren. Sie untersuchten das breite Kipptor des Lagers.

«Also, wenn das die Geschäftsstelle von Malek Aymans beiden Textilfirmen in Stockholm ist, wie muss dann erst sein Hauptsitz in Aleppo aussehen?»

Edison lachte lauthals über Annmaris Kommentar.

«Aymans Textilfirmen verfügen über Konten und eine UID. Das habe ich persönlich überprüft», sagte Edison.

Im überwucherten Hof standen Paletten und eine Abfallmulde. Annmari und Edison blickten um die Ecke. Die Wand war mit Sprayfarbe beschmutzt. Das einzige Fenster war mit Brettern verbarrikadiert.

Annmari schaute das Kipptor an.

«Wir brauchen den Kraftseitenschneider. Edison, hast du den im Auto? Den Kraftseitenschneider und einen Wagenheber.»

Edison holte das Handy aus seiner Brusttasche: «Hier werden keine Dummheiten gemacht. Ich rufe Opa an. Hier riecht es nach Wirtschaftskriminalität.»

Annmari wehrte sich nicht dagegen, kehrte Edison aber den Rücken zu.

Edison erwischte seinen Vorgesetzten. Håkan Holmström war der Ansicht, dass es durchaus begründet war, die Genehmigung zu einer Hausdurchsuchung einzuholen. Ayman war offiziell für vermisst erklärt worden. Es bestand der schwerwiegende Verdacht, dass der Syrer hinter dem Ladentisch seiner sogenannten Geschäftsstelle lag – tot. Holmström ordnete an, die beiden sollten warten. Nach dem Gespräch war Annmari aber unzufrieden.

«Annmari, lass das. Selbst die leeren Strassen haben Augen. Wir befinden uns in Nullkommanichts in den Fängen der Justiz, wenn wir dieses Tor einfach so aufbrechen.»

Sie gingen ins Auto, um sich aufzuwärmen. Zwischen ihnen herrschte Stille. Annmari war in ihr Handy vertieft, und Edison starrte unbeweglich auf die Strasse. Die Zeit verging langsam.

«Ich wasche die Haare jeden zweiten Tag. Ich verwende kein Shampoo, ich habe mir angewöhnt, sie nur mit Wasser zu waschen. Allergiehalber. Ich liess die Haare früher noch viel länger wachsen, bevor ich mich für die Polizeischule anmeldete, aber dann liess ich sie etwas kürzer schneiden. Ich habe sie noch nie in einer Tür eingeklemmt, aber sie bleiben dafür sonst an allen möglichen Orten hängen, besonders in der Metro an den Mantelknöpfen von Omas. Naja, als ich jünger war, trug ich sie gerne als Rastazöpfe, und ich war völlig verrückt nach Stevie Wonder.»

«Wunderbar, Edison. Vielen Dank!»

Nach einer halben Stunde brachen sie das Schloss des Lagers auf, unterstützt von einer Polizeipatrouille. Mit hellen Scheinwerfern beleuchteten sie einen Lagerraum, der kaum zwanzig Quadratmeter gross war. Das Lager steckte vom Boden bis zur Decke voller Metallschrott, einzelnen Möbeln, Abfall- und Plastiksäcken und überall hineingestopften Kleiderbündeln.

«Hast du einen Vorschlag?», fragte Edison.

«Na, das muss wohl alles ausgemistet werden», antwortete Annmari.

Die Polizeipatrouille entschuldigte sich mit dem Verweis auf andere Aufgaben und machte sich davon.

«Zum Glück regnet es wenigstens nicht mehr. Breiten wir diese Plastikhüllen vor dem Lager aus und stapeln wir die Kleiderbündel darauf. Wir lassen Platz frei, um die grösseren Gegenstände hinauszuschaffen. Wir müssen das Zeug zwingend alles genau durchsuchen. Ich will kein zweites Mal hierher zurückkehren müssen», ordnete Annmari an.

Edison zog seine Lederjacke aus, rollte die Ärmel des Hemds bis zum Ellbogen hoch und begann mit der Arbeit.

Sie hatten schon den grössten Teil der Waren nach draussen befördert, als sie auf einen hohen Tresor stiessen. Er war geschickt im Lager versteckt. Man kam mit geringem Aufwand an ihn heran – wenn man wusste, wie die richtigen Waren auf die richtige Weise zu verschieben waren. Der Tresor unterschied sich komplett vom Ramsch und den Lumpen, die sich sonst im Lagerraum befanden. Ein Gedanke drängte sich auf: Bestand das ganze Lager nur wegen dieses Tresors?

Eine Stunde später wimmelte das ganze Lager von Polizisten. Oberkommissar Holmström hatte alle Hebel in Bewegung gesetzt, nachdem Edison zum zweiten Mal angerufen hatte. Aus dem Lager musste man alle möglichen Informationen herauskriegen. Das bedeutete eine Riesenarbeit für die Spurensicherung. Håkan Holmström begab sich natürlich umgehend selbst zur Stelle, um sich ein Bild von der Situation zu machen. Malek Ayman war nun in Syrien und Europa offiziell für vermisst erklärt. Man brauchte bloss herauszufinden, wer er nun wirklich war. Der Tresor mochte erste Hinweise für diese Einschätzung liefern. Der Oberkommissar beschloss, den Tresor zum Öffnen zum Polizeigebäude transportieren zu lassen. Das erforderte noch mehr Personalressourcen inklusive Ausrüstung für den Transport. Holmström liess Edison mit dem Auftrag, die Durchsuchung des Lagers zu beaufsichtigen, zurück. Annmari dagegen nahm er in seinem Wagen mit nach Kungsholmen.

«Im Anschluss an die Neuigkeit mit dem Tresor habe ich sofort mit der NORDSA Kontakt aufgenommen», sagte Håkan Holmström, während sie im Nachmittagsberufsverkehr zum Polizeigebäude fuhren.

«Sie haben uns eine Kontaktperson geschickt. Wir werden den Mann bald treffen. Du weisst ja, die NORDSA ist die neue operative Einheit der skandinavischen Polizeibehörden, die Ermittlungen in schweren Verbrechensfällen über die Staatsgrenzen hinweg koordiniert. Meine Nase sagt mir, dass wir da auf etwas gestossen sind, das von Anfang bis Ende kriminell ist, weit entfernt von allem Gewöhnlichen.»

Annmari war überrascht von Holmströms Eifer.

Im Polizeigebäude erwartete sie ein hellhäutiger Mann mit Pagenschnitt. Annmari Akselsson schätzte den mittelgrossen Mann auf etwa vierzig Jahre. Angesichts seines Haarschnitts fragte sie sich unweigerlich, wo sein Cello war.

Annmari mochte seinen schamlos über sie wandernden Blick nicht, und einen Augenblick später auch nicht seinen Händedruck.

«Kalle Nordin von der NORDSA.»

Der Oberkommissar Håkan Holmström gab ihm zuletzt die Hand.

«Alles ergab sich in kürzester Zeit», berichtete Kalle Nordin. «Nach eurer Kontaktaufnahme startete ich Datenbankrecherchen, und dabei wurde klar, dass in Finnland letzte Woche ein ähnlicher Leichenfund gemacht wurde wie in Island: Im Meer wurde ein Mann gefunden, in dessen Besitz sich persönliche Gegenstände und die Ausweispapiere eines vermissten Mannes befanden. Der Fund in Reykjavik folgte exakt demselben Muster. Ich werde es euch später genauer erzählen. Ich konnte mit den finnischen Behörden noch nicht Kontakt aufnehmen. Diese Erkenntnisse sind alle bloss einen Augenblick alt. Aber warum ich hier bin, wolltet ihr doch wissen. Ich hatte zufällig gerade in Stockholm zu tun. Ich bin Kontaktperson der NORDSA in Finnland. Ich hätte eigentlich mit der Abendmaschine nach Turku zurückfliegen sollen, aber schauen wir eben jetzt mal, was hier geschieht. Ach ja, und es gibt noch einen dritten Grund. Ich spreche sowohl fliessend Finnisch als auch Schwedisch. Ich habe früher bei der schwedischen Sicherheitspolizei gearbeitet.»

Håkan Holmström wollte Nordin einen Lagebericht geben. Dazu benötigte er Annmari nicht. Der Tresor wiederum befand sich noch auf dem Weg nach Kungsholmen.

Annmari verliess das Büro, da sich jetzt die Gelegenheit dazu bot. Der Arbeitstag war intensiv gewesen und hatte sich in die Länge gezogen. Aber so war es generell bei der Kriminalpolizei in Stockholm. Am Morgen konnte man nie wissen, wie und wann der Arbeitstag enden würde.

Sie dachte wieder an Rihanna. Hatte Anton es geschafft, mit der Prinzessin Gassi zu gehen, oder lag auf dem Laminatboden wieder eine Pfütze? Annmari öffnete den

Internetbrowser und den Link zu den Webcams in ihrer Wohnung. Das durfte doch nicht wahr sein! Anton präsentierte sich auf der Küchenwebcam, wie er sich ein riesiges Sandwich mit allen möglichen Zutaten aus Annmaris Kühlschrank zubereitete. Rihanna dagegen erschien auf der Schlafzimmerwebcam. Sie hatte verglichen mit Antons Sandwich eine noch grössere Zwischenmahlzeit aufs Bett geschleppt, die sie so gründlich zerkaut hatte, dass die Knochensplitter über die ganze Tagesdecke geschleudert worden waren. Auf der Küchenwebcam vertilgte Anton sein Sandwich in einigen grossen Bissen. Er nahm die Milch aus dem Kühlschrank und trank direkt aus der Packung. Danach nahm er Rihannas Leine vom Küchenwaschtisch und pfiff den Hund herbei. Die Webcam im Flur zeigte, wie das Tier und sein Herrchen im Stiegenhaus verschwanden.

Annmari beschloss, auf dem Nachhauseweg ein Vorhängeschloss zu besorgen und den Kühlschrank damit zu verschliessen. Das Gassigehen mit dem Hund würde in der Zukunft keine Naturalleistungen mehr beinhalten. Sie wollte mit Anton nicht weiter darüber streiten, schrieb aber dennoch eine SMS: «Wann holst du Rihanna zu dir?»

«Annmari, kannst du kommen?»

Im Türrahmen stand Håkan Holmström. Der Tresor war eingetroffen.

In der Tiefgarage des Polizeigebäudes herrschte eine Stimmung wie beim Finnkampen, dem Leichtathletik-Länderkampf zwischen Finnland und Schweden. Kalle Nordin, Håkan Holmström, Edison und Annmari Akselsson sowie einige uniformierte Polizisten verfolgten aus sicherer Distanz, wie die Schweisser ihre Arbeit verrichteten. Der bejahrte Tresor enthielt keine moderne Technik, geschweige denn die neuesten Materialien. Er brauchte bloss mit einer gewöhnlichen Schweissausrüstung aufgeschweisst zu werden. Die Schweisser mühten sich lange ab, doch am Ende wurde ihre Arbeit belohnt. Sie traten zur Seite und liessen den Oberkommissar Håkan Holmström selbst den Tresor öffnen. Niemand sagte auch nur ein Wort, die Stille war beinahe feierlich.

Die Tür des Tresors liess sich mit einem leichten Ruck öffnen. Håkan Holmström öffnete ihn vollständig. Der Inhalt des Tresors wurde für alle gleichzeitig sichtbar. Annmari trat vorahnungsvoll einen Schritt näher.

10.

Paula Korhonen stieg mit einem Take-Away-Kaffee in der Hand die Treppe des Polizeigebäudes hoch. Sie hatte in der Markthalle nur einige Worte mit dem Cafébesitzer Ateş gewechselt und war dann gleich weitergegangen. Auch Ateş hatte es am Morgen eilig gehabt, weil die Warenlieferung des Grossisten gerade eintraf.

In ihrem Büro legte sich Paula den Ablauf ihres bevorstehenden Arbeitstages zurecht. Kommissarin Kati Laine hatte ihr am vergangenen Nachmittag von der kurz zuvor erfolgten Kontaktaufnahme Kalle Nordins berichtet. Nordin würde noch am selben Vormittag zu einem Treffen vorbeikommen. Laine und Paula hatten ihren Vormittag dafür freischaufeln müssen. Kalle Nordin vertrat die finnischen Polizeibehörden in der NORDSA und würde in der Folge Paula Korhonens Kontaktperson in der laufenden Untersuchung sein. Paula hoffte von ganzem Herzen, dass Nordins Mitwirkung zum endgültigen Durchbruch in der Untersuchung führen würde.

Herzensangelegenheiten waren heute sogar noch weitere im Angebot, aber die hatten nichts mit der Arbeit zu tun. In Paulas Postfach des Datingportals war eine Nachricht des «Kühnen Kriegers» im Hinblick auf ein Treffen eingegangen. Der «Kühne Krieger» wollte sie schon heute sehen. Der Mann war auf der Durchreise vom Süden nach Ostbottnien. Paula akzeptierte seinen Vorschlag, und sie vereinbarten für neunzehn Uhr ein Treffen in einem

Speiselokal neben dem Hotel Ilves. Das Treffen im Hotel Torni stattfinden zu lassen, wäre zwar schicker gewesen. Paula Korhonen hatte auch diese Variante für einen Moment erwogen, sie dann aber mit derselben Intuition wieder verworfen, mit der sie sie aufs Tapet gebracht hatte.

Später am Vormittag gingen Laine und Paula hinunter in die Eingangshalle des Polizeigebäudes, um Nordin von der NORDSA zu empfangen. Nordin, der trotz seines sehr schwedisch anmutenden Namens Finne war, wartete beim Haupteingang, eine Tasche, in der ein Laptop Platz fand, über die Schulter gehängt. Nordin trug abgewetzte Jeans, ein Hemd, das er über der Hose trug, und ein Sakko.

«Kalle Nordin», stellte er sich vor.

Paula Korhonen mochte den Pagenschnitt des Mannes und seine Art, einem die Hand zu reichen, nicht. Nordin sah überhaupt nach einer wandelnden Orchesterpartitur aus. In seinem Blick war irgendetwas Undefinierbares, was Paula vorsichtig machte.

«Ich bin mit der Morgenmaschine aus Stockholm gekommen. Ich lebe allerdings in Turku.»

«Ich habe ein kleines Mittagessen und Kaffee in den Besprechungsraum bestellt», sagte Kati Laine, die sich nicht von Nordins Heimatliebe anstecken liess.

Beim Essen berichtete Kalle Nordin von der Rolle der NORDSA in der Kooperation der Polizeibehörden der verschiedenen skandinavischen Länder. Er erläuterte auch seinen beruflichen Hintergrund, der vor allem von seiner Tätigkeit bei der schwedischen Sicherheitspolizei geprägt war. Gegenwärtig lebte er in Turku und war als Kontaktperson der finnischen Polizei bei der NORDSA tätig. Er hatte einen offiziellen Sitz im finnischen Innenministerium und in der Polizeiverwaltung, die dem Innenministerium unterstellt war.

Dann war Paula Korhonen an der Reihe. Sie gab Nordin und Laine ein Update über das Privatleben und die berufliche Karriere von Martti A. Lehtinen: «Auf der unternehmerischen Seite hat Martti A. Lehtinen im Lauf der Jahrzehnte viele Eisen im Feuer gehabt. Als ältestes Zugpferd diente ein Unternehmen, das Lehtinen als junger Mann gleich nach dem Militärdienst gegründet hatte. Die Handelskette hatte sich in vier Jahrzehnten nach Schweden, Norwegen, Dänemark und Deutschland ausgebreitet, aber unter anderen Namen als die Muttergesellschaft. Das ist der Grund, warum man sie nicht mit Finnland und Lehtinen in Verbindung bringt. Er besitzt ausserdem Anteile an Unternehmen in verschiedenen Branchen, wie zum Beispiel an einer Hotelkette, die europaweit tätig ist. Seine Firma besitzt diese Kette über eine in Luxemburg registrierte Gesellschaft, was uns zu einem interessanten Detail kommen lässt.»

Paula Korhonen machte eine Kunstpause.

«2008 kaufte der deutsche Bundesnachrichtendienst in Zusammenarbeit mit dem Bundesland Nordrhein-Westfalen von einem liechtensteinischen Banker für 4.6 Millionen Euro dem Bankgeheimnis unterstellte Informationen über die Bankkunden. Die Operation hing mit Steuerhinterziehung zusammen. In der Folge erhielt die finnische Steuerverwaltung wertvolle Informationen über finnische Anleger, unter denen sich auch Martti A. Lehtinen befand. Sein Unternehmen besass also ein Konto bei dieser liechtensteinischen Bank. Die Steuerbehörden prüften den Fall und brummten Lehtinen eine Nachsteuer auf, die dieser ohne mit der Wimper zu zucken bezahlte. Danach überliessen die Steuerbehörden die Informationen der zentralen Kriminalpolizei. Eine Strafuntersuchung konnte aber nicht mehr eingeleitet werden – er hatte seine Strafe bereits in Form der Nachsteuer erhalten.»

«Er hatte also nicht immer eine reine Weste», folgerte Kalle Nordin.

«Jedenfalls nicht beim Fiskus», bestätigte Paula. «Später sind die Steuerhinterzieher noch härter rangenommen worden, wie wir wissen: Panama Papers 2016, Swiss Leaks 2015, Luxemburg 2014 … So viel zu diesem Thema.»

Alle verstummten zugleich, als ob sie es abgesprochen hätten, und liessen das Gehörte sinken.

«Und dann», fuhr Paula fort, «sind da die DNA-Proben aus Lehtinens Wohnung in Eira. Man verglich sie mit der DNA des seinerzeit ausserhalb von Pori gefundenen Toten. Der Tote und Martti A. Lehtinen sind aber unterschiedliche Personen. Auch die Angehörigen konnten den Toten ja nicht identifizieren.»

«Dann steuert die Untersuchung also auf eine Sackgasse zu?», fragte Kalle Nordin.

«Die Untersuchung steckt schon tief in der Sackgasse drin», präzisierte Kommissarin Kati Laine.

«In diesem Fall», setzte Kalle Nordin beinahe geheimnisvoll an, «könnten meine neuesten Informationen uns helfen, einen Weg aus der Sackgasse zu finden.»

Kati Laine und Paula Korhonen schauten einander an.

«Seht mal … In Island läuft eine vollkommen identische Untersuchung.»

Laine und Paula warfen sich unweigerlich erneut einen Blick zu, und Nordin berichtete von dem Toten, den die isländische Polizei gefunden hatte: «Er hatte in der Tasche die Ausweispapiere des Syrers Malek Ayman und um den Hals trug er einen Halbmondanhänger.»

Miteinander stellte das Trio fest, dass sich die Details bezüglich des Todes und der Auffindung der beiden Toten in erstaunlicher Weise glichen, abgesehen vom Todeszeitpunkt. Die Wahrscheinlichkeit eines Gewaltverbrechens war sehr hoch – und beim Täter handelte es sich möglicherweise um ein und dieselbe Person.

«Ich habe Fotos des Toten von Reykjavik und eine Dokumentation über den Syrer Malek Ayman, dessen Ausweispapiere beim Toten gefunden wurden», erläuterte Kalle Nordin und holte seinen Laptop hervor.

Paula Korhonen half beim Anschliessen des Laptops an die Projektionsanlage des Besprechungszimmers. Auf der grossen Leinwand erschien das Hintergrundbild von Kalle Nordins Computer. Nach einigen Klicks auf verschiedene Ordner sahen sie das Gesicht des Toten von Reykjavik, das vom Meer geschunden war. Paula Korhonen und Kati Laine blickten einander sofort an.

«Martti A. Lehtinen», sagte Paula Korhonen.

«Bist du sicher? Wir kriegen später die Ergebnisse des DNA-Tests des Toten. Ich kann sie euch dann weiterleiten.»

«Vollkommen sicher.»

Paula Korhonen durchsuchte ihr Dossier und reichte Nordin dann Fotos von Martti A. Lehtinen von verschiedenen Zeitpunkten in dessen Leben.

Kalle Nordin war nun überzeugt: «Das ist ja Wahnsinn.»

«Wenn Martti A. Lehtinens vor gut zwei Wochen gestorben ist», überlegte Paula Korhonen, «muss er nach meinen Berechnungen anderthalb Monate nach der letzten Sichtung noch am Leben gewesen sein. In dieser Zeit gelangte er von Pielavesi bis in die Küstengewässer ausserhalb von Reykjavik. Denken wir nun daran, dass seine Brieftasche bei dem Toten, der bei Pori aus dem Meer gefischt wurde, gefunden wurde, und dass in seiner eigenen Tasche die Ausweispapiere eines Syrers gefunden wurden. Die Frage lautet: Was zum Teufel geht hier vor?»

Die Anwesenden tauschten ratlose Blicke aus.

«Man sollte die Flughäfen unter die Lupe nehmen»,

formulierte Kati Laine den gemeinsamen Gedanken zu einem Satz aus. «Lehtinens Auto könnte in einem Parkhaus zum Vorschein kommen.»

«Ich kümmere mich darum», versprach Paula Korhonen.

Kalle Nordin projizierte ein Foto von Ayman auf die Leinwand: «Das hier ist Malek Ayman, dessen Ausweispapiere in Martti A. Lehtinens Tasche in Reykjavik gefunden wurden. An Lehtinens Hals befand sich eine Kette, von der ein Silberanhänger in Form eines Halbmonds baumelte. Man darf wohl annehmen, dass die Kette Ayman gehört. Ihr habt doch berichtet, dass der Tote von Pori Lehtinens wertvolle Armbanduhr am Handgelenk trug?»

Paula und Laine bestätigten die Information.

«Falls Ayman später ebenfalls tot aufgefunden werden sollte, so haben wir gleich drei Tote, die über ihre Ausweispapiere miteinander verknüpft sind. Womöglich sind wir da einem Serienmörder auf der Spur. Kein Zufall vermag das hier als eine natürliche Verkettung von Ereignissen zu erklären.»

«Der Mörder will vielleicht bewusst Spuren hinterlassen», präzisierte Kati Laine dazwischen und liess dann Kalle Nordin weiterfahren.

«Malek Ayman ist ein obskurer Fall. Er lebt in Syrien und besitzt zwei Firmen in der Textilbranche. Die Geschäftsstellen der Firmen befinden sich in Aleppo und Stockholm. Wir haben die Adresse in Stockholm durchsucht. Sie hat sich als kleines Lager entpuppt. Der Inhalt des Lagers deutete nicht auf eine tatsächliche Unternehmenstätigkeit hin. Ayman hat auch nicht so etwas wie einen Webshop betrieben. Es ist ein komplettes Rätsel, warum er im Namen seiner Firmen einen Lagerraum in Stockholm unterhält, der grösstenteils mit Flohmarktware und Abfall gefüllt ist. Noch unerklärlicher ist ein Fund, den wir im Lager gemacht haben, versteckt hinter all dem Ramsch. Wir fanden einen Tresor, den wir aufgeschweisst haben. Er enthielt den Gegenwert von 8.4 Millionen Euro in fünf verschiedenen Währungen: Euro, US-Dollar, türkische Lira, schwedische Kronen und syrische Pfund.»

Der Kommissarin Kati Laine entfuhr ein Kraftwort.

«8.4 Millionen Euro?»

«Ja. Wir haben eine offizielle Anfrage nach Syrien in Gang gesetzt, um Informationen über die Unternehmenstätigkeit zu erhalten. Wenn die syrischen Behörden uns nicht entgegenkommen, können wir Aymans Spur nicht weiterverfolgen. Es ist offensichtlich, dass es hier um etwas Illegales geht, aber worum?»

«Drogenhandel?», schlug Paula Korhonen vor.

«Das wäre die naheliegendste Vermutung. Aber es kann genauso gut mit irgendetwas anderem zusammenhängen. Ich möchte lieber keine Vermutungen anstellen, weil das die Untersuchung stört.»

Erneutes Schweigen.

Kalle Nordin wechselte das Bild auf der Leinwand: «Malek Aymans Lager in Stockholm.»

«Sieht aus wie bei einem syrischen Auktionskaiser. Dieser Ramsch ist doch nie und nimmer 8.4 Millionen wert», stellte Kati Laine fest und goss sich Kaffee ein. «Da stehen wir vor einem ungeheuren Rätsel.»

«Und wir haben zwei Morde – bald vielleicht drei», ergänzte Paula Korhonen.

«Was folgt als nächstes?», fragte Kati Laine an Nordin gerichtet.

«Ich fliege nach Reykjavik. Ich treffe dort einen Polizeibeamten, der die Untersuchung von Martti A. Lehtinens Todesursache in Island leitet. Die NORDSA hat eine Untersuchungsgruppe gebildet, zu der ihr, die Polizei in

Reykjavik und die Kriminalpolizei in Stockholm gehört. So arbeitet die NORDSA. Ohne sie wäre es äusserst zäh, eine solche internationale Arbeit, die auf einen gemeinsamen kriminellen Nenner abzielt, durchzuführen.»

«Du sagtest, wir würden später aus Island die DNA-Resultate erhalten. Sobald wir die Sache analysieren können, werden wir in der Lage sein, zu bestätigen, dass Martti A. Lehtinen tot aufgefunden worden ist», sagte Paula Korhonen.

«Ihr werdet die Ergebnisse unverzüglich erhalten.»

«Aber hier in Finnland haben wir immer noch den unbekannten Toten, der südlich von Pori gefunden wurde. Die Untersuchung des Gewaltverbrechens geht weiter, aber wir haben nichts, woran wir uns festklammern können. Wir können nur hoffen, dass irgendwer eine Person als vermisst meldet, die mit dem Toten übereinstimmt», fuhr Paula Korhonen fort.

«Uns bleibt aber auch noch die Untersuchung des Verbrechens an Lehtinen», präzisierte Kati Laine.

«Genau», bestätigte Kalle Nordin. «Die Polizei in Reykjavik untersucht natürlich auch dort, ob irgendetwas nebst der Leiche, die ans Meeresufer gespült worden ist, zum Vorschein kommt. Ich wünsche, dass ihr Lehtinens Hintergrund weiter durchforstet. Es ist offensichtlich, dass es irgendwo einen verbindenden Faktor zwischen den beiden Toten und Ayman geben muss. Hoffen wir, dass der Letztgenannte dennoch lebendig zum Vorschein kommt.»

«Das ist viel gehofft», meinte Laine.

«Was, wenn wir es wirklich mit einem Serienmörder zu tun haben?», fragte Paula Korhonen.

Kalle Nordins erstarrte in seiner Bewegung, während er über die Formulierung seiner Antwort nachdachte. Seine Miene war ernst.

«Entweder wählt er seine Opfer rein zufällig, oder zwischen ihnen besteht irgendeine Verbindung. Der Täter will uns oder den zukünftigen Opfern Spuren hinterlassen. Wir müssten untersuchen, ob es bereits in der Vergangenheit entsprechende Fälle gegeben hat. Könnt ihr das mit Hilfe des finnischen Strafregisters tun? Der Serienmörder könnte schon älter sein, und es muss nicht zwingend sein, dass er allein agiert hat. Ihr solltet die Nachforschungen auf mindestens zwei Jahrzehnte ausdehnen. Ich weiss, dass dies viel Arbeit bedeutet, aber jeder von uns begreift, dass es eine gründliche Untersuchung erfordert, wenn wir den oder die Täter finden wollen.»

«Martti A. Lehtinen war noch anderthalb Monate am Leben, nachdem er verschwand, und die letzten zwei Wochen trieb er tot im Meer», sagte Paula.

«Wir müssen sein Auto finden», ergänzte Kalle Nordin.

«Warum wurde Martti A. Lehtinen gerade in Island gefunden?», fragte Laine.

«Keine Ahnung. Jemand wollte eben, dass man Lehtinen mit Malek Aymans Halskette um den Hals und mit seinen Ausweispapieren in der Tasche fand. Beim Toten von Pori dasselbe. Das Profil passt durchaus zu demjenigen eines Serienmörders. Er spielt ein recht merkwürdiges Spiel mit Hinweisen, aber mit wem? Mit der Polizei oder mit den künftigen Opfern? Oder mit beiden?»

Paula Korhonen und Kati Laine nickten zustimmend.

Sie besprachen noch einige praktische Fragen und verabschiedeten sich dann von Nordin, der nach Island abreiste. Laine und Paula Korhonen unterhielten sich dagegen noch für einen Moment in Paulas Büro. Auf das Whiteboard kamen neue Informationen.

«Ich gebe dir noch keine zusätzlichen Ressourcen», sagte Laine, während sie auf dem Rand von Paulas Pult sass.

Paula stand beim Whiteboard und hörte sofort auf zu schreiben.

«Glaubst du, dass ich den Fall allein lösen kann?»

«Das habe ich damit nicht gemeint.»

«Oder *willst* du nicht, dass ich damit fertig werde?»

Paula und Laine musterten einander eingehend. Die Kommissarin erhob sich.

«Sei vorsichtiger, was du für Äusserungen von dir gibst. Ausserdem – ich sollte dir das eigentlich nicht sagen –, mit dir will niemand arbeiten.»

«Das ist nicht wahr.»

«Nicht, Paula? Auf den Fluren wird viel gesprochen.»

«Das ist nicht wahr. Zeig mir diese Flure.»

«Jetzt reicht es. Ich verschaffe dir Ressourcen, sobald es möglich ist, aber nicht jetzt.»

«Ich muss schon sagen, ich habe das Gefühl, du willst mich von hier forthaben. Du verweigerst mir die Unterstützung.»

«Lass das.»

«Du hast mich wiederholt aufs Abstellgleis gestellt. Du hast mich nicht in deinem Team gewollt. Gib zu, dass du mich forthaben willst.»

Kati Laine hob die Hand: «Es reicht.»

«Ich bin bei dir abgeschrieben», ergänzte Paula Korhonen, aber da war die Kommissarin schon gegangen.

Paula blieb allein in ihrem Büro zurück. Sie war seit ihrem ersten Arbeitstag hier allein gewesen. Sie war ihr ganzes Leben lang allein gewesen. Mehr als alles andere ärgerte es sie, dass Laine sich weigerte, mit ihr über dieses Problem zu reden – über die mangelnde Unterstützung. Ihre Chefin wich der Verantwortung aus, wenn Korhonen den direkten Kontakt suchte. Aber selbst eine Kommissarin Kati Laine würde Paula nicht niederdrücken können, bestimmt nicht.

Um zehn vor sieben betrat Paula Korhonen die Lobby des Hotels Ilves. Sie beschloss, sich bis sieben Uhr dort aufzuhalten. Sie wollte nicht schon vorher im Speiselokal nebenan warten. Der «Kühne Krieger» vom Datingportal sollte besser einige Minuten auf sie warten müssen.

Ein enganliegendes Etuikleid und hochhackige Schuhe waren vielleicht übertrieben, aber Paula Korhonen wollte nicht darüber nachdenken müssen. Daraus würde ein Gedankengang folgen, an dessen anderem Ende sie bereit wäre, nach Hause zu eilen, um sich etwas Alltäglicheres überzuziehen, das ausserdem mehr Haut bedeckte. Aber auch der «Kühne Krieger» würde kaum in seinem giftgrünen Zetor und im Tarnanzug angeknattert kommen, sondern in etwas Repräsentativerem. Immerhin ging der Mann aus dem südlichen Ostbottnien gerne ins Theater. Mit einer etwas längeren Vorlaufzeit hätten sie ein Treffen im Theater vereinbaren können, obwohl natürlich auch das keine Garantie für ein gelungenes Date war.

Vor einem halben Jahr hatte sie mit einem Mann aus Vantaa ein Date in einem Comedytheater vereinbart. Die Stand-up-Vorstellung hatte auf Witzen unter der Gürtellinie, Schnaps, Fürzen und Flüchen basiert. Am liebsten wäre Paula in der Pause verschwunden. Der Mann aus Vantaa goss sich tüchtig Bier hinter die Binde und genoss jeden einzelnen Moment. Es war eine Kunst für sich, ein Date so schnell wie möglich zu beenden. Das hatte Paula Korhonen durch ihre Erfahrungen gelernt. Die absolut beste Taktik war ein unaufgeregtes, direktes Ansprechen des Problems: «Das hier funktioniert nicht. Vergeuden wir keine Zeit mehr. Schönen Abend noch.»

Die Türen des Lifts in der Hotellobby öffneten sich, und ein Paar mittleren Alters erschien. Paula erkannte den Mann an seinen Koteletten, noch bevor er ihr sein Gesicht zuwandte. Der Mann blickte sie nicht an, dafür zwei junge Frauen, die neben Paula Korhonen standen. Sie hätten vom Alter her die Töchter des Kotelettenmannes sein können. In diesem Augenblick begriff Paula Korhonen, dass sie für diesen Mann wirklich Luft war, keineswegs für Kommissarin Kati Laine. Die Frau und der Mann begaben sich zum Pult der Rezeption und gaben ihre Schlüsselkarten ab. Gleichzeitig streichelte der Mann den verlängerten Rücken der Frau. Bevor sie auseinandergingen, tauschte das Paar in der Lobby flüchtige Küsse aus. Der Mann begleitete die Frau und ihren Koffer bis zur Tür des Taxis. Als das Taxi losgefahren war, ging der Mann weiter, einen kleineren Rucksack über der Schulter.

Paula Korhonen versuchte sich zu entscheiden, ob sie zum Speiselokal gehen sollte, um den «Kühnen Krieger» zu begrüssen, oder nicht. Wie würde es sich anfühlen, nach der Szene hier so aufgebrezelt einem Mann gegenüberzutreten, der Frauen, halb so alt wie er selbst, mit seinem Blick verschlang? Und der Mann hatte die letzte Nacht mit einer Frau in seinem Alter verbracht.

Der Mann, der eine dauerhafte, feste Beziehung wollte, jagte Niederwild und ging gerne ins Theater.

«Hallo, Kühner Krieger», grüsste Paula Korhonen und setzte sich ihm gegenüber.

Der Mann wunderte sich über ihre direkte Art, sich ihm zu nähern.

«Hallo. Du siehst toll aus.»

«Und du hast dichte Koteletten.»

Der Mann lächelte etwas verschämt. Paula wusste, dass die Karten des Mannes schon sehr schlecht standen.

«Koteletten? Nun ...»

«Du bist soeben mit deiner Mutti aus dem Lift gekommen und ihr habt die Zimmerschlüssel abgegeben.»

Die erstarrte Miene des Mannes glich der eines Verbrechers, der im Verhörraum in eine Mausefalle getreten war.

«Ich kann das erklären.»

«Na hör mal, da hast du deine Worte geschickt gewählt.»

Nach dem zweiten schnellen Glas Weisswein, demi-sec, war Paula Korhonen leicht beschwipst. Sie änderte die Einstellungen ihres Datingprofils so, dass der «Kühne Krieger» ihre Seite nicht mehr besuchen und ihr auch keine Nachrichten mehr senden konnte. Zum Glück hatte sie dem Mann keine weiteren Informationen wie etwa ihre Telefonnummer oder die E-Mail-Adresse gegeben. Sie besass hingegen die persönlichen Daten des «Kühnen Kriegers». Diese hatte sie im Polizeigebäude in Erfahrung gebracht. Ihr Vorgehen war selbstverständlich illegal, weil die Daten mit keiner Ermittlung in einem Kriminalfall in Verbindung standen. Aber Paula kontrollierte vor einem Date immer auch mögliche Einträge im Strafregister. Zweimal war sie auf einen derartigen Treffer gestossen, was dazu geführt hatte, dass sie das bereits vereinbarte Date gleich wieder absagte.

Auf dem Datingportal gab es natürlich auch solche wie sie, die anständig und einsam waren und Bekanntschaften – oder gar Liebe – suchten. Aber unter all denen, die nach Wegwerf- und Trostpflasterbeziehungen jagten, unter den Verbrechern, unter denen, die eine gefährliche Persönlichkeit hatten, die mit einer ganz anderen Gefühlschemie lebten, und allen anderen, die zumindest zweifelhafte Kandidaten waren, war es beinahe aussichtslos, die Liebe seines Lebens zu finden, den vertrauenswürdigen Lebenspartner. Und dann galt es auch noch, weitere Faktoren wie das Alter, Aussehen, das Netzwerk an nahestehenden Personen, die Eifersucht, natürlich die sexuelle Ausrichtung, die wirtschaftliche Situation, Hobbies, überhaupt die Interessen und eine endlose Zahl an weiteren Einzelheiten zu beachten.

Paula Korhonen seufzte tief und betrachtete auf dem Datingportal das Profilbild von «Familyman56». Der charmant ergraute sechsundfünfzigjährige Mann lehnte sich an der Playa del Ingles gegen einen Torbogen. Das gebräunte Gesicht strahlte von der Wärme der Sonne, aber die Wärme des Herzens drang nicht durch den Bildschirm des Computers. Die Kleidung des Mannes verriet, dass dieser sich modisch und teuer kleidete. Der Mann war eindeutig nicht von der Sorte, die in einer billigen Souvenirmütze der jeweiligen Ferieninsel posierte wie Mr. Mallorca, die lächerliche Sketchfigur aus der MTV3-Unterhaltungsserie «Putous» mit ihrem dämlichen Spruch «Saletisti natsaa!», zu Deutsch ungefähr: «Alles paletti!»

Warum war dieses grossgewachsene, athletische Prachtstück von einem Mann überhaupt auf dem Datingportal? Getrennt? Abgehauen? Verlassen worden? Verwitwet? Gewalttätig? Psychopath? Narzisst? Schwachsinnig? Ewiger Verlierer? Einer, der sich gern gegen die Sportwagen der Reichen lehnt? Ein Stofftier, das niemand wirklich in seiner Wohnung will, wo es doch nur Staub sammeln würde?

Datingportale sind wie Lottomaschinen, bei denen keine Hauptgewinne zu vergeben sind.

Mehr Weisswein. Sie wollte eine Frage stellen, aber es gab niemanden, der darauf hätte antworten können: Muss man es als Mangel ansehen, wenn man niemals hat lieben dürfen?

Bei ihren Dates hatte Paula Korhonen beobachtet, dass es mit der Körpergrösse der Männer oftmals so ging wie in den 1970er-Jahren bei den amerikanischen Verstärkungsspielern für Tamperes Basketballteam «Tampereen Pyrintö».

Während der Flugreise aus den USA nach Finnland konnten die Spieler auf merkwürdige Weise bis zu zehn Zentimeter schrumpfen. Paula fühlte sich nicht schuldig wegen der Tatsache, bei ihrem Gewicht auf ihrem Datingprofil selbst einige Kilos unterschlagen zu haben. Ausserdem hausierte sie auf ihrem Profil nicht damit, dass sie praktisch eine Heimpflegerin für ihre betagten Eltern war, weswegen sie es erst nach den Zehn-Uhr-Nachrichten wagte, Alkohol zu trinken. Manchmal hatte sie sogar ein Taxi bestellen müssen, wenn bei den Eltern ein Notfall eingetreten war.

Ein viertes Glas Weisswein wäre zu viel gewesen. Paula schaltete den Computer aus und goss sich als Kompromiss ein halbes Glas ein. Sie blieb mit dem Glas in der Hand vor dem Ganzkörperspiegel stehen und betrachtete sich selbst. Sie stellte sich den richtigen, unwirklichen, wirklichen Moment vor, wenn sie dem Mann ihres Lebens würde gestehen können: «Ich … liebe dich … Ich *liebe* dich. *Liebe* dich.»

Auf Paula Korhonens Wangen zerfloss das für den «Kühnen Krieger» bestimmte Makeup in Bächen von Tränen. Sie erinnerte sich nicht mehr an den Anfang des Abends, sah im Spiegel nur noch die imaginäre grosse Liebe ihres Lebens. Sie schluchzte und liebte allein, so dass es ihr in der Brust weh tat.

11.

Auf den Strassen hatten sich nach den morgendlichen Regenfällen grosse Pfützen gebildet. Farah wartete in einem Café in der Nähe des Bahnhofs und vertrieb sich die Zeit mit dem kostenlosen WLAN. Sie surfte auf ihrem Smartphone durch Nachrichtenportale, kontrollierte ihr Postfach, las die Statusnachrichten ihrer Facebook-Freunde und stöberte auf Instagram. Sie vermisste ihre Freunde in Finnland. Bestimmt wäre es besser gewesen, die Internetseiten zu meiden und das Heimwehgefühl auszublenden. Oder wäre es besser gewesen, überhaupt zu Hause zu bleiben? Diese Art von Fragen unterstrichen ihre Unsicherheit. In diesem Stadium ihrer Reise hätte man das als Reue bezeichnen können, und das wollte sie keinesfalls.

Aber Farah hatte Schuldgefühle.

Natürlich wollte sie das finden, wozu sie hierher gekommen waren. Alles, was danach kommen würde, machte ihr Angst und löste schon jetzt ein starkes Gefühl der Unsicherheit aus.

Ein ferrariroter Motorroller kam um die Ecke gefahren und hielt sanft vor dem Café. Farah verliebte sich auf den ersten Blick in den Roller und lächelte ihm durch die Fensterscheibe zu. Ein kräftig gebauter Mann blieb noch einen Moment rittlings auf dem Sattel des Rollers sitzen, hielt dann den Motor an und zog sich den Helm vom Kopf. Wie in Zeitlupe nahm der Mann eine Sonnenbrille mit einem kräftigen Gestell von den Augen und liess sie in seine

Brusttasche fallen.

Farah wusste, dass Haris sie erwartete.

«Na, was sagst du? Ich habe mich schon in Finnland genau über diese Dinger informiert. Das ist ein Kymco Like 200i, ein kräftiger Viertakt-Einspritzer, der uns bei gutem Rückenwind mit fast 100 km/h transportiert – du wiegst ja nichts – und dazu noch bildschön ist, ein echtes Prachtstück.»

Haris grinste und tätschelte das Gehäuse des Rollers.

Farah lächelte immer noch: «Wunderbar!»

Haris wandte sich um und reichte seiner Schwester einen zweiten Helm in der Farbe des Rollers. Farah schwang ihre Haare nach hinten, band sie zusammen und zog den Helm über ihren Kopf.

«Halt mich an der Taille fest», wies Haris sie an, als Farah aufstieg, um hinter ihrem Bruder Platz zu nehmen.

Das Prachtstück sprang gleich beim ersten Versuch an. Sie mischten sich graziös unter den Verkehr.

Nachdem sie vom Prager Bahnhof eine halbe Stunde lang gefahren waren, herrschte auf den Nebenstrassen nur noch spärlicher Verkehr. Das schmaler gewordene, wellige Strassenprofil hatte sich dem Gelände angepasst. Als sie das Stadtzentrum hinter sich gelassen hatten, fuhren sie zwischen Bäumen, Feldern und Häusern hindurch weiter. Die Häuser waren beinahe alle niedrig, hell verputzt und hatten Giebeldächer aus roten Dachziegeln. Auf dem Land war es hier ähnlich öde wie in Finnland, erinnerte sich Farah. Den grössten Teil ihres Lebens hatte sie in der Agglomeration der Hauptstadt gewohnt, weit weg vom richtigen Land. In der siebten Klasse hatte sie eine Klassenfahrt nach Åland unternommen, und zweimal hatte sie einen Teil des Sommers in einem Landhaus in Anttola in Südsavo verbracht.

Haris hielt einige Dutzend Meter vor einer Abzweigung an. Von dort zweigte eine Privatstrasse ab, die hinter einer Kurve verschwand. Zu beiden Seiten der öffentlichen Strasse erhob sich eine niedrige Steinmauer, die durch einen Holzzaun von einem halben Meter Höhe fortgesetzt wurde. Hinter den Zäunen wuchsen Laubbäume dicht beieinander, die auf diese Weise die Sicht zu den Einfamilienhäusern begrenzten, welche in der Ferne erkennbar waren.

«Hier müsste es sein. Die Privatstrasse macht eine Rechtskurve, und nach zweihundert Metern müsste das Tor zur Zufahrt der Villa erscheinen.»

«Bist du sicher wegen der Villa?»

Haris warf einen Blick auf seine Schwester hinter ihm: «Nein. Wir können das Auto identifizieren, aber was die Villa angeht, bin ich nicht sicher. Fahren wir erst mal weiter und versuchen wir, zur Rückseite des Gebäudes zu gelangen. Vielleicht finden wir dort eine günstige Stelle, von der aus wir das Haus im Auge behalten können. Wenn wir hier bleiben, befinden wir uns für alle, die diese Strasse benutzen, auf dem Präsentierteller. Wir würden dort sicher weniger Aufmerksamkeit erregen.»

Fünfzehn Minuten später stellte Haris den Roller unter einem alten Ahornbaum ab. Weit weg auf der anderen Seite des offenen Feldes erkannte man die Silhouette einer dreigeschossigen Villa. Farah und Haris standen neben dem Baum im Schatten.

«Wir haben wohl gefunden, was wir suchten.»

Haris führte einen Feldstecher zu seinen Augen.

Die Adresse der Villa hatten sie aufgrund der Registerdaten des Autos ausfindig gemacht. Es war schwierig gewesen, Informationen über die Villa zu sammeln, aber Haris hatte es geschafft, die Sache zu regeln: Er kannte jemanden, der seinerseits jemanden kannte. Hacken war illegal, egal was das Motiv war. Farah und Haris hatten darüber ein langes Gespräch geführt, bevor sie über Zwischenstationen einen Hacker beauftragt hatten.

Die Villa verfügte über siebenhundertfünfzig Quadratmeter Wohnfläche, die sich auf das dreigeschossige Hauptgebäude und zwei eingeschossige Flügel verteilten. Es gab fünf Schlafzimmer und nicht weniger als sechs Badezimmer. Die Höhe der Eingangshalle betrug viereinhalb Meter, und eine breite Wendeltreppe führte den Wänden der Eingangshalle entlang nach oben. Eine Garage für vier Autos, ein beheizbarer Swimmingpool, ein massiver Grillpavillon, ein Teich und ein blühender Garten mit Rasenflächen vervollständigten den luxuriösen Komplex. Die Villa hatte vor drei Jahren für fast drei Millionen Dollar den Besitzer gewechselt. Hinter einem wertvollen Gemälde im Wohnzimmer war ein Schliessfach versteckt. Informationen über das Sicherheitssystem des Hauses und des Schliessfachs waren keine aufzutreiben gewesen.

«Siehst du das Auto?», fragte Farah und kniff ihre Augen zusammen.

«Nein. Wir können von hier nicht zur Vorderseite des Hauses oder zum Fahrweg sehen. Es wäre zu gewagt, wenn wir versuchen würden, ohne vernünftigen Sichtschutz näher heranzugehen. Wir müssen einen stärkeren Feldstecher besorgen und herausfinden, wie wir von der Strasse her den Verkehr von und zur Villa beobachten können. Das Hauptgebäude können wir von hier ausreichend im Auge behalten. Kommen wir nach Einbruch der Dunkelheit hierher zurück und versuchen wir herauszufinden, ob es um die Villa herum Kameras und Sensoren gibt.»

Farah musste über Haris' Gründlichkeit lächeln.

«Wie können wir das tun?»

«Vertrau mir», versicherte Haris.

Sie stiessen den Roller etwas weiter weg und liessen den Motor erst dann an. Es lohnte sich nicht, das Risiko einzugehen, dass das Geräusch des Fahrzeugs über das offene Feld bis zur Villa drang.

Um neun Uhr abends kehrten Farah und Haris unter denselben Baum zurück. Der Abend war kühl, es war doch schon Oktober, und Farah war wärmer angezogen als am Tag. Trotzdem hatte sie während der Fahrt ein wenig gefroren. Das Geschwisterpaar war in seiner schwarzen Kleidung praktisch unsichtbar.

In jedem Geschoss der Villa brannten Lichter. Auch der Garten war das reinste Lichtermeer.

«Je mehr Licht, desto besser für uns», sagte Haris. «Schauen wir uns das aus der Nähe an.»

Farah folgte ihrem Bruder auf den Fersen und konzentrierte sich darauf, regelmässig zu atmen. Sie fürchtete, dass sie erwischt werden könnten.

Die beiden umkreisten unter Haris' Führung vorsichtig die Umgebung der Villa, setzten aber keinen Fuss in den Garten und den übrigen Aussenbereich. Haris flüsterte seiner Schwester ins Ohr, dass es in der Villa keine Hunde gab. Sie hätten schon längst bellen müssen, auch wenn sie sich im Haus befunden hätten. Haris glaubte, dass der Aussenbereich mit Wärme- und Bewegungssensoren gespickt war. Ausserdem konnten sie im Aussenbereich der Villa eine Überwachungskamera lokalisieren, aber Haris war sich sicher, dass es noch weitere Kameras gab. In den Fenstern der beleuchteten Zimmer konnten sie im Laufe einer halben Stunde die Silhouetten von vier Männern und zwei Frauen ausmachen. Es war aber nicht möglich, eine dieser Personen genauer zu erkennen.

«Untersuchen wir die Zufahrt und das Tor.»

Sie machten im Schutz der Vegetation in Richtung der öffentlichen Strasse weiter, fanden das schmiedeiserne Tor und daneben eine zweite Überwachungskamera.

Plötzlich leuchtete der Bereich vor dem Tor in hellem Licht auf. Zwei helle Scheinwerfer zu beiden Seiten beleuchteten weite Teile der Zufahrt und ihrer Randbereiche. Farah und Haris wichen reflexartig zurück, obwohl ihnen bewusst war, dass sie in der Dunkelheit geschützt waren.

«Irgendetwas hat den Sensor ausgelöst. Lass uns tiefer ins Gebüsch hineingehen und zum Roller den Umweg über die breitere Strasse nehmen.»

«Das dauert furchtbar lange», mahnte Farah.

«Ich weiss, aber wir dürfen kein Risiko eingehen, indem wir den direkten Weg nehmen.»

Sie fanden im Schutz der Linden zur Strasse, von der die Privatstrasse zur Villa abzweigte. Farah fror, und Haris zog seine schwarze Jacke aus, um sie seiner Schwester um die Schultern zu legen.

«Du wirst frieren», sagte Farah.

«Zum letzten Mal habe ich während meines Militärdienstes im Frost gefroren. Danach hat sich nichts mehr wirklich kalt angefühlt», lächelte Haris.

Sie sprachen nichts mehr, bis sie nur noch einige Kurven von der Abzweigung zur Villa entfernt waren.

«Wie können wir sicher sein, dass wir die richtige Villa gefunden haben? Wir haben weder das Auto noch den Mann gesehen», stellte Farah fest.

«Überhaupt nicht. Bei Tageslicht können wir uns der Villa nicht nähern, und auch im Dunkeln ist es riskant, wie wir bemerkt haben. Aber wir müssen tagsüber wiederkommen. Vielleicht erhalten wir von irgendwo einen guten Einblick in die Villa. Holen wir den Roller und suchen wir noch einen Beobachtungsposten am Strassenrand. Wir wissen, was wir suchen. Wir können in einem oder zwei Kilometern Entfernung oder sogar in der Nähe des Dorfs in fünf Kilometern Entfernung auf das Auto warten. Es muss auf dem Weg zur Stadt zwingend durch das Dorf fahren.»

Sie fuhren zum Dorf und zurück. Der beste Beobachtungsposten befand sich am Ende nur sechshundert Meter von der Abzweigung zur Villa entfernt, auf dem Dachboden eines verlassenen Schuppens. In der Nähe des nicht abgeschlossenen Schuppens waren keine bewohnten Gebäude, und man konnte den Roller dort gut verstecken. Vom Dachboden aus hatte man eine ungehinderte Aussicht in beide Richtungen der Strasse.

«Das ist in der Dunkelheit ein guter Platz. Warum haben wir den Schuppen nicht schon bei unserem ersten Besuch bemerkt? Wir kommen morgen gleich nach Einbruch der Dunkelheit hierher. Siehst du die Stufen nach unten? Wir hätten eine Taschenlampe mitnehmen sollen. Komm, ich helfe dir mit der Lampe des Handys, damit du nicht stolperst.»

Haris grub das Handy aus seiner Tasche und hielt Farah zur Sicherheit am Ellbogen fest. Farah erstarrte, den Blick am Fenster: «Haris!»

Durch die Fensteröffnung drang ein sich bewegendes Licht aus der Richtung der Strasse, die zur Villa abzweigte. Blitzschnell tauchte Haris vom Dachboden nach unten ab und rettete den Roller vom Strassenrand ins Unsichtbare. Haris konnte mit Mühe und Not wieder zurück auf den Dachboden steigen, bevor das Auto und seine Lichter den Schuppen passierten. Farah war bei der Fensteröffnung und spähte im Mondlicht zur Strasse.

«Hast du etwas gesehen?», fragte Haris.

«Der weisse Tesla.»

«Bist du sicher?»

Die Zwillinge schauten einander in der Dunkelheit des Dachbodens an. Sie konnten nur ihren Atem wahrnehmen, der vor Anspannung mit jedem Atemzug schwerer wurde.

12.

In Reihe 21 warteten drei Frauen reiferen Alters ängstlich und mit gefalteten Händen. Die Frau am Gang hielt ihre Augen geschlossen. Kalle Nordin las in einem Buch und wartete darauf, dass sich seine Gehörgänge wegen der Landung oder genauer wegen des Luftdrucks schlossen. Er mochte diesen Teil, also den Landeanflug, nicht, litt aber zumindest nicht unter Flugangst. Unregelmässige Seitenböen warfen den Airbus A319 der Icelandair hin und her und gingen auf den letzten Minuten bis zur Landung in eine Endlosschleife. Die Reifen schlugen schwer auf der Landebahn des internationalen Flughafens von Keflavik auf. Die Flugpassagiere blickten erleichtert um sich, manche applaudierten spontan.

Die Einreiseformalitäten würden nur einen Moment dauern, zumal Nordin nur mit Handgepäck reiste.

«Zum ersten Mal in Island?», fragte ein gutgelaunter junger Beamter in flüssigem Englisch. Der junge Mann war geradezu begeistert. Kalle Nordin begnügte sich damit, mit einem wohlwollenden Lächeln zu antworten.

«Was wollen Sie sehen? Die Geysire? Die Gletscher? Den Godafoss?»

Der Beamte gab Nordin die Papiere zurück.

«Ich will das Grab von Bobby Fischer sehen.»

Der Beamte wunderte sich und verstummte. Seine Miene liess vermuten, dass er keinen Bobby Fischer kannte.

Kalle Nordin war müde von seinem langen Arbeitstag

und dem dreieinhalbstündigen Flug. In einem solchen Gemütszustand wuchsen seiner Fantasie Flügel. Er konnte sich schon lebhaft die Gummihandschuhe und die Leibesvisitation vorstellen. Daher ergänzte er vorsichtshalber: «Und die Geysire natürlich.»

Der Beamte lächelte wieder, stellte aber keine weiteren Fragen.

In der Ausgangshalle des Flughafens wartete ein ungefähr gleichaltriger Mann in Jeans mit einem Pappschild auf Nordin. Sein Name war mit dickem, grünem Filzstift auf das Schild geschrieben.

«Kalle Nordin? Willkommen in Island. Magnus Thor.»

Die Männer gaben sich die Hand.

Magnus Thor versuchte, Nordins dicken Pagenschnitt nicht anzustarren und die Frage zu vermeiden, wo der Rest des Streichorchesters sich versteckt halte.

«Ich habe gehört, dass du in Schweden gelebt und gearbeitet hast. Von mir aus können wir gerne Schwedisch sprechen», schlug Thor vor und begleitete Nordin aus dem Flughafen.

«Mein Wagen steht dort drüben. Von hier ist es rund eine Dreiviertelstunde bis ins Zentrum von Reykjavik. Wir gehen während der Fahrt einige Formalitäten durch, wenn es recht ist.»

«Ist recht. Sprechen alle Isländer so gut Schwedisch?», fragte Kalle Nordin, während er den Sicherheitsgurt anlegte.

Magnus Thor lächelte etwas verlegen: «Bestimmt nicht, aber du wirst später die Gerichtsmedizinerin kennenlernen, die ebenfalls Schwedisch spricht. Zum ersten Mal in Island?»

«Ja.»

«Schlechtes Flugwetter», bedauerte Magnus Thor.

«Allerdings. Der Flug war ziemlich holprig, und ich mag Seitenböen beim Landen nicht sonderlich», antwortete Nordin.

«Verstehe. Ich bin mehrmals nach Kontinentaleuropa geflogen und weiss, wovon du sprichst. Also, ich dachte daran, dich bei mir zu Hause einzuquartieren. Oder würdest du lieber in ein Hotel gehen, um deine Ruhe zu haben?»

«Danke, ein Sofa reicht mir ganz gut.»

«Gut. Ich warne dich gleich: Ich lebe mit vier Töchtern zusammen. Da gibt es mehr als genug Action und gefährliche Situationen», verriet Magnus Thor.

«Ich glaube, ich werde es aushalten.»

Zehn Minuten später blieb ihnen noch über eine halbe Stunde Fahrzeit. Sie waren die Formalitäten durchgegangen und wechselten zu einem freieren Gespräch.

«Ich bin noch nie auf etwas Derartiges gestossen», sagte Magnus Thor. «Der Mann, also der Tote, sah gleich auf den ersten Blick nach einem Skandinavier aus, aber die Ausweispapiere in seiner Tasche machten aus ihm einen Syrer. Ein vollkommen absurder Ausgangspunkt für die Klärung seiner Identität. Und dann noch die Untersuchung der Todesursache und der Verdacht auf ein Gewaltverbrechen. Es gab schon hellere Vormittage, um den Arbeitstag zu beginnen.»

«Verstehe. Die Finnen sind in derselben Lage. Sie haben einen Toten, dessen Identität nicht geklärt ist, aber der Besitzer der Brieftasche, die beim Toten gefunden wurde, ist nun auf eurer Insel zum Vorschein gekommen», ergänzte Kalle Nordin. «Was haben wir zu diesem Zeitpunkt? Martti A. Lehtinen, der zwei Monate in seinem Sommerhäuschen in Nordsavo umhergeistert ist und dessen Brieftasche bei einem Toten, der ans Meeresufer getrieben wurde, gefunden wurde. Der Tote ist noch immer nicht identifiziert worden.

Lehtinen war Hunderte von Kilometern entfernt vom Ort, an dem seine Brieftasche zum Vorschein kam, zum letzten Mal lebend gesehen worden. Und ihr habt Martti A. Lehtinen selbst sogar noch weiter entfernt gefunden, nämlich in der Nähe von Reykjavik, kurze Zeit nachdem die Finnen ihren Toten gefunden hatten. Gemäss eurer Gerichtsmedizinerin war Lehtinen zwei Wochen tot gewesen, bevor er gefunden wurde, und hatte ungefähr gleich lange im Wasser gelegen. Die Todesursache war ein trockenes Ertrinken, aber die Wahrscheinlichkeit eines Gewaltverbrechens wagt dennoch niemand zu bestreiten.»

«Es gibt nur offene Anschlussfragen», stimmte Magnus Thor zu.

«Genau. Die erste Frage lautet: Wo war Lehtinen in den Wochen zwischen seinem Verschwinden und seinem Tod? Wie und warum gelangte seine Brieftasche in die Tasche eines unbekannten Ertrunkenen, der ausserhalb von Pori in Finnland gefunden wurde? Warum hatte der Ertrunkene keine eigene Brieftasche dabei? Warum trug der Ertrunkene am Handgelenk Lehtinens wertvolle Armbanduhr? Warum wurde Lehtinen nach seinem Verschwinden in über tausend Kilometern Entfernung an der Küste Islands gefunden? Warum hatte er Malek Aymans Papiere in der Tasche? Gehört auch die Halskette Ayman? Warum hat seit vielen Wochen niemand etwas von Ayman gehört? Man könnte unendlich viele weitere Fragen hinzufügen.»

«Und sollte Malek Ayman tot aufgefunden werden, haben wir drei Leichen», ergänzte Magnus Thor.

«Drei miteinander verknüpfte Gewaltverbrechen sind ein potentieller Serienmord.»

«Es ist auch nicht ausgeschlossen, dass es mehrere Täter geben könnte. Haben sie ihre Opfer zufällig gewählt oder haben sie irgendeinen gemeinsamen Nenner? Malek Ayman war niemals in Island, aber seine Ausweispapiere wurden hier gefunden.»

«Gibt der Serienmörder uns Hinweise?»

«Was für ein Motiv hat er für die Morde und die Hinweise?»

«Er oder sie – falls es mehrere sein sollten.»

Magnus Thor und Kalle Nordin verstummten angesichts der Flut von Fragen. Wenig später gelangten sie in die Aussengebiete Reykjaviks. Thor kriegte hinter dem Lenkrad seine Energie zurück.

«Willkommen in Reykjavik, der Hauptstadt unseres Landes. In der Stadt und ihrer unmittelbaren Umgebung leben über zweihunderttausend Isländer. Klingt nach wenig? Ganz Island hat dreihundertdreissigtausend Einwohner.»

«Ich lebe in Turku. Das ist etwas grösser als Reykjavik.»

«Du könntest dir also vorstellen, dass es dir hier gefallen würde?», zwinkerte Magnus Thor Kalle Nordin zu.

«Das möchte ich jetzt nicht vertiefen.»

Eine Stunde später hatte das Duo in einem Speiselokal in der Nähe des Polizeigebäudes eine Mahlzeit genossen und dann ein Palaver mit Magnus Thors Einheit abgehalten. Zu Ayman waren noch keine neuen Informationen von den syrischen Behörden eingetroffen. Magnus Thor hatte daran erinnert, dass der syrische Bürgerkrieg und die damit verbundenen Zerstörungen die Lage beeinflussten. Die Polizei- und Verwaltungsbeamten hatten die Hände voll mit wichtigeren und dringlicheren Aufgaben.

«Es besteht noch immer die Möglichkeit, dass es sich bei Malek Ayman gar nicht um eine reale Person handelt», hatte Magnus Thor seinen Leuten und Kalle Nordin in Erinnerung gerufen.

«In Malek Aymans Namen sind zwei Firmen der Textilbranche und ein Mietlager in Stockholm gemeldet. Möglicherweise auch irgendwelche Räumlichkeiten in Aleppo, aber die Tatsache, dass die Geschäftsadresse in Stockholm sich als blosses Lager entpuppt hat, ist hinsichtlich der Adresse in Aleppo nicht gerade vielversprechend», hatte Kalle geantwortet.

«Und das Geld? Über acht Millionen Euro im Tresor.»

«Na, das ist allerdings ein kostbares schwarzes Loch. Aus dem Textilbusiness sind die jedenfalls nicht geflossen.»

Nach dem Palaver wollte Magnus Thor Kalle Nordin zum Ort fahren, an dem Martti A. Lehtinen gefunden worden war. Der Leuchtturm war schon von weitem zu erkennen.

«Wir gehen den Rest zu Fuss. Der ursprüngliche Leuchtturm auf Grótta wurde im Jahre 1897 erbaut. Der Leuchtturm in seiner heutigen Form wurde 1947 fertiggestellt, aber er verwendet immer noch die Linsen des ersten Leuchtturms. Was hältst du von unserer weissen Schönheit?»

Nordin stieg aus dem Wagen und blickte zum elegant geformten Leuchtturm an der Spitze der Halbinsel: «Du hast recht, er ist eine Schönheit. Schaffen wir es mit trockenen Füssen zurück? Du hast vorhin von der Flut gesprochen.»

Magnus Thor lächelte: «Du brauchst keine Badehosen. Wir haben noch vier Stunden Zeit bis zur Flut.»

Einen Augenblick später standen sie am Ufer vor der Stelle, an der Martti A. Lehtinen gefunden worden war.

«Hier wurde er angespült?»

Magnus Thor nickte mit den Händen in den Jackentaschen.

«Welche Meeresströmungen gibt es hier?»

«Gute Frage. Gemäss der Gerichtsmedizinerin hat er sich zwei Wochen lang im Wasser befunden. Er hätte mit absolut keiner Wahrscheinlichkeit hierher gelangen dürfen.»

«Du hast an dasselbe gedacht wie ich, nicht wahr?», sagte Nordin, indem er sich zu Magnus Thor wandte.

«Ja. Man hat ihn hierher ans Ufer gebracht. Das glaube ich.»

«Hätte das auch auf dem Landweg geschehen können?»

«Das ist durchaus möglich. Vielleicht hat die Gerichtsmedizinerin eine Theorie dazu. Wir werden sie befragen, sobald wir in die Stadt zurückgekehrt sind.»

«Habt ihr hier alle Steine umgedreht?»

«Wir haben das Ufer noch am gleichen Tag, an dem der Tote gefunden worden war, sorgfältig abgesucht. Auch das übrige Gebiet bis zum Autoabstellplatz wurde durchwühlt. Wir haben nichts gefunden, was man als Spur bezeichnen könnte.»

«Aber du glaubst eher, dass man ihn von Hand ins Meer befördert hat?»

«Ich bin mir da ziemlich sicher.»

Der Geruch nach Krankenhaus war doch überall derselbe, dachte Kalle Nordin, während er versuchte, mit Magnus Thor Schritt zu halten. Zum ersten Mal, seit er ihn am Flughafen abgeholt hatte, hatte der isländische Polizist Tempo drauf. Sie tauchten ins unterste Geschoss von Reykjaviks Krankenhaus ab. Hinter einer geschlossenen Zwischentür wartete eine Frau, die nach Nordins Schätzung in seinem und Magnus Thors Alter war. Ihre hellblonden Haare trug sie zu einem Pferdeschwanz gebunden.

Die Frau begrüsste Kalle Nordin mit ernster Miene und stellte sich als Gerichtsmedizinerin Gudlaug vor. Gudlaug verhielt sich Magnus gegenüber vertraut, aber eine Spur ausweichend, wie Kalle Nordin bemerkte. Auch fiel ihm Magnus Thors steifes Auftreten auf. Zwischen Gudlaug und Thor bestanden Spannungen, das war offensichtlich.

Gudlaug führte sie tiefer in das Labyrinth der Gänge. Magnus Thor bot ihr etwas von einem Schokoladeriegel an, der sich in seiner Jackentasche befunden hatte, aber mit wenig Erfolg.

«Ein ziemliches Labyrinth, euer Krankenhaus hier», sagte Kalle Nordin auf Englisch.

«Sind das nicht alle Krankenhäuser?», entgegnete Gudlaug in fehlerfreiem Schwedisch.

Sie kamen in einen Raum, in dem sie Martti A. Lehtinens nackter Leichnam erwartete. Nordin erkannte den Finnen sofort. Er hatte schliesslich Fotos von ihm aus verschiedenen Jahrzehnten gesehen, die Paula Korhonen im Rahmen ihrer Untersuchung zusammengetragen hatte. Der Geruch nach Krankenhaus war in diesem Raum von Todesgeruch abgelöst worden. Kalle Nordin war davon angewidert, und Gudlaug bemerkte es. Magnus Thor kaute ein Stück Schokolade und untersuchte Martti A. Lehtinens aufgebohrten Schädel.

«Saubere Arbeit. Gudlaug, erinnerst du dich an den Präparator, der dir vor drei Jahren assistiert hat? Der Doppelmord vom Leuchtturm. Ich spreche jetzt nicht vom Leuchtturm auf Grótta», ergänzte Magnus Thor an Kalles Adresse und biss ein weiteres Stück von seinem Schokoladeriegel ab.

«Asgeir», sagte Gudlaug. «Er hiess Asgeir – also der Präparator.»

«Genau. Asgeir Stummeldaumen», wiederholte Magnus Thor. «Asgeir hatte ganz offensichtlich noch nie eine elektrische Säge bedient. Die kann sich sehr unberechenbar verhalten, wenn man nicht aufpasst. Die Säge sang also mit voll durchgedrücktem Abzug, und wir durften die zerfetzten Ohrmuscheln des toten Teenagers nachher von der Raumdecke wegputzen.»

Kalle Nordin schaffte es mit Mühe und Not, seine Gesichtsmaske abzustreifen und sich von Lehtinens leblosem

Gesicht abzuwenden. Er erbrach sich auf den Fussboden. Ihn schauderte und schwindelte.

Gudlaug und Magnus Thor blickten einander über Kalle Nordins Rücken hinweg an. Thor steckte sich das letzte Stück des Schokoladeriegels in den Mund. Gudlaug schaute Thor verärgert an: «Magnus, du hättest Asgeir für diesmal aus dem Spiel lassen können.»

«Meine Schuld», sagte Kalle Nordin mit kalter Miene. «Macht nichts.»

Gudlaug nahm einen Schlauch von der Wand. Sie öffnete den Wasserhahn und spritzte kaltes Wasser über den Betonboden. Das Erbrochene wurde mit dem Wasser in den Abflussgraben gespült.

Gudlaug reichte Kalle Nordin ein grosses Handtuch.

«Ich habe schon unzählige Obduktionen gesehen», wunderte sich Kalle Nordin.

«Das kann jedem passieren. Das hat nichts mit der Erfahrung zu tun», beruhigte ihn Gudlaug.

«Willst du ein Glas Wasser?», fragte Thor.

Nordin lehnte das Angebot mit einer Handbewegung ab: «Vielleicht habe ich wegen meiner Tochter so reagiert. Sie ist im Teenageralter verstorben, vor einem Jahr.»

«Das tut mir leid», sagte Gudlaug einfühlsam. «Magnus, hol doch aus dem Pausenraum Kaffee. Nimm den aus der rechten Pfanne, der ist stärker. Die Schwäche wird sich legen, aber du solltest dich setzen. Magnus, der Kaffee!»

«Kein Zucker. Nur Milch, danke.»

Magnus Thor liess Gudlaug und Kalle Nordin nur ungern zu zweit zurück. Er eilte zum Pausenraum und suchte drei Kaffeetassen, die er in seinen Händen innert zwei Minuten zurückbalancierte. Zwischen Gudlaug und Kalle Nordin war das Gespräch schon in vollem Gang.

«Bist du in der Lage weiterzumachen?», fragte Gudlaug

mit der Hand auf Nordins Schulter. Kalle nickte und setzte die Gesichtsmaske wieder auf.

Gudlaug führte Lehtinens Leiche vor und erklärte die wichtigsten Dinge, die sie bei der Obduktion durchgegangen war. Kalle Nordins Zustand hatte sich schon verbessert, und er folgte den Erläuterungen der Gerichtsmedizinerin mit Interesse. Magnus Thor folgte insgeheim mehr Gudlaugs Gestik und Mimik als ihren Worten. Ihre Erläuterungen endeten bei der Darstellung des trockenen Ertrinkens.

«Immer noch dieselbe Todesursache?», fragte Magnus Thor bei Gudlaug nach.

«Wenn du die Obduktion ansprichst, so findet man bei den Toten selten weltbewegende Überraschungen im Stile von ‹Welcome to Bahama Islands› oder ‹Have a nice day›, egal wie oft man sie untersucht. Lehtinen hatte ein Ulcus ventriculi im Anfangsstadium, aber er starb an einem Herzstillstand, der durch Erstickung bewirkt wurde. Ein trockenes Ertrinken, in der Tat, sofern die Erstickung im Wasser geschehen ist.»

«Hältst du es für möglich, dass er gestorben ist, bevor er ins Wasser geriet?», fragte Magnus Thor.

«Die Befunde der Obduktion bezeugen, dass er auf ebengenannte Weise gestorben ist. Ich kann keine Mutmassungen über diese Befunde hinaus anstellen», präzisierte Gudlaug.

Kalle Nordin wunderte sich über den Tonfall in der Kommunikation des isländischen Duos. Für einen Augenblick betrachtete er Martti A. Lehtinens verfaulenden Körper. Das Gesicht war erkennbar, aber vom Tod entstellt. Gudlaug hatte soeben erzählt, dass alle inneren Organe bis zur letzten Darmwindung untersucht worden waren. Als Todesursache hatte sich keine weitere Alternative gezeigt. Lehtinen war ertrunken, hatte aber nicht im Wasser um sein Leben gekämpft.

«Von unserer Seite ist alles getan. Wir können ihn in zwei Tagen in sein Heimatland schicken. Die Ergebnisse der Proben sind schon in den Händen der Finnen.»

«Danke, Gudlaug.»

Gudlaug brachte die beiden Männer in die Eingangshalle des Krankenhauses zurück. Hinter den Fenstern hatte sich schon die Dunkelheit des Abends eingestellt. Nordin gab der Gerichtsmedizinerin nochmals die Hand. Diesmal lächelte Gudlaug freundlich.

«Ich hätte noch eine Kleinigkeit mit Gudlaug zu besprechen. Möchtest du im Wagen warten? Hier sind die Schlüssel.»

Kalle Nordin nahm die Schlüssel und verschwand in den Lichtkegel der Aussenbeleuchtung.

«Na?»

Gudlaug wartete mit den Händen in den Taschen ihres Arbeitskittels auf die Sache, die Magnus Thor angekündigt hatte. Ihr spitzes Kinn war etwas erhoben, wie es bei ihr oft der Fall war.

«Die Mahlzeitencoupons werden schon knapp, aber ich habe einige zusätzliche Kinokarten gekriegt. Wie wäre es, wenn du deine Töchter ins Kino ausführen würdest?»

Magnus Thor hielt ihr die Kinokarten hin, aber Gudlaugs Hände blieben in den Taschen.

«Wieso?»

Magnus Thor war sehr überrascht und verärgert: «Ich versuche hier nicht, ein Date zu vereinbaren.»

«Magnus, und wenn du versuchen würdest, ein Date zu vereinbaren, so wäre es das erste in meinem Leben, zu dem ich ohne einen Mann ginge. Worauf zielst du ab?»

«*Ziele* ich auf etwas ab?»

«Du schlägst kein Date vor, aber du verteilst Kinokarten.»

«Nimm sie doch einfach. Mach es nicht kompliziert. Du führst die Mädchen einfach ins Kino aus und sowas.»

«Hör mal, Magnus, ich mag das nicht.»

Die Kinokarten wanderten in Magnus Thors Brieftasche zurück: «Ich meinte nur …»

«Magnus!»

Magnus Thor gab auf: «Du hast recht. Ich war gedankenlos. Ich muss los.»

Gudlaug blieb in der Halle des Krankenhauses stehen und betrachtete Magnus Thors Rücken, während er sich entfernte.

Warum musste mit Thor alles so schwierig sein?

Er hätte am liebsten in einen Erdspalt kriechen wollen. Was für ein Riesenidiot er doch war. Thor versuchte sich zu sammeln, damit Nordin nichts Aussergewöhnliches auffiel. Er ging langsamer zu seinem Wagen. Gudlaug war sonst strahlend und warmherzig, bloss ihm gegenüber ein Gletscher. Die Kinokarten waren eine dumme Idee gewesen, er hätte sie ihr nicht anbieten sollen. Magnus Thor ging um den Wagen herum zur Fahrerseite. Er blieb neben der Autotür stehen und blickte für einen Moment senkrecht hoch zum Abendhimmel. Erst dann öffnete er die Tür und setzte sich auf den Fahrersitz.

«Kalle, bring deine Geschmacksnerven in Stimmung. Meine Schwiegermutter ist eine tierisch gute Köchin.»

«Woher plötzlich diese gute Laune? Muss ja ein gutes Gespräch gewesen sein.»

«Wie man es nimmt.»

«Sie ist eine tolle Frau, Magnus. Was auch immer es ist, meine Gratulation.»

Magnus Thor liess den Motor an und blickte zu Kalle Nordin: «Danke.»

Nach dem Essen verabschiedeten sich Magnus Thors Schwiegereltern von Kalle Nordin und fuhren nach Hause. Magnus Thor brachte seine jüngeren Töchter zu Bett. Die älteren zogen sich auf ihre Zimmer zurück.

«Sie reden alle viel», sagte Thor, während er eine Flasche Rotwein und zwei Gläser ins Wohnzimmer trug.

«Stimmt, alle, aber deine Schwiegereltern können nicht mit deinen jüngeren Töchtern mithalten. Im Reden meine ich.»

Magnus Thor lächelte und goss den Wein ein.

«Ohne sie käme ich nicht zurecht. Ich meine Veronikas Eltern. Als Veronika vor zwei Jahren erkrankte und starb … Du hast selber eine Tochter verloren, du weisst, was ich meine.»

Kalle Nordin nickte zustimmend.

«Auch meine älteste Tochter María ist mir eine grosse Hilfe. Sie ist soeben sechzehn geworden.»

«María ähnelt verblüffend meiner Annika. Annika ist diesen Herbst ebenfalls sechzehn geworden – *wäre* sie geworden.»

Sie sassen einen Augenblick da, ohne zu sprechen, und kosteten den Wein.

«Nach Veronikas Tod gingen die Kinder regelmässig zur Therapie.»

«Das war bestimmt eine gute Lösung», sagte Kalle Nordin. «Wart ihr lange verheiratet?»

«Sechzehn Jahre. Und davor lebten wir schon ungefähr fünf Jahre lang zusammen. Veronika begann, María zu erwarten, und Veronikas Eltern war es wichtig, dass das erste Kind innerhalb der Ehe zur Welt kam.»

«Es liegt auf der Hand, dass du eine sehr enge Beziehung zu deinen Töchtern hast.»

«Und du selbst, bist du verheiratet?»

«Wir trennten uns vor zwei Jahren. Meine jüngste Tochter Alise wohnt mit ihrer Mutter in Stockholm. Mein Sohn Bengt ist neunzehn und pendelt zwischen Berlin und Stockholm. Er spielt in einem Berliner Schachclub.»

«Interessant.»

«Schach? Ich verstehe vom Spiel nicht das Geringste. Ich kenne die Regeln und die möglichen Züge, aber der Rest ist das reinste Chinesisch. Ich hörte auf, gegen Bengt zu spielen, als er neun Jahre alt war und gegen mich gewann, ohne auch nur auf das Brett zu sehen. Schon damals besuchte er die Vereinsabende des Schachclubs.»

«Ist er denn auch wirklich gut?»

«Er ist letzten Frühling Internationaler Meister geworden. Er *ist* gut.»

«Und Alise?»

«Geht in die dritte Klasse. Nach der Trennung habe ich sie selten gesehen. Ich musste beim Sorge- und Besuchsrecht Kompromisse eingehen. Eigentlich möchte ich nicht darüber reden. Ich bekomme davon schlechte Laune.»

«Verstehe.»

«Du hast gar nicht gefragt, wie Annika starb», bemerkte Kalle Nordin.

«Ich dachte, dass du es mir bestimmt erzählen würdest, falls du willst.»

«Es war ein Unglück an einem Wochenende. Sie hatte Rauschmittel konsumiert. Das war ein Schock. Ich schaffte es nicht – *wollte* nicht darüber nachdenken. Das vergangene Jahr war ein einziger finsterer Tunnel. Ich fürchte, wenn ich begänne, über Annikas Tod nachzudenken, würde ich mich in ihrem Tod und dessen Untersuchung festfressen.»

«So hört es sich an.»

«Also versuchte ich, nicht daran zu denken.»

Sie blieben wieder längere Zeit still, was sie jedoch nicht störte.

«Ein zweites Glas? Hier sitzen wir und reden über unsere persönlichen Verluste, während wir für unsere beiden Toten und den vermissten Malek Ayman einen gemeinsamen Täter hätten finden können.»

«Die Morde werden heute Abend nicht mehr aufgeklärt, egal was wir tun.»

«Einverstanden. Ich tippe dennoch auf den Butler.»

Nordin lächelte.

«Hör mal, du hast vier tolle Töchter und hilfsbereite Grosseltern. Wohnen alle Isländer in so grosszügigen Verhältnissen? Meine Wohnung in Turku ist so ein Verlies in einem Mehrfamilienhaus, kaum zwanzig Quadratmeter gross. Wenn sie weiter unten läge, würde ich sie Bunker nennen.»

«Gross oder nicht, das ist sehr relativ. Ich habe das Haus zum grössten Teil selbst gebaut. Veronika wollte genau ein solches Einfamilienhaus und zeichnete wohl mehr davon als der Architekt. Wir haben zwölf Jahre hier gewohnt. In Wirklichkeit hatten wir die ganze Zeit irgendwelche Reparaturen und Erneuerungen am Laufen – ausser nach Veronikas Krankheit und Tod.»

Magnus und Kalle blieben bis gegen Mitternacht sitzen und unterhielten sich auch über ihre polizeiliche Tätigkeit im Allgemeinen. Nordin erzählte von seiner Karriere bei der schwedischen Sicherheitspolizei und davon, wie er nach seiner Scheidung die Sicherheitspolizei verlassen hatte und nach Finnland gezogen war. Die Arbeitsstelle bei der NORDSA hatte er erst vor einigen Monaten angetreten.

«Was hast du nach der schwedischen Sicherheitspolizei gemacht, bevor du bei der NORDSA begonnen hast? Dazwischen liegt doch eine längere Zeitspanne.»

«Beratungsdienste in der Sicherheitsbranche.»

«Warum bist du nicht dabei geblieben?»

«Die NORDSA ist ein Logenplatz für den Polizei- und Sicherheitssektor in Skandinavien. Eine solche Gelegenheit kann man sich nicht entgehen lassen.»

«Es ist schon spät. Sollten wir vielleicht schlafen gehen?»

«Ist mir recht.»

«Das Haus ist geräumig, aber du wirst mit Harry, Niall, Liam und Louis schlafen müssen. Das macht dir doch wohl nichts aus?»

Die Männer trennten sich in der Eingangshalle.

«Es ist in Selfoss», bemerkte Magnus Thor noch.

«Was?»

«Bobby Fischers Grab. Die Fahrt dauert ungefähr eine Dreiviertelstunde. Willst du das Grab besuchen? Ich kann einen Transport dorthin organisieren. Dein Flug geht ja erst später.»

«Das wäre nett. Ich glaube nicht, dass ich noch sehr oft nach Island kommen werde.»

Magnus Thor lächelte: «Gut, ich wecke dich beizeiten.»

Nordin machte im Zimmer Licht und machte sich mit seinen Zimmergenossen vertraut. Die Wände waren dicht mit Postern einer britischen Boygroup tapeziert. Am Fussboden und an der Decke gab es noch freien Platz.

Nach einer Nacht, in der Nordin nur abschnittsweise schlafen konnte, und einem von Magnus Thor offerierten isländischen Frühstück organisierte Thor für ihn den Transport zum Friedhof. Thors Schwiegervater war ein angenehmer, schon älterer Kavalier, der einige Worte Englisch beherrschte, im Übrigen aber nur die örtliche Sprache sprach. Das machte Kalle Nordin nichts aus. Er benötigte heute niemanden zum Reden.

Kurz nach neun Uhr fuhren sie los, ungefähr fünfzig Kilometer durch die neblige Landschaft. Nordin wollte Bobby Fischers Grab nur seines Sohnes wegen sehen. Die Landschaft war karg und unbewohnt, aber reizvoll. Nordin stützte seine Wange auf seine Hand und lehnte sich so gegen das Seitenfenster. Er dachte an Alise, Annika und Bengt. Annika war endgültig fort, Alise traf er fast nie und Bengt war weitergezogen. Kalle war sich dessen bewusst, dass er ein Vater war, aber er fand für diesen Begriff keine Verwendung mehr. Er hatte drei Kinder verloren. Er war allein geblieben. Was für eine Vaterschaft sollte das sein? Er war eine leere Hülle.

Sie kamen in Selfoss an. Nach einigen Minuten hielt Thors Schwiegervater bei einer kleinen kalkweissen Kirche und gab Nordin ein Zeichen, ihm zu folgen.

Sie gelangten zu einem bescheidenen Grabstein aus weissem Marmor, dessen Form an die Kopfbedeckung der Päpste erinnerte. Oben in der Mitte befand sich ein einfaches Kreuz, unter dem zu lesen war:

ROBERT JAMES
FISCHER
F. 9. MARS 1943
D. 17. JANÚAR 2008

Nordin liess sich auf sein linkes Knie nieder und legte die Blumen von Magnus Thors Schwiegermutter an den Fuss des Grabsteins. Ein eigenartiges Genie, erinnerte sich Kalle Nordin. Eine Ausnahmebegabung, aus der ein kompletter Irrer wurde.

«Könntest du ein Foto von uns machen?», bat Nordin und richtete sich auf. Thors Schwiegervater stand in wenigen Metern Entfernung und verstand natürlich kein Wort.

Nordin lächelte freundlich und streckte ihm sein Handy entgegen. Er zeigte ihm, wo er den Auslöser zu drücken hatte. Nach einigen Zusatzerklärungen schoss der Schwiegervater zwei hervorragend ausgeschnittene Fotos von Kalle Nordin neben Bobby Fischers Grabstein.

Für die Rückfahrt hatte Thors Schwiegervater die Anweisung erhalten, Kalle Nordin direkt zum Flughafen von Keflavik zu fahren. Am Ziel verabschiedeten sie sich voneinander, obwohl sie keine gemeinsame Sprache hatten. Vom Flughafen aus, unmittelbar vor dem Boarding der Maschine nach Stockholm, rief Nordin Thor an und dankte ihm nochmals für alles.

«Wir bleiben in Kontakt, falls irgendwelche neuen Informationen auftauchen», beendete Magnus Thor das Gespräch.

Nordin trat an Bord und suchte nach seinem Fensterplatz. Er dachte über die Gesamtsituation nach. Er glaubte nicht, dass in Island auch nur ein weiteres Stück zum Vorschein kam, das zur Lösung des Rätsels um die zwei ertrunkenen Männer und den vermissten Malek Ayman führte. Ausser wenn der Letztgenannte zur Abwechslung tot aufgefunden würde, womöglich in Island. Da hatte er den aussergewöhnlichsten Mordfall seiner Karriere in die Hände gekriegt. Eine Mordserie, in der man noch nicht einmal hatte bestätigen können, dass es sich wirklich um Gewaltverbrechen handelte. Menschen ertranken wohl, aber nicht auf diese Weise: Sie blieben wochenlang verschwunden, dann wurden sie ertrunken aufgefunden, aber ohne Wasser in der Lunge, mit den Ausweispapieren einer falschen und obendrein ebenfalls vermissten Person in der Tasche.

Die Ermittlungen befanden sich noch ganz am Anfang. Er war sicher, dass diese Kette von Vermissten und Toten noch nicht abgeschlossen war.

Der Flugbegleiter ging an einigen Passagieren vorbei und richtete schon aus der Entfernung von mehreren Sitzreihen seinen Blick auf Kalle Nordin. Dieser bemerkte es.

«Kalle Nordin?»

«Das bin ich.»

«Ein Gespräch für Sie.»

Der Flugbegleiter reichte ihm ein Handy.

«Gut, dass ich dich erwischt habe!»

Der Anrufer war Magnus Thor.

«Der Syrer Malek Ayman ist in Schweden angekommen. Seine Ausweispapiere wurden im Hafen von Göteborg kontrolliert.»

13.

Paula Korhonen und Kati Laine sprachen gleich am Morgen in Paulas Büro über Kalle Nordins Kontaktaufnahme und die unerwartete Wendung.

Ayman war also aufgetaucht.

«Im Hafen von Göteborg?», wiederholte Laine.

«Er kam aus Frederikshavn mit der Autofähre herüber.»

«Aber warum Göteborg?»

Kati Laine hob die Kaffeetasche vom Tisch, machte jedoch keine Anstalten, daraus zu trinken.

Paula betrachtete die Kommissarin: «Woher zum Teufel soll ich das wissen?»

«Ich habe nicht erwartet, dass du es weisst.»

Paula Korhonen erhob sich und schrieb auf das Whiteboard: «Göteborg – Frederikshavn – Autofähre – Malek Ayman».

«Er wäre nicht im Netz der Zollbeamten hängengeblieben, wenn Schweden nicht mit vorübergehenden Grenzkontrollen im Süden des Landes begonnen hätte. Ayman benutzte eine Reiseroute zwischen zwei Schengen-Staaten, die frei von Passkontrollen ist, anstatt etwa nach Schweden zu fliegen.»

«Irgendwann zuvor war er aber doch aus Syrien in das Gebiet der EU eingereist und wollte wohl auch zurückkehren? Er hat ja eine Geschäftsstelle – na, ein Ramschlager – in Stockholm und wenigstens auf dem Papier eine unternehmerische Tätigkeit in Schweden. Warum sollte er die Grenzkontrollen zwischen Schweden und Syrien meiden?», warf Kati Laine ein.

«Vielleicht hat er Flugangst.»

Die Kommissarin Kati Laine lachte laut heraus: «Du hast mehr Sinn für Humor, als du durchblicken lässt.»

«Wie soll ich das verstehen? Was meinst du?»

«Ich habe dich immer für humorlos gehalten», antwortete Laine, ohne mit der Wimper zu zucken.

Paula Korhonen blieb mit dem Filzstift in der Hand neben dem Whiteboard stehen. Eine zwanzig Jahre jüngere Frau als Chefin – das raubt jeder Frau den Sinn für Humor.

Vor Antritt ihrer Dienstreise hatte Paula Korhonen noch genug Zeit, um den Hintergrund zweier Interessenten vom Datingportal zu überprüfen. Sie schloss die Tür zu ihrem Büro und meldete sich im System an. Die Profilnamen der Herren waren «Rosenmann» und «Antti34». Falls Antti auf sein Geburtsjahr hinweisen wollte, war der gute Mann schon einundachtzig Jahre alt. Auf dem Profilbild war aber doch ein Mann in Paula Korhonens Alter zu sehen. Auf dem Datingportal hatte es vielleicht schon dreiunddreissig andere «Antti»-Profile vor «Antti34» gegeben. Die Profile dieser beiden Männer waren beinahe zurückhaltend ausgefüllt. Im Allgemeinen blähten die Männer sich auf die eine oder andere Art auf, auf und zwischen den Zeilen. Vielleicht waren der «Rosenmann» und «Antti34» erfahrene Schürzenjäger und wussten den Pfad sorgfältig mit Fallen zu versehen. Paula stellte rasch fest, dass beide Männer keine Einträge im Strafregister besassen. Auch sonst kam nichts Alarmierendes zum Vorschein.

Sie meldete sich vom System ab. Nach dem letzten Misserfolg war sie zwar noch nicht bereit, irgendjemandem ein Date vorzuschlagen. Dennoch war es immer gut, über das Angebot auf dem Laufenden zu bleiben.

Paula hatte seit der Sache mit dem «Kühnen Krieger» ohnehin alles andere zu tun gehabt, als im Polizeiregister den Hintergrund von Profilen des Datingportals zu überprüfen.

Man hatte sich von Martti A. Lehtinens Aufenthalt im Sommerhäuschen in Pielavesi mittlerweile einen gewissen Begriff gemacht. Als Informationsquellen hatte man die Nachbarn verwendet. Es gab einige andere Sommerhäuschen und Landhäuser in der Umgebung. Lehtinens Auto war mehrere Male in der ländlichen Umgebung von Pielavesi gesichtet worden, aber auch im Zentrum des Dorfes. Die letzte gesicherte Beobachtung des Autos lag aber dennoch anderthalb Monate zurück. Wenn der Tote von Pori ungefähr vor fünf Wochen gestorben war und Lehtinens Brieftasche und die Armbanduhr noch davor in den Besitz des Toten gelangt waren, musste Martti A. Lehtinen davor etwas zugestossen sein. Die letzte Beobachtung des Autos in Pielavesi und der Todeszeitpunkt des Toten von Pori liessen dafür ein Zeitfenster von ziemlich genau zwei Wochen offen. Das hiess, dass Lehtinen innerhalb dieser zwei Wochen nach Island gereist sein musste. Er musste sich zwei bis vier Wochen vor seinem Tod in Island aufgehalten haben. Nach dem Tod des Finnen hatte irgendwer seine Armbanduhr und die Brieftasche dem Toten von Pori zukommen lassen.

Paula Korhonen war zufrieden. Die Puzzleteile begannen richtig zueinanderzufinden.

Vom Polizeigebäude zum Bahnhof war es ein kurzer Fussmarsch, aber Paula ging in eine völlig andere Richtung. Auf dem Weg zur Markthalle sprach sie am Handy mit ihrer Mutter und kümmerte sich um die Angelegenheiten ihrer Eltern.

«Nein, Mutter, heute kann ich nicht kommen. Ich habe eine Dienstreise nach Helsinki, es wird lange dauern. Aber morgen komme ich. Wir gehen dann zusammen Vater besuchen. Mutter, geh nicht ins Detail. Bei Vater ist alles in Ordnung. Der Arzt hat gesagt, dass er diesmal Glück im Unglück hatte. Nein, dorthin kann man ganz bestimmt kein Essen bringen. Ja, ja – ja, ja. Um diese Zeit kann das nur der Heimpflegedienst sein, geh nur öffnen. Ich rufe dich am Abend an. Na, ich kann nicht sagen, um welche Zeit. Also tschüss. Geh an die Tür. Tschüss. Tschüss. Tschüss.»

Zwei Tage blieben noch bis zum November, aber die Kälte drang schon jetzt durch die Kleider hindurch bis in die Knochen und ins Mark. Die Ankunft des Novembers liess sich an der Kleidung der Menschen voraussagen, an den Blicken, die vor dem Herbst kapituliert hatten, an den Bäumen, die ihre Blätter auf das Kopfsteinpflaster der Strassen abgeworfen hatten, am schwachen Lichtschimmer, der von den Cumuluswolken am Horizont gefiltert wurde – an allem.

Paula Korhonen ging durch die Markthalle, ohne sich umzusehen. Das war eine wirksame Art, vertraute Gesichter zu meiden und nicht in Gespräche verwickelt zu werden. Sie war jetzt nicht in Plauderstimmung, und sie hatte auch nicht mehr allzu viel Zeit bis zur Abfahrt des Zugs nach Helsinki. Als sie die Tür der Markthalle auf der Seite der Hämeenkatu öffnete, bemerkte sie, dass sie angespannt war. Sie fürchtete, dass die Frau nicht an ihrem Platz sein könnte. Die Befürchtung wandelte sich sofort in Realität. Die Ecke am Tordurchgang war verwaist. Wo mochte die Bettlerin sein? Den zweiten Tag war sie schon fort. Manchmal wechselten die Rumänen den Platz, und es konnte eine Woche oder zwei ohne sie vergehen. Aber ihre Frau war seit dem Spätwinter immer hier gewesen. Paula hätte ihre

Münze am liebsten beim Tordurchgang gelassen, so dass das Geldstück auf die Frau gewartet hätte.

«*Mulțumesc.*»

Das war das einzige Wort, welches sie von der Bettlerin gehört hatte. Zum ersten Mal war es geschehen, nachdem Paula Korhonen eine Woche lang jeden Tag eine Münze in den Kaffeebecher der Frau geworfen hatte. Sie hatte sich niemals umgedreht, um nachzusehen, aber sie hatte das Wort von da an jedes Mal gehört. Die Stimme der Frau war kräftig und weich, etwas abgenutzt. Den anderen Menschen, die ihr eine Münze gaben, nickte die Frau demütig zu, ohne etwas zu sagen. Paula Korhonen tauchte immer vom Tordurchgang her hinter der Frau auf und liess ihre Münze schnell in den Pappbecher fallen. Sie hatten einander bemerkt, und das war ihre einzige Verbindung. Auf gewisse Weise war es amüsant: Die Frau musste das Klacken von Paula Korhonens Schuhen erkennen, wenn diese sich ihr aus der Markthalle kommend von hinten näherte. Sonst hätte sich die Frau in den letzten Wochen nicht schon bedanken können, bevor die Münze in den Pappbecher gefallen war.

Vielleicht hatte die Frau nach Hause gehen können.

HELSINKI

Ein Zigeunerensemble empfing Paula Korhonen und den gesamten Zug aus Tampere am Bahnhof von Helsinki. Die sechsköpfige Gruppe aus Männern mittleren und vorgerückten Alters trug bunte Ponchos und finnische Wollmützen. Von Blasinstrumenten bis zu akustischen Gitarren war alles vorhanden. Paula beachtete sie nicht weiter. Sie eilte durch den Bahnhof gleich zum Taxistand. Sie nahm jedoch kein Taxi, sondern blieb bloss stehen, um die Richtung zu überprüfen, und ging dann zu Fuss weiter.

Wenig später sass Paula im Wohnzimmer von Martti A. Lehtinens Witwe. Ein Getränk hatte sie abgelehnt. Die Tochter und die Witwe sassen nebeneinander auf dem Sofa. Paula Korhonen hatte ihnen soeben bestätigt, dass Martti A. Lehtinen der Tote war, der vor einiger Zeit ausserhalb von Reykjavik im Meer gefunden worden war. Die Witwe und die Tochter nahmen die Information überraschend ruhig entgegen, vor allem wenn Paula an das damalige Treffen in Tampere dachte. Es blieben noch die Fragen der Angehörigen, auf die Paula Korhonen geduldig antwortete. Die fremden Ausweispapiere, die sich in Lehtinens Tasche befunden hatten, erwähnte sie aus ermittlungstaktischen Gründen nicht.

Auf die wichtigste Frage erhielten die Angehörigen aber eine präzise Antwort: «Er wird morgen nach Finnland geflogen.»

«Nach Hause», berichtigte die Witwe.

«Nach Hause», wiederholte Paula Korhonen unwillkürlich.

An dieser Stelle brachen alle Schleusen. Die Witwe und die Tochter verloren die Fassung. Paula sammelte ihre Gedanken und presste die Lippen zusammen, um ihre Gefühle nicht die Oberhand gewinnen zu lassen. Ihr Vater war nach seinem Sturz mit dem Schrecken davongekommen, aber diese Frauen hier hatten ihren Ehemann und Vater endgültig verloren.

Eine Stunde später sassen Paula Korhonen und Lehtinens Tochter in der Wohnung der Letzteren im selben Stadtteil. Die Tochter hatte einem Gespräch unter vier Augen zugestimmt. Die Einrichtung hatte, mit einem raschen Blick geschätzt, um ein Vielfaches mehr gekostet als die Einrichtung des Heims ihrer Eltern. Allein die Gemälde an den

Wänden, schätzte Paula, entsprachen bestimmt dem Preis eines grosszügigen Einfamilienhauses in der Landschaft Pirkanmaa, deren Verwaltungssitz Tampere war.

«Ich wollte nochmals darauf zurückkommen, was ich bei unserem ersten Treffen fragte. Hatte Ihr Vater Feinde, im Privat- oder Geschäftsleben?»

«Woher soll ich das wissen? Ich hatte in den letzten Jahren mit meinem Vater ausser in Geschäftsangelegenheiten nichts mehr zu tun. Meine Mutter erzählte mir das eine oder andere, aber nicht einmal sie wusste genau darüber Bescheid, woran mein Vater beteiligt war. Sie führten eine schwierige Ehe. Sie haben doch bestimmt alles aufgetrieben, was über sie an die Öffentlichkeit gedrungen ist.»

Paula Korhonen wollte nicht auf die Steilvorlage der Tochter reagieren.

«Er war in der Ehe kein Pfadfinderjunge», präzisierte die Tochter.

«Und im Geschäftsleben? Er machte Sie zu seiner Nachfolgerin. Hatte er Feinde?»

«Im Geschäftsleben gab es mehr als genug Konkurrenten, und im Privatleben bestimmt auch Neider. Als eine Person, die sich gerne in der Öffentlichkeit bewegte, weckte er in den Menschen natürlich Gefühle. Mein Vater blieb erst in den letzten Jahren seiner Berufskarriere etwas im Hintergrund. Was die Unternehmenstätigkeit angeht, war ich schon lange vor dem Stabwechsel seine rechte Hand. Wir kamen gut miteinander zurecht, solange wir uns auf die Geschäftsangelegenheiten beschränkten. Er hatte im Geschäftsleben keine Feinde, nur Konkurrenten.»

«Gingen jemals Drohungen ein?»

«Drohungen? Nein. Er hielt sich an faire Spielregeln. Ich weiss nicht. Er hatte bestimmt auch seine Geheimnisse, das bezweifle ich nicht. Wie bereits gesagt, ich stand ihm nicht so nahe.»

«Gibt es sonst etwas? Irgendetwas Aussergewöhnliches, besonders in den letzten Monaten?»

«Ich glaube nicht, nicht in den letzten Monaten. Ich hatte eigentlich nichts mehr mit ihm zu tun, nachdem er die Geschäftswelt ganz verlassen hatte.»

«Man würde doch vermuten, dass Sie eng zusammenarbeiten, als Sie den Stafettenstab austauschten», bemerkte Paula Korhonen.

«Das dachte ich vor einigen Jahren auch noch.»

«Und was geschah dann?»

Die Frau verstummte für einen Moment, aber Paula Korhonen ahnte, dass sie noch antworten würde.

«Das Misstrauen meines Vaters geriet meiner Meinung nach ausser Kontrolle. Es beeinflusste die Unternehmensführung am Ende zu stark. Ich glaube, er hätte irgendeine Diagnose gekriegt, wenn er einer ärztlichen Untersuchung zugestimmt hätte.»

«Hätten Sie ein konkretes Beispiel?»

«Mein Vater ist tot. Ich möchte darüber nicht mehr reden. Es hat keinerlei Bedeutung mehr.»

Paula Korhonen akzeptierte es, dass aus der Tochter für diesmal nicht mehr herauszukriegen war.

«Danke für Ihre Zeit.»

Paula erhob sich und gab der Tochter die Hand: «Eine letzte Frage noch: Trug Ihr Vater Halsschmuck?»

«Er trug höchstens ein Kreuz an einer Halskette, wenn überhaupt.»

«Keinen Halbmond?»

Die Tochter blickte Paula Korhonen verdutzt an.

«Sie haben ja meine Kontaktdaten, falls Ihnen noch irgendetwas in den Sinn kommt», meinte Paula abschliessend und ging.

Am Bahnhof von Helsinki führte Paula ein langes Telefongespräch mit ihrer Mutter. Davor hatte sie vergeblich versucht, die Kommissarin Kati Laine zu erwischen, aber es war ja auch bereits sechs Uhr abends.

Im Zug kreisten Paula Korhonens Gedanken um Lehtinens Schicksal und um die Umstände seiner letzten Lebensmonate. Der Mann hatte irgendeinen Grund gehabt, nach Island zu reisen. Er war kurzfristig vom Sommerhäuschen in Pielavesi abgereist. Im Kaffeekocher war alter Kaffee zurückgeblieben, und auch das Stromkabel war noch eingesteckt gewesen. Der Abfalleimer in der Küche war nicht geleert worden. Wenn man in Ruhe zu einer längeren Reise aufbrach, dachte man doch daran, den Kaffeekocher zu leeren und auszuspülen, das Stromkabel auszuziehen und den Müll wegzubringen.

Gemäss der Polizei von Reykjavik hatte man in den Hotels keine Informationen über Lehtinen gefunden. Die Untersuchung war jetzt auf alle Übernachtungsmöglichkeiten in Island inklusive Jugendherbergen und Bed&Breakfasts ausgedehnt worden. Besonders das Letztgenannte war schon ein verzweifeltes Blinde-Kuh-Spiel.

Die Todeszeitpunkte des Toten von Pori und von Martti A. Lehtinen definierten das Zeitfenster, in dem Lehtinen nach Island gereist sein musste. Es war absolut nicht möglich, dass Lehtinen seine Brieftasche und die wertvolle Armbanduhr verloren hatte und danach nach Island gereist war. Man hatte auf offiziellem Weg Informationen über die Passagierlisten der Fluggesellschaften angefordert. Martti A. Lehtinen musste auf einem Flug zwischen Helsinki und Keflavik zu finden sein. Oder war er von einer anderen Stadt aus nach Island geflogen? Von Stockholm?

Jemand hatte Martti A. Lehtinen in Island entführt, hatte die Brieftasche und die Uhr nach Finnland gebracht, hatte diese persönlichen Gegenstände dem Toten von Pori überlassen, damit man sie später im Meer finden sollte, und war schliesslich nach Island zurückgekehrt, um Lehtinens Schicksal zu besiegeln. Dieser Jemand hatte einen hohen Aufwand betrieben.

Ein hoher Aufwand für den Mörder, um sicherzustellen, dass der Polizei die Verkettung der Opfer auffiel. Oder lag der Hauptzweck darin, einzuschüchtern und zukünftige Opfer zu warnen?

Nach Hämeenlinna ging Paula Korhonen im Bistrowaggon Tee holen und kehrte an ihren Platz zurück.

Sie hatte in den Nachrichten von einem Spanier gelesen, der von zu Hause verschwunden und schliesslich für tot erklärt worden war. Nach zwei Jahrzehnten wurde der Mann – zum Zeitpunkt seines Verschwindens ein Arzt – durch Wanderer in den norditalienischen Wäldern als Eremit aufgefunden. Noch bevor die Beamten und die Angehörigen zur Stelle waren, war er bereits von neuem verschwunden.

Existierten Entführte oder Ermordete, die noch nicht aufgefunden worden waren? Waren das hier alle?

Verrückt.

Malek Ayman war im Hafen von Göteborg aufgetaucht. Der Syrer konnte der Mörder oder ein potentielles Opfer sein. Sie hatten keine andere Spur ausser Ayman, niemand von ihnen. Es klang zu simpel, dass Malek Ayman einfach so von der Fähre aus Frederikshavn in die Arme der Schweden gelaufen sein sollte, zumal alles andere bis dahin ausschliesslich kompliziert gewesen war. Die 8.4 Millionen Euro und das Lager voller Ramsch und Lumpen.

Paula Korhonen konnte es kaum erwarten, dass Kalle Nordin von der NORDSA dazukam, den Syrer in Göteborg zu vernehmen. Lehtinen war nicht eines natürlichen

Todes gestorben. Er war ermordet worden, davor vielleicht entführt – mindestens eine Woche vor seinem Tod in Island. Paula Korhonen war sich dessen sicher, obwohl sie keine dieser Behauptungen beweisen konnte.

«Hier ist Kalle Nordin. Tut mir leid, dass ich ausserhalb der Dienstzeit anrufe.»

«War das wieder dein Humor? Unsere Ermittlungen im Dunkeln haben 24/7 geöffnet.»

Kalle Nordin atmete am anderen Ende heftig keuchend: «Paula, kannst du reden? Ich höre im Hintergrund Lärm.»

«Wart einen Moment, ich rücke etwas zur Seite. So, jetzt.»

«Ich habe soeben die Information erhalten, dass Martti A. Lehtinens Wagen in der Parkgarage des Flughafens Helsinki-Vantaa zum Vorschein gekommen ist.»

14.

Das grosse Schloss an der Wohnungstür schnappte auf, als Farah es von aussen öffnete. Sie war nicht gerne allein auf der Strasse unterwegs, aber Haris hatte sie gebeten, einige Dinge zu erledigen. Sie packte die Lebensmitteleinkäufe aus und brachte eine englische Zeitung zum Tisch in Haris' Zimmer. Sie legte sie neben die Schlüssel des Rollers. Auf dem Tisch lag auch das Notizbuch mit dem schwarzen Einband. Farah wusste schon zu dem Zeitpunkt, als sie verstohlen ihren Blick vom Notizbuch hob und auf die Umgebung richtete, dass sie auf Diebestour war. Hinter der Tür des Badezimmers war das Rauschen des Wassers zu hören. Sie war allein. Farah hob das Notizbuch auf und sah die ihr vertrauten Gedichte durch. Dann suchte sie die nächste unbeschriebene Seite. Farah kam zum Ziel und lächelte.

Haris hatte ein neues Gedicht begonnen:

sie nannten dich die Schmetterlingsmacherin.
mit blossen Füssen, die Zehen
im Sand, in den Wogen
hinterliessest du Fussspuren, die Flügel ausgebreitet
– wo träumst du weiter, fliegst du schon?

«Farah, kannst du mir ein Tuch reinschmeissen?»

Farah zuckte zusammen und schloss das Notizbuch.

Wenig später sass Farah auf der Bettkante, Haris auf dem Parkettboden zwischen ihren Beinen. Er durchstöberte die

Zeitung, und Farah stutzte Haris' lockigen Haare mit der Schere.

«Schneide nicht zu viel ab», mahnte Haris.

«Wann habe ich deine Haare jemals zu kurz geschnitten?»

Sie hatten mehrere weitere Fahrten zur Umgebung der Villa unternommen, tagsüber und nach Sonnenuntergang. Der weisse Tesla blieb verborgen, aber sie besassen jetzt ein Gesamtbild der Situation und hatten einen neuen Ort gefunden, von dem aus sie die Villa beobachten konnten. Zunächst mussten sie den Roller gut getarnt in einem Waldstück abstellen, dann eine Baustelle durchqueren, die mindestens seit fünfzehn Jahren verwaist war, und sich schliesslich in geduckter Haltung am Grund eines Grabens in die Nähe der Villa schleichen. Dennoch war dies ein günstigerer Ort als der vorherige und ausserdem näher bei der Villa.

Haris hatte beschlossen, die Sache mit dem Schliessfach der Villa aufzugeben. Im Haus waren immer Leute. Einige der Männer sahen nach trainierten, aufmerksamen und geradezu martialischen Sicherheitsleuten aus.

Wo war der Dreifingrige?

Der Dreifingrige war ungefähr fünfzig Jahre alt, schwarz- oder grauhaarig, mit kupferfarbener Haut. Der Mann war vielleicht auch kahlköpfig. An der linken Hand besass er nur den Daumen und zwei Finger, ein sicheres Merkmal.

«Ein Putzteam aus drei Frauen sucht die Villa jeden zweiten Tag auf. Sie kommen jeweils am Vormittag und gehen nach zwei Stunden wieder.»

«Der Typ, der den Swimmingpool wartet, ist ein Mann», bemerkte Farah.

«Genau. Wir müssen herausfinden, was für eine Firma das ist.»

Sie mussten mit Bestimmtheit wissen, ob der Dreifingrige

in der Villa wohnte, sonst würden sie ihr Vorhaben, für das sie nach Prag gekommen waren, nicht fortsetzen können.

Farah kürzte Haris' Haarsträhnen sorgfältig. Sie hatte die Dinge schon oft durchgedacht, und das Endresultat war immer dasselbe: Sie hatte niemanden in dieser Welt ausser Haris. Farah war noch nie mit einem Mann ausgegangen, obwohl sie schon fünfundzwanzig Jahre alt war. Haris hatte Freundinnen gehabt, aber nichts Ernsthafteres. Farah besass einen grossen Freundeskreis, aber keine Herzensfreundin. In der Pubertät hatte sie Laura gehabt, aber irgendetwas war zwischen ihnen zerbrochen, als sie im ersten Jahr des Gymnasiums gewesen waren.

Haris lässt mich niemals im Stich.

«Wir müssen Vorbereitungen treffen», weckte Haris seine Schwester aus ihren Gedanken. «Farah, hörst du?»

«Ich höre.»

«Ich sagte, wir müssen Vorbereitungen treffen. Ich möchte einkaufen gehen, wir brauchen das eine oder andere. Hast du Hunger? Wir könnten heute auswärts essen gehen. Gehen wir zu Fuss? Ich möchte ein Starkbier.»

Farah und Haris verliessen die Wohnung um ein Uhr nachmittags. Die Sonne schien zwischen den Wolken hindurch, aber es war nicht mehr so warm wie noch vor einer Woche.

Der Buchhändler rauchte vor seinem Laden eine Zigarette.

Haris schaute beinahe jeden Tag in der Buchhandlung vorbei, er liebte ihren Geruch, wie er Farah erklärt hatte. Das Erdgeschoss war vom Fussboden bis zur Decke gefüllt mit Büchern. Eine schmale Wendeltreppe führte hinunter ins Kellergeschoss, wo die Kunden von einer Continental-Schreibmaschine in einer Vitrine empfangen wurden. Das Zentrum des geräumigen Kellers wurde von einer Säule im römischen Stil geschmückt, um die bequeme schwarze Ledersessel angeordnet waren. Ein Steinboden, der an Kopfsteinpflaster erinnerte, schuf Nähe zur Erde. Im Raum lagen da und dort Bücherstapel, und die auf den Tischen brennenden Leselampen schufen ein Gefühl von Häuslichkeit.

Am Ende des Kellerraums, zwei Treppenstufen höher, befand sich eine Anzahl von Stühlen, die für die Veranstaltungen von Lesezirkeln bestimmt waren. Ein Porträtgemälde von Shakespeare empfing die Gäste. Das offene Fenster liess von der Moldau her frische Luft hereinströmen.

«Shakespeare persönlich», grüsste Haris auf der Strasse den Buchhändler, indem er ihn am Arm anfasste.

Der Besitzer der Buchhandlung lachte kurz auf, und sie unterhielten sich eine Zeitlang, bis die Zigarette zu Ende geraucht war.

Farah und Haris gingen auf der Seite der Burg dem Ufer entlang und überquerten den Fluss auf der Legionsbrücke. Der Verkehr war lebhaft, und man musste sich vor den Strassenbahnen in Acht nehmen, wenn man die Strasse überqueren wollte. Haris steuerte in der Menschenmenge rasch die Orte an, an denen sie fanden, was sie benötigten. Sie bezahlten bar.

«Hast du schon an die Möglichkeit gedacht, dass wir ihn nicht finden könnten?», fragte Farah über den Tisch hinweg. Auf dem Tisch vor Haris befand sich eine Tasse Cappuccino und hinter ihm der Gehsteig.

«Wir haben die Villa und den Tesla. Der Wagen ist auf seinen Namen registriert, und die Villa gehört seiner Firma. Wir haben ihn schon gefunden.»

«Aber er hat mehrere Häuser. Vielleicht überwintert er schon in Florida oder Portugal und kommt erst im Frühling wieder nach Prag.»

Haris lächelte, wobei seine dicken Lippen geschlossen blieben. Er blickte seine Schwester an: «Er ist hier. Vertrau mir.»

Farah gab nach, blieb aber besorgt.

Nach zwei Stunden kehrten sie auf demselben Weg zur Wohnung zurück. In der Mitte der Brücke blieben sie stehen, um sich gegen das Geländer zu lehnen und dem Verkehr auf dem Fluss bei der Karlsbrücke, die in nördlicher Richtung erkennbar war, zuzuschauen. Haris öffnete seinen Papierbeutel, holte einen frischen *trdelník* heraus und biss ein ordentliches Stück davon ab, so dass seine Mundwinkel gänzlich mit Zucker bedeckt wurden.

«Ist das nicht surreal?», fragte Farah, während ihre Haare ihr ins Gesicht wehten.

«Was meinst du?»

«Uns. Prag. Unsere Aufgabe.»

Haris beeilte sich nicht zu antworten.

«Farah, wir sind noch am Leben. Das ist surreal. Ich denke – ich fühle es jeden Tag beim Aufwachen. Warum um alles in der Welt bin ich immer noch hier?»

Farah lehnte sich gegen ihren Bruder, wärmte sich und liess ihn ihren Windschutz sein.

«Das ist surreal, Farah. Zu fühlen, dass man am Leben ist, und zu wissen, dass alles schon viel früher hätte zu Ende sein müssen.»

«Schmerzt dich das?»

«Ich weiss nicht. Ich kann nicht sagen, ob ich so empfinde. Vielleicht hat sich um den Schmerz ein Kokon gebildet.»

«Empfindest du überhaupt Schmerz? Du hast nie davon gesprochen.»

«Der Schmerz hat mich bei Verstand gehalten.»

«Ich bin nicht sicher, ob ich dich verstehe, Haris. Ich befürchte, dass du irgendeine dissoziative Störung hast.»

«Farah, du solltest nicht immer diese Seelenklempner-literatur lesen.»

Farah wurde bedrückt und besorgt. Haris nahm seine Schwester in die Arme und küsste sie zwischen den Haaren auf die Kopfhaut.

«Ich rede dummes Zeug. Kümmere dich nicht um mich. Du bist schön. Gehen wir weiter? Gib mir die Kamera.»

Haris alberte herum und machte Selfies von sich und Farah. Farah machte mit und kicherte über die Faxen ihres Bruders. Die Konstruktion der Kamera war nicht für Nahaufnahmen bestimmt, und die Aufnahmen gelangen so, wie es der Zufall wollte.

«Haris?», meinte Farah glücklich am Arm ihres Bruders, als sie auf der Brücke Richtung Westen weitergingen. «Du kannst auch lustig sein.»

Haris lachte kurz, wurde aber gleich wieder ernster: «Ich habe auch meine Momente. Nicht jedes Jahr, aber …»

Farah lachte und sah den Blick ihres Bruders nicht, der aufmerksam die Umgebung beobachtete.

Nach der Brücke nahmen sie die Abkürzung durch den Park und gingen im Zickzack durch schmale Strassen und Gassen. Farah liebte es, jahrhundertealte Städte mit ihren Details zu fotografieren. Auch in Prag hatte sie immer ihre Systemkamera dabei. Sie kamen an den Botschaften Dänemarks und Japans vorbei und gelangten zum Malteserplatz, der nach den Rittern Maltas benannt war.

Über dem Haupteingang eines stattlichen alten Gebäudes hing ein mehrere Meter breites Werbebanner von Forbes. Vor dem Gebäude war eine pompöse Kolonne von teuren Wagen abgestellt. Farah und Haris gingen seitlich in Richtung der Karlsbrücke über den Platz und bemerkten zur gleichen Zeit in der Wagenreihe den weissen Tesla.

«Geh weiter», sagte Haris mit angespannter Stimme.

«Ist das der Tesla? Derselbe Tesla?», zögerte Farah.

«Natürlich ist er das, Prags einziger weisser Tesla.»

«Was sollen wir tun?»

«Wir verziehen uns hinter die nächste Strassenecke.»

Dort legten sie sich einen raschen Plan zurecht. Haris durfte das Risiko nicht eingehen, dass der Tesla verschwand, während er zu Hause den Roller holte. Um den Dreifingrigen zu identifizieren, brauchte es sie beide. Beide waren sie der Meinung, dass der Mann wohl noch im Gebäude war. Zu einer Veranstaltung von Forbes schickte der Dreifingrige bestimmt nicht seine Untergebenen, viel eher war er persönlich vor Ort.

Der Platz war einfach im Auge zu behalten. Sie beschlossen, an der Seite des Platzes zu warten, bis die Leute des weissen Teslas zum Wagen zurückkehrten. Haris stellte sich mit dem Rücken zum Wagen auf, und Farah würde in Haris' Deckung so viele Fotos schiessen wie nur möglich.

«Zum Glück hast du die Kamera mitgenommen», lobte Haris sie gutgelaunt und immer noch aufgeregt.

Der Platz war zu dieser Tageszeit belebt, was aus Farahs und Haris' Sicht ein Vorteil war. Viele Touristen näherten sich den Gebäuden und den Autos, schossen in aller Ruhe Fotos, und nur wenige kümmerten sich um die dunkel gekleideten Sicherheitsmänner, die beim Haupteingang Wache standen.

«Es würde mich nicht wundern, wenn die Sicherheitsmänner aus ihren Jacken Waffen hervorholten», bemerkte Haris.

«Wie lange müssen wir warten?», dachte Farah laut nach.

«So lange, bis sie weggehen.»

«Das kann ja Stunden dauern.»

Nach zwei Stunden war der weisse Tesla immer noch zusammen mit einigen anderen Autos vor dem Gebäude abgestellt. Sie hatten keine andere Alternative, als zu warten, eine zweite ebenso gute Gelegenheit würde nicht zwingend kommen.

Sie versuchten sich die Zeit mit Gesprächen zu vertreiben, aber die Zeit verstrich dennoch unangenehm langsam. Jederzeit konnten von der Forbes-Veranstaltung Leute kommen, und es kamen auch welche, aber niemand ging zum weissen Tesla.

«Er besitzt zwei Teslas, Modell S P85D», berichtete Haris zum Zeitvertreib. «In Prag fährt er den weissen und in Portugal den schwarzen. Beide kriegt man nicht für unter 110 000 Euro. Sie haben Allradantrieb, werden von einem Elektromotor angetrieben und beschleunigen in gerade mal knapp drei Sekunden von null auf hundert. Unser Prachtstück kann dem Tesla nur an roten Ampeln im Zentrum am Heck kleben.»

Farah versuchte sich zu entspannen und Haris' Plauderei locker zu nehmen. Es gelang ihr schlecht. Die Situation war zu nervenaufreibend.

Leider musste Haris zur Toilette gehen. In der Nähe gab es Cafés.

Farah blieb allein auf dem Gehsteig zurück. Kaum war Haris aus dem Blickfeld verschwunden, als auch schon Dutzende von Männern und Frauen die Forbes-Veranstaltung verliessen. Farah war in einer verzwickten Lage. Haris' Abwesenheit erschwerte es, das Ziel inmitten all der Menschen zu lokalisieren. Farah versuchte, den weissen Tesla im Auge zu behalten, aber es war schwierig. Menschen strömten aus dem Gebäude, ein Teil blieb auf dem Platz zurück, um sich voneinander zu verabschieden, sich miteinander zu unterhalten oder auf einen Wagen zu warten. Zwischen Farah und den Autos waren zu viele Menschen.

Wenn doch Haris nur bald käme.

Farah fand kein anderes Mittel, als ihre Kamera hervorzuholen und heimlich zu fotografieren. Die Distanz war gross genug, dass niemand ahnen konnte, dass in Farahs Sucher nicht etwa die Gebäude waren, sondern die sich allmählich zerstreuende Menschenmenge. Die Kamera klickte in dichtem Takt. Farah musste es schaffen, die Menschen möglichst vollständig abzulichten. Sie war eine Scharfschützin hinter der Kamera, die versuchte, jeden einzelnen in den Sucher zu kriegen und ebenso oft abzudrücken, bevor die Menge auf dem Platz sich auflöste.

Irgendwo in dieser Menschenmenge musste der Dreifingrige sein.

15.

Zwei Mitarbeiter der Spurensicherung warteten mit Kalle Nordin bei den Aufzügen auf Paula Korhonen. Sie begrüssten sich förmlich und fuhren gemeinsam hinauf in das Geschoss P3, wo Martti A. Lehtinens Wagen gefunden worden war.

«Wir haben uns das Auto noch nicht näher angesehen. Wir haben auf euch gewartet», sagte der ältere der beiden Männer und schob seine Arbeitsgeräte auf einer Sackkarre aus dem Aufzug.

«Wir müssen herausfinden, wann der Wagen hier abgestellt wurde», bemerkte Paula. «In Lehtinens Brieftasche war kein Parkticket.»

«Das ist wahr. Im Auto braucht man es nicht zu suchen. Er wollte ja nicht nach der Landung zuerst hierher kommen, um das Ticket aus dem Auto zu holen, und nochmals zum Automaten gehen, um zu bezahlen. Die Brieftasche wäre der naheliegendste Aufbewahrungsort gewesen.»

«Vielleicht hatte er den Parkplatz zum Voraus online reserviert?»

«Aus dieser Parkgarage kommt man nicht mit einem QR-Code. Dazu braucht man zwingend ein Parkticket», wusste der andere Spurensicherer.

«Hätte er den Wagen nicht auf einen billigeren Parkplatz gestellt, wenn er auf eine längere Reise gegangen wäre? Wollte er demzufolge nur wenige Tage in Island bleiben?», fragte Paula Korhonen.

«Zu diesen Schlüssen passt auch das gefundene Material im Sommerhäuschen von Pielavesi. Er hat fast alle seine Sachen und Kleider im Häuschen gelassen und hat es nicht einmal vor der Abreise geputzt, wie es üblich ist», antwortete Nordin. «Wie sieht es mit den Passagierlisten der Fluggesellschaften aus?»

«Ich sollte die Informationen jeden Augenblick kriegen.»

Der Wagen war zwischen zwei anderen Personenwagen geparkt. Kalle Nordin zog Latexhandschuhe an und prüfte die Türen.

«Ich bin in der Lage, das Auto zu öffnen», sagte der ältere Spurensicherer, bevor Nordin irgendetwas fragte.

Paula Korhonen folgte dem Beispiel der Männer und zog sich Einweg-Schutzkleidung an, inklusive Kapuze, Mund– und Schuhschutz. Sie sehen aus wie Virusforscher, dachte Paula. Sie ging im Gegenuhrzeigersinn um das Auto herum und blickte durch die Fenster. Sie erinnerte sich, dass sie das schon einmal getan hatte, aber auf dem Rücksitz hatten sich damals zwei Kindersitze befunden. Das war immer noch die schwerste Aufgabe ihrer Karriere als Ermittlerin. Dieses Auto hingegen war leer. Der Gedanke, dass Martti A. Lehtinen es vor einigen Wochen hier auf diesem Parkfeld abgestellt und die Türen verriegelt hatte und nach Island geflogen war, um dort umgebracht zu werden, fühlte sich dennoch auch bedrückend an.

«Die Türen sind jetzt offen. Gehen wir die Arbeitsteilung nochmals miteinander durch.»

Nordin warnte davor, unnötig Dinge anzufassen. Die Spurensicherer durchsuchten den Wagen sorgfältig mit UV-Licht. Er blickte sich in Ruhe um, bevor er das Handschuhfach öffnete. Wie viel Ware dort hineingestopft war! Verschiedene Quittungen, Parktickets, eine kleine Taschenlampe, natürlich das Handbuch des Autos, das Servicebuch, zwei Kugelschreiber, Rabattgutscheine von Hesburger – auch ein Millionär will ja seine Ausgaben im Griff haben – und ein unordentliches Bündel von Papieren und Fotos. Ein schneller Augenschein verriet, dass alle Fotos einen und denselben älteren Mann zeigten. Seinen Kleidern nach zu urteilen waren beinahe alle Fotos zu unterschiedlichen Zeitpunkten aufgenommen worden. Auf den Papieren befanden sich verschiedene Informationen zu einer Person namens Kharoon Asefi. Gemäss diesen Angaben war der Mann schwedischer Staatsbürger und ein Firmenchef.

«Paula?»

Die Angesprochene unterbrach ihre Arbeit und beugte sich zu Nordin hinüber.

«Was hat das zu bedeuten?»

Die Fotos waren offensichtlich mit einem besonderen Objektiv aus weiterer Entfernung aufgenommen worden. Sie waren relativ unscharf. Paula Korhonen fotografierte selber nur noch gelegentlich, aber sie hatte sich vor drei Jahrzehnten die Grundlagen des Fotografierens angeeignet. Ihre Begeisterung hatte sich innert einiger Jahre gelegt, aber das Know-How war ihr geblieben. Sie war sicher, dass der Fotograf kein ordentliches Stativ verwendet hatte.

«Martti A. Lehtinen war offenbar am Firmenchef Kharoon Asefi interessiert.»

«Die Speditionsfirma Fraktmoln kommt mir bekannt vor.»

«Warum hatte er im Handschuhfach seines Wagens solches Material? Ein Konkurrent?», wunderte sich Kalle Nordin weiter.

«Oder war Lehtinen eine unbekannte Bedrohung für den Schweden?»

«Suchen wir den gemeinsamen Nenner zwischen den beiden und sprechen wir anschliessend mit Kharoon Asefi.

Das muss mit ihrer Geschäftstätigkeit zu tun haben. Lehtinen hat sich auch Informationen über Asefis Privatleben verschafft, was nicht verwunderlich ist, wenn man vom Business spricht», sagte Kalle Nordin.

«Abgesehen davon, dass er gemäss der Tochter für drei volle Jahre in keine Unternehmenstätigkeit mehr involviert gewesen war.»

«Da hast du recht.»

«Hat jemand die Informationen für Lehtinen besorgt? Es könnte beispielsweise irgendwo eine Information zur Bezahlung eines solchen Auftrags existieren», schlug Paula Korhonen vor.

«Gut, Paula. Wir müssen die Genehmigung kriegen, Lehtinens Computer, seine Bankdaten, seinen Kleiderschrank zu durchforsten – einfach alle möglichen Genehmigungen.»

Der jüngere Spurensicherer winkte ihnen von der geöffneten Heckklappe aus zu: «Sieht aus, als ob ich da etwas gefunden hätte.»

Sie versammelten sich hinter dem Auto. Unter dem Boden des Kofferraums war ein abgetrennter Aufbewahrungsraum für Wagenzubehör und kleinere Gegenstände. In einem der Abteile befand sich in einem wasserdichten Klarsichtbeutel ein dickes Bündel von Geldscheinen. Zuoberst lag ein Hundert-Euro-Schein.

«Können wir das Geld zählen?»

«Natürlich. Ich entnehme zuerst einige Proben.»

Einen Moment später zählte der ältere Spurensicherer das Geld. Es waren exakt 24 700 Euro.

Zur gleichen Zeit ging auf Paulas Handy ein Anruf ein. Sie zog sich neben den Betonpfeiler zurück, um in Ruhe sprechen zu können.

Die Spurensicherer fuhren mit ihrer Arbeit fort, und Kalle Nordin stand hinter dem Wagen und hielt die im

Handschuhfach gefundenen Fotos und Papiere des Firmenchefs Asefi in der Hand. Bis auf eines waren alle Fotos im
Freien aufgenommen worden, was die Theorie unterstützte, dass die Bilder ohne Asefis Wissen geschossen worden
waren. Nordin bemerkte, dass Asefi auf der einzigen In-
nenaufnahme stehend zur Kamera blickte, aber auf gewisse Weise durch die Kamera hindurch. Hinter dem Schweden waren ein Schreibtisch, ein Computer und ein grosser
Fernseher mit Flachbildschirm zu erkennen. Die übrigen
Einrichtungsgegenstände passten eher zu einem Wohnzimmer als zu einem Büro. Das weisse Hemd und die Kra-
watte sprachen wiederum eher für ein Büro. Kalle Nordin
beschloss herauszufinden, wo das Foto durch das Fenster
hindurch aufgenommen worden war. Kharoon Asefi würde es ihm sofort sagen können. Und ausserdem beschloss
er, Annmari Akselsson zum Treffen mit Kharoon Asefi
mitzunehmen.

Den sich nähernden Schritten nach zu urteilen war Paula
Korhonens Telefongespräch zu Ende. Nordin wandte sich
zu Paula um und kreuzte ihren begeisterten Blick. Martti A. Lehtinen war in den Passagierlisten zum Vorschein
gekommen.

«Icelandair, Flug FI343. Lehtinen ist vor dreieinhalb
Wochen von Helsinki nach Island geflogen.»

Kalle Nordin machte im Kopf eine rasche Überschlags-
rechnung: Gemäss der gerichtsmedizinischen Untersuchung waren heute seit Martti A. Lehtinens Tod ungefähr
drei Wochen vergangen und ungefähr fünf Wochen seit
dem Tod des Toten von Pori. Er kleidete seine Gedanken
in Worte: «Lehtinen wurde also wahrscheinlich doch gleich
bei seiner Ankunft in Island ermordet. Ihm wurden die
Brieftasche und die Armbanduhr abgenommen und zurück nach Finnland gebracht. Der Halbmondanhänger an

Lehtinens Hals ist nach wie vor ein Rätsel. Die Brieftasche und die Uhr wurden schon zwei Wochen früher dem ermordeten Opfer mitgegeben. Später wurde der Mann südlich von Pori ins Wasser gelassen, nahe genug an der Küste, um gefunden zu werden. Wenig später hat man mit Lehtinen das Gleiche getan, bloss ausserhalb von Reykjavik.»

«Hast du bedacht, dass der Tote von Pori viel länger im Wasser gewesen ist?»

Kalle Nordin überlegte: «Sie schmissen ihn tot ins Wasser und überliessen ihn seinem Schicksal. Nach dem Mord an Martti A. Lehtinen setzten sie ihren Plan fort.»

«Sie oder er?»

«Ich glaube nach all dem nicht mehr, dass das jemand allein hätte tun können.»

«Die Opfer waren also Überbringer von Nachrichten», ergänzte Paula Korhonen.

«Nachrichten an wen?»

«An das nächste Opfer? An die nächsten Opfer? An Kharoon Asefi?»

«An die Polizei?»

«Das glaube ich. Der Mörder gibt uns die Möglichkeit, das nächste Opfer selbst zu finden. Was wird hier gespielt?»

«Ich weiss nicht, aber Kharoon Asefi muss darin verwickelt sein», antwortete Kalle Nordin und deutete auf die Fotos.

16.

Annmari Akselsson war schlecht gelaunt. Sie wartete beim Bahnhof in strömendem Regen auf einen Wagen, der sie zum Polizeigebäude bringen sollte. Das Wetter, der strömende Regen und der Wagen waren aber nicht der Grund für ihre schlechte Stimmung. Der Grund war der verdammte Anton, der ein falsches Spiel mit ihr trieb. Der Hund war immer noch in Annmaris Wohnung. Sie hegte den Verdacht, dass Anton auf Zeit spielte und gar nicht beabsichtigte, Rihanna jemals irgendwohin zu bringen. Warum sollte er das auch tun? Annmari kaufte dem Hund schliesslich das Futter, die Kauknochen, Shampoos, Arzneimittel und Spielsachen.

Annmari war wütend auf sich selber.

Sie war wütend auf Anton.

Kalle Nordin hatte eine Viertelstunde Verspätung, und Annmari war auch auf ihn wütend. Nordin, als Finne, der einst in Schweden gelebt hatte und Zeitpläne nicht einhielt, wohnte mit einem Pagenschnitt auf dem Kopf in Turku und grüsste mit schlaffer Hand. Wegen Malek Ayman hatte Oberkommissar Håkan Holmström Annmari mit dem Morgenzug nach Göteborg geschickt. Annmari beschloss, auch auf Malek Ayman wütend zu sein.

Auf Håkan Holmström hingegen konnte sie ohne einen anständigen Grund nicht wütend sein.

Gestern war Annmari zu spät zur Arbeit gekommen. Anton und sie hatten sich per SMS über das Gassigehen mit Rihanna abgesprochen. Annmaris Webcams besassen eine Aufzeichnungsfunktion. Sie hatte die Aufzeichnungen durchstöbert und bemerkt, dass Anton schon wieder ihren Kühlschrank heimgesucht hatte. Vor dem Verlassen der Wohnung hatte Annmari ein Polizeiklebeband über den Kühlschrank gezogen. Anton hatte den Wink mit dem Zaunpfahl, wie zu erwarten war, verstanden und den Kühlschrank in Ruhe gelassen. Die Benutzung der Waschmaschine war es jedoch, was dem Fass endgültig den Boden ausgeschlagen hatte. Die Aufzeichnungen bewiesen, dass Anton Wäsche gebracht, eine Maschine voll mit Annmaris Waschmittel gewaschen und im Tumbler getrocknet hatte und mit der sauberen und trockenen Wäsche fortging. Warum wusch Anton seine Wäsche nicht bei seiner Freundin? Die Frau hatte Anton wohl ebenfalls schon zum Teufel gejagt, das war die einzige vernünftige Erklärung.

Am liebsten wäre sie Anton mit einem Elektroschockgerät auf den Leib gerückt.

Annmari war schon unterirdisch schlecht gelaunt, als Nordin, der nichts Böses ahnte, mit einem Mietwagen in einigen Metern Entfernung am Strassenrand anhielt.

«Morgen», begrüsste Kalle Nordin die säuerlich wirkende Frau, die sich neben den Fahrer setzte. Annmari antwortete gleichgültig.

Kalle Nordin bemerkte die Anspannung und fragte sich, ob sie von der viertelstündigen Verspätung herrührte. Er hatte Annmari schon in Stockholm getroffen, und auch dieses erste Kennenlernen war nicht besonders angenehm gewesen. Nordin ahnte, dass sich bei Annmari Akselsson ordentlich Ärger angestaut haben musste. Es brachte nichts, sie gleich jetzt am Morgen mit Neutronen zu bombardieren, bis sie zerbarst.

Kalle Nordin verstand etwas von Profiling, er war sogar darin ausgebildet worden. Seine Frage lautete: Wer hatte Annmari so mit Aggression gegen Männer erfüllt, dass sie auch ihm gegenüber auszubrechen drohte? Im Lineup für die Gegenüberstellung musste sich ein Ex-Mann oder ehemaliger Freund befinden, womöglich beide und noch eine mögliche Freundin. Ein interessanter Fall für das Profiling.

«Kennst du Göteborg?», fragte Nordin, nachdem sie losgefahren waren.

«Ich bin mit dem 6.05-Zug in Stockholm losgefahren. Einige Typen wollten unbedingt bis nach Göteborg quasseln. Du brauchst mir nicht Gesellschaft zu leisten», antwortete Annmari.

«Verstehe. Du hast Anweisungen von Holmström für die Einvernahme?»

«Ja. Möchtest du, dass wir sie nochmals durchgehen?»

«Es ist keine Frage des Wollens.»

Sie besprachen das Thema kurz.

«Ich fahre heute Nachmittag nach Stockholm. Möchtest du mitfahren?»

«Ich habe eine Rückfahrkarte.»

Auf der restlichen Strecke bis zum Polizeigebäude steuerte Nordin das Auto, am Radio wurde eine Gesprächsrunde gesendet und Annmari tippte auf ihrem Handy herum. Eine Freundin hatte Annmari mit einer SMS für nächsten Samstag zu einer Cupcake-Party eingeladen.

Annmari konnte nicht umhin, zu lächeln.

Im Polizeigebäude nahm ein Kommissar Annmari Akselsson und Kalle Nordin in Empfang. Er bedauerte, dass nach Malek Aymans Festnahme Zeit verloren gegangen war, bevor die Information die Kriminalpolizei von Stockholm erreichte.

«Auch das Organisieren eines Dolmetschers war in

diesem begrenzten zeitlichen Rahmen schwierig. Ayman spricht kein Englisch», erklärte der Kommissar.

«Oder könnte es sein, dass er nicht sprechen *will*?»

«Gut möglich.»

Annmari fand auf dem Flur einen Automaten, um sich einen Kaffee zu besorgen.

Der Kommissar führte sie in einen Besprechungsraum, in dem sie zunächst gebrieft wurden. Der Kommissar erzählte, dass die Verzögerung mit Ayman teilweise auf das Konto des Dolmetscherproblems ging. Es handelte sich aber auch um eine taktische Entscheidung. Der Kommissar hatte warten wollen, bis die Kriminalpolizei von Stockholm und die NORDSA ankamen, um Malek Aymans Aussagen von allem Anfang an hören zu können.

«Gute Entscheidung», sagte Kalle Nordin. «Das Gericht wird Sie freilich nicht dafür loben, dass Sie die Rechte des Verdächtigten nicht in allen Teilen gewahrt haben. Von unserer Seite trotzdem vielen Dank.»

«Wir kommen mit dem Gericht schon zurecht, und das ist schliesslich erst das Eröffnungsverhör ohne den Ankläger», antwortete der Kommissar.

Als nächstes überlegten sie, wie man vorgehen sollte und in welchem zeitlichen Rahmen der Syrer nach Stockholm überführt werden sollte.

«Die offensichtlich gefälschten Ausweispapiere Aymans, die in der Tasche des Toten aus Island gefunden worden sind, liefern eine ausreichende Basis für einen Haftbefehl. Es besteht der Grund zur Annahme, dass er in ein Gewaltverbrechen verwickelt ist. Ausserdem sind da noch die unerklärlichen Millionen in einem Tresor. Malek Ayman kann man jetzt nicht auf freien Fuss setzen. Er ist in diesem Augenblick unsere einzige lebende Spur», erläuterte Kalle Nordin.

Vor dem Verhörraum trafen sie einen Mann, der sich als der Dolmetscher vorstellte. Ein rascher Händedruck, und die Gruppe begab sich in den Raum, wo der Syrer mit einem Gefängniswärter wartete.

Der Wärter holte zwei weitere Stühle. Der dreiunddreissigjährige Malek Ayman beobachtete ruhig, wie der Dolmetscher, der Kommissar, Annmari Akselsson und Kalle Nordin ihre Plätze suchten. Der Wärter verschwand danach, um sich anderen Aufgaben zuzuwenden. Die Aufzeichnungsgeräte für das Verhör waren bereit, in der Tischmitte stand ein Mikrofon.

Ayman wirkte gelangweilt, was auch kein Wunder war. Er hatte seit seiner Verhaftung nur untätig gewartet. Entweder war der Mann gut im Bild über die Lage, oder er war komplett ahnungslos. Sein Haar war wirr, und am Kinn wucherte der Bart. Malek Ayman trug eine Brille mit dickem Gestell und erinnerte nicht mehr an den Mann mit dem weichen Gesicht, der auf dem Passfoto zu sehen war.

Annmari Akselsson und Kalle Nordin betrachteten den Syrer von der anderen Seite des Tisches. Den Mann, der nie in Island gewesen war und dessen Personalausweis und Brieftasche mitsamt Geld und Kreditkarten in den Taschen von Martti A. Lehtinen gesteckt hatten, der an das Meeresufer von Reykjavik getrieben worden war. Nicht zu vergessen der Halbmondanhänger. Da sass er nun, quicklebendig.

Der Kommissar wartete darauf, dass Annmari und Nordin begannen.

«Haben Sie von ihm Fingerabdrücke genommen?», fragte Nordin beim Kommissar nach.

«Natürlich.»

Der Kommissar war über die Frage nicht erfreut.

Ayman musterte sie von der anderen Seite des Tisches. Annmari neigte dazu, Nordin zu glauben, der Syrer verstehe jedes auf Schwedisch gesprochene Wort.

«Fragen Sie ihn, ob er weiss, warum er verhaftet wurde. Fragen Sie ausserdem, wo er die letzten fünf Wochen verbracht hat», forderte Kalle Nordin den Dolmetscher auf.

Der Dolmetscher übersetzte die Frage und hörte sich Aymans kurze Antwort an. Seine Miene wirkte verärgert, als er die Antwort des Syrers übersetzte: «Sehe ich aus wie Al-Jazeera? Ich bin kein Auskunftsbüro.»

«Na so was. Ein echter Komiker.»

Der Dolmetscher wollte es übersetzen, aber Kalle Nordin verbot es.

«Übersetzen Sie lieber: Ihre gefälschten Ausweispapiere und Ihr Halsschmuck wurden in der Tasche eines Toten finnischer Herkunft in Island gefunden.»

Der Kommissar, Annmari Akselsson und Kalle Nordin musterten Malek Ayman, während der Dolmetscher die Aussage übersetzte.

Ayman schloss die Augen.

«Der Kamerad kann besser Schwedisch als wir», bemerkte Nordin verärgert.

Malek Ayman öffnete die Augen wieder, und die Männer starrten einander an, ohne nachzugeben.

«Sie sind im Augenblick Verdächtiger Nummer Eins, an einem Gewaltverbrechen beteiligt zu sein. Es ist nicht nötig, zu übersetzen. Der versteht alles», ergänzte Kalle Nordin für den Übersetzer.

«Sie haben den Finnen Martti A. Lehtinen umgebracht und ihn ins Meer geschmissen. Die Beseitigung der Leiche ist missglückt. Wir können Sie mit dem Toten in Verbindung bringen.»

Ayman richtete seinen Blick auf Annmari Akselsson. Es war ein beurteilender, berechnender Blick. Dann kehrte der Blick über den Kommissar zurück zu Nordin.

«Der Haftbefehl wird noch heute dem Gericht übergeben», sagte Kalle Nordin und verdarb damit Malek Ayman den Tag.

Der Syrer starrte Kalle Nordin an, während er etwas auf Arabisch sagte. Der Dolmetscher übersetzte: «Er hat kein Wort von dem, was Sie sagten, verstanden.»

«Müsste man es also trotzdem übersetzen?», fragte der Kommissar frustriert.

Im Verlauf der nächsten Stunde stellte Nordin Ayman mit der Vermittlung des Dolmetschers eine ganze Reihe Fragen, auf die der Syrer nur oberflächlich antwortete oder aber die Antwort gänzlich verweigerte. Malek Ayman stritt ab, Martti A. Lehtinen getötet oder den Mann überhaupt gekannt zu haben. Der bei Lehtinen gefundene halbmondförmige Halsschmuck gehörte nicht Ayman.

«Sollte ich etwa so blöd sein, einen Mann zu töten und anschliessend seine Taschen mit gefälschten Ausweispapieren vollzustopfen, damit ich mit ihm in Verbindung gebracht werden kann? Sind Sie wirklich so blöd, so etwas zu glauben?»

So übersetzte der Dolmetscher Malek Aymans Ausfall.

«Das versuchen wir ja eben aufzuklären, und Sie dürften dabei etwas kooperativer sein», antwortete Kalle Nordin.

Seinen Berichten zufolge hatte Malek Ayman die letzten Wochen in Europa verbracht, er weigerte sich aber, Genaueres darüber preiszugeben. Nordin fragte nicht nach den Textilfirmen, der Geschäftsstelle in Aleppo, dem Lager in Stockholm und auch nicht nach dem Tresor und dem Geld. Die Enthüllung dieser Informationen wurde für einen späteren Zeitpunkt aufgehoben. Ayman weigerte sich zu erzählen, warum er nach Schweden eingereist war, und verriet auch nicht, dass er zwei Firmen besass, deren gemeinsame Geschäftsstelle sich in Stockholm befand.

Gegen Ende der Befragung hatte Kalle Nordin die Nase voll. Er nahm mit dem Syrer intensiven Blickkontakt auf: «Schluss mit der Komödie. Warum sollten wir dir glauben? Das Beweismaterial spricht klar gegen dich.»

Anschliessend wurde Malek Ayman in seine Zelle zurückgebracht. Annmari entfernte sich sofort, um den bevorstehenden Transport des Syrers nach Stockholm zu organisieren.

«Und?», fragte der Kommissar neugierig.

«Malek Ayman fürchtet sich, aber nicht vor uns», stellte Kalle Nordin fest.

«Seine Textilfirmen sind also eine blosse Tarnung?»

«Eine jämmerliche Tarnung. Die Sache ist durchsichtig bis zur Dänemarkstrasse.»

«Verbrecherische Aktivität?»

«Organisiertes Verbrechen.»

«Er hat nicht einmal nach einem Anwalt verlangt.»

«Wozu sollte er einen Anwalt benötigen? Er hält den Mund und wartet darauf, dass wir die belastenden Beweise aufdecken, die sich in unserem Besitz befinden. Er hat es nicht eilig. Solange er in unserer Hand ist, ist er sicher. Einen Anwalt zu organisieren, ist ein Risiko. Die Information über seine Verhaftung könnte sich dann verbreiten. Er will wissen, was wir haben, bevor er seinen nächsten Zug macht.»

Der Kommissar und Nordin waren derselben Meinung, dass es sich für Malek Ayman nicht lohnte, über seine Unternehmenstätigkeit zu sprechen. Der Mann wusste noch nicht, dass sie das Lager durchsucht und den Tresor mit dem Geld gefunden hatten. Die aus diesen Firmen aufgebaute Tarnung verbarg Malek Aymans wahren Grund, sich in Schweden aufzuhalten. Hinter dem Geld befand sich etwas, das kein Tageslicht vertrug. Drogenhandel war die naheliegendste Annahme, obwohl es darauf keinen konkreten Hinweis gab. Die Mordanschuldigung bedeutete, sich auf dünnem Eis, auf höchst zerbrechlicher Unterlage zu bewegen. Auch ein Gewaltverbrechen musste man zuerst beweisen können, und Malek Ayman war die einzige Person, die man verhören konnte.

Aymans Ausweispapiere stellten trotz allem ein grosses Fragezeichen dar. Er selbst hatte echte Papiere bei sich gehabt, als er in Göteborg festgenommen worden war.

«Ich glaube, dass Malek Ayman keinen Begriff davon hat, warum seine gefälschten Ausweispapiere bei Lehtinen gefunden worden sind», dachte Kalle Nordin laut nach. «Dieser Fund ergibt keinen Sinn.»

«Sinn oder Unsinn, die Hauptsache ist, dass wir ihn erwischt haben. Er ist der einzige Schlüssel in unserem Besitz. Irgendeine Verbindung muss es geben. Ayman macht bestimmt noch einen Fehler und plaudert etwas aus, das uns einen Schritt weiterbringt.»

«Glaubst du, dass es so kommt?»

«Ja, das glaube ich.»

Der Kommissar und Kalle Nordin verabschiedeten sich voneinander. Nordin wartete ausserhalb des Polizeigebäudes auf Annmari Akselsson. Nach zehn Minuten kam Annmari über die Strasse direkt zum Wagen gelaufen.

«Soll ich dich zum Bahnhof bringen?», bot Kalle Nordin an.

«Ich habe meine Meinung geändert. Du kriegst mich als Reisebegleitung bis Stockholm.»

«Gut. Was hat dich umgestimmt, die guten Schwingungen zwischen uns?»

«Schwingungen? Hör mal, du löst in mir höchstens ein Vorhofflimmern aus. Das verspricht nichts Gutes.»

Kalle Nordin musste lachen: «Getroffen und versenkt.»

Annmari setzte sich auf den Beifahrersitz: «Lässt du dir den Schnurrbart für den Movember wachsen? Du siehst aus wie ein sechzehnjähriger Schweisserlehrling. Den solltest du wegrasieren.»

Kalle Nordin nahm die Rückmeldung mit einem Lächeln entgegen und liess den Motor an. Annmari Akselsson ärgerte und verlockte ihn zugleich.

Sie kamen noch vor dem Stossverkehr aus der Stadt. Es nieselte, und der Horizont hing tief.

«Malek Ayman wusste nicht, dass der Tresor gefunden worden ist und das Geld sich in den Händen der Kriminalpolizei befindet. Er wusste auch nicht, dass das Lager durchsucht worden ist.»

«Bist du sicher?», fragte Annmari.

«Natürlich. Wenn er davon gewusst hätte, wäre er sicher nicht nach Schweden eingereist, schon gar nicht mit seinem eigenen Pass. Nicht einmal mit dem Fahrrad via Lappland. Nicht mit dem eigenen Pass in der Hand.

«Da hast du recht.»

«Es besteht auch die Alternative, dass er Komplizen hat. In diesem Fall sind seine Komplizen ebenso ahnungslos wie er selber. Wahrscheinlich hat niemand Malek Ayman davor gewarnt, in Schweden einzureisen. Er wurde gleich bei seiner Einreise im Hafen festgenommen, und danach hatte er keine Möglichkeit mehr, mit der Aussenwelt zu kommunizieren. Seine allfälligen Komplizen sind über die Situation nicht informiert.»

«Das heisst, wir sind am Zug. Wir haben die Möglichkeit, ihren Vorsprung einzuholen und Informationen zu sammeln. In diesem Augenblick haben wir nur Fragen.»

«Und Malek Ayman.»

«Genau, und Malek Ayman.»

Kalle Nordin blickte vom Lenkrad hinüber zu Annmari

und nickte. Endlich waren sie auf derselben Wellenlänge, immerhin für die Dauer dieser Sendung.

Ayman würde demnächst von Göteborg nach Stockholm verlegt werden. Die Kriminalpolizei von Stockholm würde mit den Einvernahmen des Syrers fortfahren. Aymans Lage war nicht einfach. Die einzige gute Alternative für ihn wäre es, über das Geld Auskunft zu geben. Oberkommissar Håkan Holmström hatte die strikte Anweisung gegeben, in Göteborg Ayman gegenüber nicht zu erwähnen, dass das Geld gefunden worden war. Annmari Akselsson und Kalle Nordin hatten sich an diese Anweisung gehalten.

«Da kommt doch bestimmt irgendwann eine unglaubliche Geschichte, wie das Geld in sein Lager und in den Tresor gelangt ist», prophezeite Kalle Nordin.

«Wie im Film?»

«Ja, aber die Realität ist in solchen Fällen oft viel erfinderischer als der Film. Auch das hier könnte aus einem Film stammen, da hast du recht. Hier reden wir in einem fahrenden Auto und diskutieren über einen Mord, der vielleicht gar nicht existiert, Malek Aymans Identitätsdiebstahl und die unbekannte Herkunft der Millionen. Da auf der Motorhaube surrt eine Kamera und nimmt jede unserer Bewegungen auf.»

«Ich hasse sprechende Köpfe auf Bildschirmen», sagte Annmari.

«Hass ist ein starkes Wort, eine starke Emotion», antwortete Kalle.

«Wie meinst du das?»

«So, wie ich es gesagt habe. Denk mal nach: Was hasst du wirklich?»

«Was ich wirklich hasse? Ist das irgendein Ratespiel zum Zeitvertreib auf einer langweiligen Autofahrt?»

«Ist es nicht. Sag mir, was du wirklich hasst. Ich will es

hören. Der echte, wütende Hass in deinem Inneren, worauf ist er gerichtet?»

Im Auto wurde es still. Annmari suchte eine Antwort.

«Du kriegst zehn Kilometer zum Überlegen.»

«Pst! Unterbrich mich nicht beim Denken!»

Kalle Nordin lächelte.

Nach zwei Minuten hatte Annmari ihre Überlegungen zu Ende geführt: «Ich glaube nicht, dass ich irgendetwas so sehr hasse, wie du meinst. Ich hasse Ungerechtigkeit, aber selbst die bringt mich nicht dazu, rasende Wut zu empfinden. Es gibt Hass und Hass.»

«Du hast recht. Und diese sprechenden Köpfe?»

Annmari schaute Kalle amüsiert an: «Gut, du hast mich erwischt. Die sprechenden Köpfe ärgern mich, aber ich hasse sie nicht. Aber was hasst denn du?»

«Ich hasse eine Menge Dinge. Pissköpfe gibt es mehr als genug.»

«Möchtest du ihnen etwas Böses antun? Dich an ihnen rächen?»

«Nein.»

«Ist das also Hass? Vielleicht verachtest du sie nur.»

«Glaub mir, ich hasse sie.»

«Hör mal, ich glaube dir nicht. Du machst nicht den Eindruck eines pathologischen Hassers.»

«Hast du nie den Dokumentarfilm gesehen, in dem ein Psychologe vom weissen Hass spricht? Man kann hassen, ohne dass die Aussenwelt irgendetwas davon bemerkt», antwortete Kalle Nordin und fuhr von der Autobahn auf eine Ausfahrtsrampe.

Wenig später hielten sie bei einem Café an.

«Wie lange arbeitest du schon bei der Kriminalpolizei?», fragte Nordin und rührte mit dem Löffel in seinem Kaffee.

«Anderthalb Jahre.»

«Magst du deine Arbeit und das Team?»

«Ja. Holmström ist ein guter Vorgesetzter. Die Kollegen sind erträglich. Verbrechensaufklärung ist einfach mein Ding.»

«Warum hast du dich zur Polizeischule und später zur Kriminalpolizei gemeldet?»

«Warum fragst du? Ein Bewerbungsgespräch hatte ich schon.»

Nordin lachte laut: «Menschen interessieren mich, ihr Verhalten und ihre Entscheidungen.»

«Klar, du bist ein Profiler. Mit deinen geistigen Fähigkeiten lebst du sicher in einer ewig blühenden Partnerschaft. Du bist doch verheiratet? Du trägst allerdings keinen Ring. Aber doch wohl in einer Beziehung? Du hast ein Foto deiner Tochter als Hintergrundbild auf deinem Handy.»

«Verbrechensaufklärung ist dein Ding, Annmari. Du beobachtest die Menschen und die Sachen. Fahren wir weiter?»

Sie gingen schweigend zum Wagen, in ihre Gedanken versunken.

Bevor Kalle Nordin den Motor anliess, wandte er sich zu Annmari Akselsson. Annmari wartete darauf, zu erfahren, was noch unausgesprochen geblieben war.

«Hass bedeutet weiterzuleben, mit etwas fertigzuwerden. Mit einem selbst fertigzuwerden, mit der Umgebung.»

«Hör mal, ich bin anderer Meinung. Ich glaube an die Fähigkeit zu vergeben, an die Möglichkeit, wieder ganz zu werden. Ich glaube an die Liebe. Die Fähigkeit zu lieben bedeutet, weiterleben zu können – weiterzuleben mit einem selbst und mit der Umgebung.»

«Annmari, du bist verarscht worden, stimmt's?»

«Und du provozierst mich jetzt.»

17.

Farah und Haris sassen vor ihrem Laptop und untersuchten die Fotos, die Farah bei der Forbes-Veranstaltung geschossen hatte. Farahs magere Finger strichen dabei durch die Locken in Haris' Nacken. Er roch nach Bier.

«Wie um alles in der Welt konntest du in so kurzer Zeit so viele Fotos schiessen?»

«Ich musste einfach. Ich fürchtete, dass irgendwer mich bemerken könnte und mir mitten in dem Ganzen die Sicherheitsmänner auf den Hals hetzen würde», antwortete Farah.

Die Situation war aufregend und angsteinflössend gewesen, und es waren viele Menschen aus dem Gebäude geströmt. Der weisse Tesla war so überraschend verschwunden, dass Farah vom Auto nur wenige hastige Fotos schiessen konnte. Sie hatte nicht gesehen, wer in den Tesla eingestiegen war. Farah hatte sich dermassen darüber geärgert, dass sie den Tränen nahe gewesen war.

«Wir können nichts tun, ausser die Fotos sorgfältig einzeln durchzugehen. Zum Glück können wir an die Details heranzoomen. Wir brauchen nur ein einziges Foto, auf dem ein Mann zu sehen ist, dem zwei Finger fehlen.»

Die Zwillinge gingen die Fotos auf der Kamera einzeln durch. Auf dem grössten Teil der Bilder befanden sich reichlich Menschen und viele Hände. Sie vergrösserten die Bilder am Bildschirm des Laptops, damit sie auch die kleinsten Details erkennen konnten, und nun untersuchten sie nur die Hände. Die Fotos vom weissen Tesla, der vom Platz fortgefahren war, verrieten nur, dass der Wagen getönte Scheiben hatte. Den Lenker und seine Mitfahrer konnten sie nicht erkennen.

Nach dem letzten Foto waren sie enttäuscht.

«Ich kann das einfach nicht glauben», sagte Farah mit zitternder Stimme.

«Wir geben nicht auf. Vielleicht haben wir etwas übersehen.»

«Wir haben jedes einzelne Bild unter die Lupe genommen. Haris, er ist nicht da.»

«Nein, Farah. Wir geben nicht auf. Wir schauen die Bilder nochmals durch.»

«Also gut, aber erst nachdem wir bei der Reinigungsfirma gewesen sind. Es ist schon spät.»

Sie fuhren mit dem Roller durch den Nachmittagsberufsverkehr in Richtung Süden. Farah sass hinter Haris und betrachtete die Stadt. Wenn das Leben ihnen nach ihrer Aufgabe noch eine Zukunft gewährte, würde sie eines Tages hierher zurückkommen.

Haris fand die Adresse mühelos.

«Farah, du musst das nicht tun. Wir finden auch einen anderen Weg.»

Haris blieb im Warteraum der Reinigungsfirma, während Farah zu ihrem Bewerbungsgespräch ging. Der Warteraum war leer. Haris hatte die Firma unverzüglich ausfindig gemacht, nachdem sie erfahren hatten, dass die Villa des Dreifingrigen zu den Einsatzorten der Firma gehörte. Farah hatte die benötigten Papiere dabei. Die Chancen für sie, Arbeit zu kriegen, standen gut, aber ob sie auch bei der richtigen Villa eingesetzt würde, war ungewiss.

Je mehr Zeit verging, desto nervöser wurde Haris. Er überlegte sich beim Warten die unmöglichsten Varianten.

War Farah auf irgendwelche Weise aufgeflogen? Alles wäre mit einem Schlag zu Ende gewesen, so kurz vor dem Ziel. Sie hatten schon so lange darauf hingearbeitet und Pläne geschmiedet, um hierher zu gelangen.

Schliesslich öffnete sich die Tür.

«Und?»

«Haris, schau nicht so besorgt. Es ist noch ein kleines Hindernis auf dem Weg aufgetaucht, aber es ist nichts verloren. Sie sagten, sie würden für Elitekunden arbeiten. Der Hintergrund der Bewerber wird besonders sorgfältig untersucht, bevor sie angestellt werden. Mir fehlten zwei Unterlagen. Ich habe versprochen, sie so bald wie möglich nachzuliefern.»

«Was sagten sie sonst noch? Gibt es Möglichkeiten?»

«Meine Sprachkenntnisse sind wohl ein grosses Plus. Sie intcressierten sich auch für meinen finnischen Hintergrund und wollten wissen, wieso ich mich in Prag um Arbeit im Reinigungssektor bewerbe. Eine ausgebildete Bewerberin aus einem nordeuropäischen Wohlfahrtsstaat weckt Interesse.»

«Meinst du? Was willst du nun tun?», fragte Haris.

«Ich besorge mir die Bestätigungen. Sie haben jedenfalls noch nicht ablehnend geantwortet.»

Haris lächelte über die Beharrlichkeit seiner Schwester.

«Hör auf zu lächeln und fahr mich zum Krankenhaus. Wir müssen abklären, wie ich einen Drogentest ablegen kann. Sie werden ja wohl nicht verlangen, dass ich dafür nach Helsinki zurückkehre.»

Man musste das Teewasser genug lange ziehen lassen.

Farah tauchte die Teeblätter in die Pfanne und wartete. Sie konnte nicht mehr, aber Haris ging die Fotos ein drittes, viertes, vielleicht sogar fünftes Mal durch. Haris gab niemals auf. Er würde irgendwann aufhören, aber später wieder zu den Fotos zurückkehren. Farah erinnerte sich daran, wie sie sich im frühen Teenageralter dafür begeistert hatten, Kontrollnummern von Autos in der richtigen Reihenfolge zu sammeln. Haris war dabei absolut unmöglich gewesen. Ihr Bruder verschwendete seine ganze Zeit für die Suche nach Kontrollnummern auf Parkplätzen, in Parkgaragen, auf Strassen, am Hafen, an den Strassenrändern und in der Schatzkammer der Parkhäuser von Helsinki-Vantaa. Wegen des letztgenannten Ausflugs fehlte Haris in der Schule, wurde erwischt und musste beim Schulsozialarbeiter vorsprechen. Der Sozialarbeiter schickte Haris für ein Gespräch zum Schulpsychologen. Der Psychologe war ein Mann mittleren Alters mit struppigem Haar, der bis zu den Weihnachtsferien mit dem Moped zur Arbeit fuhr (und das Moped im März wieder hervorholte) und Verständnis für Haris hatte. Sie trafen sich regelmässig bis zum Ende der Oberstufe. Haris hatte alle Kontrollnummern in der richtigen Reihenfolge von eins bis neunhundertneunundneunzig gesammelt. Farah war in derselben Zeit bis zur Nummer dreiundachtzig gelangt. Der Schulpsychologe hatte die ersten zwölf Nummern gesammelt.

Der Tee war fertig.

Farah liess bei Haris' Tee den Zucker weg. Sie brachte die Tassen zum Tisch und stellte sie neben dem Laptop ab. Haris' Miene war triumphierend. Er entspannte sich und lehnte sich nach hinten gegen die Rückenlehne des Stuhls. Farah stützte sich mit dem Ellbogen auf den Tisch und schaute aus geringer Distanz auf den Bildschirm des Laptops.

«Der Dreifingrige, Farah!»

«Ich sehe ihn nicht.»

«Schau das Seitenfenster des schwarzen Minivans an. Der weisse Tesla ist noch da drüben abgestellt. Eine

Gruppe geht am Minivan vorbei. Siehst du diesen älteren Mann hier? Ich vergrössere das Bild. So. Siehst du ihn jetzt? Schau die Seite des Minivans an. Was siehst du?»

Farah wollte ihren Augen nicht trauen.

Ohne Farahs Fotos hätten sie den Mann nicht gefunden. Wenn sie ihn auf dem Platz hätten ausmachen müssen, wäre es ihnen niemals gelungen. Die Fotos vermochten die Bewegungen einzufrieren und gaben endlos Zeit, um Beobachtungen anzustellen. Die blitzblanke Seite des Minivans reflektierte das Sonnenlicht, und die Hand des Dreifingrigen war deutlich erkennbar.

«Du bist unglaublich.»

Haris lachte kurz zufrieden auf, triumphierte aber nicht. Er dachte schon an das nächste Feld auf ihrem Spielplan. Aus demselben Grund war Farah ernst und ohne Freude, obwohl die Zufriedenheit durchschimmerte. Sie hatten ihr Ziel identifiziert. Das machte ihnen auch bewusst, dass von jetzt an mit Sicherheit alles gefährlich sein würde.

Der Dreifingrige.

Farah musterte den Mann sorgfältig. Haris fand einige weitere Fotos, auf denen der Mann zumindest teilweise zu sehen war. Sie wollten sich ihn so in ihr visuelles Gedächtnis einbrennen, dass sie in der Lage wären, ihn selbst im Stockdunkeln wiederzuerkennen. Er war ungefähr hundertfünfundsiebzig Zentimeter gross und wog mindestens fünfundachtzig Kilo. Seine ergrauten Haare waren oberhalb der Ohren kürzer. Sein zerfurchtes, kupferfarbenes Gesicht wurde von einer grossen, breiten Nase beherrscht. Der Anzug des Mannes sass perfekt. Er trug eine Sonnenbrille mit einem Metallgestell.

«Du bist eine geschickte Fotografin geworden. Beachte die Sicherheitsmänner. Siehst du? Der eine geht hinter ihm, der andere an seiner Seite. Ich glaube, dass auch die Frau nicht eine blosse Begleiterin oder Sekretärin ist. Beachte die wechselnde Richtung ihrer Blicke von Bild zu Bild: Sie überblicken wachsam die ganze Umgebung.»

«Haben sie mich gesehen?», fragte Farah.

«Sicher. Aber aus ihrer Perspektive warst du weit genug entfernt, eine blosse Touristin, die mit ihrer Kamera Bilder schoss. Sie sahen dich nicht als Bedrohung an.»

«Er entfernte sich nicht im weissen Tesla. Deshalb konnte ich ihn nicht bemerken. Ich konzentrierte mich auf den Wagen.»

«Genau. Er ging von seinen Sicherheitsmännern umgeben zu Fuss weiter. Warum das? Und wohin?»

Um elf Uhr abends packte Haris einen schwarzen Overall und eine Sturmhaube in eine schwarze Tasche, wünschte Farah eine gute Nacht und verliess die Wohnung. Farah kuschelte sich unter die Bettdecke, um auf Haris zu warten und für ihn zu beten.

Vor der Buchhandlung wogte die Strasse von Menschen, die das Wochenende zelebrierten. Haris fühlte sich einsam, aber entschlossen und stark, er war wie ein Gladiator. Im ersten Sommer nach dem Militärdienst hatte er wie wahnsinnig Freistilkampf trainiert. Im Ring, als der Kampf begonnen hatte, hatte er dieselben drei Elemente erfahren, aber tiefer – Einsamkeit, Entschlossenheit, Stärke. Seinen ersten und einzigen Kampf hatte er verloren. Der Gegner war viel zu stark für ihn gewesen. Haris war dankbar, dass er sein Gesicht im Ring nicht zerschunden hatte. Dies war allerdings darauf zurückzuführen, dass es in Amateurkämpfen nicht erlaubt war, einen Gegner, der auf der Matte lag, auf irgendwelche Weise zu schlagen. Im Nachhinein hatte er sich selbst eingestanden, dass der Freistilkampf eine Männlichkeitsprobe gewesen war, sein Selbstbewusstsein hatte danach verlangt. Er war aus der Probe als Sieger hervorgegangen. Die Furcht war eine natürliche und gesunde Empfindung, aber deswegen gab es keinen Grund zu fliehen. Er hatte es damals nicht getan, und er würde auch in Zukunft nie fliehen. Dieses Wissen befreite ihn und machte ihn stärker. Er war den anderen Menschen gleichwertig, ungeachtet der Rasse oder Hautfarbe.

Haris holte den Roller und fuhr zur Villa. Während der Fahrt bemerkte er zufrieden, dass der Himmel in der Nacht bewölkt sein würde.

Nach einer vollen Stunde versteckte er den Roller sorgfältig und begab sich auf Umwegen hinter die Villa. Er richtete sich im Dickicht bequem ein, schlürfte Tee aus der Thermosflasche, um sich aufzuwärmen, und ass ein Sandwich mit Salami und Käse. Anschliessend galt es geduldig zu warten.

Um halb drei Uhr nachts erlosch auch das letzte Licht in der Villa. Haris bewegte sich in einem weiten Radius um die Villa herum zur gegenüberliegenden Seite und versicherte sich, dass auch dort alle Fenster dunkel waren. Er holte tief Luft und fasste den Entschluss, sich der Villa zu nähern. Er brauchte dazu viel Zeit und nutzte Büsche und andere Möglichkeiten zur Deckung. Haris suchte nach allfälligen Bewegungssensoren, die einen Alarm hätten auslösen können. Die ganze Umgebung würde mit einem Schlag im entblössenden Schein der Aussenbeleuchtung gebadet sein. Haris verfügte über ein GPS-Gerät und eine Kartenapp auf seinem Acht-Zoll-Tablet. Er machte sich exakte Notizen von der Umgebung. Nach einer vollen Stunde war er fertig. Er hätte gerne noch den Pavillon angeschaut, aber dieser stand zu nah am Hauptgebäude. Haris zog sich Schritt für Schritt dahin zurück, wo er hergekommen war.

Am Ende des gefahrlosen Rückwegs aus dem Garten beobachtete Haris die Villa noch für kurze Zeit. Er hätte gerne gewusst, welches das Schlafzimmer des Dreifingrigen war. Er beschloss, alles daran zu setzen, dass Farah nicht in die Sache verwickelt würde, wenn die Zeit zu handeln gekommen wäre. Was auch immer es sein würde. Er war sich dessen auch nicht ganz sicher, aber er wollte einen Plan B haben. Seine Schwester würde das nicht unbedingt gutheissen.

Farah da herauszuhalten würde schwierig werden.

18.

Am Montagmorgen war für den dreiunddreissigjährigen Malek Ayman um Punkt sechs Uhr Tagwache. Er nahm in der Zelle ein einfaches Frühstück zu sich. Zwei Wärter brachten ihm Rasierzeug und passten neben ihm auf, dass er damit nichts Dummes anstellte, etwa sich umzubringen oder die Wärter anzugreifen. Auch solcherlei Dinge waren schon vorgekommen. Nach der Rasur durfte Ayman duschen gehen, und danach wurde er in seine Zelle zurückgebracht. Er machte in ruhigem Rhythmus seine Fitnessübungen und vermied es, dabei ins Schwitzen zu kommen. Um fünf nach acht kam der Dolmetscher für Arabisch begleitet von einem Wärter zu Malek Ayman.

«Tjänare», begrüsste dieser den Dolmetscher auf Schwedisch, den Wärter jedoch würdigte er keines Blickes.

Dem Dolmetscher gefiel die Situation offensichtlich nicht. Er las Malek Ayman zuerst aus seinen Notizen vor, dass er heute von Göteborg nach Stockholm überführt werden sollte. Dann verlas er die Anweisungen betreffend der Organisation des Transports. Kaum war der Dolmetscher damit zu Ende, als der Wärter Ayman auch schon aus der Zelle kommandierte. Er durfte unter Aufsicht die Toilette des Polizeigebäudes benutzen, bevor die Überführung begann.

Der November hatte bereits begonnen und es fiel Schneeregen. Draussen hob Ayman den Blick zum Himmel und genoss den Windhauch und den nassen Schnee in seinem

Gesicht, während er die paar Schritte von der Eingangstüre bis zum VW Transporter ging. Die Polizeibeamten liessen ihn im Transportabteil Platz nehmen und schlossen und verriegelten die Tür.

Die Fahrt nach Stockholm wurde für Malek Ayman eintönig. Er hatte nichts anderes zu tun, als in seinem einsamen Abteil des Polizeitransporters zu sitzen und nachzudenken. Die Gespräche der Polizeibeamten drangen wegen der Schallisolation nicht bis nach hinten durch. Die Zeit ging quälend langsam vorbei. Irgendwann fuhr der Wagen hin und her schaukelnd Kurven und verlangsamte seine Geschwindigkeit. Malek Ayman schloss daraus, dass sie im Begriff waren anzuhalten. Er spähte aus den kleinen Ritzen in den verdeckten Fenstern. Der Wagen hielt an und der Motor wurde abgestellt. Die Türen wurden zweimal geöffnet und geschlossen. Schritte waren nicht zu hören. Nach zwei Minuten öffnete sich die Tür zu Aymans Abteil. Die nach Zigarettenrauch riechenden Polizeibeamten gaben Ayman das Zeichen auszusteigen. Er kroch mit steifen Gliedern aus seinem Abteil. Der Verkehr auf der Autobahn in der Nähe war lebhaft. Malek Ayman führte die Finger in V-Haltung an seine Lippen und sog an einer imaginären Zigarette.

«Senare», *später*, vertröstete der männliche Polizeibeamte Ayman.

Die Polizeibeamten fesselten seine Hände über dem Bauch mit Handschellen und führten ihn in ein Café. Die Menschen drehten sich beunruhigt um, um den mit Handschellen gefesselten Mann anzuschauen. Ayman hatte Lust, den Finger gegen die Gaffer zu heben und zu rufen: *PENG, PENG!*

Der männliche Polizeibeamte führte Ayman ungefragt zur Toilette und wartete vor der Kabine auf ihn. Malek

Ayman musste, wie man so schön sagt, «gross», und die Zeit verging. Der Polizeibeamte vor der Tür erkannte die Situation und drang in die Kabine ein, mitten in die problematische Intimsphäre des halb angekleideten Gefangenen.

«Kan jag hjälpa?», *kann ich helfen?*

«Ser du, vad föreslår du att vi ska göra?», *sieh mal, was schlägst du vor, was wir tun sollen?*, antwortete Malek Ayman in flüssigem Schwedisch.

Der Polizeibeamte war sich allerhand Kundschaft gewöhnt und wunderte sich nicht über die Sprachkenntnisse des Gefangenen. Er drehte seinen Kopf weg, öffnete die Handschellen und entfernte sich aus der Kabine. Danach verlief Aymans Geschäft problemlos.

Malek Ayman zog die Toilettenspülung, kam aus der Kabine und suchte den Blick des Polizeibeamten.

«Tack så mycket, min vän», *vielen Dank, mein Freund.*

Der Polizeibeamte lächelte nicht, sondern nickte bloss zur Antwort und legte dem Gefangenen wieder die Handschellen an.

Sie gingen ins Café, wo Malek Ayman von den Polizeibeamten begleitet etwas zu essen und eine grosse Tasse Tee mit Honig wählte. Er begann sich schon an die starrenden Menschen zu gewöhnen.

«Das Sandwich enthält Schweinefleisch», bemerkte die weibliche Polizeibeamtin am Tisch auf Schwedisch.

«Ich bin nicht mehr so streng», antwortete der Syrer schnell und verschlang einen grossen Happen.

Die Polizeibeamtin beobachtete Malek Ayman beim Essen.

«In Wirklichkeit bin ich über meine Grosstante auch griechisch-römisch», ergänzte Malek Ayman mit vollem Mund und deutete mit dem Zeigefinger auf die Polizeibeamtin.

«Griechisch-katholisch», korrigierte diese.

«Griechisch-katholisch. Aber kannst du mir bitte die Wasserkanne reichen? Danke. Was habe ich gerade gesagt? Ach ja. Aber im Grunde sind wir tief im islamischen Glauben verwurzelt. *La ilaha illa Allah, Muhammad Rasul Allah*, wie es heisst.»

Malek Ayman zerkaute das Essen in seinem Mund, als er einem Mädchen im Vorschulalter am Nebentisch zublinzelte. Die Mutter des Mädchens sah verängstigt aus.

Nach der Mahlzeit begleitete der männliche Polizeibeamte Ayman nochmals zur Toilette und forderte ihn auf, die Blase sorgfältig zu entleeren. Sie würden kein zweites Mal anhalten. Malek Ayman tat, wie ihm befohlen worden war, wobei ihm die Vorstellung von Wasser, das rauschend über eine Felswand floss, half. Der Polizeibeamte behielt ihn diesmal die ganze Zeit über im Auge, was Ayman störte. Danach wurde er nach draussen geführt. Alle rauchten Zigaretten, wechselten aber kein Wort mehr miteinander. Der Schneeregen hatte aufgehört, vom Himmel hingen statuenhafte, unregelmässige Wolkensäulen und die Sonne blinzelte kurz zwischen ihnen hervor. Wortlos zertraten sie die Zigarettenstummel auf dem Asphalt. Die Polizeibeamten öffneten Aymans Handschellen und liessen ihn wieder hinten im VW Transporter Platz nehmen. Die Fahrt ging weiter.

Malek Ayman setzte sich auf denselben Platz wie am Morgen in Göteborg. Er hätte probieren wollen, ob sich die Hecktür öffnen liess, aber er wagte es nicht, das Risiko einzugehen, dass das Geräusch hätte nach vorne durchdringen können. Der Motor des Wagens wurde angelassen. Er war sich sicher, dass der Polizeibeamte nach dem Schliessen der Tür vergessen hatte, sie mit dem Schlüssel zu verriegeln, denn das Zuschlagen der Verriegelung war ausgeblieben. Ayman überlegte, welche Möglichkeiten es gab. Es war sinnlos, mitten im Nichts die Flucht zu ergreifen, am Rande der Autobahn. Die Fahrt nach Stockholm würde noch weitere volle drei Stunden dauern. Sie würden dort erst nach Sonnenuntergang ankommen, im Dunkeln. Er hatte Zeit, sich alles zu überlegen und einen Entschluss zu fassen. Die wichtigste und erste entscheidende Frage war: Sollte er in Stockholm bleiben, um auf die Anschuldigungen zu antworten, oder sollte er die Flucht ergreifen?

STOCKHOLMS ZENTRUM

Annmari Akselsson erwartete Kalle Nordin bei der Strassenbahnhaltestelle Nybroplan. Nordin hatte ihr zuvor Material über Kharoon Asefi gesandt, dasselbe Material, das im Handschuhfach von Martti A. Lehtinens Wagen am Flughafen Helsinki-Vantaa gefunden worden war. Annmari hatte anschliessend noch mehr Hintergrundinformationen über Asefi gesammelt. Das alles befand sich samt Sicherheitskopien auf dem Zentralserver des Computersystems im Polizeigebäude sowie in Annmaris Schultertasche in einem Lederbinder im A5-Format. Sie hatte den Binder in Leicester in einem winzigen Kellerladen gefunden und sich sofort in ihn verliebt. Sie hatte ein kleines Vermögen dafür bezahlt. Was die Reise anging, so hatte Annmari eigentlich nach London gewollt. Anton hatte jedoch irgendein internationales «Battle of the Nations»-Liegestützenfestival der Feuerwehr- und Ambulanztypen in Leicester gehabt, und Annmari hatte keine Lust gehabt, über die Sache zu diskutieren. Die Reise war in jeder Beziehung eine Katastrophe gewesen, aber zum Glück auch schon Geschichte. Der Lederbinder war das einzige Positive, was Annmari davon geblieben war.

Die Strassenbahn kam und liess Kalle Nordin aussteigen. Annmari beobachtete Nordin, während er sich näherte, und überlegte, was bei dem Finnen mit seinem Pagenschnitt dermassen schiefgegangen sein konnte. Er kleidete sich sauber wie ein Mann aus der Mittelklasse und stimmte die Farben und das Styling hinreichend aufeinander ab, schaffte es aber trotzdem, abstossend, um nicht zu sagen, geradezu widerwärtig zu erscheinen. Es musste an seiner Gestik liegen, seiner von innen kommenden Fähigkeit, an der falschen statt der richtigen Leine zu ziehen. Ein unüberlegt aufgenommener Blickkontakt oder sonst ein Detail genügte dafür.

«Hi there!», grüsste Kalle Nordin als erster, mit dem breiten Lächeln eines Welteroberers auf dem Gesicht und einem Rucksack über der Schulter.

Genau das meinte ich.

Annmari begnügte sich damit, zu grüssen, indem sie ihr Kinn hob.

Sie hatten zehn Minuten Zeit und einen kurzen Fussmarsch zum Büro des Geschäftsmanns Kharoon Asefi am Strandvägen. Auf dem Weg erzählte Nordin detailliert, was er mit Asefi besprochen hatte, als die Männer das Treffen vereinbart hatten.

«Er wunderte sich über meine Kontaktaufnahme, verzichtete aber darauf, am Telefon nachzufragen. Ich betonte, dass die Sache wichtig sei. Seine Sekretärin rief mich bald nach diesem Gespräch an. Sie hatte in Asefis Agenda eine halbe Stunde Zeit für uns reserviert.»

Als sie am Ziel angelangt waren, blieb der Nybroviken rechts hinter ihnen zurück. Sie fanden die Adresse mühelos und fuhren mit dem Aufzug ins vierte Stockwerk, wo sich Kharoon Asefis Büro befand. Die Sekretärin nahm sie freundlich in Empfang und liess sie im Wartebereich Platz nehmen. Sie waren fünf Minuten zu früh. Annmari hatte ihre Prinzipien gelockert und sich für dieses Treffen etwas raffinierter gekleidet.

Danach sprachen sie nichts mehr miteinander. Kalle Nordin war in sein Handy vertieft, und Annmari blätterte den Inhalt ihres Binders durch.

Der aus Dawlat Abad stammende Unternehmensleiter war alleinstehend und erfolgreicher Geschäftsmann. Im Zentrum des Firmenimperiums befand sich die Speditionsfirma Fraktmoln, die zwischen Skandinavien und Europa tätig war. Die Firma versuchte auch in den asiatischen Märkten und in Russland Fuss zu fassen. Asefi hatte ursprünglich eine Baufirma gegründet, die immer noch existierte, aber nicht das Ausmass der Speditionsfirma Fraktmoln erreichte. Zum Konzern gehörten ausserdem eine ganze Reihe weiterer Firmen wie etwa eine Immobilienverwaltung, ein Industrieunternehmen, das Teile für Windkraftwerke herstellte, und einige Investmentgesellschaften. Annmari Akselsson hatte sich nie mit den Grundlagen der Finanzwelt beschäftigt, erkannte aber durchaus, dass der Mann sich darauf verstand, Geld zu machen.

Kharoon Asefi selbst öffnete die Tür zu seinem Büro. Der erste Eindruck des Unternehmensleiters war angenehm: Der achtundfünfzigjährige Kharoon Asefi verströmte Freundlichkeit und Gastfreundschaft. Das Polizeiduo war auf einen solchen Empfang nicht vorbereitet. Sie stellten sich vor und wurden von Asefi ins Gebäude geführt.

«Machen Sie es sich bequem. Setzen Sie sich bitte.»

Kalle Nordins Sakko sah im Vergleich zum Massanzug des Besitzers der Speditionsfirma Fraktmoln direkt billig aus.

Die Anwesenden tauschten einige bedeutungslose Höflichkeitsfloskeln aus. Kharoon Asefi wollte geduzt werden. Damit waren die Gäste gerne einverstanden.

«Was hat euch zu mir geführt?», kam Asefi zur Sache.

Annmari Akselsson nahm ihren Lederbinder aus der Schultertasche und öffnete sie auf dem Tisch vor sich. Nordin musterte das Zimmer, erhob sich und blieb vor dem grossen Fenster stehen. Er blickte über die Strasse, die sich vier Stockwerke weiter unten befand, zur Bucht und dem gegenüberliegenden Ufer zu den Mehrfamilienhäusern von Blasieholmen. Asefi setzte sich Annmari gegenüber, richtete aber seine Aufmerksamkeit auf Kalle Nordin.

«Schöne Aussicht, nicht wahr? Ich verliebte mich vor vielen Jahren auf Strassenniveau in dieses Panorama und wartete darauf, dass in diesem Haus Räumlichkeiten frei wurden. Das geschah aber nie, so dass ich der Firma, die in diesen Räumlichkeiten residierte, ein Angebot machte, das sie nicht ausschlagen konnte. Sie akzeptierte es und zog in zehnmal günstigere Räumlichkeiten auf der anderen Seite des Zentrums», erzählte Kharoon Asefi gutgelaunt, aber nicht im Geringsten angeberisch. Er besass eine direkte, unprätentiöse Art, die beim Zuhörer einen positiven Nachhall hinterliess, egal was der Hausherr sagte.

Annmari war zufrieden darüber, dass der Mann sich nicht zu billigem Flirten herabliess, wie es Kalle Nordin in Göteborg getan hatte, die «guten Schwingungen» zwischen ihnen und andere unbeholfene Dinge.

Nordin setzte sich zurück zu den anderen an den Tisch. Annmari entnahm ihrem Lederbinder einige Fotos und drehte sie zu Kharoon Asefi, so dass dieser sie anschauen konnte. Der Mann blickte erstaunt und fragend zugleich. Er sah die Bilder in aller Ruhe ein zweites Mal durch. Er wirkte ernst und konzentriert, als er den Blick von den Fotos zu Annmari Akselsson und Kalle Nordin hob.

«Was hat das zu bedeuten?»

«Das ist auch unsere erste Frage», antwortete Nordin.

Annmari reichte Asefi die Kopien der von Martti A. Lehtinen gesammelten Dokumente aus ihrem Binder. Sie waren in Englisch und in Schwedisch gehalten. Asefi holte eine Lesebrille hervor und untersuchte die Dokumente in aller Ruhe. Es herrschte Schweigen. Danach legte er die Papiere auf den Tisch und platzierte die Lesebrille darauf. Auf der Innenseite der Brillenbügel stand «Oliver Peoples».

«In diesen Papieren stehen Informationen zu meinen Firmen. Ich sehe, dass nicht alle dieser Informationen in offen zugänglichen Quellen verfügbar sind. Meine Wohnadresse ist geheim, aber für eine geschickte Person ist es nicht allzu schwierig, ausfindig zu machen, wo ich wohne. Irgendjemand beobachtet mich.»

«Er ist tot.»

«Tot? Was ist geschehen? Warum ist jemand derart an mir interessiert? Woher habt ihr das Material erhalten?»

Annmari Akselsson und Kalle Nordin schauten einander an.

«Aus ermittlungstaktischen Gründen können wir im Augenblick nicht mehr dazu sagen.»

«Das verstehe ich. Ihr hättet auch ganz darauf verzichten können, es mir zu erzählen. Aber jetzt seid ihr ja trotzdem hier.»

«Wir dachten, dass du uns vielleicht helfen könntest. Wenn du eine Information hättest, dass jemand deine Geschäftstätigkeit oder dein Privatleben ausspioniert, wenn du einen Erzfeind hast – einfach irgendetwas.»

Kharoon Asefi schaute Annmari freundlich an: «Ich fürchte, dass ich euch nicht helfen kann. Es tut mir leid. Das ist alles sehr verwirrend.»

«Wenn dir irgendetwas in den Sinn kommt, hier ist meine Visitenkarte», sagte Nordin.

«Danke. Ist das alles? Ich begleite euch hinaus.»

Bei der Tür gaben sie sich die Hand.

«Eine Sache noch», erinnerte sich Nordin. «Möchtest du gerne Polizeischutz?»

«Wir können das organisieren», ergänzte Annmari Akselsson.

«Bin ich denn in Gefahr? Ihr habt gesagt, das Material stamme von einer Person, die tot ist.»

«Wir wissen nicht, ob er allein agiert hat.»

Kharoon Asefi lächelte schief: «Danke für eure Sorge um mich. Ich benötige keinen Polizeischutz. Ich kann für eine gewisse Zeit einen Leibwächter oder zwei anstellen, wenn es euch beruhigt. Gebt mir Bescheid, wenn es eurer Meinung nach keinen Grund zur Sorge mehr gibt.»

Im Aufzug konnten Annmari Akselsson und Kalle Nordin wieder ungehindert miteinander sprechen.

«Hast du dasselbe bemerkt wie ich?», fragte Nordin.

«Das Foto, auf dem Kharoon Asefi am Fenster steht? Ich bemerkte es in dem Augenblick, als wir sein Büro betraten. Ich konnte ihm dieses Bild nicht zeigen.»

«Er hat bemerkt, dass du ein Foto entfernt hast, als du ihm die anderen zum Anschauen gereicht hast. Er hat nicht danach gefragt.»

«Warum hätte er fragen sollen?»

Sie traten aus dem Aufzug und verliessen das Gebäude, überquerten die stark befahrene Strasse und fanden eine freie Sitzbank auf der Seite der Bucht. Die Sonne strahlte gerade passend für einen Moment hervor, um Wärme zu spenden.

«Annmari, zeigst du mir nochmals dieses Foto?»

Sie nahm das Foto hervor, auf dem Kharoon Asefi am Fenster seines Büros stand. In Anbetracht des im Hintergrund erkennbaren Fernsehers mit Flachbildschirm, der

Sitzgruppe und des Pults war jeder Irrtum ausgeschlossen.

«Das Foto wurde von der gegenüberliegenden Seite der Bucht aus geschossen, entweder aus einer Wohnung oder von einem Dach. Das Foto ist so unscharf, dass es unmöglich ist, den Aufnahmeort genau zu eruieren», sagte Annmari. «Der Fotograf hat ein starkes Objektiv verwendet. Warum hat er sich bloss da drüben einen Standort gesucht, um Kharoon Asefi am Fenster seines Büros zu fotografieren? Er hat sich viel Mühe gemacht. Kann ein Mörder Asefi von der anderen Seite der Bucht erschiessen?»

«Natürlich», antwortete Kalle Nordin. «Die wichtigere Frage aber lautet: Warum sollte jemand ihn aus so weiter Distanz von seinem Büro erschiessen wollen? Damit er nicht erwischt wird? Er könnte es aus näherer Distanz einfacher und idiotensicher tun.»

«Ich würde es tun, sobald er aus dem Aufzug steigt», schlug Annmari vor. «Auf russische Art aus genügend naher Distanz.»

«Zuerst muss ein Motiv für die Tat bestehen. Es verbirgt sich irgendwo – in den Fotos, in der Geschäftstätigkeit oder im Privatleben. Wenn Martti A. Lehtinen nicht beteiligt war oder nicht allein agiert hat, kann der Mörder jederzeit zuschlagen. Er könnte Kharoon Asefi gerade jetzt über die Bucht hinweg beobachten und sich überlegen, ob er ihn in diesem Moment, an dieser Stelle, töten sollte. Er kann jederzeit den Abzug betätigen.»

«Das war jetzt nicht sehr lustig.»

«Das ist es tatsächlich nicht.»

Kalle Nordin wühlte in seinem Rucksack und fand, was er suchte, in zwei Exemplaren: «Möchtest du einen Schokolademuffin? Ich habe auch Fruchtsaft.»

Als es eindunkelte, ging die Strassenbeleuchtung an.

Durch die kleinen Ritzen der verdeckten Fenster konnte Malek Ayman heimlich die Umgebung beobachten. In den letzten Jahren war er viel mit dem Auto in der Umgebung von Stockholm unterwegs gewesen und erkannte daher die Orientierungspunkte, als sie ins Gebiet der Vorstädte kamen. Das Polizeiauto fuhr auf der Autobahn E20, bis es nach den Brücken Stora Essingen und Lilla Essingen die Autobahn in Richtung Osten verliess und sich einem Verkehrskreisel näherte. Malek Ayman wusste genau, wo sie sich befanden. Anstelle des Schneeregens fiel vom Himmel jetzt gewöhnlicher Regen. Die Sichtweite für die Autofahrer war an diesem frühen Novemberabend gleich null.

Rechts befand sich ein kleiner Park, in dem sich die International Montessori School befand. Der VW Transporter bremste wegen des stockenden Feierabendverkehrs vor ihnen auf Kriechtempo ab, und Ayman traf seine Entscheidung. Er öffnete die Hecktür und jagte dem Autolenker, der hinter dem Polizeiauto fuhr, einen gewaltigen Schrecken ein. Dieser trat instinktiv auf die Bremse und machte Malek Ayman so unabsichtlich Platz, um aus dem Auto zu springen. Ayman winkte dem Mann mit einem Lächeln auf dem Mund zu und verschwand mit vor Aufregung heftig schlagendem Herzen über den Schutzzaun in den dunklen Park.

Vor vielen Jahren im Mai, an einem Freitag nach Feierabend, liess Oberkommissar Håkan Holmström bei einem Stockholmer Autohändler glücklich den Motor seines brandneuen Volvo V70 an. Der Wagen war weniger als dreihundert Kilometer gefahren, der Dieselmotor roch noch sauber und die schöne graugrüne Metalliclackierung verströmte vor jeder beliebigen Landschaft perfekte klassische Harmonie. Als Holmström seine Bestellung getätigt hatte, hatte sich der Händler gewundert, warum er ein

Schaltgetriebe wollte. Der Händler hatte ihn von den Vorteilen eines Automatikgetriebes überzeugen wollen, aber Holmström war unerschütterlich geblieben.

Kurz zuvor hatte der Autohändler durchblicken lassen, dass er ein leidenschaftlicher Segler war. So sagte Holmström jetzt: «Willst du auf dem Meer den Wind in deinem Gesicht spüren oder bloss in der Kajüte mit dem Gesicht an der Scheibe kleben, bis du wieder im Hafen bist?»

Der Autohändler hatte Holmströms Vergleich nicht ganz begriffen, gab aber nach.

Der handgeschaltete Volvo V70 Diesel war zweifelsohne Håkan Holmströms Liebe – kaum *die* grosse Liebe, aber er konnte im Vergleich zu einer recht kurzen Ehe und einer noch kürzeren Dating-Beziehung durchaus mithalten. Volle zehn Jahre später hatte sich diese Liebe zu etwas Alltäglichem abgeschwächt, aber die Zuneigung war tiefer geworden, während das Alter des Besitzers und des Autos gewachsen war.

Vor zwei Monaten tankte Håkan Holmström an einem frühen Samstagabend seine Kombischönheit an einer unbedienten Tankstelle auf, als daneben ein Roma-Mann in Holmströms Alter in einem Benziner-Mercedes angerollt kam. Der Mann fragte nach dem Weg nach Norden und bot Holmström in demselben Gespräch 95 000 Kronen für dessen Volvo. Holmström forderte den Mann auf weiterzufahren. Er war sich des wahren Wertes seines Wagens durchaus bewusst und wäre nicht einmal zu einem wesentlich höheren Preis, als der Roma-Mann geboten hatte, bereit gewesen, ihn wegzugeben. Es war keine Frage des Geldes, sondern der emotionalen Bindung. Er hatte sich noch gar nicht mit dem Gedanken befasst, dass er den Wagen eines Tages würde weggeben müssen. Dieser Gedanke war genauso schwer wie der, ein Haustier, das siebzehn

Jahre lang ein treues Familienmitglied gewesen war, zum Einschläfern bringen zu müssen. Der blosse Gedanke daran, dass der leere Arm auf dem Nachhauseweg noch einen Augenblick warm bliebe, aber die Zeit und das Alter schon alles weggenommen hatten – den Gefährten ausgetauscht hatten –, schnürte einem das Herz zu.

Ohnehin kann keine Paarbeziehung auf ewig perfekt sein.

Vor einigen Jahren hatte Håkan Holmström kurz vor Weihnachten von seiner Tochter Céline Dions 1998 veröffentlichtes Album *S'il suffisait d'aimer* zum Geburtstag geschenkt bekommen. Seine Tochter hatte die CD im Ausverkaufsständer gefunden, aber der nette Gedanke, dass sie an ein Geschenk für ihren Vater gedacht hatte, war mehr wert als der Preis der CD. Vater Holmström, der kein Französisch verstand, mochte diese Musik nicht, wollte aber seiner Tochter eine Freude machen und spielte die CD im Auto ab, als er sie später zum Bahnhof fuhr. Holmström hörte auf Autofahrten nur Radionachrichten, wenn überhaupt. Håkan Holmström kannte natürlich Dijon-Senf, der Holzklotz Marcel Dionne von den Los Angeles Kings war ihm von früher ebenfalls noch vertraut, aber Céline Dion sagte dem Oberkommissar nicht das Geringste. Holmström verabschiedete sich am Bahnhof von seiner Tochter. Er kehrte zum Wagen zurück, liess den Motor an und wechselte zum Radio. Céline Dion blieb als lautlose Beifahrerin im CD-Spieler liegen und verschwand aus Håkan Holmströms Automobilistenrealität.

Ein halbes Jahr danach geschah ein Wunder. Das Autoradio ging kaputt. Das Radioteil gab seinen Geist komplett auf, aber Céline Dion erwachte im CD-Spieler zum Leben. Die CD war nicht mehr aus dem Gerät zu kriegen. Den Ton konnte man nur ausschalten, wenn man den Strom kappte.

Auch der Lautstärkeregler funktionierte nicht. Sobald man den Motor anliess, fuhr Céline Dion mit ihrer kräftigen Stimme exakt dort weiter, wo sie zuletzt stehengeblieben war. Håkan Holmström hatte zuerst keine Zeit und später keine Lust, das Auto zum Service zu bringen, und begann seine neue Reisegefährtin allmählich zu ertragen. Wohl hielt er in der Julihitze die Fenster geöffnet, wann es nur ging – um das Geräusch zu dämpfen. Und er trug, um die Wahrheit zu sagen, für eine ziemlich lange Zeit Ohrstöpsel. Aber seine Freundin Céline sang im Volvo unabhängig vom Wetter, im Winter wie im Sommer.

Das war drei Jahre lang pausenlos so weitergegangen, und Håkan Holmström hatte sich an die Anwesenheit seiner französischen Freundin gewöhnt. Mittlerweile waren die Ohrstöpsel nur noch eine Erinnerung. Er versuchte inzwischen sogar die französischen Worte der Lieder aufzuschnappen.

Kalle Nordin hatte sich auf dem Beifahrersitz nicht wenig gewundert, als Holmström den Motor angelassen hatte. Céline Dion beendete gerade mit Gefühl das Lied *Je chanterai*, als Holmström und Nordin hinter dem Auto, das eine Vollbremsung gemacht hatte, versuchten, eine Auffahrkollision zu vermeiden. Sie waren aufmerksam gewesen, seit der Wagen, der Malek Ayman transportierte, die Autobahn verlassen hatte.

Die Kolonne stand still.

«Es geschah überraschender, als ich erwartet hatte», gestand der Oberkommissar. Er trommelte mit seinen braunen Autohandschuhen gegen den oberen Teil des Lenkrads und verfolgte mit seinem Blick, wie Ayman flink aus dem Polizeiauto kletterte.

Céline Dion wechselte zu einem langsamen, melancholischen Lied. Kalle Nordin hatte allmählich genug von

Céline Dion, sowohl von der fröhlichen als auch von der melancholischen.

Malek Ayman rannte von der Strasse weg und kletterte über den niedrigen Schutzzaun.

En attendant ses pas, je mets la musique en sourdine, tout bas ...

Nordin lehnte mit dem Kopf gegen die Nackenstütze, und seine Augen folgten Ayman. Innert weniger Sekunden war der Flüchtige in der Finsternis des Parks verschwunden.

Trop bête, on ne sait pas s'il sonnait ...

«Die Folgerung?», fragte Kalle Nordin.

«Der Kerl ist nicht sauber.»

Si je n'entendais pas cette fois ...

«Er ist ohne Geld und ohne Pass unterwegs. Ohne Ausweise.»

«Er hat in Stockholm Kontaktpersonen, denen er vertraut», antwortete Holmström.

«Und er glaubt, dass sich im Tresor des Lagers 8.4 Millionen in bar befinden.»

En attendant ses pas ce matin-là ...

«Ja, das auch.»

Der Warnblinker des VW Transporters ging an. Er hielt am rechten Rand der Fahrbahn. Håkan Holmström steuerte den Volvo V70 hinter das Polizeiauto.

Un printemps qu'il choisira ...

«Die Patrouille hat ihren Part ausgezeichnet gespielt», urteilte Håkan Holmström.

Die Polizeibeamten stiegen aus dem Transporter.

Rien, je n'en sais rien, je mets des lumières ...

«Glaubst du, dass Malek Ayman begriffen hat, dass seine Flucht organisiert war?»

Der Oberkommissar zündete sich sorgfältig eine Zigarre an und blickte starr auf die Stelle, wo die Finsternis Malek Ayman verschluckt hatte.

«Nein.»

Holmström stellte den Motor ab.

«Und das werden auch viele andere nicht glauben. Der Polizeichef hielt die Idee dennoch für gut. Wir hätten Malek Ayman weiterhin gefangen halten können, aber was haben wir? Nichts, was uns dabei helfen würde, die Todesfälle aufzuklären. Irgendwann hätten wir ihm verraten, dass wir das Lager seiner Textilfirmen und den Tresor mit dem Geld gefunden haben. Ich glaube nicht, dass das seine Kooperationsbereitschaft erhöht hätte. Welcher Verrückte würde die Morde auf seine Kappe nehmen, wenn die Beweise nicht dazu ausreichen, den Verdächtigten festzunageln? Aymans Flucht hat uns verraten, dass er bei den Morden eine Rolle spielt – oder zum jetzigen Zeitpunkt bei den Todesfällen –, oder dann besitzt er kein Vertrauen in unser Rechtssystem.»

«Er weiss noch nichts von der Beschlagnahme des Geldes.»

«Nein. Das Geld war nicht der Grund, der ihn zur Flucht getrieben hat.»

Die Männer sahen zu, wie das Duo aus dem Transporter unaufgeregt über den Schutzzaun kletterte, um Malek Ayman zu verfolgen.

«Die Beschattung wäre einfacher, wenn wir ihm einen Sender hätten unter die Nackenhaut schiessen können», sagte Kalle Nordin.

Håkan Holmström lachte laut: «Klar. Und wenn wir einen Satelliten auf ihn ansetzen könnten.»

«Vielleicht eine Sondereinheit in einem eigens angefertigten Fahrzeug, immer einen Block von ihm entfernt?», schlug Nordin vor.

Beide lachten.

«Mit den Ressourcen der Stockholmer Kriminalpolizei können wir ihn nur laufenlassen und abwarten, bis er uns erneut in die Arme läuft.»

«Beim Lager?»

«Es gibt keinen anderen Ort. Früher oder später muss er von der Not getrieben dort aufkreuzen. Über acht Millionen …»

«Wie lange kann das dauern?»

Håkan Holmström liess den Motor an und damit auch die unermüdliche Céline Dion.

«Er verfügt über ein Netzwerk in Stockholm. Er lässt einige Tage Gras darüber wachsen.»

Kalle Nordin betrachtete den erfahrenen Oberkommissar. Holmström war ein alter Fuchs.

19.

Schon vor der Mittagszeit beschloss Paula Korhonen, heute die täglich erlaubte Kalorienzufuhr zu überschreiten, und holte bei einem Café im Koskikeskus-Einkaufszentrum ihr Lieblingsgebäck. Sie brauchte ausserdem frische Luft, im Büro zu sitzen ermüdete sie. Die Nacht war, was den Schlaf betraf, schlechter als gewöhnlich gewesen. Sie hatte bei ihren Eltern übernachtet, und in einem fremden Bett war aus dem Schlaf nichts geworden. Ihr Vater war am Nachmittag von einem Taxi aus dem Krankenhaus nach Hause gebracht worden. Er war ganz zusammengeschrumpft und auf unerklärliche Weise leblos. Die Sorge um ihren Vater hatte sie am meisten wachgehalten.

Auf dem Fussmarsch zurück ins Büro wurde sie von einem Regenschauer überrascht. Ein Kavalier, der um eine Generation älter war als Paula Korhonen, bot ihr für einen Teil des Wegs Schutz unter seinem Regenschirm an. Sie sprachen über das Wetter. Im Büro stellte Paula einen Kaffee aus dem Pausenraum und ihr Gebäck auf den Tisch. Sie setzte sich auf ihren Bürostuhl, der ihr von einem Ergonomieberater empfohlen worden war, holte tief Luft und biss in ihr Gebäck. Als Gegengewicht zum Süssen schmeckte das schwarze Röstaroma des Kaffees auf der Zunge perfekt. Nach dieser Zwischenmahlzeit verhärtete sie ihr Herz und verbot sich Selbstmitleid und Schuldgefühle. Sie nahm ihr Handy hervor und gab die Kalorienmenge mit tapferer Haltung in die MyFitnessPal-App ein. Daran wird es bestimmt nicht scheitern, redete sie sich selber gut zu.

Paula Korhonen hatte genug von den Geräuschen vom Flur und stand auf, um die Bürotür zu schliessen. Sie blieb mit verschränkten Armen vor dem Whiteboard stehen und betrachtete die Notizen darauf. Seit Martti A. Lehtinens Auffindung beim Leuchtturm von Grótta war schon viel zu viel Zeit vergangen. Die Spuren verloren sich mit jedem Tag mehr.

Gemäss dem Obduktionsbericht hatte es bei Lehtinen keine Spuren von äusserlicher Gewaltanwendung gegeben, keine Anzeichen auf Rauschmittel in den Organen. Genügte eine Pistole im Nacken oder eine Erpressung, um ins Wasser zu gehen und freiwillig zu ertrinken? Selbstmord war es nicht gewesen. Lehtinen war in grosser Eile nach Island geflogen. Oder war er erpresst worden, um nach Island zu fliegen? Und warum hatten im Handschuhfach seines Wagens das Material von Fraktmoln und die heimlich geschossenen Fotos des schwedischen Firmenchefs gelegen?

Paula Korhonen ging aus ihrem Büro und machte einen Abstecher zur Damentoilette. Sie verriegelte die Kabine, setzte sich auf das Klo und schaltete ihr Handy stumm. Sie wollte für einen kurzen Moment ganz in Ruhe sein, ohne von irgendjemandem gestört zu werden. Sie zog ihre Schuhe aus und legte ihre geschwollenen Fussrücken nebeneinander. Der gefliese Boden wärmte die Fusssohlen durch die Strümpfe hindurch. In der Kabine war es still. Auf die Wand, die sich vom Klo aus gesehen zur Linken befand, hatte jemand mit Bleistift eine bekannte Redensart in ostbottnischem Dialekt gekritzelt: «Wir sind ein recht hübsches Paar, wenn man dich nicht dazu zählt.»

Paula Korhonen hatte den ersten Spruch mit Lippenstift geschrieben. Dann hatte sie ihn nach zwei Tagen wieder weggewischt und bald wieder hingekritzelt. Sie wollte eine

Anarchistin sein, aber das war nicht einfach. Der Lippenstift war durch einen Bleistift ersetzt worden, das war ein guter Kompromiss – er konnte leichter jederzeit weggewischt werden. Das Toilettengekritzel war ihr geheimes Laster geworden. Andere rauchten heimlich auf der Toilette, sie schrieb Sprüche auf die Wände.

Paula lehnte sich nach hinten gegen den Spülkasten und schloss die Augen. Die Stellung war unangenehm. Die Müdigkeit füllte sie aus wie Wasser, machte sie schwer wie Blei. Sie dachte an ihre Eltern, dann an die Bettlerin, die vom Tordurchgang bei der Markthalle verschwunden war, und schliesslich an die Treffen, die sie über das Datingportal vereinbart hatte. Die Gesichter und Namen schwirrten chaotischer und langsamer durch ihren Geist. Sie wachte mit weit aufgerissenem Mund auf, als ihre Muskeln zuckten. Sie war erschrocken, und es dauerte einen Moment, bis sie wieder begriff, wo sie war. Sie horchte kurz und nahm dann ihr Handy hervor. Kalle Nordin hatte vor zwei Minuten angerufen. Er würde es aus seinem Büro noch einmal versuchen. Paula hob die Stummschaltung des Handys auf und kontrollierte ihr Postfach. Sie bewahrte die Nachrichten sicherheitshalber lange auf. Sie hatte über zweitausendfünfhundert Nachrichten im Postfach, aber nur vier neue. Drei davon waren Werbung, die letzte Gelegenheit, um günstig Gesichtscreme zu bestellen, Werbung einer Online-Buchhandlung und Angebote von Zalando. Diesmal löschte sie sie umgehend. Die vierte Nachricht war vom Datingportal gekommen. Jemand hatte ihr eine Privatnachricht hinterlassen. Sie war jetzt nicht in der richtigen Stimmung und liess die Nachricht noch ungelesen.

«Paula, ich habe zwanzig Minuten auf dich gewartet.»
Die Kommissarin Kati Laine stand in einem dunklen

Deux-pièces mitten auf dem Flur bei der Tür von Paulas Büro. Paulas Meinung nach stand ihrer Chefin der Anzug nicht. Das sagte sie ihr aber nicht, sondern: «Du hättest ja anrufen können.»

«Gehen wir in dein Büro. Ich habe mit dir zu reden, aber nicht auf dem Flur.»

Kati Laine ging voraus und setzte sich hinter das Pult – auf Paulas Bürostuhl.

Paula Korhonen setzte sich ihr gegenüber, auf die andere Seite des Pults. Es ärgerte sie, natürlich, aber das wollte sie einer Frau, die ihre Tochter hätte sein können, nicht zeigen. So war es immer gewesen, seit sie dem Team der Karriererakete Kati Laine zugeteilt worden war. Ein teuflisches Space-Shuttle, diese Frau. Das Mädchen behandelte Paula mitunter wie Luft. In Gegenwart der höheren Chefs hatte Kati Laine Paula manchmal unerwartet Rückendeckung gegeben, dachte aber später immer zuverlässig daran, sie auflaufen zu lassen. Und jetzt sass diese Giftnudel auf ihrem Stuhl. Der eigene Stuhl im eigenen Büro war ein Heiligtum. Sie hätte einen perfekten Grund gehabt, mit ihrer Dienstwaffe neue Knopflöcher in das Deux-pièces der Kommissarin zu schiessen. Auf der Gefühlsebene wäre das völlig legitim gewesen.

«Gibt es etwas Neues in Sachen Martti A. Lehtinen?», fragte Laine mit zusammengepresstem Mund und blickte wieder einmal auf Paula Korhonens kräftigeres Haar statt in ihre Augen.

«Ich warte auf Informationen, was die Schweden und Nordin aus Malek Ayman herausholen können. Ich mache mir da vielleicht zu viele Hoffnungen, aber was, wenn Ayman gestehen würde?»

Kati Laine hob ihre linke Hand und rieb sich im Nacken: «Sieh mal, Paula, Ayman ist gestern Nachmittag in

Stockholm geflohen.»

«Was?»

Paula sah die Kommissarin an.

In wenigen Minuten erzählte Laine alles, was Kalle Nordin am Telefon berichtet hatte.

«Sie erwischen Malek Ayman nicht mehr», sagte Paula.

In den Mundwinkeln von Kati Laine war der Anflug eines Lächelns auszumachen: «Du kannst schon eine ordentliche Unglücksbringerin sein.»

Paula Korhonens Blick bohrte sich in Kati Laine: «Was meinst du denn?»

Kati Laine wägte ihre Meinung in aller Ruhe ab, bevor sie antwortete: «Sie finden Malek Ayman nicht.»

Die Kommissarin ging, und Paula Korhonen rief Nordin an. Er erzählte die Ereignisse des Vortags bis zu Aymans Flucht und der Suchaktion im Detail. Kalle Nordin versicherte Paula, er sei ebenso überrascht wie sie, dass es Ayman gelungen war, während des Gefangenentransports die Flucht zu ergreifen.

«Die Stockholmer Polizei ist wachsam, aber es ist eine Tatsache, dass sie von Malek Ayman keine weiteren Hintergrundinformationen besitzt als die Kenntnis über das Lager, das seinen Firmen gehört. Wenn es gut geht, glaubt Ayman, dass das Lager ein sicherer Ort ist, und kreuzt dort auf, um das Geld im Tresor zu zählen. Dabei kann er dann festgenommen werden.»

Paula Korhonen hörte in Nordins Stimme Zweifel.

«Er verfügt in Schweden vermutlich über Kontaktpersonen. Was hätte er sonst überhaupt für einen Grund, sich in Schweden aufzuhalten und in Stockholm Millionen in bar zu horten?»

«Das ist natürlich wahr. Aber wir können jetzt nichts anderes tun, als die Augen offen zu halten und zu warten.»

Nach dem Gespräch fühlte Paula Korhonen, dass sie mit der Untersuchung in einer Sackgasse steckten. Die Stockholmer Kriminalpolizei hatte die Sache auf unverzeihliche Weise verbockt.

Das Whiteboard in Paula Korhonens Büro war voller Rätsel. Wenn die Intuition und die Logik am passenden Ort zusammentrafen, konnte sie vielleicht eine Spur bemerken, die jetzt noch nicht sichtbar war, die sie aber zutage fördern konnte – mit einem Pinselstrich nach dem anderen wie ein Archäologe, ohne auch nur das geringste Detail davon zu verlieren. Womöglich würde sie im Sand die Spitze der Pyramide finden. War sie schon gefunden? Sie war sicher, dass da noch mehr sein musste. Vielleicht stand sie zu nah und verdeckte die Spur unter sich. Daher musste man einen Schritt zurück machen können, um Distanz zu gewinnen. Ihr Vater war Sporttrainer gewesen und hatte diese Kunst beherrscht. Sie hatte von ihrem Vater viel lernen können, bevor er erkrankt war.

«Klopf, klopf. Störe ich?»

Paula Korhonen war überrascht. Aki stand im Türrahmen des Büros. Der Altersunterschied zwischen den beiden betrug einundzwanzig Jahre. Paula war sich sehr wohl dessen bewusst, dass sie, zumindest was das Alter betraf, Akis Mutter hätte sein können, die Mutter Kati Laines, die Mutter aller. Der Mann trug Jeans, ein Hemd und ein Sakko.

«Nein, komm nur herein.»

Paula Korhonen ging um ihren Schreibtisch herum und setzte sich auf ihren Platz, den Kati Laine angewärmt hatte. Aki schloss die Tür hinter sich und setzte sich auf die andere Seite des Tischs.

«Im Polizeigebäude ist es nicht üblich, um Verzeihung zu bitten», sagte Aki.

«Ja. Hier herrscht diese Kultur. Die Minister dagegen bitten um Verzeihung. Dort herrscht eine andere Kultur.»

«Jetzt bitte ich dennoch um Verzeihung.»

«Gewährt. Ich sollte wohl auch um Verzeihung bitten.»

«Keine Ursache. Wie geht es der Untersuchung?»

«Miserabel. Die einzige ordentliche Spur verschwand beim Transport durch Stockholms Polizei im Feierabendverkehr.»

Paula erklärte die Lage genauer.

«Hast du versucht, den Toten von Pori in europäischen Datenbanken zu suchen?», fragte Aki, während er über seine Bartstoppeln strich.

In Paula Korhonens Augen war Aki eine wandelnde Werbeanzeige einer Bekleidungsfirma, unbestreitbar ein ansehnlicher Typ.

«Meinst du die Datenbanken von Interpol? Ja, habe ich.»

Im Vermisstenregister der zentralen Kriminalpolizei befanden sich Informationen über Finnen, die in den 1990er- und 2000er-Jahren verschwunden waren. Jahr für Jahr verschwanden einige Personen. Die Fingerabdrücke, Zahnakten und DNA der Vermissten waren im Register erfasst. Auch in dieser Datenbank hatte es mit dem Toten keine Übereinstimmung gegeben. Dieselbe Sache mit dem Vermisstenregister der Interpol. Sie hatte die Merkmale des Toten in die geschlossene, einzig den Beamten zugängliche Datenbank der Interpol eingegeben, die Fingerabdrücke ausserdem in die AFIS-Datenbank. Die SIS- und Interpol-Suchaufrufe waren über das Nachrichtenverkehrszentrum der internationalen Abteilung der zentralen Kriminalpolizei mit Beschränkung auf die Beamten herausgegeben worden. Zusätzlich verfolgte Paula Korhonen mit Hilfe des I-24/7-Programms und des I-Links, ob irgendetwas mit dem Toten von Pori übereinstimmte. Sie praktizierte ein unsicheres Einschiessen, wenn nicht vollends ein Lottospiel.

Aki wiederum gab sich selbstsicher: «Es existiert eine Kartonschachtel voll anderer europäischer Register, darunter auch die Register der Informationsdienste für unterschiedliche Zwecke. Ich besitze Kontakte. Heute geht es nicht, aber würde es morgen Nachmittag passen?»

Sie vereinbarten eine Zeit, und Aki ging. Paula Korhonen klopfte mit ihrem Kugelschreiber gegen den Schreibtisch. Woher wehte der Wind jetzt? Aki bat niemals umsonst um Verzeihung und half schon gar nicht. Eine vollkommen unerwartete Annäherung war das. Der Bursche war doch mit allen Wassern gewaschen! Paula wägte die Situation ab. Sie stand mit dem Rücken zur Wand. Wenn Aki helfen konnte, gut. Die Untersuchung hatte sich festgefahren und jede Hilfe konnte von Nutzen sein. Aber wenn sie dank Aki weiterkäme, würde sie ihm einen grossen Gefallen schulden.

Am Nachmittag ging Paula zu Fuss auf ihrem gewohnten Weg nach Hause. Sie blieb eine Weile beim Seeufer am Laukontori, dem Marktplatz am Pyhäjärvi-See, und hätte gerne einen Umweg um die Kauppakatu und die Markthalle gemacht, schaffte es aber nicht. Sie musste es unbedingt wissen. Sie stieg die Strasse hoch, wandte sich nach links und betrat nach kurzer Zeit die Markthalle. Sie wusste, dass es eine Zwangsvorstellung war. Im Tordurchgang an der Hämeenkatu war sie erleichtert und lächelte, als sie die vertraute Gestalt sah, wie sie mit dem Rücken zu ihr am Boden sass. Paula Korhonen hielt ihre Münze schon in der Faust bereit.

«Mulţumesc.»

20.

In Gehdistanz von der Buchhandlung und von Farahs und
Haris' Wohnung, auf der rechten Strassenseite, lag das Restaurant Čertovka. Den Eingang des Restaurants konnte
man leicht übersehen, wenn man nicht aufpasste. Zwischen
den Häusern Nr. 100 und 101 verlief ein Spalt, kaum breit
genug für einen erwachsenen Menschen. Man konnte es
noch nicht einmal eine Gasse nennen. Der Spalt führte einen Abhang hinunter zur Moldau und ihrem Seitenkanal,
der Čertovka. Dort befand sich das Restaurant, hinter der
Nr. 100, vor den Blicken der Passanten auf der Burgseite der
U *lužického semináře* verborgen.

Kurz nach ihrer Ankunft in Prag hatten Farah und Haris
von der Karlsbrücke aus das Uferrestaurant auf der anderen
Seite des Flusses bemerkt. Farah hatte gerne sehen wollen,
wie die Aussicht auf die Brücke vom Restaurant aus war. Sie
hatten das Restaurant später am Abend gesucht, waren aber
im Dunkeln einmal am Spalt vorbeigegangen und zurückgekehrt. Erst dann hatte Farah das Restaurantschild hoch
über dem Spalt bemerkt. Hinter dem Schild, tiefer im Spalt,
befand sich eine Ampel für die Fussgänger; zwischen den
Häusern konnten zwei Erwachsene nicht einmal seitlich
aneinander vorbeigehen.

Die Speisekarte des Restaurants war vielseitig. Farah
verliebte sich auch in die Lage des Restaurants und das
historische Ambiente des Gebäudes. Gemäss dem Besitzer des Čertovka war das Haus zu Beginn des siebzehnten

Jahrhunderts erbaut worden. Das geräumige Dachgewölbe im Inneren verströmte den Geist der früheren Jahrhunderte. Haris wiederum schmeckte das Bier des Restaurants.

Das Čertovka wurde zu Farahs und Haris' Stammlokal. Sie freundeten sich schnell mit dem Personal, dem Besitzer und besonders mit Petr Kuba an. Der Tscheche war geschmeichelt, als Haris ihn als ehemaligen Eishockeyspieler erkannte. Der dreiundvierzigjährige Kuba war echt überrascht, als Haris die wichtigsten Klubs der Karriere seiner neuen Bekanntschaft nennen konnte: HC Slavia Prag, Djurgården, Oulun Kärpät, Espoon Blues, EHC Kloten und HC Pardubice.

«Ich wollte auf dem Höhepunkt aufhören. Ich bin zufrieden, dass ich die letzte Saison nochmals in der höchsten Liga meines Heimatlands spielen durfte», verriet Kuba, während er die Platte des Bartischs in der Bierstube abwischte.

Petr Kuba mit seinen langen, dunklen Locken hielt gerne einen Schwatz mit den Kunden, wenn es seine Arbeit zuliess. Haris hatte gelernt, zu den ruhigeren Tageszeiten im Čertovka vorbeizuschauen. Farah kam meist mit, blieb aber auf der Terrasse, wenn das Wetter es erlaubte. Im November konnte es noch warme Tage geben, aber mitunter musste man im Wind, der vom Fluss her wehte, frösteln.

Heute hatte Kuba seinen freien Tag. Zur Mittagszeit wechselten Farah und Haris einige Worte mit dem Personal. Die Zwillinge hatten sich für den Aufenthalt auf der Terrasse warm angezogen. Die Temperatur betrug angenehme acht Grad und der Himmel war leicht bewölkt. Sie bestellten einen Fischteller, der ihnen zum halben Preis serviert wurde. Der Besitzer hatte sich schon lange geweigert, von ihnen den vollen Preis zu verlangen.

«Du solltest öfter lächeln», sagte Haris, während er Wasser in Farahs Glas goss.

«Was meinst du?»

«Der Kellner frisst dir aus der Hand, wenn du nur lächeln magst, Farah.»

Farah lächelte und legte ihren Kopf zur Seite, während sie ihren Bruder ansah. Haris lachte laut und schüttelte den Kopf.

«Beim Kellner bin ich nicht sicher, aber Petr möchte dich bereits heiraten», fuhr er mit den Sticheleien gegen seine Schwester fort.

«Petr ist ein Spieler, Haris. Er ist keiner von der seriösen Sorte.»

«Woher willst du das wissen?»

«Der Instinkt einer Frau.»

«So? Ich dachte, dass von den tschechischen Spielern nur Jaromír Jágr nicht von der seriösen Sorte sei.»

«Der Instinkt einer Frau im Allgemeinen, Haris. Der lässt sich auf alle Männer anwenden.»

«Also gut. Und dein Bruder?»

«Du? Das wirst du wohl selber besser beantworten können.»

«Nein, wenn ich doch die Meinung meiner Schwester hören will.»

Farah verlor ihre Heiterkeit und wurde eher ernst denn nachdenklich. Haris wartete geduldig.

«Haris, ich fürchte, dass du es niemals wagen wirst, jemanden so zu lieben, wie man sollte.»

Nun war Haris an der Reihe, melancholisch zu werden: «Warum sagst du so etwas? Ich liebe *dich*.»

«Gerade deswegen. Du wagst es nicht, irgendjemanden ausser deiner Schwester in dein Leben zu lassen. Wir haben eine Vergangenheit, die uns aneinander bindet, und zwar fest.»

«Dann hast auch du keine Hoffnung.»

«Mehr Hoffnung als du. Ich möchte dein Notizbuch mit dem schwarzen Einband sehen. Was schreibst du dort hinein?»

«Das geht nicht.»

«Da hast du es. Wie stellst du dir vor, dass du dich an jemanden binden kannst, wenn ein Teil von dir sich sogar vor mir in ein Notizbuch verkriecht?»

«Du bist in einer aussergewöhnlich schwierigen Stimmung heute, Farah.»

Farah hatte kein Interesse daran, die Unterhaltung fortzusetzen, Haris genauso wenig. Der Bruder nahm einen Roman von Cormac McCarthy hervor.

Die massive Karlsbrücke teilte den Fluss in zwei Teile, liess aber das Wasser unter der Brücke durchfliessen. Farah begnügte sich damit, mit dem Blick auf dem Fluss zu treiben, und dachte über das vorherige Gespräch nach. Mit dem Wind kamen die Klänge der Strassenmusiker leise bis zur Terrasse des Čertovka herübergeweht. Die ununterbrochene Bewegung der Touristen auf der Brücke erinnerte an das Gewusel in einem Ameisenhaufen. Daran gewöhnte man sich innert weniger Tage. Die Teller wurden gebracht, und Farah belohnte den Kellner mit einem freundlichen Lächeln, ohne aber mehr zu versprechen.

Bei der Homeservicefirma Arbeit zu bekommen war nicht einfach. Farah hatte die fehlenden Belege schon vorbeigebracht. Die Personalchefin hatte Farahs Bewerbung entgegengenommen und versprochen, Kontakt mit ihr aufzunehmen, sobald sie ein passendes Angebot hätte. Farah hatte beschlossen, die Firma pausenlos mit Aufträgen zu bombardieren.

Bei der Personalchefin handelte es sich um eine Frau mittleren Alters, die nur unifarbene Markenkleider trug. Farah und Haris hatten alles über die Firma abgeklärt, was über das Internet und über den Auftrag an einen Hacker zu erfahren gewesen war. Das Unternehmen war nur in Prag und Umgebung tätig, besass volle hundert Angestellte und die Zielkundschaft waren Angehörige der höchsten Einkommensklasse. Kurz gesagt, Millionäre. Das Unternehmen hatte viele ausländische Kunden. Es war ein begehrter Arbeitgeber, aber Farah hatte auch erstklassige Referenzen vorzuweisen. Sie besass Arbeitserfahrung aus den letzten fünf Jahren in den gleichen Tätigkeiten, die auch die Homeservicefirma anbot. In den letzten zweieinhalb Jahren hatte Farah in Finnland auf dem über tausend Hektaren grossen Gutshof einer stinkreichen Familie gearbeitet. Gutshöfe wie diesen gab es im ganzen Land nur eine Handvoll. Wie sie diesen Arbeitsplatz in Finnland bekommen hatte, war eine lange Geschichte für sich, aber Farah hatte es geschafft. Das war der erste Schritt zur Operation Prag gewesen, und diesen Schritt hatten sie schon vor zweieinhalb Jahren gewagt. Farah und Haris hatten damals erfahren, dass das Ziel ihrer Operation in Prag und Portugal lebte. Nach reiflicher Überlegung hatten sie sich entschlossen, ihren Plan in Prag umzusetzen. Mit diesem Entschluss hatte für sie eine neue Zeitrechnung begonnen.

Am Tag zuvor hatte Farah gegen die Personalchefin einen Punktesieg errungen.

Die Chefin hatte zuvor versprochen, dass sie bei Bedarf Kontakt aufnehmen würde. Sie war aber nicht darauf vorbereitet gewesen, dass Farah in kurzen Abständen immer wieder bei ihr im Büro vorbeikam, um zu fragen, ob es schon etwas für sie gebe. Die Personalchefin, die das nicht mehr ertrug, fasste einen eiligen Entschluss und rief mit dem Handy in der Hand eine Angestellte herbei.

«Führ sie ins Haus. Arbeitskleidung und alles Weitere. Ich kümmere mich jetzt um die Beurlaubungen wegen Krankheit. Geht schon.»

«Stellst du sie also doch an?», fragte die Angestellte nach.

«Sie terrorisiert mich den lieben langen Tag, wenn ich sie nicht nehme. Das siehst du ja selbst. Sie kommt jeden verdammten Tag hierher. Sie will die Arbeit unbedingt. Sie soll sie kriegen. Geht jetzt bitte.»

Farah hörte zufrieden zu. Sie hatte etwas Tschechisch gelernt und war in der Lage, einem Gespräch zu folgen. Die Angestellte führte Farah in einen anderen Raum, wo sie miteinander Dinge durchgingen, die mit dem Arbeitsverhältnis zu tun hatten. Farah hätte sofort Haris anrufen wollen, aber sie wagte es nicht, das in Gegenwart der Sekretärin zu tun. Am Ende wurde Farah ins Büro der Personalchefin zurückgebracht.

«Ich habe jetzt keine Zeit für dich. Die Sekretärin kümmert sich um deinen Arbeitsvertrag, unterschreib ihn, bevor du gehst.»

«Wann kann ich beginnen?»

«Man wird dich morgen anrufen. Du bist als Reserve eingeteilt. Komm nicht mehr hierher. Du hast die Stelle jetzt. Wir rufen dich an.»

Farah bedankte sich und verliess die Büros mit dem Arbeitsvertrag in der Tasche, den sie von der Sekretärin erhalten hatte.

Das Čertovka füllte sich mit Mittagsgästen.

Farah und Haris verlangten nach ihrem Essen die Rechnung und verliessen das Lokal über die Bierstube. Der Besitzer hatte keine Zeit zum Reden. Sie wechselten zwei, drei Worte und Farah versprach, am Abend für zwei Stunden aushelfen zu kommen. Im Spalt zwischen den Häusern Nr. 100 und 101 herrschte ein beinahe kurioser Verkehrsstau, und die Zwillinge mussten einen Moment warten, bis sie grünes Licht bekamen.

«Sie haben immer noch nicht angerufen.»

«Sei nicht ungeduldig. Sie haben versprochen anzurufen. Der Arbeitstag ist noch nicht zu Ende», beruhigte Haris.

«Ich habe heute keine Arbeit, obwohl sie doch die Beurlaubungen wegen Krankheit organisiert hat.»

«Du bist kaum die einzige Angestellte auf Reserve. Sie rufen dich bestimmt an, wenn sie es versprochen haben. Du hast doch gestern ordentlich Aufruhr veranstaltet, als du wegen deines Arbeitsvertrags vorbeigegangen bist. Du hast heute keine Arbeit, aber du hast einen Arbeitsvertrag. Vertrau ihnen bloss ein wenig. Sie werden anrufen, obwohl du schon eine Landplage sein kannst, Farah. Du kriegst den blauen Brief, bevor du überhaupt angefangen hast, wenn du heute dort anrufst. Wart nur.»

Farah blickte ihren Bruder mit leicht säuerlicher Miene an und ging als erste durch den Spalt hinauf. Haris schüttelte hinter seiner Schwester hoffnungslos den Kopf und folgte mit zwei Schritten Abstand. Am oberen Ende des Spalts angekommen, wandten sie sich nach links und gingen der *U lužického semináře* entlang, an der Buchhandlung vorbei zur nächsten Haltestelle der Strassenbahn. Sie verzichteten darauf, den Roller zu holen. In den Lebensmittelgeschäften des Zentrums mussten sie Nachschub besorgen, und die Taschen waren in der Strassenbahn leichter zu befördern.

In Farahs Schultertasche klingelte das Handy. Sie grub es hervor und antwortete. Haris ging inzwischen in einem Quartierladen ein Erfrischungsgetränk kaufen. Als er zurückkehrte, atmete sie erleichtert auf: «Morgen kann ich mit der Arbeit beginnen.»

21.

Die Läden bereiteten sich allmählich auf Weihnachten vor, obwohl der November erst begonnen hatte. Magnus Thor konnte das nicht ertragen.

«Jon, sieh mal. Das ist krank.»

Jon blickte aus dem langsam rollenden Auto in die Richtung, in die sein Vorgesetzter deutete: «Was meinst du?»

«Wo hast du deinen Kopf? Einkaufszentrum, Weihnachtsmann und Rentier. Was passt nicht dazu?»

«Wohl das Einkaufszentrum.»

Magnus Thor hielt das Auto an und liess einen Fussgänger über den Zebrastreifen gehen.

«Das Einkaufszentrum? Wie wäre es mit dem Weihnachtsmann und dem Rentier? Das nächste Rentier findest du erst in Norwegen. Den Weihnachtsmann gibt es nicht, aber da steht er trotzdem wie angewachsen in Islands Hauptstadt und verteilt den Kindern Süssigkeiten. Anderthalb Monate vor Weihnachten wohlgemerkt.»

«Magnus, du bist ausländerfeindlich. Dich müsste man vor Weihnachten in einen Kurs schicken, wo du lernst, deinen Hass zu kontrollieren.»

Magnus Thor konnte nicht umhin, über Jons Kommentar zu lachen: «So, in einen Kurs, damit ich lerne, meinen Hass zu kontrollieren?»

Jon gähnte herzhaft.

«Ist es beim Fest deines Bruders spät geworden?»

«Erst um drei Uhr morgens schlafen gegangen. Total

unsinnig, so ein Fest vor einem Arbeitstag abzuhalten.»

Magnus Thor nahm aus der Mittelkonsole eine Schachtel mit Halspastillen: «Nimm von denen. Und guter Mann, trink um Himmels willen keinen Konterschnaps mehr. Lass den Flachmann, den du in der Tasche deines Sakkos hast, hier im Handschuhfach, sonst hältst du es nicht aus. Du kriegst ihn morgen wieder.»

Jon antwortete nicht, befolgte aber die Anweisung.

Die Situation hatte sich zum Schlechten gewendet. Magnus Thor hatte Jons Kontersaufen durch die Finger hindurch angesehen. Das Fest des Bruders war nun einmal das Fest des Bruders, aber die Arbeitstage mit Morgenstarre hatten sich einfach zu sehr gehäuft. Man musste etwas unternehmen. Magnus Thor war in dieser Sache bisher der Verantwortung als Vorgesetzter ausgewichen. Er versuchte zu zögerlich einzuschreiten.

Das Handy meldete sich, und Thor antwortete, während er weiterfuhr.

«Ich bin mit Jon unterwegs zu einem Treffen, aber du kannst sprechen», forderte Magnus Thor die Gerichtsmedizinerin Gudlaug auf.

«Ich rufe nicht in Arbeitsangelegenheiten an, Magnus.»

Gudlaug konnte natürlich nicht sehen, wie sich Magnus Thors Miene aufhellte.

«Du kannst frei sprechen, aber entscheide du.»

«Gut. Wir sollten uns treffen.»

«Ich glaubte schon, du würdest nie darum bitten», scherzte Thor. Jon wunderte sich auf dem Beifahrersitz.

«Magnus Thor, weisst du, dass du echt mühsam bist? Das ist kein Spass.»

«Klingt nach einem schlechten Vorzeichen. Sag endlich etwas.»

«Deine Maela und meine Anna haben Probleme.»

«Ach so? Ich dachte schon, es sei etwas Ernstes. Sie sind dreizehnjährige Teenager, bei denen ist es absehbar, dass sie Probleme haben.»

Gudlaug holte am anderen Ende der Leitung hörbar tief Luft. Daran erkannte Thor, dass er zur Abwechslung zu weit gegangen war.

«Gut. Ich nehme es ernst. Worum geht es denn?»

Stille in der Leitung.

«Gudlaug?»

«Sie haben miteinander Streit, und Annas Lehrerin hat mit mir Kontakt aufgenommen. Ich wollte zuerst mit dir reden, bevor ich mich mit der Lehrerin oder mit Anna darüber unterhalte. Vielleicht sollten wir gemeinsam mit den Mädchen reden und die Situation klären.»

«Klingt gut. Ich meine, das klingt nach einer richtigen Recyclingfamilie, wo die Kinder sich zuerst untereinander streiten, bevor sie sich versöhnen und sich schliesslich gegen uns verbünden.»

«Ruf mich doch nach der Arbeit wieder an, wenn du deinem Arbeitskollegen nichts mehr vorspielen musst.»

Gudlaug beendete das Gespräch.

Magnus Thor war darüber nicht erstaunt, wohl aber über den Zwist zwischen den Töchtern. Gudlaug hatte recht, die Zeit und der Ort waren falsch, um über die Sache zu reden. Spielte er Jon etwas vor? Nein, er spielte Gudlaug etwas vor. Er war schlagfertig und humorvoll wie schon lange nicht mehr, und das, obwohl es bei Gudlaug sicher die falsche Masche war. Aber er tat es die ganze Zeit. Magnus' Herz hüpfte in seiner Brust, wenn er nur schon Gudlaugs Stimme hörte, und er begann sich, um in der Beziehungssprache zu sprechen, selbstzerstörerisch zu verhalten.

Jon begriff, dass er am besten nicht nachfragte.

Die Männer fuhren ins Vorstadtgebiet, wo die teuersten Privathäuser des Landes standen. Sie fanden das Haus, das dem Bankier Bjarne Gestsson gehörte, mühelos. Die Häuser der Nachbarschaft wirkten gegen diese Villa direkt kümmerlich. Bjarne Gestssons dreissigjähriger Sohn öffnete ihnen die Tür und führte die Gäste ins Besuchszimmer. Der Raum wurde beherrscht von einer Sofagruppe, einem Teppich in der Grösse von Magnus Thors geräumigem Wohnzimmer und drei Picassos an den Wänden. Allein der Wert der schweren Vorhänge vor den Fenstern entsprach den zusammengezählten Monatslöhnen des Polizeiduos.

Magnus Thor und Jon hatten ihre Hausaufgaben gemacht, bevor sie bei Gestssons Haus angekommen waren. Dessen Sohn hatte sie vor einer Stunde gerufen. Magnus Thor pflegte sich nicht vom Geld beeindrucken zu lassen, und er tat es auch diesmal nicht. Er hatte dennoch beschlossen, unverzüglich auf den Hilferuf des Jungen zu reagieren, weil er ahnte, dass hier etwas in böse Schieflage geraten war. Die Vorahnung verknüpfte sich nicht nur mit dem Verschwinden des Milliardärs Bjarne Gestsson, auch der beim Leuchtturm auf Grótta angespülte Finne spukte im Hintergrund herum. Thors Polizisteninstinkt sagte, dass eine Verbindung zwischen diesen Dingen durchaus nicht auszuschliessen war. Bjarne Gestssons Verschwinden war möglicherweise eine neue Spur im Rätsel um Martti A. Lehtinens Tod.

Bjarne Gestsson war einer der zehn einflussreichsten und vermögendsten Isländer. Eine eigene internationale Bank war nur eine Perle in der Krone des Herrschers über ein ganzes Firmenimperium.

«Seit wann ist Ihr Vater verschwunden?», fragte Magnus Thor sofort, nachdem die Haushälterin Getränke angeboten und sich aus dem Raum entfernt hatte.

«Das ist etwas schwierig zu sagen. Sehen Sie, er hat seine besonderen Gewohnheiten, wenn er sich in Reykjavik aufhält. Den grössten Teil des Jahres lebt er in London. Im Allgemeinen kündigt er es rechtzeitig an, bevor er ankommt, aber gestern rief er plötzlich vom Flughafen Keflavik an.»

«Fahren Sie fort.»

«Mein Vater sagte am Telefon, dass er einen wichtigen Termin habe, für den er ohne Vorwarnung nach Island gereist sei. Er wollte vom Flughafen direkt zu seiner Strandvilla fahren und sagte, er würde nach der Nacht heute Vormittag in die Stadt zurückkehren. Ich habe heute bis um elf Uhr gewartet und danach vergeblich versucht, ihn zu erreichen. Das Handy war eingeschaltet, aber er antwortete nicht. Anschliessend fuhr ich zur Villa, aber das Haus wirkte verlassen. Ich hegte die Befürchtung, dass etwas nicht in Ordnung sein könnte, und fuhr in die Stadt zurück. Ich hoffte, dass mein Vater inzwischen doch in der Stadt aufgetaucht wäre. Dies war allerdings nicht der Fall, und so rief ich Sie an. Es ist nicht die Art meines Vaters, sich so zu verhalten. Ich meine, er hält sonst Vereinbarungen immer ein.»

«Und die Unternehmenstätigkeit Ihres Vaters und ihm nahestehende Personen? Er hat doch eine persönliche Sekretärin, ihm direkt unterstellte Mitarbeiter und eine ganze Menge an Dingen, um die er sich in jedem Moment des Tages kümmern muss.»

«Ich habe bereits Kontakt zu ihnen aufgenommen, und niemand von ihnen hat etwas von meinem Vater gehört, nachdem er gestern um siebzehn Uhr am Flughafen von Keflavik angekommen war. Meine drei Schwestern wissen genauso wenig.»

«Ihre Mutter?»

«Sie ist vor einem halben Jahr gestorben. Keine Partnerinnen seither. Ich meine, längerfristige Beziehungen.»

Magnus Thor und Jon sahen einander an. Sie errieten die Gedanken des anderen.

«Wo befindet sich die Strandvilla? Mit welchem Flug kam Ihr Vater an? Fuhr er allein zur Strandvilla? Wurden Drohungen ausgesprochen? Umgibt er sich mit Sicherheitsmännern?»

«Die Strandvilla liegt eine halbe Autostunde entfernt. Er kam mit einer Privatmaschine an. Er hat zwei Sicherheitsmänner, aber in Island bewegt er sich ohne Personenschutz. Dieses Land ist ein Paradies, verstehen Sie? Persönliche Feinde gibt es auf der Welt sicher einige Bataillons, aber ich glaube nicht, dass irgendwer ihn ermorden will.»

Die Fahrt zu Bjarne Gestssons Strandvilla liess sich auch deutlich unter einer halben Stunde bewältigen. Magnus Thor überschritt bis zum Ziel einige Geschwindigkeitslimiten. Bjarne Gestssons Sohn folgte den Polizeibeamten mit dem eigenen Wagen. Während der Fahrt telefonierte Thor mit seinem Vorgesetzten. Das Verschwinden des Milliardärs war eine Nachricht, die einschlagen würde wie eine Bombe. Sollte es sich um eine Entführung handeln, würde sie wenigstens in die Hauptschlagzeilen der europäischen Nachrichtenmedien gelangen. Magnus Thor wollte daher nichts unternehmen, bei dem er nicht die explizite Unterstützung seines Vorgesetzten hatte.

Am Ziel bei der Strandvilla erwartete sie ein Haus am Meeresufer, das eher an einen Gutshof als an eine Villa erinnerte. Jon pfiff gleich, als sich ihnen die ganze Pracht durch die Windschutzscheibe des Autos hindurch präsentierte.

«Ich wusste gar nicht, dass es so etwas in Island gibt. Bjarneland.»

«Jetzt bitte ernsthaft, Jon. Wir sind hier bei der Arbeit. In einer Viertelstunde sind die Leute vom kriminaltechnischen Dienst hier.»

Gestssons Sohn öffnete ihnen das Tor und später die Eingangstür zu Bjarneland. Er berichtete detailliert, was er am Vormittag angefasst hatte. Anschliessend forderte Magnus Thor den Sohn auf, sich zum Wagen zu begeben und nochmals zu versuchen, seinen Vater über dessen persönliche Sekretärin zu erreichen. Magnus und Jon blieben zurück, um die Kriminaltechniker in Empfang zu nehmen, und stellten von blossem Auge Beobachtungen an. Magnus Thor forderte bei der Telefongesellschaft zum Zweck der Ortung die Daten von Bjarne Gestssons Handy an. Man versprach, ihm diese möglichst bald zu schicken. Thor alarmierte auch die Flug- und Seehäfen. Der Mann würde nicht einfach so aus dem Land verschwinden, nicht freiwillig und nicht als Opfer einer Entführung.

«Müsste man auch die Gerichtsmedizinerin bestellen?», fragte Jon.

«Warum um alles in der Welt?»

«Wenn hier eine Leiche zum Vorschein kommt, kann Gudlaug sich sofort an die Arbeit machen.»

«Hier kommt bestimmt keine Leiche zum Vorschein, höchstens frische Spuren von irgendetwas, das nicht in diese Strandvilla gehört. Bjarne Gestsson hätte seinen Vater schon gefunden, als er am Vormittag hierher gekommen ist, um ihn zu suchen.»

«Ich meinte das Gelände, Magnus. Der Sohn hat den Vater nicht in der Umgebung der Villa gesucht.»

Magnus Thor stimmte seinem Kollegen zu. Er ärgerte sich, dass er selbst nicht daran gedacht hatte. Dennoch war er zufrieden, dass Jon es bemerkt hatte. Das Gelände musste unbedingt in einem weiten Umkreis durchsucht werden. Der nächste Nachbar der Strandvilla befand sich gemäss Bjarne Gestssons Sohn rund zwei Kilometer entfernt. Auch das Meeresufer war in beiden Richtungen der Uferlinie entlang abzusuchen.

«Wir alarmieren Gudlaug sofort, falls eine Leiche gefunden werden sollte. Wir können sie nicht hierher bestellen und sie dann mit der Kaffeetasse in der Hand warten und in Autoreifen treten lassen, während wir ihr eine Leiche zu organisieren versuchen. Die Gerichtsmedizinerin bestellen wir nur dann, wenn es für sie auch Arbeit gibt, Jon.»

«Du hast recht. Am besten ist sie sowieso, wenn sie mitten in der Arbeit ist, auf allen vieren mit gespreizten Beinen und mit dem Po in der Höhe.»

Seinem eigenen Kommentar sandte Jon ein unverschämtes Lachen hinterher.

Magnus Thor antwortete nicht. Er hasste eine solche Einstellung und war überrascht. Er konnte nicht begreifen, warum zum Henker Jon sich so äusserte. Das war gar nicht die Art des Burschen, und Thor hatte von ihm noch nie etwas Derartiges gehört. Kannte er Jon etwa doch nicht?

Magnus Thor hatte das junge Talent vor drei Jahren für sein Team ausgewählt. Er verfügte über die Ressourcen, um Jon so weit wie möglich ausbilden zu lassen und ihm dann auch sein gesammeltes Wissen weiterzugeben. Er war bisher sehr zufrieden gewesen mit seinem vielversprechenden Mitarbeiter. Jon würde eines Tages sicher an Magnus' Stelle treten und auf der Karriereleiter wahrscheinlich sogar noch viel höher steigen. Der Bursche hatte auch einen passenden akademischen Abschluss. War denn Island überhaupt genug für Jon, wenn er Kapazität für viel mehr hatte, für internationale Polizeiaufgaben?

Kein einziges Mal zuvor hatte sich Jon in Magnus Thors Gegenwart herablassend gegenüber anderen Menschen geäussert. Jon konnte nicht wissen, wie Thor dazu stand, und er hatte sich auch nicht wissentlich und absichtlich wegen der Haltung seines Vorgesetzten zurückgehalten,

Kommentare über Frauen zu machen. Die Gerichtsmedizinerin Gudlaug war für Magnus Thor in einer Sonderstellung, und das musste Jon bekannt sein. Andernfalls war Jons Beobachtungsgabe miserabel, oder der Mann besass die Sozialkompetenz eines Gummistiefels. Warum war Jon ein solches Risiko eingegangen? Was einmal geäussert worden war, konnte nicht mehr zurückgenommen werden.

Bei Thor waren alle Warnlampen angegangen, und er hatte praktisch eine Bauchentscheidung getroffen, noch bevor Jons kurzer Satz zu Ende gesprochen gewesen war. Es war wahr, dass er Jon zeitweise hart angefasst hatte, aber das war eben ihre Diensthierarchie und keine Überheblichkeit. Magnus Thor wusste um Jons Begabung als Kriminalpolizist und hatte aus ihm nur das Beste hervorlocken wollen. Mit einer zu laschen Behandlung würde Jon schief wachsen – das war Magnus Thors Ansicht gewesen. Deshalb durfte Jon auch jedes Mal traben, wenn es Magnus Thor für sinnvoll hielt, wie es beim Leuchtturm auf Grótta geschehen war – ob die Gerichtsmedizinerin es nun mochte oder nicht. Jon hatte mit seiner Bemerkung über Gudlaug einen falschen Schachzug gemacht, indem er sich selbst zu früh auf die Stufe seines Vorgesetzten gehoben hatte.

Jetzt gab es aber doch Wichtigeres zu tun.

Die unterstützenden Einheiten trafen ein. Eine dreiköpfige Gruppe, verstärkt durch Jon und Magnus Thor, ging in Overalls gekleidet zur Strandvilla, mit Schutzkleidung an den Schuhen und Händen. Der Gruppenleiter verlangte, dass auch Gesichtsmasken und Kopfhauben getragen werden sollten.

«Suchen wir nach Bioterrorismus?», grinste Jon, als es der Rest der Gruppe nicht hören konnte.

«Überlass die Witze den anderen», meinte Magnus Thor.

Die Feststellung, dass die Strandvilla tatsächlich leer war, konnte in kürzester Zeit bestätigt werden. Anschliessend machten sich die Kriminaltechniker daran, Jagd auf zusätzliche Spuren zu machen. Ausserdem trafen drei Polizeipatrouillen ein, denen Thor die Anweisung gab, die Uferlinie sowie das Gebiet auf der Landseite zu durchkämmen. Jon kommandierte er ins Gelände. Von der Telefongesellschaft kam die Bestätigung, dass Bjarne Gestssons Handy eingeschaltet war und mit einer Verbindung geortet werden konnte, die das Gebiet der Strandvilla abdeckte. Magnus Thor hoffte, dass sowohl der Mann als auch das Handy bald in gutem Zustand zum Vorschein kamen. Am Ende traf aus dem Gelände die Nachricht ein, dass das Handy in einigen hundert Metern Entfernung von der Strandvilla gefunden worden war, in der Nähe der Strasse.

Magnus Thor hielt nach einer einstündigen Suche ein Palaver ab. Bjarne Gestsson war möglicherweise entführt worden und man würde versuchen, ihn ausser Landes zu bringen. Die Information über das Verschwinden des Milliardärs war schon bis zu den Nachrichtenmedien gedrungen. Vor dem Tor der Strandvilla befanden sich schon die ersten Reporter auf der Lauer. Magnus Thor beauftragte seinen zweiten Vertrauensmann, den «Wandelnden Mittelfinger», sich um die Reporter zu kümmern. Die Kriminaltechniker beschäftigten sich weiter mit ihrer Arbeit, und zwei Polizeipatrouillen fuhren fort, das Ufer und das Gelände zu durchkämmen. Magnus Thor und Jon fuhren zum Polizeigebäude zurück, in dem Thors unter Druck stehender Chef und ein ganzes Rudel Reporter mit TV-Kameras warteten.

Im Polizeigebäude setzte Magnus Thor Jon beim Haupteingang ab und stellte den Wagen auf den Parkplatz. Er kontrollierte das Handschuhfach. Der Flachmann war nicht mehr da. Im Polizeigebäude gab Thor seinem Chef ein Update zur Situation. Der Chef wollte die Pressekonferenz persönlich bestreiten. Er sonnte sich diesmal gerne im Rampenlicht, wenn alle Kräfte der Behörden Islands fieberhaft nach dem Milliardär Bjarne Gestsson suchten.

Später am Nachmittag rief Magnus Thor Jon in sein Büro. Jon war gutgelaunt, wie schon den ganzen Tag. Magnus blieb vor seinem Pult stehen und blieb für einige Sekunden still. Jon begriff, dass sein Vorgesetzter irgendetwas Bedeutendes über die Untersuchung zu sagen hatte, und wartete.

«Jon, ich lasse dich versetzen. Dies ist dein letzter Arbeitstag in meinem Team.»

Jon fluchte heftig und blickte sein grosses Vorbild ungläubig an: «Wieso?»

«Du passt nicht in mein Team.»

«Ich passe nicht in dein Team? Du hast mich vor drei Jahren in dein Team geholt, und jetzt, nach drei Jahren, sagst du, ich passe nicht in dein Team?»

Die Männer blickten einander an. Die Tür des Büros war geschlossen, aber sie wussten, dass Jons erhobene Stimme nach draussen gedrungen war. Irgendwo gab es erschrockene Blicke, die durch die Wände zu spähen versuchten, wartende Ohrenpaare, die ihr Gespräch nicht hören konnten.

«Ich mag die Art nicht, wie du mit Menschen umgehst», sagte Thor am Ende.

«Und das soll der Grund sein, warum du mich rausschmeisst? Wäre es nicht besser gewesen, das Thema früher anzusprechen, damit ich die Chance gehabt hätte, etwas zu ändern?»

«Wäre es nicht besser gewesen, an der richtigen Stelle die Schnauze zu halten?»

Jon fluchte erneut: «Gudlaug, nicht wahr? Ich sehe es dir doch an. Es ist das, was ich heute über Gudlaug sagte.

Deine zarte Seele hat das nicht ertragen, weil du so verdammt in sie verschossen bist. Du kannst Arbeit und Liebe nicht auseinanderhalten.»

«Arbeit, Jon? Überleg ein wenig. Wenn das deine Arbeitsgespräche sind, dann bist du an der falschen Stelle. Mein Team funktioniert so nicht.»

Jon schüttelte ungläubig den Kopf: «Das kann nicht dein Ernst sein. Ein für allemal kann das nicht dein Ernst sein! Ich war drei Jahre lang deine rechte Hand, und du schmeisst mich wegen einer einzigen dummen Bemerkung raus?»

Jon wartete auf eine Antwort seines Vorgesetzten.

«Melde dich morgen früh in meinem Büro. Du gibst die Schlüssel und den Rest ab. In mein Team kehrst du nicht mehr zurück.»

«Du hast den Verstand verloren! Dabei lasse ich es nicht bewenden. Ich werde Anklage erheben wegen Mobbings am Arbeitsplatz.»

Magnus Thor schnellte nach vorn, und Jon hob den Arm zum Schutz. Thor wollte aber nicht etwa seinen Mitarbeiter angreifen, sondern marschierte zur Tür. Er öffnete sie und rief zwei Mitarbeiterinnen herbei. Die Frauen waren in einigen Sekunden zur Stelle. Thor schloss die Tür des Büros erneut, und alle warteten auf Thors nächsten Zug. Er holte aus der Pultschublade ein Alkoholtestgerät.

«Ich will, dass ihr Zeugen seid, wenn ich als Vorgesetzter verlange, dass Jon hier hineinbläst. Ich hege den Verdacht, dass er bei der Arbeit unter Alkoholeinfluss steht.»

Jon schaute Magnus Thor wie vor den Kopf geschlagen an: «Das kannst du mir doch nicht antun.»

«Wenn nicht im Guten, dann eben im Schlechten. Bald wird es offiziell sein. Wie ist es? In der Nachbareinheit gibt es eine Vakanz und einen noch nicht abgeschlossenen Fall. Irgendwer leert die Netze und Reusen der

Sommerhäuschenbewohner. Du bist der richtige Mann dafür. Wenn du die Versetzung selbst beantragst, lege ich das Alkoholtestgerät zurück in die Schublade und niemand muss blasen.»

Jon und die Polizeibeamtinnen schauten Magnus Thor ungläubig an.

«Ich hätte beinahe dein Arbeitszeugnis vergessen. Auf der Basis meiner Einschätzung aus drei Jahren würde ich sagen, dass du am besten bist mitten in der Arbeit auf einem Ruderboot, auf allen vieren und mit dem Po in der Höhe.»

Jon fluchte: «Ich bringe dich vor Gericht.»

Magnus streckte Jon das Alkoholtestgerät hin. Alle vier starrten einander abwechslungsweise an.

Jon musste eine Entscheidung treffen.

22.

Kalle Nordin wachte in seiner Einzimmerwohnung morgens um fünf auf, holte sich aus der Moccamaster einen Kaffee und ging unter die Dusche. Er hatte mit einer Schlafmaske geschlafen. In Sommernächten war ihr Gebrauch unabdingbar, besonders weil er sich nie die Mühe gemacht hatte, für seine Wohnung irgendwelche Vorhänge zu besorgen. Als er nach der Scheidung nach Turku gezogen war, hatte er beschlossen, dass dies nur eine Übergangsphase in seinem Leben sein sollte. Diese Übergangsphase hatte sich allerdings mittlerweile schon auf zwei Jahre ausgedehnt. Er mochte die Einzimmerwohnung in einem Hochhaus nicht, genauso wenig wie das Stadtviertel Varissuo im Osten Turkus. Es gab dort so viele Einwohner mit Migrationshintergrund und solche, die aus Turku stammten, dass er sich gleich doppelt als Auswärtiger vorkam. Aus Arbeitsgründen war Turku trotzdem hinsichtlich der Verkehrsverbindungen ein günstiger Kompromiss in der Mitte zwischen Helsinki und Stockholm. Heute war er wieder einmal auf dem Weg nach Stockholm. Es hatten sich Wendungen ergeben.

Er nahm ein leichtes Frühstück zu sich und schlürfte Kaffee, und anschliessend bestellte er auf Rechnung seines Arbeitgebers ein Taxi, mit dem er sich zum Flughafen fahren liess. Die Maschine der Scandinavian Airlines hob pünktlich ab und überflog das Meer, welches zwischen den beiden Städten lag, in weniger als einer Stunde. Diese Zeit benutzte er für die Lektüre der Tageszeitungen. Am

Flughafen Arlanda betrat er den Terminal mit einem geräumigen Rucksack von Snow Mountain über der Schulter. Aufgrund der Zeitverschiebung von einer Stunde war es halb sieben Uhr am Morgen.

Natürlich hätte Kalle Nordin auch zu einer späteren Zeit nach Stockholm reisen können, aber heute hatte er einen besonderen Grund, mit einem früheren Flug anzukommen.

Er begab sich in ein vertrautes Café im Flugterminal, bestellte eine grosse Tasse einer speziellen Kaffeesorte und eine salzige Zwischenverpflegung. Während er auf die Person wartete, die ihm beim Morgenkaffee Gesellschaft leisten sollte, vertiefte er sich in sein Handy und las auf finnischen und schwedischen Nachrichtenportalen. Mit dem anderen Auge beobachtete er die vorübergehenden Menschen. Das Beobachten war eine Berufskrankheit, eine Gewohnheit, die im Polizeibeamten Wurzeln geschlagen hatte, von der er nicht mehr loskam – er versuchte es allerdings auch gar nicht. Das Warten hatte ein Ende, als sich ein sauber gekleideter junger Mann dem Café näherte. Ihre Blicke trafen sich schon von weitem, aber keiner liess es sich an der Gestik oder der Mimik anmerken. Bengt bestellte einen Kaffee und ein Brötchen, bevor er zu seinem Vater kam.

«Ich hätte dich eingeladen.»

«Kein Problem, ich habe Geld.»

Jedes Mal wartete Kalle Nordin ungeduldig darauf, Bengt zu sehen, obwohl es meistens so verlief wie auch diesmal. Der erste Blick des Jungen war auf eine gewisse Weise verwirrt, als er noch jünger gewesen war, sogar ängstlich. Er wusste, dass am Blick des Jungen nichts falsch war, nur an der Art, wie Nordin den Blick interpretierte. Er sah in Bengt dieselbe Verwirrung wie damals, als der Junge zehn Jahre alt gewesen war und der Vater die Mutter an ihren langen Haaren über den Boden im Flur geschleift hatte. Kalle Nordin verstand sich selbst nicht: Wieso war er nur so gewesen? Bengt und Annika hatten nur einmal Gewalt miterlebt. Alise war damals ein drei Wochen altes Baby gewesen. Die Scheidung war am Ende unausweichlich geworden, und danach war die unversöhnliche Bosheit ein merkwürdiger Reisebegleiter gewesen: ein Schreckfaktor, der Nordin stets daran gehindert hatte, eine neue Beziehung einzugehen.

Aber da sass ihm nach langer Zeit wieder einmal Bengt gegenüber.

Anfänglich tauschten sie sich etwas steif darüber aus, wie es ihnen ging, bis die Sache langsam in Bewegung kam wie ein Fernzug, der aus dem Depotschlummer geweckt worden war. Bengt erzählte die wichtigsten Erlebnisse der letzten Zeit, sein Vater tat es ihm gleich. Kalle hätte gerne nach Alise gefragt, brachte es aber nicht fertig. Natürlich wandte sich das Gespräch irgendwann zwangsläufig dem Schach zu, würde Bengt doch in wenigen Momenten in die Maschine nach Berlin einsteigen, um zur Schachbundesliga zu reisen.

«Ich möchte dir etwas zeigen», sagte Nordin und stöberte in der Fotogalerie auf seinem Handy.

Auf Bengts Gesicht breitete sich Heiterkeit aus, als der Junge das Arrangement des Fotos erkannte.

«Wann warst du denn an Bobbys Grab?»

«Vor einiger Zeit. Ich hatte eine Dienstreise nach Reykjavik, und am Abreisetag blieb noch etwas freie Zeit. Mein Gastgeber organisierte eine Mitfahrgelegenheit für einen kurzen Besuch bei Robert J. Fischer.»

«Toll. Schickst du mir das Bild? Hast du den Film *Pawn Sacrifice* gesehen, der von seinem Leben und dem Weltmeisterschaftsspiel 1972 in Reykjavik erzählt? Der amtierende

Weltmeister, der Sowjetrusse Boris Spasski, gegen Bobby Fischer aus den USA. Es würde sich lohnen, du würdest den Film mögen. Tobey Maguire spielt Fischer verdammt gut.»

Die Zeit war wie im Flug vergangen, und Bengt musste seine Maschine nach Berlin erwischen. Sie verabschiedeten sich voneinander, ohne sich die Hand zu geben oder sich zu umarmen. Bis zum nächsten Treffen würden wieder Wochen, wenn nicht Monate vergehen.

In Kungsholmen, im Allerheiligsten der Kriminalpolizei von Stockholm, namentlich dem Besprechungsraum, war die Stimmung gelinde gesagt konfus, angespannt aber nur bei Oberkommissar Håkan Holmström. Nordin erschien mit seinem Rucksack über der Schulter im Türrahmen zum zweiten Palaver. Er war noch zu früh.

«Wenn die Stühle des Verhörraums nicht zu kippen aufhören, lassen wir sie durch Sitzsäcke ersetzen», donnerte Holmström über seine Lesebrille hinweg.

Die Belegschaft hörte dem Oberkommissar widerspruchslos zu. «Ich sage das nur noch einmal: Es geschieht kein einziger Unfall mehr.»

Der Blick des Oberkommissars kreiste über jedem einzelnen Zuhörer. Die Zusammenkunft hätte glatt als Konfirmationsgottesdienst durchgehen können, Holmströms Blick war so streng wie der eines Beichtvaters. Kalle Nordin erkannte in der Menge Annmari Akselssons Seitenprofil, daneben eine Erscheinung mit schwarzen Locken, die aussah wie ein Rockstar. Edison, der Name des Typen war Edison, erinnerte er sich.

«Kein einziger Vorfall mehr, ist das klar?»

Nach Nordins Zählung war das schon das dritte Mal. Er zog sich aus dem Türrahmen zurück. Er war unbeteiligt und fehl am Platz. Er suchte den Kaffeeraum des Personals und lieh sich aus dem Schrank eine Tasse, die nicht nach jemandes persönlicher Tasse aussah. Im Kühlschrank fand er Milch. Er wählte eine geöffnete Packung, auf deren Seite mit dicker schwarzer Schrift «Annmari» und «Edison» geschrieben stand. Er erinnerte sich an seine Jahre bei der schwedischen Sicherheitspolizei, wo er manchmal Schwierigkeiten gehabt hatte, Milchdiebe in Schach zu halten. Irgendwann schrieb er auf die Milchpackung den Namen des Chefs der Sicherheitspolizei, aber nicht einmal das war ein ausreichendes Warnsignal für den Milchdieb gewesen. Als nächstes setzte er den Namen des Justizministers auf die Packung. Der Milchdieb fügte danach auf Kalle Nordins Milchpackung den Text hinzu: «Bei Antreffen zu verhaften».

Später beendeten Holmström und seine Belegschaft ihre Besprechung, und der Alltag der Einheit ging weiter. Kalle Nordin erwartete den Beginn des Palavers aus der Distanz und begab sich gerade rechtzeitig vor dem Beginn der Sitzung zum Besprechungsraum. Am Palaver nahmen ausser ihm Holmström, Akselsson und Edison teil. Über das Internet nahmen an der Videokonferenz auch Paula Korhonen und Kati Laine aus Tampere sowie Magnus Thor und sein Vorgesetzter aus Reykjavik teil. Nordin fungierte als Moderator und übersetzte bei Bedarf.

Es handelte sich hierbei um eine erste grosse Sitzung, bei der alle beteiligten Parteien zusammenkamen. Die neuesten Ereignisse aus Island, besonders das Verschwinden des Milliardärs Bjarne Gestsson, verlangten nach einem Update. Sein Verschwinden war schon in den Schlagzeilen der europäischen Zeitungen. Es war nur eine Frage der Zeit, bis irgendein Redakteur die Ähnlichkeit erkannte, die vorläufig noch nicht bewiesenermassen vorhanden war, die aber jeder Teilnehmer am Palaver kristallklar sehen konnte: Vom

Verschwinden des Milliardärs Gestsson musste es eine Verbindung sowohl zu Martti A. Lehtinen als auch zum Toten aus Finnland geben. Die zeitliche Nähe der Tragödien konnte ebenfalls kein Zufall sein.

Die Situation war besorgniserregend. Die Polizei hatte nichts, womit sie in den Untersuchungen vorankam.

In der Videokonferenz gab Magnus Thor ein Update zur Situation in Reykjavik hinsichtlich der Suche nach dem Milliardär. Die Proben aus der Strandvilla wurden mit höchster Priorität untersucht. Die Ergebnisse der DNA-Tests wurden schon bald erwartet. Bisher war ermittelt worden, dass Gestsson seiner Sekretärin am Morgen vor der Abreise gemeldet hatte, er würde für zwei Tage nach Island fliegen. Alle vereinbarten Termine für die Zeit seiner Reise hatte er abgesagt. In der Privatmaschine hatte sich eine dreiköpfige Besatzung befunden, darunter zwei Piloten. Gemäss der Besatzung war Gestsson während des Flugs mit sich selbst beschäftigt gewesen, wie immer.

Die Teilnehmer des Palavers überlegten als nächstes, wie Lehtinen, der geflohene Ayman, der unbekannte Tote von Pori und Gestsson in derselben Kette verbunden sein konnten.

«Malek Ayman», sagte Nordin und blickte die anderen an. «Er ist gegenwärtig die einzige lebend angetroffene Person, die mit unseren Untersuchungen in Verbindung zu bringen ist.»

«Und Kharoon Asefi?», bemerkte Annmari dazwischen.

«Gut. Zwei lebend angetroffene Personen, die in die Morde verwickelt sind. Es ist nicht unmöglich, dass Ayman einen Kriegs- oder Spionagehintergrund besitzt. Das könnte erklären, warum die syrischen Behörden so unkooperativ geblieben sind.»

«Und Asefi?»

«Ein erfolgreicher Unternehmensleiter, der auf vorläufig ungeklärte Weise mit Lehtinen in Verbindung zu bringen ist. Wir haben die ganze Zeit danach gesucht, ob sich in Asefis Hintergrund irgendeine Verbindung zu den Ermordeten und zu Ayman finden lässt. Im Augenblick ist er ein potentielles nächstes Angriffsziel für den Mörder. Ich habe kurz vor dem Palaver mit Asefi gesprochen. Er fürchtet um seine Sicherheit. Er hat seine eigenen Leute beauftragt zu untersuchen, wie Lehtinen mit ihm verknüpft sein könnte. Asefi hat versprochen, uns auf dem Laufenden zu halten, falls irgendetwas zum Vorschein kommt.»

«Gut.»

«Und das Motiv des Mörders?», fragte Magnus Thor über die Videoverbindung.

«Das ist wahr. Das kennen wir nicht. Die Opfer sind offensichtlich sorgfältig ausgewählt worden. Der Mörder hat viel Aufwand bei den Entführungen, den Morden und beim Streuen der Hinweise betrieben. Der Tote von Pori war in Meerwasser eingelegt, um zu warten, bis Martti A. Lehtinen sein Leben verlor und es somit möglich wurde, seine Brieftasche und die Armbanduhr in die Tasche respektive ans Handgelenk des Toten zu bringen. Der Mörder brauchte Lehtinen nach Island zu locken, damit man ihn später dort auffinden konnte. Er hätte Lehtinen jederzeit auch in Finnland erledigen können. Die in Lehtinens Tasche gefundenen gefälschten Ausweispapiere von Malek Ayman sind eine Sache für sich. Ayman war unauffindbar, so dass der Mörder gezwungen war, gefälschte Papiere von Ayman zu verwenden. Dass die Papiere in der Tasche des Opfers gefunden würden, war dem Mörder wichtig.»

«Es ist also ein Serienmörder unterwegs», stellte Holmström in fragendem Tonfall fest. «Und vergessen wir nicht den verschwundenen Bjarne Gestsson.»

Die anderen nickten.

Die Videokonferenz war zu Ende. Nordin würde als Vertreter der NORDSA mit der Koordination der Untersuchungen fortfahren. Magnus Thor würde sich auf die Suche nach Gestsson in Island konzentrieren. Paula Korhonen würde die Identität des Toten von Pori sowie Martti A. Lehtinens Hintergrund ausfindig machen. Håkan Holmströms Team schliesslich würde versuchen, Ayman auf die Spur zu kommen, und weiter Druck auf die syrischen Behörden ausüben.

Nach dem Palaver zogen sich Holmström und Nordin zu einer Beratung unter vier Augen zurück.

«Dass man Malek Ayman hat entkommen lassen, war ein Risiko», sagte Holmström.

«Bereust du die Entscheidung?»

«Auf gar keinen Fall. Ich habe den Entschluss mit meinen Vorgesetzten unter verschiedenen Gesichtspunkten abgewägt. Es war die richtige Entscheidung. Ayman ist nicht der erste stumme Verbrecher, der mir in meiner Karriere begegnet ist. Ein Mann, der vor den Steuerbehörden verheimlichtes Geld im Wert von 8.4 Millionen in einem Tresor hat, redet nicht. Mit Strassenmusik hat er dieses Geld jedenfalls nicht verdient. Er redet nur unter Zwang, aber eine solche Situation ergibt sich nicht unbedingt, und wir können aus ihm nur auf der Grundlage dessen, dass Lehtinen in Island mit gefälschten Ausweispapieren in der Tasche gefunden wurde, keinen Mörder machen. Was haben wir denn gegen Ayman in der Hand? Das Schwarzgeld und den Identitätsdieb Lehtinen. Von da ist es noch ein weiter Weg dahin, dass Ayman ein Gewaltverbrechen begangen haben sollte.»

Kalle Nordin lächelte über Holmströms Sarkasmus. Dieser aber blieb ernst.

«Ayman wird in Stockholm noch einmal auftauchen.»

«Du scheinst dir da sehr sicher zu sein», sagte Nordin.

«Die Millionen im Tresor bereiten ihm Sorgen. Ayman denkt in diesem Augenblick wahrscheinlich fieberhaft darüber nach, ob wir das Lager, den Tresor und das Geld gefunden haben. Es ist nur eine Frage der Zeit, bis er sich zu seinem Geld traut. Dann schnappen wir ihn uns wieder, um ihn weiter zu befragen.»

«Ein ordentliches Katz-und-Maus-Spiel ausserhalb der Polizeispielregeln», stellte Nordin fest. «Deine Mitarbeiter freuen sich nicht darüber, dass du Ayman absichtlich hast entkommen lassen.»

Holmström hob sein Kinn, lächelte aber nicht: «Meinst du Annmari? Sie hat eine glänzende Zukunft vor sich, aber den Rohdiamanten muss man noch schleifen.»

Nordin überliess Holmström wieder seiner Arbeit.

Annmari Akselsson und Edison hatten nach dem Palaver neue Netze ausgeworfen, um den flüchtigen Ayman zu erwischen. Eine blosse Beobachtung des Lagers würde nicht genügen. Holmström hatte ihnen freie Hand gelassen. Edison besass Verbindungen zu Stockholms Unterwelt, aber diese hatten keine Informationen über Aymans Bewegungen zutage gefördert. Im Augenblick konzentrierten sie sich auf die Gemeinschaften von Immigranten. Edison hatte seine Kontakte zu den Arabern aktiviert.

«Das hätte man sofort tun sollen, als Ayman in der Stadt verschwunden ist.»

«Such die Schuld nicht bei dir selbst, Edison. Auch ich oder Opa haben nicht daran gedacht.»

Edison nickte zustimmend.

«Wie läuft es mit deinem Freund?»

«Edison, du verdammte Intelligenzbestie, wie kannst du innert einer Nanosekunde von Ayman zu Anton wechseln?

Mein Ex-Freund. Muss ich dir das mit einem Hammer in deinen dummen Schädel hineinschlagen?»

Der Argentinier lachte wortlos.

«Eines Tages verbrenne ich deine Haare und deine Lederjacke, Edison.»

«Hat er sich immer noch in deiner Wohnung eingenistet?»

«Allerdings. Es gelang mir zwar, Anton rauszuschmeissen, aber es gab ein Problem mit dem Hund. Ich bringe es nicht übers Herz, Rihanna fortzujagen. Anton kann sie nicht bei seiner Freundin behalten. Ich glaube, es ist nur eine vorübergehende Beziehung. Jetzt muss ich es eben ertragen, dass er ständig in meine Wohnung kommt, um mit dem Hund Gassi zu gehen.»

«Hast du noch immer die Webcams in der Wohnung?»

Annmaris Blick genügte Edison.

«Gut, du behältst ihn also im Auge. Gib mir die Benutzerrechte. Zwei wachsame Augenpaare sind besser als eines.»

«Du bist ein sozialer Perversling, Edison. Und rat mal? Ich glaube, es gefällt dir noch viel mehr, da reinzugucken, wenn ich zu Hause bin.»

«Bilde dir bloss nicht zu viel auf dich selbst ein. Ich will doch nur helfen. Du passt doch auf dich auf?»

Annmari blickte Edison fest an: «Weisst du mehr als ich? Du redest vielleicht komisches Zeug.»

«Wo denkst du hin? Ich will ja nur, dass es meiner Arbeitspartnerin gut geht.»

Edison ging weg, um mit seinen Kontaktpersonen zu sprechen. Er war noch nicht einmal zur Tür hinaus, als auch schon Nordin auftauchte.

«Annmari, hättest du Zeit, einige Worte zu wechseln?»

Annmaris Gedanken waren bei Edison. Edison wusste doch etwas, was sie nicht wusste. Ging es um Anton oder was? Edison hatte garantiert herumgeschnüffelt. Warum wollten sich bloss alle männlichen Kollegen um sie kümmern? Sie war doch in der Lage, sich um sich selbst zu kümmern.

«Zeit zu reden? Sicher.»

Sie blieben zu zweit im Büro. Nordin wollte Annmaris persönliche Einschätzung der Gesamtsituation hören.

«Was stellst du damit an? Ihr hattet doch gerade Herrenklub in Opas Büro.»

«Opa?»

«Holmström.»

Nordin war auf einen so kühlen Empfang nicht vorbereitet gewesen. Die kürzliche Autofahrt nach Stockholm im Anschluss an das Verhör in Göteborg war doch ganz gut verlaufen.

«Na, ich versuche hier die einzelnen Puzzleteile im Auge zu behalten, und die Ansicht jedes einzelnen ist wichtig.»

Annmari schaute Kalle abwägend an und gab nach: «Ich habe den Verdacht, dass Aymans Flucht organisiert war. Sie gelang etwas zu einfach.»

«Das ist eine gewagte Behauptung.»

«Findest du? Was, wenn Opa dahintersteckt? Er hat Ayman doch freigelassen. Ich habe nur noch kein hinreichend plausibles Motiv dafür herausgefunden.»

«Vielleicht müsstest du Holmström direkt danach fragen.»

«Und meine Stellung verlieren? Er würde mich doch gleich versetzen.»

«Denk darüber nach.»

Nordin verschwand genauso schnell wieder, wie er auftaucht war. Annmari eilte zur Türöffnung, als der Mann auf dem Flur verschwand. Sie folgte ihm heimlich und sah, dass Nordin ins Büro des Oberkommissars zurückkehrte.

Annmari fasste einen Entschluss und marschierte hinterher. Ein forderndes Klopfen an die Tür, und Nordins verblüfftes Gesicht blickte ihr aus der Türspalte entgegen.

«Wer getrennt losgeht … Mach du weiter!»

Kalle Nordin wusste nichts zu sagen.

«… kommt am Ende doch wieder zusammen. Dein Schwedisch scheint ein wenig eingerostet zu sein. Du bist neuerdings der Türsteher meines Chefs. Willst du mich nun hereinlassen oder nicht?»

Der Mann wandte sich halb nach hinten, zu Holmström, der hinter seinem Pult sass. Akselsson und der Oberkommissar hatten endlich eine Sichtverbindung. Sie blickten einander fest an.

«Lass Annmari herein.»

Nordin öffnete die Tür ganz und Annmari trat ein.

«Kalle, du kannst gehen.»

Kalle Nordin blickte auf Holmström und dann auf Annmari: «Ich kann das erklären.»

«Erklären? Hältst du mich für einen Idioten? Bestimmt kannst du es erklären», sagte Annmari hart.

«Kalle, du kannst gehen.»

Holmströms Aufforderung war präzis.

Nordin blickte nochmals auf Holmström und entfernte sich.

«Annmari, sei still und setz dich.»

Annmari erschrak geradezu über Holmströms Befehlston. Holmström hatte heute schon wegen der Geschehnisse im Verhörraum der ganzen Belegschaft den Marsch geblasen. Opa war wegen des wiederholten Herumalberns seiner Mitarbeiter schlechter Laune gewesen. Annmari war sicher, dass kein einziger zu Verhörender mehr vom Stuhl fallen würde. Sie war ebenso sicher, dass Holmström, wenn es doch geschähe, tatsächlich Sitzsäcke in den Raum schaffen liesse, was wiederum lächerlich gewesen wäre.

Holmström erhob sich hinter dem Pult, ging um Annmari herum irgendwohin in den Bereich der Tür und kehrte auf seinen Platz zurück. Das war Holmströms bekannte Gewohnheit, um Atem zu holen, sich zu konzentrieren und mit dem Geist im Gleichgewicht wieder zurückzukehren. Holmström stellte die Ellbogen auf das Pult, stützte sein Kinn auf die Handknöchel und blickte seine Mitarbeiterin über die Lesebrille hinweg an: «Wie hast du erraten, dass ich Malek Ayman habe fliehen lassen?»

«Die Flucht war allzu einfach.»

«Und dann hast du begonnen zu stöbern. Du bist nicht zu mir gekommen, um mir von deinem Verdacht zu erzählen.»

«Ich wollte zuerst Beweise sammeln. Du hättest mir auf der Basis reiner Vermutungen doch nicht geglaubt.»

«Unterschätz mich nicht.»

«Du unterschätzt mich.»

Håkan Holmström konnte nicht umhin, laut zu lachen. Er richtete seinen Rücken im Stuhl auf, und die Hände sanken hinter dem Pult in den unsichtbaren Schoss.

«Ja, das habe ich. Weisst du, woran man einen guten Ermittler erkennt? Er weiss die richtigen Fragen zu stellen. Du kannst dich selbst beglückwünschen, statt Kalle Nordin und, wenn du dich getrauen würdest, auch mich anzuschreien.»

Annmari war verwundert über Holmströms direkte Sprache. Sie hatten noch nie miteinander ein solches Gespräch geführt, nicht annähernd.

«Das sagst du so, aber du hast mich aus deinem intimen Kreis hinausbefördert.»

«Es gibt keinen intimen Kreis, Annmari. Ja, ich habe Nordin von meinem Plan erzählt, aber das war zwingend nötig. Er billigte den Plan, und wir beschlossen die Flucht so zu realisieren, dass möglichst wenige davon wussten. Meine Vorgesetzten standen natürlich hinter meinem Plan.»

«Du vertraust mir nicht.»

«Doch, aber du gehörst zum unteren Kader. Es gab keinen Grund, diesem den Plan aufzudecken.»

«Ich gehöre zu deiner Untersuchungsgruppe. Aus meiner Sicht hast du falsch gehandelt.»

«Du hast recht, ich hätte es dir sagen können. Was hat deinen Verdacht bestätigt?»

«Nordins Verhalten hat es mir verraten. Du hättest es genauso gut mit Filzstift auf seine Stirn schreiben können. Er marschierte von meinem Büro direkt hierher, als ich ihn nur ein wenig bedrängte.»

Holmström lächelte trocken: «Wer ist da der Profiling-experte, möchte ich fragen.»

Darauf erzählte er alles von seinem Plan, Malek Ayman fliehen zu lassen.

«Und? Bist du zufrieden?»

Annmari zögerte mit ihrer Antwort: «Edison weiss es nicht.»

«Warum fragst du nicht Edison, ob er es weiss? Ihr seid doch Arbeitspartner. Ich habe keine Lust, zur Brieftaube zwischen euch zu mutieren. Bringt eure Kommunikation in Ordnung. Oder müsste ich euch voneinander trennen?»

Håkan Holmström wurde ungehalten.

«Edison knüpft in diesem Augenblick Netze unter den Immigranten. Wir wollen uns Ayman angeln», sagte Annmari.

Holmström rieb sich die Augenwinkel: «Ihr hättet euch darüber mit mir beraten sollen. Andererseits ist es bedeutungslos. Ich glaube nicht, dass irgendwer Ayman verrät. Wir erwischen ihn, wenn er beim Lager auftaucht, um sein

Geld zu zählen. Wenn der Wind günstig ist, kriegen wir in seinem Fahrwasser noch andere Beteiligte. Wir wollten ihm ein wenig Zeit geben, um für uns Spuren zu schaffen, die wir finden können. Ich glaube, dass Ayman im Verlauf der nächsten zweiundsiebzig Stunden auftauchen wird.»

Annmari konnte nichts mehr sagen.

«Annmari, du verstehst doch, dass man darüber nicht reden darf. Ich halte dich von jetzt an auf dem Laufenden. Ich bitte dich nur um eines. Bring die Sache mit Kalle Nordin in Ordnung. Er konnte nicht anders, als alles geheimzuhalten. Er ist ein Sündenbock, den du mit dem Tacker an die Wand genagelt hast, bevor er sich verteidigen konnte.»

«Erklärungen sind Lügen.»

«Bedroh nicht dein Schicksal, Annmari. Erklären und … egal.»

«Ist gut. Ich versuche Nordin zu ertragen. Wenn du recht hast, sitzen wir in drei Tagen bequem in neuen Sitzsäcken im Verhörraum und bringen Ayman zum Reden.»

Håkan Holmström gab einen hohl klingenden, kurzen Lacher von sich, der ebenso schnell abbrach, wie er begonnen hatte. Annmari konnte sich nicht erinnern, wann sie Opa zuletzt hatte lachen hören.

Womöglich war es noch gar nie zuvor geschehen.

23.

Farah staubsaugte im Flur des Obergeschosses. Dort lagen fünf Schlafzimmer, drei Badezimmer und eine Halle, durch deren Doppeltüren man auf eine grosse, mit Steinplatten bedeckte Terrasse gelangte, die sich nach Süden öffnete.

Im Sommer musste die Terrasse ein wunderbarer Ort sein.

Vom ersten Arbeitstag an hatte es mehr als genug zu tun gegeben. Mit einem Monatslohn von vierhundert Euro konnte man schon irgendwie über die Runden kommen, wie es die Einheimischen schliesslich auch taten. Farah hatte auf die Fragen, wo sie wohnte, ausweichend reagiert. Wer verfügte mit diesem Monatslohn schon über die Mittel, um bloss einen Steinwurf von der Königsburg entfernt zu wohnen?

Die Arbeit war gewöhnlich, obwohl die Einrichtungen luxuriös und an manchen Orten gar vergoldet waren.

Farah und Haris wussten nicht, ob Farah einmal zur Arbeit in der Villa des Dreifingrigen eingeteilt werden würde. Sie konnten nur darauf hoffen. Wenn Farah zur Arbeit ging, wusste sie nie zum Voraus, wohin sie gefahren wurden. Sie hatte mit drei verschiedenen Teams mitfahren müssen. Schliesslich war sie eine Reservearbeitskraft, die dort zum Einsatz kam, wo man sie brauchte. Haris hielt sich die ganze Zeit bereit, um von Farah Informationen zu empfangen. Die Situation war belastend, aber es ging nicht anders.

«Konzentrier dich bloss darauf, deine Arbeit gut zu machen, und gib ihnen keinen Grund, dich zu feuern.»

Haris konnte also Unterstützung bieten. Der Unterschied zwischen den beiden bestand genau darin: Haris war hartnäckig und pragmatisch, und Farah erlebte alle Dinge über ihre Gefühle. Haris' pragmatische Haltung war jetzt nützlicher als Farahs Gefühlswelt. Farah wollte den Dreifingrigen in der Falle sehen – am liebsten sofort.

Manchmal hatte Farah sich überlegt, was aus ihrem Leben geworden wäre, wenn sie in Afghanistan geblieben wären. Sie konnte es sich nicht recht vorstellen, bevor sie Gelegenheit zu einem Besuch in ihrem Heimatland hätte. War es überhaupt ihr Heimatland? Die Verwandtschaft und die Familie waren ihr Zuhause, aber sie wusste von ihnen nichts. Haris hatte seine Verwandten nicht suchen wollen. Ihr Bruder hatte nur den Dreifingrigen finden wollen. Klar, Farah fühlte sich als Afghanin, zumindest teilweise. Ein wenig Afghanin, ein wenig Finnin, gerade jetzt ein wenig Pragerin. Je länger sie darüber nachdachte, desto weniger fühlte sie sich überhaupt als irgendetwas.

In Haris' Armen war alles gut. *Mein Zwillingsbruder.*

Die Zeiten, in denen Tränen geflossen waren, waren unendlich viele, und sie würden wieder kommen. Sie würde Haris nicht unendlich an ihrer Seite behalten dürfen, eines Tages würden sie voneinander lassen müssen. Farah fürchtete diesen Tag mehr als alles andere. Wenn nur Mutter und Vater noch am Leben gewesen wären. Sie erinnerte sich nur in flüchtigen Bildern aus ihrer Frühkindheit an sie, aber selbst die mochten nur aus Erzählungen ihrer Ziehmutter stammen. Diese Erinnerungen musste Farah wohl mittlerweile für ihre eigenen halten.

«Bist du bald fertig?»

Der freundliche Teamleiter, Ivan, lächelte Farah mit den Augen zu. Ivan hatte rasch begriffen, dass Farah sich in der Landessprache gut verständigen konnte.

«Noch zwei Minuten.»

Die Angestellten der Homeservicefirma durften an den Einsatzorten kein Handy dabeihaben. Das war eine Folge des Schutzes der Privatsphäre der Kunden. Keine Fotos, keine Videos, keine Handys. Haris hatte Farah ein quasi unsichtbares Handy und eine Kamera besorgen müssen. Farah hatte gedacht, dass die Sachen Geräten glichen, die von Spionen verwendet wurden. Haris' unbekannte Kontakte jagten Farah mitunter Angst ein. Ihr Bruder war kein Verbrecher, aber er hatte obskure Bekanntschaften geknüpft. Das war verdächtig. Haris hatte immer gesagt, wenn sie das in die Tat umsetzen wollten, was ihr gemeinsamer Wille sei, müsse man die Dinge sorgfältig vorbereiten. Haris wollte aber mit Farah nicht über all diese Vorbereitungen reden. Was das Handy und die Kamera betraf, so hatte er gesagt, es sei das Wichtigste, sie leicht in der Arbeitskleidung verstecken zu können. Farah musste sofort eine Verbindung zu ihrem Bruder herstellen können, wenn die Lage es erforderte. Die Kamera war genauso wichtig.

Dann hatte Haris Farah umarmt und auf die Stirn geküsst. Auf diese Weise sprach Haris zu ihr. Farah wusste, dass Haris' Herz auch zum Notizbuch mit dem schwarzen Einband sprach, in echten, wirklichen Worten.

Haris' Herz ist schön.

24.

Paula Korhonens Nacht war streng gewesen. Ihre Mutter hatte nach Mitternacht angerufen, und Paula hatte ein Taxi bestellen müssen, um zu Hilfe zu eilen. Ein Taxi aus dem Grund, weil zwei Gläser Weisswein vor und nach den Abendnachrichten es nicht erlaubten, ein Auto zu lenken. Na gut, auch ein drittes Gläschen, um ehrlich zu sein. Paulas Vater war noch verwirrter als sonst und äusserte sich aggressiv. Er schlief um drei Uhr nachts ein. Anschliessend führte sie mit ihrer Mutter am Küchentisch ein Gespräch über die Zukunft, und erst dann wagte Paula es, ihre Eltern wieder sich selbst zu überlassen.

Der Cafébesitzer Ateş erkannte Paulas Situation auf den ersten Blick. Er machte ihr einen türkischen Kaffee. Dieser erleichterte die Befindlichkeit. An diesem Morgen wechselten sie nicht sehr viele Worte. Paula war zu müde zum Reden.

Die gestern von Kalle Nordin organisierte Videokonferenz hatte die bisherige Untersuchung zusammengefasst, aber nichts Neues zutage gefördert. Paula stand wieder vor denselben Fragen wie vor der Beratung. Das Whiteboard hatte sich mit Notizen gefüllt. Martti A. Lehtinens unternehmerischer Hintergrund war gründlich abgeklärt worden. Die Tochter hatte ein wenig den Schleier gelüftet, aber war das alles? Die Familie hütete ihre Geheimnisse. Es war nicht schwierig, sich vorzustellen, dass noch persönliches Vermögen von Lehtinen im Ausland auf verborgenen Konten schlummerte, ausser Reichweite der Steuerbehörden.

Der Arbeitstag brachte dennoch eine Nachricht, die einschlug wie eine Bombe: Über den bulgarischen Nachrichtendienst war für den unbekannten Toten von Pori endlich eine Entsprechung gefunden worden. Bis zu diesem Tag war die Suche immer ergebnislos geblieben.

«Beim Toten handelt es sich um den Bulgaren Emil Nikolov.»

Kati Laines Gesicht rötete sich vor Begeisterung, als Paula ihr die Nachricht meldete.

«Ein Durchbruch, Paula. Verdammt gute Arbeit!»

Paula versuchte es zu akzeptieren, dass Laine sie aufrichtig gelobt hatte. Als nächstes berichtete sie, was über den dreiundfünfzigjährigen Nikolov bekannt war.

Der staatliche bulgarische Sicherheitsdienst NBH hatte gestern Informationen über Nikolov übermittelt. Nikolov war für die Behörden drei Monate lang unerreichbar gewesen. Der bulgarische Sicherheitsdienst nahm an, dass Nikolov sich bereits ausserhalb Bulgariens aufhielt. Er wurde verdächtigt, in millionenschwere Steuerhinterziehung im Bau- und Transportwesen sowie in organisiertes Verbrechen involviert zu sein. Nikolov war Teilhaber an mehreren bulgarischen und ausländischen Firmen. Er war dreimal geschieden und hatte fünf erwachsene Kinder. Ein ganz gewöhnliches bulgarisches Familienoberhaupt? Die dem Toten entnommenen Proben und die vom NBH erhaltenen Informationen mussten noch analysiert werden, aber die Übereinstimmung war bereits klar.

«Wie willst du weiterfahren?», fragte Laine.

«Ich habe von den bulgarischen Behörden weitere Hintergrundinformationen angefordert und beginne eine Spur zu suchen, die ihn mit Lehtinen zusammenbringt.

Womöglich begegnet mir etwas, was ihn auch mit Malek Ayman verbindet. Im besten Fall lassen sie sich alle drei miteinander in Verbindung bringen.»

«Nicht zu vergessen der in Island vermisste Bjarne Gestsson», ergänzte Laine. «Lauf nicht weg, ich hole dir sofort einen Lottoschein.»

Paula Korhonen war über die Bemerkung ihrer Chefin amüsiert.

«Sollte Gestsson etwa in einigen Wochen in Bulgarien zum Vorschein kommen?», fragte Paula.

Das hingegen war nicht mehr zum Lachen. Etwas war ausgesprochen worden, wovon ein Teil schon Realität war, und auch der Rest konnte noch wahr werden.

Die Kommissarin begann zu fluchen.

«Wie hat der bulgarische Geheimdienst eingewilligt, Informationen über ihn herauszurücken?»

«Das war Akis Verdienst. Ohne seine Hilfe hätten wir gar nichts.»

«Ich dachte, ihr hättet ein eher kühles Verhältnis zueinander?»

«Hatten wir. Aber wir wollen immer noch nicht auf dasselbe Klassenfoto.»

«Aber ihr hättet Platz auf demselben Klassenfoto?»

«So könnte man es wohl ausdrücken.»

Die Kommissarin lächelte zufrieden.

Aki hatte bis zum Schluss nicht verraten, auf welche Weise er die Daten vom bulgarischen Informationsdienst besorgt hatte. Eigentlich war Paula Korhonen nicht einmal besonders interessiert daran. Der Druck in der ergebnislosen Untersuchung war gestiegen, und dank Akis Verdienst war der Tote nun identifiziert. Das konnte man in den Worten der begeisterten Chefin durchaus einen Durchbruch nennen. Das war Akis Verdienst, nicht Paulas. Da konnte man nichts machen. Die Hauptsache war, dass die Untersuchung vorankam.

Im Verlauf des Tages wurde klar, dass der NBH keine weiteren Informationen über Nikolov herausrücken würde. Wenn das Sicherheitsdepartement nicht weiterhelfen wollte, musste man sich eben andere Kanäle suchen. So schickte Paula auch eine offizielle Bitte an die bulgarischen Polizeibehörden. Später erwischte sie Aki.

«Aki, warum hat der NBH Emil Nikolovs Erkennungsdaten herausgerückt, weigert sich aber, irgendetwas anderes herauszugeben? Und welches sind deine Kontakte nach Bulgarien, mit deren Hilfe du ihr Entgegenkommen erwirken konntest?»

«Ich verfüge über keine solchen Kontakte zu Bulgarien. Die Information stammt aus einem Tauschhandel. Ich kenne einige Polizei- und Geheimdienstleute im Gebiet der EU. Ich hatte eben Glück.»

«Quatsch, Aki. Du lügst wie gedruckt.»

«Aber du bist im Fall vorangekommen.»

«Wir sind vorangekommen. Die Ehre gebührt dir, und die Chefin weiss es. Du bist schon ein schlauer Fuchs.»

Aki lachte über Paula Korhonens Worte und hob seine Arme, um den Saum seines Sakkos zu lüften.

Paula war klar, dass das noch nicht alles war. Aki war kein Wohltäter. Am Nachmittag erinnerte sich Paula Korhonen an Nordin. Sie erwischte Kalle am Telefon und informierte ihn über Nikolov. Nordin war begeistert und versprach, sein Möglichstes zu tun, damit aus Bulgarien mehr Informationen geliefert würden. Weil es um den NBH gegangen war, hielt es Nordin für sicher, dass Nikolov kein kleiner Fisch im organisierten Verbrechen Bulgariens oder womöglich ganz Osteuropas war.

«Das staatliche bulgarische Sicherheitsdepartement ist

noch ein echter Geheimdienst. Wir können dankbar sein, dass sie aus irgendeinem Grund Nikolovs Karte aufgedeckt haben und wir dadurch unseren Toten identifizieren konnten. Wir dürfen keine allzu hohen Erwartungen haben. Sie führen ihre eigene Untersuchung und werden uns kaum auf einen Logenplatz lassen, um zu spionieren. Dein Arbeitskollege verfügt über beachtliche Kontakte.»

Paula Korhonen blieb bis sieben Uhr abends im Büro. Bis dahin hatte sie viermal mit ihrer Mutter telefoniert. Auf dem Nachhauseweg nahm sie die Abkürzung durch die Markthalle mit einer Zwei-Euro-Münze in der Faust. Sie kam durch die Türen in den Tordurchgang zur Hämeenkatu.

«Mulțumesc mult.»

Die Münze fiel klimpernd auf die anderen Münzen in der Tasse.

Die Versuchung war diesmal gross, sich halb nach hinten zu wenden und den Blick der Frau zu suchen. Schaute die Frau sie an, eine Wohltäterin, die ihr zwei Euro gegeben hatte? Warum beantragte die Frau kein Asyl? Der finnische Staat hätte in diesem Fall ein Taggeld ausbezahlt. Nein, die Frau war an der Arbeit. Später am Abend würde ein ziemlich neuer Mercedes die Frau wieder aufsammeln, wenn der Arbeitstag um war. Paula Korhonen war nicht blauäugig, obwohl sie im guten Glauben helfen wollte. Die Zeit war noch nicht gekommen, die Wahrheit so kritisch im Spiegel zu betrachten.

Wenn es denn überhaupt eine einzige Wahrheit gab.

25.

Die Stimmung der Anwesenden an der Pressekonferenz, die im Polizeigebäude abgehalten wurde, war erwartungsvoll. Die Nachricht vom Verschwinden des Milliardärs hatte sich auf der ganzen Welt verbreitet. Zum Glück für die Kriminalpolizei von Reykjavik gab es zur selben Zeit auf der Welt verschiedene andere aufsehenerregende Nachrichten. Unter anderem führte ein anderer Schwerreicher gleichzeitig in den USA eine Präsidentschaftskampagne und liess zur Freude der Journalisten in regelmässigem Takt einen hirnlosen Kommentar nach dem anderen vom Stapel. Neben dem Zerzausen dieser Äusserungen sank das Interesse am Verschwinden eines isländischen Milliardärs erheblich.

Das verhinderte freilich nicht, dass sich die heutige Pressekonferenz mit Reportern, Mikrofonen und Fernsehkameras füllte. In Island war das Verschwinden eines der bedeutendsten Bürger des Landes eine grosse Sache.

Der oberste Chef der Polizei wollte die Pressekonferenz leiten. Er und Thors Vorgesetzter sassen in der Mitte vor den Mikrofonen. Die Kadermitglieder sassen zu ihren beiden Seiten fächerartig angeordnet, und ganz am Rand der Reihe sass Magnus Thor ohne Mikrofon.

Die Informationsveranstaltung dauerte zwanzig Minuten. Magnus Thor brauchte auf keine einzige Frage zu antworten. Sein Vorgesetzter hatte die Aufgaben des Untersuchungsleiters übernommen und dies mit der Bedeutung der Untersuchung begründet. Das war ein Beiseiteschieben von Thor. Magnus Thor hegte den Verdacht, dass der Untersuchungsleiter es nicht guthiess, dass Thor Jon aus seiner Gruppe ausgeschlossen hatte. Direkt hatte sein Vorgesetzter zwar nicht danach gefragt, aber es war leicht zu erraten.

«Magnus?»

Der Vorgesetzte deutete mit einer Geste an, dass Thor ihm folgen sollte. Die Pressekonferenz war zu Ende gegangen und die Gäste hatten sich verabschiedet. Sie schlossen sich in den nächsten freien Raum ein. Es war eine Besenkammer. Der Vorgesetzte zündete die Deckenlampe an.

«Du hast mit Jon überstürzt gehandelt, Magnus.»

Magnus Thor hatte mit dieser Konfrontation gerechnet.

«Und?»

«Er kehrt morgen wieder zurück.»

Thor blickte in die Reihe von Besen und schüttelte demonstrativ den Kopf. Der Vorgesetzte wartete darauf, dass Thor sich dazu äusserte.

«Du untergräbst meine Autorität, wenn du ihn in mein Team zurückkehren lässt.»

«Er kehrt nicht in dein Team zurück. Er kommt in mein Team.»

Die Blicke der Männer trafen sich.

«Kannst du mir das etwas genauer erklären?»

«Ich leite die Untersuchung im Fall Gestsson. Es ist Ressourcenverschwendung, dich in derselben Sache festzuhalten. Du bist doch Kriminalkommissar. Ich schiebe einfach einen Teil meiner Arbeit auf deinen Tisch. Es gibt genug anderes zu tun.»

Magnus Thor blickte seinen Vorgesetzten ruhig an: «Zu tun also. Sonst noch etwas?»

«Ja, noch etwas. Du wirst auch nach der Untersuchung nicht mehr als Jons Vorgesetzter tätig sein. Ich werde über die nötigen Versetzungen später entscheiden, aber ihr werdet nicht gemeinsam weitermachen. Du kannst jetzt an die Arbeit zurückkehren.»

Die Männer kamen hintereinander aus der Besenkammer. Der Vorgesetzte blieb auf dem Flur stehen, um etwas auf seinem Handy zu erledigen, während Magnus Thor hinausging.

Auf dem Parkplatz setzte sich Thor in seinen Wagen und liess seinen Zorn entweichen. Er beugte sich hinter das Lenkrad und brüllte. Das brachte Erleichterung. Als er den Kopf hob und hinausblickte, traf er in einigen Metern Entfernung auf Gudlaugs Blick, die neben ihrem eigenen Wagen stand.

Magnus Thor schämte sich: «Das auch noch.»

Gudlaugs Blick war fragend. Die Gerichtsmedizinerin sah den sich immer noch bewegenden Mund des Kriminalkommissars im Auto. Sie blickten einander verwundert an. Magnus Thor öffnete die Tür, aber sein Handy meldete sich im selben Moment. Der Anrufer war Kalle Nordin. Thor hatte keine Wahl, er musste antworten.

In der Zwischenzeit liess Gudlaug den Motor an und fuhr weg.

«Zeit? Ich habe nichts mehr ausser Zeit. Erzähl!»

Nordin rief aus Helsinki an. Er musste Thor vom Toten von Pori erzählen, der als Emil Nikolov identifiziert worden war. Der staatliche bulgarische Sicherheitsdienst NBH schien über Nikolov im Bild zu sein. Die bulgarische Polizei wiederum war an Nikolovs Steuerunregelmässigkeiten interessiert. Der staatliche Sicherheitsdienst wollte keine Informationen über die Untersuchungen in Bulgarien nach Finnland weiterreichen. Es war leicht zu erraten, dass die Untersuchung mit organisiertem Verbrechen zusammenhing. Ansonsten wäre der staatliche bulgarische Sicherheitsdienst nicht an Nikolov interessiert gewesen. Kalle

Nordin glaubte, dass die bulgarische Polizei hilfsbereiter war als die NBH. Nordin wollte hören, wie die momentane Lage bei der Suche nach dem Milliardär Bjarne Gestsson war. Magnus Thor gab dem Koordinator ein Update: Die bei der Strandvilla gesammelten Proben waren soeben untersucht worden. Die Villa war Zentimeter für Zentimeter abgesucht worden, unter anderem mit einer MSA-810. Zum Schluss berichtete Thor, dass er gerade aus der Untersuchung ausgeschlossen worden war.

«Ich konzentriere mich ab jetzt auf Fahrraddiebstähle in Reykjavik. Ich bin doch immerhin Kriminalkommissar.»

Kalle Nordin musste am anderen Ende der Leitung unwillkürlich lachen.

«Ich gebe dir die Kontaktdaten meines Vorgesetzten. Er leitet die Untersuchungen. Wir haben heute Morgen den Stabwechsel vollzogen, und nun bin ich aus der ganzen Gruppe geflogen», ergänzte Thor.

«Ich weiss, wie sich das anfühlt. Ich habe etwas Ähnliches erlebt. Hör mal, es war eine Freude, mit dir zu arbeiten.»

«Das hört sich an wie bei einem Abdankungsgottesdienst.»

«Naja, ich hoffe trotzdem, dass es nicht dabei bleibt, obwohl es im Augenblick danach aussieht. Unternimm nichts, was sich nicht rückgängig machen lässt – willige nicht in die Einäscherung ein und so. Es gibt immer noch Hoffnung. Du nimmst doch mit mir Kontakt auf, wenn du mal nach Stockholm oder Turku kommst?»

Magnus versprach es.

Nach dem Gespräch zwang Thor sich selbst zurück ins Polizeigebäude und zu seiner Arbeit. Auf dem Pult warteten bereits die Mappen mit den noch offenen Fällen seines Vorgesetzten. Thor ging in die Mittagspause und fuhr danach zum Krankenhaus, von dessen Eingangshalle aus er die Gerichtsmedizinerin anrief.

«Magnus?»

«Gudlaug, wir sollten miteinander reden.»

Thor wartete, während Stille herrschte.

«Ja?»

«Wir sollten über die Mädchen reden.»

«Magnus, willst du mich für dumm verkaufen? Natürlich müssten wir über die Mädchen reden. Ich habe dich ja schon vor einiger Zeit darum gebeten, aber du scheinst es sehr eilig zu haben. Du musst schliesslich Zeit finden, auf dem Parkplatz im Auto zu sitzen und herumzuschreien und das Verschwinden des Milliardärs aufzuklären, und habe ich noch etwas vergessen?»

«Danke, danke. Die Nachricht ist angekommen. Ich bitte um Verzeihung, dass ich mich nicht gemeldet habe. Die Abende gehen auch immer so schnell vorbei, du weisst ja, wie der Alltag eines Alleinerziehenden aussieht. Aber jetzt stehe ich mitten in der Eingangshalle des Krankenhauses und warte auf die Erlaubnis, zu dir hinunterzufahren.»

«Woher wusstest du, dass ich im Untergeschoss bin?»

«Gudlaug, willst du mich für dumm verkaufen? Natürlich musst du während deiner Arbeitszeit Leichen aufschneiden. Und manchmal antwortest du einem idiotischen Kriminalkommissar ...»

«Es reicht. Komm zur Tür, ich hole dich dort ab.»

Magnus Thor war heute zum ersten Mal gut gelaunt, obwohl der Tag bis dahin schlichtweg jämmerlich gewesen war. Die Kontaktaufnahme zu Gudlaug hatte trotz der etwas merkwürdigen Begegnung auf dem Parkplatz gut geklappt. Gudlaug war allem Anschein nach bei guter Laune. An der Tür wartete die blonde Frau mit dem Pferdeschwanz mit einem Lächeln. Magnus hatte Gudlaug für eine Weile nicht mehr so gesehen. Thor versuchte, seine Zufriedenheit nicht zu zeigen.

«Bald können wir reden», sagte Gudlaug.

Sie gelangten durch einige Gangwindungen in Gudlaugs Arbeitsraum. Gudlaug liess Magnus Thor Schutzkleidung anziehen, so dass dieser der Gerichtsmedizinerin weiter folgen konnte. Auf dem Sektionstisch zwischen ihnen lag eine nackte betagte Frau, deren Schädel aufgesägt war. Die Kopfhaut hing ihr über das Gesicht. Ein Teil der Organe lag säuberlich sortiert in Gefässen auf dem Beitisch.

«Ich habe noch zu tun», sagte Gudlaug, während sie an der Leiche zu hantieren begann. «Wir wollten also von den Mädchen reden.»

«Genau, von Maela und Anna, unseren dreizehnjährigen Teenagern.»

«Ich konnte nicht unendlich auf deine Kontaktaufnahme warten, Magnus. Ich habe die Sache mit der Lehrerin zusammen bereits geklärt. Wir haben vereinbart, dass ich mit dir rede. Die Lehrerin hätte dich nur geärgert. Ich sagte es ihr nicht, aber ich verstehe es, mit dir richtig umzugehen. Sie hingegen hätte es mit dir schon auf den ersten Metern verbockt.»

«Mein Gott, was für ein Selbstbewusstsein. Du weisst also, mit mir umzugehen? Was soll ich davon halten?»

Gudlaug unterbrach ihre Arbeit und richtete sich mit einer Baumschere in der Hand auf. Sie wartete darauf, dass ihre Blicke sich wieder ruhig trafen. Thor liebte diese Begegnungen.

«Ich kenne dich hinreichend, Magnus. Du kennst mich auch. Unsere Beziehung ist eigenartig.»

«Zum ersten Mal gibst du zu, dass wir eine Beziehung haben.»

«Es gibt Beziehungen und Beziehungen. Diese Oma hier zwischen uns macht die Beziehung aber recht gefahrlos.»

«Besser als gar nichts. Ist es also von der Sicherheit abhängig?»

Gudlaug schüttelte den Kopf und fuhr mit ihrer Arbeit fort.

«Maela und Anna waren in der Schule schon eine Weile hintereinander her. Die Lehrerin kriegte davon Wind, als die Mädchen sich nach der Sportstunde in der Garderobe prügelten. Es geschah zwei Tage, bevor ich dich zu einem Gespräch bat. Rasch wurde klar, dass es sich nicht nur um eine einzelne Klärung der Verhältnisse handelte. Die Mädchen haben sich schon den ganzen Herbst hindurch gezankt. Der Streit ist allmählich noch erbitterter geworden.»

«Maela und Anna? Beide sind doch stille Wasser von beinahe himmlischem Frieden», meinte Magnus Thor völlig verblüfft.

«Denk daran, dass du der Vater eines dreizehnjährigen Mädchens bist, das keine Mutter mehr hat. Sie wird sich kaum zuerst dir anvertrauen.»

«Na, und Anna? Hast du denn eine funktionierende Beziehung zu deiner Tochter?»

«Das habe ich nicht behauptet. Geht Maela noch zur Therapie?»

Thor nickte: «Ich weiss nicht, ob das richtig ausgedrückt ist, aber mir scheint, dass Veronikas Tod für Maela aussergewöhnlich schwer gewesen ist. Sie hat darüber eigentlich überhaupt nicht gesprochen. Jeden einzelnen Tag, wenn ich das Mädchen anschaue, sehe ich ... Sie ist ihrer Mutter wie aus dem Gesicht geschnitten.»

«Reichst du mir mal das grosse Becken dort? Du brauchst nicht hinzusehen, das ist etwas eklig.»

Magnus Thor reichte ihr das Becken und betrachtete Gudlaug bei ihrer Arbeit. Dabei bemühte er sich, seinen Blick nicht nach unten zur Oma abschweifen zu lassen.

«Ich kann nicht sagen, dass ich dich verstehe, Magnus. Der Vater meiner Töchter hat sich entschieden, unsere

Beziehung zu beenden, und hat damit auch die Mädchen verlassen. Das kann man nicht mit dem Tod einer Mutter oder eines Vaters vergleichen. Ich verstehe auch Maelas und Annas Beziehung nicht. Oder müsste man eher von einem Konflikt sprechen? Sie sind dreizehn. Wir sind aber doch ihre Eltern, und sie sind Minderjährige. Wir haben also auch eine Verantwortung.»

«Was schlägst du also vor? Besorgen wir den Mädchen Therapiepuppen?»

Gudlaug unterbrach die Untersuchung des Magens: «Damit ist nicht zu spassen. Auf dem Fussboden der Mädchengarderobe wurde eine Kautabakdose gefunden, die von ihnen stammte. Keines der Mädchen will darüber reden. Ihnen droht eine Sanktion seitens der Schule, falls die Sache nicht aufgeklärt werden kann. Ich fürchte, dass die Schule darunter leidet. Und noch mehr als das fürchte ich, dass sich dahinter noch mehr verbirgt, als es den Anschein macht, und dass sich daraus etwas Unkontrollierbares entwickeln könnte.»

Selbst der letzte Anflug eines Lächelns auf Magnus Thors Gesicht erfror augenblicklich. Gudlaug hatte ihn noch nie so niedergeschlagen gesehen, nicht einmal heute morgen auf dem Parkplatz. Nein, das stimmte nicht, es hatte eine Begegnung gegeben, bei der der Mann noch niedergeschlagener gewesen war. Gleich nach Veronikas Tod. Gudlaug war Magnus Thor damals im Krankenhaus über den Weg gelaufen.

«Ich werde heute aus Maela die Wahrheit herausquetschen.»

«Nein, Magnus.»

Gudlaug und Magnus Thor blickten einander über die Oma hinweg an.

«Tun wir das gemeinsam.»

Magnus Thor fuhr vom Krankenhaus zurück zum Polizeigebäude. Beim Eingang kam ihm ein grauhaariger Polizeichef entgegen. Er hatte zuvor am Vormittag bei der Pressekonferenz am selben Tisch gesessen, aber auf der gegenüberliegenden Seite der Reihe. Auch für den Polizeichef hatte es kein Mikrofon mehr gegeben.

«Magnus?»

Thor war nicht in Gesprächslaune, aber er hatte keine Wahl.

«Henrik?»

«Ich begriff es erst bei der Pressekonferenz, als wir schon dicht nebeneinander gedrängt vor den Kameras sassen wie Sardinen in Öl. Bjorkvin hat die Leitung der Untersuchung selber übernommen. Die Geschichte kriegt mediale Beachtung, und Bjorkvin will mit dem Oberkommandanten um Bildschirmzeit wetteifern. Nimm es nicht persönlich.»

«Wie soll ich es denn dann nehmen?»

«Verdammt nochmal, Magnus! Bjorkvin ist mir unterstellt, und ich werde in einigen Jahren in Rente gehen. Die Aufklärung von Bjarne Gestssons Verschwinden wäre die grösste Feder am Hut, die jemals jemand bei den isländischen Polizeikräften erworben hat. Du wirst auch einmal an der Reihe sein, aber lass jetzt Bjorkvin in Ruhe arbeiten. Du wirst davon selber auch profitieren. Du hast ausgezeichnete Chancen, nach Bjorkvin Oberkommissar zu werden, wenn du ihm jetzt nicht auf die Zehen trittst. Vermeide es, ihn wütend zu machen.»

Magnus Thor hörte zu, war aber nicht sicher, wer von ihnen beiden auf dem Laufenden war und wer nicht.

«Na, Magnus? War ich zu direkt?», fragte der Polizeichef.

«Du und ich, wir haben dank deines Onkels immer eine informelle Kameradschaft bei der Arbeit gehabt. Ich will die Dinge beim Namen nennen, damit es keine Missverständnisse gibt. Du weisst ja selbst, dass du in der Praxis die Untersuchung im Fall von Bjarne Gestsson leitest, und über Bjorkvin hinweg hast du meine volle Unterstützung. Und verdammt nochmal, du bist der beste Mann für diese Sache. Wende dich an mich, wenn es Schwierigkeiten gibt.»

«Danke, ich weiss das zu schätzen. Naja, die Sache ist so, dass ... es ist dumm, das zu sagen, aber Bjorkvin hat mich aus der Untersuchungsgruppe ausgeschlossen. Ich habe zuvor einen mir unterstellten Mitarbeiter aus meinem Team versetzt, und das gefiel Bjorkvin nicht. Mein Mitarbeiter wird morgen auf Betreiben Bjorkvins wieder zum Team zurückkehren, und ich werde stattdessen zu anderen Aufgaben versetzt. In der Stadt sind Fahrraddiebstähle passiert, da wird meine Berufserfahrung benötigt.»

Beide waren für einen Augenblick still.

«Magnus, Bjorkvin ist dein Vorgesetzter, und ich bin sein Vorgesetzter. Ich komme morgen auf die Sache zurück. Und du kehrst gleich am Morgen zurück, um das Verschwinden Gestssons zu untersuchen. Halt bis morgen den Mund und tu nichts, was sich nicht rückgängig machen lässt.»

«Ich will mich ja nicht beklagen. Die Fahrraddiebstähle sind echt anspruchsvoll ...»

Der Polizeichef brach in lautes Lachen aus und legte die Hand auf Magnus Thors Schulter.

«Verdammt nochmal, Magnus. Wer von uns braucht einen Schnaps?»

Der Polizeichef entfernte sich heiser hustend, aber Thor blieb noch einen Augenblick stehen und blickte seinem Kollegen nach.

Ale Magnus Thor wieder in seinem Büro war, hinterliess er als erstes eine Nachricht auf dem Telefonbeantworter Kalle Nordins und liess verlauten, dass das Begräbnis abgesagt war.

Am frühen Abend, nachdem die Sonne hinter dem Horizont untergegangen war, holten Magnus Thor und Gudlaug Maela und Anna von ihren fast zur selben Zeit endenden Freizeitaktivitäten ab und brachten sie aus dem Zentrum hinaus. Den Mädchen war ziemlich klar, warum sie in dieser Zusammensetzung unterwegs waren, obwohl niemand sprach. Maela vermied es, ihrem Vater in die Augen zu sehen. Die Mädchen mussten auf der Rückbank nebeneinander sitzen. Beide rechneten mit einem harten Verhör irgendwann auf der Autofahrt. Niemand sprach ein Wort, als sie bei einem Friedhof ankamen und dort aus dem Auto stiegen. Sie gingen über einen mit Sand bedeckten Pfad zur rechten Gräberreihe. Gudlaug hatte Blumen für Veronika dabei. Sie stellte sie vor den Grabstein, während Magnus Thor zwei grosse Grabkerzen zu beiden Seiten des Steins anzündete. Die verwirrten Mädchen standen einige Schritte hinter ihnen.

«Ich komme jeden Tag hierher. Es ist kein Tag vergangen, an dem ich nicht ...»

Eine schluchzte heimlich, was ihr schlecht gelang. Dann schluchzte auch die zweite.

Am Abend siegte Magnus Thors Neugierde. Im Polizeigebäude hatte irgendwer gesagt, dass ein Ausschnitt der Pressekonferenz von heute Morgen in der Hauptausgabe der Tagesschau gezeigt werden würde. Veronikas Eltern kamen gerade zur passenden Zeit vorbei, und Magnus kommandierte seine Töchter ins Wohnzimmer, von der ältesten bis zur jüngsten. Ihr Vater würde bald im Fernsehen erscheinen. Die Stimmung eines grossen Sportfests lag in der Luft.

«Wo ist das Popcorn?»

Magnus Thor richtete seinen Finger auf die dreizehnjährige Maela und ahmte das Geräusch von aufplatzenden

Maiskörnern nach. Die Mädchen amüsierten sich. Veronikas Eltern hingegen verstanden die Situationskomik nicht.

Die Nachrichtensendung begann, und endlich war es Zeit für die Berichterstattung über die Pressekonferenz. In Verbindung mit Erläuterungen, die eine volle Minute dauerten, wurde ein Ausschnitt von wenigen Sekunden gezeigt, in dem man Thor, der ganz am Rand sass, erkennen konnte.

«Dort ist Vater!»

Das Bild wechselte rasch zu den in der Mitte Sitzenden. Dazwischen wurde eine Nahaufnahme des sprechenden Oberkommandanten gezeigt. Magnus war noch zweimal zu sehen, als ein breiterer Bildausschnitt gezeigt wurde. Eigentlich sah man nur seinen linken Arm, ein wenig von der Stirn, den hin und her pendelnden Kopf und das Ohr. Die jüngeren Mädchen waren mit dem Kopf schon bei ganz anderen Themen. Die Schwiegereltern und María verfolgten die Sendung bis zum Ende und versuchten, trotz dem Geschwätz der Mädchen zuzuhören.

«Das fühlte sich schon speziell an», sagte Magnus. «Obwohl ich ganz am Rand sass.»

26.

Farah und Haris halfen Petr Kuba beim Schliessen des Čertovka. Der Werktagsabend war kühl, aber es waren dennoch genügend Gäste dagewesen, vor allem in der Bierstube. Farah hatte für den nächsten Tag bei der Homeservicefirma keine Arbeit zugewiesen bekommen, so dass sie bis in die Nacht aufbleiben konnte. Das passte Kuba gut in den Kram, er hätte sich mit ihnen sogar bis in die Morgenstunden unterhalten. Nach zwei Uhr nachts zogen sich die Zwillinge aber dennoch zum Schlafen zurück. Die Strasse mit dem Kopfsteinpflaster war verlassen. Die Wetterprognose kündigte für das Wochenende Schnee an.

«Hast du nun für eine Weile keine Alpträume mehr gehabt?», fragte Haris auf der Strasse.

«Schön wär's. Du schläfst so tief, dass du mich nicht hörst. Ich wünschte, ich könnte diese Träume eines Tages loswerden.»

«Vielleicht, wenn unsere Aufgabe erfüllt ist?»

Farah antwortete nichts. Sie konnte nicht mehr hoffen.

In der Wohnung tranken sie noch ein Gläschen.

«Die Zeit geht zu langsam vorbei. Auf diese Weise kommst du erst im Frühling oder vielleicht gar nie an unserem Ziel zum Einsatz. Die Sache ist zu sehr dem Zufall überlassen. Wir müssen da ein Mittel finden», sagte Haris und schwenkte im Glas einen kleinen Schluck Cognac.

Farah fror. Sie sass in eine Decke eingewickelt am Tisch.

An den Füssen trug sie wollene Socken und auf dem Kopf eine Wollmütze.

«Die Personalchefin stellt also die Einsatzpläne zusammen? Wir müssen an den Computer rankommen.»

«Das ist viel zu gefährlich, Haris. Ausserdem gehe ich sehr selten im Büro vorbei. Der Teamleiter sammelt uns irgendwo unterwegs auf oder wartet auf der Strasse im Auto. Ich komme nicht an das System. Die Personalchefin sass jedes Mal, wenn ich ins Büro gekommen bin, an ihrem Platz. Wie sollen wir sie von dort wegkriegen? Wie finden wir die Benutzerdaten heraus?»

«Wer sagt denn, dass wir ins Büro gelangen müssen? Der Typ, der uns die Informationen über die Villa geliefert hat, hilft uns gerne – gegen Geld natürlich. Ich nehme Kontakt zu ihm auf. Sie kümmern sich um die Sache. Nächste Woche sagt der Einsatzplan, dass du dort zum Einsatz kommst, wo wir wollen.»

Farah wollte sich Haris gegenüber nicht querstellen, obwohl sie fürchtete, dass sie erwischt würden. Alles war so schnell real geworden, als sie nach Prag gekommen waren. Ein Spiel war das Aufspüren ihres Ziels nie gewesen, obwohl es anfänglich noch sehr weit entfernt gewesen war. Es war für sie ein Hobby und zugleich eine fast schon religiöse Mission gewesen. Dann geschah etwas, und alles wurde Realität. Prag war ihre Endstation, hatte Haris gesagt. Die offene Frage lautete: Was kam nach dieser Station, wenn sie ihre Aufgabe erfüllt hatten? Sie hatten geplant, ausreichend belastendes Material gegen den Dreifingrigen zu sammeln, um es dann anonym der Interpol übergeben zu können.

«Es ist drei Uhr. Darf ich schlafen gehen?»

«Natürlich. Ich nehme den Laptop in mein Zimmer. Ich versuche, diesen Typen noch zu erwischen.»

«Schliess die Tür nicht.»

Haris stand auf und streichelte seiner Schwester einen kurzen Moment lang über die Haare.

Frühmorgens wachte Farah wegen ihres Handys auf. Es war nicht der Weckruf, sondern das Anrufsignal. Sie war in der Nacht nicht ertrunken, sondern hatte bis jetzt tief geschlafen. Farah tastete nach dem Handy.

«Wo bist du? Wir kommen dich holen. Es ist schon höchste Zeit.»

Der Teamleiter schien es äusserst eilig zu haben.

«Aber Ivan, ich habe heute keinen Einsatz.»

«Doch, gemäss der Einsatzliste hast du einen Einsatz. Ich begreife nicht, wie zur Hölle ich gestern deinen Namen auf der Liste nicht bemerkt habe. Sind wir etwa beide so verpeilt? Wo können wir dich abholen?»

Die verschlafene Farah begriff blitzartig, was hier gespielt wurde.

«Fahren wir in den Norden der Stadt?»

Ivan bejahte. Farah sagte, sie sei in fünf Minuten unten auf der Strasse.

«Von da oben? Du bist von meinem Anruf aufgewacht, stimmt's? Schönes Dummerchen.»

«Ivan, denk daran, dass ich deine Muttersprache beherrsche.»

Nach dem Gespräch weckte Farah Haris auf und streifte sich in feuriger Eile ihre Kleider über.

«Rat mal, wovon ich aufgewacht bin. Ich hab's eilig.»

Haris begriff die Situation augenblicklich.

«Versuch, dir in der Villa alles Mögliche einzuprägen. Ich muss noch etwas besorgen, das du beim nächsten Mal dorthin bringen sollst. Und sei vorsichtig. Sehr, sehr vorsichtig. Mach keine Dummheiten. Jetzt geht es los, Farah.»

In wenigen Minuten war Farah zumindest irgendwie

angezogen und hatte sich etwas Makeup ins Gesicht ge-
schmiert. Ivan und die Frauen warteten vor der Buchhandlung in einem Minivan. Farah fühlte gleich Ameisen im
Bauch, als sie den Sicherheitsgurt übergestreift hatte und
endlich durchatmen konnte.

Sie war auf dem Weg zur Villa des Dreifingrigen.

27.

Annmari Akselsson liebte es, nach Sonnenuntergang joggen zu gehen, wenn das sich abkühlende orangene Leuchten
soeben ins Unsichtbare verschwunden war und die blaue
Stunde folgte. Die Dunkelheit war eine sichere Wiege.

Sie hatte heute eine zwölf Kilometer lange Laufstrecke ausgewählt, die sich passend durch die Uferwege von
Sjöholmen, Långholmen und Kungsholmen schlängelte.
Abhängig von ihren Arbeitszeiten wechselte Annmari die
Laufdistanzen und Routen sowie auch die Höhendifferen-
zen, die sie zurücklegte. Sie bemühte sich, wenigstens jeden
zweiten Tag zu laufen, konnte es aber durchaus auch einmal
zwei oder drei Wochen lang jeden Tag tun. Manchmal änderte sie den Laufrhythmus, aber im Allgemeinen pflegte
sie in gleichmässigem Tempo zu laufen. Sie brauchte mittlerweile kein Pulsmessgerät und keine Uhr mehr: Sie wusste
exakt, mit welcher Geschwindigkeit sie lief und wie hoch
ihr Puls war.

An den Wochenenden empfahl es sich, die Gebiete zu
vermeiden, wo sich Männer in grossen Gruppen aufhielten.
Annmari war der Meinung, dass sie für sich selbst sorgen
konnte. Sie nahm trotzdem ihr Handy mit und trug einen
Pfefferspray in Reichweite. Er befand sich in der Brusttasche ihrer Joggingjacke. In den Ohren steckten kabellose
Ohrhörer. Die Nummer der Alarmzentrale hatte sie auf
eine der Schnellwahltasten gelegt. Sie hatte eine Ausbildung absolviert, die sie zur Ausübung der Tätigkeit eines

Sicherheitsmannes berechtigte – auch als Frau. Sie hatte mehrere Nahkampfkurse besucht, aber sie war zu leicht und zu klein, um ernsthaft mit irgendeinem Mann ringen zu wollen. Sie war eine gute Schützin, besser als jeder männliche Kollege, worüber man sich mindestens einmal im Jahr wunderte. Man hatte sie in der Ordnungspolizei schon «Komischen Vogel» und «Kanarienvogel» genannt, natürlich auch «Annmari Meisterschützin» und noch anderes. Die geringe Körpergrösse und ihre zierliche Figur hatten sie wohl zum Vogel gemacht. Annmari war das mittlerweile egal. Lieber ein zarter Vogel als irgendein riesiger Pisskopf mit einer Cervelatwurst zwischen den Zähnen.

Ihr Arbeitskollege Edison bezeichnete Annmaris Wohnung als «Bude», war aber nie dort gewesen, wenn man die Webcams nicht dazuzählte. Edison kannte die Wohnung von vorne bis hinten, was eigentlich recht merkwürdig war. Annmari war selber daran schuld. Edison hätte man vielleicht aus dem ganzen Theater um Anton heraushalten müssen, aber das eine hatte eben zum anderen geführt. Es spielte keine Rolle mehr, auch die Übertragungen waren schon Vergangenheit.

Bei Annmaris «Bude» handelte es sich um eine geräumige Wohnung in gehobenem Standard, und Annmari hätte selber niemals die Mittel gehabt, sie zu erwerben. Ihre Mutter hatte die damalige Neubauwohnung anfangs der 1990er-Jahre gekauft. Sie hatte schon damals ein Vermögen gekostet, aber Annmari hatte ihre Mutter nie gefragt, woher sie die Mittel dazu gehabt hatte. In der über hundert Quadratmeter grossen Wohnung, die sie von ihrer Mutter geerbt hatte, war ein Zimmer für die letzten noch übriggebliebenen Gegenstände ihrer Mutter, die sie nicht hatte fortwerfen wollen, sowie für den Hometrainer reserviert. In diesem Zimmer war Anton höchstens ein- bis zweimal gewesen. Die Tür war ohnehin zu gewesen, damit Rihanna nicht in das Zimmer gelangte. Der Hometrainer stand vor dem Fenster, das mit Holzjalousien verhüllt war. Vom Fenster zeigte sich eine privilegierte Aussicht über die näher am Meeresufer befindlichen Flachdächer hinweg auf die Brücke und die Bucht von Liljeholmen. Annmari pflegte die Holzjalousien ganz hochzuziehen und eine Stunde oder anderthalb auf dem Hometrainer zu strampeln, wenn sie ihr Laufpensum an einem Tag ausliess.

Annmari Akselsson hielt vor dem Zebrastreifen an und trat in schnellem Rhythmus am Ort. Sie wartete auf den Lichtwechsel und betastete mit dem Finger die Lymphknoten an ihrem Hals. Sie waren nicht vergrössert. Zu intensives Training reizte die Lymphknoten, und dann musste ein Ruhetag eingelegt werden. Sie hatte allmählich gelernt, sich selbst zu beobachten.

Sie wollte laufen, nicht krank werden.

Das Handy schlug Alarm, als sie den Zebrastreifen überqueren konnte. Der Anrufer war Edison.

«Wo bist du? Gut. Lauf hierher. Wir sind in Kungsholmen. Wenn du nach der Brücke auf den rechten Uferweg kommst, kannst du uns anhand der Blaulichter orten.»

Das Gespräch war zu Ende. Edison brauchte nicht zu erwähnen, dass dort eine Leiche wartete.

Nach der Brücke wandte Annmari sich nach rechts und joggte dem Ufer entlang durch den Park. Die Lichtkegel der Autos bewegten sich weiter in beiden Richtungen der Fahrbahn entlang, während die Dunkelheit die im Park verschwindende einsame Läuferin verschluckte. Die Augen gewöhnten sich rasch an die Dunkelheit. Im Park gab es zwar vereinzelt Laternen, aber das war natürlich nicht vergleichbar mit dem Lichtermeer auf der Fahrbahn. Annmari sah die unterschiedlichen Lichter der Einsatzfahrzeuge schon aus der Distanz. Als sie näherkam, erkannte sie zwei Polizeiautos, eine Ambulanz und ein Feuerwehrauto. Ein ziviles Fahrzeug gehörte der Kriminalpolizei, ein anderes erkannte sie nicht. Die undeutlichen, sich bewegenden Gestalten wurden erst erkennbar, als sie noch näherkam. Es wurde nur bruchstückhaft und leise gesprochen. Es hatten sich schon Gaffer um den Tatort versammelt, und die uniformierten Polizisten hatten alle Hände voll zu tun, um die Situation unter Kontrolle zu halten.

Edison musste irgendwo hier sein.

Eine Frau in einem Polizeioverall, die in Annmaris Alter war, hätte sie zuerst beinahe aufgehalten, erkannte aber dann die ihr vertraute Kriminalpolizistin. Die zweite Polizeipatrouille sperrte alles grosszügig mit Polizeiklebeband ab. Die gemeinsame Blickrichtung der Gaffer verriet, dass sich in der Ufervegetation hinter den Steinen eine Leiche befinden musste, obwohl die Dunkelheit sie noch verbarg. Auch der zweite Polizist versuchte Annmari aufzuhalten. Der Mann nahm der jungen Joggerin nicht ab, dass sie eine Kriminalpolizistin war, die ihren Dienstausweis nicht dabei hatte. Hätten Sie selber ihren Dienstausweis dabei, wenn Sie joggen gingen und mittendrin zu einem Einsatz gerufen würden? Sie befanden sich in einer Pattstellung, bis ein vertrauter Polizist erschien und Annmari erkannte. Es wurde kein Bedauern ausgedrückt, bloss ernste Blicke im Dunkeln.

Annmari Akselsson näherte sich langsam der Leiche.

Eine lockige Rockstarfrisur bedeckte den Rücken der Lederjacke. Hinter Edison, der den Toten untersuchte, standen zwei Männer im dinnertauglichen Anzug mit Mützen auf ihren ergrauten Köpfen. Der eine von ihnen beklagte den Dreck an seinen Halbschuhen, der andere verfluchte die Kälte.

Als Edison Schritte hörte, blickte er durch die Finsternis hindurch zu Annmari.

«Annmari? Mehr Beleuchtung wäre kein Nachteil. Der Rest der Truppe wird bald hier sein. Der Platz ist voller Idioten, die das Beweismaterial vernichten wollen.»

«Das sehe ich. Das Dressmann-Duo hat auch schon alles bis hin zum Hundekot plattgewalzt. Warum hast du sie hierher kommen lassen?»

Den Männern entfuhren gleichzeitig Fluchwörter. Edison blickte Annmari an: «Ich meinte doch nicht die da.»

«Verdammt, was …», begann der Mann mit den Schuhen.

«Wart, bis du dran bist, du Penner. Wir sind hier mitten in einer Kriminaluntersuchung», schnauzte Annmari den Mann im Anzug an.

«Penner? Sag, was kommt hier vom Flohmarkt?», schimpfte dieser, während er seinen Mantel ausbreitete, der einen Monatslohn von Annmari Akselsson gekostet haben musste, und Fluchwörter ausspie. Der zweite Mann kapitulierte offenbar.

Annmari schaute den teuren Mann an: «Dann eben das Hemd.»

«Könnt ihr uns einen Augenblick allein lassen?», bat Edison die Männer.

Die erzürnten Männer zogen sich zurück, während Annmari sich neben Edison hinkauerte. Der Tote lag mit dem Bauch nach unten auf der trockenen Erde, wobei sich nur sein unnatürlich zur Seite gedrehter Kopf im Meerwasser befand. Es war Malek Ayman. Seine leblosen Augen starrten unter der Wasseroberfläche hervor.

«Du machst die Sache auch nicht gerade leichter, Annmari. Was ist denn in dich gefahren?»

«Verteidigst du etwa diese Kleiderständer? Weil sie Männer sind? Weisse, gutgekleidete Männer? Deswegen musst du dich bei ihnen einschmeicheln?»

Auch Edison fluchte: «Das war rassistisch. Erzähle ich über dich etwa Blondinenwitze? Muss man dir sofort Beifall klatschen, wenn dein hübsches Gesicht nur schon in Rufdistanz erscheint? Welches Recht hast du bloss, dich so zu verhalten? Nur deswegen, weil du eine Frau bist?»

«Idiot.»

«Genau das meinte ich.»

Edison schüttelte sich, und dabei fiel seine Taschenlampe ins Uferwasser. Wasser spritzte auf sie und den Toten.

«Carajo!»

Die im Wasser schwimmende Taschenlampe beleuchtete mit einem breiten Lichtkegel Malek Aymans Gesicht. Edison richtete sich vollständig auf und kehrte Annmari den Rücken zu. Man sah sie im Dunkeln von dort aus, wo die anderen hinter dem Polizeiklebeband standen, nicht. Edison blickte zum Himmel und machte seinem Ärger Luft.

«Sie ist nicht kaputtgegangen», brach Annmari das Schweigen.

Edison senkte seinen Kopf zwischen die Schultern: «Sie ist wasserdicht.»

«Ist das deine eigene Lampe? Ich will auch so eine.»

Edison drehte sich um. Annmari erhob sich ebenfalls.

«Entschuldige dich jetzt um Gottes willen wenigstens!»

«Entschuldigung.»

«Ich werde dich untersuchen lassen, Annmari. Dein Kopf muss gescannt werden. Du *kannst* dich nicht so aufführen. Weisst du, wer diese Dressmann-Typen waren? Der Mann mit dem Hundekot ist der neue Chef der Kriminalabteilung, der am Montag seine Stelle antritt. Er ist also der zukünftige Boss von Håkan Holmström. Der Boss von deinem Boss. Und der zweite ist der Oberstaatsanwalt des Landesgerichts von Gross-Stockholm. Du steckst in der

Scheisse, ein für allemal in der Scheisse.»

Annmari Akselsson biss sich in die Lippe: «Was hatten denn die hier zu suchen? Sind sie in einer Pause ihres Fototermins zufällig vorbeigekommen?»

«Das ist nicht lustig.»

Die Stille hielt einige Sekunden an, bevor Edison loslachte. Annmari fiel kichernd ein. Sie lachten sich am finsteren Ufer kaputt. Die Menschen, die weiter entfernt am Ufer verborgen standen, verstummten, um einer eigenartigen Hysterie an diesem dunklen Abend zu lauschen: Simultanes Lachen im Bassregister und in den oberen Oktaven. Das Hörspiel dauerte einige Momente, dann wurde alles still.

Das Duo am Ufer war wieder ernst geworden und kauerte sich neben die Leiche.

«Opa hatte fast buchstäblich recht mit der Behauptung, Malek Ayman würde nochmals in Stockholm auftauchen. Nur der Tipp mit den zweiundsiebzig Stunden war nicht ganz zutreffend.»

«Wer hat ihn gefunden?»

«Ein Mann, der mit seinem Hund Gassi ging. Er ist hier, falls du ihn befragen willst, solange die Erinnerungen noch frisch sind. Im Kofferraum sind einige Decken, hol dir eine, sonst erfrierst du. Nimm den Umweg durch die Büsche dort, vielleicht stösst du dann nicht auf die Dressmann-Männer. Kriech auf den letzten Metern.»

«Haha! Hast du Aymans Taschen durchsucht?»

«Keine Brieftasche, keine Ausweispapiere. Keine eigenen und keine fremden.»

«Er passt also nicht ins Profil des Serienmörders. Todesursache?»

«Unbekannt.»

Edison stellte seine Systemkamera ein, während er auf die Hilfskräfte wartete.

Annmari brach auf: «Ich gehe ihn befragen. Müsste man den Kopf aus dem Wasser ziehen?»

«Der Gerichtsmediziner ist bald hier, vorher nicht. Der Mann mit dem Hund ist die Badekappe mit der braunen Lederjacke drüben bei den Patrouillenfahrzeugen.»

«Badekappe?»

«Hohe Stirn. Ich kaufe übrigens alle meine Kleider bei Dressmann, mit Ausnahme meiner Lederjacken und der Hosen.»

Die Kollegen von der Spurensicherung kamen Annmari entgegen, als sie auf dem Weg zum Ufer waren. Auch Edisons und Annmaris Kollegen waren eingetroffen. Die Männer im Anzug waren nicht zu sehen, aber den Mann mit dem Hund fand Annmari gleich. Sie stellte ihm einige Fragen, glaubte aber nicht, dass seine Antworten besonders hilfreich sein würden. Das Interessanteste würde sein, vom Gerichtsmediziner zu hören, wann und wie Ayman gestorben war. Der Syrer war das erste Opfer, in dessen Taschen sich keine Ausweispapiere einer anderen Person befunden hatten. Was sollte das bedeuten?

In der Zwischenzeit hatten sich noch mehr Gaffer eingefunden. Von dem Gebiet vor dem Polizeiklebeband sah man nicht bis zum Ufer. Blitzlichter verrieten, dass jemand am Ufer bei der Leiche Fotos schoss. Aus dem Tatort war eine Performance geworden, bei der nichts zu geschehen schien. Das Publikum und die Beamten warteten darauf, dass sich etwas tat. Wer davon gelangweilt war, ging weiter und verschwand im äusseren Ring des beleuchteten Parks und schliesslich im Unsichtbaren.

Annmari Akselsson beschloss, zum Ufer zurückzukehren, bemerkte aber am Rand des Geschehens die Ambulanz. Die Innenbeleuchtung brannte. Eine Frau untersuchte ihr Handy, und auf dem Fahrersitz rauchte Anton bei gesenktem Seitenfenster eine Zigarette. Annmari kniff ihren Mund zu einer schmalen Linie zusammen, während sie ihren Kurs änderte und über die Rasenfläche zur Ambulanz ging. Anton bemerkte Annmari erst, als sie die Tür auf der Fahrerseite der Ambulanz öffnete. Anton zuckte zusammen, behielt aber die Beherrschung.

«Lasst ihr uns endlich zum Wiederbeleben oder versucht ihr ihn immer noch zu töten?»

Anton lachte nervös über seinen eigenen Witz und sog begierig an seiner Zigarette. Die Frau auf dem Beifahrersitz betrachtete sie reserviert.

«Hast du Zeit zum Reden?» fragte Annmari ohne Umschweife.

«Ich bin bei der Arbeit. Was machst du denn in deinen Joggingklamotten?»

«Okay. Anton, ich bringe den Hund am Montag zum Einschläfern, wenn du ihn nicht holst. Das Mass ist voll.»

Antons Lächeln wandelte sich zu einer ungläubigen Miene. Der Mann kannte seine Ex-Freundin ausreichend, um zu wissen, dass sie ihre Drohung durchaus wahrmachen konnte.

«Ich hole Rihanna, sobald es möglich ist. Ich habe ein paar Buden ausfindig gemacht, die ich am Wochenende anschauen gehe.»

«Das reicht nicht. Rihanna wird ab Montag auf seligeren Pfaden wandeln.»

«Du bist verrückt. Das würdest du nie tun. Du magst Rihanna mehr als ich.»

«Eben deshalb, Anton. Dir ist es einfach egal. Sie verdient dich nicht. Schlüssel her!»

Annmari streckte ihre Handfläche fordernd aus. Antons Kollegin war etwas peinlich berührt, verfolgte die Situation allerdings neugierig mit. Anton hatte keine Ahnung, wie er sich diesmal noch aus der Klemme befreien konnte.

«Du kriegst den Schlüssel. Ich hole Rihanna am Sonntag. Um welche Zeit bist du zu Hause?»

«Gut. Ich bin den ganzen Tag zu Hause. Gib mir den Schlüssel.»

«Und das Gassigehen?»

«Ich kümmere mich darum. Gib mir jetzt den verdammten Schlüssel!»

Anton wühlte in seinen Taschen und murmelte Verwünschungen.

«Mach mal halblang», meinte die Frau zu Annmari. «Wir sind hier bei der Arbeit, und du könntest dich vielleicht woanders um deine Beziehungsprobleme kümmern.»

Annmari Akselsson schmiss der Frau ihr gesamtes Repertoire an Beschimpfungen an den Kopf. Die Frau richtete ihre Aufmerksamkeit auf Anton, der Annmaris Wohnungsschlüssel von seinem Schlüsselbund entfernte.

«So lasse ich mich nicht behandeln. Ich werde davon Meldung erstatten.»

«Das hat keinen Zweck. Sie ist Kriminalpolizistin. Sie werden deine Meldung als Toilettenpapier gebrauchen.»

«Ich werde Meldung erstatten», sagte die Frau und blickte an Anton vorbei zu Annmari. «Ich bin hier bei der Arbeit und lasse mich nicht so behandeln.»

Annmari hatte keine Lust, der Frau zu antworten, und nachdem sie ihren Schlüssel bekommen hatte, ging sie ohne Verabschiedung.

Die Frau würde bestimmt Meldung von dem Vorfall erstatten.

Die Decke war notwendig, bevor Annmari zur Leiche am Ufer zurückkehrte. Der Gerichtsmediziner war eingetroffen. Edison und Annmari zogen sich weiter zurück und gönnten dem Arzt Ruhe bei der Arbeit. Edison glaubte, dass Ayman im organisierten Verbrechen eine Vermittlerrolle gespielt haben musste. Jemand wusste bestimmt, dass das Geld nicht mehr vorhanden war, obwohl Ayman nach seiner Flucht nicht in seinem Lager gewesen war. Der Syrer hatte für die verschwundenen Millionen mit seinem Leben bezahlt. Womit die Gelder zusammenhingen, würde womöglich nie aufgeklärt werden können.

Edison hatte Håkan Holmström angerufen, der bald nach dem Team der Spurensicherung eintraf. Der Oberkommissar wollte Ayman mit eigenen Augen an der Fundstelle sehen. Die Beleuchtung war in Ordnung gebracht worden, und kräftige Scheinwerfer liessen das Ganze fast wie einen Schauplatz für Filmaufnahmen wirken, bloss die Kameraleute, die Tonmeister und die Aufnahmeklappe fehlten. Holmström schaute die Leiche lange mit schief zur Seite gelegtem Kopf an, beinahe so, als ob er hätte hören wollen, was der Tote zu sagen hatte. Danach kniete er ungeschickt nieder und verwendete einen Kugelschreiber, um den Toten zu berühren. Der Gerichtsmediziner leistete mit Sicherheit perfekte Arbeit, aber Holmström hatte eben seine Gewohnheiten.

Der Oberkommissar untersuchte die Leiche und stellte Fragen. Der Gerichtsmediziner gab die nur provisorische Auskunft, dass der Tod durch den Bruch eines Nackenwirbels erfolgt sei, der sich vor einem Tag ereignet habe. Der Leichnam habe sich höchstens zehn Stunden lang im Meer befunden. Der Gerichtsmediziner warnte, er wolle als nächstes die Lebertemperatur des Toten messen. Holmström versprach ihm, das zweite Thermometer zu halten, das die Lufttemperatur messen sollte. Die Obduktion würde später die Details aufzeigen. Anschliessend gab Holmström Edison den Auftrag, die Strömungen in der Bucht abzuklären. Die Leiche war vielleicht ans Ufer getrieben worden. Es war auch nützlich, die Sicherheitskameras in der näheren Umgebung zu untersuchen, auf denen vielleicht Bilder davon abgespeichert worden waren, wie die Leiche ans Ufer befördert worden war.

Nachrichtenreporter waren am Ufer angekommen, gleich zwei Filmteams. Holmström beschloss, sich persönlich um sie zu kümmern. Der Gerichtsmediziner war dabei, seine Arbeit abzuschliessen, aber der kriminaltechnische Dienst begann erst. Es gab Arbeit für mehrere Stunden, aber nicht für Edison und Annmari.

«Ich kann dich nach Hause bringen. Du wirst dich erkälten, wenn du beim Joggen wieder ins Schwitzen gerätst.»

Annmari akzeptierte den Vorschlag.

Edison war mit dem zivilen Fahrzeug der Kriminalpolizei gekommen. Als er die Autoschlüssel hervorholte, fiel aus der Tasche seiner Jacke ein helles Holzstück.

Annmari war schneller und hob es vom Boden auf.

«Was ist denn das?»

«Ein Mundstück.»

«Wovon?»

«Von einer Oboe. Gibst du es mir zurück? Danke.»

«Von einer Oboe?»

«Naja, zu einer E-Gitarre passt es nicht.»

Sie stiegen ein und Edison liess den Motor an. Er musste vorsichtig zurücksetzen, um Holmström und den Kameramann nicht zu überfahren. Sie gelangten auf die Strasse und in die Richtung von Annmaris Wohnung.

«Du hast mir gar nie gesagt, dass du Oboe spielst.»

«Darauf schliesst du aufgrund des Mundstücks? Na schön, ich spiele Oboe.»

Annmari wollte mehr wissen. Edisons Eltern hatten ihn praktisch zum Instrumentalunterricht gezwungen. Allmählich hatte der Junge sein Instrument und die Musik liebgewonnen. Er hatte in Orchestern gespielt, bis er die Ausbildung für den Polizeiberuf begonnen hatte. Die Arbeit bei der Polizei war zu unregelmässig für ein Orchester. Gegenwärtig spielte Edison nur zu seinem eigenen Vergnügen und seit kurzem wieder in einem Amateurorchester.

«Spielst du irgendetwas Leichtes?»

Edison lachte: «Etwas Leichtes? Für den Frühling feile ich an Mahlers fünfter Sinfonie und an der Matthäus-Passion. Für Leichteres reicht die Zeit nicht. Okay, ‹Gabriel's Oboe› von Ennio Morricone ist mein leichter Favorit.»

«Das hört sich nach Saturnringen und Spaghettiwestern zur selben Zeit an. Ich dachte an Wham!, Coldplay, Nightwish oder sowas. Du kannst mich hier absetzen. Danke fürs Fahren.»

Annmaris Aussteigen aus dem Auto verzögerte sich. Edison wartete geduldig.

«Du steckst voller unerwarteter Geheimnisse, Edison. Bis morgen.»

«Bis morgen.»

Edison blieb mit dem Wagen am Strassenrand stehen, um sich zu vergewissern, dass Annmari auch sicher ins Haus gelangt war.

28.

Im Tageslicht waren die Details der Strassenränder deutlicher erkennbar, aber in gewisser Weise fremd. Der Holzzaun zu beiden Seiten der Strasse schien leichter konstruiert als im Dunkeln, die dahinter befindlichen Bäume und Büsche vielleicht etwas weniger bedrohlich und etwas üppiger. Farah fühlte sich zu Hause, und zugleich sagte ihr das alles: *Du* gehörst nicht hierher.

Der Minivan der Homeservicefirma bog mit eingeschaltetem Blinker nach rechts zur Privatstrasse, die zur Villa führte, ab.

«He, hört mal das hier: ‹Der Mörder eines Stallmädchens wurde gestern in der Gerichtsverhandlung für schuldig befunden, nachdem bewiesen worden war, dass er 87-mal auf sein Opfer eingestochen hatte. Danach war das Messer unbrauchbar geworden. Amber Davies, 20, lag in einer Blutlache, nachdem sie vergeblich gefleht hatte: ‹Hör auf, sei so lieb.› Der Mörder war ihr Freund, der von ihr zurückgewiesen worden war – Martin Greig, 24. Er stach in einem solchen Mordrausch zu, dass das Messer am Ende in einem Winkel von 45 Grad verbogen war, wurde vor Gericht berichtet.»

«Tereza, hör auf.»

«Und das hier: ‹Unserer Meinung nach hatte unsere Beziehung einen tollen Beginn, einen schönen Verlauf und ein edles Ende. Es war alles in allem eine grossartige Beziehung.»

Ivan blickte in den Innenspiegel und richtete seinen Blick auf Tereza, die mit Farah zusammen hinten im Minivan sass.

«Du hast jetzt aber nicht aus derselben Nachrichtenmeldung vorgelesen? Die Verteidigungsrede des Mörders?»

«Ivan, hör auf. Ihr seid beide genau gleich widerlich, Tereza und du.»

Ivan blickte die vorne sitzende Alena an, die in Ivans Alter war. Tereza war erst achtzehn Jahre alt geworden.

«Echt widerlich. Ich kenne einen Menschen, dessen Tochter von einem Unbekannten an einer Bushaltestelle niedergestochen wurde. Die Tochter war vierzehn Jahre alt und befand sich auf dem Nachhauseweg von einer Chorprobe. Das Mädchen starb noch am Tatort auf die gleiche Weise wie Amber Davies. Das ist nicht irgendein Film oder etwas von der Milchstrasse, das ihr zum Zeitvertreib mit der Nase an eurem Handy lest. Das sind echte Menschen. Benehmt euch dementsprechend.»

Farah versuchte, sich nicht vorzustellen, wie Haris den Dreifingrigen aus der Villa mit einem gehärteten Jagdmesser durchbohrte, das sich selbst bei äusserster Kraftanwendung nicht verbog.

Die Stimmung im Auto schlug um. Farah war ganz Alenas Meinung. Tereza hatte versucht, mit dem Kaugummi im Mund witzig zu sein, und Ivan war der Versuchung erlegen, sie auf seine Weise zu unterstützen. Tereza versuchte noch eine Nachricht über das geheimnisvolle Verschwinden des isländischen Milliardärs Bjarne Gestsson vorzulesen, aber niemand war daran interessiert. Ivan schaltete das Autoradio ein und wählte einen Kanal, der klassische Musik spielte. Er versuchte Alena aufzuheitern: «Ich kenne das Stück. Sind das nicht die ‹Drei Jahreszeiten›? Wo haben sie bloss die vierte gelassen?»

«Schau nach vorne, Ivan. Da braucht es schon mehr, um mich wieder zu besänftigen.»

Für Farah war die Enttäuschung eine ganz andere als für Alena. Der letzte Arbeitstag im Norden der Stadt war eine vergeudete Fahrt gewesen. Haris' Hackerkollege hatte einen Fehler gemacht, und Farah war nicht in der richtigen Villa zum Einsatz gekommen. Die Firma hatte in demselben Gebiet zwanzig Kundenobjekte, von denen sie jeweils zwei reinigten. Farah hatte Haris eine kurze Nachricht über die Lage gesandt. Später, nach dem Arbeitseinsatz, hatten sie darüber gesprochen. Haris hatte sich auf den Standpunkt gestellt, dass es sogar besser war, dass Farah nicht mit einer so kurzen Vorlaufzeit zum angepeilten Ort gelangt war. Haris' Meinung war, dass sie bei ihrem ersten Besuch in der Villa ohnehin nichts zu unternehmen brauchte. Farah sollte eher ein gutes Gesamtbild des Geländes und des Hauses aufnehmen. Wenn sich eine günstige Gelegenheit ergab, würde sie einige Fotos schiessen können. Aber für diese Fotos lohnte es sich nicht, auch nur das geringste Risiko einzugehen.

Das hatte Haris ihr mehr als einmal eingeschärft. Kein Risiko eingehen.

Die Strasse zur Villa war asphaltiert. Beim Tor mussten sie halten und auf die Genehmigung zur Weiterfahrt warten. Ivan lenkte den Wagen. Jetzt, bei Tageslicht, erkannte Farah von der Rückbank aus, dass es beim Tor eine zweite Sicherheitskamera gab, die an einem Baum neben der Strasse angebracht war. Die Kamera nahm ein Bild des vor dem Tor stehenden Autos von schräg hinten auf. Sie hatten die gut versteckte Kamera damals nicht bemerkt, als sie in der Dunkelheit das Tor und seine Umgebung untersucht hatten. Hatte man sie damals oder im Nachhinein anhand der Aufzeichnungen der Kamera bemerkt? Erwarteten die Leute in der Villa einen ungebetenen Gast?

Farah begann sich zu fürchten. War sie dabei, in eine Falle zu tappen?

Ivan führte ein kurzes Gespräch mit der Gegen-sprechanlage, die am Tor befestigt war. Farah war solchen Dingern nur in Helsinki begegnet, am Drive-In von McDonald's und Hesburger.

Nach dem Tor wand sich der Weg noch ein kurzes Stück, und plötzlich befanden sie sich vor der Villa. Farah bemerkte, dass sie sich krampfhaft am Handgriff der Autotür festhielt. Zwei bullige Männer in Ivans Alter kamen nach draussen. Die Männer kontrollierten alle Ausweise. Der eine von ihnen sprach in ein Ansteckmikrofon. Gab es hier Grund zur Vorsicht oder gar zur Furcht? Farahs Anwesenheit in der Villa bedeutete ein Ja auf diese Frage.

Sie erhielten die Erlaubnis, aus dem Auto auszusteigen.

Das Doppeltor der Garage war geschlossen. War der Tesla wohl in der Garage? Farah fürchtete sich die ganze Zeit davor, dass jemand sie packen könnte. Du hast hier in der Nacht rumgeschnüffelt, wieso? Wir liefern dich der Polizei aus. Nein, der Hausherr darf dich im Keller verhören, und vielleicht fahren wir dich dann zu einer Sandgrube. Peng, peng, ein Schuss ins Genick und du bist tot. Wir sind auch deinem Bruder auf der Spur. Er wird noch vor Mitternacht unter der Karlsbrücke hindurchtauchen und bis Weihnachten nicht mehr an die Oberfläche kommen. Wenn überhaupt – nicht mit diesem Mühlstein um den Hals! Hättet ihr es euch doch zweimal überlegt, bevor ihr hierher gekommen seid! Ihr seid ganz allein daran schuld, ihr Dreckskerle ohne Familie *(unheilverkundendes Lachen).*

Ein zweiter Sicherheitsmann begleitete das Viererteam hinein. Die Eingangshalle der Villa war beeindruckend, sie war noch viel grösser als auf den Fotos. Die Fotos waren schon einige Jahre alt, und nach dem Besitzerwechsel war einiges verändert worden. Eine Frau mittleren Alters kam in die Eingangshalle und stellte sich als die Hauswirtschafterin vor. Sie berichtete, was zu tun sei, und brachte Farah als letzte in den zweiten Flügel der Villa. Farahs Aufgabe war es, ein Schlafzimmer, ein Badezimmer und einen Flur zu reinigen. Sie konnte für einen kurzen Moment einen Blick in das Wohnzimmer auf dem ersten Stock werfen.

Im Haus waren keine anderen Stimmen zu hören.

Die Hauswirtschafterin verstand es, genau in dem Augenblick Farahs Arbeitsfortschritt zu überprüfen, als sie mit dem Staubsaugen auf dem Flur zu Ende war. Sie kehrten in die Eingangshalle zurück und stiegen ins Obergeschoss. Farah versuchte, sich alles einzuprägen, was sie sah. Sie hatte eine kleine, flache Kamera am Gürtel unter ihren Kleidern, aber sie wagte es nicht, sie zu gebrauchen. Die Hauswirtschafterin liess sie saubermachen. Farah hatte dafür fünfundvierzig Minuten Zeit zur Verfügung, sagte die Hauswirtschafterin.

Farah arbeitete sorgfältig, aber flink. Sie erschrak, als sie im Schlafzimmer am Übergang von der Wand zur Decke eine kleine Überwachungskamera entdeckte. Zum Glück hatte sie keine Dummheiten gemacht, wie zum Beispiel die Kamera hervorgenommen oder Schubladen durchsucht und umhergeschnüffelt. Auch in den anderen Zimmern waren Überwachungskameras vorhanden. In den Badezimmern gab es keine Kameras, aber diese hatten nur kleine Lüftungsfenster. Die Kameras waren für Eindringlinge bestimmt, und kein Wesen, das grösser als eine Katze war, konnte durch die Lüftungsfenster eindringen. Die Hauswirtschafterin erschien wieder genau zur rechten Zeit, als Farah mit ihrer Arbeit fertig war.

Die Arbeit in der Villa dauerte zwei Stunden, und Ivans Team würde erst kurz vor dem Aufbruch wieder

zusammenkommen. Farah war als erste bereit und wartete draussen auf die anderen. Sie merkte sich die Standorte
dreier Überwachungskameras. Mit einem Mal begann sich
das eine motorbetriebene Garagentor zu öffnen. Farahs
Herz schlug fester. Der Tesla? Der Dreifingrige?

In der Garage stand ein schwarzer SUV.

Einer der beiden Sicherheitsmänner, die sie bei ihrer Ankunft in Empfang genommen hatten, fuhr den Wagen aus
der Garage. Der Mann liess den Motor laufen und wartete.
Bald kamen Ivan und die Frauen mit der Hauswirtschafterin. Farah und die anderen Putzfrauen stiegen in den Minivan. Die Hauswirtschafterin dagegen stieg in den SUV des
Sicherheitsmanns. Die Autos fuhren hintereinander davon.
In der Villa blieb der zweite Sicherheitsmann zurück. Hielten sich dort noch weitere Leute auf? Wurde die Villa niemals ganz leer zurückgelassen?

Die kleine Kolonne zerstreute sich nach einem Kilometer, als der SUV zum Überholen ansetzte und in flotter
Geschwindigkeit Prag entgegenfuhr.

«Ein schrecklicher Ort», versuchte Farah ein Gespräch
zu beginnen. «Wer wohnt bloss in der Villa? Ich getraute
mich die ganze Zeit nicht zu atmen. Ich fürchtete mich davor, dass diese harten Kerle auf mich losstürzen und mir
einen Rüffel erteilen würden, sobald ich etwas Unpassendes
getan hätte.»

Ivan lächelte: «Der erste Besuch in der Villa hinterlässt
ein merkwürdiges Gefühl. Die Hauswirtschafterin sagte
beim Weggehen, dass du deine Arbeit gut gemacht hast. Sie
möchte dich auch in Zukunft wiedersehen. Wir hatten in
der Vergangenheit ein wenig Schwierigkeiten mit ihnen.»

Farah war überrascht und erfreut, nicht so sehr deshalb,
weil sie gelobt wurde, sondern eher, weil es danach aussah, als ob sie eine natürliche Gelegenheit erhielte, auch in

Zukunft in die Villa zu gelangen. Haris hatte gesagt, dass der Hacker für das Ändern der Einsatzlisten einen happigen Preis verlangte und das Geld knapp werden könnte, wenn diese Situation für längere Zeit anhielt. In diesem Fall hätte Haris in Prag Arbeit suchen müssen.

Haris muss keine Arbeit suchen.

Sie verstand es, mit Ivan richtig umzuspringen: «Wer wohnt in der Villa?»

«Ich weiss nicht. Die Rechnungen gehen an die Firma, der die Villa gehört.»

Farah war die Identität des Villenbesitzers, des Dreifingrigen, natürlich bekannt.

«In keinem anderen Kundenobjekt gibt es derart massive Überwachungssysteme, von den Sicherheitsmännern ganz zu schweigen. Da wohnt bestimmt irgendein grosser Boss», ergänzte Ivan.

Später liess Ivan Farah beim Bahnhof aussteigen. Sie hatten noch ein zweites Kundenobjekt gereinigt, das Haus eines bekannten tschechischen Dramatikers. Dieser Einsatz war eine entspanntere Erfahrung gewesen, verglichen mit jenem in der Villa.

Das rote Prachtstück war ausserhalb des Cafés abgestellt. Haris war also drinnen.

«Hast du einen Stift und Papier? Ich zeichne alles auf, solange ich mich noch daran erinnere», sagte Farah. «Ich habe schrecklichen Hunger.»

Haris besorgte sich das Zeichenmaterial bei der Bedienung. Farah begann zu zeichnen, während Haris für seine Schwester Tee und etwas zu essen bestellte.

«Sie kommt aus Norwegen», sagte Haris, als die mollige junge Frau mit den rotblonden Haaren Tee und Salzgebäck gebracht hatte. «Aus Oslo.»

«Du bist ein hoffnungsloser Fall. Du schliesst mit jedem

Mädchen, das dir begegnet, Bekanntschaft. Danach sind sie bis über beide Ohren verliebt in dich, aber du gibst keiner von ihnen etwas, was man Liebe nennen könnte.»

«Zeichne jetzt nur weiter.»

Nach einer kurzen Pause fuhr Haris fort: «Ich habe nur zwei, drei freundliche Worte mit ihr gewechselt. Jeder sieht schon aus einem Kilometer Entfernung, dass sie keine Einheimische ist. Ich habe ihr Herz nicht gebrochen, Farah.»

«Bist du beleidigt?»

«Ich habe mich noch nicht entschieden. Manchmal behandelst du mich, als ob ich irgendein Herzensbrecher wäre.»

«Du *bist* beleidigt. Du hast alle äusseren und inneren Eigenschaften eines Charmeurs.»

Haris blickte zur Norwegerin, die hinter der Theke einen Kunden bediente: «Ihr Freund hat im Spätsommer auf der Aussichtsterrasse der Königsburg um ihre Hand angehalten. Dort, von wo die breite Treppe nach unten führt.»

Farah hob ihren Blick vom Papier auf Haris und lächelte: «So, ihr habt zwei, drei Worte miteinander gewechselt?»

«Na, ich kam frühzeitig hierher. Wir hatten beide nichts zu tun.»

Die Skizze der Villa wurde rasch fertig. Haris interessierten vor allem die Sicherheitskameras. Er war sicher, dass daran Bewegungs- und Wärmesensoren angebracht waren.

«Der Ort wird gut überwacht. Es ist wichtig zu wissen, was es dort gibt und wer sich dort aufhält. Farah, du darfst dich nicht erwischen lassen, wenn du die Mikrofone im Haus versteckst. Wenn es dir gelingt, brauchen wir nachher nur noch zu warten und Beweismaterial strömt zu den Türen und Fenstern hinein – oder in diesem Fall eher hinaus.»

Als Folge von Haris' erschöpfendem Kommentar gingen sie ihren eigenen Gedanken nach. Haris wachte als erster aus seinen Gedanken auf. Seiner Meinung nach war es ein grosses Glück, dass Farah mit Ivans Team weiterhin in die Villa gelangte, ohne dass man die Hilfe des Hackers beanspruchen musste. Je weniger veränderliche Faktoren, desto sicherer. Ivan hatte versprochen, dass Farah wenigstens für die beiden folgenden Wochen zu seinem Team gehören würde. Danach würde das feste Teammitglied aus dem Krankheitsurlaub zurückkehren.

«Wenn du die Identität der erkrankten Angestellten ausfindig machen könntest, könnte ich vielleicht noch mehr Zeit organisieren.»

«Nein, Haris. Wir fügen Aussenstehenden keinen Schaden zu.»

«Das meinte ich nicht. Ich weiss auch noch nicht, wie es gehen soll, aber ich könnte vielleicht mehr Zeit organisieren. Für was für einen geistesgestörten Mörder und Knochenbrecher hältst du mich eigentlich? Ich habe niemanden mehr verletzt, seit ich achtzehn geworden bin, und auch bei den Vorfällen davor habe ich mich lediglich zur Wehr gesetzt. Wir sind anders, Farah. Manchmal habe ich mich für mich selbst geschämt und dafür, dass wir anders sind als die anderen.»

«Schämst du dich immer noch?»

«In der Schule? An der Fleischtheke im Supermarkt? In der Bibliothek? In der Metro? Nein. Die Scham ist erloschen.»

Farah und Haris blickten einander über den Tisch an.

«Schau nicht so traurig, Farah.»

Haris streckte seine Hand über den Tisch, und Farah ergriff sie.

Die norwegische Kellnerin hinter der Theke lächelte.

«Sie weiss, dass du meine Zwillingsschwester bist», präzisierte Haris.

«Klar. Ihr habt zwei, drei Worte miteinander gewechselt, bevor ich gekommen bin. Natürlich weiss sie es.»

Farah streichelte die Hand ihres Bruders.

«Ein Teil des benötigten Materials fehlt noch. Die Sachen sind in Prag schwer zu kriegen. Wir müssen uns beeilen. Wir müssen bereit sein, unseren Plan in den kommenden zwei Wochen in die Tat umzusetzen. Die Zeit ist gekommen.»

«Was machen wir danach mit dem roten Prachtstück?»

«Wir losen aus, wer es nach Finnland fahren darf.»

«Wer den Kürzeren zieht, sitzt hinten?», fragte Farah und lächelte.

29.

Sergej Gavrikov hätte jetzt eine hübsche Summe für einen Sicherheitsmann oder zwei bezahlt. In Russland hatte er sich niemals alleine bewegt, obschon er sich trotz der Gefahren auf Petersburgs Strassen niemals gefürchtet hatte. Er hatte immer zu denen gehört, die gefürchtet werden mussten.

Heute Morgen war er von zu Hause fortgegangen und fürchtete um sein Leben.

Gavrikov stieg in Helsinkis Zentrum im letzten Moment in ein Taxi. Er eliminierte auf diese Weise die Möglichkeit, dass das Taxi ein von Kidnappern organisiertes Fahrzeug war. Niemand hatte ihn gefangengenommen, als er ins Taxi eingestiegen war. Die Fahrt zum Flughafen Helsinki-Vantaa war quälend. Würde er an seinem Ziel ankommen? Würden sie noch vor dem Erreichen des Flughafens zuschlagen? Auf welche Weise?

Und wer überhaupt?

Er hatte keine Ahnung, was vor sich ging. Er hatte nur eine ganz frische Erfahrung davon, was geschehen war. Ein unbekannter Feind war ein unberechenbarer Gegenspieler.

Das Taxi kam am Ziel an. Er bezahlte die Fahrt in bar. Woher wollte er wissen, dass nicht auch der Gebrauch seiner Kreditkarte genau verfolgt wurde? Wie viele Schatten hatte er auf seinen Fersen? Er verspürte das grosse Bedürfnis, auf die Toilette zu gehen, aber er wagte sich vor dem internationalen Bereich nicht dorthin. Dort wäre er in Sicherheit.

War er das wirklich? Wenn jemand ihn töten wollte, würde dieser Jemand ihm selbst auf einen Weltraumflug zur Toilette folgen und ihn blitzschnell ins Jenseits befördern. Man durfte Alexander Litwinenko und das Polonium 210 in London nicht vergessen, obwohl das schon eine Weile her war.

Gavrikov erledigte die Formalitäten am Flughafen schnell. Er machte sofort einen verstohlenen Abstecher zur Toilette. Unter Stress funktionierte seine Blase quälend langsam. Er kam aber noch lebendig heraus. Gavrikov kaufte bei einem Café etwas zu essen und eine Tasse Kaffee, was ihn schon etwas entspannte. Von Auge besehen schien niemand verdächtig, niemand schaute ihn lauernd an, niemand betrachtete ihn anders als auf zufällige und gleichgültige Weise. Der Jäger erkennt den Blick des Jägers, und ein solcher war er selbst für den grössten Teil seines Lebens gewesen. Die Ankunft in Stockholm, wie er dort zurechtkäme, das war ein Problem für sich. Er fürchtete sich schon jetzt davor. Er hatte dennoch keine Wahl, da sein Kalender doch voller Aufgaben steckte, die auf ihn warteten.

Er hoffte einzig, sich im Hinblick auf seinen unbekannten Schatten zu täuschen.

30.

Annmari Akselsson vermisste Rihanna.

Die Übergabe des Hundes am Sonntag war ohne Drama verlaufen, besonders wenn man es mit Annmaris und Antons anderen Begegnungen in der letzten Zeit verglich. Anton hatte sich am Vortag noch mit einer SMS versichert, dass er sie am Sonntagnachmittag zu Hause vorfinden würde. Annmari hatte gleich danach mit der Trauerarbeit begonnen, den Hund auf die Arme genommen, ihn gestreichelt, mit ihm wie mit einem Kind vom Abschied gesprochen, wobei sie ihr tränenüberströmtes Gesicht und ihre geschwollenen Augenlider gegen Rihannas Fell drückte.

Die geschwollenen Augenlider rührten von einer Hundeallergie her. Früher war die Allergie viel schlimmer gewesen, aber Rihannas ständige Anwesenheit hatte hyposensibilisierend gewirkt.

Am Abend hatten sie eine lange gemeinsame Runde den Ufern entlang gemacht, obwohl Annmari es nie gemocht hatte, Rihanna beim Joggen mitzunehmen. Der Hund schränkte sie zu sehr ein.

Am Sonntag war Anton zur vereinbarten Zeit erschienen. Sie hatten im Flur einige Worte gewechselt, und schon waren der Hund und Anton fort. Annmari hatte sich überlegt, ihm Norman Mailers Buch «Die Nackten und die Toten» zurückzugeben, damit Anton sagte, das Buch gehöre nicht ihm. Darauf hätte Annmari dann eine Bemerkung in der Art von «Ach so, du liest ja nicht» oder etwas noch

Gemeineres fallenlassen können. Die Idee fühlte sich am Sonntagmorgen, als sie aufwachte, nicht mehr gut an. Am Ende machte auch die Begegnung mit Anton auf dem Flur die dumme Idee zunichte. Sie verspürte ein wenig Mitleid mit Anton, aber nur ein ganz kleines bisschen. Annmari hatte es wohlweislich vermieden, nach Antons Wohnsituation zu fragen. Natürlich hätte sie die Antwort auf die Frage gerne gekannt.

Am Arbeitsplatz in Kungsholmen gab es ohnehin keinen Raum mehr für Sehnsucht nach Rihanna. Die Kriminalpolizei hatte vom Wochenende her noch einige Fälle zu bearbeiten, was eine ungewöhnliche Häufung war. Gewaltverbrechen und andere Verbrechen, die als schwer angesehen werden mussten, geschahen in ziemlich regelmässigem Takt, so dass die Ressourcen der Kriminalpolizei im Allgemeinen gut ausreichten. Noch vor den Ereignissen des Wochenendes kam die frische Untersuchung des Gewaltverbrechens an Malek Ayman. Alle verfügbaren Arme, Beine und Köpfe wurden zum Wochenbeginn benötigt.

Beim Morgenpalaver herrschte eine erwartungsvolle und hektische, nach der Meinung mancher vielleicht sogar angespannte Stimmung. Normalerweise war es schwierig, die ganze Truppe für die Morgensitzungen zusammenzutrommeln, besonders montags. Aber Oberkommissar Håkan Holmström hatte gefordert, dass an diesem Montag alle seine Mitarbeiter zwingend zur Stelle sein mussten: «Ihr kommt von mir aus mit vierzig Grad Fieber, aber ihr kommt!»

Die Anzahl an Leuten, welche sich am Montagmorgen im Besprechungsraum einfanden, war denn auch rekordverdächtig. Der Grund für Holmströms dringende Forderung lag allerdings nicht beim Arbeitsanfall, sondern bei den Personalmutationen. Es kam, wie es kommen musste, und Holmström hatte selbst erhöhte Temperatur. Auf der Stirn des Oberkommissars glänzten Schweissperlen, und sein Gesicht war lebhafter gerötet als sonst. Ein Betrachter mit weniger Erfahrung hätte wohl irrtümlicherweise geglaubt, das Gesicht des Oberkommissars hätte durch die frische Morgenluft zu viel gesunde Farbe abbekommen. Die Wahrheit war aber, dass die Tatortuntersuchung von neulich am windigen Meeresufer Holmström ins Krankenzimmer gezwungen hatte. Er hatte den Symptomen und dem Krankenbett am Montagmorgen aber dennoch getrotzt. Er kam zur Arbeit, aber immerhin hatte er statt des Fahrrads das Auto gewählt.

Der Oberkommissar eröffnete das Palaver gleichzeitig mit dem Glockenschlag, als der Stundenzeiger auf Punkt acht Uhr sprang. Wegen seiner beeinträchtigten Verfassung sass er auf einem Barhocker.

«Wo sind jetzt die Sitzsäcke, die uns Opa versprochen hat?», stichelte jemand in der Menge mit vorsichtiger Stimme.

Die Abteilungssekretärin Camilla fertigte für Håkan Holmström leinenweisse, mit seinen Initialen bestickte Taschentücher an. Camilla war im Besprechungszimmer zur Stelle, und ihre Wangen röteten sich vor Befriedigung, als sie sah, wie Håkan (sie duzten sich natürlicherweise, immerhin gehörten sie derselben Altersklasse an) aus der Tasche seines Anzugs ein besticktes Taschentuch hervorholte. Er schneuzte seine Nase recht kräftig, wischte sie trocken und wünschte den Mitarbeitern gleich danach einen guten Morgen. Sofort ging es zur Sache, wie man es von Oberkommissar Holmström gewohnt war.

«Wie jeder von euch wissen dürfte, wurde unser langjähriger Vorgesetzter, der Vorsteher der Kriminalabteilung

Tomas Forsberg, zu neuen Herausforderungen berufen und aus unserer Mitte entfernt – lebend natürlich.»

Die kleine Kunstpause und der präzisierende Zusatz heiterten die Anwesenden auf. Der eine oder andere lachte sogar. Holmström wartete, bis er wieder an der Reihe war.

«Von diesem Tag an … Verehrte Damen und Herren, es ist mir eine Freude und eine Ehre, euch den neuen Vorsteher der Kriminalabteilung vorstellen zu dürfen: Jesper Aaberg.»

Der stämmige Aaberg erhob sich aus der vordersten Reihe und stellte sich neben den hustenden Holmström. Wegen Jesper Aabergs Furcht vor Viren blieb zwischen den beiden Männern so viel Platz, dass problemlos ein dritter Chef zwischen die beiden gepasst hätte. Während Holmströms dreiteiliger Anzug mit Weste für frühere Jahrzehnte stand, war Jesper Aabergs Kleidung auf der Höhe der Zeit.

«Ein Willkommensapplaus für den Vorsteher der Kriminalabteilung!»

Edison und Annmari verfolgten den Machtwechsel von hinten links.

«Fehlt nur noch, dass sie ihn dreimal in die Luft werfen», flüsterte Edison Annmari zu. «Oder geschieht das erst, wenn er geht? Sein Vorgänger ist am Freitag jedenfalls durch die Hintertür verschwunden.»

Edisons überlange Locken wurden gegen Annmaris Ohr gedrückt.

«Dein Freund trägt aber heute einen noch teureren Anzug als beim letzten Mal.»

Aaberg wirkte jetzt jünger und entspannter als am Fundort von Malek Aymans Leiche, aber das rettete die Situation nicht. Annmari wusste, dass sie allen Grund dazu hatte, sich von Aaberg fernzuhalten. Der Mann würde ihr die Vorfälle am Meeresufer nur schwerlich verzeihen, und sie hatte auch nicht die Absicht, um Verzeihung zu bitten.

Jesper Aaberg hatte sich vorbereitet, einige Worte zu sagen. Niemand wagte es, die Ansprache zu meiden und sich vorzeitig zu entfernen. Der neue Vorsteher der Kriminalabteilung sprach von Zusammenarbeit, Verantwortung und Respekt voreinander.

«Ist das nicht Wort für Wort aus einer Rede von Michelle Obama geklaut?»

Edison wollte wohl witzig sein, aber Annmari war nicht in der Stimmung, darauf einzugehen. Am Ende wies Aaberg darauf hin, dass die Tür seines Büros, zwei Geschosse höher, allen Mitarbeitern offenstehe.

Während Jesper Aabergs Ansprache kreuzte sein Blick denjenigen Annmari Akselssons und kehrte gegen Ende nochmals zu ihr zurück. Der Mann erkannte sie wieder, Annmari war sich dessen sicher.

Die Anwesenden gingen auseinander und zur Arbeit, und auch Edison und Annmari blieben nicht länger im Raum. An anderen Ende des Flurs erblickten sie für einen kurzen Moment Kalle Nordins Pagenschnitt.

Holmström und Aaberg machten eine summarische Runde durch die Räume der Kriminalpolizei. Annmari kümmerte sich darum, ein Zusammentreffen möglichst zu vermeiden. Das erforderte ein wenig Organisation. Das Chefduo unterhielt sich im Büro zwei, drei Minuten mit Edison. Danach begaben sich die Vorgesetzten in Holmströms Büro.

«Ich habe von meinem Informanten etwas erhalten», verriet Edison, als Annmari sich in Edisons Büro wagte.

«Erzähl.»

«Er hat diesmal für sein Geld ganze Arbeit geleistet und herausgefunden, dass Ayman sich nach seiner Flucht an zwei unterschiedlichen Adressen im Süden Stockholms aufgehalten hat. Die Leute, die ihn einquartiert haben, wussten nichts von Aymans heikler Situation. Er war schliesslich auch nicht öffentlich zur Fahndung ausgeschrieben. Ich wundere mich, warum Opa das nicht tun wollte. In einer Stadt, die so gross ist wie Stockholm, ist es ein wenig schwierig, jemanden zu finden, wenn man keine Hinweise aus der Bevölkerung wünscht. Manchmal kommt es mir so vor, als ob Opa keinen Plan hätte.»

«Er hat sicher einen Grund dafür, Edison.»

Edison musterte seine Kollegin: «Ich sehe dir doch an, dass du etwas weisst, das man mir nicht erzählt hat. Raus mit der Sprache. Du hättest dich doch sonst nicht zu solchen Andeutungen hinreissen lassen.»

«Helles Köpfchen!»

Edison lachte: «Aha! Opa hat Ayman absichtlich fliehen lassen? Als Köder? Zu einem Köder ist er verdammt nochmal geworden, in der Bucht von Kungsholmen.»

Annmari sah angestrengt aus. Sie hatte nichts verraten, andererseits hatte sie alles verraten. Sie hatte Håkan Holmströms Vertrauen enttäuscht. Edisons Nase besass den unvergleichlichen Riecher eines Spürhunds.

«Wir haben leider keinen Fisch erwischt, und der Köder ist gefressen worden», ergänzte Edison ernsthaft.

«So ein Mist mit dir, Edison. Hättest du es doch nicht erraten. Verrate Opa aber nicht einmal aus Versehen, dass ich es erzählt habe. Auch ich habe es nur aus Unvorsicht erfahren.»

Edison bückte sich tiefer zu Annmari hinunter. Der Argentinier hatte nach der Versammlung am Morgen seine Haare zu einem Pferdeschwanz gebunden, und Annmaris Gesicht blieb diesmal unbehelligt.

«Hör mal, ich wusste davon.»

Im ersten Moment fühlte sich Annmari erleichtert.

«Du wusstest davon? Von wem und seit wann?»

«Sage ich nicht. Siehst du, ich plaudere keine Geheimnisse aus wie gewisse andere.»

Edisons Lächeln war breit. Annmaris Mund blieb zu einem schmalen Strich zusammengepresst.

«Du willst es wirklich nicht sagen? Edison?»

Edison breitete seine Arme aus: «Na gut, Opa hat es mir erzählt, nachdem er es dir verraten hatte. Ich hätte eigentlich erwartet, dass du es mir erzählen würdest, ich bin schliesslich dein Arbeitspartner. Lass nur, es ist egal. Aber die Sache mit meinem Informanten, willst du die noch hören?»

Annmari musste sich entscheiden, ob sie nachgeben wollte oder nicht. Die Vernunft siegte über das Gefühl: «Ich will sie hören.»

Edison erhob sich und schloss die Tür des Büros. In den folgenden Minuten erzählte Edison Annmari alles, was er wusste. Ayman hatte enge Kontakte zu syrischen Einwanderern in Stockholm gehabt. Edisons Informant hatte herausgekriegt, dass Malek Ayman Dienstleistungen für einen Syrer erbrachte, der in Stockholm als *hawaladar*, als Finanzvermittler, tätig war. Der Informant hatte es nicht gewagt, die Identität des Hawaladars zu enthüllen.

«Ich habe noch nie von diesen Hakunamatatas und Hatifnatten gehört.»

«Hawaladars.»

Edison erklärte Annmari, worum es beim Hawala-Finanzsystem ging. Das Hawala-System stammte aus den arabischen Staaten im Nahen Osten. Es handelte sich um ein vollkommen legales Geschäft, das auf Vertrauen basierte. Ein Benutzer des Hawala-Finanzsystems ging nicht zur Bank, sondern zu einem Vermittler – dem Hawaladar. Das System hatte sich neuerdings über die ganze Welt ausgebreitet und basierte auf einer Kette von Vermittlern. Hawala-Netze gab es viele, und sie waren nicht miteinander verknüpft. Diejenigen, die kriminelle Aktivitäten betrieben, hatten ihre eigenen Hawala-Netze, aber Schwarzgeld konnte ebenso gut in Netzen fliessen, die nicht auf Geldwäsche aus kriminellen Aktivitäten beruhten. Von einer Transaktion im Hawala-Finanzsystem blieben keine Belege bestehen, denn es wurden keine Kontoüberweisungen oder Quittungen verwendet. Das Geld floss von einem Vermittler zum anderen, aber niemals konkret. Das Geschäft beruhte auf dem gegenseitigen, unbedingten Vertrauen des Hawaladars und seiner Mittelsmänner.

«Lass mich dir an einem Beispiel erklären, wie die Sache funktioniert», sagte Edison. «Du möchtest also Geld aus Stockholm nach Istanbul verschieben. Du triffst einen Hawaladar in Stockholm und überlässt ihm die Summe, die du überweisen möchtest. Er erhält davon eine angemessene Vermittlungsgebühr. Dann nimmt der Hawaladar zum Beispiel per E-Mail oder SMS Kontakt mit einem Kollegen in Istanbul auf. Du hast zuvor mit dem Hawaladar in Stockholm abgesprochen, wer dein Geld beim Hawaladar in Istanbul abholt. Diese Informationen gelangen daraufhin nach Istanbul. In Istanbul überprüft der Vermittler, ob die richtige Person zu ihm gekommen ist, um das Geld abzuholen. Das Geld fliesst also, aber niemals in physischer Form von einem Vermittler zum anderen. Die Hawaladars gleichen auf eine gemeinsam festgelegte Weise die gegenseitigen Schulden wieder aus. Ein Mittel ist zum Beispiel Handel.»

«Okay. Habe ich richtig verstanden, dass die Hawaladars über grosse Summen an Bargeld verfügen müssen, damit sie ihre Vermittlertätigkeit betreiben können?»

«Natürlich.»

«Und hier kommen wir zu Malek Ayman und dem Tresor in seinem Lager?»

«Genau, aber lass mich zu Ende erzählen. Das Hawala-Finanzsystem basiert also auf Vertrauen und Vernetzung. Was bedeutet das für den gewöhnlichen Immigranten, der sich in Stockholm angesiedelt hat? Ein aus Somalia stammender Taxifahrer schickt einen Teil seines Lohns zu seiner Familie nach Somalia und ernährt sie damit. Die Bank würde beträchtliche Spesen verlangen, und die Überweisung würde wahrscheinlich Tage dauern. Der Taxifahrer benutzt lieber das Hawala-System, weil es viel günstiger ist und weil die Geschwindigkeit eine ganz andere ist. Der Bruder des Taxifahrers kann das Geld wahrscheinlich schon wenige Stunden, nachdem der Auftrag aus Stockholm übermittelt wurde, bei seinem Hawaladar in Somalia abholen. Und das Unglaublichste: Man kann Geld an einen Ort schicken, der noch keinen Strom hat, kein Internet, überhaupt keinen Fortschritt. Der Dorfbrunnen kann die einzige Infrastruktur sein.»

«Edison, ich stimme bei den nächsten Parlamentswahlen für dich. Beeindruckend.»

«Jetzt sind Malek Ayman und sein Tresor mit den Millionen an der Reihe. Was meinst du dazu?», fragte Edison.

Sie waren derselben Meinung. Ayman hatte entweder Geld aufbewahrt, das einem Hawaladar gehörte, oder dann war es Malek Aymans selber verdientes Geld, nicht zwingend dasjenige eines Hawaladars. Das Lager und der dort versteckte Tresor waren an einem zu heiklen Ort, als dass man an eine alltägliche, gesetzestreue Hawala-Geschäftstätigkeit dachte. Das Geld musste zu einem anderen Gebrauch bestimmt gewesen sein. Wahrscheinlich hatte Malek Ayman mit seinem Leben dafür bezahlt, dass das Geld in die Hände der Polizei gelangt war. Annmari vermutete zudem, dass Ayman vielleicht bei der eigenen Geschäftstätigkeit mit den Geldern eines Hawaladars Verluste erlitten haben könnte. Edison hielt das für plausibel. Die Vermutung war es wert, weiterverfolgt zu werden, falls sich die Möglichkeit ergab, sich darin zu vertiefen.

«Wir haben einige Vermutungen bezüglich der Motive. Das Einfachste wäre es, wenn wir den Hawaladar zur Einvernahme hierher kriegten. Auf die eine oder andere Weise würden wir die Wahrheit aus ihm rausquetschen», dachte Annmari laut nach.

«Auf Opas Sitzsäcken?»

Annmari lächelte fröhlich: «Wenn Opa wüsste, wie viel hier von seinen Sitzsäcken geredet wird.»

Edison betonte, dass sein Informant keine genauen Angaben zum Hawaladar herausrücken wollte. Das entsprach dem Ehrenkodex des Systems. Der Informant würde den Hawaladar nicht verraten, um keinen Preis, aus keinem Grund. Andererseits war der Informant für Edison seit langer Zeit Gold wert, und Edison war nicht gewillt, auf ihn verzichten zu müssen.

«Ist dein Informant tatsächlich so wertvoll? Der Mann müsste dir dankbar sein. Du kümmerst dich besser um ihn als so mancher um seine Ehefrau.»

«Woher willst du wissen, dass es ein Mann ist?», gab Edison zurück. «Wahrscheinlich sind mein Informant, seine Familie und seine Verwandtschaft Stammkunden bei einem Hawaladar, wie wir zum Beispiel Kunden bei Nordea sind. Das Geld fliesst, und ein wenig Sand wird an den Schuhsohlen immer irgendwohin gebracht, wenn auch nur ganz wenig Sand auf einmal. Warum sollte er kurzsichtig das gemeinsame Bankgeheimnis verletzen? Er würde sich selbst und seinen Angehörigen einen mehrfachen Schaden zufügen.»

Hinsichtlich des Hawaladars war also nichts zu wollen. Sie beschlossen sich für den Moment auf andere Aufgaben zu konzentrieren, von denen es mehr als genug gab.

«Hallo, Annmari, können wir reden?», fragte Kalle Nordin, der ihr bei der Tür zu den Räumen der Kriminalpolizei entgegengelaufen war.

«Ich verzeihe dir», antwortete Annmari Akselsson, ohne anzuhalten, und ging weiter auf den Flur hinaus und die Treppe hinunter.

Nordin verfolgte sie über die Strecke eines halben Geschosses, sagte jedoch nichts. Annmari hörte seine Schritte.

«Alles klar, du bist höheres Kader», ergänzte Annmari und fuchtelte mit ihrem Arm, ohne hinter sich zu blicken.

Kalle Nordin stand auf dem Treppenabsatz zwischen den Geschossen, die Hände in die Hüften gestützt und die Augenwinkel in Falten gelegt. Er begriff nicht im Geringsten, was mit Annmari Akselsson los war.

Es wurde beschlossen, die Beobachtung von Malek Aymans Lager vorläufig nicht aufzugeben. Holmström war der Meinung, dass es sich weiterhin lohnte, es zu versuchen. Er hatte es zeitlich gut geschafft, den Vorsteher der Kriminalabteilung Aaberg, der heute seine Stelle angetreten hatte, loszuwerden. Es gab viel zu tun, und Holmström fühlte sich erbärmlich. Als der Vorsteher gegangen war, fragte Holmström Camilla nach Schmerztabletten. Camilla kehrte nach einer halben Stunde zurück. Die Frau hatte die nächste Apotheke leergeräumt.

Camilla meint es nur gut, aber damit könnte man das ganze Polizeigebäude versorgen.

Holmström suchte Annmari vergeblich. Auch Edison war weg, und niemand schien etwas von dem Duo zu wissen. Am Morgen bei der Versammlung waren beide noch brav zur Stelle gewesen. Håkan Holmström hatte registriert, dass Aaberg Annmari während seiner Ansprache einige Male mit einem langen Blick gemustert hatte. Er hatte geglaubt, dass es sich um schamloses Flirten gehandelt hatte. Die Wahrheit kam jedoch ans Licht, als sie sich in Holmströms Büro zurückgezogen hatten.

Er musste mit Annmari reden. Wo steckte das Mädchen?

Nach dem Anklopfen forderte eine durchdringende Stimme dazu auf, einzutreten.

Da ist das Mädchen ja.

Annmari Akselsson schloss auf Holmströms Bitte die Tür des Büros und nahm ihrem Vorgesetzten gegenüber Platz. Opas Gesicht war anstelle der Rötung von heute Morgen bleich und farblos. Annmari hätte ihrem Chef gerne gesagt, dass er heute besser zu Hause geblieben wäre, um sich zu erholen, aber sie wagte es nicht. Es wäre ausserdem überflüssig gewesen, denn Holmström handelte stets genau so, wie er es für richtig hielt. Der Oberkommissar war in keiner Angelegenheit zu überreden, geschweige denn zu etwas zu zwingen.

Håkan Holmströms Gesetze.

Die Situation war merkwürdig. Holmström sass mit gekreuzten Armen hinter seinem Pult und sprach für eine Weile nichts. Annmari wartete geduldig. Opa hatte sie herbestellt. Wahrscheinlich ging es um die Untersuchung des Gewaltverbrechens an Ayman. Oder konnte es mit Aaberg zu tun haben, mit dem Wortwechsel am Tatort?

«Also, Annmari, wir müssen über Jesper Aaberg reden, den Vorsteher der Kriminalabteilung.»

«Dachte ich's mir doch.»

Holmström hob seine Schultern, oder genauer gesagt, sie zuckten zweimal.

«Es gibt noch etwas anderes, aber klären wir zuerst diese Sache.»

Aaberg hatte Holmström am Morgen angekündigt, dass man gegen Annmari eine Verwarnung aussprechen müsse. Aaberg hatte Holmström daraufhin über die Vorkommnisse am Meeresufer informiert, über Annmaris ungehobeltes Verhalten einem Vorgesetzten gegenüber. Holmström fragte jetzt bei Annmari nach, ob noch andere Zeugen zugegen gewesen seien. Der Vorsteher hatte Edison nicht mit Namen genannt, aber erwähnt, dass ein Kriminalermittler vor Ort gewesen sei, der ausgesehen habe wie ein Rockmusiker. Aaberg hatte betont, dass der Oberstaatsanwalt des Landesgerichts von Gross-Stockholm neben ihm gestanden sei und das Vorgefallene Wort für Wort bezeugen könne. Holmström bat Annmari, ihre eigene Sichtweise vom Hergang des Vorgefallenen wiederzugeben. Sie erzählte alles.

«Ich muss auch noch Edison anhören. Er wird doch wohl ungefähr eine ähnliche Geschichte erzählen wie der Vorsteher der Kriminalabteilung und du?»

Annmari brauchte nicht zu antworten. Holmström hatte von den beiden Streithähnen schon zwei identische Berichte gehört. Holmström konnte sich nicht zum Gehen erheben, er war dafür zu wacklig. Er nahm von den Medikamenten, die ihm Camilla gebracht hatte, eine Tablette und schluckte sie mit etwas Wasser. Innerlich schauderte er vor Kälte, aber das war für Annmari nicht sichtbar.

Jemand klopfte an. Es war Edison. Holmström kommandierte Annmari auf den Flur, um zu warten, bis er mit Edison geredet hatte. Die Arbeitskollegen tauschten auf der Türschwelle einen kurzen Blick aus. Auf dem Flur versuchte Annmari, sich selbst zu beruhigen. Na schön, der Vorsteher der Kriminalabteilung wollte für sie eine Verwarnung. Das wäre der Anfang vom Ende ihres Arbeitsverhältnisses bei der Kriminalpolizei. Nur eine Verwarnung war schon zu viel. Sie hatte Opa keine Lügen aufgetischt, was die Vorkommnisse am Meeresufer betraf. Wenn dafür eine Verwarnung am Platz war, musste sie eben mit dieser Tatsache leben.

Edison kam aus dem Büro, und Håkan Holmström rief Annmari umgehend wieder herein.

«Setz dich.»

Der erschöpfte Oberkommissar holte ein Taschentuch hervor und putzte sich die Nase. Das Wasser in der Wasserflasche auf dem Pult war geschwunden.

«Soll ich dir Wasser holen?»

«Später.»

«Tut mir leid, aber du siehst jämmerlich aus.»

«Wir reden später darüber, wie ich aussehe. Jetzt reden wir von Aaberg. Ich habe ein umfassendes Bild von den Vorfällen erhalten. Edison erinnerte sich ganz klar an die Ereignisse.»

Es war Zeit für eine Pause zum Überlegen, die Holmström mit geschlossenen Augen zubrachte. Der Oberkommissar lehnte sich müde gegen die hohe Rückenlehne seines Bürostuhls. Annmari dachte, dass der Richter sein Urteil jeden Moment verkünden musste. Doch wie merkwürdig, in Opas Büro gab es keine Wanduhr.

«Also gut, Annmari. Wie läuft es mit Edison?»

«Wie es läuft? Gut.»

«Ihr habt die ganze Zeit, seit du bei uns bist, gemeinsam gearbeitet. Edison hat dich in die Arbeit eingeführt. Er ist bestimmt so lange, wie ihr gemeinsam arbeitet, dein älterer Mentor.»

Annmari begriff nicht ganz, worauf Opa hinauswollte. Anstelle von Aaberg sprach man nun auf einmal von Edison. Was hatten Holmström und Edison vorhin besprochen?

«Ich verstehe das jetzt nicht ganz. Was hat es mit dem Vorsteher der Kriminalabteilung zu tun, wie die Zusammenarbeit zwischen Edison und mir verläuft? Und was soll dieses Vater-Tochter-Mentorenverhältnis? Entschuldigung, aber was für einen Beschützerwahn habt ihr zwei? Wenn es nach euch ginge, müsste ich selbst für den Gang auf die Toilette eine kugelsichere Weste tragen.»

«Mässige deine Sprache, Annmari.»

«Mässigen? Du solltest mal hören, wie es klingt, wenn Edison sich aufregt.»

«Ach, er flucht nur auf Spanisch.»

Annmari plapperte ihm nach: «Er flucht nur auf Spanisch.»

Der Schweiss stand wieder wie am Morgen auf Holmströms Stirn. Annmari wollte nicht, dass Opa sich zu ihr herüber beugte. Sie fürchtete ausserdem, dass er sie anhusten könnte.

«Das Gesamtbild, Annmari. Alles hängt mit dem Gesamtbild zusammen. Die Toilettengänge, Edison, die kugelsichere Weste, alles. Weisst du, du treibst es manchmal einfach zu weit. Edison hat die Nerven eines argentinischen Rinds, aber sogar er hat mitunter die Nase voll von deinem Tango. Dann kommt er üblicherweise hierher marschiert und will die Arbeitspartnerin wechseln.»

Annmari blickte von ihrem Vorgesetzten weg und liess ein Kraftwort entweichen: «Wenn er die Sache doch mit mir persönlich klären würde, wenn er einen schlechten Tag hat.»

«Annmari, verglichen mit Edison oder wem auch immer hast du *immer* einen schlechten Tag. Wenn man schlechte Tage vergleichen kann.»

«Warum hast du dann Edison keinen neuen Arbeitspartner gegeben?»

«Er hat die Bitte jedes Mal rückgängig gemacht. Natürlich erst, nachdem er sich beruhigt hatte. Abgesehen davon stärkt er dir den Rücken und erträgt deine Geschichten.»

«Meine Geschichten? Hör mal, ich will nicht …»

«Abgesehen davon leistest du mit Edison zusammen verdammt gute Arbeit. Du musst nur aufhören mit dem Geplapper, vor allem mit den rassistischen Bemerkungen.»

«Rassistisch? Das ist eine *grosse* Lüge. Behauptet Edison, ich sei eine Rassistin? Von mir aus darf er …»

«Stopp!»

Annmari erschrak. Ihr Vorgesetzter sass mit warnend erhobenem Zeigefinger da. Annmari schnellte hoch und griff nach dem obersten Papier auf dem Papierstapel auf Holmströms Pult. Sie zerknüllte das Papier mit wenigen Bewegungen zu einer Kugel.

«Steck dir das hier in den Arsch.»

Annmari schleuderte die Papierkugel zu Håkan Holmström hinüber.

Die Tür knallte zu, als die zornige Mitarbeiterin sich entfernte.

Hinter der verriegelten Toilettentür beruhigte sich Annmari von Minute zu Minute. Sie hatte Edison gelegentlich einen Quotenflüchtling genannt und sonstige leichte Bemerkungen gemacht, die die Jugend als Scherze abgetan hätte. Edison hatte sich nie an solchen Dingen festgefressen. Annmari hatte sich auf ihrem Werdegang von den männlichen Arbeitskameraden selbst alles Mögliche anhören dürfen. Natürlich, Edison kommentierte nichts. Edison spottete über niemanden. Ausser diesen Morgen uber den Freund und die Kleidung des Vorstehers der Kriminalabteilung. Auch das Genie Edison war also kein Heiliger.

Der Oberkommissar Holmström war für Annmari immer noch das, was einem Heiligen am nächsten kam. Der

Heilige Håkan. Håkan der Gnadenvolle, dessen Gnadenzeit für Annmari unbestreitbar zu Ende gegangen war. Der Heilige Håkan blieb noch bestehen.

Wenig später klopfte Annmari an Holmströms Tür und spähte hinein, bevor der Oberkommissar die Erlaubnis dazu geben konnte.

«Danke, ich brauche keines. Ich habe schon welches», sagte Holmström mit matter Miene und abweisend erhobenem Arm.

«Ich verstehe nicht.»

«Klopapier.»

Holmström drückte mit seiner dicken Fingerspitze auf den Papierstapel auf seinem Pult. Von demselben Stapel hatte Annmari vorhin das oberste Blatt zu einer Papierkugel zerknüllt.

«Eine ganze Rolle ins Reine geschriebene Rapporte, die man sich in den Arsch schieben kann. Ich brauche deine Hilfe nicht mehr.»

Annmari näherte sich dem Pult, aber Holmströms Blick blieb auf dem Bildschirm des Computers haften. Annmari setzte sich auf die andere Seite des Pults.

«Entschuldigung.»

Håkan Holmström seufzte und richtete die Aufmerksamkeit wieder auf seine Mitarbeiterin. Der Oberkommissar öffnete seine Pultschublade und legte die Dienstwaffe zwischen ihnen auf das Pult.

«Würdest du mich am liebsten auf der Stelle erschiessen?»

«Witzig. Sehr witzig.»

Sie massen einander für einen Moment mit den Blicken.

«Das war das letzte Mal, Annmari. Kein anderer hätte so lange zugeschaut. Beim nächsten Mal gehst du, und zwar nicht nur aus diesem Büro. Definitiv. Das ist keine Warnung, keine Drohung. Das ist ein Versprechen, und weisst du was? Ich halte meine Versprechen *immer*.»

Annmari war ratlos: «Danke. Ich, ich …»

«Jesus Maria, Annmari, was soll ich nur mit dir machen.»

Holmström richtete mit einer eiligen Bewegung seine Lesebrille auf der Nase. Darauf folgte ein langer, stummer Blick. Annmari spürte ihn als ein Bohren durch ihre Augen hindurch.

«Ich habe deine Mutter gemocht.»

Annmari war verblüfft: «Du hast mir nie etwas von ihr gesagt.»

Håkan Holmström entspannte sich sofort, als ob man einen Abzug betätigt hätte. Seine Körpersprache auf dem Bürostuhl änderte sich.

«Natürlich habe ich sie gekannt. Ich bin ja schon lange hier. Ihr habt viel gemeinsam. Sie konnte … nun, sie konnte sich sehr unvorsichtig äussern. Ihr seid genau die gleichen Dickschädel. Dasselbe Temperament. Ich sehe sie in dir jeden verdammten Tag. Deine Mutter war ungewöhnlich hübsch. Im Beruf ohne Wenn und Aber begabt, eine hervorragende Polizistin.»

Der Oberkommissar schob seine Hand in die Pultschublade, dieselbe, aus der er die Dienstwaffe geholt hatte. Er streckte Annmari eine Fotografie entgegen, auf der ein sitzender jüngerer Mann mit einem wenige Jahre alten Mädchen in einem Rock auf dem Schoss zu sehen war. Hinter ihnen stand eine blonde Frau.

«Das bist du. Hinter dir natürlich deine Mutter.»

Annmari war gerührt: «Woher hast du denn das Bild?»

Håkan Holmström lächelte wohlwollend: «Wie konntest du mit diesem Riecher jemals Kriminalermittlerin werden? Du sitzt natürlich auf meinem Schoss.»

«Ihr kanntet euch also näher?»

«Das kann man wohl sagen. Ich meine, als Arbeitskollegen.

Dieses Foto wurde bei einem Sommerfest der Polizei geschossen. Zu solchen Gelegenheiten wurden keine Uniformen getragen.»

«Okay.»

«Sie war eine gute Polizistin.»

«Die beste weibliche Polizistin aller Zeiten?»

«Egal ob männlich oder weiblich, sie war die beste», krächzte Håkan Holmström.

Holmström goss Wasser in ein Glas und schluckte eine von Camillas Tabletten. Annmari betrachtete immer noch das Foto.

«Wo waren wir stehengeblieben? Annmari, der Vorsteher der Kriminalabteilung will für dich eine Verwarnung. Edison erzählte mir dasselbe, was Aaberg und du von den Vorfällen am Meeresufer berichtet hattet. Edison hat vielleicht manchmal Mühe mit dir, aber um dich zu schützen, würde er selbst zu zivilem Ungehorsam greifen. Er hat sich entschlossen, bei Bedarf gegen den Vorsteher der Kriminalabteilung und den Hauptankläger des Landesgerichts von Gross-Stockholm auszusagen. Sie hätten nicht im Ereignishorizont der Tatortuntersuchung sein sollen. Die Geschichte würde für eine interne Untersuchung sehr unschön werden. Ich würde am Ende einen meiner besten Männer verlieren. Sie würden ja Edisons Kniff sicher nicht schlucken.»

Holmström richtete sich auf und kratzte sich zerstreut am Kopf: «Sie würden Edison zerschmettern.»

Annmari erkannte Opas Kummer.

«Damit das klar ist, ich kann dir nur aufgrund der Forderung des Vorstehers der Kriminalabteilung keine Verwarnung erteilen. Er hat die Arbeit erst heute Morgen aufgenommen, und er hatte in Verbindung mit Malek Aymans Tatortuntersuchung noch keine Stellung in unserer Einheit.

Er könnte höchstens als Zivilperson eine Beschwerde wegen deines Verhaltens einreichen. Das Problem dabei ist, dass eine Zivilperson während der Tatortuntersuchung nicht einen Meter vom Fundort der Leiche hätte stehen sollen. Daher glaube ich nicht, dass er so etwas unternehmen wird. Offerier Edison einen Kaffee.»

«Was soll ich dazu sagen?»

«Gar nichts. Der Vorsteher der Kriminalabteilung könnte für uns ein Ärgernis werden, aber nehmen wir es, wie es kommt. Ach, das hätte ich fast vergessen. Auf meinem Pult ist auch die Meldung einer Sanitäterin gelandet, die sich über dein Benehmen am Meeresufer beschwert hat. Irgendein Vorfall bei der Ambulanz. Du bist sehr produktiv … Das ist offiziell. Ich müsste entscheiden, was ich damit tun soll. Ich glaube, eine mündliche Ermahnung genügt. Denk daran, dass meine Geduld mit dir jetzt am Ende ist. Denk daran, was ich dir vorhin gesagt habe.»

«Danke.»

«Geh jetzt und bring mir Wasser.»

Annmari entfernte sich mit dem Wasserkrug in der Hand. Es tat ihr leid. Holmström war ihr lebendiger Schutzheiliger. Diesmal war alles kurz davor gewesen, wie ein wackliges Kartenhaus einzustürzen. Heute hatte sie ausnahmsweise nichts dagegen, dass Edison und Holmström sie überbehüteten. Sie füllte den Wasserkrug und kehrte gutgelaunt in Holmströms Büro zurück. Aaberg war ein Problem, aber vielleicht würde alles in Ordnung kommen.

Bei der Tür sah sie sofort, dass überhaupt nichts in Ordnung war. Holmström stand neben dem Pult und stützte sich mit beiden Handflächen darauf.

«Annmari, mir wird schwarz vor den Augen.»

Opa stürzte halb auf das Pult und landete dann unsanft auf dem Fussboden. Es war nur Glück, dass sein Kopf nicht als lebendige Bowlingkugel gegen die Tischkante oder auf den Fussboden knallte. Annmari schrie um Hilfe und kniete sich neben den Oberkommissar. Sie kontrollierte seine Atmung und öffnete die einengenden Kleider. Die Krankheitsattacke hatte ihrem Vorgesetzten das Bewusstsein genommen. Der Puls schlug langsam.

Edison gelangte als erster zur Stelle. Annmari wies Edison an, die Notfallnummer zu wählen und eine Ambulanz zu bestellen. Nordin trat ein und half Annmari, Holmström in Seitenstellung zu drehen. Sie legten unter den Kopf des Mannes eine Kleiderrolle als Kopfstütze. Die Notfallzentrale stellte einige Fragen zur Abklärung, während die Ambulanz bereits unterwegs war.

«Er ist schon krank zur Arbeit erschienen», erklärte Annmari Nordin.

Die Ambulanz traf innert weniger Minuten ein. Die Sanitäter sahen sich die Situation an und brachten Holmström dazu, das Bewusstsein wiederzuerlangen. Der Oberkommissar war weggetreten und verwirrt, so dass sie sich entschlossen, ihm eine Infusion zu setzen und ihn ins Krankenhaus zu bringen.

«Ich komme mit», sagte Annmari zu den Helfern.

Die Ambulanz fuhr los, aber es gab keinen Grund zur Eile mehr. Annmari sass neben ihrem Vorgesetzten und hielt ihn an der Hand, die feucht und kraftlos war.

Hat er die Attacke wohl deshalb gekriegt, weil ich ihn zusätzlich belastet habe? Das ist nur meine Schuld.

In der Notaufnahme herrschte ein Gewusel, auch um Holmström herum. Annmari Akselsson wurde ins Wartezimmer geführt, wo sie mit ihren Gedanken mitten in den anderen Wartenden allein blieb. Nach einer quälend langen Wartezeit brachte eine Ärztin Informationen, die Annmari beruhigten. Sie verstand die zu schnellen, professionellen

Erläuterungen der Ärztin nicht, hatte aber keine Kraft, um nachzuhaken. Die Hauptsache war, dass Holmström wieder gesund wurde. Die Ärzte im Krankenhaus würden noch ein ganzes Bündel Tests durchführen, aber man wollte den Patienten für die Nacht nach Hause schicken.

«Bist du seine Tochter?», fragte die Ärztin.

«Nein. Ich bin vom Arbeitsplatz. Er hat keine näheren Angehörigen und lebt allein. Ihr könnt ihn heute nicht nach Hause schicken.»

«Es geht ihm hinreichend gut. Die Medikation ist auch in Ordnung. Wir haben hier keinen überflüssigen Platz für Leute, die auch zu Hause zurechtkommen.»

Mit der Ärztin brauchte man gar nicht erst zu diskutieren. Die Frau würde von ihrer Position nicht abweichen.

Annmari hatte einige Stunden Zeit, bevor Holmström nach Hause geschickt werden würde, falls die zusätzlichen Tests nichts Besorgniserregendes ergaben. Annmari schaute eilig bei der Arbeit vorbei, um Holmströms Auto zu holen. Sie fand auch die Schlüssel. Zugleich erzählte sie Edison von der Lage. Holmström würde sich morgen selbst um seinen Krankheitsurlaub kümmern dürfen. Annmari benutzte die noch verbliebene Zeit, um die unabdingbaren Sachen zu erledigen.

Sie kehrte mit Holmströms Auto zum Krankenhaus zurück. Der Schichtwechsel hatte inzwischen stattgefunden, und ein anderer Arzt war zuständig. Der Mann war in Annmaris Alter und behandelte sie respektvoll. Kein dummes Spiel zwischen den Geschlechtern. Alles war in Ordnung, und Holmström war bereit, um aus dem Krankenhaus auszuchecken.

«Gut, dass Sie sich um ihn kümmern. Bringt nichts, ein Risiko einzugehen. Tut mir leid, dass wir keine Möglichkeit haben, ihn für die Nacht unter Beobachtung zu halten.

Er verlangte übrigens auch selbst, nach Hause gelassen zu werden. Mit Verlaub, aber ihr Kollege ist ein rechter Dickschädel.»

«Er ist mein Chef.»

Später kam Holmström, der wieder etwas zu Kräften gekommen war, aus der Abteilung. Die böse Grippe trieb weiterhin ihr Unwesen. Er wusste offensichtlich nicht, was vor sich ging, und wunderte sich über das Empfangskomitee, das nur aus einer Person bestand.

«Ordentlich viel schlafen nächste Nacht, und ich bin wie neugeboren. Wir haben morgen viel Arbeit», verkündete Holmström Annmari.

«Ich bringe dich nach Hause. Gibst du mir deine Adresse?»

Die Adresse lag im Norden Stockholms.

«Jaha, du hast mein Auto gestohlen», bemerkte der Oberkommissar belustigt. «Das fehlte gerade noch auf deiner Verbrechensliste von heute.»

Annmari fasste das als Höflichkeit des Heiligen Håkan auf. Der Tag würde beiden auf ewig in Erinnerung bleiben.

«Ich habe mit dem Arzt gesprochen, und er war absolut derselben Meinung. Im Krankenhaus gab es keinen Platz, aber du schläfst nächste Nacht mit Sicherheit nicht alleine.»

Holmström war erschüttert. Sein Widerspruch stiess auf taube Ohren.

«Du kannst mich morgen entlassen, aber ich verbringe die Nacht in deiner Wohnung. Ruf die Polizei, wenn du mich fortjagen willst. Hättest du dir doch eine Frau genommen, als es noch möglich war.»

Holmström wusste, dass dieser Krieg verloren war. Wenn er Annmari loswerden wollte, würde er wirklich die Polizei rufen müssen.

«Du meinst also, dass meine Zeit im Hinblick auf eine

Frau vorbei ist?»

«Natürlich, in deiner jetzigen Verfassung.»

Die Fahrt ermüdete Holmström, und Annmari bemerkte es. Sie machte sich Sorgen darum, wie er sich erholen würde. Eine Rückkehr zur Arbeit kam überhaupt nicht in Frage. Sie beschloss, am Morgen darüber zu wachen, dass er sich zur Krankenpflege begab. Ansonsten würde er mit Sicherheit zur Arbeit antreten wollen.

«Normalerweise steige ich die Treppe zu Fuss hoch», sagte Holmström, als der Aufzug sie hochfuhr.

Holmström lebte in einer netten Dreizimmerwohnung in einem Gebiet aus älteren Gebäuden. Die Einrichtung war nicht der Rede wert, aber die Wohnung im achten Stockwerk war sauber und geräumig. Annmari bestimmte, dass Holmström sich auszog und ins Bett legte, und kochte inzwischen Tee. Später brachte sie alles auf einem Tablett ins Schlafzimmer, aber der Patient war unter der Decke, die er bis zum Hals hochgezogen hatte, fest eingeschlafen. Den Puls brauchte man nicht zu messen. Holmström schnarchte hingebungsvoll.

Im Wohnzimmer nahm Annmari in eine dicke Decke gewickelt eine halb sitzende Stellung ein. Sie stellte den Alarm auf ihrem Handy so ein, dass sie nach einer Stunde geweckt wurde. Bis zum Morgen wollte sie von Zeit zu Zeit nach ihrem Chef sehen.

Im Bücherregal im Wohnzimmer befanden sich einige Fotos. Sie war erstaunt, auf zweien dieser Fotos ihre Mutter zu erkennen. Auf dem einen Bild stand diese in Polizeiuniform auf der Strasse, auf dem anderen war sie noch recht jung und sass dicht neben einem unbekannten gleichaltrigen Mann auf einem Segelboot. Die Stimmung schien ausgelassen. Anhand der übrigen Fotos schloss Annmari, dass der Mann auf dem gemeinsamen Foto Håkan Holmström sein musste. Von Annmaris Mutter war noch ein drittes Foto vorhanden, aber das war in der Kirche aufgenommen worden. Auf dem Sarg ihrer Mutter lagen Blumengestecke. Annmari konnte sich nicht daran erinnern, dass Holmström bei der Beerdigung gewesen war. Das war auch kein Wunder, denn Annmari war damals fünfzehn Jahre alt gewesen, und die Kirche war voller Polizisten in Paradeuniform gewesen.

Drei Fotos von Annmaris Mutter hatte Håkan Holmström also in seinem Bücherregal aufgestellt.

Andere Frauen befanden sich dort nicht.

31.

Der Zug aus Turku kam rechtzeitig in Tampere an. Kalle Nordin machte sich auf in Richtung des Tullintori, dem Einkaufszentrum, das wenige Schritte vom Bahnhof entfernt lag. Er durchquerte das Einkaufszentrum und machte einige Blöcke weiter einen Abstecher zur kostenlosen Toilette der Universitätsbibliothek. Er hätte im Speisewagen nicht so viel Kaffee trinken sollen. Er hatte eigentlich versehentlich getrunken, weil Bengt mit ihm Nachrichten ausgetauscht hatte. Bengt hatte gute Neuigkeiten gehabt: Der Junge war für das internationale Tata-Steel-Schachturnier, das im nächsten Januar stattfinden sollte, in die Herausforderergruppe gewählt worden. Das Turnier würde im nordholländischen Dorf Wijk aan Zee gespielt werden. Dort gab es eine günstige Gelegenheit, den Rang eines Grossmeisters zu erringen.

Nach dem Abstecher in die Universitätsbibliothek ging Nordin nach rechts weiter, in Richtung der orthodoxen Kirche, und überquerte die Eisenbahnlinie über die Brücke. Auf der Höhe der Kirche war es Zeit, die Strasse zu überqueren und sich nach links zu wenden. Der Zebrastreifen verlief als Fussweg weiter, der bis zur Eingangstür des Polizeigebäudes führte und danach natürlich noch viel weiter.

Im obersten Geschoss befand sich Paula Korhonens Büro. Die Tür war geöffnet und ein Klopfen an den Türrahmen genügte. Paula hob ihren Blick erfreut von der

Salatportion auf ihrem Pult auf Kalle Nordin. Sie begrüssten sich gutgelaunt. Nordin berichtete, dass er am Vortag in Stockholm gewesen sei. Der Oberkommissar Håkan Holmström habe dort einen Zusammenbruch erlitten, sei aber, wie man hörte, schon auf bestem Weg zur Genesung, obwohl die Lage zuerst ernster ausgesehen habe.

«Und da wir gerade davon sprechen, dass man nicht krank zur Arbeit erscheinen sollte», meinte Paula, «magst du zwischen Stockholm und Turku hin- und herreisen?»

«Dieser Fall erfordert es, unterwegs zu sein. Als die Position bei der NORDSA frei wurde, war ich auf Dienstreisen vorbereitet, aber ich konnte natürlich nicht wissen, dass mich gleich die erste Aufgabe bis nach Island führen würde. Wie ist die Lage bei euch in Tampere? Der Bulgare Nikolov und Lehtinen?»

Paula Korhonen setzte zu ihren Ausführungen über Nikolov an. Die bulgarischen Polizeibehörden hatten umfassende Informationen über mutmassliche Wirtschaftskriminalität zur Verfügung gestellt, wegen deren Nikolov unter Beobachtung stand. Paula hatte von den Bulgaren Erläuterungen zu Nikolovs Geschäftstätigkeit erhalten, aber nichts verband Nikolovs Firmen mit denjenigen von Martti A. Lehtinen. Der bulgarische Sicherheitsdienst wiederum war nicht kooperativ gewesen. Er arbeitete gegen das organisierte Verbrechen, so dass man leicht darauf schliessen konnte, dass er an Nikolov interessiert sein musste.

«Steuerhinterziehung und Beziehungen zum organisierten Verbrechen, das klingt doch nach einem Bulgaren», stellte Nordin dazwischen fest.

«Das können auch andere.»

Bei Lehtinen waren die Untersuchungen festgefahren. Seine Tochter hatte ein wenig nachgegeben und Informationen über die Geschäftsbeziehungen ihres Vaters geliefert, aber diese Informationen hatten nichts Neues ans Tageslicht gefördert. Lehtinen und Nikolov waren auf dieselbe Weise gestorben, aber Malek Aymans Genick war zerschmettert worden. Doch alle drei waren sie im Meer gefunden worden, was trotz allem auf einen gemeinsamen Täter hinwies.

«In Aymans Tasche befanden sich keine Ausweispapiere einer anderen Person.»

«Ist dem Mörder das Konzept durcheinandergeraten? Hatte er keine Zeit mehr?», schlug Paula Korhonen vor.

«Wir ertrinken in Fragezeichen.»

Kalle Nordin erzählte Paula, was er in Stockholm über die Verbindungen des Syrers Ayman zu einem Hawaladar gehört hatte. Die Identität des Hawaladars konnte man in einer Stadt wie Stockholm auf die eine oder andere Weise bestimmt ausfindig machen, aber das würde kaum etwas nützen. Niemand würde mit der Polizei reden. Da brauchte es schon einen hieb- und stichfesten Beweis, der den Hawaladar mit einem Verbrechen in Verbindung bringen würde.

«Das Gewaltverbrechen an Ayman hängt mit den Morden an Lehtinen und Nikolov zusammen. Der Mörder wollte mit der Ausweismasche die Verbindung zwischen den Todesfällen hervorheben. Genauso gut kann es aber nur zur Irreführung dienen. Selbst das Letztgenannte schliesst aber nicht aus, dass die Morde auf das Konto eines einzigen Täters gehen.»

«Kharoon Asefis Fotos im Handschuhfach von Martti A. Lehtinens Auto sind immer noch ein Rätsel. Asefi wollte unseren Schutz nicht, aber er ist besorgt», sagte Nordin. «Ich habe mit ihm einige Male gesprochen. Er hofft sehr darauf, dass wir den Fall aufklären und ihm berichten können, dass die Gefahr gebannt ist.»

«Polizeischutz?»

«Asefi hat Sicherheitsleute angestellt. Ich habe ihm eine vertrauenswürdige Firma empfohlen.»

Auch von Bjarne Gestsson gab es Neues zu berichten. In der Strandvilla waren zwei nicht identifizierbare DNA-Proben gefunden worden. Sie konnten von Gestssons Entführern stammen oder aber von jedem beliebigen Gast in der Strandvilla. In den Registern, die die Polizei benutzte, gab es zu den Proben keine Entsprechung.

«Falls er entführt wurde, glaubst du, dass Gestsson in einigen Wochen ertrunken im Meer aufgefunden wird?», fragte Paula Korhonen.

Kalle Nordin überlegte einige Sekunden, bevor er antwortete: «Davon bin ich überzeugt.»

Paula wischte einen Teil des Whiteboards sauber. Sie zeichnete in die Mitte ein Fragezeichen und schrieb darum herum: «Martti A. Lehtinen / Emil Nikolov / Malek Ayman / Bjarne Gestsson / Hawaladar».

«Wird auch der Hawaladar zum Opfer werden?»

«Vielleicht ist der Hawaladar der Mörder.»

«Vielleicht ist der Hawaladar auch keines von beiden, aber er ist der Schlüssel zum Rätsel der vier Männer.»

Nordin beschloss, dass die Identität des Hawaladars ausfindig gemacht werden musste.

Gemäss Paula Korhonen hatte irgendein Redakteur von Lehtinens Tod Wind bekommen. Die Nachrichtenmedien sassen den Angehörigen im Nacken und versuchten, Informationen aus den Behörden herauszuquetschen. Kati Laine drängte auf ein schnelles Vorankommen in der Angelegenheit. Sie war sich sicher, dass irgendjemand von der Polizei der Presse Informationen zugespielt hatte. Zum intimen Kreis gehörten Paula, Laine selbst, der Gerichtsmediziner und Paula Korhonens Kollege.

«Ich traue Aki nicht, aber er hat mich auf die Spur von

Emil Nikolov gebracht. Ohne seine Kontakte wäre Nikolov immer noch nichts als ein unbekannter Toter. Ich verstehe nicht, warum Aki der Presse Informationen liefern sollte. Kati Laine kann es nicht sein. Bleiben nur noch der Gerichtsmediziner und ich. Der Gerichtsmediziner ist es auf gar keinen Fall, ich kenne ihn gut.»

«Ich würde auch die Angehörigen und ihr näheres Umfeld nicht ausschliessen. Auch in den Firmen, die die Tochter leitet, weiss es mit Sicherheit jemand. Die Tochter hat den engsten Kollegen im Unternehmen zwangsläufig etwas erzählen müssen. Ich würde zur Liste noch den vermuteten Entführer und Mörder hinzufügen, oder müsste man von ihnen im Plural sprechen? Irgendjemand hat irgendwo ein Motiv gehabt, diese Informationen herauszugeben. Hat man mit dem Redakteur gesprochen, der die Information als erster bekommen hat?»

Gemäss Paula hatte der Redakteur die Information via Telefon bekommen. Das Gespräch hatte man im Nachhinein nicht nachverfolgen können. Gemäss dem Redakteur hatte er mit einer Frau gesprochen und keinen besonderen Akzent festgestellt, der auf eine ausländische Person hingedeutet hätte. Mit anderen Worten, sie hatten sich auf Finnisch unterhalten.

Dass die Redakteure auf Lehtinens Tod aufmerksam geworden waren, war für Nordin eine gute Nachricht. Wenn die Untersuchung einmal festgefahren war, konnte die Presse kaum Schaden anrichten. Im Gegenteil, die Redakteure konnten vielleicht auf etwas stossen, was der Polizei weiterhelfen würde.

«Sag das meiner Chefin», kommentierte Paula ratlos.

Nordin versprach, dies zu tun, bevor er nach Turku zurückkehren würde. Später verabschiedete sich Paula von Kalle Nordin und verbrachte eine längere Zeit vor ihrem

Whiteboard. Was beinhaltete das Fragezeichen, das sich inmitten der Namen befand? Sie nahm einen roten Filzstift und ergänzte auf dem Whiteboard das Stichwort: «GELD». Alle vier Männer besassen verschiedene Firmen, obwohl es schwierig war, Malek Ayman zur selben Kategorie zu zählen. Auf dem Papier besassen alle Firmen. War der Hawaladar das Verbindungsglied zwischen den Männern? Geldwäscherei?

Das Whiteboard blieb zurück, als die Zeit auf ein Uhr nachmittags zuging. Ein gewisser Olavi Jääskeläinen hatte per Telefon einen Termin mit Paula Korhonen vereinbart. Der Mann hatte nur so viel durchschimmern lassen, dass er Hintergrundinformationen über einen gewissen abzuklärenden Fall brauche, über den er nicht am Telefon reden wolle. Die Stimme war tief und vertrauenerweckend gewesen.

Geheimnisvoll, dieser Olavi.

In der Eingangshalle wartete ein hochgewachsener Mann auf Paula. Olavi Jääskeläinen war nach einer raschen Schätzung vielleicht etwas unter sechzig Jahre alt. Das dicht anliegende Sakko seines Anzugs verriet, dass der Mann überhaupt kein Spiel hatte, kein Gramm Fett zu viel. Paula sah in ihm einen dichtfaserigen Stier, einen Herdenführer.

Kein Ring am linken Ringfinger – vielversprechend. O-Beine – ausgezeichnet.

«Ich bin Olli.»

Ein kräftiger Händedruck.

«Paula. Mein Büro ist im Obergeschoss. Reden wir doch dort miteinander.»

Paula Korhonen hätte auf feminine Weise gurren mögen, aber mit ihrer kräftigen Altstimme war es ihr unmöglich, dies auf natürliche Weise zu tun.

Auf der Treppe klackte Paula mit ihren Stöckelschuhen,

aber welch Wunder, auch Olavi Jääskeläinens Schuhe klackten. Sie hörten sich nach einem auf der Treppe steppenden Paartanz an und tauschten Bemerkungen über das Novemberwetter aus. Im Büro bat Paula ihren Gast, sich zu setzen. Bedauerlicherweise zerschellte Paulas vorsichtige Freude, die sich in ihrem Herzen ausgebreitet hatte, gleich an Olavi Jääskeläinens erstem Satz: «Ich bin von der internen Untersuchungsstelle.»

Ihr Herz drehte sich genau in die entgegengesetzte Richtung, als dies noch vor einem Augenblick der Fall gewesen war. Paula erriet den Rest.

Jääskeläinen deckte Paulas Gebrauch des Strafregisters auf äusserst sachliche Weise auf. Er hütete sich davor, Formulierungen zu verwenden, die auch nur minimal anklagend gewesen wären. Tatsache war, dass Paula Korhonen die Daten von Dutzenden von Männern durchsucht hatte, ohne dass man sie mit irgendeinem Arbeitsauftrag hätte in Verbindung bringen können. Jääskeläinen listete vollständig auf, was die interne Untersuchungsstelle über die Sache in Erfahrung gebracht hatte.

Es war nicht angenehm zu hören. Paula hörte sich die langen und gründlichen Erläuterungen gequält an. Sie schämte sich viel zu spät für das, was sie getan hatte. Es half jetzt nichts mehr.

Olavi Jääskeläinen kam zum Schluss. Er legte die Papiere auf Paulas Pult und nahm die Lesebrille von der Nase: «Ich möchte betonen, dass ich diesen Fall jetzt abkläre. Ich hoffe, dass du eine gute Erklärung dafür hast und wir die Voruntersuchung gleich wieder abhaken können. Wir haben auch Wichtigeres zu tun, als solchen Anfragen hinterherzulaufen.»

Beide wanden sich auf ihren Stühlen. Die Lage war unbequem.

Jääskeläinen war offensichtlich kein Revolverheld. Ein dienstlicher Auftrag hatte ihn zu Paula gebracht, keine Kopfgeldjagd. Paula begriff den Ernst der Lage, obwohl man die Sache natürlich nicht mit dem Problem der Plastikabfälle auf unserem Planeten vergleichen konnte. Daneben verblasste ein solches Datenschutzvergehen zu einem Tropfen im Ozean. Sie hatte doch nur sichergehen wollen, dass ein potentieller Datingpartner kein geistiges und physisches Sicherheitsrisiko darstellte. Aber es hatten sich unbestreitbar viele von diesen Abklärungen angesammelt.

«Ich habe keine Erklärung dafür.»

Olavi Jääskeläinen sog ruhig Luft in seine Lunge und seufzte dann tief.

«Na gut. Keine Erklärung. Könntest du trotzdem erzählen, warum?»

In der nächsten Stunde erzählte Paula Olavi Jääskeläinen alles, ganz von Anfang an. Er hörte ihr zu, ohne sie zu unterbrechen, brummte nur einige Male zustimmend. Er machte sich keine Notizen. Paula Korhonen breitete ihr Innenleben bis zur Schmerzgrenze vor einem Mann aus, den sie erst vor einigen Augenblicken kennengelernt hatte. Ihr Ausbruch glich eher einer Therapiesitzung denn einem Geständnis. Sie hatte niemanden gehabt, mit dem sie hatte reden können. Das fühlte sich schlimm an, jetzt, da ihr zwangsweise jemand gegenübergestellt worden war. Und dieser Jemand würde ihr eine Strafanzeige bescheren. So gehörte es sich auch, dass es auf eine schändliche und das Gewissen erleichternde Weise endete. Die Last, die Einsamkeit vor allen Menschen zu verbergen, war um ein Vielfaches schwerer als das Gestehen einer Straftat.

«Danke, dass du alles ehrlich erzählt hast.»

«Ehrlich? Naja, der Straftäter gibt sich ehrlich», antwortete Paula.

«Nein, nein, nein. Straftäter ist ein starkes Wort. Ganz falsch. Nein.»

Paula war nicht sicher, was Olavi Jääskeläinen meinte, wagte es aber nicht, nachzufragen. Jääskeläinen versprach, in nächster Zeit mit ihr Kontakt aufzunehmen. Er sagte nichts anderes mehr, und Paula fragte nicht nach. Sie begleitete ihren Gast trotz seiner Abwehr nach unten. Sie gaben sich an der Eingangstür die Hand. Olavi Jääskeläinen liess ihre Hand nicht los: «Meine Eltern gehören zur selben Generation wie deine. Ich verstehe deine Situation. Allein ist es – einsam.»

32.

Sergej Gavrikov machte mit schweissgebadeter Stirn seine Schritte auf dem Laufband. Er blieb hauptsächlich im aerobischen Bereich, dazwischen machte er ein wenig Intervalltraining und beschleunigte kurzzeitig. Die Trinkflasche wartete auf ihrem Ständer in Griffnähe, aber er trank während eines Trainings, das nicht länger als eine Stunde dauerte, überhaupt nichts. Im März war er in Barcelona seinen achten Marathon gelaufen, in einer Zeit von drei Stunden und drei Minuten. Das war seine Bestleistung, mochte ihn die Pest holen. Die Zeit war um drei lange Minuten zu lang. In Barcelona hatte es nach den ersten fünf Kilometern in regelmässigen Abständen von zweieinhalb Kilometern Versorgungspunkte gegeben. Er war zweiunddreissig Kilometer hinter einem Hasen für die Zielzeit von drei Stunden gelaufen. Dann aber hatte er ein wenig hinter seiner angepeilten Geschwindigkeit zurückbleiben müssen.

Heute lief er allein im Schutz vor der Unbarmherzigkeit des Novembers, im zweiunddreissigsten Geschoss eines Wolkenkratzers. Nun, ganz allein war er nicht. Vor der Tür des Fitnessraums wachten zwei schwerbewaffnete Leibwächter über seine Ruhe beim Laufen. Er hatte sie zu seiner Sicherheit organisiert, gleich nachdem er in Stockholm angekommen war. Andrej und Dmitrij waren Profis, die im russischen Militärnachrichtendienst ausgebildet worden waren. Er hatte nach seiner Ankunft in Stockholm seine Routinen geändert, so dass ein potentieller Beschatter nicht etwa auf deren Basis eine Entführung planen konnte. Nur an einer Gewohnheit hielt er fest: Zum Ende eines Arbeitstages machte er einen Abstecher im Café Under Kastanjen in der Altstadt. Das Café lag an der Ecke zweier Fussgängerpassagen, wo es für Andrej und Dmitrij ein Leichtes war, seine Sicherheit zu garantieren. Er trank dort einen Kaffee auf die italienische Art, wenn auch vielleicht eine Spur langsamer. Aber es war wirklich nur ein Abstecher.

Das Jogging auf dem Laufband war zu Ende. Gavrikov trank ein regenerierendes Sportgetränk und entfernte sich in Richtung Garderobe. Er meldete den Sicherheitsmännern, dass er für eine halbe Stunde in die Sauna wolle. Bei den dampfenden Aufgüssen konnte er sich seine nächsten Züge gut überlegen.

Nach seiner Ankunft in Stockholm hatte er versucht, etwas über Martti A. Lehtinens Schicksal zu erfahren. Seine Informationsquelle bei der finnischen Polizei hielt ihn über den Fortschritt der Untersuchung auf dem Laufenden. Der Informant befand sich nicht in der Nähe von Paula Korhonen, was die Sache etwas erschwerte. Irgendein aktuelles Gesamtbild über die Situation existierte dennoch immer.

Sergej Gavrikov hatte mit Lehtinen zuletzt vor sechs Monaten in Verbindung gestanden, und nichts hatte auf Probleme hingedeutet. Lehtinen hatte damals bei ihm eine inoffizielle Sicherheitsabklärung bestellt, die einen engen Mitarbeiter von Lehtinens Tochter betraf. Der Mann war russischer Staatsbürger, und man hatte festgestellt, dass er sauber war.

Der Saunaofen zischte, und die Schweissperlen standen Sergej Gavrikov im Gesicht.

In diesem Herbst, als bekannt geworden war, dass Lehtinen unter ungeklärten Umständen gestorben war, hatten

Gavrikovs Alarmglocken geläutet. Dann hatte er erfahren, dass der gefundene Tote gar nicht Lehtinen war. Die Brieftasche des Finnen war bloss im Besitz des unbekannten Toten gefunden worden. Später war Lehtinen in Island gefunden worden, mit Malek Aymans gefälschten Ausweispapieren in der Tasche.

Von diesem Moment an hatte Sergej Gavrikov zurückgeblickt. Selbstverständlich wusste es die Polizei zu erraten, dass die Opfer irgendeine nachvollziehbare Verbindung zueinander haben mussten. Gemäss seinem Informanten hatte die Polizei allerdings noch keinen blassen Schimmer, worum es hier ging. Die Wahrheit war, dass er selbst nicht wusste, was für ein Verrückter hinter den Männern her gewesen war.

Sergej Gavrikov hatte nicht vor, mit verschränkten Armen dazusitzen und zu warten, bis der Mörder auch ihn in den stillen Reigen der Toten aufnehmen würde.

Andrej und Dmitrij garantierten ihm einen sicheren Aufenthalt in Schweden. Seine Aufträge bedingten einen Aufenthalt von ein bis zwei Wochen in Stockholm. Er trug auch selbst eine Waffe für den Fall, dass Andrej und Dmitrij versagten. Zusätzlich klärten einige fähige Leute aus dem Metier ab, was gerade geschah. Es war nur eine Frage der Zeit, bis die entscheidende Information über den Mörder, oder sollte man besser von einem Jäger sprechen, zum Vorschein käme. Irgendwer war immer bestechlich. Das war höchstens eine Frage des Geldes.

Sergej Gavrikov würde dem Mörder eine Frage stellen. Sie würde lauten: Warum?

Nach der Sauna duschte Sergej Gavrikov und verschwand in der Garderobe. Er überprüfte auf dem Handy die Uhrzeit. Es war halb zehn Uhr abends. Um diese Zeit war das Bürogebäude beinahe leer, obwohl in irgendeinem

Geschoss irgendwer bis in die frühen Morgenstunden arbeitete. In einem so hohen Wolkenkratzer war immer irgendwer. Im Erdgeschoss befand sich tagsüber ein Wachmann wie der Kapitän auf einem Schiff.

Von der Garderobe gab es einen direkten Durchgang zu einer verglasten Terrasse, die von der einen Ecke des Gebäudes zur anderen reichte. Er nahm die Schlüssel mit. Vor einem Jahr war er unvorsichtig gewesen und hatte sich ausgesperrt, als der Türmechanismus versagt und der Durchzug die Tür hinter ihm zugeschlagen hatte.

Die Aussicht war beeindruckend. Die vollständige Dunkelheit des Novembers verschlang die unbeleuchteten Gebäude. Der nackte Sergej Gavrikov stand auf der Terrasse im Unsichtbaren und blickte in Richtung von Stockholms Zentrum über das Lichtermeer. Die soeben genossene Sauna hielt ihn wenigstens für einen Moment noch warm, obwohl die Temperatur draussen nur einige wenige Grad betrug.

Das Unerwartete macht den Menschen wachsam.

Sergej Gavrikov hörte von drinnen eine Stimme, die da nicht hingehörte. Durch das schmale, unregelmässige Fenster in der Tür sah er unscharf die Formen der beleuchteten Garderobe. Seine Kleider, sein Handy und seine Waffe lagen dort.

Zugleich erschienen drei bewaffnete Männer in der Garderobe und durchquerten sie gleich in Richtung der Duschen. Sie kontrollierten die Tür, die zur Terrasse führte, nicht. Das rettete Gavrikov. Von der beleuchteten Garderobe her konnten die bewaffneten Männer den nackten Mann, der hinter der Scheibe im Dunkeln wartete, nicht erkennen.

In wenigen Sekunden würden die Männer die leere Sauna finden. Der Adrenalinschub trieb Gavrikov an. Er handelte gleichzeitig mit seinem Gedanken. Andrej und Dmitrij waren aus dem Spiel. Vielleicht gab es noch mehr bewaffnete Männer.

Die Folgerung: *Ich kann nicht nach drinnen zurückkehren.*

Den Schlüsselring über den Finger geschoben begann Sergej Gavrikov, über die lange Terrasse zu laufen. Auf der Höhe der Fenster des Fitnessraums machte er sich klein und ging auf allen vieren im Unsichtbaren vorwärts. Die Männer mussten jetzt in der Sauna sein. Als nächstes würden sie zurück in die Garderobe stürmen und die Tür zur Terrasse bemerken. Als er bis zur Mitte der Fassade gekommen war, waren alle Fenster, die Gavrikov passiert hatte, mit Ausnahme des Fitnessraums dunkel gewesen. Er ging weiter zur am weitesten entfernten Ecke, die langsam näher kam. Seine Verfolger waren jetzt auf der Terrasse der Saunaräume, da war er sich sicher. Würde ihm jemand folgen? Die Kleider in der Garderobe verrieten, dass er sich nicht entfernt hatte. Wenn niemand bei Andrej und Dmitrij geblieben war, bestanden die Angreifer nur aus dem Trio, das in die Saunaräume eingedrungen war. In diesem Fall mochten sie annehmen, dass der nackte Sergej Gavrikov das Risiko eingegangen war, sich zurück in den Fitnessraum zu schleichen und zu fliehen, während sie die Saunaräume durchsuchten.

Er konnte nicht glauben, dass die Männer diese Annahme treffen würden.

Gavrikov prallte auf der Terrasse beinahe in Tische und Stühle. Er hob einen der Gartenstühle über seinen Kopf und schleuderte ihn durch das Fenster in die dunklen Geschäftsräume einer IT-Firma. Spätestens das Klirren des zerbrechenden Glases verriet ihn seinen Verfolgern. Er ging nicht ins Gebäude, sondern setzte sich in Bewegung. Im Dunkeln war er unsichtbar und dank seiner nackten Füsse lautlos. Er erreichte das andere Ende des Hochhauses. Er suchte etwas, womit er das Fenster einschlagen konnte. An der Ecke befand sich eine Bürste mit hölzernem Stiel, die sich für sein Vorhaben eignete. Sergej Gavrikov schlug die Scheibe vorsichtig ein und hoffte, dass das Geräusch, das viel leiser war als dasjenige des zuvor eingeschlagenen Fensters, nicht an die Ohren seiner Verfolger drang. Er hörte keine Geräusche, die darauf hindeuteten, dass sich ihm jemand näherte. Wenn die Verfolger bloss den Fehler gemacht hätten, zu glauben, dass er durch das eingeschlagene Fenster in die Räume der IT-Firma eingedrungen und von dort auf den Flur geflüchtet war.

Zwei zerbrochene Fensterscheiben hatten den Alarm ausgelöst – oder etwa nicht? Hundert Meter über Strassenniveau konnte man nicht davon ausgehen, dass jemand einbrechen wollte. Sergej Gavrikov hoffte bloss, dass Alarmsensoren existierten und Hilfe unterwegs war.

Er wischte mit einigen raschen Bewegungen der Bürste die Glasscherben und -splitter vom Boden, bevor er mit nackten Zehen durch das eingeschlagene Fenster eindrang. Die Büroräume waren mit Computertischen und Schränken gefüllt. Gavrikov brauchte nur einige Sekunden, um den dunklen Raum zu durchqueren. Er hatte keine andere Wahl, als nackt weiterzugehen. Er wusste, dass die andere Seite des Gebäudes nicht durch denselben Flur erschlossen war wie die Seite mit dem Fitnessraum. Die bewaffneten Männer würden einen Moment benötigen, um den richtigen Weg zu diesem Ausgang des Geschosses zu finden, wenn sie nicht bemerkten, dass sie bis zum Ende der Terrasse gehen mussten, um Gavrikovs wahren Fluchtweg zu entdecken. Dieser fand indes die Tür zum Flur und glaubte, dass spätestens das Öffnen dieser Tür den Alarm auslösen würde. Allerdings schrillte nichts, und auch der Flur war leer.

Zur Linken befanden sich die Aufzüge, aber Gavrikov wählte zur Rechten den Notausgang, der ins Treppenhaus führte. Seine Not war eine besondere und seine Geschwindigkeit desto höher. Sergej Gavrikov stürzte sich so schnell das Treppenhaus hinunter, wie er sich mit nackten Füssen gleitend nur traute. Im Hochhaus gab es unterhalb des Strassenniveaus noch drei Parkgeschosse. Gavrikovs Auto befand sich im zweituntersten Geschoss, also zwei Geschosse unter dem Strassenniveau. Er musste also die Treppen von dreissig Geschossen hinuntersteigen. Als er fünf Geschosse weiter unten angelangt war, glaubte Sergej Gavrikov, sich retten zu können. Er versuchte, beim Hinuntersteigen eine gute Geschwindigkeit beizubehalten, obwohl er ausser Atem geriet. War der Wachmann im Erdgeschoss noch am Leben? Falls er an seinem Arbeitsort war, sah er in den Überwachungsmonitoren den nackten Sergej Gavrikov, der die Treppen hinuntersprang? Würden ihn in der Einstellhalle wohl Männer mit Pistolen empfangen? Gavrikov musste das Risiko auf sich nehmen und versuchen, zu seinem Auto zu gelangen. Zum Glück hatte er den Autoschlüssel an seinem Schlüsselbund. Die Durchquerung des Erdgeschosses würde für ihn gefährlich werden. Männer mit Waffen konnten im Knotenpunkt den Durchgang versperren.

Eines war klar geworden: Der Mörder arbeitete nicht allein.

Jedes Mal, wenn er ein weiteres Geschoss passierte, stieg Sergej Gavrikovs Spannung. Wann würde die Tür zum Treppenhaus aufgerissen werden? Mit nackten Füssen zu laufen hatte immerhin den Vorteil, dass man lautlos war. Er war nur noch zehn Geschosse vom Strassenniveau entfernt, als ihm ein unangenehmer Gedanke kam: Was, wenn die Entführer ihn beim Hinuntersteigen auf den Überwachungsmonitoren beobachteten? Er musste akzeptieren, dass diese Möglichkeit bestand. Es blieb ihm nichts anderes übrig, als möglichst schnell zu fliehen. Der Aufzug wäre ein zu grosses Risiko gewesen.

Irgendwo von oben begann man Schrittgeräusche zu hören. Dazwischen lagen mindestens fünfzehn Geschosse. Die bewaffneten Männer hatten seinen Fluchtweg von der Terrasse durch die Büroräume und das Treppenhaus gefunden. Gavrikov fasste den schnellen Entschluss, das Treppenhaus im zehnten Geschoss zu verlassen. Er hatte keine Ahnung, was ihn dort erwartete, aber er musste die Verfolger verwirren, indem er den Fluchtweg wechselte.

Hinter der Tür stand ein Putzwagen einer Raumpflegerin, der umgeschleudert wurde, als Gavrikov die Tür aufschlug. Die Angestellte befand sich einige Meter davon entfernt und kreischte wie eine Wahnsinnige. Gavrikov hatte keine Zeit, um Verzeihung zu bitten oder sich zu erklären. Er flitzte rasant weiter.

Als nächstes kam Gavrikov in einen Flur, zu dessen beiden Seiten es vereinzelte Türen gab. Das schummrige Nachtlicht des Flurs bot gerade so viel Sicht, dass er die Aufschriften der Firmen lesen konnte, die sich an den Türen befanden. Das ganze Geschoss war voller Büros. Er kam an der gläsernen Tür eines Anwaltsbüros vorbei. Wenn er einen harten Gegenstand gehabt hätte, mit dem er das Glas hätte zerschlagen können, hätte er es getan, um einen Alarm auszulösen. Er fand hinter dem Foyer eine offene Tür, durch die man quer durch das Geschoss zum langen Flur der anderen Gebäudeseite gelangte. Dort befand sich eine weitere Tür zum Notausgang. Bald sprang Gavrikov wieder im Treppenhaus abwärts.

Noch zwei Geschosse bis zum Strassenniveau. Sollte er es zum Wachmann versuchen oder hinunter zur Einstellhalle? Der Entschluss war klar, er musste es zu seinem

Auto schaffen. Der Wachmann war wahrscheinlich tot oder würde gleich sterben, wenn er sich ihm näherte. Gavrikov gelangte ins Erdgeschoss, und niemand stellte sich ihm entgegen. Er war ohne Probleme dreissig Geschosse Treppen hinuntergelaufen.

Das Schlimmste ist, wenn man zu hoffen beginnt und daran glaubt, dass es Wahrheit wird.

Sergej Gavrikov gelangte in das Geschoss, in dem sein Auto abgestellt war. Der letzte Engpass bestand darin, auf der Ausfahrt bis auf die Strasse zu gelangen. Würden die Entführer nicht bemerken, dass er mit dem Auto zu entkommen versuchte? Suchten sie ihn immer noch in den oberen Geschossen? Gavrikov holte nochmals tief Luft und fasste einen Entschluss. Er stiess die Tür zur Einstellhalle auf und war darauf gefasst, in die Mündung einer Waffe zu blicken. Die Einstellhalle war leer. Das Geschoss war schummrig mit Nachtlichtern beleuchtet. Das Zuschlagen einer weiter entfernten Tür erschreckte ihn. Er sah einige Autoreihen weiter vorne einen jüngeren Mann, der mit zu ihm gewandtem Rücken ruhig zu einem Auto ging. Gavrikov versuchte sich zu entschliessen, ob er mit dem Mann mitfahren sollte, ob er ihn überreden sollte, ihn in seinen Kofferraum zu lassen. Die zweite Alternative bestand darin, es zu seinem eigenen Auto zu versuchen. Er wählte das eigene Auto. Im Kofferraum eines fremden Autos wäre er komplett den Entscheidungen anderer Leute ausgeliefert gewesen.

Nach einer halben Minute fuhr der Mann weg.

Sergej Gavrikov bewegte sich im Schutz der abgestellten Autos zu seinem eigenen Wagen. Er öffnete die Tür und liess den Motor an. Mit nackten Füssen fühlte es sich merkwürdig an, Gas zu geben und zu bremsen. Das Auto war zum Glück mit einem Automatikgetriebe ausgestattet.

Niemand war zu sehen, als er das Auto durch die Rampe zum oberen Parkgeschoss lenkte. Er war vorläufig noch weit von der Freiheit entfernt. Das obere Parkgeschoss war ebenfalls leer. Er fuhr auf die hinausführende Fahrspur und hielt vor dem verschlossenen Ausfahrtstor an. Er gab seinen Code in das Gerät ein, und das Tor begann sich zu heben. Sergej Gavrikovs Herz schlug bis zum Hals, als er mit Vollgas aus dem Hochhaus fuhr. Er gelangte zu einer Kreuzung, bei der er nach Süden auf die Autobahn E18 abbog.

Er konnte nicht glauben, dass es ihm gelungen war, sich zu retten.

Die Strasse war zu dieser späten Stunde leer. Gavrikov beschloss, später zu überlegen, wohin er fahren wollte. Er war ein nackter Mann am Steuer, das begrenzte seine Handlungsmöglichkeiten einigermassen.

Nach fünfzig Metern gab der Motor den Geist auf. Er fuhr zum Strassenrand und versuchte den Motor wieder anzulassen. Nicht einmal der Anlasser zeigte noch eine Reaktion. Von hinten näherten sich die Lichter eines Fahrzeugs. Ein Lieferwagen bremste ab und hielt dicht hinter ihm. Dahinter tauchte ein Personenwagen auf, der vor ihm hielt.

Sergej Gavrikov dachte an seine Familie in St. Petersburg. Er hätte seiner Frau und seinen Kindern gerne gesagt, wie sehr er sie liebte.

33.

Am Vormittag stiegen Farah und Haris die Steintreppe zum Hügel auf. Prags Burg und das Gebiet der Kathedrale des Heiligen Vitus lockten scharenweise Touristen an, und die Zwillinge mischten sich unter die Volksmenge. Farah war es wichtig, vor der Rückkehr nach Finnland die Kathedrale zu besuchen. Nach kurzer Suche fanden sie das Gebäude, in dem die Eintrittskarten verkauft wurden. Die Schlange zur Kathedrale hatte sich inzwischen schon zu einer Länge von Dutzenden von Metern ausgedehnt. Farah und Haris stellten sich ganz hinten an. Innert weniger Minuten war das Ende der Schlange wiederum um Dutzende von Personen angewachsen.

Ein asiatisches Paar verewigte sich selbst auf einer Treppe in der Nähe mit Hilfe eines Selfie-Sticks. Farah und Haris fanden diese Dinger lustig.

«Ich will auch einen Selfie-Stick», lächelte Farah.

Die Schlange bewegte sich allmählich vorwärts, und sie gelangten hinein. Farah holte ihre Systemkamera hervor. Haris machte seinen Rundgang durch die Kirche nach seinem eigenen Rhythmus und begab sich in die Nähe des Altars, um zu warten, während Farah sich noch irgendwo mit ihrer Kamera beschäftigte.

Später gingen sie wieder hinaus in den sonnigen Novembertag. Die Temperatur war gestiegen, aber Haris verzichtete nicht auf seine Mütze. Sie verbrachten einige Zeit mit dem Auskundschaften des über sieben Hektaren grossen

Geländes der Prager Burg. Haris schlenderte schon bald nur noch mit, aber Farahs Interesse liess nicht nach. Sie kehrten zur Stadtseite der Burg zurück und weideten ihre Augen am blendend schönen Stadtpanorama.

«Wir werden nicht mehr hierher zurückkehren, Farah.»

Farah liess die Kamera sinken: «Ich möchte vor unserer Abreise nochmals hierher kommen. Lass uns am Abend zurückkommen, wenn die Leute fort sind und die Abendbeleuchtung eingeschaltet ist.»

«Ich meinte Prag. Wenn unsere Aufgabe erfüllt ist. Ich glaube nicht, dass wir danach nochmals zurückkehren.»

«Wäre es zu gefährlich, Haris?»

«Wir wissen nicht, was uns erwartet. Ich glaube, dass es jedenfalls für einige Zeit nicht sicher wäre.»

Sie mussten in die Stadt zurückkehren. Haris' Lieferung war angekommen und musste abgeholt werden, solange es noch hell war. Petr Kuba hatte versprochen, ihnen zu helfen. Haris hatte ihm erzählt, dass die Lieferung legal war, der Lieferant des Verkäufers Haris jedoch nicht bekannt war. Die Lieferung würde in bar bezahlt werden müssen. Petr Kuba hatte sich gleich bereiterklärt zu helfen und lediglich angemerkt, es gehe doch hoffentlich nicht um Drogen oder Waffen.

Danach waren die Gedanken des Ex-Eishockeyspielers abgeschweift, um sich an das Kriminellste zu erinnern, was er sich geleistet hatte. Es war anscheinend ein Ausflug nach Vancouver, wo Kuba einige Nächte bei seinem Kollegen, der in der NHL spielte, gepennt hatte. Der Kollege verreiste später zu einer Serie von Auswärtsspielen, und Petr Kuba hatte die ganze Wohnung für sich gehabt. Nach einem feuchtfröhlichen Abend in einem Restaurant hatte es der Tscheche zwar zur Wohnung geschafft, hatte jedoch die Orientierung in der Wohnung komplett verloren: Wo war die Toilette, wo waren die Lichtschalter? Not kannte kein Gesetz: Er hatte eine anderthalb Meter hohe Topfpflanze im Wohnzimmer begossen. Die krümelige Erde hatte gut und gerne einige Bierhumpen voll aufgesogen.

«Ich bin nie aufgeflogen, aber ich habe diese Pflanze wohl umgebracht.»

Farah hatte die sich anbahnende Freundschaft zwischen Haris und Petr Kuba bemerkt, obwohl der Altersunterschied zwischen den beiden beinahe zwanzig Jahre betrug. Die Beziehung zwischen Kuba und Farah hatte hingegen einen anderen Charakter, denn der Mann musterte Farah verstohlen mit dem Blick eines Junggesellen.

Die Zwillinge kehrten zur Wohnung zurück. Anschliessend, als Petr Haris mit dem Auto abholte, blieb Farah allein in der Wohnung. Sie war gespannt, wie die Übergabe der Lieferung gelingen würde. Wenn irgendetwas schiefginge, würden sie die Ausführung ihres Auftrags unterbrechen müssen. Geld und Zeit würden nicht ausreichen, um alles neu aufzugleisen. Das Treffen war auf dem Parkareal der O2-Arena vereinbart worden. Farahs Meinung nach ging die Zeit zu langsam vorbei. Was, wenn den Männern etwas zustiess? Was musste Farah tun, falls sie nicht zurückkehrten? Haris hatte ihr verboten, ihn auf seinem Handy anzurufen.

Die Erleichterung war grenzenlos, als sich der Schlüssel im Schloss drehte und Haris mit einem Paket auf den Schultern eintrat. Farah wäre ihrem Bruder vor Erleichterung und Freude beinahe um den Hals gefallen. Haris seinerseits war aufgeregt, als er den Inhalt des Kartons auf dem Tisch ausbreitete, um ihn Farah zu zeigen. Die Übergabe war ohne Probleme verlaufen, aber der Zeitplan war nicht aufgegangen. Haris bewunderte die auf dem Tisch ausgebreiteten Elektronikartikel und stellte fest, dass alle bestellten Waren in tadellosem Zustand angekommen waren. Die Lieferung war wertvoll. Die Organisation dieser Lieferung nach Prag hatte recht früh begonnen, schon bevor sie selbst überhaupt in Prag angekommen waren.

«Wir müssen einen verfeinerten Plan erstellen, was du wo platzierst, wenn du zum nächsten Mal in die Villa kommst.»

Farah nickte ernst. Haris legte seine Hand auf den Arm seiner Schwester: «Farah, hab keine Angst. Ich passe auf dich auf.»

Dann verbrachten sie einige Zeit damit, den Plan auszufeilen. Haris beschloss, an ihrem ursprünglichen Plan einige Änderungen vorzunehmen, aber ein grosses Problem hatten sie: Farah würde sich der Garage und dem Tesla nicht nähern können. Der Wagen war aber wichtig.

«Wir haben es hingekriegt, dass du in der Villa arbeiten kannst. Wir werden bestimmt eine Lösung für das Problem mit dem Tesla finden.»

Farah wollte ihm vertrauen, aber Haris' Augen verrieten, dass er noch nicht einmal den Hauch eines Lösungsansatzes hatte.

«Das überlegen wir uns zuletzt», schlug Haris vor.

Kurz vor elf Uhr abends gingen sie wieder aus. Sie gingen einige Meter zu Fuss und traten in die Buchhandlung Shakespeare ein. Der Besitzer hatte sie zu einer Privatveranstaltung eingeladen. Die Buchhandlung im ebenerdigen Lokal war dunkel, aber einige kleine Scheinwerfer wiesen den Weg zu der Treppe, die ins Untergeschoss führte. Das Untergeschoss war mit grossen Kerzen und Öllampen beleuchtet. Nach den Zwillingen trafen noch einige weitere Gäste ein. Farah zählte, dass ungefähr dreissig Personen versammelt waren.

Der Besitzer der Buchhandlung Shakespeare begrüsste die Gäste auf Englisch und stellte eine irische Autorin vor, die zu Gast war. Die Frau in Farahs und Haris' Alter hatte zu Beginn des Jahres ihren dritten Roman veröffentlicht. Die Autorin erzählte von ihrem neusten Roman und danach von ihren anderen Büchern. Die Gäste durften zu den Büchern und auch zum Schreibvorgang Fragen stellen.

«Was ist dein Tagesrhythmus?»

«Ich schreibe ungefähr fünf Monate lang an einem neuen Buch. Ich wache um neun Uhr auf, denn ich bin Langschläferin. Nach dem Frühstück mache ich mich ans Schreiben. Dann halte ich eine Mittagspause und spaziere eine halbe Stunde. Die zweite Schreibsitzung dauert drei Stunden. Danach entspanne ich mich und bereite das Essen zu. Ich esse gemeinsam mit meinem Freund und wir verbringen einige Stunden zusammen. Um zehn Uhr abends schmeisse ich ihn raus (die Zuhörer lachten) und editiere für eine oder zwei Stunden den zuvor geschriebenen Text. Dann geniesse ich gerne ein Gläschen Wein. Ich schlafe spätestens um ein Uhr nachts ein. Ich möchte anmerken, dass mein Freund in den Monaten, in denen ich nicht schreibe, unbegrenzt Zeit mit mir verbringen kann. Er ist ganz zufrieden mit dem Beruf, der mich gewählt hat.»

«Beeindruckend», sagte ein Mann.

«Wunderbar», sagte eine Frau.

Die Gäste wurden an einem Buffet bewirtet. Um zwei Uhr nachts bedankten sich Farah und Haris bei der Autorin und dem Buchhändler. Die Zwillinge begaben sich in ihre Wohnung zur Nachtruhe.

Haris war etwas beschwipst und wollte ein Bad nehmen. Farah beschloss wachzubleiben, bis Haris aus dem Bad kam. Das fehlte gerade noch, dass ihr Bruder im nachlassenden Rausch in der Badewanne einschlief. Farah wachte im Bett und horchte darauf, dass es im Bad nicht allzu still wurde. Sie erhob sich einmal, um durch den Türspalt hindurchzuspähen, ob alles in Ordnung war.

Am Morgen fiel das Aufstehen schwer.

Farah schaffte es dennoch rechtzeitig zum Transport mit ihrem Team, und Ivan fuhr sie zum Kundenobjekt. Heute war der Tag des Dreifingrigen, aber davor mussten sie noch Aufträge in zwei weiteren Häusern erledigen. Das eine war das dreihundert Jahre alte Hauptgebäude eines Landguts, das vor kurzem renoviert worden war. Vom Vorplatz aus mochte man ein jahrhundertealtes historisches Gebäude sehen, aber hinter der Türschwelle wurde man von der neuesten Haustechnik der 2010er-Jahre empfangen, etwa von einer automatisierten Belüftungs- und Klimaanlage und einem Aufzug. Alles war bis zum Letzten digitalisiert – in der Raumluft zirkulierten mehr drahtlose Informationen als Staubkörner.

Exakt um zwei Uhr hielt Ivan vor der Villa des Dreifingrigen. Farah erschrak innerlich, als sie den weissen Tesla bemerkte. Befand sich der Dreifingrige etwa im Haus? Derselbe Sicherheitsmann wie beim letzten Mal empfing sie und führte sie ins Haus. Die Hauswirtschafterin verteilte ihnen wie beim letzten Mal die Aufgaben. Farah begann in der Küche im Erdgeschoss. Von der Hauswirtschafterin hatte sie ein Zeitlimit von zwanzig Minuten gesteckt bekommen.

Farah blickte aufmerksam um sich, sah aber keine Überwachungskameras. Das brauchte nicht zu bedeuten, dass keine Kameras vorhanden waren, sie bemerkte sie bloss nicht. Farah arbeitete systematisch und effizient. Sie reinigte den Spültisch der Küche und gebrauchte ihren Körper als Schutz, als sie unter ihrer Kleidung einen kleinen Sender hervorholte. Er besass eine langlebige Batterie und eine gute Raumabdeckung, war selbstklebend, konnte aber zusätzlich mit einem Magneten an Metall befestigt werden. Während Farah die Küche auf Hochglanz brachte, hatte sie sich schon einen geeigneten Ort überlegt, wo sie das Abhörgerät unauffällig anbringen konnte. Es sollte Gespräche in einem möglichst weiten Umkreis aufnehmen können. Wenn niemand auf die Idee kam, es zu suchen, würde es nahezu unmöglich sein, es zu finden. Das Anbringen des Senders gelang in wenigen Sekunden. Farah lächelte zufrieden, ihr Auftrag hatte Fahrt aufgenommen.

«Alles in Ordnung?»

Der Sicherheitsmann bemerkte das Zusammenzucken: «Entschuldigung, ich wollte dich nicht erschrecken.»

«Macht nichts. Hier ist es so still.»

Der Sicherheitsmann war nach Farahs Meinung wie eine unerschütterliche Mauer, aber ein gemütlicher Gesprächspartner. Er war in Ivans Alter, vielleicht etwas jünger. Die schwarzen Haare erinnerten an Haris, obwohl die Länge seiner Haare bloss einen Bruchteil von Haris' Wuschelkopf mass. Farah fürchtete sich davor, dass der Mann etwas bemerkt haben könnte. Würde Farah gleich auffliegen? Schrecklich.

Der Mann lächelte beruhigend: «Mein Job ist es, unsichtbar und lautlos zu sein. Ich lasse dich in Ruhe und mache mich wieder unsichtbar. Denk daran, dass du immer ein Augenpaar in deinem Rücken hast, wenn du hier im Haus bist.»

Farah verstand nicht, warum der Sicherheitsmann den letzten Satz gesagt hatte. Er bemerkte es: «Ich meine, dass deine Sicherheit hier drinnen garantiert ist.»

Der Mann entfernte sich. Farah überlegte, was sie mit der garantierten Sicherheit in diesem Haus anstellen sollte. Der Sicherheitsmann hatte also doch nicht bemerkt, was sie getan hatte. *Vielleicht* hatte er es nicht bemerkt. Sie konnte nur hoffen. Farah war muslimisch erzogen worden, obwohl sie sich mehrheitlich ungläubig fühlte. Dennoch betete sie jetzt innerlich.

Nach fünf Minuten kam die Hauswirtschafterin in der Küche vorbei, stellte fest, dass Farah gute Arbeit geleistet hatte, und führte sie ins Wohnzimmer. Sie erhielt einige Minuten, um Staub zu wischen. Hatte die Hauswirtschafterin eine Aufgabenliste mit exakten Zeiten, nach denen sie das vierköpfige Arbeitsorchester wie ein Kapellmeister dirigierte?

Heute war das Glück Farah wohlgesinnt. Sie hatte eine hervorragende Gelegenheit, zwei Sender im Wohnzimmer zu verstecken. Sie bemerkte, dass sie an den Händen schwitzte, als der Zeitpunkt, den ersten Sender anzubringen, gekommen war. Der Sicherheitsmann von vorhin stand in der Tür und behielt sie im Auge. Zu Farahs Glück drehte er sich für einen Moment um, und sie konnte den Sender befestigen. Den zweiten Sender konnte sie nicht mehr verstecken, da die Hauswirtschafterin einige Minuten zu früh zurückkehrte. Da konnte man nichts machen.

Farah bekam eine neue Aufgabe, die sie rasch erledigen musste. Im Gästezimmer im Obergeschoss musste die Bettwäsche gelüftet werden und die Laken mussten gewechselt werden. Danach musste Farah staubsaugen und den Fussboden feucht aufnehmen, nicht zu vergessen den Whirlpool im Badezimmer. Farah geriet etwas unter Zeitdruck, aber sie glaubte, dass sie es schaffen würde. Sie beschloss, bei der Rückkehr aus dem Obergeschoss einen Sender unter dem breiten Handlauf des Treppengeländers anzubringen. Der Handlauf war mit Bolzen am schmiedeisernen Geländer befestigt, das den Magnet des Senders sicher festhalten würde.

Die Arbeit ging flüssig voran, aber Farahs Sorge wuchs von Minute zu Minute. War sie aufgeflogen? Präsentierte womöglich der Sicherheitsmann seinen Fund gerade der Hauswirtschafterin oder gar dem Dreifingrigen? Beobachteten sie sie schon die ganze Zeit und würden sie bald festnehmen? Lief der ganze Aufwand, den sie und Haris betrieben hatten, nur wegen einer falschen Bewegung ins Leere? Haris und sie hatten endlos darüber gesprochen, wie gewagt, aber auch zwingend notwendig die Aufgabe war. Entgegen ihrer eigenen Erwartungen hatten sie es geschafft, den Dreifingrigen ausfindig zu machen. Danach hatten sie keine andere Möglichkeit gehabt, als zu versuchen, in seine Nähe zu gelangen. Sie waren jetzt so nah am Ziel.

Im Gästezimmer versteckte Farah ein Abhörgerät neben dem Doppelbett. An der Aussenwand neben dem Fenster befand sich ein perfektes Versteck dafür. Es war klar, dass es später, wenn die Villa voller Abhörgeräte steckte, für Farah viel zu gefährlich wäre, dort zu arbeiten. Die Entdeckung eines einzigen Mikrofons würde eine umfangreiche Suchoperation in Gang setzen, um die Schuldigen zu finden. Die Mikrofone waren leicht zu finden, wenn man ihre Existenz vermutete. Es gab Geräte, mit denen man solche Mikrofone im Handumdrehen ausfindig machen konnte. Der Dreifingrige würde die Schuldigen nicht in Ruhe lassen, bevor er sie fand.

Haris hatte im Garten Basisstationen versteckt und Reserve-Stromversorgungen dazu. Sie waren darauf vorbereitet, die Villa heimlich auszuhorchen, bis die Akkus in den Geräten leer waren. In der Planungsphase hatte es so ausgesehen, als ob die Operation unmöglich auszuführen wäre, aber heute war sie Realität. Den Einsatzplänen nach zu urteilen, würde Farah noch ohne Schwierigkeiten ein- oder zweimal in die Villa gelangen. Das würde sehr gut reichen. Sie war nicht sicher, wie sie dem Druck beim nächsten Mal standhalten würde. Nach diesem Besuch wäre die Ankunft bei der Villa wie ein Weltraumspaziergang auf der dunklen Seite des Mondes.

Das Bad war beinahe fertig geputzt. Hier lohnte es sich nicht, ein Mikrofon anzubringen. Farah überlegte, wie man ins Innere des Autos gelangen konnte, ohne dass ihr Bruder seinen neuen waghalsigen Plan umsetzen musste. Die Baupläne der Villa hatten eine verwundbare Stelle in der Garage aufgezeigt. Haris hatte es gestern nach seinem Bad bemerkt. Farah war gleich eingeschlafen, aber Haris hatte doch keinen so starken Rausch gehabt, wie es den Anschein machte, und hatte vor dem Einschlafen noch die Lösung zum Problem mit dem Tesla gefunden. Die Garage war zur Belüftung der Konstruktion teilweise auf Pfeilern erbaut. Es gab wenig Spielraum in der Höhe, aber er würde genügen. Haris würde es schaffen, dank des Belüftungsspalts unter den Boden des Schuppens zu kriechen. Von dort konnte er ein Loch in den Holzboden sägen. Mit etwas Glück genügte dafür ein gewöhnlicher Geissfuss. Durch den Schuppen würde Haris in die Garage zum Tesla gelangen. Im Schuppen und in der Garage gab es keine Alarmvorrichtungen, da es sich um ein praktisch fensterloses Gebäude handelte. Der einzige sinnvolle Eingang war das Hebetor, das garantiert alarmgesichert war. Haris vertraute darauf, dass der Tesla im Inneren der Garage nicht verriegelt wurde.

Haris beabsichtigte, in der folgenden Nacht, nachdem Farah ihre eigene Aufgabe abgeschlossen haben würde, in die Garage und den Tesla einzudringen. Heute würde Farah ihre Aufgabe noch nicht abschliessen können. Sie würde noch einmal kommen müssen, obwohl sie Angst davor hatte.

Die Hauswirtschafterin kam ins Badezimmer, aber Farah hörte sie rechtzeitig und erschrak nicht. Die Hauswirtschafterin zeigte den Anflug eines Lächelns, was wohl bedeutete, dass sie mit der Arbeit zufrieden war. Die Frau hatte für Farah noch eine kleine Arbeit reserviert, da noch genügend Zeit übrig war. Die anderen Teammitglieder waren noch nicht fertig. Die Hauswirtschafterin führte Farah in ein anderes Eckzimmer im Obergeschoss, dessen zentrales Möbelstück der grösste Schreibtisch war, den Farah jemals gesehen hatte. Die Hauswirtschafterin liess Farah die Arbeitsflächen im Büro reinigen. Nach fünf Minuten sollte sie sich wieder in der Eingangshalle im Erdgeschoss melden. Farah dachte, dass dies das erste Mal war, dass sie sich frei im Haus bewegen durfte. Farah fand unter dem Rand der Pultfläche eine gute Stelle für ein Abhörgerät. Aus einer momentanen Eingebung heraus spähte sie noch unter die Schreibunterlage, ob dort womöglich der Code zu einem Tresor versteckt war. Nach vier Minuten war sie fertig und verliess das Zimmer.

Vom Treppenabsatz des Flurs im Obergeschoss dehnte sich eine symmetrisch geschwungene Doppeltreppe in rotem Granit nach unten aus. Farah hielt ein Abhörgerät in der Faust, das sie an der Unterkante des Holzgeländers anbringen wollte. Ein Mann stieg die Treppen hoch. Farah bemerkte ihn rechtzeitig. Sie liess das Abhörgerät unbemerkt zurück in ihre Tasche gleiten. Farah war überrascht, wie ruhig es ihr gelang, den ersten Blickkontakt zum Dreifingrigen aufzunehmen. Verglichen mit den Fotos von der Forbes-Veranstaltung wirkte der Mann grösser und lebendiger.

Der Mann wandte seinen Blick nicht von Farah. Er langte im selben Augenblick auf dem Treppenabsatz an, als Farah am Ende des Flurs war. Farah musste anhalten, da der Mann ihr den Weg versperrte. Der Mann musterte sie von den Fusssohlen bis zu den Augen.

«Was ist mein Preis?», fragte Farah lakonisch. Sie bereute ihre Worte sogleich.

Der Mann zeigte das kalte Lächeln, mit dem der Wolf seiner Beute einen Atemzug lang nichtige Hoffnung schenkt.

«Preis? Mich interessiert mehr, was Sie sich in die Tasche gesteckt haben, als Sie mich auf der Treppe bemerkt haben.»

34.

Am Nachmittag rief Kati Laine Paula Korhonen in ihr Büro. Laine wollte mit ihr reden, bevor Olavi Jääskeläinen von der internen Untersuchungsstelle zum Palaver erschien.

«Ist dir denn nicht in den Sinn gekommen, dass du früher oder später erwischt werden würdest? Weisst du nicht mehr, was damals beim Datenschutzvergehen mit dem Olympia-Langläufer geschehen ist? Eine ganze Menge Polizeibeamte kriegten eine Anzeige, und auch die Urteile liessen nicht lange auf sich warten.»

Natürlich erinnerte sich Paula an den Fall mit dem Olympia-Langläufer. Die Zeitungen des Landes hatten die Sache über Wochen hinweg ausgebreitet. Wenn Paula vor das Landesgericht kam, würde auch ihre Sache zur Presse durchsickern. Für Paulas Karrierepläne konnte das fatal sein. Aki hätte damit eine ideale Gelegenheit, den Medien Informationen zuzuspielen, falls er davon Wind bekam. Oder würde Laine den Redakteuren Informationen geben?

Paula war dennoch selber schuld, egal, wer wem Informationen weitergab. Sie hatte nicht vor, die Verantwortung auf die Schultern eines anderen abzuschieben. Sie hatte sich ein Vergehen geleistet. Nur bei einem Dating-Partner war es tatsächlich nötig gewesen, den Hintergrund abzuklären.

Jääskelainen traf pünktlich ein. Der Mann traf Paulas Chefin zum ersten Mal: «Ich bin Olli.»

Olavi Jääskeläinen breitete seine Papiere auf Laines Pult aus und fuhr fort. Der Inhalt seiner Ausführungen war dasselbe, was Olavi Jääskeläinen und Paula bei ihrer früheren Besprechung zu zweit diskutiert hatten. Allerdings erzählte Jääskeläinen nicht, was Paula als Motiv für ihre Tat angegeben hatte. Paula hatte ihrer Chefin soeben erzählt, dass es um Abklärungen zum Hintergrund ihrer Dating-Partner gegangen war. Durch Olavi Jääskeläinens Erläuterungen wurde klar, wie viele unerlaubte Registeraufrufe Paula getätigt hatte, was Kati Laine erstaunte. Ihr Mund stand offen wie ein Scheunentor, als sie die Zahlen hörte.

«Die Voruntersuchung wird fortgesetzt, und danach gebe ich sie weiter an die Staatsanwaltschaft», beendete Olavi Jääskeläinen seinen quälenden Monolog. «Die Anklagepunkte wären ein Verstoss gegen das Datenschutzgesetz und Verletzung der Amtspflicht. Du kommst mit einer Geldstrafe davon.»

Paula stieg die Röte ins Gesicht.

«Wie lange dauert die Voruntersuchung ungefähr?», erkundigte sich Laine.

«Es sind momentan einige wichtigere Fälle offen. Ich kann es nicht sagen.»

Laine entfuhr ein Kraftwort: «Gib mir zumindest etwas. Ich muss im Hinblick auf eine allfällige Suspendierung von Paula einen Entschluss fassen. Wir haben knappe Ressourcen und damit überhaupt keinen Spielraum.»

Jääskeläinen presste seinen Mund fest zusammen, während er seine ganze Aufmerksamkeit auf Kati Laine richtete: «Du kannst sie nicht bei Wasser und Brot in eine Zelle sperren, um auf ihr Urteil zu warten. Paula fährt mit ihrer Arbeit bis zum Urteil des Landesgerichts normal fort. Wenn ich die Anklageschrift überhaupt weiterreiche.»

«Wenn du sie weiterreichst? Das ist doch ein klarer Fall.»

«So klar ist das nicht. Wirf nicht vorzeitig Steine auf

deine Mitarbeiterin. Paula, können wir noch unter vier Augen reden? Für dieses Mal haben wir nichts mehr, was wir zu dritt besprechen müssen», sagte Jääskeläinen und fügte an: «Danke für deine Zeit.»

Der letzte Satz war nur für Kati Laine bestimmt gewesen.

In Paulas Büro versuchte Jääskeläinen, sie zu beruhigen: «Aus der Perspektive der internen Untersuchungsstelle würde ich das nicht überdramatisieren, aber wir wollen auch nicht um den heissen Brei reden. Halten wir doch an unserem gesunden Menschenverstand fest. In jenem Fall, in dem man wegen der Todesursache des Olympia-Langläufers herumgeschnüffelt hat, wurden Dutzende Polizeibeamte zu Geldstrafen verurteilt. Das war ein Präzedenzfall, der landesweit publik gemacht wurde. Die Motive für das Herumschnüffeln reichten von Neugier bis hin zur Notwendigkeit der Aufrechterhaltung der beruflichen Fertigkeiten. Ja, einer von ihnen wurde tatsächlich freigesprochen, weil das Landesgericht die Zusammenstellung von Schulungsunterlagen als Begründung guthiess. So etwas musst du beim Landesgericht ja vielleicht nicht gleich versuchen.»

Paula Korhonen begriff, dass Jääskeläinen eine ordentliche Portion Bauernschläue besass. Paulas Sinn für Humor konnte der Mann diesmal aber nicht zum Erblühen bringen. Es war eine zu ernste Sache. Sie begleitete ihren Gast ins Erdgeschoss. Sie genoss die friedliche Gesellschaft des soliden Mannes, obwohl diese Gesellschaft sie vor Gericht führen würde und nicht vor den Altar. Sie verabschiedeten sich voneinander.

Olavi Jääskeläinen wälzte noch etwas in seinem Kopf: «Naja, Paula … Wäre es eine schlechte Idee, wenn ich dich ins Theater einladen würde?»

Paula hätte sich Jääskeläinen an Ort und Stelle in die

Arme werfen wollen, bevor dieser es bereute und sein Angebot zurückzog. Sie hätte direkt in sein Ohr gurren wollen: «Ich will, Olavi, ich will!»

«Olavi, das ist eine schlechte Idee, aber danke.»

«Nun, also … Ich wollte dich nicht verletzen. Die Situation ausnutzen. Also …»

«Das weiss ich.»

«Ich … also …»

«Vielleicht dann, wenn ich aus dem Gefängnis komme?»

Paula Korhonen legte ein lebhaftes Blinzeln in ihren Blick, obwohl ihr Mund in Verteidigungsstellung blieb. Olavi Jääskeläinen liess Luft aus seiner Lunge entweichen und entspannte sich.

«Also gut. Ich bringe dich zuerst ins Gefängnis.»

Sie gingen mit einem Lächeln auf den Lippen auseinander.

35.

Farah erstarrte. Der Dreifingrige würde sie nicht gehen lassen, bevor sie ihm zeigte, was sie in ihrer Tasche hatte.

«Halten Sie mich für eine Diebin?»

Der Mann war nicht vorbereitet auf eine schlagfertige junge Schlampe, die in seinen Augen Wegwerfware war, billiges Dienstvolk. Die Geringschätzung des Mannes drang durch ihren Blick und ihre Haut.

«Müsste ich das?»

«Wenn Sie meine Taschen durchsuchen wollen, will ich, dass mein Teamleiter und Ihre Hauswirtschafterin als Zeugen dabei sind.»

Der Dreifingrige lachte auf: «Gut. Folgen Sie mir.»

Der Mann machte den Fehler, auf der Treppe voranzugehen. Farah nahm blitzschnell das Abhörgerät aus der Tasche und steckte es unter den Handlauf, als sie sich mit der Hand daran festhielt. Der Mann wandte sich nach wenigen Schritten um und wartete, bis Farah auf der Treppe bis zu ihm hinabgestiegen war. Ein kleines Unglück war geschehen, aber Farah war gerettet. Der Mann rief die Hauswirtschafterin und erklärte die Situation. Der Teamleiter Ivan wurde ebenfalls zur Stelle gerufen. Farah leerte ihre Taschen. Sie legte einen silbernen Ring auf den Tisch, auf dessen Innenseite ihr Name eingraviert war. Der Ring war ein Geburtstagsgeschenk von Haris gewesen. In der anderen Tasche befanden sich zwei Haarspangen, mit denen sie bei Bedarf ihre langen Haare zusammennehmen konnte.

«Ich trage den Ring nicht, wenn ich mit Putzmitteln arbeite.»

Der Dreifingrige war enttäuscht. Farah traute sich zum ersten Mal, den Mann für längere Zeit anzublicken. Für Farah war der Mann der Inbegriff irdischer Brutalität. Das Lächeln des Mannes übertünchte seinen Autoritätsverlust. Die Hauswirtschafterin zeigte keine Reaktion, aber Ivan gefiel die Situation ganz offensichtlich nicht.

«Unsere Firma ist für ihre Diskretion bekannt.»

«Sie könnte etwas unter ihrer Kleidung verbergen.»

«Sie können direkt zu mir sprechen statt zu Ivan. Ich bin nicht taub.»

Für einen Moment verriet der Anflug eines Lächelns, dass die Hauswirtschafterin im Zweifel wohl für Farah Partei ergriffe.

Der Dreifingrige ärgerte sich: «Wissen Sie nicht, wer ich bin?»

«Keine Ahnung.»

Farah und der Mann musterten sich gegenseitig.

«Ich will, dass sie durchsucht wird», sagte der Dreifingrige, diesmal wieder zu Ivan.

«Ich mache das. Komm mit mir.»

Die Hauswirtschafterin führte Farah in ein Badezimmer. Sie wechselten kein Wort, als Farah sich auszog.

«Ich muss dich bitten, dich ganz auszuziehen. Es tut mir leid.»

Nach einigen Minuten kehrten Farah und die Hauswirtschafterin zurück in die Eingangshalle. Der Dreifingrige war nicht mehr dort. Ivan erklärte Farah und der Hauswirtschafterin die Situation. Alles war in Ordnung.

«Gehen wir.»

Im Auto warteten Tereza und Alena.

«Wodurch seid ihr aufgehalten worden?»

Ivan erklärte die Angelegenheit. Die Frauen waren erschüttert. Ivan betonte, dass nichts geschehen war. Er war der Meinung, dass Farah sofort hätte zeigen sollen, ob sie etwas in ihrer Tasche hatte. Farah war anderer Meinung.

«Farah, wir arbeiten in den Häusern von Millionären. Diskretion ist für uns die absolute Grundbedingung. Wir arbeiten selbst nackt, wenn die Kunden es verlangen. Du hast ihm von Anfang an getrotzt. Hättest du doch bloss sofort die Taschen umgestülpt. Du solltest ihn um Verzeihung bitten und hoffen, dass ihm das genügt.»

Farah mochte nicht mit Ivan streiten. Ivan hatte gezeigt, dass er fair und ehrlich war. Dieser kleine Streit durfte ihr Verhältnis nicht beeinträchtigen.

In der Stadt liess Ivan Farah als erste aussteigen, und sie eilte in die Wohnung. Haris versteckte das Notizbuch mit dem schwarzen Einband sofort, als Farah die Tür öffnete. Farah hatte es nicht bemerkt.

«Was ist los?», fragte Haris, als er Farahs besorgte Miene sah.

Haris hörte sich Farahs Erläuterungen ernst an. Er unterbrach Farah nur einige Male. Haris war besorgt, aber zum Glück war wenigstens im Büro ein Mikrofon angebracht worden, das war das Wichtigste. Der zweite wichtige Ort war das Auto. In den Tesla musste er einfach ein Mikrofon kriegen.

«Du wirst nicht zur Villa zurückkehren, Farah. Erstens können sie zufällig eines der Abhörgeräte finden. Zweitens nimmt der Dreifingrige vielleicht an, dass du beim nächsten Mal etwas stiehlst, auch wenn du jetzt für unschuldig befunden wurdest. Dir wurde diesmal Immunität gewährt, aber nur so lange, bis sie sich entschliessen, erneut eine Leibesvisitation zu machen. Du kannst dort nicht mehr mit zusätzlichem Material in deiner Kleidung hingehen.»

«Haris, ich bin nicht erwischt worden. Ich kann also nicht *wieder* erwischt werden.»

«Bemerkst du, sogar ich denke, dass du erwischt worden bist. In Zukunft werden sie dich mit der Lupe beobachten. Du meldest dem Büro morgen, dass du aufhörst. Ich breche in die Garage der Villa ein und verstecke das Abhörgerät im Tesla. Danach verlassen wir das Land. Dein Arbeitgeber hat die Adresse dieser Wohnung. Wenn irgendetwas auffliegt, ist die Leibgarde des Dreifingrigen sofort hier, um uns zu suchen. Wir müssen so rasch wie möglich verschwinden.»

Haris nahm Farahs Finger zwischen seine Hände und versicherte ihr, dass alles gut ausgehen würde.

«Und was, wenn das Auto nicht dort ist?»

«Wir warten die Nacht ab. Dann ist das Auto bestimmt in der Garage. Ich fahre heute abend mit dem roten Prachtstück hin und installiere eine Kamera am Strassenrand, so nah beim Tor der Villa, wie ich kann. Danach können wir die Strasse von hier aus im Auge behalten. Wenn der Tesla für die Nacht bei der Villa bleibt, schlage ich zu.»

Haris fürchtete, dass er erwischt werden könnte. Der Dreifingrige konnte aus Farah Informationen über ihn herausquetschen. Farah musste in der Einbruchnacht in Sicherheit sein.

«Die beste Lösung wäre es, wenn du gleich nach deiner Kündigung nach Hause fliegen würdest. Ich bleibe hier, um alles abzuschliessen. Wir haben die Wohnung für einen Monat zum voraus bezahlt, aber ich penne zur Sicherheit bei Petr oder seinen Freunden.»

«Nein, Haris. Wir sind gemeinsam gekommen und wir gehen auch gemeinsam.»

Haris seufzte: «Ich weiss. Aber wenn wir länger auf das Auto warten müssen, steigt das Risiko an, dass die Abhörgeräte entdeckt werden. Die Gefahr ist jetzt real.»

«Aber du sagtest, dass sie sie vielleicht niemals finden.»

«Ja. Ich bin zuversichtlich. Es sind hochwertige Geräte, und ich habe die Basisstationen und die Reserve-Stromversorgungen mit mehrfachen Absicherungen installiert. Warum habe ich mich in Finnland wohl so gut mit Hannu angefreundet? Ohne ihn wäre die Sache ein Pfusch geworden.»

«Gibt es gar kein anderes Mittel?»

«Wir wollen, dass der Dreifingrige Rechenschaft über seine Taten ablegen muss, aber wir sind keine Mörder.»

Die Zwillinge beschlossen, sich ein Notfallszenario zu überlegen. Die Rollen in diesem Katz-und-Maus-Spiel waren dabei, sich in ihr Gegenteil zu verkehren. Vielleicht war es nur eine Frage der Zeit, bis sie die Gejagten waren. Ein kleiner, unerwarteter veränderlicher Faktor würde alles auf den Kopf stellen, und es musste noch nicht einmal ein Fehler sein. Die Wohnung war ab sofort ein grosses Risiko. Im Datensystem der Firma befanden sich sämtliche Personendaten Farahs. Haris nahm auf der Stelle Verbindung zum Hacker auf, erwischte ihn aber nicht. Er hinterliess so, wie sie es für solche Fälle vereinbart hatten, eine Nachricht.

«Das Wichtigste ist, dass du möglichst bald kündigst. Du hast noch kein Gehalt bekommen. Dadurch kann der Hacker alle Daten aus dem System löschen. Wenn man dir über die Bank irgendetwas ausbezahlt hätte, könnte der Hacker nichts mehr daran ändern. Du gehst gleich am Morgen hin, um zu kündigen und alles abzugeben, was der Firma gehört. Der Hacker entfernt deine Daten gleich, nachdem du das getan hast, aus dem System. Bei der Firma wird man sich wundern, wohin du verschwunden bist, aber der Hacker kann die Löschung der Daten verschleiern, indem er ihr Datensystem lahmlegt. Das kostet uns natürlich eine hübsche Summe. Das Geld wird allmählich knapp.»

Haris wollte ausserdem, dass sie sich nicht mehr offen

in der Stadt bewegten. Der Dreifingrige war in gefährliche Dinge verwickelt. Wenn er nur die geringste Bedrohung witterte, würde er einen Beschatter auf Farah ansetzen. Man konnte nur hoffen, dass es nicht so kommen würde. Auch das Ausscheiden Farahs aus dem Reinigungsteam konnte den Dreifingrigen schon hellhörig machen.

«Sind wir von jetzt an paranoid? Unbedingt. Morgen bringe ich dich zum Büro. Du kündigst und verlangst alle deine Zeugnisse zurück.»

Haris' Worte machten Farah Angst.

Für die Nacht befestigte Haris unter dem Griff der Tür zum Treppenhaus einen Pflock, der verhinderte, dass die Tür von aussen geöffnet werden konnte. Farah versuchte zu schlafen, es gelang ihr aber nicht. Dem Licht nach zu schliessen war auch Haris noch wach. Farah wusste schon zum Voraus, dass sie in dieser Nacht wieder ertrinken würde.

36.

Auf dem Starbucks-Pappbecher stand mit schwarzem Filzstift geschrieben «Kalle». Hinter dem Fenster fielen die Regentropfen gegen das Glas und bildeten langsam mäandrierende Bäche. Durch sie hindurch konnte man auf der Strasse den Rücken eines Mannes erkennen. Dieses weissbärtige, lange und schmale Rotkäppchen überquerte die Kungsgatan, zeigte den Autofahrern, die auf die Hupe drückten, den Mittelfinger und trat mit seinem Filzstiefel mitten in eine Pfütze.

«Noch ein voller Monat bis Weihnachten», bemerkte Edison.

Kalle Nordin kostete vom Spezialkaffee. Edison hatte den Ort für das Treffen ausgewählt.

«Wie geht es Holmström?», fragte Nordin.

«Opa? Gut. Er kommt wieder zur Arbeit. Ich verstand, dass ihr heute einen Termin habt.»

«Ja. Aber du hast auch etwas für mich? Du willst nicht, dass Annmari davon weiss. Habe ich das richtig verstanden?»

Edison sah sich um, während er aus der Brusttasche seiner Lederjacke ein gefaltetes Papier holte.

«Das ist inoffiziell. Dieses Papier enthält die Namen der in Stockholm operierenden Hawaladars. Allein von der somalischstämmigen Bevölkerung der Stadt benutzen neunzig Prozent das Hawala-System. Die anderen Nationen haben ihre eigenen Hawaladars.»

«Ist das nach den Anschlägen von 9/11 nicht verboten?», bemerkte Kalle Nordin.

«Du meinst bestimmt al-Barakat. Der somalische Bürgerkrieg gab der Organisation gewaltigen Auftrieb. Im Jahr 2001 vermittelte al-Barakat Geldtransfers ausser nach Somalia in weitere 140 Staaten, darunter auch Schweden. Es wurden jährlich Gelder im Gegenwert von 140 Millionen Dollar verschoben. Al-Barakat war Somalias grösster privater Arbeitgeber und bot zusätzlich zu den Geldtransfers auch Telefon- und Internetdienstleistungen an. Kein Wunder, dass nach den Terroranschlägen von New York dagegen der Anklagefinger erhoben wurde. Das Hawala-System war ein ausgezeichnetes Mittel, um den Terrorismus zu finanzieren und Gelder zu verschieben, vorbei am offiziellen Bankensystem. Die USA und das Vereinigte Königreich setzten al-Barakat auf die schwarze Liste und starteten eine Untersuchung. Al-Barakat wurde verdächtigt, terroristische Organisationen zu unterstützen. Für diejenigen Somalier, die damit nichts zu tun hatten, war das eine Katastrophe. Die in Schweden lebenden Somalier waren ebenfalls gezwungen, eine neue Methode zu finden, um Geld nach Hause zu schicken. Nach jahrelangen Untersuchungen hatte man keine einzige Verbindung zum Terrorismus gefunden. Im Herbst 2009 strich das Vereinigte Königreich die Organisation ohne Erklärung von der schwarzen Liste, und 2012 zogen die USA nach. Zwei Jahre später nahm al-Barakat die weltweite Geschäftstätigkeit wieder auf.»

«Du hast ein gutes Gedächtnis.»

Edison grinste: «Ich habe mich jetzt über das Hawala-System informiert, weil es so aussah, als ob es auf irgendeine Weise mit Malek Ayman zusammenhing. Wenn du die Liste willst, darfst nur du selbst sie benutzen. Sie ist nicht zur Weitergabe bestimmt. Leider ist der Hawaladar, für den Malek Ayman Dienstleistungen erbracht hat, nicht auf der Liste.»

Edison legte das gefaltete Papier zwischen ihnen auf den Tisch.

«Was soll ich mit einer Liste, auf der der einzige Name, den ich brauche, fehlt? Das ist wertloses Falschgeld.»

Kalle Nordin schob das Papier mit dem Zeigefinger auf Edisons Seite. Edison zuckte mit den Schultern und steckte das Papier zurück in seine Brusttasche.

«Ich glaube, dass jede Person auf der Liste den von dir gesuchten Hawaladar kennt. Ich kann meinen Informanten nicht durch das Verraten des Namens opfern, obwohl er ihn kennt. Die Hawaladars auf der Liste üben eine legale Geschäftstätigkeit aus. Ich meine, dass durch ihre Hände keine Gelder aus dem organisierten Verbrechen gehen. Von denen, die zur letztgenannten Gruppe gehören, gibt es in dieser Stadt zumindest den Vermittler, den du suchst. Vielleicht ist jemand von denen, die auf der Liste stehen, bereit zu reden.»

«Na gut. Könntest du?»

Edison holte erneut seinen Zettel hervor und streckte ihn Nordin über den Tisch entgegen. Kalle Nordin öffnete das Papier und sah sich die Liste an: «So viele Vermittler?»

«Im Jahr fliessen Dutzende Millionen Kronen Hawala-Gelder aus dem Land. Auch das ist bloss eine vorsichtige Schätzung und wahrscheinlich eher das untere Limit.»

Annmari Akselsson hatte die direkte Begegnung mit Holmström zu vermeiden versucht, seit Opa wieder zur Arbeit zurückgekehrt war. Von einem Krankheitsurlaub konnte bei ihrem Chef gar nicht die Rede sein. Holmström war gleich am Tag nach seinem Ohnmachtsanfall wieder zur Arbeit erschienen, wenn auch erst am Nachmittag. Annmari hatte an den Morgenpalavern teilgenommen, aber Holmström hatte deren Durchführung einem Stellvertreter überlassen. Der Oberkommissar liess es also zum Glück etwas ruhiger angehen und war in den letzten Tagen etwas später zur Arbeit gekommen.

Der Tag war schon in vollem Gang, als Holmström in der Tür von Annmaris Büro erschien. Aus der Nähe betrachtet wirkte der Oberkommissar immer noch etwas kränklich. Annmari dachte als erstes an die Fotos ihrer Mutter, die sich an einem Ehrenplatz in Håkan Holmströms Bücherregal befanden.

«Ich hatte noch keine vernünftige Gelegenheit, mich zu bedanken.»

Annmari unterbrach ihre Arbeit und drehte ihren Bürostuhl in die Richtung ihres Chefs. Opa trug wieder seinen vertrauten Anzug mit der Weste.

«Das brauchst du nicht.»

Holmström schaute Annmari Akselsson auf eine Art an, die sie noch nie gesehen hatte. Es war ein besonderer Blick, beschützend und respektvoll. Gerade so, als ob der Oberkommissar lange nichts sagen, aber auch nicht weggehen wollte.

«Ich weiss. Danke.»

Holmström holte seinen Arm hinter dem Rücken hervor und ein Paket, das an einer Schnur baumelte. Annmari war verblüfft: «Du hast doch wohl nicht Blumen …? Ich bin nicht …»

«Nein, keine Blumen.»

Holmström kam näher und legte das Paket auf Annmaris Pult.

«Soll ich es aufmachen?»

«Besprüh es täglich mit Wasser und tauch die Wurzeln ab und zu in Wasser. Man kann es verdursten lassen oder ertränken.»

«Und das sollen keine Blumen sein?»

«Keine Blumen», versicherte Holmström.

«Hoffentlich ist es kein Haustier.»

Der Oberkommissar lächelte zufrieden, ging einige Schritte zurück und entfernte sich dann.

Annmari war neugierig. Keine Blumen, kein Haustier. Brauchte Wasser, konnte aber ertrinken. Man musste es besprühen. Was zum Henker? Annmari öffnete das Verpackungspapier. Es erschien eine Art Knolle, aus der zarte grüne Blätter wuchsen. Sie nahm die Knolle mit und suchte die Abteilungssekretärin Camilla. Camilla unterbrach ihre Arbeit und schaute sie über ihre Bildschirmbrille hinweg fragend an.

«Camilla, was ist *das*?»

Camilla streckte ihren Arm aus, und Annmari überliess ihr die Knolle. Camilla untersuchte die Erscheinung in aller Ruhe.

«Das ist eine Birkenfeige. Sehr schön. Ich hätte gern den ersten Steckling davon. Geht das?»

«Klar. Leihst du mir ein Wörterbuch, damit ich herausfinden kann, was zum Henker ein Steckling ist?»

Camillas helles Lachen erfüllte das Büro.

Für die Birkenfeige fand sich ein passender Platz in der Nähe des Fensters. Annmari platzierte sie so, dass sie sie betrachten konnte, während sie Denkarbeit zu leisten hatte. Vielleicht half ihr die Knolle ja, sich zu konzentrieren. Camilla hatte versprochen, sich darum zu kümmern, dass es der Birkenfeige an nichts fehlen würde. Annmaris einzige Aufgabe blieb es, sich daran zu freuen. Zu Hause bei ihrer Mutter hatte sie überhaupt keine Blumen, Pflanzen oder Bäume besessen, und sie konnte es immer noch nicht ihr eigenes Zuhause nennen.

Der Katalysator der Denkarbeit wurde schon heute benötigt. Håkan Holmström hatte ihr über den Leiter der morgendlichen Befehlsausgabe die Vermisstmeldung des Russen Sergej Gavrikov zukommen lassen. Normalerweise nahm die Polizei solche Meldungen erst entgegen, wenn die Person schon seit längerem verschwunden war. Bei der Kriminalpolizei landeten sie noch seltener. Gavrikovs Fall unterschied sich jedoch wesentlich von einem gewöhnlichen. Der Mann arbeitete bei einem riesigen russischen Bankkonzern als Sicherheitschef und war in Stockholm verschwunden. Sein Arbeitgeber hatte ihn bereits am ersten Tag als vermisst gemeldet, als Gavrikov nicht zu seiner Arbeit in der Stockholmer Geschäftsstelle erschienen war.

Am Vormittag hatten Annmari und Edison die Geschäftsräume des Bankkonzerns in Stockholm besucht. Am Palaver hatten auch der Leiter der Stockholmer Geschäftsstelle, einige Mitarbeiter der Sicherheitsabteilung, ein Jurist des Unternehmens (von denen es offensichtlich eine ganze Armada gab) und der Cybersicherheitschef teilgenommen. Die äussere Erscheinung des Rockphänomens Edison hatte Zweifel aufkommen lassen, aber Annmari war es gelungen, überzeugender aufzutreten. Als Mitbringsel hatten die Russen statt Sauerrahm und Kaviar eine dünne Mappe voller Papiere und einen USB-Stick voller Daten über Sergej Gavrikov nach Kungsholmen mitgebracht. Edison hatte den USB-Stick zuerst dem Sicherheitschef der Kriminalpolizei übergeben. Nach einer gründlichen Untersuchung konnte festgestellt werden, dass der USB-Stick ungefährlich war.

Das Anstarren der Knolle funktionierte, dachte Annmari mit im Schoss gefalteten Händen und ausgestreckten Beinen.

Von Anfang an war klar gewesen, dass die Russen recht besorgt waren. Gavrikovs Arbeitstage in Stockholm waren mit Terminen durchgeplant gewesen, und der Sicherheitschef hatte keinen Grund gehabt, nicht zur Arbeit zu erscheinen. Gemäss den Erläuterungen des Arbeitgebers war Gavrikov allein in Stockholm gewesen, aber während des gegenwärtigen Arbeitsaufenthalts war er in Begleitung zweier Männer gesichtet worden. Von den Männern existierten Aufzeichnungen der Sicherheitskameras, aber keine genaueren Personendaten. Gemäss seinem russischen Arbeitgeber hatte Sergej Gavrikov zu seinem Schutz zwei Sicherheitsmänner von ausserhalb der Firma engagiert. Der Grund dafür war ein vollkommenes Rätsel. Wenn Gavrikov um seine eigene Sicherheit besorgt gewesen war, so waren seine schlimmsten Befürchtungen wahr geworden.

Edisons Standpunkt war, dass Sergej Gavrikov und die Sicherheitsmänner entweder ermordet oder entführt worden waren. Bis zur Auffindung der Männer würde man von einer Entführung sprechen. Eine Leiche wandelte die Entführung in einen Mord, aber dafür benötigte man zuerst eine Leiche.

Nach der Rückkehr nach Kungsholmen war Edison losgezogen, und Annmari war allein zurückgeblieben. Edison musste jeden Augenblick zurückkehren.

Bei der Knolle dürfte es sich um eine Kristallkugel handeln, dachte Annmari. Magnus Thor hatte aus Reykjavik angerufen. Weil Holmström noch nicht zur Arbeit gekommen war, wurde das Gespräch zu Annmari umgeleitet. Gemäss Thor hatten Bjarne Gestssons Angehörige einen Hellseher engagiert, um den vermissten Milliardär zu suchen. Der Seher sollte eigens in einem Privatjet aus Australien eingeflogen werden. Die Nachrichtenmedien dieser Welt würden daraus eine saftige Schlagzeile zum Anklicken gewinnen.

Malek Ayman hatte man fliehen lassen, und er war später ermordet aufgefunden worden. Sergej Gavrikov war verschwunden. Bjarne Gestsson war verschwunden. Zwischen diesen drei Männern hatte keine bekannte Verbindung bestanden. War alles ein reiner Zufall, oder waren sie doch von einem Serienmörder entführt und getötet worden? Auf die Liste gehörten ebenfalls der Bulgare Emil Nikolov, der in Finnland ertrunken aufgefunden worden war, und Lehtinen, den in Island dasselbe Schicksal ereilt hatte. Das machte zusammen fünf vermisste oder tot aufgefundene Männer.

Keine einzige Frau war dabei.

Und dann war da noch Kharoon Asefi.

Die Knolle sah ganz erträglich aus, aber sie erzählte nichts. Annmari wurde apathisch. Wo trieb sich Edison so lange herum?

«Annmari!»

In der Tür stand ein Mann mit pechschwarzen Haaren in einer abgewetzten Lederjacke. Seine Haare und das Gesicht waren nass. Der Regen hatte die Haare, die bis zur Mitte des Rückens hinabreichten, gewellt. Die Jeans waren in einem abscheulich schlechten Zustand, von den spitz zulaufenden Schuhen ganz zu schweigen.

«Edison, wo hast du denn den ganzen Tag gesteckt? In einem Schwimmbad auf dem Land? Du siehst schrecklich aus.»

Edison konnte nicht antworten, denn Annmaris Handy schlug Alarm. Annmari hatte zuerst keine Lust gehabt und dann nicht mehr daran gedacht, die Kameras zu entfernen, und sie waren seit einigen Tagen dank eines Tipps von Edison mit einem Programm verknüpft, das mit Hilfe eines Bewegungssensors Alarm auslöste.

Edison setzte sich: «Ist Anton wieder in deiner Wohnung?»

«Dürfte er eigentlich nicht. Ich habe ihm am Abend, als Malek Ayman gefunden wurde, den Schlüssel abgenommen.

Erinnerst du dich? Der Mistkerl hat den Schlüssel nachmachen lassen!»

Annmari öffnete die Webcam, so dass man sie auf dem Handy sehen konnte. Sie starrte das Bild ungläubig an und streckte das Handy Edison hin.

«Anton sieht kleiner aus», sagte Edison konzentriert.

«Anton hat irgendeinen seiner Kumpels dazu gebracht, in meiner Wohnung rumzuschnüffeln. Warum zum Henker?»

Annmari öffnete gleichzeitig den Browser ihres Computers, und die Anzeige der Webcam erschien auf dem grossen Bildschirm. Edison schlich sich neben sie. Ein mittelgrosser, blonder Mann, schätzungsweise höchstens dreissigjährig, untersuchte Annmaris Bücherregal.

«Sollen wir eine Patrouille rufen?», fragte Edison.

«Die ist nicht rechtzeitig da. Der Mann durchsucht meine Wohnung in wenigen Minuten. Anton ist vielleicht so verbittert, dass er jemanden beauftragt hat, meine Wohnung auf den Kopf zu stellen. Aber das Handeln des Mannes stimmt nicht. Sieh mal, er untersucht die Schubladen und schliesst sie wieder sorgfältig. Ein Wohnungseinbrecher würde schnell arbeiten und überall Unordnung machen. In der nächsten Schublade liegt eine fast neue Systemkamera. Der Typ bewundert sie mit Handschuhen an den Händen, überprüft den Inhalt der Speicherkarte und legt die Kamera zurück. Was zum Henker macht er?»

«Gib mir die Schlüssel», sagte Edison. «Ich versuche, es dorthin zu schaffen. Verfolge die Situation von hier aus.»

«Nein, ich komme mit. Du fährst, und ich behalte den Kerl auf dem Handy im Auge.»

Die beiden Arbeitspartner hatten einen Entschluss gefasst und eilten raketenartig aus dem Büro. Auf dem Flur hätten sie beinahe einen Kollegen umgerannt, aber für Erklärungen blieb keine Zeit. Sie verschwanden mit Tempo im Treppenhaus, da der Aufzug im Erdgeschoss zu sein schien. Unten angekommen lief Edison mit Annmari im Schlepptau zum Auto. Sie rasten mit quietschenden Reifen davon und lösten ein mittleres Verkehrschaos aus.

«Pass auf!», warnte Annmari. «Der Mann durchsucht jetzt mein Schlafzimmer. Hoffentlich bemerkt er die Webcams nicht. Er könnte Angst kriegen und abhauen. Ich begreife einfach nicht, was da los ist. Wenn er kein Dieb ist, warum hat Anton ihn geschickt, um meine Sachen zu bewundern? Wenn er keiner von Antons Kumpels ist, was macht er dann in meiner Wohnung?»

«Hoffentlich können wir ihn das bald selbst fragen. Wie weit ist es von hier bis zu deiner Wohnung?», fragte Edison und bedrängte ein Auto, das abbiegen wollte.

«Edison, pass auf!»

37.

«Noch drei Minuten.»

Annmari Akselsson kehrte nach dem Gespräch mit Edison wieder zum Programm der Webcam zurück.

«Das Programm hat mich rausgeschmissen. Ich kriege kein Bild von der Wohnung mehr. Ich starte das Programm neu.»

Holmström hatte versucht, Annmari zu erreichen, aber jetzt hatte sie keine Zeit zurückzurufen. Sie musste sich wieder beim Programm der Webcam anmelden, und in der Hitze des Gefechts gab sie natürlich auch noch das falsche Passwort ein. Holmström versuchte sie nochmals anzurufen, aber sie schaltete das Handy stumm.

«Opa versucht anzurufen. Jetzt geht es nicht.»

Edison bog zur gleichen Zeit nach der Brücke vom Södertäljevägen ab. Annmari gab ihm die Anweisungen für die restliche Strecke und sagte, er solle das Auto an einer passenden Stelle abstellen.

«Das verfluchte Handy. Ich kriege keine Verbindung zu den Kameras.»

Sie stiegen aus. Der Vorplatz des Hauses und die Umgebung wirkten ruhig. Es nieselte gleichmässig. Annmari schützte ihr Handy vor dem Regen, als sie im Laufschritt zur Haustür eilten. Edison öffnete unter seiner Jacke den Verschluss des Holsters seiner Handfeuerwaffe. Bei Bedarf würde er die Waffe augenblicklich hervorholen können. Bei der Haustür blieben sie stehen.

«Ich habe eine Verbindung zu den Webcams gekriegt. Ich sehe ihn nicht.»

Annmari blickte Edison fragend an.

«Er kann uns im Treppenhaus in die Arme laufen», antwortete Edison.

«Ein Plan?»

Annmari war nicht ängstlich, aber angespannt, genau wie Edison.

«Wir erschrecken hier keine Omas.»

«Der Typ kann bewaffnet sein», bemerkte Annmari.

Edison betastete seine Waffe in ihrem Holster: «Beobachte du die Webcams, ich kümmere mich um den Kerl. Erscheint er auf den Bildern?»

«Immer noch nicht. Der Aufzug ist oben. Meine Wohnung liegt auf demselben Stockwerk. Er ist wahrscheinlich noch dort.»

«Wir bestellen den Aufzug nach unten. Halt die Tür für einen Moment offen und fahr dann mit dem Aufzug ins sechste Stockwerk. Warte dort, bis du mich die Treppe hochsteigen hörst. Wir kriegen ihn entweder auf der Treppe oder beim Aufzug, wenn er abzuhauen versucht.»

Annmari nickte. Sie hatte Edison noch nie so ernst und angespannt erlebt.

Edison schlich sich lautlos ins Treppenhaus, und Annmari wartete auf den Aufzug, der langsam aus dem sechsten Stock herunterkam.

Edison stieg ein Geschoss höher. Im Treppenhaus war niemand zu hören. Einen Augenblick später überholte ihn der Aufzug mit Annmari auf seinem Weg nach oben. Danach drückte Edison auf jedem Stockwerk den Aufzugknopf. Die Fahrt des Einbrechers mit dem Aufzug würde langsam vonstatten gehen. Annmari wartete im vereinbarten Stockwerk auf Edison. Die letzten Treppenstufen stieg Edison noch lautloser hoch. Die Waffe war gezückt, aber er war bereit, sie augenblicklich zu verbergen, falls

Unbeteiligte hinzukämen. Der Zeitpunkt der Entscheidung war nah. Würde man den Einbrecher im Treppenhaus erwarten müssen oder versuchen, in die Wohnung einzudringen? Letztere Alternative bedeutete ein unangebrachtes Risiko. Wenn der Einbrecher bewaffnet war, würde die Sache hässlich ausgehen.

Es blieb nur die erste Alternative.

Im sechsten Stockwerk erschien Annmari hinter der Ecke. Sie gingen lautlos weiter ins oberste Geschoss. Edison ärgerte sich, dass sie bei ihrem Aufbruch in Kungsholmen keine Zeit gehabt hatten, sich irgendwie auszurüsten. Sie hätten eine optische Linse benötigt, die man vor den Türspion setzte. Schusssichere Westen wären ebenfalls bestimmt kein Nachteil gewesen. Andererseits hatten sie etwas Besseres: den Überraschungsvorteil und die Kameras in Annmaris Wohnung.

Edison forderte Annmari mit Gesten auf, ihm das Bild der Webcams zu zeigen. Der Mann war nirgends zu sehen. Sie beschlossen, mit stummgeschalteten Handys zu warten. Holmström hatte eine SMS geschickt. Aber jetzt hatten sie nicht einmal Zeit, sich mit einer SMS bei ihm zu melden. Annmari und Edison fuhren auf, als die Tür im Erdgeschoss geöffnet wurde. Minuten vergingen, und der Einbrecher erschien nicht auf den Webcams.

«Er ist verschwunden», flüsterte Edison seiner Arbeitspartnerin ins Ohr.

«Gehen wir hinein?»

Edison nickte. Annmari nahm ihre Waffe hervor. Edison zählte mit den Fingern auf drei, und Annmari öffnete die Wohnungstür. Edison ging mit gehobener Waffe in die Wohnung. Annmari folgte ihm, aber mit dem Pistolenlauf gegen den Fussboden. Sie durchsuchten die Räume gründlich, aber die Wohnung war leer. Der Einbrecher hatte es geschafft, zu entkommen. Edison und Annmari sassen in der Küche und beruhigten sich nach ihrem Adrenalinschub.

Annmari holte das Handy hervor: «Ich rufe Opa an.»

«Annmari», antwortete Holmström, «sag Edison, er soll aufhören, die SMS zu lesen, es ist zu spät. Warum habt ihr nicht geantwortet?»

«Das ist ein wenig … Wir waren gerade mitten drin.»

«Ich weiss. Ich sitze gerade mit Kalle Nordin in deinem Büro, und wir versuchen hier zu erraten, ob ihr als nächstes Kaffee oder Tee kocht. Wenn ihr auf meine Anrufe geantwortet hättet, hätte ich euch zum Einbrecher lotsen können. Ich habe auch eine Patrouille alarmiert, aber ich habe die Sache schon wieder abgeblasen. Wodurch seid ihr aufgehalten worden?»

«Wir waren im Flur auf der Lauer.»

«Der Mann wäre euch beinahe in die Arme gelaufen», stellte Holmström fest. «Worum geht es hier?»

«Keine Ahnung. Es könnte mit meinem Ex-Freund zu tun haben, den ich vor kurzem aus der Wohnung geschmissen habe. Ich werde abklären, ob das auf sein Konto geht. Eine andere vernünftige Erklärung kann ich nicht finden.»

«Nimm Edison mit.»

Nach diesem Gespräch erklärte Annmari Edison die Situation. Sie beschlossen, sich gemäss Holmströms Anweisungen sofort um eine Einvernahme Antons zu kümmern. Annmari rief Anton an, doch dieser war nicht zu erreichen. Nachdem Annmari etwas Druck aufgesetzt hatte, erhielt sie beim Rettungsdienst die Antwort, dass Anton bei der Arbeit war.

«Sie schicken Anton nach Kungsholmen.»

Edison war zufrieden.

«Was machen wir mit deiner Wohnung? Der Mann hat vielleicht DNA-Spuren oder Fingerabdrücke hinterlassen.»

«Wegen eines Einbrechers, der nichts mitgenommen hat, besteht kein Grund, Spuren zu suchen. Und ich will nicht, dass sich auch nur ein weiterer Fremder in meiner Wohnung aufhält.»

Sie beschlossen, nach Kungsholmen zurückzukehren. Der Einbrecher hatte die Wohnungstür sauber mit einem Dietrich geöffnet. Auf der Fahrt zum Polizeigebäude besprachen Annmari und Edison das Vorgefallene. Die Webcams zeichneten auf, so dass sie die Aufnahmen später ansehen konnten. In der Umgebung gab es keine Sicherheits- und Verkehrsüberwachungskameras, auf denen man den Mann suchen konnte. Ihn ausfindig zu machen schien schwierig. Die wichtigste ungeklärte Frage war, was der Mann in Annmaris Wohnung gesucht hatte.

Dieser Bodybuilder wäre eine gute Verstärkung für die Ordnungspolizei, dachte Holmström, während er den Ambulanzmann in den Verhörraum führte und ihn aufforderte, sich zu setzen.

«Dauert das lange? Ich bin bei der Arbeit.»

«Ich habe bemerkt, dass du bei der Arbeit bist», antwortete der Oberkommissar trocken. Er stützte seine Fingerknöchel auf den Tisch und beugte sich zum Gesicht des Mannes. Holmström nahm Blickkontakt auf: «Anton, was zum Teufel treibst du in Annmari Akselssons Wohnung?»

Annmari und Edison steckten wegen eines Autounfalls im Stau auf der Brücke fest. Es gelang ihnen aber schliesslich, den Wagen von dort wegzumanövrieren. Oben in den Räumen der Kriminalpolizei hörten sie, dass Anton schon da war. Annmari und Edison begaben sich in den Nebenraum, von wo sie durch das Glas hindurch alles sehen und hören konnten.

Auf den ersten Blick machte es den Eindruck, dass es Holmström gelungen war, Anton einen Schrecken einzujagen. Annmari hatte Opa noch nie so bedrohlich erlebt. Annmaris und Holmströms letzte Kontaktaufnahme war zwar heftig gewesen, aber sogar damals war Opa die Ruhe selbst gewesen und hatte alles im Griff gehabt.

«Hast du Opa jemals so erlebt?»

Edison blickte Annmari an: «Ich bin schon wer weiss wie lange hier. In dieser Zeit sieht man manches. Opa war der erste, der den Mann verhört hat, der deine Mutter erschossen hat. Das war nichts Schönes. Da hätte man allen Grund gehabt, Sitzsäcke zu besorgen und auch die Tische zu entfernen. Das war meine erste Arbeitswoche hier.»

In Annmaris Kopf brodelte es: «Entschuldigung, aber was hast du da gesagt?»

Edison blickte Annmari an und sah ihre verwirrte Miene.

«Mutter starb doch bei einem Unglück», sagte Annmari.

Edison blickte seine Arbeitspartnerin ebenfalls überrascht, dann aber traurig an: «Ich dachte, du wüsstest es, Annmari. Darüber redet man nicht. Es tut mir leid.»

38.

Die Kamera am Strassenrand bestätigte, dass der Tesla am frühen Abend zur Villa gefahren war. Die Mikrofone funktionierten wie erwartet, aber die Zwillinge hatten noch nichts Bemerkenswertes gehört. Bis Mitternacht dauerte es noch eine Stunde. Haris und Farah sassen am Tisch der Mietwohnung und bereiteten sich vor. In dieser Nacht würde Haris in die Garage der Villa einbrechen.

Haris legte den Arm um die Schulter seiner Schwester: «Farah, versprichst du mir, dass du im Čertovka bleibst, bis ich zurückkehre? Petr hat versprochen, dir Gesellschaft zu leisten.»

«Petr wird mir bestimmt Gesellschaft leisten, da brauchst du dir keine Sorgen zu machen. Ich möchte das nicht unbedingt. Aber ich verspreche dir, im Čertovka zu bleiben, bis du kommst.»

Haris gab Farah einen Kuss auf die Wange.

Das Einpacken der Ausrüstung dauerte eine Weile. Haris kleidete sich in schwarz, zog sich aber für die Fahrt zur Villa eine Reflektorjacke über. Auf diese Weise war die nächtliche Rollerfahrt ein wenig sicherer. In der Satteltasche befanden sich die Ausrüstungsgegenstände. Nach den Vorbereitungen begleitete Haris Farah zum Čertovka und wechselte einige Worte mit Petr Kuba.

Das rote Prachtstück hatte auf allen gefahrenen Kilometern treue Dienste geleistet. Haris war zufrieden, dass der

Einbruch in die Villa, genauer gesagt in die Garage, bei warmem Wetter über die Bühne gehen konnte. Für die folgende Woche war sogar Schneeregen angekündigt worden. Der Roller wäre bei solchem Wetter nutzlos gewesen.

Am Ziel versteckte Haris das Fahrzeug an dem Ort, den er vorgängig dafür ausgewählt hatte. Er ging im Geist alles noch einmal durch, was er zu tun beabsichtigte. Haris hatte einen grossen Vorteil: Die Kampfausbildung der finnischen Armee im Grenzjägerbataillon der nordkarelischen Grenzwache. Dorthin zu gelangen war schwierig gewesen, aber Haris hatte die Selektion bestanden und eine Ausbildung zum Aufklärer genossen. In dieser Zeit hatte er alles mögliche Wissen rund um das Thema, wie man sich im Gelände unsichtbar machen konnte, aufgesaugt. Haris vollendete die Tarnung, zog sich die Sturmhaube über den Kopf und verschwand im Schutz der Vegetation in Richtung der Villa.

Ein Kontrollgang in der Umgebung der Villa stellte sicher, dass er in dieser Nacht in die Garage einbrechen konnte. Keine Hunde, keine überflüssigen Lichter. Aufgrund der früheren Erkundungen schätzte Haris, dass in dieser Nacht der Dreifingrige, die Hauswirtschafterin und drei Sicherheitsmänner, von denen einer zugleich Chauffeur war, in der Villa schliefen.

Haris behielt die Umgebung im Auge und wartete. Die Zeit verstrich langsam. Er beschloss, sich um halb drei Uhr nachts an die Arbeit zu machen.

Die Beleuchtung des Vorplatzes reichte nicht bis hinter die Garage. Von der Villa sah man nur aus zwei Fenstern auf Haris' Route. Es war sehr unwahrscheinlich, dass jemand zufällig um halb drei Uhr nachts gerade dort hinausspähte, wenn er den Rasenbereich überquerte. Haris hatte bei seinen früheren Besuchen hinter der Garage einen toten Winkel entdeckt, der ausserhalb der Abdeckung durch die

Bewegungssensoren lag. Der kurze Sprint mit der Tragtasche über der Schulter hinter die Garage liess seinen Puls hochschnellen. Die Werkzeuge in der Tasche waren gut gepackt und schlugen nicht hörbar gegeneinander. Haris stützte sich gegen die Rückwand der Garage. Er hörte nur seinen eigenen Atem. Ohne Zeit zu verlieren zündete er seine Stirnlampe an und tauchte unter der Garage in den Sockel hinein. Es war dort enger, als er gedacht hatte, aber er schaffte es, zu arbeiten. Von jetzt an konnte er bloss noch hoffen, dass er nicht bemerkt würde. Es gab keinen Weg und keine Zeit zur Flucht. Der Geissfuss erwies sich als nützlich. Haris benötigte auch die Säge. Das Geräusch des Sägens im Sockel drang in Wahrheit nirgendwohin, obwohl es sich in Haris' Ohren wie das Kreischen einer Fräse anhörte. Er war sicher, dass jemand von diesem Krach aufwachen würde. Es geschah allerdings nichts. Am Ende schaffte er es, ein Loch in den Bretterboden zu sägen, und bemerkte, dass die Sache doch länger als gedacht dauern würde. Wenn doch im Schutz des Waldes ein Kompressor Kraft erzeugt und ein Speisungsschlauch diese von dort bis unter den Sockel geführt hätte. Die Sache wäre mitsamt dem Autoeinbruch in einer Viertelstunde erledigt gewesen. Der Schweiss trat ihm auf die Stirn.

Um vier Uhr morgens hatte Haris eine ausreichend grosse Öffnung hergestellt, damit er sich selbst in den Lagerraum der Garage manövrieren konnte. Für die Arbeit war das Dreifache der geplanten Zeit draufgegangen. Ein ganzes Fass des besten Biers im Čertovka wäre noch zu wenig gewesen, um seinen Durst zu löschen.

Der Lagerraum der Garage war nahezu leer. Haris wunderte sich nicht lange darüber, sondern ging gleich zur Garage hinüber und hoffte inständig, dass die Türen des Teslas offen waren. Er versuchte, die Hintertür zu öffnen.

Welche Erleichterung!

Haris befestigte zuerst einen GPS-Sender am Chassis des Fahrzeugs. Die Ladung des Lithium-Akkus mit 6000 mAh reichte für vier Wochen. Und das Beste: Der Standort des Senders konnte über die Kartenapp auf dem Handy verfolgt werden. Der Rhythmus der Aktualisierungen konnte von fünf Sekunden bis zu zehn Minuten eingestellt werden. Haris wählte die Aktualisierung im Abstand einer halben Minute, damit der Akku nicht allzu sehr beansprucht wurde. Falls der Sender sich vom Auto löste, würde eine Meldung auf dem Handy erscheinen. Der Magnet des Senders hielt aber einer Zugkraft von 101 Kilo stand, so dass er sich in der Realität unter keinen Umständen lösen würde. Der Sender war ausserdem wasser- und staubdicht. Bei Bedarf und wenn er Glück hatte, würde er später den leeren Akku auch durch einen frischen ersetzen können, zum Beispiel in Prag. Das Wichtigste war, dass man sich von den Bewegungen des Dreifingrigen in den nächsten Wochen ein gutes Bild machen konnte.

Im Innenraum des Autos brachte Haris ein Mikrofon im Sonnenschutz oberhalb des Fahrersitzes an. Es war nicht einfach, dieses zu bemerken. Ein zweites Mikrofon befestigte er in einer Ecke der Heckscheibe. In einer anderen Ecke der Heckscheibe installierte er eine kleine Webcam. Sie würde hauptsächlich die Hinterköpfe der Passagiere aufnehmen, aber es wäre ein zu grosses Risiko gewesen, sie vorne anzubringen, so dass sie die Gesichter hätte aufnehmen können. Das Wichtigste war, dass die Geräte nicht bemerkt werden konnten. Solange der Benutzer des Autos keinen Verdacht hegte, dass die Geräte existierten, würde man sie kaum zufällig finden. Haris war zufrieden mit seiner Arbeit.

Das Loch im Bretterboden des Lagerraums war ein Problem. Haris war darauf vorbereitet, war aber nicht sicher, ob seine Lösung funktionieren würde. Das Loch besass einen Durchmesser von ungefähr einem halben Meter. Haris stieg durch das Loch in den Sockel hinab und breitete auf dem Boden des Lagerraums einen leichten Schutzteppich über dem Loch aus. Vom Sockel aus befestigte er die ausgesägten Bretter mit Hilfe von Metallscheiben wieder an ihrem Platz. Die Scheiben schraubte er von unten fest. Die Sache beanspruchte eine halbe Stunde, aber Haris war zufrieden. Solange niemand den Teppich vom Boden entfernte, konnte es wer weiss wie lange dauern, bis das Loch im Boden entdeckt wurde.

Am frühen Morgen entfernte sich Haris im Schutz der Dunkelheit von der Garage. Er hatte den grössten Teil der Nacht für diese Operation gebraucht. Nie wieder wollte er hierher zurückkehren.

Auf der leeren Terrasse des Čertovka sass ein sportlicher Mann mit einer Wollmütze auf dem Kopf und rauchte eine Zigarette. Ebenso verwaist wie die Terrasse war auch die Moldau. Auf der Karlsbrücke waren von den Brückenlaternen beleuchtet zwei Gestalten und zwei Kamerastative zu erkennen. Der Blick des zigarettenrauchenden Mannes folgte den Personen auf der Brücke etwas träge. Oberhalb des Čertovka, auf der Vorderseite des Hauses, war die Strasse verlassen.

Haris hatte den Roller abgestellt und ging mit seiner Tragtasche im Arm mitten auf der Strasse. An der Stelle, wo sich die Häuser Nr. 100 und 101 beinahe berührten, bog er in den engen Durchgang und zweigte zum Fluss ab. Er bemerkte Petr Kuba, der eine Zigarette rauchte, bevor der Ex-Eishockeyspieler auf ihn aufmerksam wurde.

Die Männer schlugen ihre Hände gegeneinander.

«Ich war sicher, dass etwas geschehen ist.»

«Nein, alles ist plangemäss verlaufen, aber es hat gedauert. Schläft Farah?»

«Auf einer Matratze auf dem Küchenboden. Das ist der wärmste Platz. Und was nun?»

Haris setzte sich zu Kuba, lehnte aber eine Zigarette ab. Er nahm sein Handy und öffnete das Programm des GPS-Senders.

«Sauber», sagte Kuba.

Haris und Petr hatten eine Abmachung getroffen, der zufolge Farah nicht erfahren sollte, dass Petr Kuba von ihrem Auftrag wusste. Haris hatte bald, nachdem er Kuba kennengelernt hatte, beschlossen, sich ihm anzuvertrauen. Das war der richtige Entschluss gewesen, denn zu zweit mit Farah wäre alles zu riskant gewesen. Der Tscheche hatte ihm sehr geholfen.

«Der Sender wird jeweils nach einer halben Minute aktualisiert. Der Akku hält höchstens vier Wochen.»

«Haris, lass das meine Sorge sein. Solange der Tesla sich in dieser Stadt bewegt, wird der Akku durch einen vollgeladenen ersetzt.»

«Danke. Hast du etwas zu trinken?»

Petr Kuba blinzelte ihm zu und entfernte sich vom Tisch.

Haris war müde, aber so glücklich, wie man nur sein konnte. Sie hatten in Prag eine unmögliche Sache möglich gemacht. Sie waren bereit, nach Hause nach Finnland zurückzukehren. Er wollte dennoch zur Stelle sein, wenn der Sender ihnen Hinweise darauf gab, wo der Dreifingrige sich aufhielt. Das würde ihnen neue Türen für die Zukunft öffnen.

Das war erst der Anfang, obwohl der Aufbau bis dahin Jahre gedauert hatte.

Das Webcamprogramm des Handys funktionierte ebenfalls tadellos. Haris öffnete die im Tesla installierte

Kamera, aber das Bild war schwarz. In der Garage brannte kein Licht.

Eines Tages würde der Dreifingrige auffliegen.

Petr Kuba kehrte mit zwei Bier zurück: «Wann kehrt ihr nach Helsinki zurück?»

«Ich weiss nicht. Ich möchte Farah sofort wegschicken, aber sie ist damit nicht einverstanden. Wir müssen die Bewegungen des Teslas eine Zeitlang verfolgen. Danach überlassen wir die Sorge um den Akku dir. Hör mal, diese Dankesschuld können wir dir niemals zurückzahlen.»

Petr lächelte: «Wir alle bleiben jemandem etwas schuldig. Du musst es eben aushalten können, dass du bei mir noch Schulden hast, Haris.»

Sie lächelten einander brüderlich zu.

«Und? Der Tag bricht bald an. Wecken wir deine Schwester. Ich zeige euch etwas Schönes.»

Farah wachte von Haris' Berührung auf und erhob sich, um ihren Bruder zu umarmen. Die Last war von ihm abgefallen.

«Wir haben es geschafft, Farah.»

Farah wollte Haris gar nicht mehr loslassen, hielt ihn nur noch fester und schluchzte glücklich und traurig zugleich.

«Haris, ich bin schon wieder ertrunken, und ich hatte dich nicht bei mir, als ich aufwachte.»

Haris streichelte seiner Schwester über die Haare und küsste sie auf die Stirn.

Die Laternen auf der Karlsbrücke verblassten im Nichts, als die ersten Sonnenstrahlen des Morgens den Hintergrund der Altstadtgebäude mit Licht ausmalten. Die Fotografen standen mit ihren Kamerastativen in einer Reihe, die Objektive gegen den Sonnenaufgang gerichtet. Petr, Farah und Haris lehnten sich weit hinter den Fotografen gegen das Geländer. Zwei ältere Jogger liefen an ihnen und der Reihe von Fotografen vorbei. Die Giebel, Kuppeln und Schrägdächer der Altstadtgebäude bildeten eine dunkle, märchenhafte Silhouette, die sich im stärker werdenden Morgenlicht abzeichnete.

«Ich komme manchmal bei Sonnenaufgang hierher, wenn ich die Nacht hindurch in der Stadt wachgeblieben bin. Der Sonnenaufgang ist im Winter etwas Besonderes, wenn die Brücke und ihre Umgebung schneebedeckt sind. Das Licht wird vom reinen Schnee kristallartig reflektiert, und der Fluss glitzert wie ein riesiger Diamant. Vor zwei Jahren stand ich am Morgen von Heiligabend genau an dieser Stelle. In der Nacht hatte es geschneit, aber als der Morgen anbrach, war der Himmel klar. Es gab einige beissende Minusgrade, und meine Begleiterin fühlte sich in meinem Arm warm an. Ich hätte danach ebenso gut sterben können.»

«Petr, bist du also doch ein Romantiker?»

Farah und Petr Kuba blickten einander an.

«Warum sollte ich das nicht sein, Farah?»

39.

Anton, der Ex-Freund, hatte niemanden geschickt, um Annmari Akselssons Wohnung zu durchstöbern. Holmström und auch diejenigen, die Anton während der Behandlung durch Holmström gesehen hatten, waren davon überzeugt. Anton hatte keinen blassen Schimmer, weswegen er hier unter Druck gesetzt wurde. Als sich die Tür hinter ihm schloss, war jedem klar, dass Anton Annmari sicher niemals Ärger bereiten würde.

Auf dem Pult zwischen Holmström und Kalle Nordin lagen verschiedene Standbilder der Aufnahmen von Annmaris Webcams. Der Mann auf den Fotos war nach Nordins Schätzung etwas weniger als hundertachtzig Zentimeter gross, wog gut und gerne achtzig Kilo und war eindeutig Linkshänder. Die Haare des Mannes unter der Schirmmütze waren blond und kräftig, die Koteletten nach Liverpooler Art geschnitten. Abgesehen von den Koteletten war der Mann Nordin wie aus dem Gesicht geschnitten. Dann aber begannen die Unterschiede. Die Figur des Mannes war muskulös und schnittig, keine überschüssigen Kilos. Die Rundungen der Schultern verrieten, dass er Krafttraining betrieb. Und wenn man sich die Schirmmütze vom Kopf wegdachte, konnte er nicht Nordins Pagenschnitt tragen. Der Kleidungsstil war eine misslungene Mischung aus stubenrein und sportlich.

«Der Typ stemmt auf der Hantelbank mehr Gewichte als wir beide zusammen, aber er schafft kaum längere

Laufdistanzen. Mit diesen Muskeln gehört er doch zu den Milchsäuretypen.»

Holmström gab Nordin recht und klopfte mit seinem silbernen Space-Pen-Kugelschreiber gegen das Pult. Was das Tragegewicht betraf, so war eine Milchtüte für Holmström nach seiner Krankheit beinahe schon das Maximum.

«Er ist systematisch durch die Wohnung gegangen. Auf den Aufzeichnungen der Kameras lässt sich die ganze Zeitspanne verfolgen. Der Mann hat sich recht lange in der Wohnung aufhalten können. Wenn Annmari und Edison nur ein wenig früher dort gewesen wären, wäre der Mann hängengeblieben. Wie man sieht, hat der Mann die Wohnung ganz ruhig verlassen. Er kann keinen Verdacht gehegt haben, dass jemand in Windeseile unterwegs war, um ihn festzunehmen.»

«Wie kannst du dir da so sicher sein?»

«Du bist vor den letzten Szenen fortgegangen. Er ging zur Toilette, bevor er die Wohnung verliess. Ein kaltblütiger Kollege, falls er wusste, dass Annmari und Edison in diesem Augenblick eintrafen.»

Holmström lachte so, dass man nicht merkte, ob er amüsiert war oder zu einem gewissen Grad verbittert. Nordin fuhr fort: «Es ist geradezu ein Wunder, dass Edison und Annmari ihn nicht im Treppenhaus oder auf der Strasse angetroffen haben. Sie haben ihn meiner Einschätzung nach nur um Sekunden verfehlt.»

«Was hat ihn an Annmari interessiert?», fragte Håkan Holmström in die Luft hinaus.

Nordin knüpfte daran an: «Die einfachste Vermutung ist, dass es sich um einen Einbrecher gehandelt hat, der nichts zum Mitnehmen gefunden hat. Andererseits hat er die Systemkamera und andere elektronische Geräte, die einfach mitzunehmen gewesen wären, einfach an ihrem

Platz gelassen. Er hat überhaupt nichts mitgenommen. Er hat aber doch alles sauber und sorgfältig durchsucht, bis hin zu den Ordnern. Einbrecher arbeiten im Allgemeinen hastig und hinterlassen ein Chaos. Der Mann hatte noch nicht einmal einen Rucksack oder eine Tasche, in der er die gestohlene Ware unbemerkt hätte forttragen können. Vielleicht einen Plastiksack in der Brusttasche, aber das wäre eher ein Witz.»

Der Kugelschreiber in Holmströms Hand hielt inne: «Ein Vergewaltiger, der sich bereit macht, sein Opfer zu schnappen?»

Nordin schaute den Oberkommissar über das Pult hinweg mit offenem Mund an und wartete auf seine eigenen Worte, die erst mit Verspätung über seine Lippen kamen.

«Möglich. Warum nicht gleich ein Serienmörder?»

Jemand klopfte an die Tür, und Holmström rief die Person herein. Es war Edison. Der Langhaarige trug einen dritten Stuhl zum Pult und schloss sich dem Think-Tank der zwei Mittelschichtsmänner an. Edison erhielt eine rasche Zusammenfassung des bisherigen Gesprächs.

«Die Tür war unversehrt. Der Typ ist entweder ein Schlosser oder hat sonstwie gelernt, Türen zu öffnen», dachte Edison nach.

Das Trio ging weitere Möglichkeiten durch. Die Vorstellung vom klassischen Einbrecher war aufgegeben worden. Der Vergewaltiger und der Serienmörder waren bis auf weiteres noch auf der Liste. Der Ex-Freund Anton als Quälgeist? Ein absolutes Nein. Bei welchen Untersuchungen hatte Annmari in der letzten Zeit mitgewirkt? Die Medikamente, die aus Tierkliniken gestohlen worden waren. Holmströms Meinung nach konnte diese Untersuchung nicht mit dem Wohnungseinbruch in Verbindung gebracht werden. Übrig blieb die Untersuchung des Gewaltverbrechens an

Malek Ayman. Sonst etwas in Annmaris Privatleben, was bemerkenswert gewesen wäre? Soweit sie wussten, nicht.

«Das Einfachste wäre, Annmari direkt zu fragen, ob sie irgendeinen Verdacht hegt, dem man nachgehen müsste», stellte Holmström fest. «Edison, wo ist übrigens deine Arbeitspartnerin?»

«Sie kommt gleich.»

Nordin überprüfte sein Handy. Magnus Thor hatte ihn zu erreichen versucht. Nordin würde den Isländer später zurückrufen. Er hatte auch eine SMS von seiner Ex-Frau Lisa erhalten. Lisa war nicht damit einverstanden, dass er die kleine Alise treffen wollte, solange er in Stockholm war. Nordin hatte seine Tochter zum letzten Mal mitten im Sommer gesehen. Seither waren seine Bitten um ein Treffen zurückgewiesen worden. Gemäss Lisa hatte Alise kein eigenes Handy.

Er konnte seine Tochter nicht einmal anrufen.

Ich war dumm. Das Mädchen wird zehn. Natürlich hat sie ein Handy.

Kalle beschloss, später Alises Handynummer ausfindig zu machen. Lisa brauchte das nicht sofort zu erfahren. Bengt musste Alises Nummer haben, aber den Jungen durfte er nicht in die Sache hineinziehen.

«Edison, würde es dir etwas ausmachen, nicht an dem Ding da herumzufummeln?», bat Holmström.

Edison hielt in seiner Schüttelbewegung inne. Das wenige Zentimeter grosse Gefäss aus Porzellan erinnerte an eine Mischung aus einem Hühnerei und einem Salzstreuer, aber es hatte keinen Deckel und keine Löcher. Das weisse Miniaturgefäss war mit blauen Mustern verziert, aber um diese Muster genauer betrachten zu können, hätte man eine Lupe gebraucht. Der Gegenstand war unwahrscheinlich zierlich.

«Was ist das, ein Rhythmusei?» fragte Nordin Holmström.

Holmström kniff seine Lippen auf eine Art zusammen, mit der man alles zuvor Gesagte in der Schlussrede zusammenfasst: «Eine Urne. Darin ist ein wenig Asche meiner Mutter.»

Edison blickte Holmström beschämt an und stellte den Gegenstand vorsichtig zurück auf das Pult in den silbernen Halter, in den es gehörte.

«Seht ihr, sie war eine kräftige Frau», fuhr Holmström fort. «Darin ist natürlich nur ein Bruchteil von ihr. Sonst hätte man eine Vase gebraucht, naja – eine grosse Vase.»

Der Oberkommissar nahm die Miniatururne aus ihrem Halter und hob sie höher gegen die Deckenleuchte, um sie zu betrachten.

«Wisst ihr, was die Muster darstellen?»

Edison und Kalle Nordin schüttelten ihre Köpfe im selben Rhythmus. Ihre Zivilcourage reichte nicht mehr aus, um nochmals falsch zu raten.

«Es sind die Tiere des chinesischen Horoskops. Das andere sind Schriftzeichen. Auf der Urne steht: *Die Entschlafenen sind für uns niemals tot, solange wir sie noch nicht vergessen haben.*»

Edison und Kalle Nordin nickten zustimmend.

«George Eliot. Sie war die Lieblingsautorin meiner Mutter. Ich liess die Schrift natürlich von einem Lektor für Chinesisch überprüfen, bevor ich die Arbeit bezahlt habe.»

Holmström stellte die Miniatururne höchst vorsichtig in ihren silbernen Halter zurück.

Annmari klopfte an die Tür und schloss sich den Männern an. Ein Stuhl war gerade noch frei. Die Anspannung stand Annmari ins Gesicht geschrieben. Die Situation war in jeder Hinsicht unangenehm. Wenn der Einbrecher in Annmaris Wohnung etwas Bestimmtes gesucht hatte, konnte er vielleicht zurückkehren. Annmari fand nichts heraus, was der Mann bei ihr hätte finden können. Das Risiko einer Gewalttat war die unangenehmste Möglichkeit. Der Mann konnte sich auf die Vergewaltigung oder Ermordung seines Opfers vorbereiten. Annmari konnte diese Möglichkeit weder bestreiten noch herunterspielen.

Holmström blickte Annmari über seine Lesebrille hinweg an: «Es wäre gut, wenn du für einige Zeit irgendwo anders als in deiner Wohnung übernachten könntest. Wir arbeiten natürlich hart daran, dass wir den Mann bald erwischen. Die zweite Alternative wäre, dass jemand bei dir zu Hause übernachtet.»

Annmari wägte die Alternativen des Oberkommissars ab: «Ich kann …»

«Du kannst dich um dich selbst kümmern, klar, klar, aber das geht jetzt nicht so», sagte Holmström, indem er seine Mitarbeiterin unnachgiebig anblickte. «Eine dritte Alternative gibt es nicht. Du schläfst nicht allein in deiner Wohnung, ist das klar?»

Als nächstes konzentrierten sie sich darauf, zu überlegen, ob der Einbrecher mit der Untersuchung des Gewaltverbrechens an Ayman zusammenhängen konnte. Es schien weit hergeholt zu sein, da der Einbrecher blond und offensichtlich Skandinavier war. Natürlich konnte auch der Mörder ein Skandinavier sein, aber davon abgesehen schien der Gedanke ein wackliger Pfusch zu sein. Edison hatte die Aufnahmen der Sicherheitskameras der näheren Umgebung abgeklärt, aber sie waren nicht hilfreich gewesen.

«Wir lassen in der Polizei ein Foto von ihm zirkulieren. Irgendeine Patrouille wird irgendwo auf ihn stossen», sagte Håkan Holmström.

Die anderen hielten das für eine gute Idee. Der Nachmittag war schon weit fortgeschritten, und sie beschlossen, sich zu trennen. Annmari bat darum, mit Holmström unter vier Augen reden zu können. Kalle Nordin und Edison verschwanden.

Annmari hatte es nicht eilig. Sie überlegte, wie sie es sagen sollte.

«Ich habe mit Edison zusammen das Ende von Antons Einvernahme mitverfolgt.»

«Und?»

«Und ich habe mit Edison ein merkwürdiges Gespräch geführt.»

«Und?»

«Und Edison sagte, dass du damals als erster den Mann verhört hast, der meine Mutter erschossen hat.»

«Ja.»

Holmströms Stimme wurde hauchdünn. Der Blick des Mannes schweifte in die Ferne und legte sich schwer auf Annmari, war aber in Wirklichkeit woanders. Sie hörten auf zu sprechen, als ob alles schon gesagt wäre, obwohl dies erst der Anfang des Gesprächs war.

Annmari schaute das Hühnerei aus Porzellan in seinem silbernen Halter an: «Kannst du mir das erklären, Håkan?»

Holmström setzte sich aufrecht hin und faltete seine Hände auf dem Pult, gerade so, als ob er hätte beten wollen. Sein Blick wurde aufmerksam, wie um einem Feind zu begegnen, fand stattdessen aber Annmaris verwirrtes Gesicht. Agneta Akselssons Tochter fixierte Håkan Holmström – wissensdurstig, wie wahnsinnig vor lauter Unwissenheit.

«Grundgütiger. Du warst fünfzehn, Annmari. Ich hielt es damals für richtig.»

40.

Schneeregen setzte ein, nachdem Farah und Haris mit ihrem roten Prachtstück ins Zentrum und anschliessend zur Südseite des Bahnhofs gefahren waren. Der Schnee schmolz auf dem Boden sofort und behinderte den Verkehr der Zweiräder nicht in nennenswerter Weise. An der Křeslická befanden sich Industriehallen und vor Blicken geschützte Innenhöfe, in die man nur über Treppenhäuser gelangte. Farah und Haris sassen auf dem Roller an einem sicheren Ort und warteten.

«Er ist in einigen Minuten hier.»

Haris verfolgte im Programm auf dem Handy den näherkommenden Tesla. Seitdem Haris den Sender am Chassis des Teslas angebracht hatte, hatten sie die Bewegungen des Autos auf der Karte verfolgen können. Den Zwillingen war rasch klar geworden, dass ein Industriegebäude an der Křeslická an der Stammroute des Teslas lag. Das Auto stand mitunter stundenlang im Innenhof des Industriegebäudes. Der Ort wurde mit Kameras überwacht, und die Zwillinge hatten keine Möglichkeit, sich näher heran zu wagen. Im Handy öffnete sich jetzt die Webcam, in der man die Hinterköpfe des Chauffeurs, des Sicherheitsmannes und des Dreifingrigen erkennen konnte. Haris hob das Handy, damit Farah, die mit dem Helm auf dem Kopf hinter ihm sass, es auch sehen konnte. Die im Auto angebrachte Kamera funktionierte genauso hervorragend wie der Sender. Farah konnte dem Gespräch in tschechischer Sprache relativ gut folgen. Bisher hatten die Gespräche während der Autofahrten und in der Villa schon Hinweise auf verschiedene Personen preisgegeben, die in die kriminellen Machenschaften des Dreifingrigen verwickelt waren.

«Wir brauchen mehr Namen, Zahlen, Verbindungspersonen, Treffpunkte, Adressen, Eingeständnisse», hatte Haris zuvor zu Farah gesagt. Sie kamen allmählich voran.

Haris machte sich zu Fuss daran, das rote Prachtstück zu Fuss weiter nach hinten ins Unsichtbare zu stellen. Nach fünfzehn Sekunden fuhr der Tesla an ihnen vorbei, bremste ab und bog in Richtung der Industriehallen ab. Das Elektroauto verschwand im Innenhof.

«Wir haben keine Möglichkeit, dort hinein zu spähen», sagte Haris zu seiner Schwester und liess den Roller an. Sie fuhren vorsichtig weg.

Die Zwillinge hatten die Routinen des Dreifingrigen aufgezeichnet. Der Tesla fuhr morgens im Allgemeinen beizeiten von der Villa weg. Nach einer halben Stunde Fahrt hielt das Auto im Zentrum in der Einbahnstrasse Sevastopolská an. Auf der rechten Strassenseite stand ein älteres Haus aus braunen Backsteinen, das eine rote portalartige Tür besass, neben der mehrere Klingelknöpfe angebracht waren. Am Rand der Fenster eines Erkers, der im zweiten Stock in die Strasse hinausragte, befanden sich Skulpturen, die halbnackte Frauen darstellten, als ob man Meerjungfrauen aus dem Wasser gehoben hätte, um sie aufrecht auf die trockene Erde zu stellen. Farah hätte die Frauen gerne fotografiert. Die Wohnung oberhalb der Meerjungfrauen besass ebenfalls einen Erker, Skulpturen aber waren keine vorhanden. Haris hatte eines Morgens herausgefunden, dass der Dreifingrige die rote Tür mit seinem eigenen Schlüssel öffnete. Die Namen auf den Klingelknöpfen hatten aber nicht beim Lokalisieren der Wohnung geholfen. Besass der

Dreifingrige in diesem Haus eine Wohnung, oder hielt er sich beinahe jeden Morgen bei jemandem auf? Das war auf der Liste der Dinge, die es abzuklären galt.

Nach dem Halt an der Industriehalle kehrte der Tesla üblicherweise zur Villa zurück, wobei er zuvor einen Abstecher in ein Café in der Jičínská machte. Der Dreifingrige hatte die Gewohnheit, sich dort höchstens für eine Viertelstunde aufzuhalten. Farah und Haris waren gestern zu Fuss in die Nähe des Cafés gegangen.

«Wenn wir ihn töten wollten, hätten wir alle nötigen Informationen», hatte Haris gesagt und sich auf der gegenüberliegenden Strassenseite bei der Haltestelle der Strassenbahn gegen die Wand gelehnt. «Er hat immer zwei Leibwächter dabei. Ich würde ein Präzisionsgewehr benutzen und es tun, wenn er auf der Türschwelle steht. Sie würden alle mit dem Rücken zu uns stehen. Das Ziel wäre erhöht auf der Treppe auf dem Präsentierteller.»

«Hat dir das alles die finnische Armee beigebracht?»

Die Zwillinge fuhren zurück zur Wohnung, während der Schneeregen in richtigen Schneefall überging. Die rutschigen Bedingungen zwangen sie dazu, den letzten Häuserblocks entlang schon höchst vorsichtig zu fahren.

«Ich koche uns Tee», sagte Farah drinnen, wollte aber ihre Jacke noch nicht ausziehen.

Zum Abhören hatte Haris ein System eingerichtet, das alle Gespräche über das Internet auf einen Webserver nach Finnland weiterleitete. Ein Freund hatte ihm dabei geholfen. Der Zweck des Systems war, dass sie jederzeit über verwertbares Gesprächsmaterial verfugten. Sie brauchten also nicht zeitgleich mitzuhören oder zu sehen. Irgendwann würden die Beobachtungen sie zu einer hinreichend frischen Spur führen. Sie brauchten bloss geduldig zu sein und zu warten.

Ihre Zeit in Prag ging unwiderruflich dem Ende entgegen. Jeder Tag, den sie noch in der Stadt verbrachten, erhöhte das Risiko aufzufliegen. Haris hatte früher eine Stelle bei der finnischen Grenzwache angeboten bekommen, zumindest für den Sommer. Farah wiederum plante, an der Universität ihr Sprachstudium fortzusetzen. Ihre Ersparnisse waren nahezu aufgebraucht, und sie hätten nicht einmal mehr Mittel gehabt, um die Operation Prag vor Ort fortzusetzen.

Die Wohnung war nur noch für die nächsten zwei Wochen zum Voraus bezahlt. Der Vermieter hatte ihnen ohnehin keine längere Mietdauer versprechen können. In Helsinki hatte Farah eine Studentenwohnung, und Haris übernachtete in Vantaa in einem Lagerraum mit einem Fenster, den er in einem Industriegebäude gemietet hatte. Das war für Haris nur eine Zwischenlösung. Wenn Farah einverstanden gewesen wäre, wäre Haris in Prag geblieben.

Doch sie würden gemeinsam nach Helsinki zurückkehren.

Haris blickte aus dem Fenster zur Strasse, um zu prüfen, ob der Schneefall zugenommen hatte. Unten auf der Strasse, schräg gegenüber dem Fenster, stand ein Mann mit einer schwarzen Schirmmütze, der ihn mit einem Schal um den Hals anstarrte. Der Mann war in Haris' Alter, vielleicht etwas älter. Der Mann konnte das Fenster sehen, nicht aber Haris im Halbdunkel des Zimmers. Ein Schritt näher zum Fenster, und Haris würde für den Mann erkennbar werden.

Bilde ich mir das jetzt nur ein?

Der Mann richtete den Kragen seiner Jacke auf und entfernte sich die Strasse hinunter.

Haris lachte über sein Misstrauen, reckte sich aber dennoch mit dem Gesicht an der Fensterscheibe, um zu beobachten, wie der Mann fortging.

41.

Im Bogen der Bucht, anderthalb Kilometer westlich der Villa des Milliardärs Bjarne Gestsson, trugen die gewaltigen Wellen Schaumkronen. Magnus Thor zog die feuerrote Mütze tiefer über seinen Kopf. Unten, oberhalb der Wasserlinie der steil abfallenden Klippe, arbeiteten Waghalsige, die in Overalls aus Ölzeug gekleidet waren, an Sicherungsseilen. Die unregelmässigen Wellen des Ozeans blieben unterhalb der Arbeiter, aber die höchsten Wellenkämme spritzten die Seilschaft klatschnass, wenn die Wassermassen gegen die Uferfelsen prallten. Während die Beinpaare der Arbeiter über die steile Klippe glitten, wollte der Westwind sie an ihren Schaukelseilen in Richtung Norwegen wehen – gute Reise! –, brachte sie aber jedes Mal wieder zurück.

«Ich mag Verbindungswörter», bemerkte Magnus Thor, die Hände dicht in die tiefen Taschen seiner Jacke gesteckt. «Sie erweitern die Perspektive. Weisst du, sie vertiefen … Verbindungswörter funktionieren wie das Objektiv einer Kamera. Sie bewirken, dass der Sprecher und der Zuhörer sich auf das Ziel fokussieren, also auf das Wesentliche.»

Thor hörte immer noch nicht auf: «Verbindungswörter sind unser täglich Brot.»

Der blonde Pferdeschwanz der vor Kälte schlotternden Gerichtsmedizinerin blickte unter einer Inkamütze hervor. Gudlaug versuchte mit blauen Lippen der Kälte zu trotzen.

«Wenn du fasten willst, Gudlaug, verzichte auf dein täglich Brot. Vermeide Verbindungswörter.»

Die zitternde Gudlaug schwang ihre Arme vor und zurück und versuchte in ihrer Daunenjacke Wärme zu generieren.

«Versuchst du mir auf deine übliche einfach gestrickte Art mitzuteilen, dass ich zu dick bin?»

Magnus Thor antwortete nicht. Stattdessen trat er zwei mutige Schritte näher an den rutschigen Felsvorsprung und spähte hinunter zu den Arbeitern.

«Geistiges Fasten. Einfaches, brotloses Dasein.»

Magnus Thor pfiff ein unidentifizierbares Lied, aber der vom Atlantik kommende Wind schmetterte es ihm wieder ins Gesicht zurück. Die Noten waren zersplittert, und die schwarzen Linien des Notensystems schwankten leer in der Luft.

«Kurze Sätze.»

Volle drei Stunden zuvor, um sechs Uhr morgens, war Magnus Thor unter der warmen Dusche zu Hause aufgewacht. Der Pikettdienst hatte ihn einen Augenblick später angerufen, und die Hälfte des Frühstücks war liegengeblieben. Thor hatte die Grosseltern seiner Kinder angerufen, damit diese die jüngeren Kinder zur Schule brachten, und war selbst eilig zur Küste gefahren. Ein örtlicher Ornithologe hatte am Ufer eine Leiche gesichtet, aber die jämmerliche Witterung und das schwierige Gelände hatten ihn gezwungen, in sicherer Entfernung von der im Wasser treibenden Leiche zu bleiben, oder er hätte sich in Lebensgefahr begeben. Eine gigantische Welle hatte die Leiche danach an eine schwer zugängliche Stelle in einer Felsnische geschleudert, aber sie lief dort wenigstens keine Gefahr, wieder ins Meer zurückgespült zu werden.

Die Vermutung lag nahe, dass es sich bei der Leiche um Bjarne Gestsson handelte.

Der Mut liess nach, und Magnus trat vom Felsvorsprung zwei Schritte zurück neben Gudlaug.

«Wo ist denn dein Adjutant?», fragte Gudlaug und fuhr mit dem Vor- und Zurückschwingen der Arme fort. «Ihr seid doch immer gemeinsam unterwegs.»

«Mit anderen Aufgaben beschäftigt. Wir wurden versetzt, um die Suche nach Gestsson zu intensivieren.»

«Ihr habt keinen blassen Dunst, wo Bjarne Gestsson ist, wenn er nicht da unten ist.»

Magnus Thor blickte diesmal lieber das Meer an als Gudlaug. Die Gerichtsmedizinerin hatte ganz recht, sie hatten überhaupt nichts in der Hand. Gudlaug kehrte zum Auto zurück, um sich aufzuwärmen. Thor rief im Polizeigebäude an, aber bei der steifen Brise ging das Gespräch in einem einzigen Rauschen unter. Die Sache war nicht so wichtig, dass Thor sich hätte bemühen müssen, zum Auto zurückzukehren, um vor dem Wind geschützt zu telefonieren. Gudlaug hatte nach Jon gefragt. Die Situation war verworren. Magnus Thors Vorgesetzter hatte diesen auf Drängen des Polizeiaufsehers in die Untersuchungsgruppe zurückkehren lassen müssen. Die Vorgesetzten hatten einen faulen Kompromiss zustandegebracht, so dass auch Jon in die Untersuchungsgruppe zurückgekehrt war. Jon arbeitete allerdings selbständig an der Seite der Gruppe und war direkt Thors Vorgesetztem unterstellt. Die Situation war hochexplosiv. Thor und Jon hatten es bisher geschafft, einander aus dem Weg zu gehen. Thor glaubte, er sei vor seinem Vorgesetzten in Sicherheit, bis der Polizeiaufseher in Rente ging. Danach, so glaubte Magnus Thor, würde Jon seine Position einnehmen.

Es vergingen Minuten, und die Arbeiter machten sich daran, den Toten mit der Seilwinde auf den Felsvorsprung hochzuziehen.

Die Gerichtsmedizinerin Gudlaug stiefelte zurück aus der Wärme, welche sie im Innern des Autos vorgefunden hatte.

«Schaffen sie ihn herauf?»

Magnus Thor nickte: «Musst du ihn hier untersuchen? Du hast vielleicht einen kalten Beruf.»

Gudlaug versuchte zu verhindern, dass ihr die langen blonden Haare ins Gesicht fielen: «Wenn es nach mir ginge, dürften sie alle auf meinem Obduktionstisch bereitliegen.»

«Nicht wahr? Gudlaug, welchen Beruf würdest du wählen, wenn du die Arbeit als Gerichtsmedizinerin aufgeben könntest?»

«Die Arbeit als Gerichtsmedizinerin? Ah, Kritiker müsste man sein. Ich würde ungefähr dieselbe Arbeit verrichten wie jetzt, aber im Lehnstuhl, mit einer gekühlten Flasche russischen Sekts in Reichweite.»

«Du würdest vom Lehnstuhl aus Leichen produzieren. Lebendig begrabene. Und wenn es dich auf die andere Seite verschlagen würde, so wärst du eine Hebamme.»

Gudlaug wandte sich Thor zu: «Magnus, du sprichst jetzt vom Allmächtigen, nicht von der Hebamme und dem Kritiker.»

«Ist das denn nicht dasselbe?»

Die Arbeiter am Seil und der Tote waren beinahe oben angelangt.

«Danke für deine Hilfe mit Anna. Ich glaube, dass Maelas und Annas Verhältnis sich jetzt bessert.»

«Na, das ist gut.»

Die ersten Arbeiter in ihren Overalls aus Ölzeug kamen oben an. Magnus und Gudlaug gingen einige Meter nach hinten und machten ihnen Platz, damit sie die Leiche ganz nach oben hieven konnten.

«Magnus, Jon hat mich gefragt, ob ich mit ihm ausgehe. Wir treffen uns heute. Rein geschäftlich. Hat er dir etwas davon gesagt?»

Das war für Magnus Thor nicht angenehm zu hören.

Jon war neunundzwanzig, Gudlaug zweiundvierzig. Hatte sie jetzt den letzten Rest ihres Urteilsvermögens verloren?

«Nein.»

«Das habe ich mir gedacht. Dann weisst du also auch nicht, was er im Sinn hat.»

Gudlaug ging zum Auto, um noch mehr Utensilien zu holen.

«Toll, dass es rein geschäftlich ist. Jon ist ein echt hübscher Junge, Gudlaug.»

Der Tote kam nach oben. Gudlaug schaffte es im selben Augenblick vom Auto zurück.

Ein Blick genügte, um zu erkennen, dass es sich bei der Leiche nicht um den Milliardär Bjarne Gestsson handelte.

«Hättet ihr nicht vorher sagen können, dass ihr da unten eine Frau habt?»

Die Gerichtsmedizinerin Gudlaug schaute die Frau an und gab ihre vorläufige Einschätzung ab, die besagte, dass die Leiche ertrunken sein musste. Es war wahrscheinlich gestern Abend geschehen. Magnus Thor hatte festgestellt, dass keine neue Vermisstmeldungen eingegangen waren. Die Frau lebte also mutmasslich allein. Thor liess seine Mitarbeiter zurück und entfernte sich von der Gruppe, ohne die genaueren Aussagen der Gerichtsmedizinerin Gudlaug anzuhören. Die Obduktion würde in jedem Fall später im Krankenhaus vorgenommen werden.

Auf der Rückfahrt nach Reykjavik rief Thor seinen Vorgesetzten an, um ihm die Neuigkeiten zu melden. Die Kommunikation blieb einsilbig. Die Situation war im Hinblick auf den Arbeitsfortschritt schwierig. Jon hatte die Unterstützung von Magnus Thors Vorgesetztem – die Unterstützung, die Thor selbst nicht mehr genoss. Jon hatte allerdings auch Grund genug, wütend auf ihn zu sein, aber das Gefühl beruhte auf Gegenseitigkeit. Rächte sich Jon dafür, indem er Gudlaug zum Abendessen einlud? Wollte er Thor damit eins auswischen? Er beschloss, dass Jon sich frei mit Gudlaug herumtreiben durfte, wenn diese tatsächlich urteilsunfähig genug war, auf einen Mann wie Jon hereinzufallen. Wenn Gudlaug Männer gefielen, die über zehn Jahre jünger waren als Thor. Wenn Gudlaug nicht an Magnus Thor interessiert war. Thor beschloss, vor diesen Tatsachen zu kapitulieren. Ihn ärgerte es, dass die Zuneigung zu Gudlaug ihn auf so kindische Weise eifersüchtig machte.

In der Eingangshalle des Polizeigebäudes schwirrte ein Kamerateam umher. Irgendwer hatte die Nachricht durchsickern lassen, dass in der Umgebung von Gestssons Villa eine Leiche gefunden worden war. Da war das Medium im Vorteil, das es schaffte, einen Sensationsbericht über den Durchbruch bei der Suche nach dem Milliardär zu bringen.

Warum waren sie nicht ans Meer gefahren, um die Küste aufzunehmen? Sie hatten keine Informationen über den exakten Fundort. Alle würden diesmal leer ausgehen, doch das Kamerateam wusste es wahrscheinlich noch nicht. Thor umging das Kamerateam und eilte in sein Büro.

Magnus Thor hatte sich gerade mit Mühe und Not an sein Pult setzen können, als er auch schon einen Anruf aus Finnland kriegte. Paula Korhonen sprach nur gerade passables Schwedisch, so dass sie zum Englischen wechselten.

«Wir haben den Inhalt von Martti A. Lehtinens Computer durchsucht und sind dabei auf die Spur einer Steuerparadiesfirma namens NCforOM geraten. Die Firma ist auch in Island tätig. Wir haben die schwedische Sicherheitspolizei gebeten, aus den Panama Papers, die sich in ihrem Besitz befinden, Informationen über die Firma zu liefern, aber könntest du auch bei euch mal Abklärungen treffen?»

«Sicher.»

Eine Dreiviertelstunde später sass im Besprechungs-raum eine unwillige Gruppe um den Tisch herum. Magnus Thor, der die Besprechung einberufen hatte, hätte am liebsten selbst nicht an der Sitzung teilgenommen, aber er hatte keine andere Wahl. Auf der gegenüberliegenden Seite des Tischs sassen der Polizeichef und Jon sowie ein Ermittler, der mehr Erfahrung hatte als Jon. Neben Thor sass die Frau, die als Zeugin dabeigewesen war, als Thor von Jon verlangt hatte, ins Alkoholmessgerät zu pusten. Ganz aussen sass Bjorkvin, der Vorgesetzte von Magnus Thor, daneben Jon und die anderen Ermittler.

«Magnus, raus damit. Wir alle haben zu tun.»

Der Polizeichef konzentrierte sich auf Thor, und die anderen folgten seinem Beispiel.

Zu Beginn informierte Thor die Anwesenden genauer über die Leiche vom Meeresufer. Gemäss der Gerichtsmedizinerin kam hier nur ein offensichtlicher Ertrinkungs-tod in Frage, doch die Sache würde bei der Obduktion noch bestätigt werden. Das stand nicht zuoberst auf der Prioritätenliste. Die zweite Sache war Paula Korhonens Anruf aus Finnland. Lehtinen und die Steuerparadiesfirma NCforOM.

«Klingt etwas weit hergeholt», kommentierte Bjorkvin als erster.

Magnus Thor gefiel die Situation nicht. Den Überbringer der Nachricht erschoss man bekanntlich immer als ersten. Aber das war ja nicht seine Erfindung, sondern diejenige Paula Korhonens.

«Auch ich bin davon nicht begeistert», sagte Thor unsicher.

«Jon?», fragte Bjorkvin.

Wieso wollte der Vorgesetzte ausgerechnet Jon einen Kommentar entlocken? Es waren zwei erfahrenere

Ermittler zur Stelle, die nicht explizit nach ihrer Meinung gefragt wurden. Thor versuchte ruhig zu bleiben.

«Wenn Stockholm schon Verbindungen zu den Panama Papers hat, müssten wir das meiner Meinung nach untersuchen, wenn wir die Möglichkeit dazu haben.»

«Es wird alles untersucht», bestätigte der Polizeichef.

Sie passten genau auf, dass sich ihre Blicke nicht trafen, Magnus Thor und Jon. Thor erinnerte sich an Kalle Nordins Besuch in Island, als sie vor dem Schlafengehen gemeinsam einige Gläser genossen hatten. Die Geschichte von Vladimir Kramnik und Wesselin Topalow. Nordin hatte sie natürlich von seinem Schachmeisterjungen gehört. Die Schachwelt hatte ihren eigenen kalten Krieg erlebt, als der Weltmeister Garri Kasparow in den 1990er-Jahren den Berufsschachverband PCA gründete. Danach spielte man um die FIDE-Weltmeisterschaft und um die Weltmeisterschaft von Kasparows Verband. Die Verbände wurden nach einer dreizehnjährigen Spaltung wieder vereint, und der nächste gemeinsame Schachweltmeister wurde durch einen Wettkampf zwischen den amtierenden Weltmeistern der beiden Verbände ermittelt. Im Jahr 2006 nahm am FIDE-Weltmeisterschaftswettkampf in Elista der Bulgare Wesselin Topalow teil, der den Weltmeister des anderen Verbands, den Russen Vladimir Kramnik, zum Gegner bekam. Die Weltmeisterschaft war so heftig umkämpft, wie man es noch nie gesehen hatte. Kramnik besiegte Topalow in den ersten beiden Partien, und die nächsten beiden Partien endeten unentschieden. Danach bezichtigten Topalow und seine Delegation Kramnik des Betrugs. Sie hatten gezählt, dass der Russe im Durchschnitt über fünfzigmal pro Partie zur Toilette gegangen war. Man hegte den Verdacht, dass eine Kommunikation abseits des Schachbretts stattfand. Die Spieler hatten persönliche, abgeschlossene

Toiletten, die mit dem gemeinsamen Ruheraum verbunden waren. Der Präsident der FIDE musste eigens aus den Philippinen eingeflogen werden, um den Streit zu schlichten. Der Weltmeisterschaftswettkampf wurde fortgesetzt, und Kramnik gewann gegen Topalow mit 8½ : 7½ Punkten.

Der Zwischenfall war unter dem Namen *Toiletgate* bekannt geworden. Danach hatten die Herren sich bei den Turnieren nicht mehr die Hand gegeben und, um die Wahrheit zu sagen, einander nicht einmal mehr in die Augen gesehen. «*No handshakes*», hatte ein Schachkolumnist bei einem späteren Spitzenturnier getitelt, als Kramnik und Topalow gegeneinander anzutreten hatten, und damit ein neues geflügeltes Wort in die Welt gesetzt wie einen neuen Stern, der im Universum entstand. Auf einem Foto zeigte sich das Duo bemüht, in unterschiedliche Richtungen zu schauen, das Schachbrett in ihrer Mitte.

Magnus Thor bemerkte, dass die anderen für ihn Partei ergriffen. Sein Blick schweifte seitlich an Jon vorbei.

«Ich bin derselben Meinung. Wir haben nichts anderes. Es lohnt sich, das zu untersuchen.»

«Na?», übernahm der Polizeichef die Führung des Palavers. «Wie wollen wir das untersuchen? Jon? Magnus?»

«Von mir aus darf das gerne ein anderer machen.»

Um drei Uhr nachts kapitulierte Magnus Thor. Er zog knallrote Jogginghosen und ein Karo-Flanellhemd an und steckte Pantoffeln an seine Füsse. Das grosse Haus war dunkel und still, aber in den Schlafzimmern schliefen die vier Töchter. Die Kosten für das Haus mit einem einzigen Lohn zu bestreiten, war eine Belastung, aber er schaffte es. Die Mädchen wuchsen, die Kosten stiegen im Einklang mit der Wachstumskurve an. Die älteren Mädchen würden in einigen Jahren aus dem Nest ausfliegen. Würde man das Haus dann verkaufen und mit den kleineren Mädchen in ein günstigeres umziehen müssen? Der Gedanke war schwer. Das Haus war das Mausoleum seiner Ehe. Der Auszug würde ihm wie ein endgültiges Lebewohl vorkommen. Wenn er es nicht tat, würde nach einigen Jahren auch das Nesthäkchen als letzte hier herauswachsen, und die Zimmer würden leer bleiben. Jetzt musste er noch keinen Entschluss fassen. Magnus Thor kochte sich Kaffee und stellte sich mit der Kaffeetasse vor das Wohnzimmerfenster. Er vermisste seine Frau. Er vermisste das Gefühl der Nähe, lieben zu wollen und von jemandem geliebt zu werden. All dies konnte man in einem einzigen Wort zusammenfassen.

Einsamkeit.

Magnus Thor hatte um halb sieben Uhr morgens einen Anruf von Gudlaug erhalten. Thor hatte sich nicht entscheiden können, ob er darüber verärgert oder erfreut sein sollte: «Woher wusstest du, dass ich wach bin?»

«In deiner Küche brannte Licht.»

«Ja, hast du denn einen Hund angeschafft, mit dem du Gassi gehen musst, Gudlaug?»

«Ich bin auf meinem Morgenlauf.»

«Das ist aber eine Sackgasse.»

«Guter Versuch, Magnus. Die Route für den Leichtverkehr verläuft ganz in der Nähe eures Hauses, falls du dich mal bemühen würdest rauszuschauen.»

Um Punkt acht Uhr hatte Magnus Thor seinen Wagen vor dem Krankenhaus abgestellt. Zehn Minuten später stand er in Schutzkleidung auf der einen Seite der Metallpritsche. Gudlaug stand auf der anderen Seite, und zwischen ihnen lag die Frau von gestern, die am Meeresufer gefunden worden war.

«Ich dachte, sie stehe nicht zuoberst auf deiner Prioritätenliste?», fragte Magnus Thor.

«Steht sie auch nicht, aber ich habe für sie Zeit freigeschaufelt. Das dauert nicht lange.»

Sie sprachen einige Minuten lang nichts. Magnus Thor hatte Gudlaugs Arbeit schon so oft verfolgt, dass er die Abschnitte kannte, bei denen nicht gesprochen wurde. Gudlaug kam rasch voran und gab Magnus Thor kleine Hilfsaufträge.

«Müssten wir unsere Kommunikation etwas beleben? Sie ist in letzter Zeit etwas abgestorben. Selbst in einer Friedhofskapelle werden fröhlichere Feste abgehalten.»

«Gebrauche Verbindungswörter, Magnus. Sonst verhungerst du mir noch.»

«Schlagfertig!»

«Das täglich Brot? Dein tiefgründiger Moment?»

Gudlaug unterbrach ihre Arbeit.

«Ich habe gestern Jon getroffen. Es war nicht ganz das, was ich erwartet hatte. Na, eigentlich hatte ich gar nichts erwartet, aber ganz bestimmt nicht das, was Jon erzählt hat. Hast du wirklich versucht, ihn mit Hilfe des Alkoholmessgeräts rauszuschmeissen?»

Das war für Magnus eine grosse Überraschung. Er holte tief Luft. Er bebte innerlich.

«Ich glaube, dass die Kalibrierung des Alkoholmessgeräts im Eimer war.»

Gudlaug lachte und zeigte mit dem Skalpell auf Magnus Thor: «An der Technik lag es also? Auch Jon hat Gefühle.»

Gudlaug wischte ihre Hände ab: «Du kannst manchmal unglaublich unerträglich sein. Hast du wirklich versucht, seine Karriere zu ruinieren, nur deshalb, weil er sagte, ich sei am besten mitten in der Arbeit, auf allen vieren und mit dem Po in der Höhe?»

Magnus Thor atmete angespannt. Er benötigte mehr Luft. Gudlaug starrte Thor über die Leiche hinweg an und wartete. Thor war nicht sicher, mit welcher Kraft der Tornado zuschlug und aus welcher Richtung. Er war nur davon überzeugt, dass der Tornado ihn treffen würde. Das konnte einem schon einen Schrecken einjagen.

«Ich weiss nicht, was ich dir sagen soll.»

Gudlaugs Blick und ihre Augen wurden auf einmal warm: «Magnus Thor, mussten wir so viele Jahre gemeinsam arbeiten, um das zu erleben? Du hast ausnahmsweise einmal keine Worte mehr.»

«Bin ich so wenigstens etwas erträglicher?»

«Viel erträglicher. Reichst du mir mal das dort hinter dir? Danke. Magnus, Jon hat mich gebeten, mit ihm auszugehen, und wir haben uns im Park des Krankenhauses getroffen. Als Alleinerziehende habe ich keine Zeit für irgendetwas anderes, das weisst du genau. Du hast mich gestern am Meeresufer trotzig angeguckt und von etwas anderem gesprochen. Das war kindisch. Du besitzt mich nicht.»

«Sag mir, wenn deine Aktien in den Verkauf gelangen, meine Holdingfirma …»

Gudlaug lachte hell auf: «Derselbe alte Magnus, sofort wieder im Gleis. Du bist doch erleichtert, dass wir nicht bei einem Abendessen bei Kerzenlicht waren.»

«Was war es dann? Ein Picknick vor dem Haupteingang des Krankenhauses?»

«Es war ein Geständnis. Jon sagte, dass er dich liebt.»

Magnus Thor fluchte erstaunt.

«Ich meinte das nicht wörtlich, du Trottel. Eine Metapher.»

Gudlaug liess ihr Handtuch auf den Beitisch fallen.

«Jon war völlig ausser sich, Magnus. Er verriet mir Wort für Wort, was er über mich gesagt hat. Er schämte sich zutiefst. Begreifst du, was das von ihm verlangte? Er war darauf vorbereitet, vor mir sterben zu müssen. Insofern ein schlechtes Timing, als es draussen geschehen wäre. Ich bin Gerichtsmedizinerin und hätte die Obduktion durchführen müssen. Jon könnte nun zwischen uns liegen.»

«Dein Sinn für Humor …»

«Auch andere können und dürfen geschmacklose Witze machen, nicht nur du. Du hast nicht das Exklusivrecht darauf, Magnus Thor. Ich bin zweiundvierzig und habe zwei Kinder geboren, mein Gott. Wenn Jon mich so sieht … Na gut, Scherz beiseite. Wenn ich zweiundsiebzig wäre und die letzten fünfzig Jahre meines Lebens vergessen hätte, könnte ich es vielleicht blauäugig als erotische Höflichkeit auffassen. Jon hat unüberlegt geredet.»

«Und ich habe unüberlegt gehandelt, Gudlaug.»

«Du hättest aber trotzdem nicht sofort versuchen sollen, ihn rauszuschmeissen, Magnus.»

«Nein, ich wartete doch zumindest drei Stunden, würde ich schätzen.»

«Das ist nicht lustig. Wenn du versucht hast, hinter meinem Rücken den edlen Ritter zu spielen, war das ein Schuss in den Ofen. Du hast die Tendenz, dich als Ritter einmischen zu wollen, Magnus. Dir dürfte man keine spitzen Gegenstände geben. Konzentrier dich darauf, Mörder zur Strecke zu bringen, nicht deine Arbeitskollegen.»

Gudlaug entfernte sich für einen Moment mit einer Probenschale in einen anderen Raum und kehrte zurück: «Ich habe ihm verziehen. Ich glaube, dass er dabei etwas gelernt hat.»

«Das ist alles?», wunderte sich Magnus Thor.

«Das ist alles. Der Rotzbengel hat seine Lektion gelernt. Er hat es deinetwegen getan, nicht meinetwegen. Ein wenig seinetwegen natürlich auch. Na gut, sogar ziemlich viel. Er hat mich gebeten, mich bei dir für ihn einzusetzen. Er will sich mit dir versöhnen.»

«Gudlaug, wenn du das gehört hättest. Es war ein harter Zusammenstoss auf beiden Seiten. Wir haben die Brücke hinter uns wohl um die Wette gesprengt, in tausend Trümmer … Ich weiss nicht recht.»

Gudlaug wusch sich die Hände unter dem Wasserhahn und trocknete sie.

«Magnus, es ist eine Brücke zwischen euch bestehen geblieben, über die ihr zueinander zurückfinden könnt.»

«Der Grosse Belt in Dänemark?»

«Nein, ich natürlich. Ich kenne dich schon viel länger als Jon. Du bist auf deine Art ein toller Mensch. Ich glaube, ich weiss, was du jetzt in Wirklichkeit empfindest.»

Magnus war ein zweites Mal im selben Gespräch sprachlos.

«Sei ein Mann und versöhne dich.»

Gudlaug kam zu Thor hinüber und umarmte ihn kurz.

Bevor der verblüffte Magnus Thor reagieren konnte, war Gudlaug schon weg. Er zog die Schutzkleidung ebenfalls aus und verliess das Gebäude, ohne dabei nochmals auf Gudlaug zu treffen.

42.

Håkan Holmström wollte gerade zum Mittagessen gehen, als das Telefon klingelte. Der Anruf kam aus dem Ostflügel des Polizeigebäudes, es war eine Beamtin, die bei der Ordnungspolizei arbeitete.

«Ich habe im System die Fotos des Mannes angeschaut, den Sie suchen. Ich habe ihn erkannt.»

Holmström setzte sich mit seiner halb angezogenen Outdoorjacke auf den Bürostuhl. Die Frau berichtete, dass es sich bei dem Mann auf dem Foto um einen gewissen Niclas Sellberg handelte. Der Mann arbeitete bei der Polizei, und die Frau war sich sicher, dass es sich um ein Missverständnis handeln musste.

«Können wir so verbleiben, dass wir die Beurteilung einer anderen Person überlassen? Das Missverständnis, meine ich. Weiss Sellberg, dass Sie ihn erkannt haben?»

Die Frau hatte Sellberg noch nichts gesagt. Der Mann hatte Nachmittagsschicht und sass irgendwo in der Stadt in einem Patrouillenfahrzeug. Holmström liess die Frau schwören, dass sie den Mund hielt. Der Oberkommissar betonte dies absichtlich mit Nachdruck. Nach dem Gespräch zog sich Holmström die Jacke über und suchte eilig nach Edison und Annmari. Er fand Edison, Annmari jedoch war weg. Das Gesicht des Oberkommissars war aufgrund der Eile gerötet.

«Edison, binde deine Haare zusammen und auf geht's. Wir haben Kontakt zum Einbrecher.»

Auf dem Weg zum Auto erläuterte Holmström Edison die Situation. Sie erfuhren vom Disponenten die Nummer von Sellbergs Patrouillenfahrzeug und mit wem er sich die Schicht teilte. Danach sprach Holmström am Telefon mit Sellbergs Schichtleiter. Dieser war nicht erfreut darüber, dass man seinen Mitarbeiter mitten aus der Schicht holte. Holmström donnerte ihn an, aber der Einsatzleiter fühlte sich auf den Schlips getreten und verweigerte jegliche Kooperation. Solange sein Mitarbeiter nicht eines schweren Verbrechens verdächtigt wurde, würde er den Mann nicht mitten aus der Arbeit holen. Immerhin kam ihm der Einsatzleiter so weit entgegen, dass er versprach, seinem Mitarbeiter nichts von der Sache zu erzählen. Sobald Sellbergs Schicht endete, hatte Holmström freie Hand zu handeln, wie er es für am besten hielt. Holmström erhielt die Uhrzeit, wann Sellbergs Schicht zu Ende gehen sollte.

Der Oberkommissar beendete das Gespräch mit trockenem Mund: «Fahren wir zurück. Wir kriegen ihn erst nach seiner Schicht. Sobald er das Polizeigebäude verlässt, warten wir keine Minute länger.»

«Sagen wir Annmari etwas davon?»

«Nein. Wir erledigen das auf meine Art», brummte Håkan Holmström seinem Mitarbeiter zu.

Einige Stunden später warteten Holmström und Edison vor dem Polizeigebäude darauf, dass Niclas Sellberg auftauchte.

«Da kommt er.»

Aus dem Polizeigebäude kam der Mann, den sie schon durch Annmaris Kameras kennengelernt hatten. Edison näherte sich dem Mann von vorne, und Holmströms Aufgabe war es, die Lage von hinten abzusichern. Edison zischte scharf: «Niclas!»

Der Mann war verblüfft, denn er kannte Edison nicht.

Edison näherte sich Sellberg, die Hände in den Taschen seiner Lederjacke.

«Niclas, ich bin Edison, weisst du nicht mehr?»

Edison versperrte Sellberg den Weg.

«Müsste ich dich kennen? Sagtest du Edison?»

«Nein, aber Annmari Akselsson. Wir sind von der Kriminalpolizei und wollen mit dir reden.»

Holmström stand hinter Sellberg.

«Mach keine Dummheiten oder ich lasse den Oberkommissar los», warnte Edison und holte seinen Dienstausweis hervor.

Die Männer gingen um den Block herum und kehrten durch den Eingang der Kriminalpolizei ins Gebäude zurück. Sellberg fragte nichts, und auch Edison und Holmström sprachen nicht. Der Fussmarsch endete im Verhörraum.

Edison und Holmström machten es sich bequem, aber Niclas Sellberg wartete in seiner Outdoorjacke auf dem Stuhl. Holmström sprach als erster: «Wir haben dich erwischt, Niclas.»

Holmström legte ruhig eine Handvoll Fotos von den Webcams auf den Tisch: «Die Frage lautet: Warum?»

Niclas Hellberg war ehrlich überrascht von den Fotos. Er bemerkte offensichtlich erst jetzt, dass die Kameras in Annmaris Wohnung ihn hatten auffliegen lassen. Es gab nichts zu erklären. Sellberg sass in der Falle. Aber er redete nicht.

«Sprechhemmung?»

Håkan Holmström blickte Edison an.

«Dann also ab ins Depot.»

Um acht Uhr morgens begann Holmströms Telefon zu klingeln. Er führte heftige Gespräche mit Sellbergs Vorgesetztem und dem Vorgesetzten des Vorgesetzten.

Holmström berichtete ihnen, dass der Mann wegen eines Wohnungseinbruchs festgenommen worden sei. Nach dem Verhör habe man beschlossen, ihn zu inhaftieren. Annmari Akselsson, die von den Geschehnissen des Vorabends nichts wusste, kam um viertel vor neun zur Arbeit. Edison erklärte ihr die Situation.

«Ich habe ihn noch nie gesehen», sagte Annmari, während sie ihn durch die Glasscheibe im Verhörraum ansah. «Er redet also nicht?»

«Kein Wort», bestätigte Edison.

«Da kommt er nicht mehr raus, Edison. Seine Tage als Polizist sind gezählt, wenn er nicht erklärt, was er in meiner Wohnung gemacht hat.»

«Seine Tage sind gezählt, egal was er sagt, Annmari. Warum sollte er also reden?»

Holmström setzte sich in Begleitung von Sellbergs Vorgesetztem in den Verhörraum. Der Vorgesetzte versuchte seinen Mitarbeiter dazu zu bewegen, die Fragen zu beantworten, aber vergeblich. Sellberg sagte keinen Ton. Er schien müde, aber nicht verzweifelt. Die Chefs schickten den Mann zurück in seine Zelle.

Einige Minuten später sassen Holmström, Edison, Annmari und Sellbergs Vorgesetzter, Oberkommissar Larsson, im Besprechungsraum beim Palaver. Die anderen erfuhren von Larsson, dass Niclas Sellberg, der in Annmaris Alter war, seinen Dienst bis jetzt zuverlässig geleistet hatte. Fünf fehlerfreie Dienstjahre unter Larsson.

«Irgendeine vernünftige Erklärung dafür muss es doch geben», dachte Larsson laut nach.

«Auf diese Weise kriegen wir keine Antwort. Früher oder später gelangt er auf freien Fuss, um Rechenschaft über den Wohnungseinbruch abzulegen. Er hat seinen Arbeitsplatz praktisch schon verloren. Was hat ihn dazu getrieben, ein solches Risiko auf sich zu nehmen? Er geht mit der Situation jedenfalls sehr geduldig um», stellte Holmström nach Larsson fest.

«Macht mit ihm, was ihr wollt», sagte Larsson gelangweilt. «Ich muss einen Polizisten finden, den ich an seiner Stelle auf die Einsatzliste setzen kann.»

Larsson ging.

Holmström hatte sich um die Genehmigungen gekümmert und schickte Edison und Annmari mit dem Auftrag los, Niclas Sellbergs Wohnung zu durchsuchen. Die Wohnung lag in Stockholms Zentrum nur zehn Gehminuten vom Polizeigebäude entfernt, eine saubere Einzimmerwohnung im vierten Stockwerk eines Mehrfamilienhauses. Die Wände im Treppenhaus waren vor kurzem frisch gestrichen worden.

«Kein Türspion», bemerkte Annmari vor Sellbergs Wohnung.

«Warum sollte er einen haben? Die Haustür lässt sich nur mit dem Code öffnen. Du hast doch auf der Strasse die Überwachungskamera gesehen. Jede Wette, dass es im Flur von Sellbergs Wohnung einen Bildschirm gibt, auf dem man das Bild der Überwachungskamera sieht, und ich wette ausserdem, dass es in jeder Wohnung dieses Hauses so eine gibt. Das ist ein Bonzenhaus, das riecht sogar ein Asthmatiker.»

«Und mit Sellbergs Lohn kann man sich das leisten?», ergänzte Annmari.

«Und deine eigene Wohnung und dein Lohn?»

«Intelligenzbestie.»

Sie öffneten die Tür mit dem Generalschlüssel. Der Bildschirm der Überwachungskamera war gleich neben der Tür.

Der erste Blick in die kleine Wohnung verriet, dass in Niclas Sellbergs Haushalt alles übersichtlich geordnet und einfach war. Fast alle seine Möbel stammten aus dem Sortiment von Ikea. An der Kühlschranktür klebten keine Magneten.

Edison befingerte Sellbergs Satz an perfekten Küchenmessern: «Ich wäre nicht überrascht, wenn auf dem Tisch ein Buch von Fredrik Backman läge.»

Sie durchsuchten die Wohnung gründlich, fanden jedoch nichts Bemerkenswertes.

«Sellberg ist doch nicht dumm. Er muss ein anständiges Motiv haben, in meine Wohnung einzudringen», sagte Annmari und setzte sich auf Sellbergs Stuhl.

«Einverstanden. Sein Motiv finden wir jedoch nicht in der Füllung seines Bettsofas. Wir brauchen die Genehmigung, seine Gespräche und seinen Computer zu untersuchen. Ich rufe Opa an. Wir kehren zum Polizeigebäude zurück und untersuchen seinen Spind. Die Genehmigung dazu haben wir bereits.»

«Das wird ja eine lustige Unternehmung, Edison. Seine Kollegen werden sich freuen.»

«Du brauchst nicht unbedingt mitzukommen. Ich nehme irgendeinen grossen Kerl mit.»

«Natürlich komme ich mit!»

Annmari und Edison präsentierten Niclas Sellbergs Vorgesetztem die schriftliche Genehmigung. Dieser schickte einen Mitarbeiter, um Annmari und Edison den Weg zur Männergarderobe zu zeigen. Zwei Kollegen Sellbergs waren zur Stelle, die verstohlen zusahen, als die Kriminalpolizisten den Spind öffneten. Einige Kleider zum Wechseln und Uniformstücke waren darin. Edison schob seine Hand ins Schuhgestell und fand ein Handy mitsamt Etui.

Edison entfernte die SIM-Karte des Handys: «Eine Prepaid-Karte.»

Sie versuchten das Handy zu aktivieren, indem sie als Code vier Nullen eingaben, aber es war der falsche Code. Sie versuchten es auch mit den Ziffern 1234, aber ohne Ergebnis.

«Sellberg müssen wir gar nicht erst fragen. Wir geben das Handy den Jungs von der Technik, die kriegen es schon hin. Weisst du was? Der Kerl ist nicht ganz sauber.»

«Könnte es nicht doch mit Drogen zu tun haben? Mit der Einbruchsserie in Tierkliniken, bei deren Untersuchung ich mitwirkte?», fragte Annmari.

«Das ist eine zu niedrige Liga. Ein blosser Handel mit Hosenknöpfen. Dahinter steckt mehr. Er arbeitet nicht alleine, sondern auf Rechnung von jemand anderem.»

«Der Mord an Malek Ayman?»

«Weit hergeholt, aber warum nicht», sagte Edison. «Vielleicht hat es mit den verschwundenen 8.4 Millionen in Aymans Lager zu tun. Vielleicht hat das Geld nichts mit dem Mord zu tun. Ich weiss es nicht. Wir müssen Sellberg zum Reden bringen. Und wir müssen Zugriff auf den Inhalt dieses Handys kriegen.»

Annmari und Edison begaben sich auf die andere Seite des Blocks zur Kriminalpolizei und eilten sofort in Holmströms Büro. Opa war besetzt. Nach einer kurzen Wartezeit öffnete sich Holmströms Tür, und der Vorsteher der Kriminalabteilung, Jesper Aaberg, kam aus dem Büro. Annmaris und Aabergs Blicke trafen sich, aber sie grüssten einander nicht. Aaberg schnaubte und ging weg. Holmström rief Annmari und Edison herein.

Der Oberkommissar hörte sich alles an und beschloss, dass das Handy unverzüglich geknackt werden sollte.

«Und dann quetschen wir aus Niclas Sellberg die Wahrheit heraus», versprach Holmström und blickte seine Mitarbeiter entschlossen an.

43.

Die Lieferanten der Markthalle schwärmten vor acht Uhr morgens mit ihren Lasten zu den Toren hinein. War es das nahende Weihnachtsfest, das bereits einen Monat vor Heiligabend ein Gefühl von Eile schuf? Paula Korhonen schüttelte auf der Strasse ihren Regenschirm aus und folgte den Lieferanten in die Markthalle. Der Cafébesitzer nahm sie mit ausgebreiteten Armen in Empfang, worauf eine drückende Umarmung und Wangenküsse folgten. Ateş schmatzte nicht bloss in die Luft hinaus.

Ohne sich um das Getümmel um sie herum zu kümmern, setzten sich Ateş mit seinem walrossartigen Schnurrbart und Paula, um ihren Morgenkaffee zu trinken. Paula erkundigte sich nach Ateş' Eltern, die in der Türkei lebten. Es gehe ihnen ganz ordentlich, danke der Nachfrage. Ateş hatte seinen Eltern die Renovation und Erweiterung ihres Hauses in Üsküdar finanziert. Das Haus sollte zu Jahresbeginn fertig sein.

«Weisst du, was ich ihnen im Erweiterungsteil habe bauen lassen?», fragte Ateş geheimnisvoll.

«Eine Veranda?»

«Eine Sauna!», dröhnte Ateş begeistert und brachte Paula damit in besonders gute Laune.

Die Sauna war eine verrückte Idee Ateş' gewesen, der sich die ganze Familie in Üsküdar widersetzt hatte, aber Ateş war es egal gewesen. Ich bezahle den Spass schliesslich, hatte Ateş ergänzt. Der Cafébesitzer wettete, dass die

Sauna seiner Eltern wohl ein- oder zweimal im Jahr beheizt würde, nämlich dann, wenn Ateş seine Eltern besuchen ging und dann zur Sauna gehen wollte.

Der höfliche Ateş dachte immer daran, auch nach Paula Korhonens Eltern zu fragen. Paula berichtete, dass ihr Vater zu einem zweiwöchigen Intervallaufenthalt in ein Pflegeheim ging, in dem das Personal ganztägig anwesend war. Ihre Mutter konnte sich in der Zwischenzeit ausruhen. Ateş interessierte, wie sich ihr Vater damit einverstanden erklärt habe. Man hatte Vater gar nicht gefragt. Sein Zustand hatte sich dramatisch verschlechtert. In so kurzer Zeit? Ateş nahm aufrichtig Anteil und sagte, er wolle helfen, wenn er nur irgendetwas für Paula Korhonen und ihre Eltern tun könne.

«Hast du schon einmal die Rumänin gesehen, die im Tordurchgang bei der Hämeenkatu bettelt?», fragte Paula, als sie die anderen Dinge besprochen hatten.

Ateş bejahte.

«Weisst du irgendetwas über sie?»

«Du meinst, weil ich dieselbe Hautfarbe habe?»

Paula Korhonen bereute es, gefragt zu haben. Sie war nicht sicher, ob das bloss Ateş' Sarkasmus war oder ob er sich wirklich ethnisch beleidigt fühlte.

«Nein. Ich dachte, dass du mit offeneren Augen durch die Gegend gehst als der durchschnittliche Finne, der, wenn es hoch kommt, seine eigenen Stiefelspitzen kennt.»

Ateş' Wesen wurde wieder warm und direkt. Der Türke lächelte mit leuchtenden Augen: «Weise Worte. Was willst du von ihr?»

«Ich weiss nicht. Sie ist schon lange hier. Wo ist ihre Gemeinschaft?»

«Auf der Strasse, teure Freundin. Sie fahren nach

Weihnachten fort. Sie kehren nach dem Winter bestimmt wieder zurück. Betteln ist Saisonarbeit. Sie sind Zugvögel.»

«Ja.»

Ateş blickte Paula prüfend an und ergriff ihr Handgelenk über den Tisch hinweg: «Du bist melancholisch. Weil sie fortgeht? Oder weil sie gekommen ist?»

Im Polizeigebäude hütete Paula Korhonen während der ganzen ersten Arbeitsstunde Polizeischüler. Solche Aufgaben schob Kati Laine ihren Mitarbeitern gerne zu. Um halb zehn gab es die erste anständige Pause, aber Paula musste sie für ein Palaver im Stehen mit Aki opfern. Es hatte nichts mit der Untersuchung von Martti A. Lehtinen und dem Bulgaren Emil Nikolov zu tun. Paula hatte registriert, dass Aki bei der Arbeitskleidung immer zwischen drei verschiedenfarbigen Hemden und zwei Sakkos wechseltc, von denen das eine von Hugo Boss war.

Dass der Tote von Pori als Nikolov identifiziert worden war, war Akis Verdienst. Aber sie hatten keinen Grund für einen internen Wettstreit. Kati Laine wählte ohnehin schon Aki für alles, bei dem man zwischen ihnen beiden wählen musste. Paula Korhonen hatte begonnen, sich eine andere Alternative zu überlegen, statt unter Laines Führung arbeiten zu müssen. Es kam durchaus auch in Frage, die Tätigkeit bei der Polizei ganz aufzugeben. Und wenn Olavi Jääskeläinen die Voruntersuchung dem Landesgericht übergab und dereinst ein Urteil gesprochen würde, wäre Paulas Karriere bei der Polizei in jedem Fall blockiert. Sie würde wohl allerhöchstens in dem Dienstgrad, in dem sie gegenwärtig war, in Rente gehen.

Emil Nikolov.

Der Bulgare war in der Umgebung von Pori am Meeresufer gelandet. Ein trockenes Ertrinken, kein Kampf ums Überleben. Gemäss der Obduktion keine überflüssigen

Substanzen im Organismus. Von der bulgarischen Polizei, dem bulgarischen Sicherheitsdienst NBH und seinen Angehörigen mehrere Wochen lang gesucht. Verdacht auf Wirtschaftskriminalität, verwickelt in schweres organisiertes Verbrechen. Was das Letztgenannte anging, war nicht mit Hilfe seitens des bulgarischen Sicherheitsdienstes zu rechnen. Stattdessen wartete Paula auf konkretere Hintergrundinformationen von der bulgarischen Polizei dazu, worin Emil Nikolovs Wirtschaftsdelikte bestanden. Wenn jemand wartet, wird ihm die Zeit lang.

Martti A. Lehtinen.

Auf dem Whiteboard hatte man Ordnung machen müssen. Paula Korhonen stand davor und überprüfte alles, was sie darauf geschrieben hatte. Sie hatte sich daran gemacht, Lehtinens Lebensumstände kurz vor seinem Tod zu rekonstruieren. Lehtinen hatte sich schon lange aus dem Geschäftsleben zurückgezogen. Die einzige Tochter hatte die Geschäftsleitung von ihrem Vater übernommen. Martti A. Lehtinen war im letzten Mai mit seiner Frau auf eine zweiwöchige Ferienreise nach Spanien gefahren. Davor, im März, hatte Lehtinen gemäss seiner Frau und seiner Tochter alleine einen Tagesausflug über den Finnischen Meerbusen nach Tallinn unternommen. Noch früher, im Januar, hatten Lehtinen und seine Frau eine Woche auf Teneriffa verbracht. Im letzten Oktober war Lehtinen alleine für einige Tage nach Österreich gereist, nach Wien. Früher in jenem Jahr hatte er einige Ferienreisen zusammen mit seiner Frau realisiert und ganz zu Beginn des Jahres alleine Reisen von jeweils einigen Tagen nach Berlin, Kopenhagen und Stockholm unternommen. Paula wollte diese noch genauer untersuchen, obwohl sie selbst nicht daran glaubte, dass dabei irgendetwas Entscheidendes zum Vorschein kommen würde. Aber wenn man nichts untersuchte, konnte man mit Sicherheit nicht vorankommen. Etwas herauszufinden bedeutete oft ein systematisches Ausschliessen von Alternativen. Es war nur Knochenarbeit im Angebot, was Paula jedoch recht war.

Die Stunden vergingen wie im Flug. Paula untersuchte alles gründlich und suchte neue Details. Sie ging die Passagierlisten der Flüge zwischen Helsinki und Keflavik aus mehreren Wochen durch, Name für Name. Mitunter fanden sich interessante Namen. Dann hielt Paula an und suchte über den jeweiligen Passagier mehr Informationen. Es vergingen weitere Stunden.

«Paula?»

Kati Laine füllte die Türöffnung aus. In der einen Hand hielt sie eine Kaffeetasse und in der anderen ein zur Hälfte gegessenes süsses Butterbrötchen. Die Erscheinung konnte einen eher gleichgültig zurücklassen, wenn man mit Laines Körpersprache nicht vertraut war. Für Paula waren die Begegnungen mit der Kommissarin auf eine gewisse Art jedes Mal positiv: Ihre Chefin zu sehen machte Paula Korhonen schlanker. Es war, wie wenn man vertikal gestreifte Kleidung trug.

«Es ist schon spät. Gute Nacht.»

Paula Korhonen ging über die Hämeenkatu nach Amuri. Die Bettlerin war um diese Zeit nicht mehr an ihrem Platz. Laines Meinung nach war es spät gewesen, aber Laine hatte selbst auch Überstunden gemacht. Paulas Arbeitstag wurde meist durch einen Anruf ihrer Mutter beendet, und das spätestens am frühen Abend. Heute war der Anruf ihrer Mutter ausgeblieben, aber das beunruhigte sie nicht. Vielleicht hatte Vater heute einen etwas besseren Tag gehabt und die Eltern hatten es zu zweit ganz gut geschafft, die Zeit durchzubringen.

Niemand hatte sie heute vermisst.

In einer plötzlichen Eingebung wandte sich Paula um und kehrte ins Polizeigebäude zur Arbeit zurück. Sie beschloss, die Nacht auf dem Sofa des Pausenraums zu verbringen, sobald sie nicht mehr konnte.

Im Büro lud sie alle Fotos, die sie von Martti A. Lehtinens Auto geschossen hatte, vom Handy auf den Computer. Der grösste Teil davon waren verschiedene Beweisstücke, die im Handschuhfach und in der Mittelkonsole zum Vorschein gekommen waren. Sie hatte diese bis dahin auf dem Bildschirm des Handys bis zur Übersättigung angesehen. Sie druckte alles aus, zerschnitt es zu kleinen Zetteln und befestigte diese mit Magneten am Whiteboard. Dann kochte sie Wasser und lieh sich aus dem Schrank Kakao von jemand anderem. Bei einem dampfenden Kakao machte sie sich daran, die Quittungen von neuem durchzugehen. Konnte sich bei einem Kriminalermittler ein sechster Sinn entwickeln? Oder war das einfach nur das geübte Auge des Profis? Paula brachte die Quittung eines Flughafenhotels vom letzten Jahr mit Lehtinens Auslandsreise nach Berlin in Verbindung. Warum übernachtete Martti A. Lehtinen nach seiner Rückkehr nach Finnland im Hilton Helsinki Airport Hotel, aber nicht vor dem Flug? Das war merkwürdig. Sie beschloss, die Witwe danach zu fragen, jedoch nicht um halb zwölf Uhr nachts.

44.

Morgens um sechs Uhr ass Annmari Akselsson zum Frühstück türkisches Joghurt, Blaubeeren und Müsli. Sie zog Laufleggins an, beachtete aber die Wettervorhersagen der Meteorologen. Ein kalter und sonniger Novembertag war im Anzug. Vor dem Aufbruch trank sie ein Glas frischen Orangensaft und nahm vom Tisch im Flur eine lange Grabkerze und ein Feuerzeug und packte die Sachen in einen kleinen Laufrucksack.

Draussen war es dunkel und so kalt, dass ihr der Atem gefror. Annmari schaltete an ihrem Handy die GPS-Ortung ein und öffnete das Programm, das sie beim Laufen verwendete. Sie begab sich für den Anfang auf eine lockere Aufwärmrunde, aber nach einigen hundert Metern zog sie das Tempo leicht an und verschwand in südöstlicher Richtung ins künstlich beleuchtete Liljeholmen.

Oberkommissar Holmström erinnerte an eine in Radfahrerkleidung gekleidete Statue, als er am Frühstückstisch eines Cafés mit erhobener Kaffeetasse die Zeitung las. Im Café genossen eine Handvoll Kunden ihr Frühstück, von denen einige dem Oberkommissar im Lauf der Jahre vertraut geworden waren. Seinen Fahrradhelm hatte Holmström auf dem Stuhl neben sich deponiert. Vor zwei Jahren hatte jemand Holmströms Fahrradhelm aus der Garderobe mitgehen lassen, hier in demselben Café.

Fünfzehn Minuten später bedankte sich Håkan

Holmström beim vertrauten Personal und ging. Vor dem Café öffnete er die drei Schlösser seines Fahrrads. Ein U-Schloss verband das Vorderrad mit dem Rahmen, ein gleichartiges Schloss hielt auch das Hinterrad am Rahmen fest, und ein drittes Schloss, ein zwölf Millimeter starkes Kettenschloss, verband den Rahmen mit einem festen Hindernis. Vor dem Café gab es für Fahrräder ein spezielles Gestell, an dem man sie festmachen konnte. Das fand man nicht überall. Am Arbeitsplatz hatte Holmström manchmal in Gesellschaft anderer Radfahrer bemerkt, dass es im Hinblick auf Diebe das Sicherste gewesen wäre, immer einen eigenen Betonpoller mitzuführen.

Zu seinen üblichen zwei Schlössern hatte er ein drittes hinzugefügt, nachdem vor dem Polizeigebäude einmal vier Fahrräder aufs Mal gestohlen worden waren. Zwei von ihnen waren mit zwei Schlössern gesichert gewesen und das dritte Rad mit nur einem. Das vierte gestohlene Rad hatte dem langjährigen Pförtner der Kriminalpolizei gehört, der sein Rad überhaupt nicht abzuschliessen pflegte. Es war in einem derart schlechten Zustand gewesen, dass es eigentlich auf die Müllhalde gehört hätte. Um sich die Entsorgungsgebühr zu sparen, fuhr der Pförtner die kurze Strecke zur Arbeit mit dem Rad und hoffte, dass es gestohlen würde. Der Wunsch ging schliesslich in Erfüllung.

Die Fahrt mit dem Rad nach Kungsholmen verlief sicher, obwohl der Morgenverkehr lebhaft war. Auf der Strasse und auf den Radspuren brauchte man aufmerksam zu sein. Unberechenbare Fussgänger und zur Arbeit eilende Fahrradrowdys erleichterten die Sache nicht gerade. Die in Steigungen überholenden Omas mit E-Bikes kratzten dagegen nur an der Ehre. Beim Polizeigebäude schloss Håkan Holmström sein Fahrrad wie gewohnt dreifach ab und eilte mit dem Fahrradrucksack über der Schulter ins Gebäude.

In den Mannschaftsräumen erwartete ihn eine warme Dusche und im Spind sein dreiteiliger Anzug.

«Håkan?»

Der Vorsteher der Kriminalabteilung, Jesper Aaberg, zog sich weisse Unterhosen von Björn Borg über die Knöchel. Sein Massanzug hing am Kleiderbügel.

«Jesper?»

Holmström zog sich im selben Rhythmus aus, wie Aaberg sich ankleidete.

«Ich habe gehört, dass du einen Polizisten in Haft genommen hast. Der Meinung seines Vorgesetzten nach missbrauchst du deine Macht. Worum geht es?»

«In die Wohnung meiner Mitarbeiterin wurde eingebrochen. Der Mann wurde dank der Aufzeichnungen auf den Sicherheitskameras erwischt. In der Geschichte gibt es Lücken, die der Mann schliessen kann – oder erweitern, wenn er sich auf freiem Fuss darum kümmern kann.»

«Ein Polizist bricht in die Wohnung einer Polizistin ein? Eine ärgerliche Geschichte. Hältst du mich auf dem Laufenden? Und halt die Geschichte von der Presse fern. Kenne ich sie, deine Mitarbeiterin?»

«Annmari Akselsson.»

Jesper Aaberg entfuhr ein Kraftwort, und er wandte Holmström den Rücken zu. Dieser nahm seinerseits eine Duschseife vom Regal und ging mit dem Tuch in der Hand zur Dusche. Das Tuch reichte ihm schon seit Jahren nicht mehr um die Hüfte.

In den Räumen der Kriminalpolizei stiess Håkan Holmström nach dem Morgenpalaver auf Edison. Der Argentinier hatte sein Kinn für einen Moment nicht mehr rasiert. Die schwarzen Stoppeln wucherten schon ganz ordentlich. Niclas Sellbergs Telefon war inzwischen überwacht, und auf dem Handy, das in seinem Spind gefunden worden war,

war die Gesprächsverfolgung installiert. Sellberg war nicht zur Kooperation bereit gewesen. Holmström hoffte, dass der Fund des Handys die Meinung des Mannes änderte.

Einen Augenblick später sass Sellberg wieder im Verhörraum. Edison und Holmström sassen ihm gegenüber. Der inhaftierte Polizist wirkte geschwächt.

«Das Handy ist jetzt geknackt. Willst du uns erzählen, wem die darauf gespeicherte Nummer gehört? Es ist eine Prepaid-Nummer. Wir nehmen an, dass du mit schwerer Kriminalität in Verbindung stehst. Willst du uns davon erzählen?»

Zum ersten Mal während der Verhöre setzte sich Sellberg aufrecht hin und lächelte. Die Reaktion war genau das Gegenteil dessen, was Holmström und Edison erwartet hatten.

«Darf ich?»

Sellberg streckte seinen Arm über den Tisch. Edison gab ihm das Handy. Niclas Sellberg wählte die einzige auf dem Handy gespeicherte Nummer. Es klingelte eine Zeitlang, bis jemand antwortete, ohne aber etwas zu sagen.

«Hier Niclas Sellberg. Ich bin erwischt worden.»

Sellberg schaltete das Handy wieder aus.

Holmström und Edison schauten verwundert zu, wie Sellberg ihnen das Handy wieder über den Tisch zurückgab.

«Möchtest du uns etwas über das Gespräch sagen?», fragte Holmström.

«Nein.»

«Zurück in die Zelle», kommandierte Holmström ruhig.

«Was sollte denn das?», fragte Edison einige Minuten später, während er das dekorative Urnenei auf Holmströms Pult anschaute.

Håkan Holmström zuckte mit den Schultern: «Wir können offensichtlich davon ausgehen, dass er nicht alleine operiert.»

Der Friedhof von Skogskyrkogården zählte zu Annmaris Lieblingsgegenden zum Laufen. Eigentlich lief sie zum Friedhof und zurück. Das ergab eine sechzehn Kilometer lange oder auch längere Laufstrecke, falls sie noch weiterlaufen wollte. Am liebsten ging sie am frühen Morgen auf den Friedhof, wenn er möglichst verlassen von Lebenden war. Menschen hatte es in Skogskyrkogården mit Sicherheit auch so genug: Dort waren 150 000 Tote begraben.

Heute würde sie erst später zur Arbeit gehen. Eine Runde zum Friedhof passte also gut in ihren Tagesablauf.

Sie beendete ihren Lauf am Ende der Lindenallee, in der das Nordportal lag, und ging den restlichen Weg in Paavo Nurmis legendärem «Schaumkronengang», einer Art schnellem Marsch, um nicht auszukühlen und sich zu erkälten.

Die Steinmauer, welche den Friedhof umgab, blieb hinter ihr zurück, als sie an Greta Garbos Grab vorbeiging, an der Waldkapelle in dessen Nähe und später am massiven Heiligen Kreuz aus Granit. Sie wandte sich danach nach Westen, zurück zur Steinmauer, die den hundert Hektaren grossen Friedhof umgab. Sie erinnerte sich an jede Kiefer in der Umgebung des Grabs ihrer Mutter, hatte sie selbst in ihren Träumen gesehen.

Annmari blieb nie länger als einen kurzen Moment am Grab ihrer Mutter. Sie arbeitete wie eine Hausfrau in der Küche, um alles und, wenn die Zeit reichte, noch mehr zu schaffen. Sie zündete die Grabkerze an, säuberte die Umgebung des Grabsteins und polierte den Grabstein mit dem mitgebrachten Reinigungstuch blitzblank. Im Weggehen warf sie die hinuntergebrannte Grabkerze, die sie beim letzten Mal mitgebracht hatte, in den Mülleimer.

Als sie auf dem Rückweg nach Liljeholmen war, wuchs das langsam steigende Tageslicht am östlichen Horizont, hinter der Stadt, dem Meer und Annmari. Nach der Hälfte des Rückwegs stellte sich die Wettervorhersage als falsch heraus, und urplötzlich war der Himmel voller fallender Tränen. Sie sammelten sich auf dem Asphalt zu Wasserlachen. Annmari lief und vermisste ihre Mutter, die erschossen worden war. Ihre Trauer blieb auf den Wangenknochen liegen, von wo sie sie mit dem Ärmel ihrer Joggingjacke abwischte, so dass niemand sie sehen konnte. Ihre Trauer gehörte ihr allein. Sie gehörte niemand anderem.

Zwei Stunden nach dem einsilbigen Gespräch mit dem Wohnungseinbrecher Niclas Sellberg erhielt Oberkommissar Holmström einen unerwarteten Gast. Die Miene der Abteilungssekretärin Camilla war besorgt, als sie dem Oberkommissar die Ankunft von Isla Cramling meldete. Holmström legte seine Stirn in ungewöhnlich tiefe Falten, aber diesmal tat er es hinter seinem Pult.

«Isla Cramling? Die Anwältin Cramling?»

Camilla stand auf der Türschwelle des Büros des Oberkommissars und wartete auf Anweisungen.

«Bring sie in den Besprechungsraum. Ich komme gleich.»

Isla Cramling war eine lebende Legende. Sie stammte aus einer Familie, die ein Jahr vor Islas Geburt aus Teheran nach Stockholm gezogen war. Die Eltern hatten ihrer in Stockholm geborenen Tochter auch einen westlichen Namen gegeben – Isla. Die Familie blieb in Schweden, als in Iran die islamische Revolution begann und es nicht mehr sicher war, ins Heimatland zurückzukehren. Isla wuchs zu einer jungen Frau heran und nahm ein Universitätsstudium auf. Sie wurde Rechtsanwältin und machte Karriere. Bald wurde sie im Mittelpunkt einiger saftiger Rechtsfälle zum Symbol für gebildete Immigrantinnen. Sie war zwar in Schweden geboren, aber das vermochte den Lichtkegel nicht zu dämpfen, der sich auf sie richtete. Später heiratete Isla einen Schweden und nahm dessen Familiennamen an.

Isla Cramling bezog schon seit dem Beginn ihrer Karriere pointiert Stellung zu gesellschaftlichen Themen, besonders zu Fragen, die Immigranten und Frauen betrafen. Wenn Cramling in die Politik hätte einsteigen wollen, wäre der Erfolg auf der Liste jeder beliebigen ausser einer Rechtspartei garantiert gewesen. Aber Isla Cramling blieb Anwältin. Sie wurde zu einem Stammgast in den Aktualitätsprogrammen des Fernsehens. Sie wurde in allen Gesellschaftsschichten geschätzt. Und nicht zuletzt kultivierte sie in ihren Reden eine brillante Rhetorik.

Håkan Holmström holte in seinem Büro tief Luft, räusperte sich und ging los, um die prominente Anwältin zu treffen. Im Besprechungsraum erwartete ihn Isla Cramling, so sorgfältig gekleidet, wie eine ernstzunehmende Anwältin sich eben zu kleiden hatte. Protziges und geziertes Verhalten war ihr jedoch fremd. Isla Cramling lächelte den Oberkommissar unverblümt an und gab ihm freundlich die Hand.

«Was kann ich für Sie tun?», fragte Håkan Holmström, als sie sich gesetzt hatten.

«Wollen wir uns nicht duzen? Gut. Ich möchte meinen Mandanten Niclas Sellberg treffen. Ich will ihn sehen.»

Für den erfahrenen Holmström war es keine Überraschung, dass Cramlings Besuch Sellberg betraf. Der Oberkommissar verstand es, auch grössere Zahlen als eins und eins zusammenzuzählen.

«Sellberg hat heute Morgen einen Anruf getätigt. War der für dich?», fragte der Oberkommissar.

«Nein, der war nicht für mich.»

«Für wen denn dann?»

«Da musst du schon Niclas Sellberg fragen.»

Holmström bat seinen Gast zu warten und entfernte sich, um Niclas Sellbergs Überführung in den Verhörraum zu organisieren. Einen Moment später bat er Cramling, ihm zu folgen. Sie betraten den Raum, von dem man durch die Glasscheibe in den Verhörraum blicken konnte. Eine Erscheinung mit schwarzen, langen Locken, die an einen Rockstar erinnerte, sass im Verhörraum unter dem wachsamen Auge eines Wärters. Cramling betrachtete den Mann für einen Moment. Holmström bemerkte, dass der Mann mit den schwarzen, langen Locken und Isla Cramling die gleichen beachtlich schwarzen Haare besassen. Die des Mannes waren freilich länger.

«Und?», sagte Cramling, während sie sich zu Holmström wandte. «Was soll das? Ich sagte, dass ich ihn sehen will. Ich will auch mit ihm reden.»

«Natürlich.»

Holmström führte seinen Gast über den Flur in den Verhörraum. Der Wärter entfernte sich auf Wunsch Holmströms. Dieser blieb stehen, während die Anwältin sich dem Mann gegenüber setzte. Der Mann lächelte kurz.

«Für dich wird gesorgt», sagte Isla Cramling.

«Wer sorgt?», fragte der Mann.

Cramling blickte den Mann zögernd an und wandte sich dann errötend zu Holmström: «Soll das ein Witz sein?»

«Du hast deinen Mandanten niemals kennengelernt», verkündete Holmström trocken und klopfte an die Tür. Der Wärter führte Sellberg in den Raum. Edison stand auf und machte Platz.

«Edison, du kannst gehen», wies Holmström ihn an.

Isla Cramling blickte Edison, der dabei war, den Raum zu verlassen, und Holmström gehässig an. Nachdem die Tür geschlossen worden war, richtete sie ihre ganze Aufmerksamkeit auf ihren Mandanten. Niclas Sellberg kannte

Cramling offensichtlich nicht, hatte sie aber genauso offensichtlich erwartet.

«Niclas, ich bin deine Anwältin Isla Cramling. Für dich wird gesorgt.»

«Danke.»

«Du wirst innert vierundzwanzig Stunden auf freiem Fuss sein. Sag nichts in meiner Abwesenheit.»

Cramling reichte Sellberg ihre Visitenkarte.

«Soll ich aus dem Raucherzimmer mittels Rauchzeichen Kontakt aufnehmen?», fragte Sellberg mehr an Holmström gerichtet. «Ich brauche ein Handy.»

«Na klar, und dazu noch eine Breitbandverbindung», antwortete Holmström.

«Es genügt, dass du darum bittest, mich treffen zu dürfen», sagte Cramling. «Bewahr die Visitenkarte auf, Niclas. Du brauchst sie vielleicht noch.»

Sie stand als erste auf und sprach zu Holmström: «Ich hätte nicht geglaubt, dass du so etwas tust.»

Holmström antwortete nicht. Er klopfte an die Tür und Cramling entfernte sich.

Fünf Minuten später sassen Edison und Holmström im Büro des Oberkommissars.

«Was hältst du davon?», fragte Holmström.

«Isla Cramling hatte es eilig, ihren Arbeitstag ohne Vorlaufzeit freizuschaufeln. Sie hat es noch nicht einmal geschafft, sich ein Foto von Sellberg zu besorgen. Die Person, die Sellberg angerufen hat, hatte es brandeilig, die Anwältin zu alarmieren, um dem Mann so schnell wie möglich Schutz zu gewähren. Die Anwältin hat es geschafft, so viel Einfluss auszuüben, dass sie Sellberg sagen konnte, wo es lang geht. Jetzt haben sie es nicht mehr eilig. Sie haben die Situation unter Kontrolle.»

Holmström lehnte sich in seinem Stuhl zurück und

kratzte sich mit einer verlangsamten Handbewegung an der Kopfhaut: «Tja, wo sind wir da bloss hineingeraten?»

Edison brauchte nicht zu antworten. Er wartete darauf, dass der Oberkommissar fortfuhr.

«Niclas Sellberg hat nicht allein operiert. Er verfügt jetzt über eine Anwältin aus der vordersten Front. Irgendjemand finanziert den ganzen Spass. Dieser Jemand – oder vielleicht mehrere Jemands – ist interessiert an Annmaris Wohnung. Isla Cramling wird kaum den Fehler machen, als Verteidigerin des organisierten Verbrechens aufzutreten. Dahinter steht etwas, das wenigstens oberflächlich betrachtet sauber ist.»

«Bis jetzt sauber.»

Der Oberkommissar stimmte Edisons Zwischenbemerkung zerstreut zu und erhob sich. Er ging hinter Edison um das Pult herum bis zur Tür des Büros: «Sauber … naja …»

Im selben Augenblick wurde an die Tür geklopft. Annmari Akselsson erschrak über die Geschwindigkeit, mit der Holmström die Tür öffnete. Annmari hatte etwas zu erzählen: «Wisst ihr, wem ich beim Eingang begegnet bin? Isla Cramling. Na, der Spitzenjuristin. Ich möchte nicht in den Schuhen der Person stecken, die in die Schusslinie dieser Frau gerät.»

«Nun», sagte Holmström, «dann müssen wir wohl ab jetzt barfuss gehen.»

45.

Der Raum mass fünf mal acht Schritte. Sein Fussboden, die Wände und die Decke bestanden aus gegossenem Beton. Im Fussboden befand sich ein Abflussgraben und daneben ein WC-Sitz, der aus Metall bestand und fest mit dem Fussboden und der Wand verschraubt war. Die Höhe des Raums betrug dreieinhalb Meter. Am Übergang zur Decke befand sich ein niedriges Fenster in der Breite der Aussenwand. Dieses war die einzige Lichtquelle, denn im Raum gab es keinerlei Beleuchtung. Grösstenteils war es darin finster, nur einige Stunden am Tag war es hell, und wenn die Sonne auf- und unterging, herrschte ein Dämmerlicht in verschiedenen ineinander übergehenden Tönen. Die Tür bestand aus Metall und war rot gestrichen. An der Tür befand sich eine Luke auf Augenhöhe eines durchschnittlich grossen Mannes, die man von der anderen Seite öffnen konnte.

Sergej Gavrikov hatte in der Türluke drei verschiedene Augenpaare gesehen. Das eine waren die grauen Augen eines jungen Mannes. Das Alter des Mannes hatte Gavrikov anhand der Nasenwurzel geschätzt. Zwei weitere Augenpaare waren dunkel, und die Nasenwurzeln gehörten zu älteren Männern, da sie vom Leben verbraucht aussahen.

Der Raum wurde auf irgendeine Weise beheizt, ansonsten hätte der nackte Gavrikov nicht warm genug gehabt. Er besass nur eine blanke Matratze und eine graue Filzdecke. Zwei Überwachungskameras nahmen ihn den Tag hindurch ins Visier. Es gab im Raum keinen toten Winkel, in dem er sich vor den Kameras hätte verstecken können.

Es war leicht zu erraten, dass sie auch eine Nachtsichtfunktion besassen. Man wollte Gavrikov offensichtlich am Leben erhalten.

Zwei Türen von Sergej Gavrikov entfernt, in einem schallisolierten Raum, wurde ein ängstlicher nackter Mann mit einer Kapuze über dem Kopf auf einen Stuhl gesetzt. Bjarne Gestsson schlotterte vor Kälte. Er war zuerst in einen Kühlraum verbracht worden, wo der Isländer verzweifelt versucht hatte, warm und in Bewegung zu bleiben. Die Kräfte waren ihm nach einigen Stunden der Anstrengung ausgegangen, und der weinende Mann hatte sich auf dem Betonboden zusammengerollt. Er hatte nachgegeben und wartete auf seinen bitteren Tod.

Der Wille des Milliardärs war gebrochen.

Im Raum roch es stark nach Zigarren. Die Kapuze wurde vom Kopf des Isländers gezogen. Er traf auf den prüfenden Blick eines Mannes in seinem Alter. Der Mann war in einen unifarbenen Overall gekleidet. Die Haare waren kurz und grau wie eine Stahlbürste, inklusive Bart und Schnurrbart. Die olivfarbene Haut des Mannes verriet seine Herkunft. Gestsson wagte es nicht zu sprechen, als der Mann einen Schritt auf ihn zu machte und sich zu ihm beugte, um selbst zu sprechen: «Ich will einen Namen.»

«Einen Namen? Ich verstehe nicht. Ich habe Geld.»

Der Mann richtete sich auf und wandte sich zur Seite. Er gab seinem Gehilfen ein Zeichen. Der Gehilfe wählte vom Tisch eine Bohrmaschine und hob sie in die Luft. Der grauhaarige Mann nickte dem Mann zu. Bjarne Gestsson zitterte, und ihm stockte der Atem.

Der Mann beugte sich erneut zu ihm: «Ich will einen Namen von hoch oben. Danach darfst du ihm eine Nachricht überbringen, und ich will dein Gesicht nie mehr sehen. Verstehst du?»

Bjarne Gestsson nickte und versuchte, sein Zittern in den Griff zu kriegen.

Der Mann beugte sich so nah zu ihm herunter, dass der warme, nach Zigarren riechende Atem des Mannes das Wispern ins Ohr des Isländers blies: «Ich will den Namen.»

Bjarne Gestssons Stimme zitterte: «Wojtek Kracenkow.»

46.

Farah hatte gespürt, dass etwas Haris quälte. Sie hatte versucht, in Nebensätzen danach zu fragen, um Haris zum Reden zu bringen, aber vergeblich. Wenn die Schwester Haris direkt gefragt hätte, was ihren Bruder belastete, hätte er geantwortet: Nichts. So war er eben, aber Haris' Sorge war auch Farahs Sorge, obwohl Farah keinen Begriff davon hatte, worin die Sorge bestand.

«Brauchst du die Dusche?»

Farah verneinte, und Haris begab sich ins Bad.

Sie hatten zuvor die Entscheidung getroffen, nach Helsinki zurückzukehren. Der Vermieter würde die Mietkaution vergüten, sobald die Wohnung nach dem Auszug der Zwillinge kontrolliert worden war.

Bald war es Zeit, Lebwohl zu sagen. Farah wollte sich von den Angestellten des Čertovka und vom Besitzer der Buchhandlung Shakespeare verabschieden. Die Kollegen von der Reinigungsfirma hingegen, die sie nur gezwungenermassen während ihres kurzen Arbeitsverhältnisses kennengelernt hatte, vermisste sie nicht. Die Personalchefin hatte sich kühl verhalten, als Farah die Sachen zurückgebracht hatte. Farah war bei diesem Besuch auch ihrem Teamleiter Ivan begegnet. Ivan hatte ihr Glück gewünscht und sie umarmt.

Im Bad rauschte das Wasser.

Das Notizbuch lag auf Haris' ungemachtem Bett. Farah bemerkte es von der Türöffnung aus, als sie ihre

Schultertasche vom Fussboden aufhob. Sie überlegte, ob sie es wagen sollte, ins Notizbuch zu gucken. Sie wollte wissen, ob Haris an seinem neuen Gedicht weitergearbeitet hatte. Am Ende gab sie der Verlockung nach. Sie legte ihre Schultertasche auf Haris' Bett und griff zum Notizbuch.

«Farah?»

Farah zuckte zusammen, aber Haris, der hinter ihrem Rücken in der Tür stand, bemerkte es nicht. Farah liess das Notizbuch in ihre Schultertasche fallen. Sie blickte über Haris' Schulter.

«Ich mache mein Bett selber. Wirfst du mir ein Handtuch zu?», bat Haris.

Farah nahm ihre Schultertasche und reichte Haris ein Handtuch.

Später gingen sie in flottem Tempo auf die Legionsbrücke zu. Haris wollte sich einen Ort in der Nähe ansehen, wo der Tesla des Dreifingrigen die letzten zwei, drei Stunden abgestellt gewesen war. Die Abhörgeräte, die sie in der Villa und im Auto versteckt hatten, funktionierten einwandfrei, ebenso der GPS-Sender im Chassis des Autos. Die Stromquellen der Mikrofone und der Kamera im Auto würden sich mit der Zeit entladen, aber sie hatten noch mehrere Wochen Zeit. Sie hatten schon verschiedene Namen in Erfahrung gebracht, aber noch keine entscheidenden Beweise für die illegalen Machenschaften des Dreifingrigen.

Was sollte in Dubrovnik in einem Monat geschehen? In den Gesprächen war schon einige Male darauf hingewiesen worden.

Nach der Legionsbrücke trennten sich Farahs und Haris' Wege. Sie vereinbarten, dass sie sich in der Nähe des Bahnhofs in einem bestimmten Café wieder treffen wollten.

Farah peilte das Einkaufszentrum Palladium an und beabsichtigte, später zum Bahnhof weiterzugehen, um im

Café auf Haris zu warten. Das Wetter in Prag war dabei, in herbstliches Wetter umzuschlagen, es hatte auch schon geschneit, und es war ein guter Zeitpunkt, die Stadt zu verlassen. Farah hatte über Facebook Kontakt zu Finnland und zu ihren Freunden gehalten. Die Zeiten waren nicht mehr dieselben wie vor dreissig Jahren, als der Vater von Farahs Freundin mit einem Interrail-Ticket einen Monat lang durch Europa gereist war. Der junge Mann hatte nach der ersten Woche aus Holland eine Postkarte an seine Mitbewohnerin geschickt und geschrieben, dass sein Budget erschöpft war und er vielleicht früher als geplant zurückkehren würde. Am selben Tag, als die Karte angekommen war, warf der Interrail-Tourist auch schon kleine Kieselsteine gegen das Fenster seiner Mitbewohnerin.

Der Portier des Einkaufszentrums grüsste Farah bei der Rolltreppe. Gegen zweihundert Geschäfte und über zwanzig Cafés und Speiselokale waren grosszügig über die fünf Geschosse verteilt. Es waren Kunden im Zentrum, aber nicht so viele, dass sich ein Gewühl ergab. Farah bemerkte rasch, dass ein Mann in ihrem Alter sie verstohlen anblickte. Nach einigen Besuchen in Bekleidungs- und Schuhgeschäften war Farah sicher, dass der sportlich gekleidete Mann sie verfolgte. Würde er bald einen Annäherungsversuch wagen? Der Mann war dunkel und gutaussehend, eigentlich sah er sogar toll aus. Bloss die Zeit und der Ort hätten für den Mann nicht schlechter gewählt sein können.

Farah beschloss, ihren Verehrer abzuschütteln.

In der Toilette im Obergeschoss band Farah ihre Haare zusammen und zog die Jacke aus. Sie hatte eine Sonnenbrille in ihrer Tasche. Eine gefühlte Ewigkeit wartete sie in der verschlossenen Kabine. Die Internetverbindung ihres Handys half ihr dabei, die Zeit totzuschlagen. Um die Toilette zu verlassen, wählte sie einen Zeitpunkt, als gleichzeitig eine Gruppe von mehreren Frauen hinausging. Sie fügte sich unbemerkt in die Gruppe ein.

Der Mann schien nicht in der Umgebung der Toilette zu warten.

Zur Sicherheit verliess Farah das Einkaufszentrum auf einem anderen Weg. Sie war erleichtert, dass ihr Verehrer aufgegeben hatte. Die Zermürbungstaktik hatte funktioniert, wie sie sollte. Zum Bahnhof und zum Café nahm Farah zur Sicherheit einen Umweg über eine geschützte Strecke. Im Café hatte es genügend Platz, als sie Tee und eine Zwischenverpflegung bestellte. Sie liess ihre Fantasie um den Mann, den sie getroffen hatte, kreisen – eigentlich hatte sie ihren Verehrer ja nicht getroffen. Farah fühlte sich romantisch. Das löste in ihr Schuldgefühle aus, obwohl sie nicht verstand, wieso.

Sie hatten keine bestimmte Zeit vereinbart, aber Farah fand irgendwann, dass Haris doch schon hätte kommen sollen. Als sie diesen Gedanken bemerkte, machte sie sich Sorgen. Farah schickte Haris eine Nachricht. Ihr Bruder antwortete nicht. Sie versuchte noch, über Whatsapp Kontakt aufzunehmen, aber ebenso erfolglos. Es schien, dass die Nachricht von ihrem Programm durchaus auf den Server ging, aber Haris' Handy nicht erreichte. Farah beschloss anzurufen und hoffte, dass Haris sich nicht an einem kritischen Ort befand. Haris' Handy war jedoch nicht eingeschaltet.

Etwas ist passiert.

Farah schaute die Leute im Café an, aber alles war ruhig, nichts Verdächtiges. Das verringerte ihre Sorge und Furcht nicht. Sie verfügten über einen zuvor vereinbarten Plan B für derartige Situationen. Sie musste geduldig warten. Zur Wohnung durfte sie auf keinen Fall allein zurückkehren. Sie musste unsichtbar bleiben. Haris' Handy hatte immer

einen geladenen Akku. Vielleicht war das Handy kaputtgegangen? Vielleicht war Haris auf ein anderes Problem gestossen und würde gleich hier sein? Farah erhob sich vom
Tisch und ging zur Toilette, um ihr Gesicht zu waschen.
Sie kehrte zurück, aber Haris war nicht gekommen. Sie beschloss, weiter zu warten.

Dann entdeckte sie auf der anderen Strassenseite den
Mann vom Einkaufszentrum und geriet in Furcht. Farah
sass zum Glück nicht in der Nähe des Fensters, und der
Mann konnte sie nicht sehen. Aber der Mann war dort, zur
Hälfte im Schatten, und die Strasse lag zwischen ihnen.
Wenn der Mann gewusst hätte, dass Farah ihn schon im
Einkaufszentrum bemerkt hatte, wäre er vorsichtiger gewe-
sen. Wie war es dem Mann gelungen, ihr so unbemerkt bis
zum Café zu folgen? Und was hatte ihn dazu bewegt? Hatte
es mit Haris' Verschwinden zu tun?

Farah versuchte nochmals, Haris zu erreichen, aber
vergeblich. Sie fasste einen schnellen Entschluss. Farah
fragte die Kellnerin, ob es möglich sei, das Café auf einem
anderen Weg zu verlassen. Sie erzählte ihr eine Notlüge
von einem widerlichen Ex-Freund, der ihr auf der Strasse
auflauere. Die Kellnerin blickte heimlich hinaus und sah
den Mann. Sie versprach ihr zu helfen und führte sie ins
Untergeschoss, dann durch einen labyrinthartigen Pfad
durch mehrere Zwischentüren, dann wieder ein Geschoss
höher und in den Innenhof. Die Kellnerin erklärte, man
könne vom Innenhof unbemerkt zur Strasse gelangen.

Farah bedankte sich und blieb alleine zurück. Sie beschloss, sich von den belebten Häuserblocks im Zentrum
fernzuhalten. Sich auf die Strasse zu wagen, setzte sie unter
Anspannung, aber niemand kam ihr dort entgegen. Hoffentlich wartete der Mann immer noch auf der falschen
Seite des Blocks darauf, dass Farah das Café verliess. Sie

brauchte Zeit, um zu verschwinden. Auf der Strasse inmitten der Menschen war alles alltäglich und gewöhnlich. Haris' Verschwinden fühlte sich immer surrealer an.

Haris, sei so gut und ruf an! Schick eine Nachricht, dass es dir gut geht. Sag, dass alles gut ist!

Beim Museum fuhr Farah mit der Metro in den Norden, zur anderen Seite des Flusses. Sie kehrte in der Metrostation Vltavská an die Erdoberfläche zurück. Als erstes kontrollierte sie, ob ihr Bruder ihr eine Nachricht geschickt hatte. Nichts. Farah versuchte anzurufen, aber Haris' Handy war noch immer ausgeschaltet. Haris war etwas zugestossen, dessen war sie sich mittlerweile sicher. Ihr Bruder war erwischt worden, aber er war am Leben. Er *musste* am Leben sein. Panik brach aus Farah heraus, drückte ihren Brustkorb zusammen und hinderte sie am Atmen. Sie wollte sich erbrechen. Farah flüchtete sich an einen geschützten Ort, wo man sie von der Strasse aus nicht sehen konnte. Sie musste Zeit gewinnen, um zu überlegen und sich zu beruhigen. Das Tageslicht würde nur noch für einige Stunden genügen, was eine Bedrohung darstellte. Würden Haris' Entführer Farahs Handy lokalisieren können, wenn es eingeschaltet war? Farah versuchte, klar nachzudenken und sich das Gesamtbild vor Augen zu führen. Sie musste annehmen, dass ihr Bruder geschnappt worden war. Farah musste potentiellen Verfolgern einen Schritt voraus sein. Sie beschloss, das Handy auszuschalten, und entfernte daraus auch den Akku und die SIM-Karte.

Einige Stunden später hatte Farah ihr Handy viele Male zusammengesetzt und gleich viele Male wieder auseinandergenommen. Haris blieb unerreichbar. Farah war jetzt davon überzeugt, dass der Dreifingrige Haris geschnappt hatte. Es war ein alptraumartiger Gedanke. Die Jäger waren nun Gejagte.

Nur noch Farah war übrig.

47.

Isla Cramling löste ihr Versprechen ein, und Niclas Sellberg wurde innert vierundzwanzig Stunden wieder auf freien Fuss gesetzt. Die Voruntersuchung des Wohnungseinbruchs lief noch, doch nach deren Abschluss würde sich Sellberg vor Gericht über seine Taten verantworten müssen.

Holmström rief Edison und Annmari in sein Büro. Die beiden Arbeitspartner hatten sich mit Mühe und Not auf die andere Seite des Pults ihres Chefs setzen können, als sich die Tür erneut öffnete. Kalle Nordin schloss sich ihnen an und entschuldigte sich dafür, dass der Flug verspätet gewesen war. Nordin holte einen zusätzlichen Stuhl näher heran, und Edison blieb in der Mitte sitzen.

Edison begriff die Anordnung: «Bin ich jetzt hier der Hauptschuldige?»

«Der Schuldige ist Sellberg», antwortete Holmström. «Ich gebe niemandem die Schuld dafür, dass wir aus ihm kein Wort herausgekriegt haben. Sellberg hielt dem Druck stand, bis sein Handy zum Vorschein kam und er direkt vor unseren Augen die Kavallerie zu Hilfe rief. Gegen Cramling konnten wir nichts ausrichten. Das Wichtigste ist, dass wir gemäss den Regeln vorgegangen sind. Cramling kann uns kein falsches Vorgehen gegenüber ihrem Mandanten vorwerfen. Ach ja, unser Freund Malek Ayman …»

Holmström unterbrach seinen Satz und erhob sich. Er ging hinter den anderen zur Tür und betätigte daneben den Lichtschalter, der immer noch nicht repariert war. Die

Denkpause endete mit der Rückkehr auf den Stuhl. Er richtete seine Aufmerksamkeit auf einen nach dem anderen des Trios, das vor ihm sass, und blieb schliesslich in der Mitte bei Edison stehen.

«Ich habe mit Kalle versucht, Kontakte zu den Hawaladars aufzunehmen, allerdings mit wenig Erfolg», erzählte dieser. «Unsere Pigmente genügen ein für allemal nicht für eine vertrauenswürdige Annäherung. Wir haben über Mittelsmänner unsere Netze im Wasser, es laufen Befragungen, es werden Aussagen gemacht. Die Situation verändert sich laufend. Nach meinem Informanten hatte Ayman nichts mit den auf der Liste stehenden Hawaladars zu tun. Die Namen auf der Liste sind sauber. Diese Personen halten sich fern von kriminellen Aktivitäten.»

«Darf ich die Liste haben?», bat Holmström.

«Sie ist vertraulich», antwortete Edison.

«Natürlich. Steht auf meiner Stirn etwa ‹Esel›?»

Edison blickte Annmari auf eine Art an, die ihr anzeigen sollte: Opa ist schlecht gelaunt.

Edisons Liste befand sich auf Nordins Computer. Holmström überflog sie.

Er bat um Annmaris Aufmerksamkeit: «Annmari, der Vorsteher der Kriminalabteilung will uns in einer Stunde im Obergeschoss treffen. Dich und mich.»

Annmari blickte Edison auf eine Art an, die ihr anzeigen sollte: Der Grund für Opas schlechte Laune ist geklärt.

«Geh nicht zu weit fort, Annmari. Wir treffen uns hier um fünf vor. Gut. Annmari und Edison, ihr erhaltet die Erlaubnis, so tief in Niclas Sellbergs Hintergründen zu wühlen, wie ihr könnt. Grabt von mir aus bis zum Mittelpunkt zur Erde, aber beschafft die Informationen, die wir brauchen. Sellberg hat ein Motiv gehabt. Das findet sich immer in den Hintergründen. Irgendwo dort muss es sein.»

Das Palaver wurde beendet, und Annmari blieb zurück. Holmström stiess die Männer hinaus und schloss die Tür hinter ihnen. Dann kehrte er zu Annmari zurück: «Und?»

«Was will der Vorsteher der Kriminalabteilung von mir?»

«Keine Ahnung, Annmari. Es wird mit Malek Aymans Entdeckung am Meeresufer zu tun haben. Jesper Aaberg wollte, dass ich dir eine Verwarnung gebe, wie du weisst. Bei ihm musst du deinen Mund im Zaum halten. Du stehst auf festem Eis, solange du keinen Fehler machst. Aber wenn du dem Vorsteher gegenüber ausfällig wirst, kann ich dich vielleicht nicht mehr retten.»

Zur vereinbarten Zeit begaben sich Annmari und Holmström in Kungsholmen innerhalb der Räume der Kriminalpolizei ins Obergeschoss. Aaberg wartete zehn Minuten im Flur auf sie.

«Kommt herein.»

Jesper Aaberg gab seinen Gästen an der Tür förmlich die Hand und lächelte Annmari gefühllos an. Der Vorsteher der Kriminalabteilung liess sie in der Beratungsecke, die aus einigen leichten Sofasesseln bestand, Platz nehmen.

«Euer Zeitplan ist sicher dicht, ihr habt ja auch den Mord an diesem Syrer, der noch nicht aufgeklärt ist. Wie hiess er nochmals?»

Jesper Aaberg richtete die Frage an Annmari.

«Malek Ayman.»

«Genau. Genau. Wie seid ihr in dem Fall vorangekommen?»

«Wir klären Dinge ab. Es ist zu früh, um irgendetwas zu sagen», mischte sich Holmström in das Gespräch.

«Genau. Genau. Die Spuren kühlen sich von Tag zu Tag ab. Ich möchte da nicht einen zweiten Olof Palme kriegen.

Der Vorsteher der Kriminalabteilung blickte auf Holmström, der jedoch nicht mehr reagierte.

«Nun, ich habe euch aus einem ganz anderen Grund als der gestrandeten Morduntersuchung hierher gebeten. Seht mal, der Fall Niclas Sellberg ist ärgerlich. Wir müssen darüber reden.»

Es folgte eine Pause und ein ungleicher Wettkampf an Blicken, die zwischen dem Vorsteher, dem Oberkommissar und Annmari Akselsson ausgetauscht wurden. Holmström sprach als erster: «Auf welche Weise willst du darüber reden?»

«Auf direkte Weise.»

«Also los.»

«Sellberg ist ein Problem, nicht nur für sich selbst. Er ist ein vielschichtiges Problem: Für seinen Arbeitgeber, für uns, für die Institution der schwedischen Polizei. Wenn Sellbergs Tat in die Hände der Medien gerät … Sie werden alles dem Erdboden gleich machen. Wie gelangte ein Wohnungseinbrecher wie Sellberg in die Polizeischule? Dutzende von Folgefragen im Schlepptau, wochenlange öffentliche Zerfleischung.»

«Übertreibst du da jetzt nicht ein wenig?», unterbrach Holmström.

«Übertreiben? Håkan, denk an die Perspektive.»

Annmaris Geduld war zu Ende: «Sellberg ist in meine Wohnung eingebrochen. Was für ein Problem sollte das für dich darstellen? Er ist in *meine* Wohnung eingebrochen. Und das ist verdammt nochmal Niclas Sellbergs Problem.»

Der Vorsteher der Kriminalabteilung verstummte ärgerlich und sammelte seine Reihen wieder: «Annmari Akselsson. Genau. Genau.»

Er wandte sich Holmström zu und überging Annmari: «Sellbergs Anwältin hat vorgeschlagen, dass wir die Sache beilegen. Wenn ich mir die Sache im Gesamtkontext überlege, bin ich mit ihr einverstanden. Das juristische Verfahren und die Öffentlichkeit schaden unserer Ordnung.»

«Das darf doch wohl nicht wahr sein.»

«Ruhig», bremste Holmström Annmari.

Der Vorsteher der Kriminalabteilung wartete ab, ob sich Annmari beruhigte oder nicht, und fuhr fort: «Cramling hat vorgeschlagen, dass Sellberg an Akselsson eine Entschädigung zahlt. Die Voruntersuchung wird eingestellt. Er hat schliesslich aus der Wohnung nichts mitgenommen.»

«Die Voruntersuchung kann man doch nicht so einfach einstellen», antwortete Holmström.

«Håkan, wir reden später über die Details.»

Der Vorsteher der Kriminalabteilung schaute Annmari an: «Cramberg hat uns zur Information die Höhe der Entschädigung mitgeteilt, die Sellberg zu zahlen bereit ist. Du solltest dir das überlegen.»

«Und wenn ich einverstanden bin, was geschieht dann? Kriege ich von ihm eine Erklärung dazu, was zum Teufel er mitten am hellichten Tag in meiner Wohnung getrieben hat? Er behält seinen Arbeitsplatz, nicht wahr? Für ihn hat es keinerlei Folgen. Das ist falsch.»

«Es ist nicht falsch, wenn du eine angemessene Entschädigung kriegst.»

Annmari wandte sich zu Holmström: «Er kommt zu billig davon. Wir erfahren niemals, warum er in meiner Wohnung herumgeschlichen ist. Seine Auftraggeber schützen sich. Wir haben jetzt die Möglichkeit, die Mauer zwischen ihnen und uns niederzureissen und die Sache aufzudecken. Sellberg wird noch alles zugeben.»

Der Oberkommissar antwortete nicht.

Jesper Aaberg schrieb eine Zahl auf einen Zettel und reichte ihn Annmari: «Denk darüber zwei Tage nach. Besprecht es untereinander. Håkan, könntest du noch einen Moment bleiben? Akselsson kann zur Arbeit zurückkehren.»

Zwei Minuten später sassen sich Aaberg und Holmström gegenüber. Der Vorsteher der Kriminalabteilung klickte mit einem Kugelschreiber.

«Das gefällt mir nicht, Håkan. Ich habe Isla Cramling nicht hierher bestellt, um dieses Schlichtungsangebot vorzuschlagen. Du begreifst doch, dass ich im Kreuzfeuer stehe? Meiner Meinung nach ist Cramlings Vorschlag ein Lottogewinn für alle Beteiligten. Diese Chance sollten wir ergreifen.»

«Niclas Sellberg ist ein Polizist, der in die Wohnung einer Kriminalpolizistin eingebrochen ist.»

«Natürlich, natürlich. Denk an das Gesamtbild, Håkan. Eine höchst ärgerliche Situation.»

«Sellberg ist in etwas verwickelt, weswegen sie die Wohnung meiner Mitarbeiterin durchsuchen wollten, Jesper. Das gefällt mir nicht. Wenn er allein operiert hätte, na gut. Wenn er allein operiert hätte, wäre er niemals in die Wohnung eingebrochen. Das ist hier das Problem. Wenn man mit dem Schlichtungsangebot einverstanden ist, werden dadurch in deinem grösseren Gesamtkontext irgendwelche sehr dubiose Machenschaften verhüllt. Und wir haben davon nicht einmal die geringste Ahnung und werden sie auch nie haben, wenn Sellberg nicht Rechenschaft ablegt über seine Tat.»

Der Vorsteher der Kriminalabteilung dachte über Holmströms Worte nach. Er strich über sein Kinn und wägte sorgfältig ab, was er zu sagen hatte: «Als dein Vorgesetzter rate ich dir, Akselsson dazu zu bringen, das vorgeschlagene Schlichtungsangebot zu akzeptieren. Ich habe nicht vergessen, dass du sie ohne Verwarnung hast davonkommen lassen. Sie hat an dem Abend, als Malek Ayman am Ufer in Kungsholmen gefunden wurde, in mein Gesicht gespuckt. Ich bin bereit, das zu vergessen, wenn du diese Situation rettest. Andernfalls kümmere ich mich darum, dass Akselsson gehen muss – über kurz oder lang.»

Holmström wartete mit seiner Antwort. Er war hinsichtlich des Dienstalters und auch des Lebensalters bedeutend älter als der Vorsteher der Kriminalabteilung, aber Jesper Aaberg war sein Vorgesetzter.

«Ich versuche natürlich mein Bestes.»

Unmittelbar nach dem Treffen kehrte Holmström in die unteren Geschosse zurück und marschierte in Annmaris Büro. Seine Mitarbeiterin erschrak.

«Annmari, was willst du mit dem Schlichtungsangebot machen?»

«Ich will es mir überlegen. Ich habe schliesslich einige Tage Zeit bekommen.»

Holmström zog die Tür zu. Er setzte sich Annmari mit besorgter Miene gegenüber: «Ich empfehle dir sehr, das Schlichtungsangebot anzunehmen und das Geld zu nehmen.»

Annmari hörte dem Oberkommissar mit verschränkten Armen zu.

«Was hast du mit Jesper Aaberg besprochen, nachdem er mich aus dem Büro geschmissen hat?»

«Das bleibt unter uns. Ich will nicht davon reden. Hör mich an: Von dem Moment an, wenn du das Schlichtungsangebot unterzeichnest und das Geld annimmst, bleibt dein Mund geschlossen. Die Voruntersuchung wird in derselben Minute eingestellt. Ich schlage vor, dass du die ganze verfügbare Bedenkzeit nutzt. Zwei Tage waren es doch? Vor der Bekanntgabe deiner zustimmenden Antwort suchst du alle Informationen über Sellberg. Wenn wir irgendetwas

Wichtiges erfahren, rettet die Einstellung der Voruntersuchung die Kreise, die sich hinter ihm verbergen, nicht.»

«Du befindest dich auf dem Kriegspfad.»

«Geh sofort an die Arbeit.»

Håkan Holmström erhob sich erleichtert. Bei der Tür blieb er stehen: «Darf ich fragen, was sie dir angeboten haben? Den Betrag.»

Annmari schaute ihren Vorgesetzten beinahe sorglos an, heiter: «Das bleibt unter uns. Ich will nicht darüber reden. Ich verrate die Summe, wenn du erzählst, was du mit Jesper Aaberg hinter meinem Rücken über mich gesprochen hast.»

Holmström deutete mit dem Zeigefinger auf Annmari, aber mit Wohlwollen in den Augen: «Und ausserdem brauchst du geknebelt zu werden.»

48.

Das Hostel kam gerade recht. Es war ein Geschenk des Himmels.

Die Nacht in einem für Frauen bestimmten Zimmer im Sir Toby's Hostel kostete hundertachtzig Kronen, also etwas über sechs Euro fünfzig. Ihr einziges Gepäck war die Schultertasche, aber zum Glück hatte sie darin ihren Geldbeutel und den Pass. Ohne Geld hätte sie sich zwangsläufig zum Čertovka wagen müssen. Ihr Handy wagte Farah nicht mehr zu verwenden. Sie fürchtete, dass der Dreifingrige sie aufspüren konnte. Es schien zwar unmöglich, aber wie hätte der Mann vom Einkaufszentrum sie sonst später beim Café finden sollen?

Im Zimmer gab es vier dreistöckige Etagenbetten. Nur in den obersten Betten am Übergang zur Decke war noch ein Platz frei, aber das war Farah recht. Sie hatte Zimmerkameradinnen aus Tschechien, Spanien, Holland und Polen. Nach der ersten Nacht blieb Farah den ganzen Tag drinnen. Sie gebrauchte die kostenlose Internetverbindung des Hostels und schickte ihrem Bruder eine Nachricht per E-Mail und noch als Privatnachricht auf Facebook. Sie bat Haris, zu melden, dass es ihm gut gehe. Haris antwortete nicht. Farah versuchte, zwei Iren aus dem Weg zu gehen, sozialen und lustigen «Ben & Jerry»-Typen, die versucht hatten, mit ihr ins Gespräch zu kommen. Die Typen hatten es einfach nicht kapieren wollen, dass sie keine Gesellschaft wünschte. Farah wollte

nicht grob sein, aber die Jungs hatten an ihren Nerven ge-
zerrt. Die Gesandten aus Dublin fühlten sich im Pub, das
mit dem Hostel verbunden war, glücklicherweise wohl.
Farah hatte sich in der Ziegelsteinküche im Keller eine
Fertigmahlzeit warm gemacht und war dann schnell in ihr
Zimmer zurückgekehrt.

Um zehn Uhr abends fasste sie den Entschluss, zum Čertovka zu gehen. Sie hoffte, dass Petr Kuba bei der Arbeit
war. Wenn er es nicht war, so konnte sie Kuba über das
Telefon des Restaurants anrufen.

Das war die einzige Möglichkeit.

Es war aufregend, sich auf die Strasse zu wagen, aber
sie gewöhnte sich rasch daran. Bis zum Čertovka war es
eine volle Stunde, da sie es vermied, die Hauptstrassen zu
benutzen. Farah beobachtete am Ziel von einem sicheren
Ort aus eine weitere Stunde lang die Strasse mit der Buchhandlung. Sie sah zur Gasse, die zum Restaurant führte,
zur Buchhandlung und zum strassenseitigen Eingang zu
der Wohnung, die sie gemietet hatten. Nichts erregte Farahs Aufmerksamkeit. Sie hätte die Strasse überqueren
und direkt zur Wohnung hinaufsteigen wollen. Sie hoffte,
dass Haris' Handy kaputtgegangen war und er sie besorgt
drinnen erwartete. Stattdessen wagte sich Farah schliesslich in den schmalen Durchgang zwischen den Häusern
Nr. 100 und 101 und ging den steinigen Abhang hinunter
zum Flussufer.

Petr Kuba räumte Biergläser ein: «Farah! Wieso die besorgte Miene?»

«Petr, wann hast du Haris zum letzten Mal gesehen?»

Kuba unterbrach seine Arbeit, wandte sich um, um sich
auf die Theke neben den Zapfhahn zu stützen, und blickte
Farah fröhlich an. Der Mann sah Farahs Sorge und Er-
schöpfung, änderte seine Absichten augenblicklich und

wurde ernst. Das Tuch zum Trocknen der Biergläser flog an seine Schulter.

«Ist etwas passiert?»

«Ich kann Haris einfach nicht erreichen. Wann hast du ihn zum letzten Mal gesehen?»

Kuba blickte zum Deckengewölbe, versuchte sich zu erinnern und rechnete in seinem Kopf.

«Vorgestern Abend. Wart rasch.»

Petr Kuba verschwand aus der Bierstube und kehrte nach einigen Minuten zurück. Er nahm Farah mit und brachte sie in einen Lagerraum. Sie hatten mit Mühe und Not stehend darin Platz, mitten in all den Vorräten. Die allerletzte Glühlampe auf dem Planeten Erde hing von der niedrigen Decke und diente als Mistelzweig. Mit Romantik hatte dieses Treffen allerdings nichts, aber auch gar nichts zu tun.

«Jetzt können wir in Ruhe reden, Farah. Erzähl mir alles!»

Farah berichtete, wie sie in die Stadt gegangen war, um Dinge zu erledigen, und wie Haris nicht zum vereinbarten Treffen erschienen war.

«Farah, Haris hat sich mir anvertraut. Ich weiss, was ihr vorhabt. Der Dreifingrige. Ich weiss alles.»

Farah war überrascht. Sie war erleichtert und enttäuscht zugleich.

«Wann hat es dir Haris erzählt?»

«Es ist schon eine Weile her. Ich befürchtete, dass euch etwas zustossen würde. Der Hausherr der Villa ist ein gefährlicher Mann. Wir sollten zur Polizei gehen, Farah.»

«Nein. Ich kann der Polizei nicht erzählen, was wir getan haben.»

Sie überlegten, was sie tun sollten. Petr war damit einverstanden, dass die Polizei vorläufig aus dem Spiel gelassen werden sollte. Haris war nicht in der Villa. Der Dreifingrige würde bestimmt nicht das Risiko eingehen, dass die Polizei bei der Villa aufkreuzte, um jemanden zu suchen. Haris wurde irgendwo anders festgehalten. Wenn Haris noch am Leben war. Farah brach in Tränen aus.

«Jetzt machen wir folgendes», sagte Kuba. «Ich rufe meinen Kollegen an, damit er dich abholt. Gib mir den Schlüssel zu eurer Wohnung. Ich gehe nach der Arbeit dort vorbei. Ich packe und bringe die Koffer fort. Danach überlegen wir, wie wir der Polizei von Haris' Verschwinden und dem Dreifingrigen erzählen. Ich bringe dich jetzt in ein Hinterzimmer, wo du warten kannst. Es ist besser, wenn du dich nicht im Restaurant zeigst.»

«Danke, Petr, du bist wunderbar.»

Nach Mitternacht traf die Verstärkung ein. Auf der Terrasse des Čertovka warteten statt einem gleich zwei robuste Männer in Kubas Alter. Sie begleiteten Farah zur Strasse und liessen sie in einen Lieferwagen einsteigen. Nichts deutete darauf hin, dass jemand sie beobachtet hätte. Der zweite Mann kehrte ins Restaurant zurück, um auf das Ende von Kubas Schicht zu warten.

Der Mann fuhr mit Farah zum südlichen Stadtrand. Die Mehrfamilienhäuser schrumpften zu zweistöckigen Reihenhäusern und schliesslich zu noch niedrigeren Häusern. Der Lieferwagen hielt in einem ländlich anmutenden Hof an, der von einem einfachen Steinhaus beherrscht wurde. Ein grosser Hund stürmte auf den Lieferwagen zu. Der Mann gab dem Hund einen Befehl, woraufhin dieser sich trollte.

«Er hat die mühsame Angewohnheit, von hinten nach fremden Leuten zu schnappen», erklärte er.

Der Mann führte Farah in ein freies Schlafzimmer und sagte, er selbst wolle in der Küche wachen. Im Haus war ausser ihnen niemand. Farah konnte nicht einmal daran denken, zu schlafen. Sie sass auf der Bettkante und schluchzte lautlos. Haris' Verschwinden überschattete alles. Ihr Kopf drohte zu bersten.

Ich habe Haris verloren.

Um drei Uhr morgens bellte der Hund draussen, und die Lichter eines Autos trafen von der Hauszufahrt her auf das Fenster von Farahs Zimmer. Farah und der Mann gingen auf den Vorplatz hinaus, als Petr Kuba aus dem Auto stieg. Kuba öffnete die Heckklappe und hob die Koffer der Zwillinge aus dem Kofferraum.

«Es tut mir leid, Farah.»

Farah brach in Tränen aus. Petr Kuba umarmte sie.

«Am Morgen müssen wir es der Polizei melden.»

Petr Kuba wachte vom Alarm des Handys um halb acht Uhr morgens auf. Nach der kurzen Nacht fühlte sich sein Körper an, als ob er von einer Eismaschine überfahren worden wäre. Ein vorsichtiges Horchen an Dominiks Zimmertür verriet, dass er noch tief schlief. Farahs Zimmer lag am Ende des Flurs, aber Kuba schlich nicht hinter die Tür der Frau. Er startete in der Küche die Kaffeemaschine und suchte sich etwas zu essen. Die Zwillinge hatten ein gefährliches Spiel gespielt, und das war nun zu Ende gegangen. Die einzige Möglichkeit war, es der Polizei zu melden und zu hoffen, dass Haris irgendwo lebend festgehalten wurde.

Später weckte Petr Dominik auf: «Ich gehe jetzt Farah wecken, und wir fahren zur Polizei. Ich lasse die Kaffeemaschine an.»

Am Ende des Flurs klopfte Petr Kuba vorsichtig an Farahs Zimmer, so dass sie nicht erschrak. Farah schlief tief, gut so.

«Farah?»

Kuba wartete nicht länger, sondern öffnete die Tür. Das Bett war leer. Farah öffnete hinter Petr Kubas Rücken die Toilettentür.

«Huch! Ich dachte schon, sie hätten dich mitgenommen.»

«Petr, sprich nicht solches Zeug. Ich kriege Angst!»

Kuba versuchte zu lächeln und Farah zu beruhigen. Das Handy meldete sich, und Petr Kuba nahm den Anruf, der von einer unbekannten Nummer kam, an. Er erkannte Haris' Stimme.

«Petr, du musst mich anhören. Du darfst nicht zur Polizei gehen.»

«Was ist los?»

«Das erkläre ich später. Schick Farah mit den Koffern zum Strassenrand.»

«Ich weiss nicht recht, Haris.»

Farah konnte nicht glauben, was sie hörte. Petr sprach am Handy mit Haris. Sie erstarrte.

«Tu, was ich dir sage.»

Haris' Stimme war ruhig, aber unnachgiebig.

«Was passiert mit ihr danach? Was geschieht mit dir?»

«Zwei Minuten. Keine Polizei.»

Petr Kuba wägte fieberhaft ab, was zu tun war: «Haris, wie haben sie uns hierher verfolgt?»

«Sie haben die Koffer geortet, Petr.»

Kuba entfuhr ein Kraftwort.

«Haris, Farah will mit dir reden.»

«Nein. Sie soll sich beeilen.»

Haris brach das Gespräch ab.

«Farah, du musst dich beeilen», sagte Kuba.

Farah zog sich schnell an und nahm ihren Koffer und die Schultertasche. Petr Kuba nahm den Autoschlüssel und begleitete Farah nach draussen. Sie holten Haris' Koffer aus dem Auto. Kuba begleitete Farah mit dem Koffer bis zur

Strasse. Dort stand ein SUV, neben dem zwei Männer warteten. Waffen waren keine zu sehen.

«Die habe ich in der Villa nicht gesehen», sagte Farah.

Der Fahrer sass im SUV, Haris war nicht dabei. Die Männer kamen zur Hauseinfahrt und nahmen die Koffer. Kein Wort wurde gewechselt, aber Petr Kuba begriff, dass er nicht bis zum Strassenrand mitgehen konnte. Farah umarmte ihn zum Abschied. Kuba sah die Furcht in ihr.

«Bete für uns, Petr.»

Farah liess ihn zurück und verschwand zwischen den beiden Männern zum Strassenrand. Das Trio stieg in den SUV. Farah blickte durch das Fenster zu ihrem Freund, während das Auto davonbrauste.

Keine Nummernschilder. Petr wollte die Polizei alarmieren, wagte es aber nicht, die Zwillinge in Gefahr zu bringen. Er hoffte, dass er jetzt nicht den grössten Fehler seines Lebens begangen hatte. Wenn der Dreifingrige die Zwillinge töten wollte, war Petr Kuba selbst als Zeuge in Gefahr. Aber das konnte nicht sein, sie hätten ihn auf der Stelle getötet.

Statt bei der Polizei anzurufen, beschloss Petr Kuba abzuwarten, die Augen aber offen zu halten.

49.

Kati Laine verliess das oberste Geschoss des Polizeigebäudes vor dem Ende des Vortrags. Häusliche Gewalt war ein wichtiges Thema, aber in diesem Moment brauchte sie Werkzeuge, um ihre zwanzig Jahre ältere Geschlechtsgenossin, die ihr unterstellt war, zu bearbeiten. Laine war nicht blauäugig oder dumm. Paula Korhonen konnte sie ganz offensichtlich nicht ausstehen. Auch Laine war nicht bereit zu irgendwelchen «Together we are strong»-Geschichten unter den Frauen oder zu gemeinsamen Salatlunches. Es war ihr nicht entgangen, dass Paula wie eine Veganerin ass, bei den Zwischenmahlzeiten dann aber doch gerne zur deftigen Abteilung griff. Und dennoch blieb Paula schlanker als Kati Laine.

In jedem Fall würde sie Paula heute schlechte Nachrichten überbringen müssen. Von der internen Untersuchungsstelle war dienstliche Post gekommen. Paulas Fall war zur Strafuntersuchung ans Landesgericht gegangen. Natürlich würde der Staatsanwalt dort einen Gerichtsfall eröffnen. Die Anklagepunkte würden Verletzung der Amtspflicht und Vergehen gegen das Datenschutzgesetz beinhalten. Das wahrscheinlichste Urteil würde wohl um zehn Tagessätze pendeln.

Die Frage nach der Zukunft ihres Teams hatte sich zu einem ärgerlichen Problem entwickelt. Zwei gleichermassen fähige Ermittler standen zur gleichen Zeit in den Startlöchern. Aki war ein junger Geck, dessen Ego Laine nicht unnötig füttern wollte. Andernfalls würde er eines Tages nicht mehr durch die Türen des Polizeigebäudes hindurchpassen. Wegen Paulas bevorstehendem Gerichtsfall würde Laine gezwungen sein, Aki vom Zügel zu lassen, so dass dieser vor Paula gelangte. So bedauerlich das war, sie konnte die Zukunft ihres Ermittlerteams nicht um Paula herum aufbauen. Sie dachte an das Gesamtbild, nicht bloss an Aki oder Paula. Kati Laine ärgerte es, dass Paula nicht erkannt hatte und nach diesem Streit nie mehr erkennen würde, dass sie Paulas Arbeitsweise im Grunde schätzte. Im Gegenteil, spätestens nach diesem Zwischenfall würde sie ihr ewig vorwerfen, Aki zu bevorzugen.

Paula Korhonen schloss die Tür ihres Büros, nachdem Laine ihr die Nachricht mitgeteilt hatte. Sie setzte sich und zog aus der untersten Schreibtischschublade eine Flasche Cognac hervor. Sie hatte sie vor über einem Jahr bei einem Freitags-Preisrätsel am Arbeitsplatz gewonnen und ungeöffnet ganz nach hinten in die Schublade geschoben. Sie fand einen Pappbecher. Der Korken sass so fest, dass sie es nicht schaffte, ihn zu öffnen. Sie legte die Flasche zurück in die Pultschublade.

Leere.

Das Whiteboard war voller Notizen, aber Paula konnte sich auf nichts konzentrieren. Ihr Gedankenstrom wanderte zu früheren Jahren bei der Polizei, zu Gesichtern und Untersuchungen. Ihre Karriere war auf gewisse Weise abgebrochen. Jedenfalls würde sie nicht mehr befördert werden. Na gut, dann würde sie sich eben um die Arbeit kümmern, und die anderen durften sich um das Schlechtreden kümmern.

Paula ging zur Toilette und wusch ihr Gesicht. Sie kehrte mit einer Tasse Kaffee ins Büro zurück. Auf dem Tisch wartete ein Zettel, auf dem ein Rückrufwunsch und eine Telefonnummer vermerkt waren. Irgendwer hatte den Zettel gebracht, auf dem ausser der Telefonnummer und dem Rückrufwunsch nichts anderes stand. Sie setzte sich auf die Ecke ihres Schreibtisches und wählte die Nummer auf dem Zettel. Der Anruf wurde von Martti A. Lehtinens Witwe entgegengenommen.

«Sie haben versucht, mich zu erreichen?», fragte die Witwe.

«Ja, schon eine ganze Weile. Ich habe gehört, dass Sie wieder auf Reisen sind. Sind Sie schon zurückgekehrt?»

«Ich habe noch nicht entschieden, wann ich zurückkehren werde.»

Paula stellte sich Lehtinens Witwe in Pattaya vor. Die Witwe und die Tochter wussten immer noch nicht, dass das Auto gefunden worden war. Man hatte es ihnen aus ermittlungstaktischen Gründen nicht mitgeteilt.

«Ihr Mann übernachtete vor einem Jahr im Flughafenhotel in Helsinki-Vantaa. Er war an jenem Tag gerade aus Mitteleuropa zurückgekehrt. Können Sie mir sagen, wieso er alleine am Flughafen geblieben war und nicht nach Hause kam?»

Die Witwe atmete am anderen Ende schwerer: «So war er eben. Wir hatten damals vielleicht Streit, aber ich kann mich nicht mehr erinnern. Er hatte Beziehungen zu Frauen. Daran bin ich eigentlich nicht interessiert.»

Das Gespräch blieb kurz.

Paula lehnte sich gegen ihren Schreibtisch, und ihr Blick und die Gedanken schweiften zum Whiteboard. Die Erklärung der Witwe war sicher die natürlichste, die man sich denken konnte. Hatte Martti A. Lehtinen eine Gespielin im Hotel gehabt? Gemäss dem System des Hotels war für Lehtinens Zimmer nur ein Übernachtungsgast registriert worden. Eine zufällige Beziehung für eine Nacht? Übernachtete die Frau in einem eigenen Zimmer? Oder ein Mann? Alles war möglich. Sie besassen alle Kontakte aus Lehtinens Handy und Computer. Die Namensliste war respektgebietend lang. Paula beschloss, die Gästeliste des Flughafenhotels von vor einem Jahr mit Lehtinens Kontakten abzugleichen. Davor rief sie Lehtinens Tochter an.

Die unter Zeitdruck stehende Konzernleiterin antwortete überraschenderweise sofort. Paula kam direkt zur Sache: «Ich habe die Information bekommen, dass Ihr Vater vor einem Jahr im Flughafenhotel übernachtete, als er aus Mitteleuropa zurückkehrte. Das ist meiner Meinung nach merkwürdig. Wissen Sie etwas darüber?»

Die Tochter zeigte genau die gleiche Reaktion wie ihre Mutter und atmete am anderen Ende hörbar: «Mein Vater unterhielt eine jahrelange Beziehung zu einer ehemaligen Mitarbeiterin. Meine Mutter weiss nicht davon. Sie hatten die Gewohnheit, für sich gemeinsame Zeit zu organisieren. Wenn Sie meine Mutter da heraushalten können, suche ich Ihnen die Kontaktadresse der Frau heraus. Ich weiss im Augenblick nicht einmal ihren Namen. Ich rufe Sie später an.»

Paula Korhonen war mit dem Vorschlag einverstanden.

Wenn es bloss um Martti A. Lehtinens Tod gegangen wäre und unbestreitbar um einen Mord ohne entscheidende Hinweise, wäre eine langjährige Geliebte sicher an der Spitze der Liste von Verdächtigen gewesen. Paula war sich aufgrund des soeben geführten Gesprächs ziemlich sicher, dass Lehtinens Übernachtung im Flughafenhotel eine Liebesnacht gewesen sein musste. Eine Geliebte als Mörderin passte hingegen nicht in das Gesamtbild des Falls.

Was die Anbahnung von Beziehungen anging, so war Paula Korhonen mit dieser Sportart auf dem Datingportal schon zur Genüge in Kontakt gekommen. Zu betrügen und sich einen Partner zu angeln war lächerlich einfach. Sie hätte gerne Informationen über Olavi Jääskeläinen gesucht. Der Mann schien interessant und aufrichtig zu sein. Sie hoffte, dass Olavi sein Versprechen zu einem späteren Zeitpunkt einlösen und sie tatsächlich ins Theater einladen würde. Wäre es vernünftig einzuwilligen? Eine neuerliche Enttäuschung, welche sich an eine ganze Perlenkette von vorangegangenen reihen würde? Jääskeläinen konnte die Frauen wohl schwarmweise um den Finger wickeln. Konnte man in dieser Welt überhaupt noch jemandem trauen? Aus Olavi Jääskeläinen konnte man nicht einmal, wenn man gewollt hätte, einen «Kühnen Krieger» machen. Sie lächelte darüber innerlich. Paula war selbst blauäugig gewesen. Was für ein Dummkopf war sie eigentlich gewesen, als sie sich kopfüber in diese Lage gestürzt hatte?

Die Arbeit hielt das Hirn in ihren Bahnen fest. Erst jetzt hatten die Witwe und die Tochter zugegeben, dass Martti A. Lehtinen neben der Ehe noch lose Beziehungen geführt hatte. Die Information über die Hotelübernachtung war für sie zu viel gewesen. Das konnte man nicht mehr mit Vorwänden wegreden. Paula holte Lehtinens Adressbücher hervor und öffnete auf dem Computer die Gästelisten des Hilton Helsinki Airport Hotels von derselben Nacht, als Lehtinen dort vor einem Jahr übernachtet hatte.

Wo bist du, Geliebte?

Wenn sie den von der Tochter versprochenen Namen fand, würde sich die Sache bestätigen. Andernfalls würde sie der Frau eine beschwerliche Frage stellen müssen.

«Paula?»

Die Kommissarin Kati Laine war zurückgekehrt. Paula freute sich nicht darüber. Sie hatte es vor einer Stunde geschafft, die schlechte Nachricht ihrer Chefin ohne sichtbare Reaktion anzunehmen, aber sie wollte nicht mehr mit Laine über das Thema reden. Paula ging um den Schreibtisch herum und setzte sich rasch auf ihren eigenen Stuhl, bevor es die Kommissarin tat: Einmal ein Dieb, immer ein Dieb. Laine stand immer noch in der Türöffnung.

«Und?», eröffnete Paula das Gespräch.

«Du musst ins Eckzimmer umziehen. Ich brauche diesen Raum als Besprechungszimmer. Das war doch von Anfang an nur eine vorübergehende Lösung?»

Laine wartete.

«Das war schon so, bevor du hier angefangen hast. Ich war von allem Anfang an in diesem Raum», antwortete Paula, während sie versuchte, gefasst zu bleiben.

«Dieser Raum ist viel zu gross für eine einzelne Mitarbeiterin. Die Umzugsleute verschieben deine Sachen am Freitag ins Eckzimmer. Der IT-Support ist für denselben Tag bestellt.»

Paula blickte um sich: «Diese Sachen haben dort auf keinen Fall Platz. Das Whiteboard ist zu gross für das Eckzimmer.»

«Dann musst du eben darauf verzichten.»

«Du hättest schon vorher mit mir darüber reden können.»

«Wenn ich wegen jeder Entscheidung mit meinen Mitarbeitern reden müsste, käme ich zu nichts anderes mehr als zum Reden.»

Die Kommissarin wandte sich um und ging.

Paula Korhonen gefiel die Situation nicht, aber Laine hatte recht. Ihr Büro war grösser als das jedes anderen Kollegen.

Sie seufzte tief, bewegte die Maus ihres Computers und gab das Passwort ein, um den gesperrten Bildschirm wieder freizugeben. Sie überflog die ein Jahr alten Gästedaten des Hilton Helsinki Airport Hotels und stiess auf einen Namen, der sie zusammenzucken liess.

Malek Ayman.

Der Syrer hatte in derselben Nacht im Flughafenhotel übernachtet wie Martti A. Lehtinen.

50.

Das Läuten der Kirchenglocken begleitete die Kirchgänger aus der Magdalenenkirche. Pater Wojtek Kracenkow stand in seinem Talar an der Seite der vor achthundert Jahren erbauten Backsteinmauer und reichte den Menschen die Hand. Er hielt für jedes Mitglied seiner Gemeinde einige freundliche Worte bereit: «Sie kommen doch am Christkönigsfest zur Messe? Ausgezeichnet. Richten Sie Ihrem Mann Grüsse aus. Wann kam er noch zum letzten Mal? Zur Zeit des Streiks in der Danziger Werft? Damals hat wohl Pater Wojciech noch die Messe abgehalten. Wie doch die Zeit vergeht!»

Der wohlwollende Humor stiess bei Pater Wojteks treuen Schäfchen auf Anklang. Wojteks Predigten waren ernsthaft und trafen den Nerv jedes Zuhörers, von alleinerziehenden Müttern bis hin bis zu Elektroinstallateuren in der Fabrik, von verwitweten Omas bis hin zu Unternehmensleitern. Der Pater hatte ihnen allen während dreier Jahrzehnte gedient und kannte seine Herde – und die Herde kannte ihren Hirten. Sein breiter Backenbart und sein Schnurrbart bedeckten das prächtig gerötete Gesicht. Die langen Haare des Priesters waren pechschwarz, und ihre Spitzen waren stärker gewellt. Der Bauch des grossen Mannes glich einer Weltkugel in Miniaturausführung und verriet schon von weitem, dass Pater Wojtek deftigen Gerichten und kräftigem Wein nicht abgeneigt war.

In der Sakristei wechselte Pater Wojtek die Kleider. Er wechselte einige Worte mit dem Sakristan und sagte, er sei in seinem Büro, falls er benötigt werde. Der Sakristan vergass beinahe, dass er zuvor eine Sendung quittiert hatte, die für Pater Wojtek bestimmt war. Der Sakristan hatte das Paket ins Büro gebracht.

«Danke, das war sehr freundlich. Das ist aber auch schwere Post heute.»

«In einer Holzkiste.»

«Du hättest sie nicht alleine herumtragen müssen. Hast du auch auf deinen Rücken aufgepasst?»

Pater Wojtek ging zufrieden brummend weiter. Er hatte die Sendung erwartet. Ein hervorragender Jahrgang aus dem letzten Jahr des zwanzigsten Jahrhunderts: achtzehn Flaschen Casa Silva Altura von den fruchtbaren Hängen auf der chilenischen Seite der Anden. Nur mit seinem Priestergehalt hätte er die Mittel zu solchem Luxus nicht gehabt.

Die Holzkiste wartete wie vom Sakristan angekündigt auf dem Schreibtisch. Die billigeren Weine wurden in für sie bestimmten Kartonschachteln geliefert, die jede beliebige Behandlung aushielten. Es war schon eine Weile her, seit Pater Wojtek zum letzten Mal eine beschädigte Lieferung erhalten hatte. Pater Wojtek konnte den Geschmack des Weins schon auf der Zunge schmecken, als er aus dem Schrank ein Rotweinglas holte und es neben die Holzkiste auf den Tisch stellte. Die Flaschen der Lieferung waren so wertvoll, dass er nicht beabsichtigte, mehr als eine Flasche zu öffnen. Man musste ihn ja schliesslich kosten. Der Rest der Lieferung wanderte in den Weinkeller, um auf besondere Gelegenheiten zu warten. Einige Flaschen würde er für spätere Jahre aufheben.

Er suchte ein passendes Werkzeug, mit dem er die gut verschlossene Kiste sauber öffnen konnte. In diesem Stadium durfte man der Lieferung keinen Schaden mehr zufügen.

Die Pontificia Università Gregoriana hatte ihn gebeten, im kommenden April Vorlesungen zu halten, und er hatte zugesagt. Die Universität befand sich in Rom, und die Reise würde Gelegenheit zu einem kleinen Urlaub bieten. Die Woche würde einige Vorlesungen für die Studenten beinhalten und gemäss einem provisorischen Plan auch Vorlesungen im Priesterseminar. Pater Wojtek war ein gefragter Fachmann auf dem Gebiet der Ethik, aber er prüfte sorgfältig, wann er sich für einige Stunden von seiner Haupttätigkeit befreien konnte.

Das passende Werkzeug kam zum Vorschein. Pater Wojtek beugte sich über seinen Schreibtisch, damit er sein Lebendgewicht für eine grössere Hebelkraft nutzen konnte. Die Befestigung der Holzkiste gab leicht nach. Er entfernte die Polsterung aus der Kiste und war überrascht, als er feststellte, dass sich in der Kiste gar keine Weinlieferung befand. Soweit er sich erinnerte, hatte er im Moment gar nichts anderes bestellt. Wojtek hob eine grosse, schwere Glasflasche aus der Holzkiste und stellte sie auf den Tisch. Die Flasche war in eine weisse Folie gewickelt, die er mit der Schere öffnete. Er entfernte die Folie vorsichtig von der Flasche.

Pater Wojtek starrte die Glasflasche an und sank erschüttert in seinen Stuhl zurück.

Aus der Glasflasche starrte ihn der in Formalin eingelegte Kopf des isländischen Milliardärs Bjarne Gestsson an.

51.

Auf dem Perron des Bahnhofs überprüfte Kalle Nordin, in welchen Waggon er einsteigen musste. Bis zur Abfahrt des Zugs blieben noch zehn Minuten. Das Wetter war heiter bei einigen Minusgraden. Nordin fand den richtigen Waggon und seinen Fensterplatz. Nach einigen Minuten Wartezeit setzte sich der Zug in Bewegung. Nordin nahm seinen Laptop hervor und vertiefte sich einmal mehr in das Material, das seit dem Auftauchen von Emil Nikolov gesammelt worden war.

Weitere zwei Stunden später öffnete Nordin die Eingangstür des Polizeigebäudes in Tampere. Paula Korhonen erwartete ihn in ihrem Büro.

«Deine Nachricht hat mich vom Stuhl gehauen», sagte Nordin und mcinte damit Aymans und Lehtinens Übernachtung im selben Flughafenhotel.

Paula lachte auf: «Dazu hatte sie auch allen Grund.»

«Wie bist du auf den Verdacht gekommen?»

«Es war Zufall. Ich suchte im Hotel eigentlich Lehtinens Geliebte.»

Paula brachte Nordin auf den neusten Stand der Recherche, bis zu dem Zeitpunkt, als sie Ayman auf den Gästelisten des Hotels gefunden hatte. Sie überlegten, ob die Übernachtung im selben Hotel ein Zufall sein konnte, verwarfen den Gedanken jedoch sofort wieder. Der Syrer und Martti A. Lehtinen hatten sich im Hotel getroffen.

«Was ist der gemeinsame Nenner zwischen den beiden?», fuhr Paula fort.

«In diesem Augenblick ist ihr gemeinsamer Nenner die Übernachtung im Hotel und Emil Nikolov. Lehtinens Ausweispapiere wurden in Nikolovs Tasche bei Pori gefunden, und Aymans gefälschte Papiere befanden sich wiederum in Lehtinens Tasche in Reykjavik. Ein richtiges Papierroulette, alles fröhlich durcheinandergemischt wie bei einem Kartenspiel. Andererseits, der gemeinsame Nenner sind die drei ermordeten Männer, was soll man nun davon halten?»

Paula versuchte, sich aufgrund der Aussagen Nordins ein Urteil zu bilden.

«Auch der isländische Milliardär ist verschwunden. Der Sicherheitschef eines russischen Bankkonzerns ist in Stockholm verschwunden.»

Paula stand auf und nahm den Filzstift zur Hand. Sie umkreiste auf dem Whiteboard die Namen der fünf erwähnten Personen und zeichnete an die freigebliebene Stelle ein Fragezeichen.

«Er ist entweder das nächste Opfer oder der Mörder», erklärte Paula das Fragezeichen.

Nordin begutachtete die Worte und Zeichnungen auf dem Whiteboard. Er nahm den Filzstift und fügte zu den Namen den Schweden Kharoon Asefi hinzu.

«Ein potentielles künftiges Opfer?»

Sie betrachteten das Whiteboard einen Moment lang wortlos.

«Die Aufklärung dieses Verbrechens wird wohl noch etwas dauern. Gehen wir erst mal essen?»

«Wenn du eine Viertelstunde gehen magst, schlage ich indisches Essen vor. Wenn wir Glück haben, arbeitet heute im Nanda Devi der milde Koch.»

«Was wäre denn die Alternative zum milden Koch?», fragte Nordin gutgelaunt.

«Der scharfe Koch.»

Nach dem Mittagessen machten Paula und Nordin einen Abstecher in die Markthalle. Paula beobachtete heimlich die Bettlerin, die im Tordurchgang sass. Der Cafébesitzer Ateş war nicht anwesend, was für Paula eine kleine Enttäuschung war. Sie hätte Kalle Nordin dem Türken gerne vorgestellt. Sie bestellten Kaffee und tranken ihn in Ruhe. Über Arbeitsangelegenheiten konnte man im lebhaften Café nicht reden. An den Tischen wimmelte es nur so von Ohren, die mithören konnten.

«Kannst du einen Augenblick warten? Ich muss mich um eine Angelegenheit von zwei Euro kümmern.»

Paula Korhonen kehrte zum Tordurchgang zurück und liess eine Münze in den Pappbecher fallen.

«*Mulţumesc.*»

Daraufhin ging Paula vom Sokos-Laden her in die Markthalle zurück. Nordin war in sein Handy vertieft: «Ach, da bist du ja. Gut. Ich bin inzwischen auch fertig.»

Im Polizeigebäude fuhren Paula und Nordin mit ihrem Brainstorming fort.

«Schwerc Kriminalität wird professionell betrieben», sagte Nordin. «Aus diesem Grund bleibt von den Verbrechen im Allgemeinen keine leicht nachvollziehbare Beweiskette, die zur Haustür des Täters und zur Aufklärung des Falls führen würde. Sie sind Könner, und sie haben auch die nötige Geduld, um ihre Verbrechen zu vertuschen. Die grösste Bedrohung für die schwere Kriminalität ist eine innere. Jemand macht entweder die Erfahrung, dass er zu den Profiteuren gehört, oder aber er war schlecht behandelt worden. Was die Arbeit der Polizei angeht, so bilden die Spitzel eine Gruppe, mit deren Hilfe man in schwierigen Fällen vorankommt. Irgendeiner weiss immer etwas.»

Paula war derselben Meinung: «Glaubst du, dass noch jemand anderes reden wird?»

«Wenn wir jetzt einen allein operierenden Serienmörder verfolgen, wird bestimmt niemand reden. Er hat einen Vorsprung in der Länge der vorderen Kurve im Olympiastadion. Zum letzten Mal hatte dort meines Wissens Jarmila Kratochvilová einen solchen Vorsprung, und das war 1983. Aber wir glauben doch wohl, dass es zumindest zwei Täter gibt?»

«Wenn wir einen Verdacht auf ein Motiv hätten, hätten wir etwas, woran wir uns festhalten könnten», antwortete Paula. «Ayman und Lehtinen haben sich im Flughafenhotel getroffen. Die Spuren haben sich dort gekreuzt. Beide Männer sind jetzt tot.»

Nordin schaute das Whiteboard mit in die Hüfte gestützten Händen an: «Mein Sohn Bengt spielt Schach auf internationalem Niveau. Wir reden manchmal ein wenig über alles, du weisst schon: über das Leben, über das Schach … Bengt hat mal gesagt, dass im Schach auf allen Spielerniveaus eine Wahrheit gilt: Ein schlechter Plan ist besser als überhaupt kein Plan.»

«Und wir haben überhaupt keinen Plan», vervollständigte Paula Nordins Aussage.

«Exakt. Meiner Meinung nach sollten wir dein Whiteboard sauberwischen und darauf diesen schlechten Plan entwerfen.»

«Ist es recht, wenn ich das Ganze vorher fotografiere? Nur zur Sicherheit.»

Nordin ging inzwischen Kaffee holen, während Paula das Whiteboard fotografierte und anschliessend sauberwischte. Paulas Handy meldete sich: Olavi Jääskeläinen.

«Olavi? Nein, gar nicht, wir haben gerade Pause.»

Nordin kam mit einer Tasse Kaffee in der Hand zur Tür, zeigte aber mit Gebärden an, dass er später zurückkehren würde. Jääskeläinen erzählte, dass die Voruntersuchung ans Landesgericht weitergegangen sei.

«Meine Chefin hat mir davon erzählt», antwortete Paula.

«Hör mal», wechselte Olavi Jääskeläinen zu seinem eigentlichen Anliegen, das Paula bereits vorausgeahnt hatte. «Meine Tochter hat mich für nächsten Monat zur Finnischen Nationaloper eingeladen. Sie kommt mit ihrem Freund. Sie hat vorgeschlagen, dass ich eine Dame als Begleitung mitbringe.»

Paula wurde es flau im Magen: «Sagtest du, eine *Dame*?»

Das Schweigen drohte sich auszudehnen. Paula fürchtete, dass sie Jääskeläinen gerade vom dünnen Eis ins offene Meer gestossen hatte.

«Ich komme sehr gerne als deine Dame mit, aber ich war noch nie in der Oper.»

«Na, das ist doch prima. Ich, also, ich bin selbst nicht … Ich war darauf nicht vorbereitet.»

«Darauf, dass ich freiwillig mitkomme? Dass du keine Handschellen benötigst? Was läuft dort eigentlich, das Phantom der Oper? Das ist das einzige, das ich kenne.»

Olavi Jääskeläinen überlegte: «Es ist ein Ballett. Da wird wohl geflogen … getanzt.»

Paula versuchte, nicht laut zu lachen: «Gibst du mir das Datum der Vorstellung?»

Nach dem Gespräch war Paula bereit, sogar zum Mars ins Gefängnis zu marschieren, solange sie nur an Olavi Jääskeläinens Arm zum Ballett trippeln durfte. Selbst eine Würstchenbude hätte ihr schon genügt.

Nordin kehrte zur richtigen Zeit zurück. Sie machten sich daran, ihren schlechten Plan zu entwerfen, der besser war als gar keiner.

52.

Kharoon Asefi erhob sich aus dem Lehnstuhl, um sich die Füsse zu vertreten, und blies die erste Rauchwolke seiner Don Rafael gegen die Fensterscheibe. Die dicke Zigarre schmeckte nach Toffee. Vom Erker hatte man eine grossartige Aussicht aus dem vierten Stock direkt über den Strandvägen zur Bucht und ans gegenüberliegende Ufer. Das Zigarrenrauchen war ein langjähriges Laster, aber ansonsten bemühte sich Asefi, sich gut um sich zu kümmern. Er liess seine grauen Haare stets kurz wie eine Stahlbürste schneiden, und der Bart und der Schnurrbart waren heute Morgen ebenfalls bei einem türkischen Barbier gepflegt worden. Er wechselte sein Hemd zweimal täglich, nur aus dem Grund, weil er es sich leisten konnte.

Afghanistan war sein Heimatland, aber das lag schon in weiter Ferne.

Seine Geschäftstätigkeiten hätten seine ständige ungeteilte Aufmerksamkeit verlangt, aber er hatte seiner Sekretärin die Anweisung gegeben, alle Verpflichtungen nach dem Mittagessen abzusagen. Er war zunächst verwirrt über die unerwartete Wendung, die die Dinge genommen hatten. Auf die Verwirrung folgte die Ungläubigkeit und danach die Erschütterung, als er die wirkliche Lage der Dinge begriffen hatte.

Das Netz, welches um die Villa in Prag sorgfältig errichtet worden war, lief Gefahr aufzufliegen. Vielleicht war es schon aufgeflogen. Der Junge war in Prag verhört worden, aber Asefi zweifelte die unbegreiflichen Aussagen des Jungen an. Nein, er fürchtete, dass der Junge nicht die Wahrheit gesprochen hatte. Der Junge war einsilbig gewesen, trotzig und in jeder Hinsicht zu keinerlei Kooperation bereit. Asefi wollte auf den Rotzbengel, der sich wie ein kleinkrimineller Habenichts benahm, keinen Druck ausüben. Wenn der Junge gewusst hätte, was Schmerz war – echter Schmerz –, hätte er sich respektvoller verhalten. Der Junge hätte alles Mögliche ausgesagt, um einen sicheren Abstand vom Schmerz wahren zu können.

Noch mehr Wenn: Wenn das wahr war, was der Junge behauptete, hätte dieser einfach davonlaufen können, und Asefi hätte ihn nicht daran gehindert. Er konnte den Jungen mit keinem Finger anrühren, bevor er sicher war, dass es nicht wahr war. Andernfalls würde er ihm danach eine Lektion erteilen müssen.

Kharoon Asefi benötigte das Mädchen, um die Aussagen des Jungen zu bestätigen.

Ein paar Tage mehr oder weniger änderten nichts mehr. Die Spur, die zum Mädchen führte, war nach geduldigem Warten gefunden worden. Asefi hatte noch nie vom Eishockeystar Petr Kuba gehört. Der Tscheche hatte sie dennoch zum Mädchen geführt. Oder sollte man besser sagen, die Koffer? Kuba war mit den Koffern in seinem Wagen sorglos durch Prag gefahren. Ihn zu beschatten war nur zu leicht gewesen.

Mit dem vertrauten Rhythmus und der vertrauten Stärke klopfte ein Mann an die Tür und trat ein, ohne eine Antwort abzuwarten. Die rechte Hand Kharoon Asefis seit eh und je, Erik Grauhaar, war eine trockene, jedoch vornehme Erscheinung. Erik hatte – *nomen est omen* – die grausten Haare, die Asefi jemals gesehen hatte.

Erik der Graue.

«Das Mädchen wird gleich verhört. Sobald du bereit bist.»

«Ich bin bereit.»

Asefi blickte durch das Fenster, als Erik Grauhaar den 50-Zoll-Fernseher einschaltete und den Raum verliess.

Asefi wollte hören, was das Mädchen zu sagen hatte. Er war selten aufgeregt, zu diesem Zeitpunkt jedoch sehr. Heute war ausserdem ein Tag der Ängste. Ihm machte es Angst, das Mädchen anzuschauen. Er beobachtete mit der Churchill im Mund, wie die trägen Wellen des Nybroviken zum Ufer strömten, aber im Grund seines eigenen Herzens toste eine Kreuzsee der Gefühle. Die Stimme des Mädchens war dunkel, aber darin lag die Reinheit einer jungen Frau.

Er musste einfach hinsehen.

Im Fernseher war ein Raum zu sehen, der der Einrichtung nach zu schliessen ein einfaches Esszimmer war. Farah sass am Tisch. Ihre Furcht konnte man bis in Asefis Büro spüren. Zwei ängstliche Menschen tausend Kilometer voneinander entfernt.

Sie ist ihrer Mutter wie aus dem Gesicht geschnitten.

Kharoon Asefi konnte nicht verhindern, dass seine Gefühle aus ihrem Versteck in der Tiefe an die Oberfläche stiegen. Seine Augen wurden feucht, und er war dankbar, dass weder Erik Grauhaar noch sonst jemand ihn sehen konnten.

«Was habt ihr meinem Bruder angetan?», fragte Farah auf dem Bildschirm.

«Das kommt später», antwortete eine Stimme von ausserhalb des Bildes. «Ich will, dass du erzählst, warum ihr die Villa beobachtet habt.»

Es folgte eine lange Stille.

Asefi konzentrierte sich darauf, die junge Frau im Fernseher zu beobachten. Er wollte ihre Reaktionen sehen, jeden Hauch ihrer Gesten und ihres Mienenspiels, ihren

Tonfall. Die Frau, Farah, schluckte leer und liess ihren Blick unsicher irgendwohin in die Höhe wandern, zu etwas, was auf dem Bildschirm nicht zu sehen war.

«Wir wollen, dass er über seine Taten Rechenschaft ablegen muss», sagte Farah. «Der Dreifingrige.»

Aus den Lautsprechern des Fernsehers drang das Plätschern von Wasser, als jemand in Prag ein Glas mit Wasser füllte. Im Fernseher erschien eine Hand, die das Glas in Reichweite der angespannten Frau stellte.

«Weiter.»

Asefi setzte sich auf die Sitzgruppe, liess seine Zigarre im Aschenbecher auf dem Tisch ruhen und richtete die Bundfalten seiner Hose. Farah blickte für einen Augenblick direkt auf ihn, als ob sie im Raum wäre. Eine bodenlose Quelle von Sehnsucht schnürte Asefis Herz zusammen. Farah sprach weiter: «Mir wurde gesagt, dass ich fünf Jahre alt war, als es geschah. Ich erinnere mich an meine Mutter, in deren Schoss ich im Boot sass. Haris sass im Schoss unseres Vaters. An mehr kann ich mich nicht mehr erinnern.»

Kharoon Asefi war bewegt, aber auf eine andere Art als vor zwanzig Jahren, im Alptraum jener Nacht auf dem Ägäischen Meer. Er senkte seinen Kopf zum Fussboden, hörte aber Farah: «Ich weiss noch, dass es finster war und dass überall Wasser war. Ich habe immer noch Alpträume davon. Manchmal bin ich nicht sicher, ob ich mich an das alles erinnere oder ob ich es mir nur einbilde. Es fühlt sich real an – das Ertrinken.»

«Was geschah danach?»

«Ich erinnere mich nicht an mehr. Im Boot war eine Frau, die uns rettete, als das leckgeschlagene Boot sank. Sie hat uns erzählt, was danach geschah.»

Auf dem Bildschirm verfolgte Asefi, wie Farah Wasser trank und danach mit ihrer düsteren Erzählung fortfuhr.

Asefi hätte sie anstelle von Farah zu Ende erzählen können, und noch dazu viel detaillierter. Er erhob sich vom Sofa, nahm die Zigarre vom Tisch zwischen seine Lippen und kehrte zum Fenster zurück. Die Bucht von Nybroviken verwandelte sich in seinen Augen zum Ägäischen Meer. Farahs Stimme erklang im Raum, aber Kharoon erlebte die Reise auf dem Meer und die Unglücksnacht nochmals.

Die Reise von Afghanistan in die Türkei war lang und gefährlich gewesen, aber sie war erst der Anfang gewesen. Kharoon Asefi hatte mit seiner Frau und den vier kleinen Kindern in einer üblen Baracke ausserhalb der Küstenstadt Izmir auf die Weiterreise gewartet. In derselben Baracke waren an die dreissig Menschen untergebracht, die alle aufs Meer wollten. Asefi erinnerte sich an die Frau, die Farah jetzt auf dem Bildschirm beschrieb, eine Iranerin, die eine Tochter in Farahs und Haris' Alter hatte sowie einen Sohn, der ein Jahr älter war. In der Baracke hatte Asefi tagsüber mit dem Mann der Frau, also dem Vater der Kinder, gesprochen. Was hätten sie in der schmutzigen Blechunterkunft, die nicht einmal für Tiere gut genug war, auch sonst tun sollen? Sie verbrachten eine Woche dort drinnen, ohne jegliche Möglichkeit, bei Tageslicht ins Freie zu gehen. Nachts durften die Erwachsenen eine Minute oder zwei draussen umhergehen, nur eine Person auf einmal. Die Gefahr, erwischt zu werden, war gross. Die enge Unterbringung in der Baracke, das knapp bemessene Essen und die Unsicherheit der bevorstehenden Reise erzeugten Druck. Die Menschen stritten empfindlich miteinander. Es war eine schmerzhafte Woche.

Sie kamen dennoch mit bloss einer Woche davon. Als die Information kam, dass die Reise weiterging, konzentrierten sich alle Familien und die Alleinreisenden auf ihre eigenen Angelegenheiten. Am nächsten Abend holten einige

Lieferwagen die Flüchtlinge aus ihren Baracken und fuhren sie in einer losen Kolonne zum Meeresufer. Asefi versteckte seine Familie wie die anderen im Dickicht. Sie warteten einige Stunden, bis ihre Begleiter mit Sturmgewehren winkend an der Uferlinie entlang gingen und die Flüchtlinge aufforderten, ins Wasser zu laufen. Zwei Fischerboote wurden mit den Flüchtlingen gefüllt und fuhren mit ihnen aufs Meer hinaus. Später stiegen sie aus den Fischerbooten in ein einziges, etwas grösseres Schiff. Kharoon Asefi erinnerte sich, wie vorsichtig man sein musste, damit die Kinder nicht ins Wasser glitten, als sie von einem Boot zum anderen wechselten. Ein dreifingriger junger Schiffer hob zuerst Farah und dann Haris ins Boot. Die grösseren Geschwister kletterten selbst hinüber. Schliesslich kam ein bewaffneter Mann mit. Ihm und dem Schiffer war die Familie fortan ausgeliefert. Bald erschienen noch zwei andere Boote voller Menschen. Auch sie bestiegen das grosse Boot, das sich bis zu den äussersten Rändern füllte. Die entleerten Fischerboote kehrten zur Küste zurück, und das mit Flüchtlingen gefüllte grosse Boot nahm Fahrt auf. Mit nur wenigen Knoten nahm es Kurs auf den Horizont des Ägäischen Meeres, in italienische Gewässer.

Für die Reise waren etwas mehr als zwei Tage vorgesehen. Asefi hatte sich damals gefürchtet, dass sie ihrem Schicksal überlassen würden. Solche Geschichten hatte man schon gehört.

Die Zwillinge trugen hell gefärbte Schwimmwesten. Für die grösseren Geschwister hatten die Schwimmwesten nicht ausgereicht. Auch von den Erwachsenen im Boot trug niemand eine Schwimmweste. Die vier Kinder der Familie wurden abwechslungsweise von Asefi und seiner Frau auf dem Schoss gehalten. Die Gemeinschaft auf dem Boot reiste in aller Stille, nur der Dieselmotor knatterte eintönig.

Lichter durfte man nicht einschalten, damit sie nicht von der Küstenwache lokalisiert werden konnten, und natürlich durfte man nicht sprechen. Das Trinkwasser ging schon in der ersten Nacht aus. Das Boot musste wohl schon kurz nach seiner Abfahrt vom Kurs abgekommen sein, denn der bewaffnete Mann und der Schiffer stritten sich, woraufhin der Kurs geändert wurde. Nach Mitternacht begann das Boot an einer Stelle zu rinnen und dann an einer zweiten. Panik breitete sich zuerst unter den Frauen und Kindern aus. Weinen und Schreie. Komplettes Chaos und Todesfurcht. Der bewaffnete Mann drohte, er werde schiessen, wenn die Menschen nicht still seien. Die Frau, die ihm am nächsten sass, kriegte die Faust des Mannes zu spüren. Das beruhigte die Leute etwas. Der Ehemann der Frau wagte es nicht einmal, den bewaffneten Mann anzusehen. Während der restlichen Fahrtzeit bis zum Untergang blieb die Not von Dutzenden von Frauen und Kindern unterdrückt. In diese Not mischte sich das eintönige Brummen des Dieselmotors.

Das Leck wurde schlimmer, obwohl die Männer versuchten, das Wasser mit dem Ösfass aus dem Boot zu schöpfen. Einige versuchten sogar von Hand, Wasser zu schöpfen. Der Kampf ums Überleben hatte begonnen. Und das war erst die erste Nacht. Der bewaffnete Mann und der Schiffer blieben am Steuerruder und verfolgten die Situation. Am Ende gaben sie die Erlaubnis, Lichter anzuzünden, wenn auch mit dem Risiko, dass die Küstenwache sie dann finden würde. Im Dunkel der Nacht wurde die Strömung stärker und verhalf dem Meer zum Sieg im ungleichen Kampf.

Dann ging alles schnell.

Plötzlich gerieten die Menschen ins Wasser, nachdem das Boot kurz zuvor zur Seite gekippt war. Die Wellen überströmten die Seiten des Boots. Der bewaffnete Mann gab mehrere Schüsse ab, aber Kharoon Asefi sah nicht, ob er in die Luft schoss oder auf Menschen.

Hinter dem Boot hatte sich ein kleines Motorboot befunden. Einen Augenblick später wurde es gestartet, und das Motorgeräusch des Boots entfernte sich. Der bewaffnete Mann und der Schiffer liessen sie also im Stich. Beim Untergang des Boots hatte der Vater den kleinen Haris noch in seinem Schoss gehalten, aber als die Welle anstürmte, entglitt er ihm. Die Finsternis verschlang die ins Wasser Geratenen, sie wurden in der Strömung rasch auseinandergetrieben. Die Nacht war voller Panik und Hilferufe. Asefi versuchte ebenfalls, nach seiner Frau, Farah und den drei Jungen zu rufen, aber niemand antwortete. Alle schrien und weinten nur gleichzeitig.

Danach geschah etwas, von dem Asefi bis anhin nichts gewusst hatte.

Seine nächste Erinnerung setzte fünf Wochen nach dem Schiffbruch ein, als er in einem Krankenhaus in Athen das Bewusstsein wiedererlangte. Später wurde klar, dass beinahe alle Flüchtlinge auf dem Boot im Mittelmeer ertrunken waren. Noch Wochen nach dem Unglück wurden die Toten wie Treibholz an die Küste gespült. Asefis Genesung dauerte Monate, und danach versuchte er, etwas über das Schicksal seiner Familie zu erfahren. Er erfuhr nur von einem Tod nach dem anderen. Die Leichen seiner Frau und der Kinder wurden niemals gefunden. Kharoon Asefi war allein zurückgeblieben.

Die Trauer bildete den Keim für den Hass, der sich in Asefi breitmachte. Das begriff er allerdings erst viel später.

Er wischte sich sein Gesicht ab und kehrte zur Sitzgruppe zurück, um die Erzählung seiner Tochter Farah zu Ende zu hören.

Die Gewalt des Schmerzes liess alle Dämme brechen. Er stürzte sich vom Sofa auf den Teppich auf seine Knie.

Was habe ich euch bloss angetan, als ich nicht mehr hoffen konnte?

Er befand sich immer noch auf den Knien, als Farah weggebracht wurde. Als er sich wieder gesammelt hatte, fasste er einen Entschluss. Er bat seine Sekretärin, in seinem Kalender Platz für einen Flug nach Prag zu schaffen, sobald seine Arbeit es zuliesse. Danach rief er Erik Grauhaar zu sich.

53.

Magnus Thor öffnete die Tür des Polizeigebäudes dermassen in Gedanken versunken, dass er vergass, den vertrauten Ordnungspolizisten zu grüssen. Er war um halb fünf Uhr morgens aufgewacht und hatte überlegt, was er mit Jon anstellen sollte. Er hatte sich zum Entschluss durchgerungen, dass sie miteinander reden sollten. Thor lebte für die volle Dauer einer Tasse Kaffee am Frühstückstisch mit diesem Entscheid und machte ihn gleich wieder rückgängig. Der letztere Entschluss fühlte sich sofort nach der richtigen Lösung an. Jon hatte sich in dieser Streitsache Gudlaug angenähert, aber war dies das Resultat einer aufrichtigen Haltung, eines ehrlichen Wunsches nach Versöhnung? Thor glaubte nicht ganz an Gudlaugs Beteuerungen betreffend Jons Reue.

Magnus Thor wollte sich nicht versöhnen. Punkt.

Auf ihn warteten in seinem Büro ungeordnete Stapel an Ordnern und Papieren, die sich über das Pult, die Stühle und den Spannteppich ausgebreitet hatten. Das Reinigungspersonal hatte sich schon mehrere Tage nicht mehr bereit erklärt, Magnus' Büro anzurühren. Ausmisten war, wie sie sagten, nicht ihre Aufgabe, bloss die Reinigung. Thor beschloss, einige aufgeschobene Routinearbeiten in Angriff zu nehmen, die er von der Tagesordnung wegkriegen musste.

Inzwischen, während der Kriminalkommissar Magnus Thor seine Routinearbeiten begann, traf in der Eingangshalle des

Polizeigebäudes Amanda Dotris ein. Sie arbeitete als Bjarne Gestssons persönliche Assistentin in dessen Büro in London, und dies schon seit achtzehn Jahren. Sie war einfach im kontinentaleuropäischen Stil gekleidet. Dotris wartete geduldig, bis sie an der Reihe war und der Empfangsbeamte sie rief.

«Nein, ich habe mit niemandem einen Termin vereinbart. Ich möchte mit jemandem sprechen, der wegen Gestssons Verschwinden ermittelt.»

Nach dem kurzen Gespräch blieb Amanda Dotris in der Halle, um zu warten. Sie nahm eine örtliche Tageszeitung vom Tisch und sah sich darin die Bilder an.

Magnus Thor ging die Treppe hinunter und wunderte sich, was Gestssons persönliche Assistentin in Reykjavik trieb. Der Gast hatte in der Eingangshalle fünfzehn Minuten warten müssen. Warum hatte die Frau nicht aus London angerufen oder eine E-Mail geschickt? Thor begriff, dass Gestssons Mitarbeiterin etwas Aussergewöhnliches für ihn haben musste, von dem sie nur persönlich berichten konnte. Er kam in die Halle und erriet sofort, wer von den sich dort aufhaltenden Menschen Amanda Dotris war.

«Ich bin Magnus Thor. Ich bedaure mein Englisch mit Geysirakzent.»

«Amanda Dotris. Sie sprechen besser Englisch als ich Isländisch», entgegnete die Frau entspannt lächelnd. Dotris' Händedruck war leicht und schmal. Thor führte seinen Gast in ein klinisch wirkendes Besprechungszimmer.

Sie setzten sich einander gegenüber. Dotris wehrte ab, sie brauche nichts. Ein Glas Wasser genüge. Magnus Thor fragte, was sie aus London nach Reykjavik geführt habe. Dotris antwortete, sie habe im Büro in Reykjavik Geschäftsangelegenheiten zu erledigen gehabt. Heute würde sie mit einem Learjet der Firma wieder nach London zurückfliegen. Die

Maschine hatte bis jetzt für Untersuchungen der isländischen Polizei auf dem Flughafen Keflavik gestanden.

Thor befand es nicht für nötig zu erwähnen, dass er von der ganzen Sache nichts gewusst hatte. Er hatte selbst keinen Fuss in den Learjet gesetzt. Sein Vorgesetzter hatte sich offensichtlich um die Sache gekümmert und es nicht für nötig gehalten, Thor darüber zu informieren. Vielleicht war es Jons Aufgabe gewesen, den Learjet zusammen mit dem kriminaltechnischen Dienst zu durchsuchen. Dieses fortgeschrittene Dreiecksdrama hatte seine schädlichen Konsequenzen für den Erfolg der Arbeit. Der dritte Beteiligte am Drama war selbstverständlich Magnus Thors Vorgesetzter, nicht Gudlaug.

«Hat man über Bjarnes Verschwinden irgendetwas Neues herausgefunden?», fragte Dotris. Sie zeigte sich aufrichtig besorgt.

«Nein. Wir ermitteln natürlich die ganze Zeit und untersuchen selbst die kleinsten Details. Jegliche Hilfe ist nötig, wir haben sehr wenige Anhaltspunkte.»

«Die Zeitungen schreiben …»

«Die Zeitungen braucht man gar nicht zu lesen.»

Magnus Thor war sich bewusst, dass er Dotris kein Wort zu erzählen brauchte. Zu einer laufenden Ermittlung gab man nur mit der Erlaubnis des Ermittlungsleiters Informationen heraus, und dieser Leiter war Thors Vorgesetzter. Es entsprach dennoch nicht seiner Natur, der eigens aus London angereisten, offensichtlich engen Mitarbeiterin Gestssons zu sagen, dass die Polizei von Reykjavik in diesem Augenblick nicht das Geringste herausgefunden hatte.

Amanda Dotris beugte sich über ihre Handtasche und nahm einen USB-Stick hervor. Sie setzte ihn auf den Tisch zwischen ihnen. Magnus Thor betrachtete den USB-Stick interessiert: «Sollte ich Sie jetzt fragen, was das ist?»

«Ja.»

«Und wollen Sie auch den Rest erzählen? Deswegen sind Sie nach Island gereist?»

Amanda Dotris' Verstummen genügte als Antwort. Danach erzählte sie Magnus Thor alles.

Um halb eins versammelte sich im Besprechungsraum das von Magnus Thor alarmierte Team. Dotris befand sich zu diesem Zeitpunkt bereits auf der Rückreise nach London. Thors Vorgesetzter, der Polizeichef, Jon und zwei Ermittler sassen am Besprechungstisch. Die Chefs wiesen auf ihren dichten Zeitplan hin, so dass Thor direkt zum wichtigsten Punkt der Sitzung kam. Er projizierte über den Beamer die Vergrösserung eines Passes.

«Das ist Jon Briem.»

Sie sahen auf Briems Pass Bjarne Gestssons Foto.

«Kannst du das erklären?», forderte ihn der Polizeichef als erster auf.

Thor wiederholte, was er von Dotris gehört hatte.

Der Polizeichef deutete mit dem Finger auf das Passfoto an der Wand: «Die Assistentin hätte diese Information sofort herausgeben sollen, als ihr Chef verschwunden ist. Warum um alles in der Welt sollte Bjarne Gestsson sich einen gefälschten Pass zulegen?»

«Die Antwort darauf finden wir, wenn es uns gelingt, die Umstände dieses Passes zu rekonstruieren», antwortete Thors Vorgesetzter. «Wenn Bjarne Gestsson nicht gefunden wird, um die Antwort selbst zu geben.»

«Ich mache mich gleich an die Arbeit», versprach Thor.

«Jon macht das, Magnus», korrigierte der Vorgesetzte.

Magnus Thor blickte zum Polizeichef, aber von diesem war keinerlei Rückendeckung zu erwarten. Daraufhin antwortete er seinem Vorgesetzten: «Ich mache es lieber selbst.»

«Ich glaube, dass ich mich frühestens morgen um den Pass kümmern kann», ergänzte Jon.

«Dann kümmerst du dich eben morgen darum, Jon», sagte der Vorgesetzte.

«Gut. Danke für das Briefing, Magnus.»

Der Polizeichef erhob sich. Er beendete das Palaver mit dieser Geste.

Der Vorgesetzte bat Thor, noch einen Moment zu bleiben. Er blieb sitzen, bis er mit seinem Mitarbeiter allein war. Thor stand kurz vor dem Explodieren. Das würde er noch bezahlen müssen, aber später. Thor besass eine Kopie des Inhalts des USB-Sticks. Er würde selbständig Nachforschungen zum Pass anstellen. Darum konnte er sich aber ohnehin erst morgen kümmern.

Magnus Thors Vorgesetzter erhob sich und schloss die Tür des Besprechungsraums.

«Ich mag es nicht, wenn du meine Entscheidungen hinterfragst. Bring deine Einwände in Zukunft unter vier Augen vor.»

«Klar.»

Thor sah die Unsicherheit seines Vorgesetzten, als der erwartete Widerspruch ausblieb. Der Vorgesetzte war darauf vorbereitet gewesen, dass der Krieg weitergehen würde. Stattdessen liess sein Mitarbeiter das Schwert und den Schild gleich ins Gras sinken.

Der Vorgesetzte änderte seine Taktik: «Was um Himmels willen beeinträchtigt euer Verhältnis immer noch?»

«Das ist eine persönliche Angelegenheit zwischen Jon und mir.»

«Aha. Gut. In diesem Fall darf sie die Zusammenarbeit nicht behindern. Ich teile Jon wieder deinem Team zu. Ihr bekommt Gelegenheit, erneut miteinander warm zu werden – im positiven Sinn.»

Magnus Thor brummte ungläubig: «Wir können durchaus über Arbeitsangelegenheiten miteinander kommunizieren, ohne dass du uns an denselben Schreibtisch setzen musst.»

«Mach dich nicht lächerlich, Magnus. Aus der Zusammenarbeit wird nichts, wenn euer Streit fortbesteht. Ich bin nicht blind. Ihr seid doch Luft füreinander. Erinnerst du dich an den Streit zwischen Leosson und Bjornsson? Ich will nicht, dass euer Problem so endet. Sie hatten ihre Büros nebeneinander, kommunizierten aber während der letzten Jahre nur noch brieflich miteinander.»

«Das war in den 1980er-Jahren. Ich kann Jon doch eine E-Mail schicken.»

«Dann schick die E-Mail über euren gemeinsamen Schreibtisch. Ich habe jetzt genug davon.»

Wütend kehrte Thor in sein Büro zurück und versuchte, Kalle Nordin anzurufen – ohne Resultat. Er schrieb Nordin eine E-Mail. Als Anhang sandte er die Informationen über Jon Briems Pass. Er schob die vorherige Diskussion in den Hintergrund und versuchte, sich zu konzentrieren. Jon würde morgen in der Registerdatenbank Informationen über den Pass suchen. Magnus Thor beschloss, die Nachforschungen an den Wurzeln zu beginnen und nicht an der Krone, wie Jon es wahrscheinlich tun würde. Gefälschte Pässe waren üblicherweise gestohlen oder stammten von verstorbenen Personen. Er klärte im Bürgerregister ab, wie viele Personen namens Jon Briem mit demselben Geburtsdatum existierten. Die Suche förderte nur eine Person zutage. Interessant wurde die Information dadurch, dass der fragliche Jon Briem am Leben war und eine Autostunde östlich von Reykjavik wohnte. Von dem Mann fanden sich keine weiteren Informationen oder Fotos. Aussergewöhnlich war, dass von Jon Briem nicht einmal eine Telefonnummer oder andere Kontaktdaten existierten. Die Adresse war der einzige Hinweis auf ihn.

«Ich bin heute Nachmittag weg. Man kann mich per Telefon erreichen», rief Thor der Abteilungssekretärin zu und zog sich im Gehen die Jacke über.

Auf dem Weg zu Jon Briems Haus rief Magnus Thor die Grosseltern seiner Töchter an. Er stellte sicher, dass jemand zu Hause auf die jüngeren Töchter aufpasste. Der Arbeitstag würde heute zwangsläufig zumindest bis zum frühen Abend dauern.

«Maela sagte, dass du zum Elternabend gehen wolltest. Kommst du vorher noch nach Hause? Ich stelle dir das Essen beiseite», erklärte die Grossmutter der Mädchen.

Thor hatte den Elternabend ganz vergessen: «Das habe ich vergessen. Um wieviel Uhr ist es?»

«Um sieben Uhr. Wenn du dorthin gehst, werden wir bestimmt so lange wie nötig hier bleiben. Wir kümmern uns um das Abendprogramm der Mädchen, wenn es bei dir länger dauert.»

«Danke, Ragna, du bist ein Engel.»

Zu Jon Briems Haus konnte man eine nördliche oder eine südliche Route wählen. Magnus Thor wählte die südliche und fuhr zuerst in die Richtung von Selfoss. Zwei Kilometer vor dem Dorf bog er nach links ab und fuhr in nordöstlicher Richtung weiter. Später fand er die Strasse Nr. 37 problemlos, und die letzte Etappe von einigen Kilometern verlief direkt in nördlicher Richtung. Bald erschien zu seiner Rechten ein See, woran er erkannte, dass er am Ziel war. Zu beiden Seiten der Strasse war aufgeforstet worden, und das Häuschen war von der Strasse her nicht zu sehen. Anstelle einer Hauszufahrt verlief in deren vermuteter Richtung ein überwachsener Weg für Pferdekutschen. Thor wendete sein Auto für die

Rückkehr und stellte es am Strassenrand ab. Er hoffte, dass die Fahrt nicht umsonst gewesen war und dass Jon Briem zuhause war. Die Gegend war in jeder Hinsicht als isländische Einöde zu bezeichnen. Er blieb einen Moment lang auf der einsamen Strasse stehen. Wenn er auf der Strasse in nördlicher Richtung weitergefahren wäre, wäre er nach einigen Kilometern in das kleine Dorf Laugarvatn gekommen.

Auf dem Pferdekutschenweg roch Thor zuerst den Geruch von Rauch und sah später über den Baumkronen eine sich windende Rauchfahne. Jemand heizte das Häuschen oder war gerade dabei, im Freien ein Feuer zu machen. Beide Vermutungen bestätigten sich aber nicht, als Magnus Thor zum Vorplatz des Häuschens kam. Der Rauch kam aus dem Kamin eines Nebengebäudes.

Ein Wesen, das entfernt einem Wolf ähnelte, sprang hinter der Hausecke hervor, bellte oder heulte aber nicht. Es kam direkt auf Thor zu. Ihm gefiel die Sache nicht, und er überlegte, was er mit dem Vieh tun sollte.

«Hallo? Ist hier jemand?»

Thors lauter Ruf stoppte das Wesen. Sie warteten ab, wer von beiden die nächste Bewegung machte. In der Tür des Nebengebäudes erschien ein älterer Mann, der in die Altersklasse von Jon Briem passte. Der Mann schätzte Thor mit einem Blick ein und stiefelte dann über den Hof.

«Hast du Angst vor dem Hund? Er ist ein lausiger Wächter. Einen sanfteren Vierbeiner findest du auf dieser Insel nicht.»

Thor lachte kurz auf und streckte seinen Arm aus, als der Mann näher kam: «Ich bin Magnus Thor.»

«Jon Briem.»

Aufgrund des Händedrucks wusste Thor, dass er beim Armdrücken wohl verlieren würde.

Sie tauschten einige belanglose Kommentare über das Wetter aus. Der Mann schickte zwei, drei Sätze über das Häuschen und seine Umgebung hinterher. Er lebte hier schon seit mehreren Jahrzehnten.

«Was hat dein Besuch zu bedeuten?», unterbrach Jon Briem seine Erläuterungen.

Thor schien es das Beste, seinen Dienstausweis hervorzuholen. Jon Briem holte neugierig die Lesebrille aus seiner Brusttasche und lieh sich den Dienstausweis aus: «Kriminalkommissar Magnus Thor, Reykjavik. Den hast du doch wohl nicht selbst laminiert? War nur ein Spässchen. Ach, so ein Besuch ist das also.»

Jon Briem gab den Dienstausweis zurück und schob die Lesebrille wieder in die Brusttasche.

«Ich untersuche Bjarne Gestssons Verschwinden.»

«Ich habe von dem Fall gelesen.»

Jon Briem verstand die Miene des Kriminalkommissars und ergänzte: «Mein Nachbar bringt mir seine alten Zeitungen. Man sieht sein Häuschen von hier aus beinahe.»

«Ich habe heute einen Pass mit deinem Namen, aber Bjarne Gestssons Foto erhalten.»

Jon Briem hob seine buschigen Augenbrauen: «So?»

«Weisst du etwas darüber?»

«Hast du den Pass dabei? Vielleicht ist es der Pass eines anderen Jon Briem.»

«Du bist der einzige, dessen Daten mit denjenigen im Pass übereinstimmen.»

Jon Briem rieb seinen Bart und überlegte einen Augenblick. Thor liess ihn in Ruhe überlegen.

«Ist das ein Verhör? Nimmst du unser Gespräch auf?», fragte Jon Briem schliesslich.

«Ich komme nur, um Hallo zu sagen. Solche Dinge nehme ich nicht auf. Sollte ich das?»

Das Gespräch war in bestimmte Bahnen geraten, die irgendwohin führten. Jon Briem wusste etwas, und Thors Aufgabe war es, dies aus ihm hervorzulocken.

Jon Briem kratzte sich am Hinterkopf: «Das könnte etwas dauern, und ich habe soeben die Sauna eingeheizt. Was hast du für einen Zeitplan? Ein Handtuch für dich finden wir bestimmt.»

Magnus Thor war verwirrt und amüsiert zugleich. Er war sein Leben lang noch nie in einer Sauna gewesen.

Jon Briem gab von der oberen Sitzbank aus Aufgüsse auf den zischenden Ofen und erläuterte, warum er im isländischen Hinterland eine Sauna besass. Ein finnischer Glaziologe hatte sich in den 1990er-Jahren für einige Monate in dieser Gegend aufgehalten und den Isländer mit der Zeltsauna bekanntgemacht. Sie hatten danach in einem nicht benutzten Nebengebäude von Jon Briem eine Sauna eingebaut.

«Die Gletscherforschung war natürlich auf Eis gelegt worden, während unser Bauprojekt auf Hochtouren lief. Wenn es dir zu kalt wird, wechsle auf die obere Sitzbank», wies Jon Briem Thor an, der sich auf der unteren Bank aufhielt.

Thor gehorchte folgsam und wunderte sich, wie er in diese Lage geraten war. Eine angenehme Überraschung war es, als er es auf der oberen Bank gut aushielt. Jon Briem nahm Rücksicht auf ihn und hielt sich mit Aufgüssen etwas zurück.

«Mein Pass. Deswegen bist du doch hergekommen», krächzte der krebsrote Hausherr mit schweissgebadeter Stirn. «Es ist mein Pass, tatsächlich, und daran ist nichts Aussergewöhnliches.»

Magnus Thor kriegte auf der Saunabank eine der aussergewöhnlichsten Geschichten seiner Karriere zu hören, obwohl Jon Briem selbst sie gar nicht so aussergewöhnlich fand. Bjarne Gestsson und Jon Briem waren Kindheitsfreunde, die bis zum Gymnasium unzertrennlich gewesen waren. Danach fuhr Gestsson mit einem Wirtschaftsstudium weiter und reiste ins Ausland, während Jon Briems Weg ihn zu Gelegenheitsarbeiten in seinem Heimatland führte. Die Kindheitsfreunde hatten die ganze Zeit über sporadisch Kontakt zueinander gehabt, obwohl sie komplett unterschiedliche Leben führten.

«Bjarne wusste Geld zu machen. Er hatte zwei unterschiedliche Gesichter. Er war auf seine eigene Weise die Hilfsbereitschaft in Person. Er hatte eine spirituelle Seite, wobei ich nicht sicher bin, wie tief sie ging. Doch er konvertierte sogar irgendwann zum orthodoxen Glauben, liess sich einen langen Bart wachsen und malte nächtelang Ikonen. Ich weiss nicht, wie das mit seinen Tätigkeiten in der Finanzwelt zusammenpasste, aber Geld machte er pausenlos. Das war seine andere Seite. Das Geld strömte zu allen Türen und Fenstern herein – anders kann man wohl nicht zum Milliardär werden. Ich habe eine von ihm gemalte Ikone hier in meinem Häuschen. Er brachte sie zur Hauseinweihung, wie er sagte, aber ich hatte zu jenem Zeitpunkt schon ein Jahrzehnt hier gewohnt. Es war eher ein Selbstporträt Bjarnes ohne Bart als eines der Jungfrau Maria», lachte Jon Briem dröhnend, aber wohlwollend – er spottete weder über die Jungfrau Maria noch über Bjarne Gestsson. «Er war ein angenehmer Kamerad. Aber Himmel hilf, wenn es um Geld ging – da wurde die Bestie in dem Mann freigesetzt. Nun, wir kamen immer gut ins Gespräch, auch in vorgerücktem Lebensalter. Aus irgendeinem Grund suchte er mich immer wieder mal auf, wenn er nach Island kam. Ich besorgte mir dieses Häuschen damals, als wir dieses Gespräch führten …»

Der Abend war stockfinster, als Magnus Thor zwischen den Bäumen auf dem Pferdekutschenweg zur Landstrasse irrte. Er liess den Motor an und machte sich so sauber, wie man es nur nach der Sauna ist, auf die Rückfahrt. Er sollte es rechtzeitig zum Elternabend zur Schule schaffen, wenn er in ordentlichem Tempo fuhr.

Das Rätsel um Gestssons Pass war mehr oder weniger gelöst. Am Vormittag hatte Magnus Thor von Bjarne Gestssons persönlicher Assistentin Amanda Dotris gehört, dass sie von Anfang an von der Existenz dieses Passes gewusst hatte. Bjarne Gestsson hatte der Frau vollkommen vertraut. Dotris hatte versichert, dass sie niemals eine Affäre mit ihrem Vorgesetzten gehabt habe. Auf Umwegen hatte sie aber bestätigt, dass Gestsson ein schneller Mann in Frauenangelegenheiten gewesen war. Seine langjährige Ehe hatte ihm aber an der Beziehungsfront keine nennenswerten Hindernisse bereitet, und Dotris war sich gewohnt gewesen, das Durcheinander, das der notorische Schürzenjäger hinterliess, wieder in Ordnung zu bringen. Es war eine Abmachung der beiden Kindheitsfreunde gewesen, einen Pass auf Jon Briems Namen zu besorgen. Das Ansinnen war natürlich von Bjarne Gestsson gekommen, aber Jon Briem hatte nichts dagegen einzuwenden gehabt. Der Milliardär bekam seinen Pass, und Jon Briem wurde ein lebenslanges Einkommen garantiert. In dieser Zeit hatte sich Jon Briem bereits als Einsiedler in sein Häuschen zurückgezogen. Der Mann war nie weiter als bis nach Reykjavik gereist. Er brauchte seinen Pass also eigentlich gar nicht. Jon Briem schwieg sich darüber aus, wie auch Amanda Dotris, aber es war klar, dass der Pass auf die einfachste mögliche Weise besorgt worden war: In Reykjavik war jemand bestochen worden, um ihn anzufertigen. Wieder einmal hatte das Geld gesprochen.

Die Bestimmung des Passes war im Dunkeln geblieben. Jon Briem behauptete, dass er Bjarne Gestsson nicht einmal danach gefragt habe. Briem hatte in der Sauna zu Magnus Thor gesagt, er glaube, der Milliardär habe einfach mitunter für einen Moment das Leben eines gewöhnlichen Menschen leben wollen. Wie sollte man daran glauben können? Dotris hatte auch nicht erraten können, was Gestsson mit seinem falschen Pass angestellt hatte. In Jon Briems Worten: Die Welt war voller Verrückter, von denen manche so reich waren, dass sie es sich leisten konnten, wie Verrückte zu leben.

Eine Sache war Thor heute jedoch klarer geworden als die Sache mit Jon Briems Pass. Dotris und Briem hatten Bjarne Gestsson beide auf ihre persönliche Art gemocht. Ihre Loyalität hatte bis zu diesem Tag angehalten. Die Sorge um ihren Chef hatte Amanda Dotris zu Thor getrieben. Jon Briem hätte sein Geheimnis selbst ins Grab mitgenommen, aber Thor war es gelungen, die Verbindung der beiden Männer zum Pass aufzudecken – oder war es ihm etwa doch nicht gelungen? Jon Briem hätte ihm vorlügen können, sein Pass sei gestohlen worden oder verschwunden. Doch aus irgendeinem Grund hatte sich der Einsiedler ihm anvertraut. Wäre das ausgeblieben, wenn Thor die Einladung zur Sauna ausgeschlagen hätte?

Jon Briem hatte ihm gesagt, dass er die Geschichte des Passes kein zweites Mal erzählen würde. Thor hatte ihn vorgewarnt, es sei gut möglich, dass jemand mit derselben Absicht wie Thor beim Häuschen aufkreuzen werde. Jon Briem antwortete darauf, dass er von nun an gar nichts mehr von dieser Sache wisse und niemand Thors Geschichte glauben werde.

«Ihr wart Schulkameraden», hatte Magnus gewarnt.

«Na und? Dann hat Bjarne Gestsson unsere Freundschaft eben ohne mein Wissen ausgenutzt.»

Nachdem er das gesagt hatte, hatte Jon Briem ihm auf freundschaftlichste Art die Hand gegeben.

Magnus Thor lächelte amüsiert und fuhr auf seinem einsamen Weg nach Reykjavik. Niemand würde das glauben, das war sicher.

In der Schulaula sassen über hundert Eltern, als Magnus Thor mit etwas Verspätung eintraf. Der Rektor war schon bei seiner Begrüssungsrede. Thor blieb hinten stehen und suchte die Gerichtsmedizinerin Gudlaug. Gudlaug hatte ihn darauf hingewiesen, dass Elternabende sie nicht allzu sehr interessierten. Im hinteren Teil des Saals gab es noch mehr Platz, aber vorne waren die Sitzreihen dicht besetzt. Thor fand Gudlaug im mittleren Bereich. Um sie herum waren alle Plätze besetzt, aber am anderen Ende der Reihe gab es einen freien Platz.

Magnus Thor ging durch den Mittelgang bis zu der angepeilten Reihe und setzte eine bedauernde Miene auf, als er sich Schritt für Schritt bis zum mittleren Bereich der Reihe vordrängte. Bloss einmal trat er einem Mann mit einer grossen Schuhnummer auf die Spitze seines Glanzlederschuhs. Gudlaug bemerkte Thor erst, als er schon fast neben ihr stand. Thor blieb vor der Frau, die neben Gudlaug sass, stehen: «Könnten Sie ein wenig nach rechts rutschen, so dass ich Platz habe?»

Acht Eltern schauten Thor gleichzeitig an und taten das, worum er sie gebeten hatte. Der Platz wurde frei, und der zufriedene Magnus Thor setzte sich rechts neben Gudlaug. In der ganzen Aula gab es keine Mutter und keinen Vater, der sich nicht umgedreht hätte, um Thors Umtriebe mitzuverfolgen. Der Rektor wartete darauf, dass die

Wellenbewegung der Zuhörer sich legte, und blickte lange in Thors Richtung.

«Du hast vielleicht Nerven», flüsterte Gudlaug Thor mit dem Anflug eines Lächelns zu, blickte ihn aber nicht an.

Gleichzeitig schlug ein Handy Alarm. Einige Zuhörer betasteten eilig ihre Taschen, aber das Handy gehörte Magnus Thor. Er beugte sich mit dem Kopf zu den Knien und öffnete das Handy.

«Hallo, Magnus. Kannst du reden?»

Die Anruferin war Paula Korhonen.

Thor blickte sich in beide Richtungen um und bemerkte, dass zur Abwechslung alle bis hin zum Rektor ihn ansahen. Er vermied es sorgfältig, Gudlaug nochmals anzublicken.

«Kann ich. Nur einen Moment.»

Er stand auf und trat beim Gehen auf einige Schuhpaare mehr als beim Kommen.

Die Eingangshalle war leer.

«Wie spät ist es in Finnland?», fragte Thor zuerst.

«Bald halb zehn. Ja, ich bin bei der Arbeit. Darf ich gleich sagen, warum ich dich störe?»

«Raus damit.»

«Ich habe von Nordin die Nachricht weitergeleitet bekommen, die du ihm geschickt hast. Es war ein blosser Gedanke, aber ich habe vorhin etwas nachgeprüft. Ein Isländer namens Jon Briem übernachtete vor einem Jahr in Helsinki-Vantaa in demselben Flughafenhotel wie Martti A. Lehtinen und Malek Ayman.»

Magnus Thor war nicht sicher, ob er erschüttert oder glücklich sein sollte.

54.

«Paula.»

Vater hatte sie schon jahrelang nicht mehr beim Namen genannt. Paula half ihrem Vater aus dem Auto und passte auf, dass er sich nicht den Kopf anstiess. Eine Angestellte des Pflegeheims kam zur Begrüssung nach draussen.

«Bei uns ist den ganzen Tag jemand vom Personal an der Arbeit. Du kannst ihn während der Wachzeit immer besuchen. Du gelangst hinein, indem du den Türdrücker betätigst, aber um hinauszukommen, braucht man einen Code», erklärte die Angestellte, als sie zur verschlossenen Tür kamen.

«Hier kommt man also nicht einfach so wieder raus», antwortete Paula.

Die Angestellte gab ein zweisilbiges Lachen von sich. Wenn es noch kürzer gewesen wäre, hätte es sich nach einem gesungenen Schluckauf angehört.

Der Intervallplatz im Pflegeheim, das in Tesoma ausserhalb von Tampere lag, hatte sich günstig ergeben. Paula und ihre Mutter waren sehr dankbar dafür. Vater hatte die letzten Tage so sehr in seiner eigenen Welt gelebt, dass er sich der Abreise nicht mehr hatte widersetzen können. Er erinnerte an einen Roboter, dessen einziges Programm das Gehen war.

Paula stellte die persönlichen Sachen ihres Vaters in einer Tasche auf einen Lehnstuhl. Das Bett hatte zu beiden Seiten Metallgeländer. Durch das Fenster sah man Birken, deren

Zweige sich unter dem Gewicht des Neuschnees bogen. Es hiess, dass der Schnee nochmals wegschmelzen sollte. Vater würde zu Weihnachten nach Hause kommen.

Paula war zum Weinen zumute, obwohl alles gut war. Sie beugte sich nieder, um den gebeugt sitzenden Mann auf die Wange zu küssen: «Dann also tschüss. Ich bringe morgen Mutter mit, um nach dir zu sehen.»

Bei der Arbeit erwartete sie Kati Laine ganz aufgeregt. Sie hatte soeben von Aki erfahren, dass Bjarne Gestsson in demselben Hotel wie Lehtinen und Ayman übernachtet hatte. Aki hatte die Nachricht am frühen Morgen von Paula erhalten, bevor diese weggegangen war, um ihren Vater ins Pflegeheim zu bringen.

Der Blick der Kommissarin fiel auf die von Paula gepackten Umzugskisten.

Aki erschien im Büro und schloss die Tür hinter sich.

«Ich wäre nicht erstaunt, wenn der Bulgare Emil Nikolov und der in Stockholm verschwundene Sergej Gavrikov ebenfalls unter Decknamen in diesem Hotel zum Vorschein kämen», dachte Aki laut nach.

«Ich kann beginnen, Nachforschungen über den Hintergrund der Übernachtungsgäste des Hotels anzustellen. Vielleicht bleiben dort weitere Kandidaten mit einer falschen Identität hängen», meinte Paula.

Laine unterstützte sie: «Gut. Mach dich gleich an die Arbeit.»

Aki und Laine liessen Paula mit ihrer Arbeit allein. Paula ging die Gästelisten des Hilton Helsinki Airport Hotels aus einigen Tagen vor und nach der Übernachtung des Trios sorgfältig durch. Sie suchte sich die Männer heraus, welche in jener Nacht alleine im Hotel logiert hatten, und machte sich an ihre langsame Knochenarbeit. Einige Stunden später war sie davon überzeugt, dass keine weitere Person mit einer falschen Identität im Hotel übernachtet hatte. Sie rief kurz ihre Mutter an und stellte sicher, dass diese zurechtkam. Paula hatte ihre Mutter aus dem Mittagsschlaf geweckt, was ein gutes Zeichen war. Gleich im Anschluss an dieses Gespräch erhielt sie einen Anruf von Nordin.

«Gratuliere, Paula! Unsere gemeinsamen Bemühungen beginnen Früchte zu tragen. Du und Thor, ihr habt tolle Arbeit geleistet. Lehtinen, Ayman und Bjarne ‹Jon Briem› Gestsson – endlich haben wir ein Indiz für ihre Verbindung untereinander.»

Paula nahm den Dank gerne entgegen, obwohl sie nicht glaubte, eine bedeutende Rolle gespielt zu haben. Thor hatte die grösste Arbeit geleistet.

«Ich bin sicher, dass wir irgendwann einen entscheidenden Hinweis kriegen, der uns auf die Spur der Täter führt», sagte Paula. «Sind über die Steuerparadiesfirma NCforOM neue Informationen aufgetaucht? Du weisst schon, die Firma, auf die wir auf Lehtinens Computer gestossen sind.»

«Wir warten auf Informationen von der schwedischen Sicherheitspolizei. Sie haben versprochen, die Sache in den Panama Papers, die sich in ihrem Besitz befinden, abzuklären. Und das Hotel in Helsinki-Vantaa?»

«Ich bin soeben die Gästeliste durchgegangen und habe den Hintergrund aller Verdächtigen überprüft. Ich glaube nicht, dass im Hotel noch jemand mit einer falschen Identität übernachtet hat.»

«Und die anderen Flughafenhotels?» fragte Nordin.

Daran hatte Paula Korhonen nicht gedacht. Sie hätte das Nordin gegenüber aber um keinen Preis zugegeben.

«Ja, die überprüfe ich als nächstes.»

Nordin lobte sie nochmals und beendete das Gespräch.

Nach einer Stunde eilte Paula Korhonen auf dem Flur des Polizeigebäudes in die Richtung des Besprechungsraums. Das rote Licht neben der Tür brannte, aber das war Paula egal. Sie rückte ihre Bluse zurecht und riss die Tür auf, wobei sie sogar vergass anzuklopfen. Der Vizebürgermeister blickte vom Kopf des Tischs auf Paula. Zwei Abteilungen der Gebietsleitung der Polizeibehörde, die zu beiden Seiten des Tisches sassen, taten dasselbe.

«Kati, kannst du rasch?»

Laine war verärgert über die Störung. Ihr Hals wurde rot, aber Kati Laine blieb sachlich. Mit verschränkten Armen holte sie auf dem Flur tief Luft, bevor sie etwas sagen konnte.

«Paula, dafür muss es schon einen triftigen Grund geben.»

Paulas Anspannung stand ihr ins Gesicht geschrieben: «Genügen Emil Nikolov und Sergej Gavrikov? Im Glo Hotel Helsinki Airport. Vor einem Jahr.»

Kati Laines Ärger wich Verwunderung.

«Im Hotel nebenan Martti A. Lehtinen, Malek Ayman und Bjarne Gestsson. Letztgenannter natürlich unter dem Namen Jon Briem», ergänzte Paula.

«Paula, ich muss dieses Palaver zu Ende bringen, und das dauert den ganzen Nachmittag.»

Paula blieb allein vor dem Besprechungsraum stehen. Sie beschloss, Aki zu suchen. Sie musste mit jemandem über die neusten Entwicklungen im Fall reden. Das Gespräch mit Kalle Nordin hatte zu warten.

«Und?», forderte Paula Aki auf.

Aki war sprachlos: «Verdammt nochmal, Paula.»

Sie dachten gemeinsam über diese neue Wendung nach. In der Kette des Serienmörders gab es schon fünf Männer, die alle einen gemeinsamen Nenner besassen.

«Ich schlage vor, dass du sie in den Fluglisten suchst. Oder hast du das schon getan? Du hast gesagt, dass Lehtinen an jenem Tag aus Mitteleuropa nach Helsinki geflogen war.»

Paula Korhonen musste zugeben, dass sie die Flüge noch nicht überprüft hatte. Aki bot seine Hilfe an. Sie hatten bald einen Begriff von der Situation. Nikolov war mit einem Flug aus Sofia nach Helsinki gereist und am folgenden Tag zurückgeflogen. Gestsson alias Jon Briem war am Nachmittag mit einem Flug aus London angekommen und am folgenden Morgen zurück nach London geflogen. Malek Ayman war zwei Tage früher aus Stockholm nach Helsinki geflogen und hatte zwei Nächte im Hotel übernachtet. Ayman war anschliessend aus Helsinki nach Paris geflogen.

«Sag mir, was du davon hältst», trieb Paula Aki an.

«Ich denke, sie hatten in Helsinki-Vantaa eine Sitzung. Aber waren es noch mehr Personen? Es würde sich lohnen herauszufinden, ob es noch mehr Übernachtungsgäste gab, die nur für eine oder zwei Nächte nach Helsinki flogen. Das ist ein grosser Aufwand, wenn mehrere passende Kandidaten hängenbleiben. Man muss alle Flughafenhotels durchkämmen. Falls noch mehr Personen an der Zusammenkunft beteiligt waren, bin ich sicher, dass es uns gelingt, sie ausfindig zu machen.»

«Gut, Aki.»

«Was willst du als nächstes tun?»

«Ich warte darauf, dass die Chefin mit dem Palaver mit dem Vizebürgermeister fertig ist. Und inzwischen fahre ich mit den Abklärungen fort.»

Paula Korhonen hoffte, dass irgendetwas zum Vorschein käme, das den Täter verraten würde.

55.

Aus der *tunnelbana*-Station Karlaplan strömten eine Handvoll Passagiere, unter ihnen Annmari Akselsson. Im Freien überprüfte sie die Adresse auf ihrem Handy und fand das gesuchte Büro einige Blocks weiter. Im vierten Stockwerk suchte sie die richtige Tür. Bevor sie bei der Tür klingeln konnte, öffnete eine Frau mittleren Alters, die in Laufleggins gekleidet war, die Tür. Ihr verschwitztes Gesicht war gerötet. Annmari überlegte, ob ein Bewegungsmelder oder eine Kamera sie verraten hatte.

«Hallo, Annmari. Isla Cramling. Du bist vierzig Minuten zu früh. Du wolltest doch wohl nicht in meine Kanzlei einbrechen?»

«Ich kann warten, wenn du …»

Isla Cramling öffnete die Tür ganz und gab ihrem Gast ein Zeichen, einzutreten. Sie blickte Annmari freundlich an: «Nein, macht gar nichts.»

In der Kanzlei gab es einen langen Flur, an dessen Seiten sich Türen befanden. Am Ende schien sich eine Art Halle zu befinden. Cramling führte Annmari in ein Büro. An der Wand hing ein grosses Gemälde einer ländlichen Szenerie.

«Ich erinnere mich nicht an den Namen des Künstlers, aber es handelt sich um eine norditalienische Landschaft. Bitte, setz dich doch.»

Annmari wählte einen Holzstuhl, der antik aussah.

«Die Papiere sind bereit für die Unterschrift. Etwas zu trinken?»

Cramling tupfte ihr Gesicht mit einem Handtuch ab und trocknete die Hände sorgfältig.

«Ich laufe auch», sagte Annmari.

«Ach ja? In Wahrheit bin ich eine Ex-Läuferin, meine Hüfte hält es nicht mehr aus. Ich wechselte zum Radfahren, aber aus Zeitgründen besitze ich auch hier bei der Arbeit einen Hometrainer. Wir gehen den Text der Vereinbarung Stelle für Stelle durch. Ich erkläre dir alles. Wenn du etwas nicht verstehst und es abklären willst, bevor du unterschreibst, erhältst du so viel Zeit, wie du brauchst. Du musst heute nichts unternehmen, wenn du unsicher bist.»

«Danke.»

Annmari beschloss, Isla Cramling zu mögen.

Es dauerte etwas, durch den Text der Vereinbarung zu gehen. Annmari verstand alles, stellte aber dennoch gewisse Fragen zur Kontrolle. Sie hatte sich davor nicht vorstellen können, dass die Unterschrift sie so sehr bewegen würde. Sie würde mit einem Schlag eine vermögende Detektivin sein, zumindest aus der Perspektive eines Polizisten mit durchschnittlichem Einkommen.

Isla Cramling reichte Annmari einen Füllfederhalter, den man nicht im Supermarkt kaufen konnte. Annmari betrachtete den Füller zwischen ihren Fingern und zögerte.

«Ich gebe alles zu», lächelte Isla Cramling. «Ich habe ihn bei Harrods gekauft, und er kostete über dreihundert Pfund.»

«Ich habe nicht den Füller bewundert, ich fragte mich bloss, wer Niclas Sellberg finanziert.»

Auf Isla Cramlings Gesicht zeigte sich keine Ungeduld, aber in ihrer Stimme war ein Hauch von Enttäuschung, als sie antwortete: «Was meinen Mandanten betrifft, so kann ich dir keine Fragen beantworten.»

Annmari senkte den Füller auf das Papier und lehnte sich

nach hinten. Die Rückenlehne des Stuhls knackte. Annmari erschrak darüber ein wenig. Cramling lachte auf: «Der Stuhl kostet mehr als der Füller, aber es ist trotzdem nur ein Stuhl. Du kannst dir den auch leisten, wenn du den Vertrag unterschreibst. Und einen Füller von Harrods auch.»

«Bist du nicht überzeugt davon, dass ich es tue?»

Isla Cramling konzentrierte sich auf Annmari: «Möchtest du darüber reden?»

«Mit dem Anwalt der Gegenpartei?»

«Da bist du am richtigen Ort, Annmari, ich vertrete Sellberg.»

«Und Onkel Dagobert, der ihn finanziert.»

Isla Cramling zog ihren Mund in die Breite und zeigte ihre Grübchen, doch es war kein Lächeln.

«Also gut», sagte Annmari. «Ein Gefühl in mir sagt, dass ich das Geld nicht nehmen sollte. Ich verkaufe die Möglichkeit, Recht für mich selbst zu erhalten, und der Delinquent braucht keine Rechenschaft abzulegen. Das fühlt sich nicht gut an.»

«Das verstehe ich. Darf ich fragen, warum du heute zu mir gekommen bist?»

«Das weisst du so gut wie ich. Der Vorsteher der Kriminalabteilung will die ärgerliche Geschichte vertuschen. Mein Vorgesetzter will, dass ich den Vertrag unterschreibe, aber aus einem anderen Grund. Der Vorsteher dürstet nach Rache gegen mich, ist aber bereit zu vergessen.»

«Annmari, ich sehe, dass du nicht wegen des Geldes hier bist. Wenn du nur an dich selbst denken würdest, würdest du selbstverständlich nicht unterschreiben. Wenn du die Sache aus dem Blickwinkel der Polizei ansiehst, würdest du vielleicht immer noch nicht unterschreiben. Wenn du das kommende Gerichtsverfahren aus dem Blickwinkel eines beliebigen Bürgers ansiehst, den Fall, in dem ein Polizist in die Wohnung eines anderen Polizisten eingebrochen ist, dann glaube ich, dass du unterschreiben wirst. Ganz abgesehen davon, dass du Widerwillen gegenüber jedem empfindest, der dich zum Unterschreiben auffordert, inklusive mir natürlich. Du willst nicht das Vertrauen der Menschen in die schwedische Polizei zerstören.»

Isla Cramling lächelte freundlich: «Zum Glück stecke ich nicht in deinen Joggingschuhen.»

Edison hatte den ganzen Vormittag an seinem Arbeitsplatz in Kungsholmen verbracht. Er hatte nach der Verzögerung bei der Bank endlich die Bankdaten Niclas Sellbergs bekommen. Aus den Kontodaten ging hervor, dass Sellberg noch vor zwei Jahren böse verschuldet gewesen war. Dann war aber etwas Unerwartetes geschehen. Die in Liechtenstein registrierte Steuerparadiesfirma NCforOM hatte die Schulden des Mannes inklusive Nebenkosten übernommen. Martti A. Lehtinen war an derselben Firma interessiert gewesen – das war doch kaum ein Zufall?

Edison wollte zuerst mit Annmari über die Sache reden. Er hoffte, dass seine Arbeitspartnerin derselben Meinung war und sie gemeinsam mit Opa reden würden. Die Sicherheitspolizei hatte allerdings immer noch nicht verlauten lassen, ob sie Material besass, welches mit der betreffenden Steuerparadiesfirma zusammenhing. Die ganze Warterei ging nur auf Kosten der Panama Papers.

Klar war, dass Sellberg nicht auf einen Wohltäter vom Steuerparadies gestossen war. Mit den Geldern der NCforOM war die Polizei gekauft worden, um gewisse Dienste zu leisten. Der Wohnungseinbruch bei Annmari Akselsson war so einer, aber wie viele weitere Geheimaktionen im selben Stil gab es wohl sonst noch? Sellberg war bei der Ordnungspolizei und konnte nicht auf die

Computersysteme der Polizei zurückgreifen. Edison gelangte zur Folgerung, dass die Wohltäter den Polizisten wohl für handfestere Angelegenheiten gebraucht hatten.

Edison hatte auch Sellbergs Wohnsituation untersucht. Bald nach der Begleichung der Schulden war Sellberg aus seiner Wohnung, die einer grossen Immobiliengesellschaft gehörte, ausgezogen. Die heutige Wohnung des Polizisten im Zentrum Stockholms gehörte einer schwedischen Firma, die in ganz Nordeuropa Felsbohrungen durchführte. Der Hauptsitz der Firma befand sich in angenehmer Nähe, nur einige Strassen von Kungsholmen entfernt. Edison wollte sich die Firma gemeinsam mit Annmari einmal ansehen. Niclas Sellbergs Mietzins war so lächerlich tief, dass es überhaupt keinen Sinn ergab. Während er auf Annmari wartete, beschloss Edison, alle möglichen Informationen über die Felsbohrfirma zu beschaffen.

Kalle Nordin hätte lieber einen anderen Tag gewählt, aber er hatte keine Wahl. Seine Ex-Frau hatte kurzfristig Kontakt aufgenommen und ihm überraschend die Möglichkeit geboten, Alise zu treffen. Nach dem Gespräch war es Kalle nicht gut gegangen, aber das rührte von der Sehnsucht, die sich über dieses eine Telefongespräch zu einer Möglichkeit entwickelt hatte. Die Wände seiner Bude in Varissuo drohten Nordin nach dem Telefongespräch zu erdrücken. Zum Abschluss der unruhigen Nacht war er nach Stockholm geflogen. Er hatte den Flug schon viel früher reserviert, denn heute war der Tag, an dem er ohnehin in jedem Fall nach Stockholm gereist wäre. Seit Annikas Tod waren nun ein Jahr und ein Tag vergangen.

Er wollte das Grab allein besuchen. Am Jahrestag wäre das Risiko, auf die anderen zu stossen, zu gross gewesen.

Der ununterbrochene Nieselregen störte Kalle Nordin nicht. Er versuchte, sich nach dem Hauptportal zum Skogskyrkogården zu erinnern, in welche Richtung er gehen musste. Nach kurzer Suche fand er Annikas Grab. Er holte aus seinem Rucksack zwei Grabkerzen hervor und zündete sie zu beiden Seiten des Grabsteins an. Er verweilte auf dem Friedhof, bis es Zeit war, Alise zu treffen. Die Mitbringsel für das Mädchen waren ebenfalls im Rucksack, aber er fragte sich, ob sie ihr gefallen würden. Er war angespannt wegen des Treffens. Seit dem letzten war zu viel Zeit vergangen.

In der Nähe des Firmensitzes der Felsbohrfirma hatte Edison sich unter einem Vordach vor dem Regen in Sicherheit gebracht, von wo aus er beobachtete, wie Annmari über einen Zebrastreifen ging. Eine Frau in Edisons Alter, die sich als Assistentin der Geschäftsleitung vorstellte, empfing die beiden.

«Natürlich helfen wir bei polizeilichen Ermittlungen, soviel wir können und soviel der Datenschutz zulässt. Unser Unternehmen besitzt in den skandinavischen Ländern über zweihundert Wohnungsanteile. Ein Teil davon ist für unsere Angestellten bestimmt, und der Mietzins ist ein wenig tiefer als die üblichen Marktmieten angesetzt.»

«Die Person, die Gegenstand unserer Ermittlungen ist, hat als Mieter Ihrer Firma zwei Jahre lang im Zentrum Stockholms gewohnt. Der Mietzins deckt wahrscheinlich noch nicht einmal die Wasserkosten, die darin enthalten sind», sagte Edison. «Wenn das Ihr Begriff von ‹ein wenig tiefer als die Marktmieten› ist, dann bin ich an Ihren freien Mietobjekten sehr interessiert.»

Der Sarkasmus ärgerte die Frau, und um das zu bemerken, brauchte man keine Lesebrille: «Nur deswegen haben

Sie sich die Mühe gemacht, hierherzukommen? Um andere zu beurteilen? Ist sonst noch was?»

Annmari und Edison wussten, dass die Frau soeben die weit geöffneten Tore der Kooperation zugeschlagen hatte.

«Wie sind die Eigentumsverhältnisse der Firma?», fragte Annmari.

«Diese Information dürfen Sie sich woanders beschaffen.»

Draussen im Nieselregen hielten Annmari und Edison eine kurze Rücksprache im Stehen ab.

«Das ist nicht besonders gut gelaufen.»

«Man hätte wohl etwas länger am Drehbuch feilen müssen», antwortete Edison.

Annmari konnte nicht umhin zu lächeln.

Der Fussmarsch zurück nach Kungsholmen dauerte einige Minuten. Annmari und Edison hatten Glück, und Holmström war gerade frei. Edison erläuterte dem Vorgesetzten die Situation betreffend der NCforOM und der Felsbohrfirma und meinte, dass es an der Zeit sei, der Sicherheitspolizei hinsichtlich der Panama Papers Feuer unter dem Hintern zu machen.

«Ich berate mich wegen dieser Sache mit Nordin. Ich treffe ihn am Nachmittag. Wir können nicht einfach so hingehen und Druck auf die Sicherheitspolizei ausüben. Man muss da sehr vorsichtig sein.»

«Wir verlieren kostbare Zeit», widersprach Edison.

«Nutz die Zeit und untersuch beispielsweise den Hintergrund der Firma, die Niclas Sellberg die Wohnung vermietet hat. Denkt daran, dass auch Martti A. Lehtinen in der NCforOM etwas gesehen hat, was wir jetzt noch nicht sehen», antwortete Holmström. «Wir brauchen die physischen Eigentümer der Firma, irgendetwas, das man anfassen kann. Dazu brauchst du Nordins Erlaubnis nicht. Und hört auf, unschuldige Menschen zu erschrecken. Ihr habt doch nicht im Ernst erwartet, dass die Assistentin der Geschäftsleitung über die dunklen Machenschaften der Besitzer Bescheid weiss? Ihr habt mit Kanonen auf Spatzen geschossen, aber den Bären habt ihr nicht erlegt.»

Die beiden Arbeitspartner waren über die Schelte des Oberkommissars verärgert.

«Annmari, kannst du noch einen Moment hierbleiben?»

Edison verstand die Aufforderung, den Raum zu verlassen. Holmström wartete, bis Edison die Tür geschlossen hatte.

«Annmari, ich muss dich fragen, was die Situation betreffend der Unterschrift ist. Ich treffe den Vorsteher der Kriminalabteilung morgen früh. Er wird mit Sicherheit fragen, ob die Vereinbarung schon getroffen wurde.»

Annmari sass dem Oberkommissar gegenüber und hob das Porzellanei vom Gestell auf dessen Schreibtisch. Sie schüttelte es und spürte die Hin-und-Her-Bewegungen seines Inhalts.

«Annmari, du kannst dir noch die Schnürsenkel binden, zur Toilette gehen und sonstige Ablenkungen erfinden, aber sag schon um Himmels willen, dass du ganz offensichtlich noch nichts unterschrieben hast.»

«Nein, habe ich nicht.»

Holmström strich sich über die Kopfhaut und seufzte. Auf seinem Gesicht wurden Erleichterung und Sorge zugleich sichtbar.

«Da hast du dir wieder ein Kunststück geleistet, aber ich kritisiere dich nicht dafür. Mutig!»

Der Oberkommissar tauchte mit seinem Blick weiter in die Tiefe des Raumes. Annmari überlegte, ob sie Holmström mit seinen Gedanken allein lassen sollte.

«Na gut. Wir müssen eben mit dieser Realität leben. Du kannst gehen.»

Annmari entfernte sich, hörte aber bis zur Tür den Ober-kommissar, der zu sich selbst murmelte: «Sie ist so sehr … ihre Mutter …»

Das Nachmittagspalaver konnte erst um vier Uhr beginnen. Nordin, Holmström, Edison und Annmari belegten den Besprechungsraum. Nordin erläuterte den anderen den Stand der Ermittlungen in Tampere. Nordin strahlte den Glauben daran aus, dass Paula Korhonen mit ihren Helfern noch mehr mögliche Teilnehmer am damaligen Treffen entdecken würde.

«Wenn wir Teilnehmer finden, die noch am Leben sind, können wir dem Serienmörder vielleicht eine Falle stellen.»

«Oder den Mördern», ergänzte Annmari Kalle Nordins Gedanken.

Nach Nordin berichtete Edison, was er über Sellberg wusste. Als Kalle Nordin hörte, dass Sellbergs Wohnung einer schwedischen Felsbohrfirma gehörte, wurde er hellhörig.

«Ja», bestätigte Edison. «Die NCforOM hält sechzig Prozent an der Felsbohrfirma. Der zweite Besitzer ist eine in Zypern registrierte Briefkastenfirma.»

«Wir brauchen Namen, reale Personen. Wir können keine Postfächer verhören», wiederholte er seine früheren Aussagen energisch. «Kalle, hast du von deinem ehemaligen Arbeitgeber schon Informationen zu den Panama Papers erhalten?»

«Ich werde mich darum kümmern», versprach Nordin.

56.

Seit dem letzten Besuch bei der schwedischen Sicherheitspolizei Säpo waren zwei Jahre vergangen. Damals hatte
sich Nordin von seinen engsten Arbeitskollegen verabschiedet und seine letzten persönlichen Gegenstände aus dem
Gebäude getragen. Nichts hatte sich in den zwei Jahren
verändert, dachte er, als er mit einem Gästebadge an der
Brust mit seinem Begleiter durch den Flur ging. Einige alte
Bekannte grüssten ihn spöttisch: «Wann kommst du zurück?»

Natürlich alles nur Scherz. Zur Sicherheitspolizei kehrte
man nicht zurück.

«Kalle!», rief Nordins früherer Chef ihn freudig ins Büro.
Er klopfte Kalle auf die Schulter: «Schon lange her, seit du
gegangen bist. Drei Jahre, was?»

«Zwei.»

«Ach ja? Wie doch die Zeit vergeht.»

Die Männer berichteten einander kurz, wie es ihnen
ging, und kamen bald auf die Arbeitsangelegenheiten zu
sprechen.

«Kalle, du hast da am Telefon eine verrückte Geschichte
erzählt. Drei Morde, zwei mutmassliche Entführungen – bald wahrscheinlich zwei weitere Morde. Das macht
fünf. Mit Ausnahme des syrischen Lumpenhändlers sind
alle Beteiligten Akteure in der Finanzwelt und in der Sicherheitsbranche. Sergej Gavrikov kennen wir bestens. Er
hat eine lange Geschichte beim russischen Informationsdienst. Das ist aber längst vorbei.»

«Du hast ein gutes Gedächtnis», bemerkte Nordin.

Es verstand sich von selbst, dass die schwedische Sicherheitspolizei die Untersuchung der Morde und Entführungen mit Interesse verfolgt hatte. Nordin war sicher, dass sein Ex-Chef den grössten Teil dessen, was er am Telefon und gerade vorhin erzählt hatte, ohnehin schon gewusst hatte. Die Sicherheitspolizei hatte ihre Informationsquellen. Es wäre keine Überraschung gewesen, wenn zur Beschaffung von Informationen eine gegen die Kriminalpolizei gerichtete Cyberaufklärung ausgereicht hätte. Solange in den Räumen der Kriminalpolizei in Kungsholmen ein komplizierteres technisches Gerät als ein Kaffeekocher am Stromnetz angeschlossen war, würde die Sicherheitspolizei sicher ein Mittel finden, um eben mal dort vorbeizuschauen.

«Wenn ihr irgendwelche Informationen über die in Panama registrierte Steuerparadiesfirma NCforOM habt, würden wir uns die gerne mal ansehen. Wir kommen nicht aus eigener Kraft an die Firma heran. Die Steuerverwaltung ist ein langsamer Kooperationspartner, und wir haben es eilig. Uns interessiert auch eine gewisse Briefkastenfirma in Zypern.»

«Die Panama Papers. Die willst du also haben.»

Nordins Ex-Chef stellte einen Ordner auf den Tisch und überliess ihn Nordin.

57.

Im Polizeigebäude hörten sich Håkan Holmström, Annmari und Edison Kalle Nordins Bericht an.

«Das alles war im Besitz der Sicherheitspolizei?», fragte Holmström, während er den Ordner befingerte.

Kalle hatte soeben erzählt, dass die Briefkastenfirma in Zypern und die in Panama registrierte NCforOM der Stiftung Schmetterling gehörten, aber deren Spuren endeten in Panama. Der Besitz der Stiftung war in ein anderes Steuerparadies abgezogen worden, welches ausserhalb der Reichweite der Panama Papers lag.

Die Stiftung Schmetterling unterstützte als Hauptgeldgeber mit schwedischen Kooperationspartnern die Wohltätigkeitsarbeit für Einwandererkinder. Der staatliche Fernsehsender strahlte jährlich eine Galasendung aus, in der Geld für diese Wohltätigkeitsarbeit und daneben auch noch für andere Zwecke gesammelt wurde. Es gab eine Vielzahl an anderen Aktivitäten.

«Die diesjährige Galasendung habe ich mir angesehen. Ausserdem habe ich Anton gezwungen, die Spendennummer ebenfalls anzurufen», bemerkte Annmari dazwischen. «Wir haben für Dawlat Abad gespendet.»

«Wohltätigkeit, Felsbohrungen und Steuerparadiese», dachte Holmström laut nach.

Die Sicherheitspolizei hatte Kalle noch umfangreicheres Material der Panama Papers in elektronischer Form überlassen. Holmström beschloss, ein Expertenteam zusammenzustellen, das dieses Material untersuchen sollte. Eine einzige E-Mail in diesem Material konnte genügen, um die ganze Wahrheit über die Stiftung Schmetterling ans Licht zu bringen. Die Stiftung wurde im Übrigen von einer der grössten Anwaltskanzleien des Landes vertreten.

«Hat die Anwaltskanzlei ein Büro in Stockholm?», fragte Holmström.

«Natürlich», antwortete Kalle hinter seinem Laptop.

Holmström starrte Annmari und Edison über seine von der Abteilungssekretärin Camilla geliehene Lesebrille mit dem roten Gestell ungeduldig an: «Warum seid ihr nicht schon dort?»

Im Stadtteil Norrmalm, an der Spitze der östlichen Halbinsel, welche direkt am Meer endete, hatte ein Lieferwagen mitten auf der Blasieholmsgatan angehalten. Annmari und Edison kümmerten sich nicht darum, sondern suchten den Eingang zur Anwaltskanzlei.

«Können wir vereinbaren, dass ich mich diesmal um das Reden kümmere?», schlug Annmari vor, als sie das Treppenhaus hochstiegen. «Wir können es uns schlicht nicht mehr erlauben, noch mehr Leute zu verärgern. Verstehst du? Du kannst dich von mir aus auf das Fagottmundstück konzentrieren, das du in deiner Tasche hast.»

Während seine Hand zur Jackentasche wanderte, brummte Edison: «Oboe.»

Ein männliches Zweigespann, das zum Kader der Kanzlei gehörte, empfing Annmari und Edison. Die Besprechungsecke war mit Grünpflanzen angefüllt. Ihrer gemeinsamen Absicht entsprechend lenkten sie das Gespräch rasch zur Sache. Keine der beiden Parteien wollte Zeit verschwenden.

Das Juristenduo lieferte den Polizisten einen dichten und klaren Bericht über die Aktivitäten der Stiftung

Schmetterling. Diese waren Annmari und Edison in ihren Grundzügen aber schon bekannt, und sie brachten ihre Unzufriedenheit zum Ausdruck.

«Sie verstehen doch, dass unsere Befugnisse nicht weiter reichen?», brachte der eine der Männer vor. «Selbst wenn Sie das Recht hätten, darum zu bitten, wir haben diese Informationen nicht.»

Annmari und Edison blickten einander an.

«Na gut», sagte Annmari. «Dann lassen wir die Eigentümer in Ruhe. Erzählen Sie von Grund auf, was die Stiftung Schmetterling in Schweden und überhaupt in Skandinavien und Europa sonst noch verwaltet. Diese Informationen können wir auch ohne Ihre Hilfe beschaffen, aber Sie haben die Möglichkeit, unsere Arbeit zu beschleunigen.»

Nun lag es an den Juristen, einander anzublicken.

«Wir wären sehr dankbar für diese Hilfe», ergänzte Annmari und bemühte sich zu lächeln. Das erforderte eine ganze Menge Willenskraft.

Nach dem Besuch in der Anwaltskanzlei gingen Annmari und Edison einige Blocks bis zum Meeresufer und riefen Holmström an. Sie berichteten dem Oberkommissar von einem Grundstückskauf im Stockholmer Schärengarten. Die Anwaltskanzlei hatte sich vor einigen Jahren um den Kauf einer Insel gekümmert.

«Eine ganze Insel?»

«Hast du einen Vorschlag, wie wir weiterfahren sollen?», erkundigte sich Annmari.

«Kalle sitzt hier neben mir. Er sucht mit euren Informationen schon nach einer Insel der Stiftung Schmetterling in Stockholm. Der Computer läuft heiss ... Er hat sie gefunden. Sie ist mit dem Boot nicht allzu weit entfernt. Ihr solltet euch dort einmal umsehen.»

«Gleich jetzt?»

«Ich schicke euch Kalle.»

Nach dem Gespräch blieben Annmari und Edison an Ort und Stelle, um auf Kalle Nordin und ein Boot zu warten. Sie vertieften sich in ihre Handys, bis Annmari das Schweigen brach: «Bist du verliebt?»

«Was? Äh … Ich liebe die Musik.»

«Edison, ich meinte nicht das. Ich meine es ernst.»

«Und ich soll es nicht ernst meinen? Zuerst fragst du mich über meine Haarpflege aus und jetzt über mein Liebesleben. Warum interessiert dich das?»

Sie vergassen ihre Handys.

«Ich weiss nicht, es ist mir nur so in den Sinn gekommen. Vielleicht sind wir schon zu lange Arbeitspartner, um unsere Dinge miteinander zu teilen.»

Edison kehrte ihr den Rücken zu, lehnte sich gegen das Geländer und atmete die vom Meer kommende Luft ein: «Na gut, ich war während meiner Zeit bei der Polizeischule zwei Jahre lang mit einem Mädchen zusammen.»

«Und was geschah dann?»

Edison wandte sich zu Annmari: «Ich weiss nicht. Wir stellten wohl fest, dass wir nicht zusammenpassten.»

«Um das herauszufinden, brauchtet ihr zwei Jahre?»

Edison begnügte sich mit einem Schulterzucken: «Brauchten wir anscheinend. Und wir – brauchen zu gehen. Kalle wird gleich hier sein.»

«Du willst also nichts erzählen.»

«Wovon erzählen?»

«Von der Frau, die du seit dem Frühling triffst. Du darfst dein Geheimnis für dich behalten, aber nur vorläufig.»

Edison gab nach, den Blick zum Himmel gerichtet: «Hast du uns gesehen?»

«Das Parfüm, Edison. Ich kann die Tage aufzählen, an denen ihr euch getroffen habt.»

«Wir wollen jetzt sehen, ob daraus etwas wird.»

Das Sonnenlicht schien stärker durch die Zwischenräume in den Wolken. Sie überliessen sich für die Zeit des Fussmarschs jeder seinen eigenen Gedanken, was sie in keiner Weise störte.

Der Wind zerzauste die Haare des Trios, als sie am Landesteg ankamen.

«Das Boot holt uns gleich ab», sagte Nordin. «Zur Insel gelangt man auch per Helikopter. Die Stiftung Schmetterling hat die Insel vor einigen Jahren von einem schwedischen Adelsgeschlecht erworben. Das Hauptgebäude wurde danach errichtet: sechshundert Quadratmeter auf drei Stockwerken. Am Ufer befinden sich ein Landesteg, ein Bootsschuppen und ein Servicegebäude. Im Grunde erforderte alles, was man erbaut hat, Ausnahmebewilligungen, so dass ich die Informationen sehr leicht finden konnte.»

Dann ergänzte er nachdrücklich: «Wenn man seine Ruhe haben will, sollte man wohl auf diese Insel ziehen.»

Auf der Insel gab es eigene Systeme für die Gewinnung von Strom und Trinkwasser, mit Solarpanels und allem. Über allfällige Sicherheitssysteme existierten dagegen keine Informationen.

«Warum hat denn die Stiftung Schmetterling die Insel erworben?», fragte Annmari, als das für sie bestellte Boot sich dem Landesteg näherte. «Vielleicht für Krebsfeste?»

Das Trio stieg in das Boot ein.

Der Schiffer, ein Mann im Rentenalter, war ein alter Bekannter Holmströms.

«Wir werden vor Sonnenuntergang am Ziel sein.»

Die leicht schaukelnde Schärenfahrt ging zügig voran. In der warmen Schiffskabine kümmerte sich grösstenteils

Kalle um das Gespräch mit dem Schiffer. Am Himmel setzte die Dämmerung ein, gerade als ihr Ziel sichtbar wurde.

«Die Insel sieht verlassen aus», sagte Edison, als sie sich dem Ufer näherten. Der Wald verbarg das Hauptgebäude. Am Landesteg hätte auch ein grösseres Schiff Platz gefunden. Das Ufergebäude war grösser, als Kalle es dargestellt hatte. Auf dem Weg, der zum Wald führte, erschien ein Quad. Es liess die über einen Bewegungssensor gesteuerten Leuchten des Landestegs noch vor dem Boot angehen.

«Wir werden willkommen geheissen», stellte Kalle fest und kletterte als erster aus der Kabine. Nur der Schiffer blieb auf dem Boot. Der Quadmann stellte sich als Hausmeister der Insel vor. Er verhielt sich ruhig, als Kalle Nordin sich und seine Truppe vorstellte.

«Da sind nach dem Sommer allerhand Leute unterwegs. Das versteht ihr doch sicher», sagte der Mann, als er ihnen die Ausweise zurückgab.

Kalle erkundigte sich, ob der Mann in letzter Zeit etwas Aussergewöhnliches beobachtet habe. Daraufhin erkundigte sich Kalle nach der Stiftung Schmetterling.

«Die Stiftung Schmetterling? Davon weiss ich gar nichts. Mein Job ist es, hier alles in Ordnung zu halten.»

«Aber du hast doch wohl einen Arbeitgeber?», meinte Annmari.

«Hört mal, ich weiss nicht … Das fühlt sich nicht gut an.»

Der Schiffer verliess im selben Augenblick die Kabine: «He, wir sind auf der falschen Insel.»

«Auf der falschen Insel?», wiederholte Kalle.

«Es tut mir leid», bedauerte der Schiffer, während er sich der Gruppe anschloss und eine Karte auffaltete. «Kannst du uns mal eben rasch zeigen, wo wir sind? Meiner Meinung nach müssten wir … *hier* sein.»

Der Hausmeister wurde hilfsbereit und untersuchte die Karte des Schiffers. Es zeigte sich, dass sie schon vor einer Viertelstunde an ihrem Ziel vorbeigefahren waren.

Annmari zog Edison zur Seite: «Das darf doch nicht wahr sein. Er findet eine Insel in der Grösse von Stockholms Olympiastadion mit Hilfe von Satellitenortung und einer Seekarte nicht? Du kannst Gift darauf nehmen, dass sich dieser Opa im Dunkeln noch verirren wird.»

«Nur mit der Ruhe. Das Boot verfügt über Scheinwerfer.»

«Das ist beruhigend.»

Die Truppe kehrte auf das Boot zurück. Der Hausmeister stiess das Boot symbolisch vom Landesteg und winkte zum Abschied.

Der Schiffer steuerte das Boot in der tiefen Novemberdämmerung gegen die Spitze der Insel. Der Hausmeister liess den Motor des Quads an und verschwand im Unsichtbaren. Die Leuchten des Landestegs erhellten das verlassene Ufer.

«Danke», sagte Edison zum Schiffer. Der Schiffer grinste schweigend zurück. Kalle lächelte beiden etwas düster zu.

Annmari wunderte sich über die Mimik des Trios: «Was zum Teufel sollte denn das?»

Kalle bat den Schiffer um eine Erläuterung.

Dieser hielt seinen Blick auf den Bug des Bootes gerichtet, wo starke Scheinwerfer die sichere Fahrrinne anzeigten.

«Unter der Jacke des Hausmeisters blitzte etwas hervor. Ich glaube, dass es der Lauf einer Maschinenpistole war. Ich griff sofort ein, als ich das sah. Er war unvorsichtig, er hat mich auf dem Boot wahrscheinlich nicht gesehen.»

Annmari starrte die Männer einen nach dem anderen an.

«Er ist gekommen, um uns den Zugang zu verwehren», sagte Kalle. «Er hätte nicht gezögert, von der Waffe Gebrauch zu machen.»

494

«Wer trägt unter der Jacke eine Maschinenpistole mit sich herum?», fragte Edison.

«Die Insel muss durchsucht werden.»

Sie fassten den Entschluss, Verstärkung zu holen.

«Die Polizisten sind in weniger als einer Stunde hier.»

Unter Kalles Führung entschloss sich das Trio, erneut an der Insel anzulegen. Der Schiffer zweifelte, willigte aber in die Kooperation ein und verminderte die Beleuchtung. Das Echolot verriet die Tiefe des Wassers. An der Seite eines Felsens fand sich eine günstige Stelle. Sie senkten die Stossdämpfer zwischen das Boot und den Felsen. Annmari und Edison hatten ihre Dienstwaffen dabei, aber Kalle erhielt nur eine Taschenlampe, die ihm der Schiffer überlassen hatte. Sie vereinbarten, dass der Schiffer nach Stockholm zurückkehren sollte. Das Trio beobachtete, wie das Boot in der Dunkelheit verschwand und weiter draussen die Scheinwerfer wieder einschaltete.

«Entwerfen wir einen Plan», flüsterte Kalle in der Dunkelheit.

Kurz darauf gelangten sie quer über die Insel zur dreigeschossigen Villa.

«Das ist eine Festung», stellte Annmari fest.

Sie gingen um das Haus herum. Im Obergeschoss brannte Licht. Das Trio versteckte sich am Rand des Aussenbereichs der Villa im Dickicht, um zu warten. Das Quad war im Eingangsbereich abgestellt worden. Wenn jemand aus dem Haus kam und sich auf den Weg zum Meeresufer begab, würde man ihn gehen lassen.

Die Zeit verging.

«Soll ich mal näher rangehen? Als ob niemand in der Villa wäre», schlug Annmari vor.

«Aber sei vorsichtig», willigte Kalle ein.

Kaum war Annmari in der Dunkelheit verschwunden,

gingen im Erdgeschoss die Lichter an.

«Haben sie etwas bemerkt?», fragte Edison Kalle.

«Glaube ich nicht. Ziehen wir uns zur Sicherheit in den Wald zurück.»

Kalle wies Edison an, Annmari zurückzuholen. In diesem Moment ging die Haustür auf, und zwei Hunde, die an ihrer Leine zerrten, bellten in Kalles Richtung. Annmari und Edison standen gegen den Wind. Annmari erkannte den Bewaffneten nicht, der hinter den Hunden aus dem Haus gekommen war. Der Mann und die Hunde verschwanden in Kalles Richtung im Waldstück.

Kalle hatte einen minimen Vorsprung. Man konnte ihn in der Dunkelheit nicht sehen, aber die Hunde witterten ihn. Wenn die Hunde still gewesen wären, hätte der Hundeführer gehört, wie Kalle sich durch den dichten Wald in Richtung des Ufers stürzte. Er stolperte und fühlte einen stechenden Schmerz in seiner Lunge. Das sich nähernde Gebell der Hunde verriet, dass der Mann sie losgelassen hatte. Kalle würde sich bald gegen sie verteidigen müssen, und das lediglich mit einer Taschenlampe als Waffe, und hinter den Hunden folgte ein bewaffneter Mann.

Annmari kriegte Angst, als die Hunde und der Mann aus dem Haus stürmten. Aus der offenen Tür strömte Licht in die Umgebung des Hauses. In der Finsternis war ein Rascheln zu hören, und Edison erschien. Ihre Köpfe prallten beinahe zusammen.

«Was sollen wir tun?», fragte Annmari.

Edison atmete schwer.

«Du hast wohl bemerkt, dass der Typ, der mit den Hunden unterwegs ist, nicht derselbe Mann ist, der vorhin zum Landesteg gekommen ist?»

Annmari nickte.

«Er ist drinnen», fuhr Edison fort.

Gleichzeitig kam der bekannte Mann aus dem Haus, eine Maschinenpistole in der Hand. Der Mann hörte dem Gebell der Hunde zu, zündete die Taschenlampe an und entfernte sich in Richtung des Waldes, von wo die Geräusche kamen.

Annmari und Edison standen gegen die Hauswand gepresst.

«Wir können Kalle nicht im Stich lassen», flüsterte Annmari.

Edison analysierte die Lage für die Dauer eines Atemzugs. Im Wald blitzte das Licht der Taschenlampe des soeben aus dem Haus gekommenen Mannes auf.

«Bleib du zurück, um uns Rückendeckung zu geben. Ich gehe Kalle helfen.»

Edison stürzte hinter den Männern her. Gleichzeitig erklang ein Schuss, und die Hunde verstummten.

Der Schuss bremste Kalles Flucht nicht. Der Bewaffnete brüllte die Hunde an. Kalle war sicher, dass die Pistole des Mannes versehentlich losgegangen war. Was für ein Idiot lief mit entsicherter Waffe herum? Kalle wich einem dichten Ast aus und liess sich fallen, um auf allen vieren einen bemoosten Felsen zu erklimmen. Das Schlagen der Wellen gegen das Ufer war zuerst schwach zu hören, verstärkte sich dann Schritt für Schritt, wehte vom Horizont Takt für Takt die eintönige Sinfonie des Dunkels herüber. Das Hundegebell wurde lauter.

Das Meer rauschte irgendwo dort vor ihm, wollte sich aber noch nicht zeigen. Die Furcht verlieh ihm mehr Tempo. Bald war er am Ziel. Die Hunde stürzten im selben Augenblick aus der Finsternis hervor, als Kalle aus dem Schutz des Waldes auf die Uferfelsen hinaus stolperte.

Mit schussbereiter Waffe ging Annmari von einem Zimmer zum nächsten und kontrollierte eines um das andere. Sie hatte einen schnellen Entschluss gefasst und war ins Haus eingedrungen. Es schien, dass die Männer, die Kalle verfolgten, im Moment die einzigen Bewohner des Hauses waren.

Im oberen Stockwerk gab es mehrere Gästezimmer und ein Büro, ausserdem eine Saunaabteilung. Von der Terrasse aus sah man zum Meer, aber auf die andere Seite als die, wo sich der Landesteg befand. Daher hatte man das Haus vom Landesteg aus auch nicht sehen können, als sie dort gewesen waren. Annmari fand eine Küche und ein Speisezimmer. Sie hätte beinahe einen Schuss abgegeben, als ihr eigener Körper im einem Wandspiegel über dem Esstisch erschienen war.

Hatte es Edison geschafft, Kalle zu Hilfe zu eilen? Würden die bewaffneten Männer sie festnehmen? Oder drohte gar etwas noch Schlimmeres? In diesem Fall sässe Annmari im Haus in der Falle. Die Hunde würden sie wittern. Das Polizeiboot war unterwegs, aber würde es rechtzeitig hier sein?

Annmari kehrte ins Erdgeschoss zurück. Sie fand die Treppe, die in den Keller führte. Ohne Licht wollte sie aber nicht allein dorthin gehen. Sie versteckte sich im Freien und wartete ab.

Kalle stürzte sich ins Uferwasser. Sein Knie schlug auf einem Stein auf, und der Schmerz durchzuckte seinen ganzen Körper. Er watete mit den Hunden auf den Fersen im hüfttiefen Wasser. Mit aller Kraft schwamm er auf einen Felsen zu, der sich aus dem Wasser erhob. Einige kräftige Schwimmzüge, und er legte die Handfläche auf den Felsen. Auf dem Felsen sah Kalle die Hunde zum ersten Mal. Sie standen an der Uferlinie und bellten noch immer. Im

Mondschein erkannte Kalle die Uferböschung.

Ein dunkler Schatten näherte sich vom Waldrand her den Hunden.

Kalle versuchte, seinen Atem gleichmässiger werden zu lassen, und drückte sich auf dem Bauch liegend gegen den Felsen. Er wartete ab, wann der Mann ihn bemerken würde.

Das Licht einer Taschenlampe schien hinter dem Mann auf. Aus dem Wald erschien eine weitere Gestalt. Die Hunde witterten den Ankommenden. Der Lichtkegel der Taschenlampe traf auf sie, als sie angriffen. Ein kurzes Serienfeuer aus der Maschinenpistole widerhallte in der Dunkelheit. Der Mann, der am Ufer stand, blickte die leblosen Hunde an, liess die Pistole fallen und hob die Hände.

Das Geräusch des sich nähernden Polizeiboots drang bis zum Aussenbereich der Villa, als Kalle und Edison dorthin zurückgekehrt waren. Kalles Handy war nass geworden, und er gab den am Ufer angekommenen Polizisten über Edisons Handy Anweisungen. In den Uferfelsen wartete ein gefesselter Mann, und im Waldstück befand sich ein zweiter in Handschellen.

Annmari erzählte Edison und Kalle, dass sie das Haus schon durchsucht hatte, mit Ausnahme des Kellers.

«Was sollen wir tun?», fragte Kalle. Sie wollten nicht auf die Verstärkung warten.

Sie fanden im labyrinthartigen Keller einen Lichtschalter. Dennoch brauchten sie auch die Taschenlampe, die Edison im Wald in seinen Besitz gebracht hatte.

Annmari gelangte als erste zur Tür. Sie erschrak über den Anblick, der sich ihr bot, und hielt den Atem an.

Mitten im Raum sass an einen Metallstuhl gefesselt ein nackter Mann. In seinem Gesicht wucherte der Bart. Der

Kopf hing auf die eine Schulter hinunter. Die Augen des Mannes waren geschlossen. Die Handgelenke waren mit Ketten an die Stuhlbeine gefesselt.

Die ungestrichenen Betonwände waren schichtweise und überlappend mit Fotos angefüllt. An den Wänden des drei mal fünf Meter grossen Raums befanden sich nicht Hunderte, nein, Tausende Fotos. Der Fussboden war mit gleichartigen Fotos übersät.

Annmari hob vom Boden einige Fotos auf. Sie zeigten Männer, Frauen und Kinder in vollgepferchten Schlauchbooten, auf Bergpfaden, in Lastwagen, wie sie am von der Sonne beschienenen Ufer aus Schlauchbooten kletterten, wie sie in Viehställen schliefen. Auf den Fotos wurden Leichen ans Meeresufer gespült, ein Mann weinte mit einem leblosen Kind in den Armen, eine Gruppe von Menschen stieg über einen Stacheldrahtzaun, hinter den geöffneten Türen eines Lastwagens erschienen ausgestreckte Gliedmassen.

Zu beiden Seiten der Türöffnung befanden sich an den Wänden Fotos im Posterformat. Sie zeigten nackte Männer im selben Metallstuhl, ebenfalls in Ketten und ebenso hilflos wie der nackte Mann, der sich jetzt im Raum befand. Annmari erkannte die Gesichter: Emil Nikolov, Martti A. Lehtinen, Malek Ayman und Bjarne Gestsson. Das Foto des Mannes, den sie im Raum gefunden hatten, fehlte an der Wand.

Edison watete durch das Flüchtlingsmeer, das bis über die Knöchel reichte, und kontrollierte den Puls des Mannes. Edison wandte sich mit ernstem Blick zu Annmari: «Er lebt noch.»

Kalle schob sich neben Annmari durch die Türöffnung: «Gavrikov. Das ist Sergej Gavrikov.»

58.

Kharoon Asefi verliess in der Aussteigezone den Wagen und liess den Chauffeur das Gepäck aus dem Kofferraum holen. Erik Grauhaar zog einen der beiden Rollkoffer, als sie den Terminal Fünf betraten. Der Flughafen Arlanda war schon am frühen Morgen überflutet mit reisenden Menschen. Asefi und Grauhaar überprüften die Situation des Flugs DY4571. Eine Abflugverspätung von fünfundvierzig Minuten wurde angezeigt. Sie gingen weiter zur Sicherheitskontrolle, wo Grauhaar in eine Extrakontrolle geriet, wie immer. Die Ersatzteile in seinem linken Hüftgelenk lösten seit der Operation immer Alarm aus.

Asefi hob seine persönlichen Gegenstände vom Rollband und wartete auf Grauhaar.

«Haben sie dich nicht festgenommen?»

Erik Grauhaar begnügte sich damit, seinem Dienstherrn mit einem hölzernen Lächeln zu antworten. Sie flogen oft gemeinsam. Erik Grauhaar war bekanntlich die rechte Hand des Konzernchefs Asefi und ebenso sein Butler ganz nach der alten Schule. Majordomus oder James wäre für den unerschütterlich diskreten und treuen Helfer ein ganz guter Rufname gewesen.

Sie hatten durch die Verspätung des Flugs doppelt so viel Zeit, den Aufruf zum Boarding abzuwarten. Es würde ein besonderer Tag werden, dachte sich Kharoon Asefi bei einer Tasse Tee.

Farah und Haris waren noch am Leben. Zwanzig

Jahre waren eine lange Zeit. Nach einem anderthalbstündigen Flug und einer halbstündigen Autofahrt würde er die Zwillinge treffen. Asefi wusste nicht einmal, ob die Zwillinge ihre Muttersprache noch sprachen. Er hatte das Geheimnis bis zum Ende bewahren wollen. Die Kinder würden es erst dann aus dem Mund ihres Vaters erfahren, wenn sich ihre Blicke treffen würden. Darauf konnte man sich nicht vorbereiten. Es war ein Sprung ins Ungewisse. Er hoffte, dass es ein glücklicher, ein triumphaler Moment sein würde. Es würde höchstwahrscheinlich ein erschütternder Moment sein, wenn er seinen Kindern von Auge zu Auge verraten würde, dass er ihr Vater war.

«Ich gehe zur Toilette.»

Asefi schaute beim Zeitungskiosk vorbei. Im Flugzeug sprachen er und Erik Grauhaar im Allgemeinen so gut wie gar nicht. Ihre Beziehung basierte nicht auf Freundschaft, höchstens auf Kameradschaft. Sie waren eine so lange Wegstrecke zusammen gegangen, dass alles schon viele Male gesagt worden war. Aus dem Zeitungskiosk nahm Asefi drei Zeitungen mit auf die Reise.

Als er zum Café zurückgekehrt war, betrachtete Asefi Erik Grauhaars ruhige Erscheinung. Dieser wiederum war in sein Handy vertieft. Der treue Diener hob den Blick zufällig aus einigen Metern Distanz und blickte auf seinen Dienstherrn. Asefi wunderte sich über die Veränderung, die bei Erik Grauhaar eintrat, sein Erschrecken.

«Kharoon Asefi!»

Die bestimmte Männerstimme hinter ihm fragte nicht, sondern stellte fest. Asefi blieb stehen, sah, wie Erik Grauhaar sich langsam aus seinem Lederlehnsessel im Café erhob, und wandte sich zum Mann, der ihn angesprochen hatte. Er erblickte einen rund vierzigjährigen Mann.

Hinter dem Mann standen uniformierte Polizisten und eine jüngere Frau in Zivilkleidung.

«Das bin ich. Sie sind doch wohl nicht gekommen, um mir gute Reise zu wünschen?»

Der Mann trat dicht vor Kharoon Asefi und streckte ihm seinen Dienstausweis und ein Papier zum Lesen vor: «Kalle Nordin von der NORDSA. Wir haben entdeckt, dass Sie über die Stiftung Schmetterling eine Villa in den Schären besitzen, aus der wir einen entführten Mann befreit haben.»

Nordin blickte hinter sich und gab der Frau ein Zeichen.

«Annmari Akselsson von der Kriminalpolizei. Ich verhafte Sie. Sie werden verdächtigt, drei Morde und zwei Entführungen veranlasst zu haben.»

Spätestens jetzt war der Grund für die Verspätung des Flugs klar geworden.

59.

Die Information über den Fund der Leiche erreichte die Kriminalpolizei mit einer gewissen Verzögerung. Eine Patrouille der Ordnungspolizei war zuerst zum Ufer gelangt. Diese hatte sichergestellt, dass es sich tatsächlich um eine Leiche handelte, nicht um einen Scherzanruf oder Treibholz. Die Leiche wies einen bemerkenswerten Mangel auf: Sie hatte keinen Kopf mehr. Holmström hegte den Verdacht, dass die kopflose Leiche mit der vorgängigen Verhaftung von Kharoon Asefi zusammenhing. Er schickte Edison und Annmari zum Fundort. Der Rest der Truppe würde folgen, sobald es möglich war.

Nordin und Holmström begannen schon bald damit, Asefi zu verhören. Der Afghane, der die schwedische Staatsbürgerschaft erhalten hatte, hatte nach der Verhaftung angekündigt, dass er nur in Anwesenheit seiner Anwältin auf Fragen antworten werde. Er hatte als seine Anwältin Isla Cramling genannt. Dies überraschte den Oberkommissar in keinster Weise.

Ein Krümel an Informationen hatte zu einem anderen Krümel geführt, bis alle Teile des Puzzles auf dem Tisch sichtbar geworden waren und zusammengefügt werden konnten. Die Panama Papers hatten aufgedeckt, dass die Stiftung Schmetterling Eigentümerin der Steuerparadiesfirma NCforOM war, aber Kharoon Asefi persönlich hatten sie nicht entlarven können. Auch die auf der Insel festgenommenen Männer hatten nicht verraten, dass der

Eigentümer der Stiftung Kharoon Asefi war. Das Verdienst gebührte einzig und allein dem Oberkommissar Håkan Holmström. Seine Untersuchungsgruppe hatte alles abgesehen von den Panama Papers verfügbare Material über die Stiftung Schmetterling gesammelt. Aus vollkommen öffentlich zugänglichen Datenbanken ging hervor, dass die Stiftung sich an zahlreichen Projektfinanzierungen internationaler Hilfsorganisationen beteiligte. Allein in Afghanistan gab es drei Hilfsprojekte, die die Stiftung Schmetterling teilweise finanzierte. Eine davon war die Entwicklung der Infrastruktur der Stadt Dawlat Abad. Dann war Holmström eingefallen, dass der Unternehmenschef Kharoon Asefi genau aus dieser Stadt stammte. Dieses Zusammentreffen war zu bedeutend, um es zu ignorieren. Holmström kümmerte sich um einen Haftbefehl, bevor Kharoon Asefi ihm aus den Fingern gleiten konnte. Holmström wusste jetzt, wonach er und sein Team suchen mussten. Es war bloss eine Frage der Zeit, bis sie einen hieb- und stichfesten Beweis für Kharoon Asefis Beteiligung an den Entführungen und Morden finden würden. Die Panama-Gruppe war immer noch intensiv mit der Durchforstung des Materials beschäftigt. Die Schärenvilla wurde Zentimeter für Zentimeter durchsucht. Holmström war überzeugt, dass die Ermittler dort DNA und Fingerabdrücke von Kharoon Asefi finden würden.

Sergej Gavrikov, der lebend in der Schärenvilla gefunden worden war, erforderte Holmströms und Nordins besondere Aufmerksamkeit. Der Russe war allerdings in so schlechter Verfassung, dass die Ärzte noch keine Erlaubnis gaben, mit ihm zu sprechen. Holmström hatte sicherheitshalber eine starke Polizeiüberwachung des Krankenhauses angeordnet. Die verrückte Medienmühle hatte bald nach den Geschehnissen zu mahlen begonnen. Zum jetzigen

Zeitpunkt gab man den Medien aus ermittlungstaktischen Gründen keinerlei Informationen. Im Polizeigebäude gab es bedauerlicherweise Plaudertaschen, die auch diesmal unter der Hand Informationen über das Vorgefallene an die Redakteure weitergaben. Man konnte nur raten, mit welcher Begeisterung die Medien die Panama Papers als einzigen Schlüssel zur Lösung des Kriminalfalls hochstilisieren würden.

Inmitten des ganzen Rummels hatte der Oberkommissar Håkan Holmström die Glückwünsche des Vorstehers der Kriminalabteilung sowie der obersten Führungsetage für die gute Arbeit entgegengenommen. Holmströms cleverer Schachzug hatte darin bestanden, Annmari Akselsson zum Flughafen zu schicken, um Kharoon Asefi festzunehmen. Am Flugterminal Fünf hatten unzählige Unbeteiligte die Verhaftung mit Kameras und Handys verewigt. Es war Holmströms Plan gewesen, der Presse das Gesicht Annmari Akselssons zuzuspielen. Dies würde Kalle Nordin nicht unbedingt Freude machen, denn er hatte die Untersuchung der Entführungen und Morde von Anfang an koordiniert. Aber schliesslich sah man auf den Bildern der Verhaftung auch Nordins Gesicht. Die Hetzjagd des Vorstehers der Kriminalabteilung auf Annmari würde in jedem Fall schwieriger werden, wenn der Oberkommissar aus seiner gerissenen Mitarbeiterin eine Medienheldin schuf. Annmari würde das nicht gefallen, wenn sie auch nur ein wenig nach ihrer Mutter kam, aber Håkan Holmström war das egal. Das Wichtigste war, den Zugang des Vorstehers der Kriminalabteilung zu Annmari in der Zukunft zu erschweren.

Holmström und Nordin waren mehr als zufrieden über die Auflösung der Serienmorde und Entführungen. Vor ihnen lag noch viel Arbeit, bevor man den Redakteuren und der Öffentlichkeit irgendetwas Offizielles verkünden konnte. Kharoon Asefis Geständnis und Kooperationsbereitschaft würden die Untersuchungen selbstverständlich beschleunigen. Das Wichtigste war, dass sie die volle Sicherheit und eine Menge Beweise hatten, die Asefi felsenfest an die Anklagebank schmiedeten. Früher oder später würden alle Personen auffliegen, die bei den Entführungen und Morden mitgewirkt hatten. Asefi hatte noch nichts verlauten lassen ausser der Forderung, seine Anwältin Isla Cramling müsse bei den Verhören anwesend sein.

Annmari Akselsson lenkte ihr Auto zum Ufer. Sie hielt neben einem Polizeiauto an. Das Wetter war beissend kalt, aber heiter. Ein Polizist watete im Schilf, wobei ihm das Wasser bis zum Schritt reichte. Der Mann schlotterte vor Kälte.

«Er ist hier. Wir wagten es nicht, ihn rauszuholen, bevor ihr gekommen seid. Was sollen wir tun?», rief der Polizist.

Edison und Annmari blickten einander an.

«Ich habe bestimmt nicht vor, da hinaus zu waten», versicherte Annmari ihrem Arbeitspartner.

«Warum haben sie nicht die Feuerwehr gerufen?», wunderte sich Edison und stellte dem Polizisten im Meer mit lauterer Stimme dieselbe Frage. Der Polizist hatte gar nicht an diese Möglichkeit gedacht.

«Ach du lieber Himmel.»

Edison rief auf der Stelle die Feuerwehr an. Der Polizist watete zurück zu seinem Arbeitspartner ins Schilf, um sicherzustellen, dass die Leiche nicht zurück ins Meer gespült wurde. Der Gerichtsmediziner, ein Mann mittleren Alters, der allmählich Gefahr lief, kahl zu werden, traf gleichzeitig ein.

«Der Kopf fehlt? Was zum Teufel mache ich dann hier? Er starb wohl kaum an Altersbeschwerden.»

Der Gerichtsmediziner kehrte ins Auto zurück, um sich aufzuwärmen und in sein Handy zu sprechen. Er hatte offensichtlich keine Genehmigung erhalten, sich zu entfernen, weil er im Auto blieb, um Pfeife zu rauchen. Er hatte es geschafft, den Rauch in den Reif auf seiner Windschutzscheibe zu pusten, bevor die Feuerwehr es zur Stelle geschafft hatte. Hinter dem zweiten Fahrzeug folgte ein Motorboot auf einem Anhänger. Der letzte Lieferwagen gehörte dem Spurensicherungsteam.

Annmari zupfte Edison am Ärmel, als die Ambulanz ganz zuletzt am Ufer vorfuhr: «Anton!»

«Willst du ihm etwas sagen?», fragte Edison mit einem offen ausgesprochenen Gedanken.

«Ist das dein Ernst? Sieht das etwa nach der Anordnung eines Dates aus: Polizei, Feuerwehr, Sanitäter, Gerichtsmediziner, eine Leiche ohne Kopf ...»

Edison machte gegen Annmari eine abweisende Bewegung mit dem Arm.

Sie grinsten kameradschaftlich.

Die Feuerwehr liess das Boot ins Wasser. Die Leiche und das schlotternde Polizistenduo wurden aus dem Schilf geborgen. Annmari brauchte nicht mit Anton zu sprechen, der in der Wärme der Ambulanz blieb. Der Gerichtsmediziner untersuchte den kopflosen Toten.

«Ein ungefähr sechzigjähriger Mann, skandinavische Züge – abgesehen vom Kopf natürlich – gestorben an plötzlichem Blutverlust. Der Kopf ist sauber abgetrennt wie mit einer Guillotine. Die endgültige Diagnose wird wahrscheinlich nicht stark von dem abweichen, was ich jetzt festgestellt habe, aber Genaueres dann bei der Obduktion.»

Der Gerichtsmediziner überliess die restliche Untersuchung den Kriminalpolizisten. Ein Spurensicherer untersuchte die Taschen des Toten.

«Wollt ihr mal sehen?», sagte er, während er Annmari die Brieftasche reichte.

Edison beugte sich zu Annmari hinunter, als sie die Brieftasche öffnete. Edisons eichenes Aftershave roch penetrant.

Die Brieftasche gehörte Sergej Gavrikov, dem Sicherheitschef einer russischen Bank. Auf dem Foto wirkte er entspannter und hatte glattere Wangen als gestern, als man ihn in der Schärenvilla gefunden hatte.

«Glaubst du, dass wir Bjarne Gestsson gefunden haben?», fragte Edison Annmari beinahe unbeschwert.

«Den Milliardär Bjarne Gestsson? Ich verwette meinen Kopf darauf.»

60.

Oberkommissar Håkan Holmström hatte Agneta Akselsson vor zweiunddreissig Jahren als Arbeitskollegin erhalten, im Jahr 1984. Er war gerade sechsundzwanzig Jahre alt
geworden und befand sich in seinem allerersten Dienstjahr
als Kriminalermittler. Agneta Akselsson kam bereits im
Alter von nur dreiundzwanzig Jahren zur Kriminalpolizei.
Aus zwei Berufsanfängern bei der Kriminalpolizei machte
man natürlich keine Arbeitspartner, aber sie lernten einander trotzdem kennen. Von Anfang an war klar, dass Agneta
Akselsson die begabteste Ermittlerin war, die jemals bei der
Kriminalpolizei gearbeitet hatte. Sie war der Augapfel des
damaligen Abteilungschefs, was Holmström nicht schadete.

«Ja, der Augapfel war sie. Ich glaube nicht, dass das irgendjemandem schadete. Schau, deine Mutter war solch
ein … Naturkind. Schrecklich schlagfertig mit Worten,
aber alle kamen gut mit ihr aus. Deine Mutter war die Herz-
lichkeit in Person, wenn es nicht krachte. Und eine raffi-
nierte Ermittlerin, ganz unglaublich. Aber dieses Temperament. Sie konnte dennoch niemanden endgültig verletzen.
Das war der Unterschied zwischen ihr und vielen anderen.
Kein so böses Wort von ihr, dass es kein Tageslicht ertrug
und keine Versöhnung zuliess.»

Nach vier Jahren brachte Agneta Akselsson eine Tochter
zur Welt, Annmari. Håkan Holmström wurde in jenem Jahr
dreissig Jahre alt und zum ersten Mal in seiner Karriere befördert. Agneta Akselsson kehrte später zur Arbeit zurück
und wurde Håkan Holmström unterstellt. Sie arbeiteten

von jenem Zeitpunkt an eng zusammen.

«Kennst du meinen Vater?», unterbrach Annmari.

«Die Schwangerschaft deiner Mutter kam für das ganze Polizeigebäude überraschend. Sie ging meines Wissens mit niemandem aus, ging nicht einmal kurze Beziehungen ein. Ich meine, nicht einmal *sehr* kurze Beziehungen. Das waren die 1980er-Jahre, und alles Mögliche geschah. Ich weiss noch, dass deine Mutter damals ein Visum für die DDR bekam und einen Urlaub von einigen Wochen in Dresden verbrachte. Ja, das war merkwürdig, dass sie dorthin reiste, und dann noch für längere Zeit. Sie hat uns eine Postkarte geschickt. Ich glaube, dass sie in den Archiven unserer Abteilungssekretärin Camilla immer noch vorhanden ist. Du kennst ja ihre Art, alles aufzubewahren. Na, auf jeden Fall wurdest du ziemlich genau neun Monate, nachdem deine Mutter aus Dresden zurückgekehrt war, geboren. Eine wunderbare Stadt. Ich besuchte die Stadt einige Jahre nach diesem Aufenthalt deiner Mutter, als die Grenzen des kalten Kriegs eingestürzt waren und Deutschland wiedervereinigt war. Ich behaupte nicht, dass du in Ostdeutschland gezeugt wurdest. Sie hat dir offenbar deinen Vater nie genannt, da du mich jetzt danach fragst. Meine Antwort ist ein Nein. Ich kenne deinen Vater nicht.»

Die Geburt des Kindes bremste die Entwicklung von Agneta Akselssons Karriere mit Sicherheit. Agnetas Eltern und ihre Schwester beteiligten sich stark an der Betreuung des Kindes, damit Agneta mit ihrer unregelmässigen Arbeit bei der Kriminalpolizei weiterfahren konnte. Für einige Zeit liess sich Agneta Akselsson auf eine Arbeit ein, bei der sie einen regelmässigen Tagesablauf hatte, kehrte aber zurück, nachdem sie sich ein volles Jahr lang dort abgequält hatte.

«Ich wurde damals zum Kriminalkommissar befördert, und sie kriegte einen neuen Teamleiter. Ich wurde zum Chef des direkten Vorgesetzten deiner Mutter. Wir distanzierten uns allmählich voneinander, denn ich hatte nicht mehr täglich mit ihr zu tun. Auch meine neue Vorgesetztenposition vergrösserte die Kluft, die sich zwischen uns aufgetan hatte. Sie wurde zur Zeit meiner Beförderung dreissig Jahre alt, und ich war eine dreiunddreissigjährige Karrierehoffnung. Du warst drei Jahre alt.»

«Das Foto, das sich in deiner Schreibtischschublade befindet, wurde ein Jahr danach aufgenommen? Du sagtest ja, ich sei auf dem Foto vier Jahre alt.»

«Richtig. Das Sommerfest der Polizei wurde in jenem Jahr in der Nähe auf einer Insel, die der Stadt Stockholm gehörte, gefeiert. Perfektes Wetter, sehr heiss. Viele Kinder waren dabei, aber du verhieltst dich anfangs allen gegenüber scheu. Du hast während der ganzen Schifffahrt auf meinem Schoss gesessen.»

«Wieso habe ich nicht auf dem Schoss meiner Mutter gesessen?»

Håkan Holmström räusperte sich hustend und schob zerstreut die Brille auf seinem Pult hin und her: «Das müssten wir deine Mutter fragen.»

«Warum war mir dein Schoss recht?»

Holmström lachte auf. Sein Lächeln war auf schiefe Weise wehmütig.

«Ich sagte dir doch schon in den vergangenen Tagen einmal, dass du eine ausgezeichnete Ermittlerin bist. Du weisst die richtigen Fragen zu stellen.»

«Das war keine Antwort.»

Holmström nahm vorsichtig das Porzellanding in Form eines Hühnereis aus seinem Silbergestell. Er wendete es hin und her und betrachtete die Muster darauf: «Hier ist meine Mutter, Annmari. Ein wenig von ihrer Asche. Ich sehe sie auf andere Weise als du. Ihr Doppelkinn hat sich in meinen

Erinnerungen als hauptsächliches Bild eingeprägt. Wenn meine Mutter ein Buch wäre, wäre auf dem Einband ein Foto ihres Doppelkinns. Ja, ja … In letzter Zeit musste ich meine Mutter öfters vorstellen, Kalle Nordin, Edison, und jetzt auch dir. Weisst du, dass sie seit zwanzig Jahren auf meinem Schreibtisch gestanden hat? Selbst deine Mutter hatte sie schon kennengelernt. Das Leben ist, naja, ein Haufen von Zufällen und Weggabelungen, die wir nicht kennen. Nordin und Edison haben vorhin an der Weggabelung meiner Mutter irgendeinen Weg genommen. Du und ich, wir sitzen diesmal hier, um über unsere Mütter zu reden. Welches wird morgen unsere Zukunft sein? In fünf Minuten? Das weiss nur der Himmel. Henning Mankell glaubte, an einem Bandscheibenvorfall zu leiden, und erhielt eine Lungenkrebsdiagnose.»

Håkan Holmström stellte die Hühnereiurne zurück in ihren silbernen Halter: «Wer kennt sich mit ihnen aus, mit den Weggabelungen? Man muss es auch gar nicht wissen.»

Er änderte seine Sitzposition und lehnte sich einseitig auf die linke Armlehne.

«Wenn du dich nicht erinnerst, warum dir mein Schoss auf der Schifffahrt recht war, weiss ich es auch nicht. Das ist schon vierundzwanzig lange Jahre her.»

Agneta Akselsson bewältigte die schwierigen Jahre als alleinerziehende Mutter dank der Hilfe ihres Familienumfelds. Annmari kam in die Schule und entwickelte sich gut. Ihr Kollegenkreis dehnte sich aus. Agnetas Arbeitsjahre waren ergiebig. Sie wurde zur Kommissarin befördert, zur gleichen Zeit, in der auch Holmström zum Oberkommissar befördert wurde. Im selben Jahr starb Agneta Akselsson mit dreiundvierzig Jahren.

«Deine Mutter wurde an meine vorherige Stelle befördert. Du warst noch nicht sechzehn Jahre alt geworden,

und ich war sechsundvierzig Jahre alt, soeben zum Oberkommissar ernannt worden. Ja, ich müsste jetzt wenigstens
Inspektor sein, aber ich beschloss, als Knüppel im Amts-
getriebe steckenzubleiben. Aber deine Mutter. Es war Spät-
frühling. Wir bereiteten uns auf die Sommerferien vor, und
du solltest aufs Gymnasium gehen. Du kamst in der Schule
sehr gut zurecht. Du wurdest beim Übernamen ‹Hikke› gerufen, ich erinnere mich noch, wie deine Mutter dich so
nannte. Der Todestag deiner Mutter war ein Dienstag, der
zwanzigste April. Wir hatten einige Wochen lang alle Hände
ganz besonders voll gehabt. Am Nachmittag fuhr das Team,
das von deiner Mutter geleitet wurde, aus Stockholm in den
Norden zu einem Landgut, dessen Besitzer in die Untersuchung eines Gewaltverbrechens verwickelt war. Dort gab
es irgendeine Überraschung, alles ging schief und die Situation eskalierte in einem bewaffneten Zusammenstoss.
Deine Mutter starb sofort. Das Landgut lag sehr abgelegen,
und es war einfach, die ganze Tragödie aus den Medien herauszuhalten. Ich fasste sofort den Entschluss, dass man dir
und den Angehörigen erzählen sollte, deine Mutter sei bei
einem Unglück gestorben. Ich habe Angehörige gesehen,
die aufgrund des Traumas, das auf solche Geschehnisse
folgte, ihre ganze Zukunft verloren haben. Ich wollte dich
schützen. Das war mein Motiv. Ich verteidige mich nicht.»

Holmström breitete für einen Moment seine Arme aus:
«Das ist alles. Ich würde es wieder genau gleich machen.»

Der Oberkommissar wartete mit den Händen im Schoss.

Annmari starrte durch Håkan Holmströms Brustkorb
hindurch: «Ich muss gehen.»

Håkan Holmström war kraftlos. Er verstand Annmari
Akselsson. Das Mädchen war sicher von der Rolle. Dreizehn Jahre waren eine lange Zeit, um von der Wahrheit

ferngehalten zu werden. Da war nichts zu machen. Aber das Mädchen würde es aushalten.

Die paar Stunden nach dem Gespräch mit Annmari waren ein zähes Rumstochern, was für den Oberkommissar ungewöhnlich war. Er hatte seine Arbeit immer gemocht. Natürlich, er hätte wenigstens Inspektor sein sollen und vielleicht sogar der Vorsteher der Kriminalabteilung, wenn nicht sogar ein Mitglied der obersten Führungsetage. Ein Knüppel im Getriebe, ja, tatsächlich. Genau. Geeenau. Der neue Vorsteher der Kriminalabteilung, Jesper Aaberg, hatte es auch schon erfahren müssen, dass man einen Håkan Holmström nicht verbiegen konnte.

61.

Der viergängige Minivan fuhr durch ein weisses, steinernes Portal. Das Auto fuhr zwischen Reihen von Linden zu einem einen halben Kilometer langen, geraden Strässchen, an dessen Ende ein Gutshof erschien. Bald fuhren sie an einem links hinter der Baumreihe liegenden Weiher vorbei, dann erschien ein Kutschendepot. Ausserhalb des Umschwungs des Hauses, am Ende des Blickfelds, lag am Rand der Felder eine Zehntscheune. Farah und Haris sassen hinter dem Chauffeur und dem Begleiter. Farah blickte aus dem Fenster nach links, wo eine Frau in Reitstiefeln, die etwas älter als Farah war, ein gesatteltes Pferd am Strick führte.

«Ein schöner Warmblüter», bemerkte Farah auf Finnisch.

Der Begleiter wandte sich ein wenig nach hinten: «Im Stall stehen dreissig Pferde. Der Hausherr ist ein Liebhaber von Warmblütern.»

Die Zwillinge erschraken leicht, sahen es jedoch als das Beste an, nicht weiter nachzufragen. Was hatten sie nicht alles auf Finnisch gesprochen, so dass es der Begleiter hören konnte? Ihnen waren am Ziel Antworten versprochen worden. Das Ziel musste der Gutshof sein, obwohl man es ihnen nicht gesagt hatte.

Das dreigeschossige Gutshofgebäude wurde in ihren Augen immer grösser, bis das Auto um ein kreisförmiges Blumenbeet fuhr und vor dem Haupteingang anhielt. Eine freundliche ältere Frau kam, um sie willkommen zu heissen.

Der Chauffeur und der Begleiter kümmerten sich um das Gepäck. Die Frau führte die Zwillinge in die Eingangshalle des Gutshofs, die eine Gewölbedecke hatte. Alles war alt, aber sanft restauriert.

«Wir bringen euch in nebeneinander liegenden Zimmern im dritten Stockwerk unter. Ihr werdet die Aussicht mögen», versprach die Frau freundlich. «Ihr wollt euch doch sicher einen Moment von der anstrengenden Fahrt ausruhen? Es gibt viel zu reden, aber nicht auf leeren Magen. Das Mittagessen wird in einer Stunde im Speisesaal serviert. Ruht euch jetzt aus.»

Das Speisezimmer, welches mit dunklem Holz im englischen Stil ausgebaut war, erwartete die Zwillinge. Dem gedeckten Tisch nach zu urteilen würden sie zu zweit essen, überlegte sich Farah. Sie erhielten gleichzeitig die Antwort.

«Ich bedaure, dass ihr ohne Gesellschaft essen müsst. Nach dem Mittagessen werdet ihr ins Bibliothekszimmer geführt», versprach die Frau und liess zwei Hilfskräfte zurück, die den Zwillingen das Essen servieren sollten.

Während der ganzen Zeit war zumindest eine der beiden Hilfskräfte anwesend, und die Zwillinge sahen es nicht als passend an, über die Situation zu sprechen. Sie konzentrierten sich auf das Essen und gaben nur vereinzelte Kommentare über das Essen ab. Nach dem Essen kehrte die Frau zurück: «Hat es geschmeckt? Seid ihr bereit?»

Die Frau führte sie ins Bibliothekszimmer. Die Wände waren mit zweieinhalb Meter hohen Bücherregalen verkleidet, in denen Tausende von Werken stehen mussten.

«Macht es euch bequem. Er kommt gleich.»

Die Frau entfernte sich. Farah und Haris blickten einander an. Die Anspannung in ihnen stieg gleichzeitig an. Sie warteten und verzichteten darauf, zu sprechen, als ob sie es miteinander abgesprochen hätten. Der Moment hatte etwas unerklärlich Feierliches, Rätselhaftes. Haris überflog mit seinem Blick die Bücherkollektion, und Farah blickte aus dem Fenster.

Die Doppeltüren mit den Glaseinsätzen öffneten sich ohne Vorwarnung. Ein älterer, vielleicht siebzigjähriger Mann in einem tadellosen Anzug betrat das Bibliothekszimmer. Seine Haare waren dicht, aber vollkommen grau. Er hinterliess einen beinahe gewöhnlichen ersten Eindruck, aber sein Blick war aufmerksam und sicher.

Erik Grauhaar stellte sich vor und zeigte auf die Ledersitzgruppe: «Setzt euch bitte. Erfrischungen? Früchte?»

Ein Mann, der Erik Grauhaar gefolgt war, schob einen Servierwagen in den Raum.

Sie setzten sich einander gegenüber. Farah und Haris beobachteten Erik Grauhaar, der vom Bediensteten ein Glas entgegennahm. Danach konzentrierte sich Grauhaar auf seine Gäste, begnügte sich aber fürs Erste damit, sie nur anzusehen. Die Zwillinge warteten, aber ihre Anspannung war einer ruhigen Neugier gewichen. Dieser Mann konnte ihnen nichts Böses wollen.

«Wo soll ich beginnen?», sagte Erik Grauhaar. «In Prag natürlich. Euch ist wohl inzwischen klar, dass wir keine Leute des Türken Umut Demir sind. Der Dreifingrige.»

Farah und Haris bejahten zugleich, verstummten aber, um mehr zu hören.

«Seht ihr … Wir haben Umut Demir schon eine ganze Weile beobachtet. Wir hatten einen Plan gegen ihn. Ihr seid, man kann es nicht abstreiten, störend mitten in unserer Operation aufgetreten. Unser Infiltrator sah, wie Farah das Mikrofon in der Küche der Villa versteckte.»

«Der Sicherheitsmann», sagte Farah dazwischen.

«Ja, der Sicherheitsmann. Wenn dich ein anderer gesehen

hätte, wärt ihr erwischt worden. Jedenfalls habt ihr uns in den Verhören in Prag schon alles über eure Motive berichtet. So macht es wenigstens den Eindruck. Ich glaube, dass wir euch Glauben schenken. Wenn es noch etwas gibt, was ihr verbergt … Ich bin sicher, dass ihr es in diesem Raum ans Tageslicht bringt – nachdem ich gesagt habe, was ich euch zu sagen habe.»

Erik Grauhaar machte eine Pause und liess die Zwillinge verinnerlichen, was er gesagt hatte.

«Umut Demir ist ein starkes Glied in der Kette, die Flüchtlinge nach Europa schmuggelt. Das wusstet ihr ja bereits. Ihr wolltet ihn aufdecken, ihn dazu zwingen, Rechenschaft über seine Machenschaften abzulegen. All die Tragödien. Ihr habt davon erzählt, wie eure Familie vor zwanzig Jahren im Ägäischen Meer untergegangen ist. Wir glauben es. Wir sind in der Lage, euren Bericht zu bestätigen.»

Farah blickte ihren Bruder rasch an. Haris' Gesicht war wie versteinert.

«Aber ich komme etwas später darauf zurück. Was Umut Demir und euren ehrgeizigen Plan, Beweise gegen ihn zu sammeln, angeht: Ihr seid mutig gewesen, aber ohne Schutzinstinkt. Ihr verdient dennoch unsere Anerkennung für all das, was ihr geleistet habt. Es ist fast unmöglich, ohne Gewaltanwendung in die Villa Umut Demirs in Prag zu kommen. Ihr habt gerissen agiert, aber, wenn ich so sagen darf, dummdreist. Nur Glück und unser Eingreifen hat euch vor dem sicheren Tod gerettet, glaubt mir.»

Erik Grauhaar liess seine Worte in seinen erschrockenen Gästen wirken.

«Ich verstehe, dass ihr einen Schlepper der Justiz übergeben wollt, der vor zwanzig Jahren eure Familie und Dutzende anderer Flüchtlinge im Meer hat ertrinken lassen. Nur wenige haben überlebt. Ich arbeite in den Diensten eines wunderbaren, ehrenhaften Mannes, der dasselbe will wie ihr: Umut Demir und alle seinesgleichen dazu bringen, die Verantwortung für seine Taten wahrzunehmen. Mein Dienstherr wählte den Weg der persönlichen Rache, nachdem die Behörden Mal für Mal die Ohren vor seinen Worten verschlossen haben.»

«Was meinen Sie damit?», fragten die Zwillinge verblüfft.

«Nun, ich komme jetzt zum schwierigsten Teil dessen, was man mir euch zu erzählen aufgetragen hat. Dieser Gutshof gehört dem Schweden Kharoon Asefi. Er ist gebürtiger Afghane wie ihr. Er ist mit euch verwandt.»

Farah und Haris blickten zuerst einander an und dann Erik Grauhaar: «Wie können Sie das wissen? Wir kennen unsere Familie selbst nicht. Die Iranerin, die uns beim Schiffbruch unter ihre Fittiche genommen hat, verschwieg uns unsere Herkunft», sagte Haris bitter. «Uns kann man nicht ausfindig machen.»

«Nicht? Ihr habt ja selbst Umut Demir ausfindig gemacht.»

«Er wurde bald nach dem Unglück verhaftet. Ich habe vor einigen Jahren einen Haufen Zeitungsberichte darüber gefunden», erzählte Haris. «Ihn ausfindig zu machen war einfach. Auf den Zeitungsfotos war ja sogar seine dreifingrige Hand zu sehen. Unsere Mutter – die Iranerin – erkannte ihn auf den Zeitungsfotos. Alles passte zusammen, die Daten und die Orte. Umut Demir war so überheblich und seiner Unantastbarkeit so sicher, dass er nicht einmal seinen Namen änderte. Nach einer kurzen Haftstrafe kehrte er ins Schlepperbusiness zurück. Er wartete bloss darauf, dass wir ihn eines Tages finden würden.»

«Da siehst du, wie einfach es ist, jemanden ausfindig zu machen, wenn man ein starkes Motiv hat», sagte Erik Grauhaar. «In eurem Bericht passte alles zusammen, was du soeben gesagt hast: Zeit und Ort. Umut Demir stimmt mit den Erkennungsmerkmalen überein, ebenso die Iranerin mit ihrer Familie. Euer Verwandter war in jener Nacht im selben Boot.»

«Unmöglich!», zischte Haris. «Darin war nur unsere Familie. Unsere Eltern und die älteren Geschwister sind alle ertrunken.»

Erik Grauhaar holte tief Luft und sammelte Mut, um die endgültige Wahrheit auszusprechen: «Euer Vater hat überlebt.»

«Unmöglich.»

«Wieso unmöglich? Euer Vater wachte fünf Wochen nach dem Unglück in einem Krankenhaus in Athen schwer verletzt auf. Es dauerte Monate, bis er wieder gesund wurde und die Möglichkeit hatte, das Schicksal seiner Familie abzuklären. Er glaubte, dass alle anderen aus eurer Familie in den Wellen des Ägäischen Meeres ertrunken seien.»

Farah und Haris waren genauso erschüttert, wie sie aussahen. Erik Grauhaar fuhr fort: «Euer Vater hat die Hoffnung am Ende aufgegeben. Er wurde aus Griechenland nach Schweden geschickt, wo ihm später Asyl gewährt wurde. Er lernte Schwedisch und später auch Englisch. Nach vielen Jahren wurde aus ihm ein erfolgreicher Unternehmer. Er ist heute ein vermögender Mann. Der Gutshof hier ist sein Schlupfwinkel, wenn er ausspannen will.»

Haris stand auf und goss sich etwas zu trinken ein. Er schüttelte den Kopf. Farah stand unter Schock, fragte aber: «Warum erzählt er uns das nicht selber? Wir wissen nicht einmal seinen Namen.»

«Kharoon Asefi.»

«Ist das auch unser Familienname?»

«Ja. Er beschloss, nach Prag zu reisen, um euch zu treffen, als er begriff, dass ihr seine Kinder seid. Bedauerlicherweise wurde er am Flughafen Arlanda festgenommen. Ich erhielt die Anweisung, euch sicher aus Prag nach Estland zu bringen und euch alles zu erzählen.»

Haris setzte sich auf seinen Platz neben seiner Schwester zurück.

«Wieso wurde er verhaftet? Hat es mit dem Türken Umut Demir und der Schlepperei zu tun?»

«Ja. Euer Vater plante die Entführung Umut Demirs. Euer Dazwischentreten in der Villa unterbrach die Vorbereitungen der Operation. Er wollte abklären, was eure Rolle und eure Absichten waren. Dadurch hat er euch gefunden. Die Verhaftung eures Vaters hatte mit einem Schlepperring zu tun, dessen Ausmasse im Dunkeln liegen. Das hauptsächliche Motiv eures Vaters war, den Tod seiner Familienmitglieder zu rächen. Er will aber auch den Tod Tausender, Zehntausender anderer Flüchtlinge rächen. Euer Vater hat Jagd auf den Schlepperring gemacht und dessen Mitglieder entführt. Er wurde wegen des Verdachts auf vier Morde und eine Entführung verhaftet.»

Farah war erschüttert: «Mit was für einem Monster haben wir es zu tun?»

Erik Grauhaar hatte mit Farahs Reaktion gerechnet: «Monster? Die Schlepper sind Monster. Menschenleben bedeuten ihnen nichts, das Leiden … Euer Vater ist ein Mann, der ihretwegen seine Frau und vier kleine Kinder verloren hat. Euer Vater konnte nur dank der Kraft des Hasses weiterleben. Als er genügend stark geworden war, beschloss er, Gerechtigkeit zu fordern, erhielt sie jedoch nicht. Er hat sie in der Folge durch seine eigene Hand geschaffen. Er ist ein Familienvater, der beschlossen hat, sich an den Mördern für den Tod seiner Frau und seiner Kinder zu rächen.»

Farah nahm Haris bei der Hand.

Erik Grauhaar hatte immer noch nicht alles erzählt: «Als euer Vater sich davon überzeugt hatte, dass ihr am Leben seid, gab er mir die Anweisung, für euch zu sorgen, falls ihm etwas geschehen sollte. Bis dahin, wage ich zu sagen, war ich seine einzige Familie. Von jetzt an seid ihr ein Teil seiner Familie. Er überlässt euch die Wahl, wie ihr damit umgehen wollt. Er möchte sich gerne um euch kümmern. Das ist aber keine Bedingung für irgendetwas. Ihr dürft frei entscheiden, was ihr tut und was ihr von ihm annehmt. Er hat mich aber gebeten, euch eine persönliche Bitte zu übermitteln, auf die ihr antworten könnt, sobald ihr wollt.»

Farah und Haris blickten sich ein weiteres Mal an.

«Und was ist es?»

«Er möchte Kontakt zu euch aufnehmen. Antwortet noch nicht. Ihr habt gerade erst erfahren, dass ihr einen Vater habt. Ich schlage vor, dass ihr euch jetzt Zeit nehmt. Wir reden später darüber. Ich stehe zur Verfügung, um euch alles zu erzählen, was ich weiss.»

Erik Grauhaar stand auf. Er war müde. Die Zwillinge folgten seinem Beispiel.

«Eine Sache», Grauhaar verstummte für einen Augenblick, bevor er fortfuhr. «Euer Vater bat mich in einem Brief, euch zu sagen, dass er euch liebt.»

Die Doppeltüren des Bibliothekszimmers öffneten sich. Erik Grauhaar blieb dort zurück, als die Zwillinge sich verblüfft aus dem Zimmer begaben. Sie hatten einen Vater – hatten ihn immer gehabt.

«Farah, ich sehe von Vater und Mutter immer glückliche Träume. Du hast nur Alpträume von ihnen gesehen – das Unglück auf dem Meer.»

«Was sagst du jetzt dazu?»

«Ich weiss nicht», sagte Haris, als sie die Treppe ins Obergeschoss hochstiegen. «Wir haben unseren Vater zurückgekriegt, auf gewisse Weise auch unsere Mutter.

Vater könnte uns alles über sie erzählen. Von unseren Geschwistern, von unserer Familie. Farah, sie nannten dich die Schmetterlingsmacherin, Vater und Mutter. In meinen Träumen bist du immer glücklich und gehst mit nackten Füssen, die Fussspuren auf diese Weise lustig ausgebreitet wie Flügel.»

Farah verbarg ihre Tränen. Haris' Notizbuch mit dem schwarzen Einband war in Prag in ihrer Schultertasche geblieben. Sie würde es Haris zurückgeben müssen.

sie nannten dich die Schmetterlingsmacherin.
mit blossen Füssen, die Zehen
im Sand, in den Wogen
hinterliessest du Fussspuren, die Flügel ausgebreitet
— wo träumst du weiter, fliegst du schon?

ihr Wille wäre es, zu hoffen, dass du wieder dich erhöbest
höher, höher hinauf
und deine Last würde leichter, zu einem Regen
in Rufdistanz über dem Meer wachst du auf

mit dem Herzen zu hoch oben, um zu landen, fragst du
ob jetzt Zeit sei, Lebwohl zu sagen?
von unter dem Regenschirm antworten sie: ja.

Darauf schicken sie dich mit schützenden Gedanken
zu den glücklichen Sternen …

Über Antium

Der Antium Verlag, gegründet 2018, hat sich auf
Bücher von Schweizer Autoren sowie Übersetzungen aus
dem Finnischen und Italienischen spezialisiert.
Weitere Titel in Vorbereitung.

Warum Antium?

Antium (heute Anzio) war in der Antike ein beliebter Badeort für
vornehme Römer, die dort ihre Villen errichteten – nur einen Kat-
zensprung von Rom entfernt. Ein vergleichsweise naher «Sehn-
suchtsort» also, der für Entspannung und Genuss stand.
Und womit könnte man sich besser entspannen als mit einem guten Buch in der Hand? Das galt schon in der Antike, und so gaben sich hier literarische Hochkaräter wie Maecenas und Cicero ein
Stelldichein.
Das hohe kulturelle Niveau in Antium wird nicht zuletzt dadurch
bezeugt, dass die Archäologen in diesem Gebiet besonders viele bedeutende Kunstschätze ausgegraben haben. Und genau das möchten
wir mit dem Antium Verlag auch erreichen.

Was macht der Antium Verlag?

Von «Sehnsuchtsorten» handeln auch die Bücher des Antium Ver-
lags. Getreu den Spezialinteressen der Gründer präsentiert der Verlag Übersetzungen aus dem Finnischen und Italienischen, mitunter
fernab des im deutschsprachigen Raum bereits hinlänglich Bekannten. Und schliesslich soll auch die nationale und regionale Literatur
gefördert werden. Auch junge Schweizer und Schwyzer Autoren
können also beim Antium Verlag eine Plattform finden.
Der Verlag ist grundsätzlich offen für Texte verschiedener inhaltli-
cher Ausrichtung, mit dem Anspruch, dass die Bücher unterhaltsam
und intelligent zugleich sein sollten.